本書由澳門基金會贊助部分出版經費

施議對論詞四種

● 施議對 著

今詞七家説略

圖書在版編目(CIP)數據

今詞七家説略 / 施議對著. —上海：上海古籍出版社，2020.4
(施議對論詞四種)
ISBN 978-7-5325-9494-8

Ⅰ.①今… Ⅱ.①施… Ⅲ.①詞(文學)—詩詞研究—中國—現代②詞(文學)—詩詞研究—中國—當代 Ⅳ.①I207.23

中國版本圖書館 CIP 數據核字(2020)第 034236 號

施議對論詞四種
今詞七家説略
施議對　著
上海古籍出版社出版發行
(上海瑞金二路 272 號　郵政編碼 200020)
(1) 網址：www.guji.com.cn
(2) E-mail：guji1@guji.com.cn
(3) 易文網網址：www.ewen.co
常熟人民印刷有限公司印刷
開本 850×1168　1/32　印張 22.375　插頁 7　字數 419,000
2020 年 4 月第 1 版　2020 年 4 月第 1 次印刷
ISBN 978-7-5325-9494-8
I·3462　定價：98.00 元

紀念吴世昌先生誕辰 100 周年暨學術研討會

（二〇〇八年九月，海寧）

中山大學中國文體學國際學術研討會

（二〇〇四年十一月，蓮花山）

“大唐之音的發掘與重構”學術研討會

（二〇一五年十月，澳門）

復旦大學第三届中國文論國際學術研討會

（二〇一一年十二月，上海）

第二届“當代詩詞創作批評與理論研究”青年論壇

（二〇一六年十月，武漢）

蘭州大學文學院學術講座

（二〇一四年九月，蘭州）

第五屆中國韻文學暨海南詩詞文化國際研討會

（二〇一一年十一月，海口）

引言

今詞、今詞學，或者今代詞、今代詞學，這是我在編纂《當代詞綜》及撰寫相關文章所提出的命題。所謂今或今代，乃相對於古或古代，其對應命題是古詞、古詞學，或者古代詞、古代詞學。今詞、今代詞作者與今詞學、今代詞學作者，二者雖有所區別，但也頗難分而述之。因此，本編所輯，時分時合，於不同語境，有著不同的論斷。例如今詞或今代詞，其與今詞學或今代詞學，在時間斷限上就有一定區別。就今詞而論，我以生年計，將一八六二年（清同治元年）之後出生作者劃歸今代，之前爲古代；就今詞學而論，我以一九〇八年（清光緒三十四年）王國維發表《人間詞話》爲標志，進行古今分列，之前爲古詞學，之後爲今詞學。前者的劃分，以人物活動爲依歸；後者的劃分，以詞學批評模式之新舊變換爲依歸。

本編以《當代詞綜》前言《百年詞通論》開篇，依作者創作活動及詞業建樹確立古今界限。即以一八六二年（清同治元年）爲界，將此前出生作者王鵬運、文廷式、鄭文焯、朱孝臧、況周頤作爲清季五大詞人而列歸古代；而將此後出生作者王允晳列歸今代，作爲《當代詞綜》之領銜作者。這是以《當代詞綜》所展開「大當代」爲背景所進行的古今論斷。而今詞七家，則以王國維所創立今詞學爲背景進行古今論斷，即以一九〇八年（清光緒三十四年）爲界，將此前推行傳統詞學本色論詞學劃歸古詞學，將此後因現代詞學境界説出現所産生詞學劃歸今詞學。在今詞學的背景下，現代詞學境界説儘管不曾取代傳統詞學本色論，也無法取代傳統詞學本色論，但境界説的出現，畢竟在詞學史上樹立了一個標志，足以代表中國今詞學從王國維開始。

緒論而後，叙説今詞七家——王國維、胡適、夏承燾、繆鉞、吴世昌、沈祖棻、饒宗頤。七家自身對於詞與詞學，並無偏廢。無論是詞，或者是詞學，均堪稱一代宗匠。因此，叙説七家，未將詞與詞學作明確區分。七個篇章，包括多篇論文，雖各自獨立成篇，卻仍互相關聯。就今詞、今詞學的發展歷史看，七家各自占居一定位置，對於中國今詞學的發展演變，各有不同貢獻；七家其人與七家其學，統而觀之，中國今詞學的發展脉絡及整體輪廓似已隱約可見。以下試分别加以列述。

王國維（一八七七——一九二七年）——今代詞學之父。以哲學家的觀念和方法治詞。對於一部中國詞學史，其所謂境界之作爲一種批評模式——境界説，既爲分類，亦爲分期。既表示中國填詞有最上與最下之不同類别，亦表示中國填詞有不可言傳與可以言傳之舊與新的區分。最上之詞乃有境界之詞，最下之詞爲無境界之詞。王國維之前，推行傳統詞學本色論，以「似與非似」爲標準論詞，其所謂似與非似，祇可意會，不可言傳，是爲古詞學或者舊詞學；王國維之後，有了現代詞學境界説，以「有與無有」爲標準論詞，其所謂境界，既可以現代科學方法加以測量，又可以現代語言加以表述，是爲今詞學或者新詞學。分類與分期，實現從詩歌到哲學的提升。一九〇八年（清光緒三十四年），王國維發表《人間詞話》，倡導境界説，既是一偶然事件，也是歷史發展的必然結果。王國維境界説，包括三層意涵：一曰疆界、二曰意境、三曰境外之境。王國維論詞，謂：「詞之爲體，要眇宜修。能言詩之所不能言，而不能盡言詩之所能言。詩之境闊，詞之言長。」亦三層意涵：一曰體態、二曰體能、三曰體質。一百年來説境界，大多將其當意境看待，祇是停留於境之内而未到達境之外；用以説詞，多數亦祇是看其體態，在「要眇宜修」四個字上做文章。我在《今詞達變》前言，曾指出其理論上的缺陷，揭示其誤人誤世的另一面，但今日看來，此所謂誤者，不僅在王國維，後來者亦有一定責任。

胡適（一八九一——一九六二年）——今代詞壇解放派首領。以歷史學家的觀念和方法治詞。依據人類生存狀態，以人與鬼的生成與變化，描述千年填詞的生成與變化，將千年填詞歷史劃分爲三個大時期：自然演變時期，曲子時期，模仿填詞時期。並且將第一個大時期劃分爲三個小段落：歌者的詞，詩人的詞，詞匠的詞。胡適的劃分，對於千年填詞以及千年詞學均有開闢之功。胡適論詞，强調天才與感情，以爲不管能歌不能歌，也不管協律不協律，衹是以詞體作新詩。主張解放詞體，嘗試以填詞方法創作新體白話詩。胡適的理論及實踐，在二十世紀一十年代、二十年代乃至四十年代，雖不能多得同志结伴同行，須單槍匹馬而往，但當進入五十年代，詞學蜕變，胡適有關詞體解放的主張以及白話詞創作卻在大陸詞界産生廣泛影響。

夏承燾（一九〇〇——一九八六年）——今代詞宗。早歲治詞，師承林半櫻（鐵尊）；中歲述作，獲彊邨老人（朱祖謀）指點。畢生事業，大致三個方面：倚聲填詞、詞學考訂、詞學論述。乃一代詞宗，亦一代詞的綜合。與唐圭璋、龍榆生、詹安泰合稱民國四大詞人。夏承燾做學問，得力於一個「笨」字，而填詞，則憑藉天賦之靈性。前者似略有蹤迹可循，後者較難窺測其門徑。至於論述，雖非其所擅長，卻頗能體現史的識見。其以「多用拗句，嚴於依聲」八個字，用作詞與詩從同科到不同科在格式上的標志，爲倚聲填詞的科目設置提供事證。説明倚聲填詞之所以獨立成科，乃因飛卿（温庭筠）「以側豔之體，逐管弦之音」所引起。這就是一種史的識見。

繆鉞（一九〇四——一九九五年）——今代詞壇飛將。精研文史哲之學。喜讀王國維、陳寅恪著作。謂其學識精博，融貫中西，並能運用新方法，開拓新領域。平日填詞，因才性所近，受晏幾道、姜夔之影響較深，亦兼採他家之長，蘄向於深美閎約。二十世紀四十年代著《詩詞散論》，夏承燾對之頗欽佩，曾爲載入日記。七十年代末，與葉嘉瑩合撰《靈谿詞説》。二氏論詞，頗爲注重詞中「要眇宜修」之特質及其感發興起之作用，但又有所區別。即：繆氏「側重於創作，從内質及作法，揭示其有别於詩的各種特殊性」；葉氏「側重於欣賞，從感發與聯想，體驗其動人魂魄而又窈眇難言之詞心」。所論對於境界説之進一步改造與充實以及對於風格論之補救與修正，均有一定實際效用。

吴世昌（一九〇八——一九八六年）——新變詞體結構論奠基人。早歲研習經典，著《釋〈詩〉〈書〉之誕》一文，頗獲胡適贊賞。中歲發表《論詞的讀法》五章，倡導結構分析法，爲建造詞體結構論奠定基礎；其間赴英，並有《紅樓夢探源》（英文版）問世。晚歲歸國，正趕上大陸詞界於文化革命前後所興起之兩次豪放、婉約「二分法」大潮，曾利用授課、演講機會，擺明觀感，並連續發表多篇文章，進行辯駁。既爲破除積習、偏見陷陣衝鋒，又爲詞體結構論建設鋪平道路。在世紀詞學蜕變期，吴世昌與繆鉞、萬雲駿、黄墨谷，以推尊詞體爲己任，對於誤區中的詞學，進行撥亂反正，堪稱二十世紀詞壇四大飛將。

沈祖棻（一九〇九——一九七七年）——傳統本色詞傳人。二十世紀三十年代初，有習作

《浣溪沙》(芳草年年記勝遊)一篇,頗得乃師汪東贊賞,始專力倚聲。汪東謂其所作,歷經三變,亦即三個發展過程。即由「窈然以舒」,到「沈咽而多風」,到「澹而彌哀」。所説側重於詞風轉變。時賢題詠及評論多依據於此,並以易安相許。實際上,如從詞學淵源及治詞門徑看,其終極目標,並非在此。拙文嘗試以結構分析法,即以表層意義及深層意義兩個不同層面,對於全部《涉江詞》進行解讀、剖析,以爲其「爲人、爲詞,都將小山引爲知已」,其探索道路,當是「問途碧山,歷經易安、少游以及柳、周之輩,以達小山醇真之境」,並得出以下結論——讀「涉江」,祇是到幼安,到易安,仍未知子必也;必須到小山,纔能領悟其詞心。

饒宗頤(一九一七—二〇一八年)——今代詞手殿軍。中國當代文化明星,百科全書式的學者。將中華文化精神,乃至人類文明,當作研究對象。創作形上詞,因善於將做學問成果,即對於人類精神之思考與體驗,鎔鑄其中,可看作其心靈寫照。形上詞創作,既借鑒於西方,在中土,亦有其根源。例如:蘇軾之「指出向上一路」以及王國維「詞以境界爲最上」之主張及哲理詞創作,都可看作饒氏形上詞創作之先導。但是,饒氏創造,乃較蘇、王二氏更加有意識而且更加能見成效的一次嘗試。

大致而言,由王國維所開創的中國今詞學,自一九〇八年起,歷經開拓期、創造期以至於蜕變期,包括生、住、異、滅全過程,至一九九五年,蜕變期結束,中國今詞學的歷史已告一個段落。一九九五年之後，中國今詞學於「滅」當中重生，已進入另一發展階段。上列七家，王國維爲今代詞學的開山祖師，饒宗頤殿其後；當中胡適、夏承燾、繆鉞、吴世昌、沈祖棻，各居其位，各司其職，均於今代詞壇扮演一定角色。七家之間，如依各自對於倚聲填詞所持立場和觀點看，應可劃分爲三翼：王國維、胡適歸左翼，繆鉞、饒宗頤歸中翼，夏承燾、吴世昌、沈祖棻歸右翼。七家而外，編中仍有若干人物，包括附編三家，也在左、中、右三翼範圍之内。其中，胡雲翼、宋亦英、鄒人煜以及葉嘉瑩，附屬於王國維、胡適一翼，劉永濟、陸維釗、黄墨谷附屬於夏承燾一翼。

七家之舉，雖並非事先安排設計，但我以爲，此七家，無論從王海寧到吴海寧，或者從王觀堂到饒選堂，其創作活動及詞業建樹，實際上早已有著一種相互「關係、限制之處」。七家之舉，這是歷史的必然。因此，我相信，今後説今詞、今詞學，一定離不開此七家。

己亥谷雨前七日（二〇一九年四月十三日）於濠上之赤豹書屋

目録

緒論　百年詞通論

詞興於唐、盛於兩宋，歷經元、明、清，乃至民國初期，似乎已經走完了自己的路程；在現代文學史上，詞這一特殊詩體，似乎也已銷聲匿迹。據查，一九四九年後出版的若干部現代文學史，都不曾提及詞。而且，就是在詞學界，也未見有人對於近百年來詞的生存及發展情況進行過專門研究。這是詞史上的一段空白，值得探討。

實際上，近百年來，詞這一特殊詩體並未被歷史所淘汰。它深深地植根於中國傳統文化的沃土當中，並以其頑强的生命力，繼續開花結果。近百年來詞的發展史，是全部詞史的一個重要組成部分。

近百年來的事實證明：無論社會發生多大變化，文學領域出現過甚麼熱潮，詞這一特殊詩體總是廣大人民群衆所喜愛的一種文學樣式；在每一個歷史轉折關頭，或者當國家、民族處於危難時刻，人們總喜歡運用詞這一特殊詩體爲時代發叫號，或自抒心曲。隨著社會歷史的發展變革，詞作者從現實生活中不斷吸取養分，不斷充實自己，詞的視野越來越寬闊，詞的形式也越來越具有對於表達各種不同內容的適應性。詞這一特殊詩體仍然與變化發展著的時代一起變化發展，與時代共存。回顧近百年來詞的發展史，探尋其演變軌迹以及若干帶有規律性的問題，對於現代文化史研究，無疑是一個很有意義的課題。本文擬就《當代詞綜》所涉及的問題，諸如近百年來詞的發展情況，在當今具體社會條件下，詞爲甚麽能够生存與發展，對於百年詞業究竟應當如何評價，當前詞業現狀及今後發展方向，亦即詞的出路問題，等等，進行探討，希望爲當前的創作及詞體發展變革，提供某些有益的借鑒。

一

探討近百年來詞的發展情況，必須從晚清詞壇説起。

清代詞的復興，經過浙、常二派，至晚清出現新的高峰。晚清詞業對近百年來詞的發展産生了直接的影響。這種影響包括兩個方面：一方面是王鵬運、鄭文焯、朱祖謀、況周頤以及文廷式的影響；另一方面是王國維的影響。

王、鄭、朱、況，號稱清季四大詞人，文廷式異軍突起，兀傲難雙，也頗受詞界推重。王、鄭、朱、況及文廷式，出生於道咸期間（一八二二——一八六一），活動於同光期間（一八六二——一九〇八），除了文廷式、王鵬運外，鄭、朱、況三人都進入民國。他們是晚清詞業中興的代表人物，同時，他們的詞業也是近百年來詞業的一個組成部分。王、鄭、朱、況以及文廷式，其成就除了詞的創作以外，主要在校勘學與詞論。詞學史上，詞的校勘學是由王鵬運和朱祖謀建立起來的。在此之前，人們雖然也曾從事過詞籍校勘工作，並有多種詞總集、詞别集乃至詞叢刻刊行，但以畢生精力校詞並使這一工作成爲一種專門學問的，當推王、朱二氏①。王鵬運有《四印齋所刻詞》，彙刻《花間集》以迄宋、元諸家詞二十一種六十二卷。朱祖謀輯校唐、宋、金、元百六十三家詞爲《彊村叢書》，計一百七十五種二百六十卷，並繼王鵬運之後，校訂夢窗四稿。王、朱所校詞，一時奉爲楷模。至於詞論，況氏諸種詞話，一時推爲絶作。況氏提出重、拙、大三個字爲論詞標準，對於詞這一特殊詩體所包括的諸多問題，如詞境、詞筆、詞句、詞律、詞與詩之别、詞與曲之别以及詞之代變等問題，進行精密研究，堪稱千年詞學之集大成者。朱、況等人的詞業建樹，爲近百年來詞的發展起了一定的奠基作用。

與王、鄭、朱、況及文廷式相比，王國維則有所不同。王國維出生於光緒年間，比朱祖謀小二十歲，比況周頤小十八歲，他的詞業活動並不比朱、況二氏爲晚。朱氏四十後始從事倚聲之學，況氏至五十歲，其詞論方纔完備，王國維發表《人間詞話》不過三十出頭。但是，朱、況二氏的目標乃在效法前賢，而王國維的目標則在超越前賢。在政治上，王國維與朱祖謀等人同屬保守派，在詞業上，王國維卻是革新派。王國維是一位大學者，他以做學問的態度與方法治詞，將西方哲學思想引進詞論，融入詞中，爲百年詞業發展開闢了一條新路。王國維論詞，倡導境界説，曾聲稱：「滄浪所謂興趣，阮亭所謂神韻，猶不過道其面目，不若鄙人拈出『境界』二字，爲探其本也。」他對自己的創作自視甚高，曾説：「余之於詞，雖所作不及百闋，然自南宋以後，除一二人外，尚未有能及余者，則平日之所自信也。雖比之五代、北宋之大詞人，余愧有所不如，然此等詞人，亦未始無不及余之處。」②

綜觀王、鄭、朱、況、文廷式及王國維兩方面的詞業活動，可見晚清詞業既是千年詞業的終結，又已開始了新的探索。兩個方面的詞業活動對於近百年來詞業建設影響極爲深遠。

以下試將近百年詞的發展史劃爲三個時期，分别加以叙述。

（一）清朝末年至民國初期

清末至民初，這是中國社會歷史發展的一個重要轉折時期，詞壇上以復舊勢力占主導地位。晚清詞壇代表人物王、鄭、朱、況及文廷式，其詞業活動主要在這一時期。王國維創立新詞論，創作哲理詞，其影響尚未産生實質性的效果。所以，這一時期的詞業活動仍以四大詞人爲中心。

四大詞人的活動包括前後兩個階段。前一個階段以王鵬運爲主，重鎮在北京。王鵬運（一八四八——一九〇四）字幼遐，自號半塘老人，晚號鶩翁，廣西臨桂人。其詞承襲常州派餘緒而發揚光大，論者以爲常州派流衍於廣西的一個支派。鄭文焯（一八五六——一九一八）曾受王氏薰染，朱祖謀（一八五七—一九三一）、況周頤（一八五九—一九二六）詞學均出於王氏。所以，論者説清詞，除浙、常二派外，曾稱之爲「桂派」[3]。王鵬運在京任職，曾於一八九八年創立咫村詞社，邀鄭文焯、朱祖謀、宋育仁等人入社。朱祖謀早年以詩名，習爲倚聲，除了其親家夏孫桐的引誘外[4]，即與王氏有關。一九〇〇年，八國聯軍侵入北京，王鵬運與朱祖謀、劉福姚集宣武門外教坊頭條寓所（四印齋），相約填詞，以發抒懷古之幽思，寄寓去國憂時之懷抱，成《庚子秋詞》二卷。朱祖謀治詞於此大有進境。況周頤雖未曾參與《庚子秋詞》寫作，但與王氏於同官京師期間，時以詞學相砥礪，也甚多獲益。後一個階段以朱祖謀爲主，重鎮在蘇州、上海。庚子亂後，王鵬運客死蘇州，朱祖謀出爲廣東學政，不久亦稱病引退，買宅蘇州，以校詞自任。朱氏治詞，初學吴文英，晚又致力於蘇、辛二家；他精於聲學，有律博士之雅稱。況周頤目空一切，卻以朱氏爲良師友，曾説：「余之爲詞，二十八歲以後，格調一變，得力於半塘。比歲守律綦嚴，得力於漚尹。」但況氏善説詞，朱氏晚年，凡有人問詞，均轉介於況氏[5]。在後一個階段，朱、況二氏被尊爲宗師、廣大教主。民國初，王藴章、陳匪石在上海發起春音詞社，共推朱祖謀爲社長。詞社陣容甚爲可觀，並且堅持甚長久。第一批社員有龐樹柏、吴梅、袁思亮、夏敬觀、徐珂、周慶雲、潘飛聲、曹元忠、白曾然等人。陝西李孟符、義甯陳方恪也參加社集。最後一批入社的有葉楚傖、況周頤、郭則澐、邵瑞彭、林葆恒、葉玉森、楊玉銜以及林鵾翔、黄公渚等人。詞社定期集會，限調限題填詞，共有十集⑥。

清末至民初，新一代作者雖已登上詞壇，而且，王國維的《人間詞話》及《人間詞》也以一種嶄新的面目出現於詞壇，但是，新的力量仍然未能與傳統的勢力相抗衡。這一時期的詞創作，内容及形式都爲復舊。人們看上了吴文英，試圖從吴文英入手，以入清真渾化之境。詞壇上出現了夢窗熱。王鵬運、朱祖謀校夢窗、學夢窗，新一代詞人如陳匪石、楊玉銜、蔡楨、汪東等人，也大作其四聲詞。詞學夢窗，有利有弊，而夢窗熱的出現，在當時特定的社會環境中，卻有其特定的原因：第一，夢窗詞晦澀，便於將詩文中不能言或不便言的内容隱藏於詞中；第二，夢窗詞講究字面，人們以爲，衹要不拆開來，仍是十分眩人眼目的七寶樓臺，便於爲内容空洞的詞打掩護；第三，夢窗詞講究技法、講究聲律，可爲定期社課提供具體訓練項目。因此，學夢窗，作四聲詞，這就成爲清末民初詞業復舊活動的一個主要標志。

（二）「五四」新文化運動至抗日戰争時期

民國以後，中國詩壇發生了巨大變化。在「五四」新文化運動之前，詩壇上已醞釀著一場革命。一九一六年七月，胡適第一個嘗試以白話文作新詩⑦，八月，提出「新文學之要點，約有八事」，其中一條「不避俗字俗語」，包括「不嫌以白話作詩詞」⑧。一九一七年，《新青年》

(二卷六號)刊登胡適白話詩八首,一九一八年初,又於四卷一號刊登胡適、沈尹默、劉半農三人的白話詩八首。經過「五四」新文化運動的衝擊,新詩統治著整個詩壇。在這一背景下,千年詞業面臨著生死存亡的嚴重考驗。

從總的趨勢看,舊體詩詞,尤其是詞,似乎已經没有繼續存在的必要。這期間,一批原來寫作舊體詩詞的人,如沈尹默、俞平伯等,都改弦易轍,紛紛寫起白話詩來。但是,中國的新詩,從它誕生的那一天起,就存在一個難以解決的問題——形式問題。新詩的發展,始終找不到合適的形式,這就爲千年詞業留下了一條生路。

由於新詩的挑戰,這一時期的詞作者,各顯神通,想方設法利用詞這一特殊詩體在形式格律上及藝術表現手法上所具有的優勢,努力爲其在中國現代文學史上謀一席之地。這種努力,自然也包括胡適等人在内。因此,這一時期的詞業,崇尚夢窗的局面已被打破,廣大作者進行各種不同的探討。

這一時期大約四十年,經歷了多次重大社會變革,詞業活動範圍逐步擴大,詞家、詞論家對於社會活動的參與意認也逐步增强,但詞業隊伍尚未形成明顯的宗派。爲了敘述方便,依據作者處理詞體自身所產生的内容與形式的矛盾時所採取的不同態度與方法,姑且把他們分作三派:解放派、尊體派、舊瓶新酒派。

胡適首創新體白話詩，又以白話入詞，是解放派的首領。詞史上所謂白話詞，古已有之。敦煌曲中保存的作品多爲白話詞（即當時的白話詩），柳永、李清照以及辛棄疾等人的某些作品，也以白話爲之。但是，詞史上第一個從理論和實踐兩個方面大力倡導白話詞的作者當推胡適。胡適將舊體詩詞稱作「半死之詩詞」⑨，以爲舊體詩詞内容陳舊，語言陳舊，缺乏時代精神。胡適想在詞中進行一場革命。一九一六年四月十二日，胡適作《沁園春》（誓詩）：

更不傷春，更不悲秋，以此誓詩。任花開也好，花飛也好，月圓固好，日落何悲。我聞之曰，從天而頌，孰與制天而用之。更安用，爲蒼天歌哭，作彼奴爲。文章革命何疑。且準備搴旗作健兒。要前空千古，下開百世，收他臭腐，還我神奇。爲大中華，造新文學，此業吾曹欲讓誰。詩材料，有簇新世界，供我驅馳⑩。

胡適稱：這是一篇文學革命的宣言書。爲此，他身體力行，曾寫下一批白話詞。同時，他還編撰《詞選》，標榜詞史上的解放派，爲其文學革命張目。用胡適論蘇軾的話講，他的努力，就在於以絶頂的天才，用所謂新起的詞體來作新詩⑪。

胡適的理論與實踐，比王國維進了一步。王國維主境界説，衹是在内容上，想以境界提高詞的素質，尚未涉及詞體變革問題。而胡適倡導白話詞，不僅内容，而且形式都非常解放。他不要傷春、悲秋那一套，這是對傳統題材的突破，他也不顧平仄用韻以外的格式規定，這是對傳統作法的突破。但胡適的革命並非毫無節制。第一，胡適白話詞的平仄、韻部大致符合格式規定，並未違背倚聲填詞的基本原則；第二，胡適尚未將白話詞與新詩的界限完全打通，實行詩與詞合流。關於這兩條，胡適與當時另一名文學革命闖將錢玄同有著較大的分歧。錢玄同認爲，胡適所作白話詞仍用詞的句調，嫌太文；並主張，不必説明「調寄某某」，即不用詞牌，而直作不可歌之韻文。胡適不贊成錢玄同的意見，曾説：

詞之重要，在於其爲中國韻文添無數近於語言之自然之詩體。此爲治文學史者所最不可忽之點。不會填詞者，必以爲詞之字字句句皆有定律，其束縛自由必甚。其實大不然。詞之好處，在於調多體多，可以自由選擇。工調者，相題而擇調，並無不自由也。人或問：「既欲自由，又何必擇調。」吾答之曰：凡可傳之詞調，皆經名家制定，其音節之諧妙，字句之長短，皆有特長之處。吾輩就已成之美調，略施裁剪，便可得絶妙之音節，又何樂而不爲乎[12]！

這段話乃體會有得之言，說明胡適的革命，除了充實其内容之外，還在於大膽利用詞的語言近於自然這一特點，以句句字字皆有定律之詞體，寫作自由詩。當然，所謂利用，並非現成套用，而是經過改造而後利用。用胡適批判姜夔、史達祖、吴文英、張炎等人的話講，就是衝破束縛，不要讓音律與古典壓死天才與情感⑬。一句話，就是要將詞從許許多多清規戒律中解放出來，但並不取消詞體本身。

不過，胡適對於舊形式的利用，態度乃較爲激進，他的其他言論及具體做法，頗有破詞體、誣詞體之嫌，再往前邁進一步就是用算術的方法，按字數多少填詞，而全然不顧平仄與韻部，也不顧詞的特殊表現方法及特殊性格的做法。這也就是仇遠所譏諷的腐儒村叟的做法：

> 陋邦腐儒、窮鄉村叟，每以詞爲易事。酒邊興豪即引紙揮筆，動以東坡、稼軒、龍洲自況。極其至四字沁園春、五字水調、七字鷓鴣天、步蟾宫，拊几擊缶，同聲附和。如梵唄、如步虚，不知宫調爲何物，令老伶俊倡面稱好而背竊笑，是豈足與言詞哉⑭。

但胡適還不至於如此，他畢竟還是大手筆，他的白話詞，得心應手，又有一定趣味，當代詞壇不可少此一格。

在二十年代，當胡適提倡白話詞之時，應和者寥寥，即有將無兵，難以成派。但是，幾十年過後直至當今，胡適的解放體卻頗爲時行。這是文學史家不能不注視的現象。所以，在叙述「五四」新文化運動至抗日戰爭時期詞的發展史時，特别介紹胡適和他的詞業活動。

與解放派相對立的是尊體派。這一派的隊伍相當龐大，而且代代相傳，接連不斷。這一派與前一時期的復舊派有著直接與間接的聯繫，但是又有所區别。這一派詞作者的活動可分爲兩個階段，即抗日戰爭之前及抗日戰爭之後兩個階段。

「五四」新文化運動以後，詩壇上舊體詩詞受到了冷落，但從「五四」運動至抗日戰爭之前，舊體詩詞，尤其是詞，卻獲得了繼續生存與發展的條件。首先，儘管有人批判舊體詩詞，但批判歸批判，文學革命並未升級爲政治批判，喜歡舊體詩詞的人仍然大做其舊體詩詞。社會上有詩社、詞社，定期開展活動，大學裏開設專門的詞學課程，培養詞學人材。這一階段，詞的發展仍有廣闊的天地。其次，有一個相對穩定的社會環境，爲詞業活動提供較爲優厚的物質保證。因此，抗日戰爭之前，詞業活動不曾間斷。這階段的詞學重鎮，北方有北京、天津，南方有上海、南京，四大重鎮，詞社活動相當活躍。

一九二五年，北京有聊園、趣園二詞社。聊園由譚祖任主持，社友有奭良、俞陛雲、章華、王式通、汪曾武、夏孫桐諸輩，計十餘人。春秋佳日，攬勝尋幽，拈題輒相唱和。社集無定期，無刊物。趣園由汪曾武主持，社友均爲聊園中人，無刊物，其吟詠散見於各家詞集⑮。

一九一八年夏至一九三一年春，天津結須社，社友二十人，即：陳恩澍、查爾崇、李孺、章鈺、周登皞、白廷夔、楊壽枬、林葆桓、王承垣、郭宗熙、徐沅、陳實銘、周學淵、許鐘璐、胡嗣瑗、陳曾壽、李書勳、郭則澐、唐蘭、周偉。月三集，限調與題。社集滿百次。有《烟沽漁唱》四册刊行⑯。

一九三〇年冬，夏敬觀在上海與同仁發起詞社，共推朱祖謀爲社長，名爲漚社。漚社每月一集，集必填詞，開始時有社員二十餘人，以後不斷增加，並有上海以外者。漚社詞集刊行，作者二十九人，爲朱祖謀、潘飛聲、周慶雲、程頌萬、洪汝闓、林鶡翔、謝掄元、林葆恒、楊玉銜、姚景之、許崇熙、冒廣生、劉肇隅、夏敬觀、高毓浵、袁思亮、葉恭綽、郭則澐、梁鴻志、王蘊章、徐楨立、陳祖壬、吴湖帆、陳方恪、彭醇士、趙尊岳、黄孝紓、龍沐勳、袁榮法諸輩，得二十集。一九三一年，朱祖謀下世，社集活動曾有所銷沉⑰。

漚社以外，上海尚有午社與聲社。午社創立於一九三〇年，比漚社稍晚，以夏敬觀爲中心。集中作者十五名，即：廖恩燾、金兆蕃、林鶡翔、林葆恒、冒廣生、仇埰、夏敬觀、吴庠、吴湖帆、鄭昶、夏承燾、龍榆生、吕貞白、何之碩、黄孟超⑱。聲社創立於一九三五年六月十八日，社友爲夏敬觀、高毓浵、葉恭綽、楊玉銜、林葆恒、黃濬、吳湖帆、陳方恪、趙尊岳、黃公渚、龍榆生、盧前[19]。午社活動時間較爲長久，至一九四一年社集出版時，仍隔月集會。

一九三五年，南京創立如社，歷時數載，有《如社詞鈔》十二集，社内作者有：喬曾劬、夏仁沂、仇埰、陳世宜、林鵾翔、邵啓賢、石淩漢、吳梅、汪東、廖恩燾、程龍驤、唐圭璋十二人。社外作者有夏仁虎、向迪琮、壽鑈、吳白匋、孫浚源、吳錫永、蔡寶善等人。

除了有組織的詞社活動以外，三十年代，南北各大學都有詞學教授：南京中央大學吳梅、汪東、王易，廣州中山大學陳洵，湖北武漢大學劉永濟，北平北京大學趙萬里（二十年代尚有劉毓盤），杭州浙江大學儲皖峰、之江大學夏承燾，開封河南大學邵瑞彭、蔡楨、盧前，四川重慶大學周岸登，上海暨南大學龍榆生、易孺。以上諸教授，吳梅、盧前兼治南北曲，餘則專力爲詞[20]。據載，各大學還有詞學研究會。上海暨南大學及杭州之江大學文理學院中國文學系，經龍榆生、夏承燾二教授指導，所創詞學研究會，同學極感興趣[21]。此外，上海還舉辦詩詞函授社，幫助海内詩詞愛好者探求途徑[22]。

同時，在抗戰之前，上海創辦《詞學季刊》，葉恭綽編集《全清詞鈔》，唐圭璋的《全宋詞》經過七年時間編輯，也已大功告成。《詞學季刊》自一九三三年四月出版創刊號，至一九三六年九月，出了十一期。這是三十年代詞學研究的一個重要陣地。龍榆生與夏承燾，一個著詞論，一個撰年譜，基本上每期都有文章，是這個刊物的兩大臺柱。《全清詞鈔》的編輯工作開始於一九二九年冬，葉恭綽發起，朱祖謀爲總纂，由南北各專家分主選政兼征海内藏家所有清人詞集。初由朱氏鑒定，朱氏下世，由葉氏自總其成。這是清詞的一大結集。唐圭璋的《全宋詞》將有宋一代二萬多首詞匯爲一編並且進行了仔細的校訂和科學的編排，爲千年詞業建立一大功勳。這一工作著手於一九三一年，一九三七年初稿竣事，一九四〇年由商務印書館在長沙排印出版。一九四九年後所通行的《全宋詞》就是在長沙版的基礎上重新增補改編而成的。

抗日戰争爆發，詞業發展喪失了相對安定的社會環境。四十年代，由於某些文化教育機構内遷，重慶成爲一個新的詞學重鎮。其餘地區，除了南京、北京、天津情況較爲特殊之外，倚聲之學皆漸歸沉寂，尤其是上海，一批批詞家、詞論家，或到内地，或到南京，集社聯吟之舉已成往事。

四十年代初，北京有延秋詞社，天津有玉瀾詞社，但詞事之盛皆不及往昔。這一階段，詞業較爲興盛的衹有南京與重慶。一九四〇年十二月二十日，南京出版《同聲》月刊創刊號，社長龍榆生。所謂「同聲相應，同氣相求」，這是以同仁刊物標榜的一個詩詞學專刊。除了增加詩學内容外，其格局與三十年代的《詞學季刊》大同小異。至一九四四年六月十五日第三卷第十二號出版，此刊計出版十二期，比《詞學季刊》多一期㉓。在某種意義上講，南京詞業乃三十年代詞業的繼承與發展，其宗旨在保留傳統。至於重慶，情況就較爲複雜。當時，各派政治力量聚集在一起，持有不同政治觀、文化觀的文人學士也聚集在一起，詞業活動已漸超出社課範圍，有的已與當時的政治鬥爭聯繫在一起。

在後一個階段，抗戰烽火燃遍了全中國。山河破碎，失所流離，尊體派詞人已無法像過去一樣，拘拘於社課中討生活。他們將社會動亂所産生的滄桑之感及悲憫之懷，一寄於詞，使得詞的品質及社會功能大爲提高，出現了一批堪稱爲詞史的作品，即抗戰詞。例如楊玉銜、朱師轍、喬曾劬、周岸登、夏承燾、唐圭璋、詹安泰、丁寧、李祁、繆鉞、沈祖棻等人的作品，都體現了這一轉變。這一事實説明：所謂尊體派並非自我封閉的保守派，它和解放派也並非格格不入、毫無共通之處，社會發展變化，尊體派也隨著發展變化。

以上所説是解放派與尊體派的活動，而舊瓶新酒派，如果從如何處理内容與形式的矛盾這一問題上看，它所採取的態度和方法，正是前兩派的折衷。這一派對於傳統題材及傳統表現方法，尤其是對於詞的傳統格式，既非採取推倒重來的做法，又非毫無保留地全盤接受。這一派不害怕舊形式，又不滿足於舊形式，其指導思想可用兩句話來概括：一是「古爲今用」、「推陳出新」（毛澤東語），二是「師今亦好古，玩古生新意」（陳毅語）。這就是説祇要酒是新的，就未必非得把舊瓶砸爛不可，應當大膽利用舊形式，表現新内容、新思想。當然，這種利用，必須服從於表現新内容、新思想的需要，是形式爲内容服務，而不是内容遷就於形式。這一派的社會基礎相當廣泛。無論是教授、學者，或者是革命隊伍中的幹部、戰士，都樂於進行這一嘗試。

一九四二年，陳毅在江蘇鹽城創建湖海藝文社，爲這一嘗試樹立了典範。藝文社由陳毅、彭康、李亞農、龐友蘭、楊湘、唐碧澄、計雨亭、姜指庵、王冀英、顧希文、沈其震、范長江、王闌西、白桃、車載、喬耀漢、揚幼樵、薛暮橋、葉芳炎、揚帆、李一氓、阿英等二十二人發起，並邀請藝文界四十二人入社。陳毅有五言長歌《湖海開徵引》：

今我在戎行，曷言藝文事。慷慨每難免，興會淋漓至。柔翰偶驅策，婉轉成文字。不爲古人奴，浩歌聊自試。師今亦好古，玩古生新意。大雅未能躋，庸俗早自棄。李杜長已矣，蘇黄非我類。韓孟能硬瘦，温李苦柔媚。元白自清淺，劉陸但恣肆。降及元明清，風格愈下墜。微時工窮愁，達時頌高位。一生營營者，個人利禄累。藝文官僚化，雕蟲書可廢。豈無賢與豪，詩骨抗權貴。謹存氣節耳，高壓即粉碎。封建爲基礎，流變益殤潰。晚近新詩出，改革僅形式。其中洋八股，列位更末次。應知時勢變，新局啓聖智。

人民千百萬，蓬勃滿生氣。鬥争在前茅，屈伸本正義。此中真歌哭，情文兩具備。豪氣貫日月，英風動大地。萬古千秋業，天下爲公器。先聖未能此，後賢乏斯味。若無大手筆，誰堪創世紀。嗟予生也魯，空有運斤意。淮南多俊賢，歷代挺材異。詩國新疆土，大可立漢幟。薄言當獻芹，文壇望新賜㉔。

這真正是一篇詩文革命的宣言書，作者有意識地將舊詩詞這一天下之公器作爲戰鬥武器，要求藝文創作爲革命鬥争服務。該社創辦《新知識》，刊載詩詞作品㉕。湖海藝文社，在當時是抗日民族統一戰綫的一個組成部分，雖不是專業詞社，但對於當時的詞業活動及以後幾十年的詞業活動，卻有極爲深遠的影響。

總的看來，無論是解放派、尊體派還是舊瓶新酒派，對於「五四」新文化運動至抗日戰争時期的詞業建設都有了一定的推進作用。首先，這三派詞人的活動，將詞這一特殊詩體進一步推向廣闊的社會人生。這一時期的詞，可以用來抒寫傳統題材，也可以用來抒寫革命思想，凡是其他文學樣式能够表達的内容都可以入詞。這是以往時代的詞所不可比擬的。其次，關於這一時期詞中三派，並無十分明確的界限，這一時期的詞作家，尚未有明顯的宗派意識，詞業活動較少受外力干涉，不同風格、不同體式，可以自由發展，詞壇上湧現了大批有成就的作者，留下了無數佳作。這一時期的詞業還是興盛的。因此，現代中國文學史應當有詞的位置。

（三）中華人民共和國誕生至開放、改革新時期

經過戰亂的四十年代，進入五十年代，人們又回到安定的社會環境當中來；除舊佈新，百業待興，詞這一特殊詩體也以一種嶄新的面貌出現詩壇。大批長期從事詞的創作和研究工作的詞學家，重新登上大學講臺和有關文化學術崗位，他們的工作得到了社會的重視與支持，他們的論著一批批從抽屜底下搬出來出版。同時，這批老專家（當時正當盛年），無論是解放派或者是尊體派，都嘗試舊瓶裝新酒，用詞這一特殊詩體謳歌新時代，贊頌新社會，並且努力培養自己的接班人。一時間，中國詞業似頗有振興之勢。不久，毛澤東《關於詩的一封信》公開發表，人們對於舊體詩詞也漸出現不同看法。近四十年來，幾經周折，詞這一特殊詩體在中國大地上所經歷的發展道路實在並不平坦。

一九五八年的教改、大批判，這是對於一九四九年以來所謂復舊的一次小清算，其時，在大學講臺上，詞與其他古代文學品種，已被驅逐出境。至一九六二年以後的二三年間，所謂復辟，詞與其他古代文學品種，纔得到生存、發展的間隙。這是一次小反復。「文革」十年，除了毛澤東詩詞和若干首被誤認爲毛澤東詩詞的詩詞作品以外，舊體詩詞似乎已經絶迹。然

而，所謂不平則鳴，這十年卻出現了一批牛棚詩、牛棚詞，許多原來寫新詩的人，也喜歡利用詞這一特殊詩體以抒發心中鬱結之情思。但這類創作活動祇能悄悄地進行。人們忍耐了十年，至「四五」運動，鬱結在人們心底的才情與詩情，纔像火山爆發一樣，一下子噴射出來。這是一次大反復。近四十年來，經過這兩次反復，中國舊體詩詞，尤其是詞，纔有今日如此蓬勃發展的新局面。近四十年來的詞業建設，除了詞學校勘、詞學論著及詞的創作以外，還有兩個轉變是值得稱述的：

第一，對於詞體的認識，逐漸由外部轉向內部。

近百年來，一門校勘學，兩種詞話（《人間詞話》與《蕙風詞話》）讓人們忙得個不亦樂乎。四十年前如此，近四十年來，在新的詞學理論尚未創立之前，亦復如此。其間，有關豪放、婉約之爭就是一個明顯的例證。八十年前，王國維發表《人間詞話》，倡導境界說，令人耳目一新。但所謂境界，既適用於詞，又適用於詩以及其他文體，並非詞這一特殊詩體所獨有。在這個意義上講，王國維論詞實際尚未進入詞體的深層結構，他的理論並非詞的本體理論。二十年代，胡適將中國詞史劃分爲三個大時期：自晚唐到元初，爲詞的自然演變時期，即詞「本身」的歷史；自元到明清之際，爲曲子時期，即詞的「替身」的歷史；自清到今日（一九〇〇），爲模仿填詞時期，即詞的「投胎再世」，爲詞「鬼」的歷史。胡適並將第一個大時期的詞分作三個階段：歌者的詞，詩人的詞，詞匠的詞㉖。如此大砍大劃之後，胡適即祭起「言必稱蘇、辛，論必批柳、周」（借用吴世昌語）的大旗，將全部宋詞作家分作二派。胡適的論斷，雖頗有歷史學家與哲學家的大氣魄，借用一句時髦話講，就是很宏觀，但胡適論詞實際上老打週邊仗，他的論述，許多地方比王國維更加外行。胡適理論的缺陷，在當時看得不很明顯，到了三十年代，經過胡雲翼進一步發揮，直至近四十年，其缺陷就日漸顯著。胡雲翼編著《中國詞史略》（大陸書局，民國二十二年上海版）及《中國詞史大綱》（北新書局，民國二十二年上海版）將詞分作女性與男性二種，極力主張衝破束縛，解放詞體，拿作詩的題材與方法作詞。二書完全是用胡適的理論模式印製出來的。一九四九年後，胡雲翼編輯《宋詞選》，一方面宣稱「以蘇軾、辛棄疾爲首的豪放派作爲骨幹」，一方面痛批晏殊、歐陽修一派的詞及周邦彦、姜夔、王沂孫、張炎一派的詞。（《宋詞選·前言》）胡雲翼的理論是二十年代胡適理論的具體化，也是近四十年來以豪放、婉約「二分法」論詞的突出代表。可以這麽説，從王國維、胡適，到胡雲翼，或以境界論詞，或以風格論詞，其共同缺陷就在於從外部立論，搔不到癢處。與胡適、胡雲翼的理論相對抗的是詞的本體論，這是從況周頤的重、拙、大理論發展起來的。近四十年來，萬雲駿發表了一系列文章並著《詩詞曲欣賞論稿》，大講特講詞的藝術規律，對詞業建設起了一定的推動作用。但是，積重難返，要建立完備的詞學本體論是極不容易的一件事。近四十年來，由於以豪放、婉約「二分法」論詞，人們對於詞體的認識往往衹是停留在詞的外部。有的人説詞的風格，對於風格二字缺乏感性的認識，不斷地徵引，反反覆覆地兜圈子，説了老半天仍不清楚風格究意爲何物；有的人説詞的風格，雖頗爲注重王國維所謂「要眇宜修」一類論述，但因爲老是從欣賞到欣賞，從本本到本本，海闊天空，總是入不了門。這兩種偏向是當前詩詞界「鑒賞」熱中所出現的二大弊端。對於詞體的認識，如何從外部引向内部，這是更新詞學觀念的一個重要環節。吴世昌論詞，提倡讀原料書，獨立思考，力破胡説派和吠聲派㉗，目的就在於實現這一轉變。繆鉞論詞講究作法，對於這種轉變也進行了具體的探索。此外，近幾年來若干中青年學者著文論詞的結構方法，也是一種有益的嘗試。但是，要實現這一轉變仍須詞界共同努力，並且需要一定的過程。

第二，詞的創作從地下轉向地面。

近四十年，可以登大雅之堂的作品實在少得可憐。一九八四年，光明日報出版社曾將《光明日報》東風副刊自一九五八年一月一日創刊至一九八四年間所刊載的舊體詩詞選編出版，其中所録詞作品不到百篇。一九四九年後，由於種種原因，各地都有一批供職文史研究館或長期退居鄉里的詞作者，他們仍孜孜不倦地創作，但他們的作品大多自藏篋中，或在二三友朋中流傳，他們的工作一直得不到社會的重視。這一現象對於我們這一詩的國度顯然太不相稱。最近幾年，詩社、吟社遍地開花，這批埋名隱姓的作者就像出土文物一樣，在詩界尤其引人注目。這批作者與退居二綫的老幹部以及廣大業餘愛好者相結合，成爲當前舊體詩詞創作隊伍中的一支主力軍。據不完全統計，全國各地詩詞學會（協會）及各種形式的詩社、吟社，到目前爲止已不下四五百家，公開出版發行的詩詞刊物（包括報紙）十餘種，内部印行的詩詞刊物以及自刻自印的詩詞别集已不可計數。各種刊物所登載的詩詞，也不乏吐露民心真情的抒情之作。風流文雅，盛況空前。在衆多的社團組織中，雖未見專門詞社，專門的詞業刊物也衹有上海的《詞學》一種，但詞與詩並不分家。在目前形勢下，詞這一特殊詩體，其活動天地是極爲廣闊的。

近百年來詞業，經過三個時期的演變發展，從復舊到革新，從革新到復舊，循環往復，形成了具有自己特色的當代詞，即百年詞。與千年詞相比，當代詞，即百年詞的成分是較爲複雜的，在它身上，復舊與革新永遠存在著難以調和的矛盾。這是我對當代詞，即百年詞的總的看法。

二

本編採録對象爲當代詞，即百年詞。近百年來，詞這一特殊詩體，在上述三個時期的演變發展過程中，所湧現的作者當有數百成千之衆； 本編採録作者三百餘家，詞三千餘首。三百作者，依其詞業活動情況，大致可分爲三代。 王允晳、廖恩燾、何振岱、劉毓盤、趙熙、俞陛雲、周岸登、林鵾翔、陳洵、楊玉銜、冒廣生、夏仁虎、金天羽、張爾田、易孺、夏敬觀、王國維、葉恭綽、郭則澐、吕碧城、馬一浮、沈尹默、吴梅、陳世宜、壽鑈、黄侃、邵瑞彭、劉永濟、蔡嵩雲、汪東、喬曾劬等人爲第一代，姚鵷雛、毛澤東、徐行恭、劉蘅、顧隨、陳聲聰、趙尊岳、張伯駒、沈軼劉、夏承燾、俞平伯、胡士瑩、馮沅君、唐圭璋、周夢莊、龍榆生、詹安泰、陳娜、黄君坦、丁寧、陳家慶、李祁、鍾敬文、繆鉞、盧前、宛敏灝、吕貞白、胡邵、潘景鄭、吴世昌、錢仲聯、蘇仲翔、沈祖棻、盛配、萬雲駿、何之碩等人爲第二代，吴天五、任銘善、吴則虞、黄墨谷、陳邇冬、吴調公、周退密、戴維璞、徐定戡、蔣禮鴻、饒宗頤、張珍懷、寇泰逢、趙濤翰、秦似、劉逸生、盛静霞、琦君、羅忼烈、宋亦英、茅於美、陳邦炎、霍松林、吴紹烈、彭靖、喻蘅、史樹青、葉嘉瑩、劉征、張牧石、王筱婧等人爲第三代、第四代。 在當代詞壇，第一代作者的主要貢獻在於承前啓後，第二代作者是中堅力量，第三、第四代作者乃後起之秀。 以下著重介紹第二代詞人中十名具有較大影響的作者： 徐行恭、陳聲聰、張伯駒、夏承燾、唐圭璋、龍榆生、丁寧、詹安泰、李祁、沈祖棻。

（一）夏承燾、龍榆生、唐圭璋、詹安泰

夏承燾（一九〇〇—一九八六）、龍榆生（一九〇二—一九六六）、唐圭璋（一九〇一—　）、

詹安泰(一九〇二—一九六六),以畢生精力治詞,不旁騖他業,著作等身,並且長期掌教,培養了一批又一批詞弟子,對於當代詞業建設有著突出的貢獻。

夏承燾字瞿禪,號瞿髯,浙江永嘉(今温州市)人。十四歲即嘗試填詞,所作《如夢令》有句「鸚鵡,鸚鵡,知否夢中言語」,頗見詞才。十九歲中學畢業,刻苦自修,三十歲前後即專門從事詞學研究工作。夏氏治詞,其突破口是白石聲學及詞人譜牒學。他的第一篇學術論文《姜白石旁譜考辨》在《燕京學報》發表,即引起詞界廣泛注視,他考訂詞人繫年,著《唐宋詞人年譜》,也爲當代詞學研究奠定了堅實的基礎。但是,夏氏治詞並不以此自限。他認認真真地編撰詞人年表,不厭其煩地札録詞例,對於某一詞人的某一具體事迹,對於某一作品的某一特殊事例,一一進行過細研究;他把這一工作當作一項基礎工程,他的目的是在這一基礎上,進行構造詞學史乃至學術史、文化史的高樓大廈。經過六十幾年的努力,夏氏治詞的遠景規劃儘管尚未實現,但他有二十餘種詞學專著傳世,並留下《詞林繫年》及《詞例》兩巨著的未完稿,這卻是前無古人的。同時,夏氏從事詞的創作,也頗見其胸襟與氣度。他通曉聲律,而集中卻絶少和韻之作,也極少見所謂四聲詞。四聲配搭,衹重去聲,其餘不拘[28]。他曾學習姜白石、張玉田和蔣竹山,卻不忘「唤起龍洲門豪語」(《謝劉海粟畫家贈墨荷》中語)。夏氏不滿意吴文英,有朋友謂其詞「已由白石入夢窗」,則頗不以爲然,謂:「予於二家實皆未用心也。」[29]夏氏曾自謂：「早年妄意合稼軒、白石、遺山、碧山爲一家，終僅差近蔣竹山而已。」[30]並謂：「念宋詞有深遠堅蒼一種，與唐五代之婉麗靡曼者不同。予好以宋詩意境入詞，欲合唐詞宋詩爲一體，恨才力不足副之。」[31]夏氏治詞，雄心勃勃，他想在詞史上另闢新境。夏氏曾在日記中寫下這麽一段話：「思中國詞中風花雪月、滴粉搓酥之辭太多，以外國文學相比，其真有内容者，亦不過若法蘭西人之小説。求若拜倫哀希臘等偉大精神，中國詩中當難其匹，詞更卑靡塵下。東坡之大，白石之高，稼軒之豪，舉不足以語此。以後作詞，試從此闢一新途徑。王静安謂李後主詞，有釋迦、基督代人類負擔罪惡意，此語於重光爲過譽。中國詞正少此一境也。」[32]可見，夏氏治詞，並不拘拘於詞内討生活，其視野甚爲開闊，其所作詞絶非世俗所謂豪放、婉約二派所能概括。夏氏從二十餘歲起，就在詞界享有盛名，其生前即被尊爲一代詞宗。晚清四大詞人中的朱祖謀，對夏氏極爲器重。第一代詞人中，周岸登、林鵾翔、楊玉銜、冒廣生、金天羽、張爾田、夏敬觀、吴梅、馬一浮、劉永濟諸輩，曾與夏氏共同探討詞學問題。第二代詞人中，張伯駒、唐圭璋、龍榆生、詹安泰、黄君坦、丁寧、李祁、錢仲聯諸輩，對夏氏甚欽佩，相與切磋更爲密切。第三、第四代詞人，有的爲夏門弟子，有的是夏氏崇拜者，夏氏詞業，代有傳人。

龍榆生，原名沐勳，自稱龍七，後又名元亮，江西萬載人。早年從朱祖謀治詞業，爲其傳燈弟子。朱祖謀去世，遺稿由龍氏整理刊行。龍氏治詞，承襲朱祖謀衣鉢，又有所創新。朱祖謀治詞重在校勘之學，他不善説詞，晚年有人求教，多轉介至況周頤處。而龍氏則不同。龍氏除了箋注《東坡樂府》以進一步發明師説外，還善於説詞。龍氏所著《詞體之演進》《東坡詞綜論》《易安詞綜論》《晚近詞風之轉變》《如何建立中國詩歌之新體系》等文章，立論皆甚宏觀。龍氏於三十年代在上海主辦《詞學季刊》，四十年代在南京主辦《同聲》月刊，幾乎每期都有大塊文章。在當代詞人中，龍氏是足以與夏氏相匹敵的。但是，由於生活經歷不盡相同，個人稟賦也不相同，其治詞門徑及詞學觀也就不一樣。因而，其成就也就不同。夏氏生性樂觀，一生中有兩大嗜好：一爲讀書，一爲遊歷。夏氏反對讀書苦，主張讀書樂。「平生好游，聞有佳山水即欣然往」[33]，將美好湖山也當作一部書來讀。夏氏治詞，講究聲音，講究法度，但不作繭自縛，所謂情之所至，筆之所到，是毫無拘謹的。夏氏的詞既是自我人生樂趣的具體體現，又是江山神秀之所鍾，永遠有一種靈氣在其中。而龍氏則有所不同。年青時因生計所迫，其心境與詞境已帶苦寒滋味。中年以後，遭遇艱難，身心未爽，其聰明才智不得充分發揮，成就受到一定限制。但龍氏乃治詞能手，深知其中三昧，有關詞的見解甚爲精到。龍氏論詞重意格，謂：「夫所謂意格，恒視作者之性情襟抱，與其身世之感，以爲轉移。」[34]這就是説，詞作之有無意境，品格之高低，是與作者的生活道路及思想情感密切相關的，要提高詞的意格，必當於詞外求之。這是一個方面。另一個方面，龍氏論詞並重詞內功夫，他很重視詞作品對於作者性情的陶冶作用。夏承燾《天風閣學詞日記》載：「（一九三一年七月三日）接榆生信。謂予詞專從氣象方面落筆，琢句稍欠婉麗，或習性使然。此言正中予病。自審才性，似宜於七古詩，而不宜於詞。好驅使豪語，又斷不能效蘇、辛，縱成就亦不過中下之才，如龍洲、竹山而已。夢窗素所不喜，宜多讀清真詞以藥之。」夏氏自我剖析，與榆生之啓發密切相關。由此可見，龍氏深知治詞門徑，對於填詞此道，堪稱行家裏手。龍氏在詞史上的貢獻，大致包括三個方面：第一，創辦詞學刊物，在三十年代，成爲上海詞學重鎮的一位中心人物；第二，著詞論，爲詞學宏觀研究發揮奠基作用；第三，編輯《唐宋名家詞選》《近三百年名家詞選》及編撰《唐宋詞格律》，三本書已成爲當代治詞者人人案頭必備之書。龍氏詞學根基甚深厚，可惜於「文革」中抱憤而終，其著述，除《詞曲概論》已出版外，尚有《詞學十講》、詞集若干卷及大量專論有待結集刊行。

唐圭璋，江蘇江寧（今南京市）人。早年從吳梅治詞曲，與盧前同學。盧專攻曲，唐專攻詞。抗日戰爭以前，唐氏以全力校輯《全宋詞》。抗戰期間，唐氏任教重慶沙坪壩中央大學中文系，爲配合教學，撰寫大量論文。一九四九年後，一邊教書，一邊著述。唐氏治詞，在詞籍校勘方面業績甚爲顯著，繼《全宋詞》之後，所輯《全金元詞》，規模也甚可觀。這兩部詞叢編都是有功詞苑之巨構。此外，唐氏尚有《詞話叢編》五册，將歷代詞話八十五種匯爲一編，也爲詞學理論研究提供豐富的材料。唐氏兢兢業業，六十幾年來爲當代詞業建設做了大量具體工作，這是衆所周知的。至其詞論及詞作，則爲其校勘方面的成就所掩蓋。實際上，唐氏詞論及詞創作，其造詣也是很高的。唐氏論詞對於況周頤所倡導的拙、重、大標準極爲推重。曾謂：「拙、重、大是主要傾向，《風》《騷》以來無不如此，這不等於抹煞一切日常見聞、清新俊逸的作品。杜甫的『數行秦樹直，萬點蜀山突』，多麼深刻、形象、重、大，但『細雨魚兒出，微風燕子斜』又何等輕靈細緻。顏魯公書力透紙背就是拙、重、大，出於至誠不做雕飾就是拙、重、大，因此，真摯就是拙，筆力千鈞就是重，氣象開闊就是大。『爲君憔悴盡，百花時』，『不如從嫁與，作鴛鴦』，『除卻天邊月，沒人知』，『覺來知是夢，不勝悲』，都是真情鬱勃，都是拙、重、大。」[35]並以此爲指導思想，編撰《唐宋詞簡釋》，以具體體現其詞學觀點。在創作方面，唐氏有《夢桐詞》，存詞一百三十三首。其中，六十一首爲抗戰期間所作，頗能體現其拙、重、大之旨。唐氏三十五歲即遭鼓盆之戚。次年，抗日軍興，避寇入蜀，詞章所寫家國存亡之痛及個人身世之感，都是內心真情實感的自然流露，頗能動人心魄。由於家庭環境以及身體條件的限制，唐氏一向生活清苦，未能象夏承燾那樣，年青時「遊蹤雖未半天下，已勝當年謝客兒」[36]，但他堅守崗位，默默無聞地工作，經過六十幾年的辛勤勞動，著述山積，和夏氏一樣同爲海内外學者共敬仰。

詹安泰字祝南，號無庵，廣東饒平人。自幼酷愛古典詩詞，六歲進小學，十歲學寫詩，十三歲始填詞。大學畢業後，在嶺南從教垂四十年。詹氏平生治學，專於宋詞，而尤以周、姜研究爲最有得。詹氏論詞主境界，重寄托。曾謂：「詞至東坡，境界最大，取材最廣，可以議論古今，其作用不亞於詩文，蓋至是而詞體乃尊矣。」並謂：「作者之性情、品格、學問、身世以及其時之社會情況，有非他種史料所得明言者，反可於詞中得之也。」因此，詹氏十分重視關於宋詞社會意義的研究。四十年代初，詹氏在中山大學爲研究生講授詞學，曾將多年研究成果撰爲《詞學研究》，書稿包括十二論：論聲韻、論音律、論調譜、論章句、論意格、論修辭、論境界、論寄托、論起源、論派别、論批評、論編纂。初稿僅存前七論。六十年代初，又撰《宋詞研究》（未完稿）。二稿已由其門生湯擎民整理合編爲《詹安泰詞學論稿》出版。詹氏《詞學論稿》是一九四九年以來第一部自成體系的詞學理論專著。除了理論建樹，在創作實踐上，詹氏成就也是頗爲卓絶的。三十年代，詹氏在詞壇上已頗有聲譽。吴梅曾稱其爲「取徑一石（姜白石）二窗（吴夢窗、周草窗）而卓有成就者」㊲。其後，詹氏復得陳洵關於「問塗碧山，宜所先也」之緒論，即專學王沂孫，並參究晚清王、鄭、朱、况四家之詞源，詞風爲之一變㊳。他的第一部詞集《無庵詞》於一九三七年出版。兩年後，刊印詩集《滇南掛瓢集》。詹氏與國内倚聲名家夏承燾、唐圭璋、龍榆生、李冰若、盧前、陳運彰等時相酬唱，研究詞學問題，成爲詞界知交。詹氏生前手書《鷓鴣巢詩》《無庵詞》稿本，饒宗頤序其詩，方孝岳、羅倬漢、夏承燾、唐圭璋、程千帆諸輩，或爲作序，或爲題辭，均予高度評價。此稿於一九八三年在香港影印刊行。詹氏所作詞，每將家國身世之感寄寓其間，有著深邃的命意，而且，他的詞綿麗而有疏宕之氣、空靈之境及沉鬱幽憂之思，在當代詞壇獨樹一幟。

（二）丁寧、李祁、沈祖棻

丁寧（一九〇二—一九八〇）、李祁（一九〇二—　　）、沈祖棻（一九〇九—一九七七），是當代詞壇三位傑出的女詞人。三人經歷不同，但天分皆極高，其詞業成就備足稱道。

丁寧字懷楓，又字曇影，號還軒，江蘇鎮江人，後隨父移家揚州。幼喪父。十三能吟詠，二十能散文，三十善擊劍，乃絶代之才女。因爲嫁與不良，受虐待，要求離婚，其母要其跪下發誓，不再嫁人，方纔應允。丁氏終於孑然一身，依母以活。數年來，受盡種種摧折，神經受刺激，幾欲成癲。後來，從程善之學佛，纔稍除昏擾[39]。抗日戰爭期間，丁氏隨母避難滬濱，與海上諸文士時相往還。夏承燾、任銘善、王巨川等均與唱和，而與龍榆生過從甚密。母病故，家資蕩盡，龍氏爲介紹至南京國學圖書館，以傭書自給。一九四九年後，調至安徽省圖書館任古籍管理員。晚年受聘入省文史研究館。身世蕭條，生活清苦，其境遇至可悲詫。然而，正因爲有此境遇，其詞纔有他人所未能到達之境界。尤其是抗戰以後所作詞，其個人身世之感已與家國之痛完全融合在一起，因而顯得更加扣人心弦。例如「搔首幾回將天問，問神州何日烟塵歇」（《金縷曲》）以及「沉沉雲樹，渺渺山川，消息阻烽烟。悵望天涯，天涯不似故鄉遠」（《薄媚摘遍》）。這一些已遠遠超出了個人哀怨的範圍。所以，有人把丁氏比作當代的李易安。謂：「昔譚復堂謂，咸同兵燹，成就一蔣鹿潭，余亦以爲抗日之戰，成就一還軒矣。若其遭逢喪亂，顛沛流離，又與漱玉無殊。」（施蟄存語）當然還軒集中不少篇章所寫乃屬個人哀怨，不一定與邦國大事相關，但這類篇章多數以血淚書之，不同於一般無病呻吟之遊戲文字。所謂：「清泠澈骨，悱惻動人，確是您的心聲。」（郭沫若語）這就是他人所無法企及的。丁氏有《還軒詞存》四卷，録詞二百零四首，於一九八〇年手訂刊行。

李祁字稚愚，湖南長沙人。自幼頗好古典詩歌。曾受業於李肖聃、劉麟生門下。工詩詞，並擅新詩。一九二二年起，即在《晨報》詩刊、《新月》雜志以及《宇宙風》《人間世》等刊物發表詩歌、小説、散文及翻譯作品，頗得徐志摩贊賞。一九三三年參加中英庚款招考第一届留英學生考試，赴牛津大學攻讀英國文學。一九三七年學成歸國。抗戰期間，輾轉流離，倍嘗艱辛。抗戰勝利後，至浙江大學任教。一九四八年冬應聘赴嶺南大學講授英國文學，一個學期之後，想取道香港由海路返回，因道途受阻，不得成行。此後，臺灣大學傅斯年函電相邀，轉臺執教。一九五一年後由香港赴美，從事中西文化交流及研究工作至今。李氏治學興趣相當廣泛，並注重中西詩學比較研究，對於詩詞本質認識尤爲深刻。抗戰期間，李氏任教福建三元（今三明市）之江蘇學院，曾以《詩的本質》爲題，就新詩、舊詩、西洋詩、中國詩進行深入探研。指出：「詩所給我們的，不是理智上的真理，而是使人有機會接近人生最真實的經驗。」例如：愛、鬥争，死和死後的一切，這四件事所給予人的經驗就是人生最真實的經驗。同時，這四件事也是人生所最不能分析解決，即使得人生之所以爲人生的事。這是人生喜怒哀樂的本源。所以，當喜怒哀樂之情動於中的時侯，人就要寫詩，這就是詩的本質。李氏認爲，這是古今中外詩創作的共同規律。李氏治詩詞，視野甚寬闊，造詣非同一般。李肖聃曾謂其「天分絶高，文采秀發」。並批其早期作品曰：「含綿邈於尺素，吐滂沛乎寸心。雅韻欲流，群言旁挹。循覽一過，快慰莫名。」李氏填詞，頗喜蘇、辛及姜白石，所作清剛柔婉並饒深長意味。在浙江大學任教時，住西湖羅苑，臨湖而居，曾有《浣溪沙》四首，狀寫西湖美景及内心美好感受。夏承燾見此詞，讀至「半湖青玉望風欹」一句，即大聲稱道：「以三分之一的西湖換此一句何如？」李答：「否」。夏即謂：「那就半個西湖」。可見其傾慕心情。旅居海外，李氏出版學術著作近十種，所著《李祁詩詞集》手稿也於一九七五年由臺灣藝文書局影印刊行。最近幾年，李氏正與助手歐邁愷（Micheal Ptrick O'connor）博士合譯《近代中國詞選》並撰寫學術巨著《朱熹研究》。二書即將由美國加州大學出版社出版。飄泊異域，心繫中華。李氏曾在大量詩詞中，抒寫其思鄉情緒。李氏並將幾十年所作親自手訂爲《李祁詩詞全集》，寄回國内。此書將由中國友誼出版公司出版。在海外數名女詞人中，李氏學識最淵博，成就最卓著，在當代中國詞壇，亦堪稱大家。

沈祖棻字子苾，别署紫曼，浙江海鹽人。汪東女弟子。大學期間，即有詞名，頗得前輩贊賞。一九四二年始以詩律教授，在各大學任教垂三十載。一九七七年，不幸死於車禍。沈氏所作詞，善於以平常之閒言語，抒寫極生動感人之真情性，詞家當行，有過於易安。傳世《涉江詞》五卷，存詞三百八十九首，頗多上乘之作。因其善以斜陽、故國、山河、胡塵入詞，尤其是用斜陽二字無不佳，人稱沈斜陽[40]。汪東序其《涉江詞稿》，謂其十餘年來有三變：「方其肄業上庠，覃思多暇，摹繪景物，才情妍妙，故其辭窈然以舒。迨遭世板蕩，奔竄殊域，骨肉凋謝之痛，思婦離别之感，國憂家恤，萃此一身。言之則觸忌諱，茹之則有未甘，憔悴呻吟，惟取自喻，故其辭沈咽而多風。寇難旋夷，杼軸益匱。政治日壞，民生日艱。向所冀望於恢復之後者，悉爲泡幻。加以弱質善病，意氣不揚，靈襟綺思，都成灰槁，故其辭澹而彌哀。」沈氏詞業發展道路，於汪序大致可見其大概。但汪序所説，均爲其舊作，一九四九年後，沈氏潛心教學與研究，未見新作。因此，年青讀者看《涉江詞》，如果不是聯繫其具體社會背景，就難免有一種隔世之感。至於沈氏詞學觀點及詞論，可從《宋詞賞析》及所附録數篇論詞文章探知一二。沈氏論詞是有一定針對性的。在高等學校中文系，青年教師及研究生認爲：宋詞不大好懂，要批判其思想内容比較容易，要肯定其藝術技巧則比較困難。沈氏論詞，便側重於藝術分析。而且，對於某種傳統偏見，也大膽地予以糾正。例如蘇軾，近代以來的詞論家多肯定其以詩爲詞，並將其推尊爲文學革命的典型。沈氏論蘇，既肯定其以詩爲詞的一面，又肯定其以詞爲詞的另一面，並且較爲客觀地評判蘇詞創作的歷史功績及流弊。沈氏論詞，在當時重思想、輕藝術，以政治鑒定替代藝術批評的社會環境中，無疑是非常難得的。沈氏能創作，並且有理論，是當代女詞人中的高手。

（三）張伯駒、陳聲聰、徐行恭

張伯駒（一八九八—一九八二）、陳聲聰（一八九七—一九八七）、徐行恭（一八九三—　），經歷與上述諸詞人有所不同。三人中，除張伯駒外，治詞時間均較晚，而且三人均不曾在高等學校及專門研究機構研治詞學，但三人均享高壽，從事詞業活動時間仍甚長，經驗十分豐富，與詞界作者交往也甚爲廣泛，在當代詞壇，是頗有影響的人物。

張伯駒字叢碧，河南項城人。出身於官宦之家，與清季鎮國將軍溥西園、袁世凱次子袁寒雲、張作霖愛子張學良並稱四大公子。伯駒七歲時過繼給伯父張振芳。振芳爲前清進士，袁世凱任直隸總督時，振芳任長蘆鹽運使；袁世凱爲大總統，授振芳爲直隸總督。振芳投資百萬大洋，創建北方第一家商業銀行——中國鹽業銀行。伯駒爲這個家族的惟一繼承人。伯駒七歲入私塾，九歲能詩，人稱神童。稍長，就讀於天津新學書院。十九歲時，入袁世凱兼團長的中央陸軍混成模範團騎科。畢業後晉升爲提調參議。但伯駒「悔覓封侯」（《八聲甘州・三十自壽》），也不願意繼承家業，三十以後，即全力爲詞，並廣泛收藏古書畫。伯駒多才多藝，既工詩詞、能繪事、擅京劇、精鑒賞，又有高超棋藝[41]。但對於詞業建設尤爲熱心。三十年代，曾參與郭則澐、傅沅叔、林葆恒諸輩所創立之蟄園詩社及瓶花簃詞社，賦詩填詞，在京、津一帶頗有名氣。至一九五〇年，全國各地詩社、詞社活動基本絶迹，伯駒則續創庚寅社（即展春詞社），試圖重振詞業。這是清末以來至中華人民共和國成立，最後一個詞社。五十年代中期，伯駒並與葉恭綽等人上書周恩來，建議成立全國性的韻文學會。此舉得到了周恩來的支持。後因種種緣故，此事耽擱了二十餘年。七十年代末，張伯駒與夏承燾再度發起，經各地吟友大力贊助，中國韻文學會纔於一九八四年秋在長沙成立。幾十年間，伯駒爲發展詞業做了大量工作。同時，他還身體力行，勤奮創作與著述。伯駒以藝術爲生命，其詞重情性、重氣質，一切皆出以自然真率，甚是本色當行。其《叢碧詞》集三十至五十二歲所作爲一卷，先有木刻本，後增訂排印。周汝昌爲撰跋，曰：詞以李後主始，而以伯駒爲殿。此語一出，諸詞老皆驚。此後二十餘年，再集《春遊詞》《秦遊詞》《霧中詞》，各附自序。至一九七四年，一年之内得二百數十首，命爲「無名詞」。自謂：「蓋爲知止而止，此後不再爲詞，無詞即無名矣。使余心如止水，如死灰，盡忘一生之事；於余一身未了將了之前，先入此境界。」但以後又有《續斷詞》，爲補平生未了之緣。伯駒一生所作詞以數千計，上述六集乃生前自定稿，僅一千餘首。伯駒身後，其婿樓宇棟將其輯爲《張伯駒詞集》，於一九八五年五月由中華書局出版。此外，伯駒還十分重視詞學理論研究，所著《叢碧詞話》，「談藝賞音，折衷衆説，時得真解」，是真能知詞者之言也[42]。在近百年來，伯駒是不可多得的一位專業詞人。

陳聲聰字兼于，號壺因，又號荷堂，福建福州人。少時才質穎異，讀書不願死記硬背。畢業於中國大學政治經濟科，長期從事税務工作。一九四九年後在上海某工廠任職，並受聘爲上海文史研究館館員。陳氏於詩書六藝，無所不通。早歲在北京，即以書法名於時。亦工詩，而不常示人，僅加入其外舅方策六及林仲樞糾合之穀社。其爲詩，先學江西體，後學東坡、誠齋，莩甲新意，漸近自然。又因詩而喜詞，與邵伯褧、袁文藪、壽石工、向仲堅諸詞人遊，然不肯輕易嘗試。及至在重慶結認喬大壯，受其影響，即稍有所作。但大量創作是一九四九年以後的事，當時在上海，遇李蘇堂、徐行恭、龍榆生等人，始相約填詞。陳氏以作詩、作文的才情與經驗治詞，遊戲三昧，很快獲得突出成就。陳氏自言五十以後始作詞，初喜玉田、梅溪，謂玉田清空瀏亮，可以見才氣，梅溪盡態極妍，可以窮物狀，宜於學步。但他天機袞袞，才情敏贍，實非玉田、梅溪所能限㊸。何之碩評其詞曰：「小令和婉韻秀，長調疏蕩清空。自謂喜梅溪、玉田，實亦兼得東坡勝處。」所著《壺因詞》，以舊形式譜寫新内容、創造新詞境，已達到爐火純青的境界。陳氏填詞，起步較晚，但已有四十餘年歷史。因其閱歷長，交遊廣，對於近百年來填詞家的情況非常熟悉，陳氏已成爲當代詞壇承前啓後的一位重要人物。陳氏詞界朋友遍天下，民國以前出生的作者，他所見到的，自譚獻以至陳匪石、吕碧城、龍榆生、丁寧、沈祖棻等，有四十五人，民國以後出生的作者，到其寓所茂名南路兼于閣求教者，尤其難以計數。陳氏晚年，其書齋號稱小沙龍，滬上一批老詩人、老詞人，每逢週五，都前去品茶譚藝。例如高仁偶、陳琴趣、沈軼劉、陳九思、包謙六、施蟄存、周煉霞、吕貞白、何之碩、周退密、張珍懷諸輩，皆爲其座上賓客。小沙龍盛時，與會者一、二十人。談詩説藝，春風滿座。陳氏曾賦七絶一首，記述當時情景：「譚藝清茶一盞同，寒齋亦號小沙龍。題詩早已紗籠壁，勝聽闍黎飯後鐘。」陳氏治詞，既有創作，又有理論。一九八〇年刊行《壺因詞》（自刻本），録詞近百首，以後所作尚未結集；一九八六年出版的《填詞要略及詞評四篇》，收入《填詞要略》《讀詞枝語》《閩詞談屑》《論近代詞絶句》《人間詞話述評》五種詞學著述，從各個不同角度爲今之讀詞、填詞者，提供豐富的經驗，是一部傳授入門秘訣的書。陳氏一生的成就，詩大於詞，所著《兼于閣詩》《兼于閣詩續》《兼于閣詩再續》，存詩七百餘首，一九八〇年以後所作未包括在内，並有《兼于閣詩話》《兼于閣詩話續編》傳世。可以説，陳氏乃以餘事作詞人，但是，就其詞業成就看，在當代詞壇，亦足名家。

徐行恭字顒若，號曙岑，别號竹間居士，晚稱玄叟，浙江杭州人。一九四九年前曾在銀行任職。一九四九年後爲浙江省文史研究館特約館員。徐氏早以詩名，三十七歲時即有詩集行世。所刻《竹間吟榭集》十卷，得古近體詩千餘首，大都宦游北京時所作。後有續集十二卷，詩千餘首。徐氏與陳聲聰爲詩壇舊交。京都别後，至一九四九年秋，兩人復聚於上海，即相約填詞。徐氏與陳氏一樣，其詞名均爲其詩所掩。徐氏善爲深湛綿邈之思，含豪孤往，對於詞的造詣獨深。四十餘年，所著《延佇詞》三編，得詞六百首。其詞「於雍容大雅之中，融會意境，抑揚聲律，不失宋賢矩範」，其目標，即在熔浙、常二派於一爐（陳世宜語）。徐氏自五十年代中即退休，居杭州之湖墅倉基上，近年遷拱墅區公房。閒居無事，專致著述，並廣泛結交海内、外詞家。徐氏今年九十六高齡，爲當代詞人中最年長者。徐氏雖未有詞學理論專著行世，但當代詞家如有詞集印行，多乞爲序。大量序文，體現了他的詞學觀點。其中既有對於千年詞史的評判，又有自身治詞的經驗之談，能發前人所未發，令人信服。最近，徐氏有《學詩與詞之緣起及詞中一得》一文，自叙其治詩治詞之心得體會，謹轉録於此，以參供考。

昔孔安國貧，與人庸鉏，休息輒誦讀經典。僕少也賤，亦嘗繫累衣食，寄人廡下。掩燈自課，轉慕前哲，刻苦奮厲。弱冠，侍父北走上京。旋役役於世之所謂仕者，博升斗，資事畜焉。年二十六，忽思爲韻語。偶過燼餘廢墟，恍若有觸。歸寫爲五字詩，得「焦木卧斜陽」句。父見之曰：「嘻！是可學也。」遂寢饋於斯，雖簿書壓腕，未嘗輟業。復承教於諸長德碩顏，藝得漸進。此爲學詩之始。

向僕崇詩黜詞。以爲此昵昵兒女語，非丈夫所當爲。洎賦中年，遭逢板蕩，詩猶懶理，遑顧其他。歲乙酉（一九四五年），京觀封鯨，神州復旦。越五稔而次庚寅（一九五〇年），謀食歇浦，行年且五十有八矣。偶與三五素心，休務小集。緣詩及詞，縱踴嘗試。林君松峰，陳君兼于，實導先河。稍習，覺詩有所不能宣者，惟詞或能達之。於是靈襟默運，一泄諸詞，轉視詩爲少趣。因嘆夙見之隘，唐突前哲，心滋愧焉。此爲學詞之始。

詞主意境，次藻采。有意境，無藻采，則滯。有藻采，無意境，則滑。意境見才華，藻采見學力。二者得兼，一以聲律貫之，方等完璧。至運用典故，誠佐比興，但捋扯過僻，鄰乎晦澀，反阻生機，亦爲操觚家之一蔽。至若含思綿邈，寄托出入，神貴自然，意主沈鬱，聯起結之紐，嚴上去之辨，則岳嶽前賢，諭之熟矣，無俟淺學者之一再喋喋。慚廁前茅，渴期後勁。歲次戊辰（一九八八年）人日，玄叟徐行恭書於杭之北墅春最樓，時年九十有六。

上述十大詞人，就其詞業成就看，雖各有其側重點，但也有共通之處。第一，具有一定數量與品質的詞作品；第二，對於詞學此道體會深刻，或多或少均有詞論著述傳世；第三，詞業活動時間長，接觸面廣，當代詞壇許多重大事件都與其相關。十大詞人中，七人已逝世，三人仍健在。徐行恭居杭州，日課一詞，唐圭璋居南京，正指導博士研究生，李祁居美國，仍念念不忘故國家山。三人乃當代十大詞人中僅存之碩果。

三

以上兩部分已就近百年來詞業發展概貌以及十大詞人的詞業活動作了粗略的描述，這裏擬就詞業發展過程中若干值得探討的問題談談個人看法，以供進一步研究參考。

（一）詞體繼續生存並發展的原因何在？

近百年來，社會歷史發生了激烈的變化，唐宋時期詞所藉以滋生的社會條件已不復存在，詞這一詩歌樣式經歷過種種衝擊，幾次被打入泠宫，爲甚麽還能生存下來，並有今日如此繁榮昌盛的局面？這是當前詩界、詞界所關注的一個問題，但人們有關這一問題的答案，仍然較爲籠統。諸如因其具有悠久的歷史，所以打不倒，或因其擁有廣泛的社會基礎，所以能够繼續存在與發展，等等，都未能將問題的實質講清楚。此外，有的則僅僅是羅列事例，説明存在，並未揭示其根源。因此，這問題有必要進一步加以探討。

近百年來，詞這一詩歌樣式繼續生存、發展的原因，我看有以下三點：

首先，從詞體本身看，它具有特殊的形式、特殊的結構組合方法以及由此而形成的特殊性格，這是詞體所以能够在各種文體相互競争中不斷獲勝而得到生存發展的主觀原因，即内因。

現傳千餘詞調、近二千體式，在字聲安排、句法、韻協（叶）以及聲情配搭等方面都有嚴格的規定，看起來很不自由，實際上各種各樣的體式，姿態萬千，正爲人們抒寫情感、反映真實，提供可以任意選擇的廣闊天地。有人認爲詞是我國文學史上的一種自由詩，或白話詩，這是有一定道理的。與近體格律詩相比，詞在格式上、在語言運用上確實較爲自由，並且通俗化。例如，敦煌歌辭中的許多曲子詞以及唐宋時代文人學士爲應歌所製作的大量小歌詞，可以説都是當時的自由詩，或白話詩。鼎盛時期的詞，它的自由詩，或白話詩的優越性，通過合樂歌唱的形式，有了充分的發揮，終於發展成爲「一代之文學」。這在中國文學史上已得到充分的肯定。宋以後，詞樂不傳，詞已成爲一種不必合樂、不一定可歌的韻文體式，但它自身所具有的自由詩，或白話詩的優越性，並未完全喪失。因爲，音理失傳，詞格俱在[44]。詞體流傳下來的種種格律模式，一整套嚴格的結構組合規則，包括字聲、韻協（叶）等格式規定，正是鼎盛時期歌詞合樂所留下的音樂印記。宋以後的詞，不同於一般韻文體式，它仍然是一種特殊的詩歌樣式，即特殊的韻文體式。這種特殊性體現在：詞的格式並非與內容表達、聲情表達毫無相干的空架子，而是對於內容組合、聲情配搭具有一定參與意識的特殊格式，而且正因爲這種特殊格式的制約，所謂「能言詩之所不能言，而不能盡言詩之所能言」[45]，也就形成了詞的特殊性格。關於詞的特殊性格，拙著《詞與音樂關係研究》曾指出：一、「詞以境界爲最上」，此境界，「非獨謂景物也。喜怒哀樂，亦人心中之一境界」（王國維《人間詞話》），創造「人心中之一境界」，這既是詞的藝術職能，又是詞的特性。二、「詩緣情而綺靡，賦體物而瀏亮」（陸機《文賦》）；詞發揚了六朝時期詩、賦緣情、體物的傳統，將閨音與豔情，作爲自己的傳統題材。三、「詞以清切婉麗爲宗」（紀昀《四庫全書總目提要·東坡詞提要》），清切婉麗，就是詞的本色。合此三者，便構成了詞的性格，也就是詞的特殊性格[46]。當然，隨著社會發展變化，詞的性格也不斷發生變化，但這種變化總是受到詞的特殊格式及特殊表現方法的約束，不可能變得和其他韻文體式一樣。所以，人們對於詞這一衆多韻文體式中的一體，至今仍然另眼看待。這就是近百年來詞體賴以生存發展的一個重要條件，也即内在因素。

其次，從詞體以外其他詩歌樣式看，近百年來詞的生存發展，也是新詩崛起所産生的相反相成作用的結果。這是詞體賴以生存發展的一個客觀原因，即外因。

本世紀新詩崛起，來勢很猛，一下子便統治了整個詩壇，但作爲一種開天闢地的新體詩，因爲不是一開始就能够自覺地植根於傳統文化的沃土當中，其成效一直未能令人滿意。即：新詩的發展，主要在借鑒，而忽視了繼承。諸如莎士比亞的十四行體，馬雅可夫斯基的階梯形式，拿來就用，開始時頗爲新奇，慢慢地就不帶刺激。於是，所謂無標點詩，或者衹有標點而没有文字的詩，一個問號、一個感嘆號就可以代表一首詩的詩，讓人眼花繚亂。至於内容，所謂存在主義、自我意識，更是出現了不少令一代大詩人變成詩盲的詩。等等。新詩的問題，引起了人們的不滿。早在二十年代，聞一多對於一味依傍外國、盲目按照别人的聲口腔調寫詩的做法，就已産生懷疑，提出：「勒馬回韁作舊詩。」㊼四十年代，陳毅作《湖海開徵引》，所謂「晚近新詩出，改革僅形式。其中洋八股，列位更末次」，也明確地揭示其弊病。建國以後，毛澤東不贊成在青年中提倡舊體詩詞，但其公開發表的是舊體詩詞而不是新體詩。而且，毛澤東還曾嚴肅地批評過新詩，謂：「用白話寫詩，幾十年來，迄無成功。」㊽近年來，若干詩盲的呼籲，也反映了新詩在發展變革中所出現的問題。所以，最近有人提出：「新詩須確立擺脱意識。」這種擺脱意識主要指「改變中國新詩被動接受世界文化思潮影響的局面」㊾。這説明，新詩界的有識之士對於借鑒西方所出現的弊端是頗有所感的。凡此種種，都爲舊體詩詞，尤其是詞，留下了一條生路。經過幾十年的實踐，某些原來寫新詩的作家如臧克家、陳邇冬、秦似、程光鋭、丁芒、劉征等，都轉而專寫舊體詩詞或寫舊體詩詞而兼寫新體詩，並獲得良好的效果。臧克家爲劉征舊體詩詞集所作序稱：

新詩、舊體詩，一脉相通。形式雖老而藝術要求初無二致。現在作舊體詩，必須思想新，感情新，語言新，否則不能稱爲今日之舊體詩。有人説：而今寫舊體詩，對新體詩説是一種倒退，其實不然。證之以劉征、光鋭之舊體詩詞，它們時代氣息撲人，讀之琅琅上口，較之不少晦澀之新詩，好懂而且易於成誦。詩之現實主義精神與時代風雲氣息之有無强弱，固不在形式而取決於内容。㊿

這裏提出了一個發人深省的問題：爲甚麽舊體詩詞反而比不少新詩「好懂而且易於成誦」？這除了説明不在形式之新舊、關鍵取決於内容這一道理之外，還説明舊體詩詞對於表現新思想、新感情，仍具有一定的適應性這一客觀事實。所以，當新詩未能爲藝術家表現真實提供「正確的形式」之時，藝術家不得不從傳統文化的寶庫中尋找「正確的形式」[51]，這就是新詩崛起對於舊體詩詞的發展所産生的一種推進力量。新詩崛起所産生的相反相成的作用，舊體格律詩及詞同時受益，這就是本文所説的詞體賴以生存發展的一個客觀原因。

再次，從社會文化心理看，因爲詞體所具有的特殊性，人們喜歡填詞，喜歡藉助於詞以寄寓懷抱，這是詞體賴以生存發展的另一個客觀原因，即另一個外因。但這也是由詞體本身所具有的特殊性所決定的。

近百年來，風雲變幻，尤其是經過「五四」新文化運動的衝擊，傳統的經世之文章已無補於世，白話文、白話詩取代了一切。在這一具體的社會文化環境中，既未能爲詞的滋生與發展提供優裕的物質條件，又未能因填詞而博得高官厚禄，爲甚麼人們仍然喜歡填詞？有一篇序文，揭示了其中奥秘。曰：

世變極矣，方識之無遂於國事經世之文，尚資白話，何言詞也；自公退食，博奕猶賢簿書，鞅掌已苦難堪，遑論詞也；不在其位，縱横捭闔，處心積慮，惟恐不亂，安問詞也；不寧惟是，營營干進，上官每不識字，恣睢草澤，揭竿便稱健者，更無事詞也。由此言之，士即能詞，無寧與世所謂名士，比權量力，今日佞神明，明日媚倡優耳。此詩文厄運，詞又豈能幸逃耶。雖然，文字之獄，詩文易蹈，詞則罕焉。誠以詞之爲物，顯者晦之，直者曲之，即有時姓氏事迹刻書靡遺，而閱者熟視無睹。芳草美人，祖詩父騷，其效乃竟至此也。此則詞所擅長，雖詩文比興、文號寓言，未可同年而語也。夫指斥乘輿，昔以爲罪，士論閔之。今則赳赳武夫，言者罪也；莘莘學子，言者罪也；甚至娥娥紅粉，言者亦罪也。既曰民主，乃無地非乘輿，則珏庵又惡得不姑以詞見耶。[52]

這是李澄宇爲壽鑈《珏庵詞》所作序。時一九二〇年五月。「五四」新文化運動方興未艾。但當時社會「乃無地非乘輿」，言論不自由，人們衹好藉助於詞以與社會上的權輿力相抗衡。因爲詞，繼承了《詩經》《楚辭》的傳統，在藝術表現手法上，可以使「顯者晦之，直者曲之」，即具有一定的隱蔽性，不易下文字獄。所以，人們即以詞而見知於世。這是六十年前的事。前一二年，有位新詩作者著文聲稱：在十年動亂中寫作舊體詩詞，是因爲當時隱藏在心底的話，不便以新體白話詩的形式直接説出，衹有舊體詩詞纔能準確表達。可見，大量牛棚詩、牛棚詞的出現，也與這種隱蔽性有關；六十年前或六十年後，人們喜歡填詞，同樣鑽了中國封建專制統治的空子。

當然，詞體反映現實所具有的這種隱蔽性也是有一定限度的。在中國「四五」運動期間所出現的詩詞熱潮就是一個明證。所謂「灑淚祭雄傑，揚眉劍出鞘」，廣場上所出現的大量詩詞作品，充分體現了作者不怕死、不怕下文字獄的英雄氣概。「四五」運動不僅衝破了詞體自身的隱蔽性，而且也衝開了一個缺口，讓舊體詩詞從冷宮裏解放出來，重新面向廣闊的社會人生。這一事實說明：詞體既有自身的特殊性，包括隱蔽性，又有對於客觀現實社會的適應性，它將隨著社會的變化而變化，與時代共推移，不斷向前發展。

到了開放、改革新時期，政治清明，似已無有可隱蔽之事，但人們的内心世界畢竟是繁複多樣的。所謂「有詩所難言者，委曲倚之於聲」[53]。人們仍然喜歡填詞。這就是近百年來詞業再度復興的社會基礎。

上述主客觀兩個方面的因素互相聯繫，互相影響，爲百年詞業的生存發展創造了有利的條件。這就是詞這一特殊詩體所以打不倒的原因。

（二）詞業現狀及發展前景如何？

詞體自身所具備的特殊性，有利有弊。既有較大的優越性，又有一定的局限性。近百年來的詞，充分體現了這一矛盾現象。例如，宋以後，歷經元、明、清，一直到現在，詞之所以能够繼續生存與發展，原因之一就在於它具有特殊的形式，特殊的結構組合方式，但詞的體制畢竟過於窄小，容量極爲有限，這對於反映現實、展現歷史圖卷，無疑是一種天然的限制。而且因爲詞作者從來講究疆界，講究詞與其他詩歌樣式的區别，這也於有意無意當中增添了種種限制。詞史上，經過幾番變革，不斷擴大體制，拓展疆界，詞的視野有所開展，詞的社會功能也有所提高。尤其是近百年來，千百作者進行種種探索，嘗試以舊形式表現新内容，詞所展現的歷史圖卷相當廣闊，這是以往時代的詞所無法比擬的。然而，近百年來的詞，即當代詞仍存在嚴重的缺陷，即：抒寫新内容、新思想難好，抒寫舊内容、舊思想易工，在反映現實的深度與廣度上，似不及其他詩歌樣式。第一代、第二代作者在舊社會多爲出色當行的填詞能手，進入新社會，不少人卻就此洗手不幹。究其原因，多種多樣，其中一條當是對於表現新内容、新思想感到無能爲力。所謂「學作新詩句未工」（俞平伯詞句），就是這一意思。某些人偶然效顰，也難見稱心之作。而第三、第四代作者，以舊詞譜寫新聲，也往往出現標語、口號式的篇章，少見佳作。因此，近四十年來，詞的創作似乎也有所分工。不少作者將自己的作品分爲兩類：一是可以登大雅之堂的適時之作，二是不見公婆、不示人，或衹在二三知己中流傳的性情之作。這兩種類型的作品各有長短，前一類作品有一定時代生活氣息，其缺點是，辭彙新、内容新，而缺乏詩的韻味；後一類作品透澈玲瓏，可見性靈，而有一種隔世之感。二者兼長的作品甚難得。最近幾年，改革、開放，這種分工似乎已不太必要，而綜觀各種公開或不公開的出版物，連篇累牘，仍然是詞多好少。

當代詞業所存在的缺陷，其原因，除了詞體自身的局限性之外，還在於：由於詩莊詞媚、詞爲小道、爲語業等傳統觀念的束縛，人們不習慣在詞中表現政治理想或進行倫理説教，嚴分疆界，當超過一定限度則變成作繭自縛；由於缺乏藝術創作經驗，凡是表現大題材、展示大場面，大多僅僅停留在就事論事上，祇要將事件本末套入詞中就算了事，或者滿足於湊合新名詞、新術語，未能將哲人之思與詩人之感融爲一體。因此，如上文所述，詞體在近百年來所面臨的復舊與革新的矛盾，至今仍然難以調和。

就詞業現狀看，所謂復舊與革新的矛盾，主要體現爲内容與形式的矛盾。詞業發展前景，即出路，就在於不斷探索解決這一矛盾的方法與途徑。近百年來的實踐經驗告訴我們，這種方法與途徑，就是舊瓶裝新酒。

舊瓶裝新酒，這是一切藝術形式不斷發展創新的共同規律。就詞的發展史看，本世紀四十年代陳毅創湖海藝文社，爲舊瓶新酒派樹立典型，一千多年前的柳永，所謂「變舊聲作新聲」、「大得聲稱於世」（李清照語），又何嘗不是舊瓶裝新酒。舊瓶裝新酒，這是一句老話，但是，仍有必要進一步加以闡述。

第一，關於瓶的問題，即形式問題。

瓶的問題，即形式問題，至關緊要。近百年來，一直存在分歧意見：有的人認爲，詞的形式格律是僵死的模式，束縛思想，必須完全砸爛，重新來過。這叫不守格律，是上述解放派中的「極左派」。至今一二全國性報刊上所載某些祇是掛著招牌而全然不顧平仄韻部的所謂詞，就屬於這一派。另外有人認爲，既是倚聲填詞，就「祇能依宋以前名作按字填之，不得任意增損」㊾，主張見入填入，見上填上。這叫死守格律，是尊體派中的極右派。近百年來，若干四聲詞屬於這一派，當今詞壇則少見此類篇章。兩種意見，兩種做法，都較爲極端，甚不足取。正確的做法，必須包括兩個方面，既要重視瓶的作用，重視形式格律，又要根據實際情況進行通變。這裏先說前者，這是個態度問題，要求對於瓶要有正確的認識，不可採取虛無主義的做法。對此，葉聖陶曾經有過論述：

記得有個「舊瓶裝新酒」的比喻：詩詞雖然是舊形式，跟「五四」以來提倡的新詩一樣，也能反映咱們這個時代的生活。所以我想，瓶子無論新舊，咱們總希望瓶子裏裝的酒又香又醇，總希望咱們的詩人能用精粹的語言，表達自己的真情實感，寫出各自的好詩來。㊿

將舊瓶與新瓶、舊詩詞與新詩並提，認爲對於二者應當一視同仁，就是說無論舊形式、新形式，都能寫出好詩來。這是對於舊詩詞傳統格式及傳統表現方法的大膽肯定。當代詞作者應該有這種膽略和氣魄。除了端正態度以外，對於瓶，即形式問題，還必須採取通變的做法。這就是說，有關詞的種種格式規定，既不可不守，又不可死守，應適當加以變通。其具體做法大致有二：一是四聲通變，二是鄰韻相借。四聲通變，除入可分派平上去三聲外，尚有可通變處，盛配將其歸納爲七點，特轉録於此以備參考。

一、上入通用。凡宜用上者，均可改用任何入聲。照理應以入聲之可作上者代上，但不能有如此細緻。

二、入聲作平。爲所有入聲，均可偶借作平聲用。亦不能細緻地僅以原可以作平者代平。是爲宋詞中所習見。

三、上聲代平。萬氏云：「上之爲音，輕柔而退遜，故近於平。」又云：「本宜平聲，而古詞偶有用上者，近似於拗，乃藉以代平，無害於腔。」（《詞律·發凡》）

四、平聲代上。上、平音近，當可互代。前人詞於上去、上去平，每作平去、平去平，時且認爲音美。

五、陽上作去。此點變通，吴梅早已提出。夏承燾撰《唐宋詞字聲之演變》，乃爲證實之。實則《詞林正韻》與夫標準國音已將不少正濁上聲字，直列作去聲，大異於《廣韻》矣。世人對次濁上聲作去，有尚置疑。余爲從周柳詞中搜取例證近三十餘條，一再證明次濁上聲，亦可以作去。

六、陰去作上。所作者爲陰上，亦若陽上作去，所作者爲陽去也。其音理一同陽上作去。在前人詞篇中，偶或見之，余亦爲搜證十餘條。

七、陽平作去與入作陽平轉去。謝元淮所云「陽平宜搭去聲」一語，已可作爲初步佐證。理由爲凡是陽聲，均屬聲調激揚，均得融化之爲去。余亦爲從周柳詞中搜取例證，各六、七條。㊻

這七條原則是根據前人創作實踐歸納出來的，説明前人填詞，包括柳永、周邦彥等人填詞，已經靈活掌握，今人填詞，應當引爲借鑒。至於借韻，除上述所謂本宜平韻偶有用上者藉以代平外，就是鄰韻相借，而對於這一鄰字，是近鄰或遠鄰，借代範圍如何掌握，尚須加以探討。有人主張用十三轍押韻，或用普通話押韻，有人不同意，以爲借代範圍太寬。本書所録作品，僅限於近鄰相借及方音相借。具體韻例，均在篇中一一注明。有此兩條通變方法處理形式格律問題，那就自由得多。但是，所謂通變，並不是可以隨心所欲、任意借代，也與不顧平仄與韻部的作法不同。其中有一條原則必須遵守，即：不可忽視詞體在格式上的特殊規定。這類特殊規定一般安排在每一詞調的音律吃緊處，如起、結、過片等部位。此等關鍵部位各詞調如有特殊安排，即不宜講通變。

第二，關於酒的問題，即思想内容問題。

當代詞壇，酒的問題，即思想内容問題，也是一個相當要緊的問題。因爲衹有瓶，沒有好的酒，或者衹是水，將令人失望。近幾年來，舊體詩詞刊物，其數量已大大超過新詩刊物，但打開一看，幾乎同是一個模式：韻裏江山、紀念祝賀、詠物抒懷、品題酬唱、緬懷憑弔、雛鳳新聲。等等。有人批評舊體詩詞創作，謂其題材狹窄，存在四多四少現象：一、歌頌多，暴露少；二、自然題材多，社會題材少；三、應景賜答題材多，感時傷事題材少；四、吟詠古迹、憑弔古人題材多，對歷史作科學反思作品少。認爲：這就是平庸的表現。並指出：平庸是舊體詩作者致命弱點，也是舊體詩振興和繁榮的大敵[57]。這一批評非常中肯。

舊體詩詞，人們稱它爲格律詩詞。作詩填詞必須符合格律，這是毫無疑問的。但衹是符合格律，一天可以做幾十首，算不得好詩，或者根本够不上詩的資格。有的人衹是在形式格律上下功夫，在字面上儘量雕飾，將瓶子裝點得十分富麗堂皇，非常眩人眼目，而其中所裝的卻是水，不是酒，那是徒勞的。因此，葉聖陶曾提出：「瓶無新舊，酒必芳醇」。[58]就是要求作者在思想内容上有所創新。

就詞業現狀看，酒的問題，即思想内容問題，似當擺在首位。不提高酒的品質，充實思想内容，就無法尊詞體，無法增强詞在衆多詩歌樣式中的競争能力。爲此，必須做到以下兩點：一是要有上等的造酒原料，二是要有上等的釀造技術。前者要求詞作家打破傳統的詞學觀念，樹立對於社會現實生活的參與意識，盡可能將人們共同關心的重大題材放入詞中，讓小歌詞也承擔起展示歷史圖卷的使命，後者要求詞作家在藝術表現方法上，努力探索，大膽創造，將重大題材表現得更富有藝術魅力，因而更加具有史詩價值。這就是説，要體現「時代的生活和情緒」（高爾基語，詳下引語），用詞這一特殊詩體寫出激動人心的好詩來。當然，我們不是題材決定論者，對於用傳統方法寫作傳統題材而能够出新意的作品，或者能够體現内心真實、體現性靈的作品，也是應當歡迎的。高爾基論文學藝術，在强調體現「時代的生活和情緒」的同時，並不排除「人們的日常生活和心理」，以爲「努力『從内心』瞭解人，研究和説明他的舊生活方式和他的古老的習慣」，也是文學藝術的任務[59]。因此，我們應當保護這部分作者的創造精神。但是，鑒於當今詞壇普遍存在「貧血症」的現象，即瓶子裏含水量過高的現象，有意識地增加點濃度，以增强詞的體質，也還是很有必要的。

社會主義的文學藝術揚棄工具論，但對於「文章合爲時而著，歌詩合爲事而作」（白居易《與元九書》語）的傳統是否也當揚棄，我看應當採取謹慎的態度。我們反對把詩詞當作標語口號，當作政治標籤，或者當作某種道德倫理説教的工具，但也不贊成脱離客觀社會現實，發隔世之音，創作傳統文化的複製品，那是缺乏生命力的。近百年來詞業發展史證明：衹有爲時、爲事，纔是創造一代新聲的根本出路。

第三，關於裝的問題，即表現方法問題。

舊瓶裝新酒，關鍵還在講究一個裝字。因爲這一個裝字，含有釀造的意思。這就是説，舊瓶與新酒，舊形式與新内容，二者並非機械地混合，而是有機的化合，二者經過裝的步驟，融合爲一個統一的整體。講究裝字，就是講究釀造技術，即藝術表現方法。就詞的歷史發展進程看，這一個裝字一直受到作者的重視。北宋時期，柳永「變舊聲作新聲」，其屯田家法（包括鋪叙方法），就是裝字的經驗積累。周邦彦集大成，有清真長技（包括鈎勒方法），同樣也是裝字的經驗積累。到了南宋，各種技法愈變愈複雜，至吴文英，算是一個總歸納，所謂空際轉身，也爲後世作者講究裝字，打開了無數法門。但是，對於這一個裝字，人們的做法似乎還過於簡單化。例如，有人將姜夔的「數峰清苦」改作「衆山黄苦」，再加上「長征」、「繁華」等新語彙，便構成一首改革詞，或者將王勃的「海内存知己」改作「海外存知己」，再加上「友好」、「交流」等字眼，即構成一首開放詞。等等。如此裝配法，雖不常見，但也並非無人贊賞。舊瓶新酒派是拿來主義者，但所謂拿來，即對於舊形式的利用，包括對於古典的利用，舊詞語的利用，都並非生吞活剝、機械套用。這是須要下一番苦功的。尤其是表現大題材、抒寫大感慨，更應當講究裝的功夫。否則，衹是將許多豪言壯語裝入詞中，拚命給自己戴大帽子、穿大衣服，浩浩蕩蕩，也就象高祖還鄉那樣，裝模作樣，令人生厭。因此，今日填詞，提倡舊瓶裝新酒，應當在總結、學習前人經驗的基礎上進一步創新，講究釀造技術，纔能使瓶中的酒永遠散發芬香，永遠真醇；百年詞業發展至今，纔有振興的希望。

根據以上設想，本編録詞標準是：第一，必須符合格律，不違背詞的特殊格式規定和特殊組合方法；第二，必須言之有物，既提倡表現大題材、展示大場面的作品，也歡迎抒寫個人情志的性靈之作；第三，必須有意境，具有詞的特殊韻味。總之，本編録詞，不拘一格，没有門户之見，既採録尊體派的本色詞，也不排斥解放派的解放體，或白話詞。但願編中所録三百餘家、三千餘首詞作，能爲當代詞苑舊瓶裝新酒者提供有益的借鑒。

一九八八年五月六日於北京

注釋：

①龍榆生曰：「近代詞學之昌明，在宋元名家詞集之重刊廣布。自臨桂王氏之《四印齋所刻詞》、歸安朱氏之《彊村叢書》後先行世，而詞林乃有校勘之學」。此説可參。據《陳海綃先生之詞學》，《同聲》月刊一九四二年六月第二卷第六號。

②王國維《海寧王静安先生遺書》第十五册頁二十一。商務印書館一九四〇年石印本。

③蔡嵩雲曰：清詞派别，可分三期，浙西派與陽羨派同時，爲第一期；常州派爲第二期；第三期詞派，創自王半塘，葉遐庵戲呼爲桂派，予亦姑以桂派名之。據《柯亭長短句》附《柯亭詞論》，（上海）中華書局，民國三十七年。

④夏承燾曰：「孫桐，彊老親家，彊丈言初學詞，由渠引誘。」據《天風閣學詞日記》頁二九六—二九七。浙江古籍出版社，一九八四年。

⑤龍榆生曰：「彊村先生晚歲寄住淞濱，有欲從治詞學者，輒以轉介蕙風，令其執贄門下，以是從遊者衆，一時稱廣大教主焉。」《晚近詞風之轉變》，南京《同聲》月刊一九四一年二月第一卷第三號。

⑥西神（王藴章）《春音餘響》，南京《同聲》月刊一九四〇年十二月第一卷創刊號。

⑦《嘗試集》初版自序，《胡適文存》一，人民文學出版社，一九八四年。

⑧《答朱經農書》，據《嘗試集》初版自序。後又在《文學改良芻議》（《新青年》二卷五號，民國六年一月一日出版）中加以發揮。

⑨《去國集·自序》,《嘗試集》頁一四一。

⑩《嘗試集》頁一二二。

⑪《詞選·序》,《詞選》,(上海)商務印書館,民國十六年。

⑫一九一七年十一月二十日胡適致錢玄同書,《嘗試集》頁一三三。

⑬據《詞選·序》。

⑭《山中白雲序》,朱祖謀《彊村叢書》本。

⑮陳聲聰《讀詞枝語》,《填詞要略及詞評四篇》頁一〇一。廣東人民出版社,一九八六年。

⑯上海《詞學季刊》一九三五年一月二卷二號。

⑰參見上海《詞學季刊》一九三三年四月創刊號及《漚社詞鈔》(一九四三年刻本)。

⑱《午社詞鈔》民國二十九年排印本。

⑲上海《詞學季刊》一九三五年七月第二卷第四號。

⑳《詞學季刊》創刊號(一九三三年四月)。

㉑《詞學季刊》創刊號(一九三三年四月)。

㉒南京《同聲》月刊一九四二年二月第二卷二號。

㉓《詞學季刊》於一九三三年四月出版創刊號,至一九三六年九月共出十一期。其時十二期已在排版之中,因抗戰爆發,遂中止出版。上海書店於一九八五年十二月影印出版《詞學季刊》合訂本二

册，收有十二期殘存稿樣。

㉔陳毅《陳毅詩詞選集》，人民文學出版社，一九七七年。

㉕阿英《敵後日記》（一九四二年十一月一日），參見《陳毅同志與蘇北文化工作》，《阿英文集》下頁八八五—八八六，（香港）三聯書店，一九七九年。

㉖《詞選・序》。

㉗參拙文《吴世昌傳略》，《晉陽學刊》一九八五年第五期。

㉘夏氏集中有《徵招》一詞，去聲字皆守白石原唱，可爲其刻意爲詞之一例。

㉙《天風閣學詞日記》頁三六二。

㉚《夏承燾詞集・前言》，湖南人民出版社，一九八一年。

㉛夏承燾《日記》，一九四七年五月三十日，未刊原件。

㉜《天風閣學詞日記》頁一一四—一一五。

㉝夏承燾《日記》，一九一九年歲末，未刊原件。

㉞龍榆生《近三百年名家詞選・後記》，《近三百年名家詞選》，上海古籍出版社，一九七九年。

㉟《與施議對論詞書》，據拙作《建國以來新刊詞籍彙評》，《文學遺産》一九八四年第三期。

㊱夏承燾《日記》，一九一九年歲末，未刊原件。

㊲蔡起賢《春風杖履失追陪》，轉引自《詹安泰紀念文集》頁七三，廣東人民出版，一九八七年。

㊳蔡起賢《春風杖履失追陪》。

㊴參見《天風閣學詞日記》頁二九四。

㊵陳聲聰《論近代詞絶句》，據《填詞要略及詞評四編》。

㊶鄭逸梅《藝林散葉續編》頁二五，中華書局，一九八七年。

㊷壽康（周汝昌）《叢碧詞話・序》，《詞學》第一輯，華東師範大學出版社，一九八一年。

㊸包謙六《詩人陳兼于》，油印本。

㊹萬樹《詞律・發凡》，《詞律》頁一四，上海古藉出版社，一九八四年。

㊺王國維《人間詞話删稿》，《蕙風詞話・人間詞話》頁二二六，人民文學出版社，一九六〇年。

㊻拙作《詞與音樂關係研究》頁五一—五二，中國社會科學出版社，一九八五年。

㊼聞一多佚詩：「六載觀摩傍九夷，吟成鴃舌總猜疑。唐賢讀破三千紙，勒馬回繮作舊詩。」據《致梁實秋》（一九二五年四月），《聞一多全集》（三）頁六二一，三聯書店，一九八二年。

㊽《毛主席給陳毅同志談詩的一封信》，北京《詩刊》一九七八年第一期。

㊾周佑倫《新詩須確立擺脱意識》，北京《詩刊》一九八八年第二期。

㊿臧克家《流外樓詩詞・序》，《流外樓詩詞》，文心出版社，一九八六年。

51黑格爾「藝術家之所以成爲藝術家，全在於他認識到真實，而且把真實放到正確的形式裏，供我們觀照，打動我們的感情」。《美學》（朱光潛譯）第一卷頁三五二，商務印書館，一九七九年。

52 壽鑈《珏庵詞》，中國社會科學院文學研究所藏本。

53 朱彝尊《陳緯雲〈紅鹽詞〉序》，《曝書亭集》卷四十，《四部叢刊》本。

54 陳匪石《聲執》卷上，《宋詞舉》頁一二八，金陵書畫社，一九八三年。

55 葉聖陶《中華詩詞學會成立大會賀信》，據《中華詩詞學會成立大會資料彙編》，一九八七年九月編印。

56 盛配《詞調訂律·前言》，未刊原件。

57 楊金亭《舊體詩創作漫議——在岳陽市召開的全國當代詩詞研討會上的發言》，北京《詩刊》一九八七年第二期。

58 葉聖陶《滿庭芳·題傾蓋集》，《傾蓋集》，福建人民出版社，一九八四年。

59 高爾基《論文學》頁一一五—一一八，人民文學出版社，一九七八年。

附記：

這篇文章撰寫於上個世紀的八十年代。作爲一代詞總集的前言，頗注重史的描述，並以史的角度，對於不同時期、不同流派的詞家、詞作，進行論斷，希望成爲一代詞史綱要。文中第一、第三部分，曾以《百年詞通論》爲題，於北京《文學評論》一九八九年第五期發表，第二部分,以《當代十詞人述略》爲題,於北京《中華詩詞》第一輯(一九九〇年一月)發表。全文於香港《大公報》藝林副刊(一九九一年十一月一日至一九九二年五月八日)連載。而《當代詞綜》則耽擱多年,於二〇〇二年九月,由海峽文藝出版社出版。此後,全稿改題《二十世紀中國填詞史話》。其中一、二片段,曾於武漢《長江學術》第八輯(二〇〇五年六月)及二〇〇六年第三期發表。爲方便讀者,今謹借《詞學》之一角,全文刊載。又,文章結撰之時,詞界幾位大師級人物——徐行恭、唐圭璋、李祁仍健在。爲保留原貌,對其相關行狀,暫時未作任何改動。

二〇〇四年一月八日於濠上之赤豹書屋

第一章　王國維

——今代詞學之父

第一節　王國維《人間詞話》三題

一部中國詞學史以王國維《人間詞話》的發表爲界，劃分爲古詞學與今詞學兩個階段，今詞學又劃分爲開拓期、創造期、蛻變期三個時期。李清照「别是一家」説、王國維境界説、吴世昌詞體結構論，堪稱中國詞學史上三座里程碑。王國維《人間詞話》涉及天、地、人三者關係問題，乃一種人文精神思考。王國維境界説之被推衍、異化爲風格論，詞學研究陷入誤區，境界説之回歸與再造，遲遲未能實現。

這是拙著《人間詞話譯注》增訂本的「前論」。拙著曾於一九九〇年四月，由廣西教育出版社出版，一九九一年五月，臺灣貫雅文化事業有限公司於臺北以初版印行。增訂本應香港某出版社之邀而作。由於好事多磨，儘管已經到達植字製作的最後階段，但香港版終究還是未能付印。歷經數載，幸獲岳麓書社擡舉，爲出新的大陸版。

這本書由大陸到臺灣，再由臺灣經香港，返回大陸，其間種種，似頗有某些未曾爲外人道，或未曾完全爲外人道者，謹藉此機會，記述如下。而所謂顧後與思前，主要爲著對新的開拓期，説説自己的意見。

一　著書立説與里程標志

二〇〇一年四月，在武夷山所召開的中國首届柳永學術研討會閉幕式上，應邀講話，我曾説過：「過去一百年，乃著書立説之一百年。」然而，是否人人著書，人人都曾立説呢？到了世紀之末，某些人不僅立説，而且立學，其「説」與「學」究竟在哪裏呢？此「説」與「學」是個甚麽物事，能不能拿出來看看？這一切，看來都應當問個究竟。而依我所見，一百年當中，有意立説，並且真正立了説的學者，可能衹有兩個人。一爲王國維，一爲胡適。王國維標榜「詞以境界爲最上」，倡導境界説，這是劃時代的創立；胡適提出「大膽的設想，小心的求證」，雖與一般意義上的學説有異，但其開天闢地的創立，卻不能不承認其爲「時或稱而道之」（借《莊子・天下篇》稱百家之學語）的百家學説中之一家而稱道之。二氏創立，皆甚有功翰苑。

就詞學而論，王國維與胡適之所創立，主要體現在分期、分類上。分期與分類，是從縱橫兩個不同角度，所進行的一種判斷與劃分。《文賦》稱「操斧伐柯」，所指應當就是這麽一種本事。這是一種大本事。面對千年詞業，無論怎麽繁複多樣，萬頭千緒，衹要巨斧一揮，就看得一清二楚。如曰：「詞以境界爲最上」。有最上者，必有最下，那就是没有境界的詞。是分類，也是分期。以前論本色，看似與非似，而今説境界，看有與無有。這就是非常清楚的一道分界綫。以此劃分今與古，判斷新與舊，旗幟鮮明。這是王國維對於千年詞業的判斷與劃分。而胡適之所謂詞本身歷史（八五〇——一二五〇）、詞替身歷史（一二五〇——一六五〇）、詞鬼歷史（一六五〇——一九〇〇）三個大時期以及第一個大時期之三個階段——歌者的詞、詩人的詞、詞匠的詞，其劃分、判斷，亦十分乾脆利落。一個著眼於意和境，以有盡、無窮，評定優劣、高下；一個著眼於人和事，以匠手、天才，評定高下、優劣。前者以治哲學方法治詞，能寫、能觀，善入、善出，充滿睿智；後者以治史學方法治詞，設想、求證，選擇、去取，代表識見。二氏皆不愧爲二十世紀的大學問家。

操斧伐柯，分期、分類，這是做學問的方法，也是一種標準。人人著書，是否人人都曾立説，於此似可看個究竟。在一定意義上講，方法幾乎更爲重要。例如胡適，他的半部哲學史和半部文學史可以不要，而方法則不能不要。千秋萬代之後，可能依舊用得著。有感於此，我也曾嘗試對於中國詞學史進行判斷與劃分。依據文學批評模式的傳承及運用，我將全部詞學史劃分爲二段：古詞學與今詞學。二段劃分，以一九○八爲界綫。因爲這是王國維《人間詞話》手訂稿發表的年份。在此之前，通行本色論；在此之後，出現境界説。所以，詞界也就有了舊與新之分以及古與今之別。這一意思，本書「導讀」（香港版）已説明。在這一基礎之上，再將今詞學劃分爲開拓期（一九○八—一九一八）、創造期（一九一九—一九四八）、蜕變期（一九四九—一九九五）三個時期，並將蜕變期劃分爲三個階段——批判繼承階段（一九四九—一九六五）、再評價階段（一九七六—一九八四）、反思探索階段（一九八四—一九九五）。這是一九○八至一九九五年間事，一九九五年以後，屬於新的開拓期。經此劃分與判斷，對於全部詞學史，相信已有了個印象。

有此印象，我曾進一步嘗試，將李清照「别是一家」説、王國維境界説以及吴世昌詞體結構論，看作中國詞學史上的三座里程碑。三座里程碑，三段里程。第一段，一千年，屬於李清照地段；第二段，一百年，屬於王國維地段；第三段，吴世昌地段，目前尚無立足之地，可能是今後一千年。李清照主本色，講求似與非似；王國維主境界，講求有與無有；吴世昌主結構，講求生與無生。三個代表人物，各有目標，各自創立，容當小心求證，細加論列。二○○二年九月，我在北京師範大學一百周年校慶所作《中國詞學史上的三座里程碑》的演講，可看作是一種大膽的設想，有機會將繼續加以發明。

二　人文精神與文化闡釋

一部《人間詞話》，一百五十六則，其價值究竟何在，是不是衹在詞學上面，恐怕未必。歷年來，講授「古典文學專題」，我曾與諸生共同探研這一問題。以爲：這是牽涉到天、地、人三者關係的問題。屬於一種人文精神思考，並非衹是在詞學上面討生活，宜深入一層加以推究。如曰：

「我瞻四方，蹙蹙靡所騁。」詩人之憂生也。「昨夜西風凋碧樹。獨上高樓，望盡天涯路」似之。「終日馳車走，不見所問津。」詩人之憂世也。「百草千花寒食路。香車繫在誰家樹」似之。

又曰：

尼采謂：「一切文學，余愛以血書者。」後主之詞，真所謂以血書者也。宋道君皇帝

《燕山亭》詞亦略似之。然道君不過自道身世之戚，後主則儼有釋迦、基督擔荷人類罪惡之意，其大小固不同矣。

又曰：

詩人對宇宙人生，須入乎其內，又須出乎其外。入乎其內，故能寫之。出乎其外，故能觀之。入乎其內，故有生氣。出乎其外，故有高致。美成能入而不能出。白石以降，於此二事皆未夢見。

三段話，敷陳排列，皆於兩相對比中，展示觀感。憂生與憂世，擔荷人類罪惡與自道身世之戚，大與小之不同，明顯可見。能入、能出，有生氣、有高致，與於此二事皆未夢見者相比，其優與劣之區別，亦判若黑白。這就是一種人文精神思考。既有遠大的追求，又有具體的方法與途徑。一部《人間詞話》，其價值我看就在於此。

這是兩個不同層面的問題。表層與深層，或者「域於一人一事」與「通古今而觀之」。對於二者的認識與把握，王國維確實有其高明之處。明白這一點，以其思考讀詞，必有所得。

例如，李煜《虞美人》：

春花秋月何時了。往事知多少。小樓昨夜又東風。故國不堪回首月明中。雕欄玉砌應猶在。衹是朱顏改。問君能有幾多愁。恰以一江春水向東流。

這首詞作於宋太宗（趙光義）太平興國二年（九七七）正月，乃作者俘至汴京之第二年。說人間，說天上；說過去，說現在。無窮無盡憂愁。所創造境界，已將人間、天上界限打通。說明作者所想，並非局限於以往衹屬於自己的人和事，諸如故國、故宮等等，因而也就不同於道君皇帝（趙佶）之自道身世之戚；其所想，乃一種大承擔。用王國維的話講，就是對於人類罪惡的一種大承擔。這就是一種超越。所以，每次演講，解讀此詞，我將「往事」理解爲「春花秋月」，以爲春花秋月一般美好的人和事。一千年前，作者如此想像；一千年後，讀者亦如此想像。這首詞也就傳之久遠。

這是因王國維思考所引發的聯想。王國維思考，貫通古今之變，洞察人天之際，所謂文化闡釋，應當可從中得到啓示。

題，還得回到詞學上面來。

三　走出誤區與回歸本位

《人間詞話》問世至今，將近一百年。如上文所説，這是屬於王國維的地段。但是，這一百年，所經歷的道路卻不平坦。本書「導讀」（香港版）將其劃分爲兩段：一爲清末民初至四十年代末期之四十餘年，一爲五十年代以後之四十餘年。兩個四十餘年，兩段經歷。於前一段，境界説的倡導，不僅取代不了本色論，而且被推衍爲風格論，在詞界並不怎麼受重視。儘管已有若干讀本及評介著述出版，詞界所通行的也還是本色論。於後一段，風格論盛極一時，境界説的回歸與再造，遲遲未能實現。

在王國維地段，境界説之被推衍爲風格論，是二三十年代的事，由胡適、胡雲翼二氏所促成。具體步驟，我曾有專文列述（見《以批評模式看中國當代詞學——兼説史才三長中的「識」》），此不贅。以下著重説境界説的回歸與再造。

境界説之被推衍，就是被異化，由「詞以境界爲最上」，變成詞以豪放爲最上。異化過程，由前一個四十餘年，延伸至後一個四十餘年，歷經創造期三十年，乃至蜕變期的三個階段。

批判繼承階段，以風格定高下，不僅重豪放、輕婉約，以豪放爲最上，而且推主流、反逆流，以愛國主義爲最上。再評價階段，撥亂反正，一切翻轉過來，其所奉行，仍然是風格論。當其時，風格論既已被推向極頂，因而也就面臨絶境。反思探索階段，二派説或者二分法失去支持，多元論出現，既講主體風格，又講其他風格。某些有一定創造精神的風格論者，進而改弦易轍，回歸境界説。這就是美學闡釋和文化闡釋。

過去一百年，從境界説之被推衍、被異化，到回歸與再造，走了一大圈，終於返回本位。當中有些事情，恐爲王國維所料想不到。不過，這一百年，畢竟屬於王國維，屬於王國維地段，屬於王國維時代，王氏於地下有知，當感到欣慰。

步入新世紀，元亨利貞，萬物資始，王國維的人文精神思考，必將重新引起注視；《人間詞話》亦將越來越顯示其價值。

我的這一增訂本，於此時返回大陸，應猶未晚。希望對於當下之「學」與「思」，能够提供參考。不妥之處，亦盼大方之家，有以教之。

二〇〇二年夏曆壬午冬至（十二月二十二日）於濠上之赤豹書屋

第二節　論「意＋境＝意境」

——王國維境界説正名

一

詩詞中立意與造境，是個十分古老的話題。如果引經據典，細加闡釋，恐怕幾天幾夜都説不完。初學寫作，儘管不必完全弄清楚後纔動筆，而對其基本要領，能够有所瞭解及體會，應當有所補益。我説詩詞，喜歡將問題簡單化。如説古詩十九首中的《行行重行行》及《青青河畔草》，經過分析，將閨怨詩之兩種類型——守與不守，加以對比，其所表達男性意願或者女性意願，也就明確地突顯出來。而説意境，也曾以「意＋境＝意境」這一公式加以表述。我認爲，這便是立意與造境的基本要領。以下試逐一加以説明。

「意＋境＝意境」，這一公式是針對某些論説意境的長篇大論而提出來的。古人評説詩詞，採用詩話、詞話形式，三言兩語，固然不一定都能説到點子上去；今人善理論，凡説意境者，大多從古説到今，從東説到西，並從文學説到佛學、哲學，或者其他甚麼學，洋洋灑灑，非常可觀，而對於詩詞寫作，同樣看不出有何實際指導效用。例如，有一篇論説意境的文章，計二萬言，其所論列，除了大家都估量得到的項目以外，有一片段，曰「意境的深化與開拓」，頗欲度人以金針，但説來説去，無非王國維所謂成就大事業、大學問之三種境界（三個階段），或者杜甫之「語不驚人死不休」等等，一類大話、空話，對於所謂意境，根本不著邊際，更不用説甚麽深化以及開拓。因此，即以此簡單公式，反其道而行之，希望對於意境，能有切實的瞭解及體會。

先説意和境，而後説二者之如何相加。

何謂意？簡單的一句話，即：人與事合成意。人，自然是作者，但側重於寫作意圖，即其所要表達的意思；事，屬於寫作對象，即題材，其中也包含著情思或意念。所以，我在《怎樣寫成一首絶句》①一文中曾指出：「意，就是題材及所要表達的意思。」並指出：所謂題材，展開來看，其範圍包括天文、地理、人文，亦即宇宙間之所有；如加以「縮小」，即可歸納爲三個要素——物景、事理、情思。而意圖或意思，既明確表示其對於題材的支配關係，自然成爲意的一個重要組成部分。可見，作爲意，其本身實際上已經是主體與客體的結合。但是，一般論者之説意，衹是指「作者的主觀情意」，即人的因素，而將事排除在外。這是對於主體與客體的分割。如此所説，意，應是不完整的。關於境，一般論者往往將其等同於物景中的景或者境，我認爲，這也是不甚妥當的。何謂境？同樣也可用一句話加以概括，即：時與地（空）

合成境。作爲境，乃負載意的一種容器或載體，其與物景中的景或者境——題材要素之一，顯然不可混爲一談。此容器或載體，以意爲靈魂，爲主宰，而其存在形式則體現在時與地（空）上。合而觀之，即連同其所負載的意一起加以考察，此容器或載體，便相當於意境，這是下文所要説的；分而觀之，即衹看其存在形式，此容器或載體，就是與其所負載的意相對的境。此所謂境，乃有形有體，有一定時空範圍的客觀存在形式。

以上所説，是我對於意和境的初步認識。

二

説了對於意和境的認識。那麽，意和境將如何相加而構成意境呢？此所謂「十」的方法，就是創造意境所須講究的方法。簡言之，這種「十」的方法，主要體現在立意與造境上。

關於立意。我在《怎樣寫成一首絶句》中已説明。即以爲，所謂立意，就是對於意的選擇及確立。一般説來，這種選擇及確立，包括以下三個方面：

（一）新與舊的選擇及確立

文學創作包括詩詞創作，追求創新。因而，在立意上，對於新與舊的選擇及確立，往往著眼於「新」。即追求以新的題材表達新的意思。因爲新，能够提供一種新的官能刺激，新的美感滿足，這是文學作品能够廣泛流傳的原因之一。所以，立意求新，似乎已發展成爲一種趨勢。例如：崔顥與李白同時，顥登武昌黄鶴樓，題了一首詩——《黄鶴樓》，以抒寫其懷古感今之思及鄉愁；白後至，見到顥詩，據説不敢再題，而衹寫下了兩句話：「眼前有景道不得，崔顥題詩在上頭。」追究其原因，恐怕是由於心中要説的話，詩篇要立的意，被崔顥搶先説了、搶先立了這一緣故。對此，李白似乎並不很服氣，因而另作一首《登金陵鳳凰臺》，頗欲與之一比高下。但因爲仍著眼於「鳳去臺空」或人去樓空這一今昔對比及一個「愁」字上，所謂選擇及確立再一次落了人後，其所作究竟能否比得過崔詩，也就打了許多折扣。這説明，新，對於文學創作，當是何等重要。初學者應記取這一經驗教訓。這是以新題材表達新意思的一個具體事例。但是，一味求新，求「第一個」，即求第一個選擇某題材，也並非最佳辦法。如上文所述，既然意之本身實際上已經是主體與客體的結合，那麽，立意之時，有關新與舊的選擇及確立，就不一定非得受到客體（題材）的支配與制約不可。這就是説，作爲創作主體，仍可以主體情意充分發揮其主觀能動作用，於已有題材（舊題材）中出新意。例如：對於花開花落、聚合離散這一客觀物象及事相，即題材，以之入詩詞，如想確立「好」的意思，通常選擇花開及聚合，但也有別出心裁者，偏以花落及離散表明「好」的願望。前者如晏殊《浣溪沙》（一曲新詞酒一杯），感嘆時光流逝，好景不再，即希望花常開、月常圓、人常好，以爲這是美好的人生；後者如歐陽修《採桑子》（群芳去後西湖好），卻喜歡花謝、人散、春空，以爲這纔能表現出西湖的好處來。這是兩種不同的選擇及確立，其結果，即其所立意，雖各有動人之處，但仍有舊與新之區别。這説明，即使是已有題材（舊題材），也能够出新意。

（二）大與小的選擇及確立

所謂大與小或巨（大）與細，初學寫作，同樣當留意這類具體事例。這是對於所描寫對象即題材以及所表達意思的一種測量尺度或標準。除此之外，有關深淺、厚薄、高低、遠近、重輕、拙巧，等等，也當如此看待。一般説來，如以此等尺度或標準進行選擇及確立，則往往著眼於「大」，即著眼於深厚、高遠、重拙。所以，前人説詩詞，有所謂「入門須正，立志須高」②法則及所謂「重、拙、大」要旨③。初學寫作，必須特别留意這一現象，在選擇題材、確立意思之時，著重在「大」字上下功夫。即：首先求重、求拙、求大，然後考慮輕、巧、小問題。這和在報刊上寫作專欄文章一樣，老手無所不能，信手拈來，皆成妙筆；而新手則恐怕少有此等膽量及能耐。例如：香港老作家金大力（蕭銅），寫其喝酒、涮羊肉、蹲馬路，像流水賬一般，看似白開水，其味道則「都在内裏」④。這一功夫當不是短時間内可以練成的。作文如此，作詩填詞亦當如此。例如杜甫，其老來不僅漸於詩律細，而且於題材的選擇及意思的確立，可大（巨）可小（細），能伸能屈，也頗能體現其作爲詩聖的大手筆，但其早歲所作《望岳》，寫山、寫人，以重大題材表達重大意思，卻很容易讓人尋見其蹤迹。這説明，初學寫作還是按部就班爲好。即：下笨功夫，於「重、拙、大」中求重、拙、大，而後講究變化。這是從正的方向即正面，對於大與小所進行的選擇及確立。但這僅僅是一個方面，有時候，「正面不寫寫反面，本面不寫寫對面、旁面」，卻能達致「睹影知竿」的效果⑤。這是從反的方向即反面，亦即另一個方面，對於大與小所進行的選擇及確立。所謂講究變化，指的就是選擇確立過程中，方向的轉換。有關事例不甚少，這裏祇説小中見大及以巧進拙二項。例如王灣《次北固山下》有「潮平兩岸闊，風正一帆懸」句，寫江面之闊大寬廣，除了以「平」加以説明以外，更以江面上懸掛著的一片小風帆加以展現。前人謂此爲「以小景傳大景之神」⑥，這便是小中見大的典型。而以巧進拙，指的即是「以巧進，以拙成」⑦，顯示至柔至厚的誠意。換句話説，所謂巧，指的是巧語或巧筆，較多人工雕鏤，有時易於失之纖巧；所謂拙，則融重與大而得之，雖直率、質樸，卻猶如「赤子之笑啼」⑧，渾然天全，極其柔厚。巧與拙二者，當有畫工與化工之區別。例如：杜甫《將赴成都草堂途中有作先寄嚴鄭公五首》之三所謂「書籤藥裏封蛛網，野店山橋送馬蹄」，以久封之蛛網及已聽不到之馬蹄聲，表現「堂中闃無人迹」，即「故園荒蕪之狀」⑨，雖極其細緻，卻非常恰切自然。因有論者評曰：「公每下此等巧字而不入於纖」⑩。這就是以巧進拙的範例。對於小中見大及以巧進拙，萬雲駿所著《詩詞曲欣賞論稿》下編設有專篇論列，可供參考。這是詩詞寫作所當進一步追求的目標。

（三）有理與無理的選擇及確立

李漁提出：「欲望句之驚人，先求理之服衆。」[11]所説爲「琢句煉句」，當也適合於立意。説明立意之時，對於有理與無理的選擇及確立，宜先傾向於有理。但有關所謂理，卻有不同理解。例如：宋祁《木蘭花》有句「紅杏枝頭春意鬧」，著一「鬧」字，究竟有理無理，就有不同看法。李漁指出：「若紅杏之在枝頭，忽然加一『鬧』字，此語殊難著解。争鬥有聲之謂『鬧』，桃李争春則有之，紅杏鬧春，予實未之見也。」並指出：「『鬧』字可用，則『吵』字、『鬥』字、『打』字，皆可用矣。」（同上）以爲此一鬧字，雖新奇但不合情理。而業師吴世昌教授則指出：「『鬧』字乃宋人俗語，謂鮮艷惹眼，故有『鬧妝』、『鬧娥兒』，非吵鬧之意。笠翁（李漁）强作解人。」[12]以爲鬧得合情合理。這是因爲：對於這一「鬧」字，不僅當從聽覺上加以體會，還不當忽略視覺；而從全詞意境看，這一「鬧」字，主要還在其鮮艷惹眼，是從視覺上體現出來的。可見，無論如何理解，有理即合乎情理，都是十分重要的。這是在某一情況下的選擇及確立。

但是，在另一情況下，有關選擇及確立，卻未必非得有理不可；有時候，無理比有理將更爲佳妙。例如：李益《江南曲》「嫁得瞿塘賈，朝朝誤妾期。早知潮有信，嫁與弄潮兒」及張先《一叢花》煞拍「沉恨細思，不如桃杏，猶解嫁東風」。或以爲商人（瞿塘賈）無信，潮水有信，後悔當初不曾嫁給弄潮兒；或以爲畫閣黄昏，傷高悲遠，離愁千絲，倒不如桃杏，懂得嫁給東風，伴隨東風飄飛而去。所説皆屬於「荒唐想」⑬。似無理之極，而論者卻以爲「無理而妙」⑭。這是以爲，所説雖有違客觀事理，但符合主觀情理，能將主人公的怨恨情思表現得更爲真切。這是歷來爲論者所稱道的所謂「無理而妙」的情至語。又例如：温庭筠《菩薩蠻》（「小山重疊金明滅」），上片用一「懶」字和一「遲」字，突顯主人公不願起身梳妝打扮的形態；下片寫其弄妝完畢，正待穿著，卻忽然展示繡羅襦上的金鷓鴣。當時，主人公雖不言語，但其行爲卻隱含著一種惱怒之情，即惱怒繡羅襦上的金鷓鴣。當時，主人公整個妝扮過程，一直懶洋洋的，爲何無端端地惱怒其金鷓鴣，看來也是極之無理。但究其惱怒原因，即以單單惱怒「雙雙」，那麼，對於上片所寫「懶」與「遲」的形態，也就好理解了。這當也是所謂「無理而妙」的情至語或情痴語。

一般説來，對於意的選擇及確立，必須合乎事理、情理、物理及其他有關各種理，即所謂有理，這是詩詞寫作最基本的要求。但是，所謂「無理而妙」，當也是立意之時所應進一步追求的目標。

三

關於造境。造境的目的在於爲意提供載體。選擇、確立怎樣的意，即需相應的境予以負載；而境的拓展與提高（或加深、加厚），其所負載的意也將隨之延伸。所謂「言有盡而意無窮」⑮，言之作爲意與境的形式體現，究竟能否表達無窮之意，其決定因素乃在於造境。而作爲境，如上文所述，既然由時與地（空）所合成，那麼，所謂造境，就當在時與地（空）上做文章，這應是不成問題的問題。以下説造境的三種方法：

（一）拓展時空容量以表達無窮之意

一般説來，所有文學作品，都有一定的體積及一定的時空容量。體積不同，時空容量不同，其所表達的意也就不一樣。增大體積，加多容量，固然有助於意的表達，但要達致無窮，則需拓展時空容量。例如：岳飛《滿江紅》有云：「三十功名塵與土，八千里路雲和月。」其時間、空間都有一定限制，其所表達的意——建功立業之意，也就有一定局限，即局限於國家、民族的範圍之内。但是，陳子昂《登幽州臺歌》所謂：「前不見古人，後不見來者。念天地之悠悠，獨愴然而涕下。」因爲時間、空間都無有限制，其所表達的意，則趨向於無窮，即已突破一時、一地、一人、一事之界限而趨向於無有窮盡。可見，時空容量之有限與無限，對於意的表達，關係十分重大。因此，歷來作者，大都非常注重這一問題。例如柳永《駐馬聽》：

鳳枕鸞帷。二三載，如魚似水相知。良天好景，深憐多愛，無非盡意依隨。奈何伊。

恣性靈、忒煞些兒。無事孜煎，萬回千度，怎忍分離。　而今漸行漸遠，漸覺雖悔難追。漫寄消寄息，終久奚爲。也擬重論繾綣，爭奈翻覆思維。縱再會，祇恐恩情，難似當時。

這首詞既著意刻劃現在——「而今」主人公「漸行漸遠，漸覺雖悔難追」的矛盾心理，又特地追思過去——「二三載」，相知、相憐、相分離的過程，並且巧妙設想將來——「縱再會，祇恐恩情，難似當時」，以進一步表達其懊惱情思。詞章立足現在，由現在追憶過去，再由過去回到現在，並由現在設想將來；藉助於時間的推移，使其情思加長、加深，以至於無窮無盡。這是拓展時間容量以表達無窮之意的例證。而王之渙《登鸛雀樓》：「白日依山盡，黃河入海流。欲窮千里目，更上一層樓。」謂白日依山而盡，黃河流入大海，這原是有限（有盡）的空間，但由於更上層樓，視野展開，此空間得以拓展，其所立意，既突破登樓局限，向更高、更遠處升華，而至於無盡無窮。這則爲拓展空間容量以表達無窮之意的例證。

當然，所謂時間容量及空間容量，二者乃無法分割，以上所説，僅是示例而已。

（二）推移變換時間次序及空間位置，以表達無窮之意

對於時間次序及空間位置的推移與變換，其目的與上題所述一樣，都在於拓展時空容

量，以表達無窮之意。二者實爲一題，但爲行文方便起見，即分而述之。

先説時間次序的推移問題。時間次序，有先有後，有近有遠，所謂推移，即爲其次序的延伸或顛倒。推移模式，多種多様。其中，「一先一後」敘列方式，爲基本模式，劉熙載《藝概·賦概》稱之爲豎敘式。詩詞中常見「現在——過去——現在」三段式，就是由此基本模式推移而成的。蘇軾《念奴嬌》(「大江東去」)，先敘江山形勝——現在情事，次敘人物英雄——過去情事，後叙早生華髮——現在情事，即爲範例。其餘作者，大多採用這一方式。上文所述柳永《駐馬聽》，所謂「立足現在，由現在追憶過去，再由過去回到現在，並由現在設想將來」，乃於三段以外，再加上一段：由現在設想將來。這是柳永的特殊構造。而柳永所作《浪淘沙慢》云：

夢覺透，窗風一綫，寒燈吹息。那堪酒醒，又聞空階，夜雨頻滴。嗟因循、久作天涯客。負佳人、幾許盟言，便忍把、從前歡會，陡頓翻成憂戚。　愁極。再三追思，洞房深處，幾度飲散歌闋。香暖鴛鴦被，豈暫時疏散，費伊心力。殢雲尤雨，有萬般千種，相憐相惜。　恰到如今，天長漏永，無端自家疏隔。知何時、卻擁秦雲態，願低幃昵枕，輕輕細説。與江鄉，夜夜數，寒更思憶。

這首詞計三片。第一片、第二片，花開兩枝，分別列述現在及過去情事。謂夜半酒醒，寒燈吹息，夜雨頻滴，猛然生出憂戚情思，這是現在情事；過去則「殢雨尤雲，有萬般千種，相憐相惜」。而第三片，由過去回到現在，謂「恰到如今，天長漏永，無端自家疏隔」，則頗有後悔之意。列述至此，三段式已完成。一般言情作品，有此三段，便已足够，但作者卻別出心裁，進一步設想將來情事。謂：「知何時、卻擁秦雲態，願低幃昵枕，輕輕細説。與江鄉，夜夜數，寒更思憶。」這是三段以外添加的部分。這部分，不僅由現在設想將來，而且設想將來談到現在。因而，原有三段式，即延伸爲五段：「現在——過去——現在——將來——現在」。這種推移方式，業師吳世昌教授稱之爲「從現在設想將來談到現在」。經此推移，所謂特殊構造便顯得更加特殊，而其所表現的情思，也就更加充實、更加富有姿彩。

再説空間位置的變換問題。空間位置，或左或右，或前或後，所謂變換，即爲其方位的相互關照或調動。變换模式，亦甚爲繁複多樣。劉熙載稱其中「一左一右」式爲横列式。《詩經·周南·關雎》所謂「左右流之」之「參差荇菜」，必當「左右采之」及「左右芼之」，即交替顧及兩個不同方位，以擴大其採與芼的面積，應可作爲横列式的例證。而《卷耳》所謂「陟彼崔嵬」、「陟彼高岡」及「陟彼砠矣」等情事，乃採摘卷耳者懷人時之所虚擬，其空間位置已由我方轉向對方。這是另外一種變换模式——從對面設想的模式。相比之下，這種模式，其空間位置的變換幅度可能比左右分列的變換幅度更大，因而其覆蓋面積可能也將更爲闊大。《詩經》以後，不少作者已注意到這一模式；尤其是柳永，更有新的發明與創造。例如《玉蝴蝶》，抒寫相思之情，不僅從左、右兩個方位，諸如水面漸老之蘋花以及岸上飄黄之梧葉等，將我方思念對方之情事鋪排敍説清楚，而且由我方轉向對方：「念雙燕，難憑遠信，指暮天，空識歸航。」即謂對方此時，正盼望著我從遠方寄回的書信，盼望我返歸的航船。兩相對照，即使得我方的思念之情，顯得更爲深長。

最後説推移、變換的綜合運用問題。這就是説，既在時間上通過其先後近遠次序的推移，以延展其深與長的程度，又在空間上通過方位的變化與轉換，以拓展其闊與大的程度。如此一來，此時與地（空）所合成的境之所能負載的意，也就可以有效地增加，以至於無有窮盡。

例如李商隱的《夜雨寄北》：「君問歸期未有期，巴山夜雨漲秋池。何當共剪西窗燭，卻話巴山夜雨時。」這首詩本意祇在於表達一種思歸念遠之情，即讓對方獲知，現在我方，乃歸未能歸，正對著秋池中的水發愁。即謂：你問我歸返日期，我仍然歸無有期；今夜巴山大雨，我心中的愁，就像是秋池中的水一般，越漲越高。説的祇是現在、我方情事，其用以負載的境，仍有一定限度。但接著説，什麼時候有了歸期，你我在西窗下剪燭夜話，一定回過頭來，詳細告訴你，現在我一個人在巴山夜雨時的相思情景。這就將時間次序，由現在推移到將來，並設想將來談到現在；而在空間位置上，則由現在的「巴山」（我方所在地），變換爲將來的「西窗」（我方和對方相聚處所）。經此推移與變換，原來有一定限度的境，即於時與地（空）兩個方面，均有較大幅度的延伸與擴充，因而，由其所負載的意——思歸念遠之情，自然也就顯得更加深長而富有姿彩。

又例如柳永《引駕行》：

紅塵紫陌，斜陽暮草長安道，是離人。斷魂處，迢迢匹馬西征。新晴。韶光明媚，輕烟淡薄和氣暖，望花村。路隱映，摇鞭時過長亭。愁生。傷鳳城仙子，別來千里重行行。又記得、臨歧淚眼，濕蓮臉盈盈。　消凝。花朝月夕，最苦冷落銀屏。想媚容、耿耿無眠，屈指已算回程。相縈。空萬般思憶，争如歸去睹傾城。向綉幃、深處並枕，説如此牽情。

這首詞説自己出門遠遊——「迢迢匹馬西征」，於長安道上，見紅塵紫陌與斜陽暮草，而欲斷離魂；經過郊野鄉村，感受到明媚春光、和暖烟氣，又頓生愁思。——這是詞作開頭兩組各二十五個字的句子所説的意思。兩組句子句式相同，近似一副對聯（吴世昌語）。而接著説「傷鳳城仙子」，即點明題旨。可知，這首詞所立意，與李商隱《夜雨寄北》之一、二兩句，都説明現在、我方情事。此後，綜合運用推移與變换的方法進行造境，其抒寫無窮之意的表現模式，也與《夜雨寄北》大致相同。即：「想媚容」以下，既由我方設想對方思念我方，又從現在設想將來談到現在。謂：花夕月下，冷落銀屏，想必你也正在計算著我歸去的日程；將來有一天，兩人相見，在枕上頭並著頭，將細細訴説今日，互相牽掛之情。所説即與詩篇之三、四兩句同一意思。所不同的衹是，柳永於進行較大幅度的推移變换之前，插入一段回憶，説臨别之時的難分難捨情景。詞章所立意，由於時與地(空)的延伸與擴充，同樣顯得更加深長而富有姿彩。

業師吴世昌教授將李商隱《夜雨寄北》的推移變换，歸納爲一個公式：「從現在設想將來談到現在」。並將運用這公式填詞所出現的結構類型，歸納爲「西窗剪燭型」。而柳永所作，即爲這一類型的典範。

(三) 時間空間化與空間時間化，以表達無窮之意

這是第三種造境方法。前文所説，或曰拓展時空容量，以表達無窮之意，或曰推移變换時間次序及空間位置，以表達無窮之意，都曾將時間與空間當作兩個不同的意念，分割開來，加以列述。這是論證過程中所不得不採取的一種知性的分割。實際上，客觀世界所謂時間

與空間乃無有明確的分野，由二者（時與地）所合成的境，其間有關人與事的發生與呈現，或者湧現及演出，都既是屬於時間的，也是屬於空間的。因此，便出現所謂時間空間化與空間時間化問題。立意造境，不可忽視這一問題。

葉維廉著《比較詩學》，曾從語法與表現的角度，在中西兩種文化及美學的分歧和交匯中，探討過這一問題⑯。以爲：「中國詩的藝術在於詩人如何捕捉視察事象在我們眼前的湧現及演出，使其自超脱限制的時空的存在中躍出。」所謂超脱時空限制，就是時間空間化與空間時間化。葉氏以之論證「中國文言的特色及其固有的美學上表達的特色」，本文則用以闡釋詩歌中的造境方法。

大致説來，若以之造境，則包括以下兩種方法：瞬間向多方延展及多方於瞬間並置。

先説前者——瞬間向多方延展，亦即突破瞬間限制，以空間的延展帶動時間的延展。這是時間空間化的一種表現形式，也是以超脱時空限制以表達無窮之意的一種具體方法。

例如漢樂府歌辭《江南》：「江南可採蓮，蓮葉何田田，魚戲蓮葉間。魚戲蓮葉東，魚戲蓮葉西。魚戲蓮葉南，魚戲蓮葉北。」歌辭所説人與事，原本比較簡單。即採蓮（憐）求藕（偶），魚兒在蓮葉間遊戲；似乎衹要開頭三句，便可搞掂（表達清楚）。這是一瞬間的經驗，其湧現及演出，在時空上，均有一定限制。但後面四句，將此一瞬間的經驗「作了空間性方向性的延展」(葉維廉語),亦即將此一瞬間空間化,其有關經驗,包括「採」與「戲」,也就向著四面八方,在讀者眼前,無有窮盡地湧現及演出。於是,詩人所捕捉視察得到的事象,亦即自超脱限制的時空的存在中躍出,給人以鮮明的印象。

又例如柳宗元《江雪》:「千山鳥飛絶,萬徑人蹤滅。孤舟蓑笠翁,獨釣寒江雪。」這是一首山水小詩。首二句以千山及萬徑,展示出無比廣闊的大背景,次二句描寫在此大背景下的唯一存在——一位身披蓑衣、頭戴斗笠的老翁在江上引竿垂釣。葉維廉稱,這是「兩個視察性極强的瞬間」——一個宇宙般大的山景和一個微塵般小的獨釣翁。詩篇將此二者——兩個視覺瞬間,「像畫一樣同時並置出現」,使之構成兩個「空間性的單元」(葉維廉語),即空間化,其大與小的對比既顯得更加强烈,其所歌詠的蓑笠翁之「孤」與「獨」,也就顯得更加突出。這就是時間空間化所産生的效果。

再説後者——多方於瞬間並置,亦即突破視境限制,以時間的移動造成空間的移動。這是空間時間化的一種表現形式,也是以超脱時空限制以表達無窮之意的一種具體方法。

例如王維《終南山》:「太乙近天都,連山到海隅。白雲回望合,青靄入看無。分野中峰變,陰晴衆壑殊。欲投人處宿,隔水問樵夫。」這首詩描寫終南山,即太乙山,乃一篇山水傑作。如果祇是從某一特定的方位下筆,其視境當十分有限,似乎祇能是某一感物瞬間所呈現的山的某一側面。但作者看山，卻未有固定的方位與角度。首聯遠看，謂太乙靠近天都（長安）或天宫，屬仰觀；謂山連著山，重重疊疊，一直到海之隅，則俯仰齊觀。頷聯寫山中霧氣，謂白雲很快合攏在一起，乃從山上下來，回頭觀望所得景象；謂青靄看不見了，卻是走向山時的結果。頸聯寫山的形勢，謂中峰兩邊，分野廣闊，隸屬不同州郡，乃在最高峰俯瞰；謂衆山谷或陰或晴，面目各異，則同時在山前山後觀看，或於高空俯瞰。尾聯説投宿，謂隔著澗水向對岸樵夫問話，即下山後所見山及其附近的環境⑰。四聯所寫，一個感物的瞬間，馬上直接引向另一個感物的瞬間，「使我們同時看到存在的每一面」（葉維廉引英國十九世紀美學家裴德語）。這就是多方於瞬間並置，亦即空間時間化。因此，葉維廉稱，此「終南山」具有一種可以讓人環走觀看的雕塑品的意味。

又例如馬致遠〔越調〕《天淨沙》（秋思）：「枯藤老樹昏鴉。小橋流水人家。古道西風瘦馬。夕陽西下。斷腸人在天涯。」這支小曲於佈景、叙事中説情思。前三句疊用九個名詞，鋪列九種物景——枯藤、老樹、昏鴉和小橋、流水、人家以及古道、西風、瘦馬，但此「一景復一景並不構成一種直綫串連的追尋——不是此物如何引起彼物」。其中物象（鏡頭），如畫中物象，同時並發⑱。這也是多方於瞬間並置，亦即空間時間化的範例。因此，後二句所説在此畫面活動的斷腸人及其情思，也就顯得更加鮮明而生動。

以上所說的空間時間化的具體例證，這是從時間次序推移的角度提出問題的。但是，如果改變角度，即從空間位置變换的角度提出問題，同樣的事例，也可作爲時間空間化的例證。例如王維《終南山》，其所呈現的全方位的景象，既可看作是多個「每一面」(空間位置)於瞬間並置，爲空間時間化的典型，又可看作是多個瞬間(時間次序)作空間佈置，爲時間空間化的範例。至於柳宗元《江雪》，其所謂兩個視察時間之同時並置，構成兩個「空間性的單元」，既可看作是瞬間向多方延展，又可看作是多方於瞬間並置，同樣具有時間空間化及空間時間化的特徵。此類事例所採用觀物方式，葉維廉稱之爲「多重透視」或「回環透視」方式⑲。這是中國山水畫家慣用手段，也是古典詩歌中用以表達無窮之意的一種有效方法。

四

前文已就意與境的含意以及立意、造境之若干問題，包括其方法及過程，進行粗略的描述；以下說意境，亦即「意＋境」或者立意與造境所得結果。此所謂意境，或稱境界，有關傳統詩論，多所論列，時賢說詩詞，也離不開這一話題。這裏著重探討兩個問題。

(一) 關於意境或境界的解讀問題

前人將意境或境界看作是一種「象外之象，景外之景」，謂其有如「藍田日暖，良玉生烟，可望而不可置於眉睫之前也」⑳，或如「空中之音，相中之色，水中之月，鏡中之象」㉑，無有蹤迹可求，並以莊子之所謂「得魚而忘荃」，或「得意而忘言」㉒，以爲此意境或境界乃存在言語之外，不可以言語求之。十分明顯，這是就作品本身而言。但是，如從讀者或作者的角度看問題，所謂「意＋境＝意境」，其結果我以爲還是可以追尋得到的。

例如陶淵明《飲酒》（其五）：「結廬在人境，而無車馬喧。問君何能爾，心遠地自偏。採菊東籬下，悠然見南山。山氣日夕佳，飛鳥相與還。此中有真意，欲辯已忘言。」這首詩説人、説鳥，説「真意」，對於人與鳥之具體活動情形，包括其内外特徵，都説得很明白，而對於「真意」之究竟爲何物，則未曾道明。因此，前人説此詩，或曰：「意既閒寂，景物復佳，然非『心遠』則不能領略其真意味」㉓；或曰：「『意』字從上文『心』字生出，又加上『真』字，更跨進一層，則『心遠』爲一篇之骨，『真意』爲一篇之髓」㉔。——説了大半天，均不得要領。即祇是强調「真意」的重要性，對其真實所指，並未曾得知。實際上，所謂「真意」，即爲存在於言語之外的意境或境界。如依據立意與造境的方法及過程，加以分析、體認，我以爲，此所謂「真意」還是可以感悟得到的。即：詩篇之説人與説鳥，分别構成兩個互相關聯而又各不相同的「意＋境」單元。前者之人（我）與事（「結廬在人境」，「心遠地自偏」）及時與地（人境），後者之鳥（物）與事（「山氣日夕佳，飛鳥相與還」）及時與地（南山）——形成强烈對照——

前一個單元的人（我），因「心遠」而不爲車馬所干擾；後一個單元的鳥（物），則完全與美好的山氣日夕融合在一起。兩個單元，同時並置，達致一種更加複雜多樣的綜合或統一，從而「不知何者爲我，何者爲物」（王國維語）。我看，這就是所謂「真意」之所在。具體地説，那就是由於兩個「意＋境」單元的綜合或統一，至此已進入「物化」的境界。乃真意，亦即作者所追求理想。

這是藉助立意、造境手段，即「意＋境＝意境」這一公式，對於意境或境界進行解讀的一個具體事例。這一事例説明，所謂「奇文共欣賞，疑義相與析」（陶淵明《移居二首》之二），不僅言語上之疑義，可以通過欣賞與分析加以領悟，而且言語以外之意境或境界，同樣也可以通過欣賞與分析加以領悟。

（二）關於境界説之作爲批評模式的評估及運用問題

境界説之作爲一種批評模式，是由王國維提出來的。其謂「詞以境界爲最上」，即將有無境界看作是衡量作品高下優劣的標準，所以説，「有境界則自成高格，自有名句」。而且，王國維還從境界之大與小、隔與不隔以及境界之有有我之境與無我之境、詩人之境與常人之境乃至造境與寫境諸多方面之劃分，爲掌握其標準，提供一系列具體方法。但是，由於王氏自身對於所謂「境界」，似乎並没有明確的界定，比如：「單言之則稱『境』，重言之則稱『境界』，換言之又稱『意境』。」[25]——因此，近百年來，衆説紛紜，對於境界説作爲批評模式之評估，也就出現多種不同意見。

例如：一種意見稱，境界就是藝術形象，是客觀事物在作者頭腦中的反映[26]。或稱，境界「意味著作品反映了日、月、山、川的風貌和喜、怒、哀、樂的心情」，是一種「比較接近現實」，能夠顯示藝術必須通過形象來反映現實這一根本特徵的典型形象[27]。因而得出這樣的結論：王國維對詩人與現實的關係的理解，「顯示出他的美學思想具有樸素的唯物的因素和初步的辯證觀點」（同上）。

另一種意見稱，謂境界即爲藝術形象，這一點可以同意，但以爲境界（或藝術形象）乃「客觀事物在作者頭腦中的主觀反映」，亦即主觀與客觀的統一，或理想與現實的統一，則要看其統一的基礎究竟是什麽？論者指出：「據我看，王國維的回答是統一於主觀，統一於感情，統一於理想。」因而得出另一種結論：王國維境界説的理論基礎是唯心論的[28]。

這是多種不同意見中最具代表性的兩種意見。兩種意見，各從不同角度立論，各自進行不同的判斷。或肯定，或否定，看似勢不兩立；實際上，其立論依據卻完全相同，即同爲所謂唯物反映論或認識論。而其他有關意見，儘管多所發明，各有不同説法，其所論列，或唯物，或唯心，同樣未曾超越所謂唯物反映論或認識論的哲學框架。這就是長期以來大陸學界對於境界說進行評估所出現的情況。最近，有學者稱：這是帶有中國特色的「哲學誤判」。並指出：王氏境界說及包括境界說在内的王氏美學的思辨基點或哲學基礎，不是認識論，而是人本價值論。即以爲，王氏立論，主要並不在於回答人對實在的認識關係即物質——精神孰先孰後問題，而是側重在反思人對自我的生命體驗，即探詢人類存在的意義到底何在㉙。這是於兩種對立意見之外所提出的另一不同意見，甚是值得探討。

對於境界說之作爲一種批評模式所進行的各種各樣的評估與判斷，究竟正確與否，需要認真地再作一番評估與判斷。同樣，對於境界說之具體運用問題，也當作一番檢討。

本文開篇所說，有關論者說意境，雖洋洋萬言，卻仍然說不出個所以然來，這是境界說之具體運用中所普遍存在的問題。而今，如將此類論著與上文所述對於境界說進行哲學判斷的論著相比較，即不難發現：這是因「哲學誤判」所引致的「美學誤判」(參見夏中義語)。例如論者說意境，首先宣稱：「意境是作者的主觀情意與客觀物境互相交融而形成的藝術境界」。十分明顯，論者乃以意爲主體、以境爲客體，將意與境的交融看作是心與境的交融，亦即將意境的創造看作是作者對於現實的反映或認識。而其對於意與境交融的三種不同方式——情隨境生，移情入境以及體貼物情、物我相融，所加闡釋：所謂「詩人先没有自覺的情思意念，生活中遇到某種物境，忽有所悟，思緒滿懷，於是借著對物境的描寫把自己的情意表達出來，達到意與境的交融」；或所謂「詩人帶著强烈的主觀感情接觸外界的物境，把自己的感情注入其中，又借著對物境的描寫將它抒發出來，客觀物境遂亦帶上了詩人主觀的情意」。——説來説去，無非是「外界的物境」（物質）與詩人「主觀的情意」（精神）孰先孰後問題。至其關於意境的深化與開拓以及意境的個性化、意境的創新等問題的闡釋，同樣仍然著眼於詩人的反映或認識，諸如所謂「詩人獨特的觀察事物的角度，獨特的情趣和性格，構成意境的個性」㉚等説法，便是對於這種反映或認識的具體要求。全文所説，有「詩人之意境」、「詩歌之意境」以及「讀者之意境」，似乎包括了詩歌創作及欣賞的全過程；但其所説卻僅僅是圍繞著意與境之間之所謂主觀與客觀的關係問題。所以，閲讀此類論著，除了便於加深對於所謂唯物反映論或認識論的理解之外，如想從中獲得有關意境創造的某些啓示，看來是比較困難的。——這大概就是學界許多説意境論著的通病。

本文論「意＋境＝意境」，對於意與境的含義重新加以界定，並將意與境的關係確定爲被承載與承載的關係，而非主觀與客觀的關係，其目的乃在於擺脱學界多年形成的所謂「哲學誤判」和「美學誤判」，在於走出固有的反映論或認識論框架，從而就詩歌本身問題説詩歌；亦即通過對於立意、造境之方法、過程及結果的體驗，爲實際意境創造提供具體事證。因各方面水平所限，未必可達到預期目的。不妥之處，敬請大方之家，批評指正。

第三節　二十世紀王國維境界説的異化與再造

一九〇八年，王國維發表《人間詞話》，倡導境界説，開創中國今詞學。今詞學經歷開拓期、創造期、蜕變期三個發展、演變時期。在各種不同語境，王國維境界説亦不同程度地被推演、被異化及被再造。先是於今詞學的創造期，在意與境的評賞層面被推演爲風格論；再是於今詞學的蜕變期，在意與境的創造層面被推演爲一種審美理念（aesthetic ideas），被納入哲學、美學範疇。經過二度推演與異化，目今之所謂境界者也，是否仍舊是王國維所拈出之境界，已難以斷定。本文擬從境界意涵及其創造過程入手，對於境界與境界説、境内之境與境外之境諸問題重新加以疏解，嘗試探尋王國維《人間詞話》的立説原意，還境界説以本來面目，從而更爲恰切地把握王國維境界説在中國詞學發展史上的價值與影響。

立説與推演：百年詞學境界説的異化及再造

一九〇八年，王國維《人間詞話》的發表，既是一偶然事件，也是歷史發展的必然。這一年，既因《人間詞話》的發表，成爲中國詞史、詞學史古今演變的分界綫，王國維的境界説成爲中國詞學現代轉型的標志，王國維自身也因這一標志的出現，成爲中國當代詞學之父。所謂分界綫，乃以批評模式作爲劃分的標志。即謂千年詞學，其發展演變以王國維劃分界綫：王國維之前，詞的批評標準是本色或者非本色；王國維之後，詞的批評標準是有境界或者無境界。以本色説詞，看其似與非似，不一定需要言傳；以境界論詞，看其有（境界）或者無有（境界），其有（境界）或者無有（境界），有一定時空範圍在，可以測量，亦可以言説。前後相比較，一則爲舊，一則爲新。舊者爲古詞學，新者爲今詞學。所以，一九〇八年，就成爲中國今詞學的開始，也成爲中國文學現代化進程的開始。

從一九〇八年起，大約十年時間，爲中國今詞學的開拓期。這期間，王國維境界説的出現儘管具有劃時代的意義，卻尚未能引起學界注視，未曾展開討論。一九一九年，由王國維所創立的中國今詞學進入創造期。大約三十年時間，詞界左、中、右三翼，對於境界説方纔以不同的立場與態度表示不同意見。之後，一九四九年至一九九五年，大約五十年時間，爲中國今詞學的蜕變期。從一九一九年到一九九五年，王國維境界説既得以不斷的推廣，同時也在推廣的過程逐漸被異化及被再造。在中國今詞學的發展史上，王國維境界説的異化及再造，主要體現在以下兩個時段：一爲今詞學的創造期，境界説被推演爲風格論；一爲今詞學的蜕變期，境界説被當作意境説，於哲學、美學範疇進行重構與再造。

希望，以古之白話新體詩，爲今之新體白話詩，提供借鏡。胡適在《詞選》序文中聲稱：

（一）一度異化，從境界説到風格論

一九二三年，胡適開始編纂《詞選》，試圖以古之白話詞，爲今之「文章革命」張目。並且

> 到了十一世紀的晚年，蘇東坡一班人以絶頂的天才，採用這新起的詞體，來作他們的「新詩」。從此以後，詞便大變了。東坡作詞，並不希望拿給十五六歲的女郎在紅氍毹上裊裊婷婷地去歌唱。他衹是用一種新的詩體來作他的「新體詩」。詞體到了他手裏，可以詠古，可以悼亡，可以談禪，可以説理，可以發議論。㉛

胡適推尊蘇軾「新體詩」，於題材、内容，亦即情感、意境，大做文章。他將蘇軾一班人所作的「新體詩」與十五、六歲女郎所歌唱的詞分别開來，在歌詞題材上爲詞中豪放、婉約的劃分作出典範。

一九二六年，胡雲翼《宋詞研究》出版。他承襲胡適論斷，推尊蘇軾、辛棄疾，並將全部宋詞劃分爲二派。在「宋詞概觀」一節聲稱：北宋的長詞，依描寫的對象，分爲兩派。一派是繼承五代《花間》的詞風，一派是完全拋棄那種兒女情緒的描寫，而别開生面，去抒寫那偉大的

懷抱，壯烈的感情，淋漓縱横，構成長篇，這一派的代表人物是蘇軾。胡雲翼以爲，詞到了蘇軾，一洗五代以來詞的脂粉香澤、綢繆宛轉的氣習，别開描寫的生面，打破詞爲豔科的狹隘觀念。以爲，這是詞體的大解放㉜。胡雲翼依據胡適所樹立的典範，將宋詞中的兩派劃分明確下來。

胡適、胡雲翼所言，儘管並未正面接觸到王國維的境界説，但都就境界説中的意和境兩個方面所包涵的意思加以發揮。胡適、胡雲翼論詞，偏重内容與題材，忽視形式與音律。二人的言説，既在意之上使得王國維重意輕境的論述進一步向左傾斜，又在境之上將王國維有關意與境的論述分别加以延伸及推演。其延伸及推演，主要體現在以下兩個方面：一方面，胡適、胡雲翼以創造「新體詩」爲目標，將王國維的兩宋詞説延伸爲蘇、辛詞説；另一方面，胡適、胡雲翼以男性與女性的區别，將王國維以意與境構成的境界説推演爲以豪放與婉約爲標志的風格論。這是王國維境界説在中國今詞學創造期所遭遇的一次推演與異化。但是，在中國今詞學創造期，由胡適、胡雲翼所推演的風格論並未見有何回應者及追隨者。詞界所通行，仍然是一班倚聲家所堅持的傳統詞學本色論。

（二）二度異化，從説意境到意境説

二十世紀後半葉，中國今詞學進入蜕變期。經過批判繼承階段、再評價階段、反思探索

階段，五十年時間，王國維境界説於異化過程，不斷進行重構與再造。

在批判繼承的第一階段，自五十年代建國初期至六十年代中的「文化大革命」，大約十七年。詞界左、中、右三翼，以左的一翼，最是當時的令。這一階段，不講王國維的境界説，而講胡適、胡雲翼的風格論。胡適、胡雲翼的異化，得以延續。王國維的境界説，大致朝著兩個方向被推演：一個方向是，以豪放、婉約兩種風格立論，被簡化爲以豪放、婉約「二分法」立論；一個方向是，將境界説中的境界當意境解，由説境界轉變爲意境説。這是王國維境界説再度異化，進行重構、再造的預備階段。

一九六二年二月，胡雲翼《宋詞選》出版，其於前言宣稱：「這個選本是以蘇軾、辛棄疾爲首的豪放派作爲骨幹，重點選録南宋愛國詞人的優秀作品。」㉝同年六月，胡雲翼發表《試談唐宋詞的選注工作》一文，明確將全部宋詞作家劃分爲豪放、婉約二派，並主張「更多地推薦豪放派」，「把思想内容的表達作爲首要的課題」㉞。一時間，詞界重豪放，輕婉約，將王國維的「詞以境界爲最上」，變作「詞以豪放爲最上」。豪放、婉約「二分法」，成爲詞界説詞的最高法則。

同是這一階段，由於詞界講風格，不講境界，王國維境界説就跑到哲學、美學那邊去了。王國維所拈出境界二字被解讀爲意境，被當作哲學、美學範疇的一種審美理念（aesthetic ideas），於是，王國維所説境界，被當作一種主客觀的統一體。在對於意境的闡釋過程，境界說逐漸被推演爲意境說。

之後，經歷「文化大革命」，蛻變期的今詞學進入第二個階段。所謂再評價，即將上一階段的褒揚與貶斥掉轉過來，爲原來被輕視的婉約派翻案，但换湯不换藥，有些問題比如重豪放、輕婉約的趨向，儘管掉轉頭來，進行平反，變而成爲重婉約、輕豪放，在某種意義上講，仍然是以政治批判代替藝術批評，所採用批評模式仍舊是自己所否定的豪放、婉約「二分法」。這一階段，詞界幾名老前輩繆鉞、吴世昌、萬雲駿曾相繼撰文發表觀感。三人文章，皆針對豪放、婉約「二分法」而發，或從詞之特質，或從詞之結構，糾正因境界説被異化所出現的偏頗。這一階段的再評價，爲王國維境界説的重構與再造，掃清障礙。

今詞學進入蛻變期的第三階段，自一九八五年所謂方法年起到一九九五年止，大約十年時間，其反思、探索，大致朝著兩個方向推進：一個方向是，以中西文論的比較，對於由境界説所推演的風格論進行修正；另一個方向是，以中西理念的比較，對於被推演而異化的境界説重新加以認識及再造。兩位代表人物，葉嘉瑩、佛雛，在中學與西學互相融合的語境下，對於王國維的境界説重新進行闡釋。

葉嘉瑩著《中國詞學的現代觀》，借用一些西方理論對中國傳統詞説作反思和探討。以爲「傳統詞學，與西方現代的一些文論頗有暗合之處」[35]。指出：經過比較和觀察，「我們就會發現王氏論詞的最大之成就，實乃在於他對第一類歌辭之『要眇』之美的體認和評説」。並指出：「這種評説之特色就正在於評者能够從那些本無言志抒情之用心的歌辭之詞的要眇之特質中，體會出許多超越於作品外表所寫之情事以外的極豐美也極自由的感發和聯想。」葉嘉瑩認爲，王國維評詞，最大的成就，乃在於對詞體「『要眇』之美的體認和評説」，能使讀者體會出「極自由的感發和聯想」。葉嘉瑩並就感發與聯想，將中國傳統詞學和西方文論聯繫在一起。她指出：「(王國維説詞)已經轉移到以文本所具含之感發的力量，及讀者由此種感發所引起的聯想爲評説之重點了。」並指出：「王氏説詞所依據者，則大多爲文本中感發之質素，而其詮釋之重點則在於申述和發揮讀者自文本中的某些質素所引生出來的感發與聯想。」葉嘉瑩從西方接受美學角度，指出王國維境界説的評説重點，已轉移到「以文本所具含之感發的力量」及「讀者由此種感發所引起的聯想」兩個方面，而其詮釋重點也放在讀者對於文本的「感發與聯想」㊱。這是葉嘉瑩對於王國維境界説的理解與再造。

佛雛著《王國維詩學研究》，將王國維境界説放在中西語境的對比之中進行評析。他説：

王氏的美的「理想」並未越出叔本華式「人的理念」的軌則之外，這從他對自己詞作的自我評價中也可得到印證。如他自稱:「余自謂才不若古人,但於力爭第一義處,古人亦不如我用意耳。」這類屬於「第一義」的詞,他舉出的是「《浣溪沙》之『天末同雲』,《蝶戀花》之『昨夜夢中』、『百尺高樓』」等闋。試看「天末同雲」一首,詞云:「天末同雲黯四垂,失行孤雁逆風飛,江湖寥落爾安歸? 陌上金丸看落羽,閨中素手試調醯。今宵歡宴勝平時。」作者以「詩人之眼」或「自然之眼」,「觀」出了人生罪惡的全部真相,顯示了一種崇高的悲憫情懷。這一「孤雁」的遭遇與命運,成了整個人類的命運與遭遇的一幅縮影。「全人類的內在本性」在這裏得到了充分的顯現。這一「孤雁」也就差不多「儼有」「擔荷人類罪惡之意」。王氏自稱是「鑿空而道,開詞家未有之境」。顯然,這種「第一義」也即最理想的「境」,也正是叔氏的人生「永恆的理念」的再現。

這段話,將王國維的理想和叔本華的理念聯繫在一起進行解讀,並以具體的作品的分析加以印證,斷定他的「第一義」,也就是最理想的「境」,正是叔氏的人生「永恆的理念」的再現。因而,得出如下結論:「王氏標舉傳統詩學的『境界』(意境)一詞,而攝取叔氏關於藝術『理念』的某些重要內容,又證以前代詩論詞論中的有關論述,以此融貫變通,自樹新幟。他的

『境界』說原是中學西學的一種『合璧』。」㊲

（三）境界說的重構及回歸

今詞學蛻變期的反思、探索階段，葉嘉瑩、佛雛對於王國維境界說的解說及重構，相對於今詞學創造期胡適、胡雲翼對於王國維境界說的推演，前後既有不同之處，亦有共同點。大致而言，王國維境界說前後之被推演、被異化，或者被重構，乃皆著眼於境界說中的意和境。在今詞學的創造期，胡適、胡雲翼重意輕境，將王國維境界說推演爲風格論。進入蛻變期，經過第一階段及第二階段的預備，至反思、探索階段，葉嘉瑩引入西方理論，在文學作品傳播、接受層面，將胡適、胡雲翼所異化的境界說推演爲興發感動說；佛雛在「詞家未有之境」的創造層面，將王國維境界說推演爲意境說。與胡適、胡雲翼的異化相比，蛻變期的異化，同樣自王國維境界說所蘊含意和境的分列引申而得，這是其共通之處。至其不同之處，乃在其語境的變換。例如，之前的異化，所謂意與境，何者爲重，何者爲輕，似皆祇是在傳統詩詞理論之有關情與景、我與物何者爲主、何者爲客一類問題的討論範圍之內，而之後的異化，則牽涉到中西文論的對接乃至文學與哲學、文學與美學等有關學科的變革與提升問題。語境的變換，話語的變換，自然亦涉及話語對象（境界）的創造問題。這是前後二度異化的不同之處。

有盡與無窮：關於境內之境與境外之境

一百年來，對於王國維《人間詞話》中的境界一詞，大致出現兩種解釋：一是作爲概念的境界解，一是作爲批評模式的境界説解。作爲概念，將其當一般名詞看待，著重探究其來歷，看其是從佛經中來，或者從其他什麽地方引進；作爲批評模式，大多將其當一般所説意境看待，著重主客觀的統一，即意與境是否結合完美。兩種解釋，前一種，就境界的語源看王國維藉以立説的語境；後一種，就境界説的運用看王國維立説的意義。前者有助於對學説創立所具語言環境的瞭解，但未及學説自身；後者因認識上的局限，衹是停留在形下層面，未能從形上層面對於境界説作深層闡釋。以下試分别加以説明。

（一）境界與境界説：作爲概念的境界與作爲批評模式的境界説

王國維《人間詞話》有云：「詞以境界爲最上。有境界則自成高格，自有名句。五代、北宋之詞所以獨絶者在此。」王國維這段話，在《人間詞話》手稿列歸第四十一，在一九〇八年經其手訂之《人間詞話》初刊本列居第一。從排列位置上看，王國維應是有意識這麽做的。王國維對於倚聲及倚聲之學，尤其是倚聲填詞，自視甚高。不僅謂其所作有前人不及之處，而且謂其所立境界之説，亦爲探本之説。他説，「詞以境界爲最上」，乃將境界二字，確定爲倚聲填詞的最高評價標準。有境界，爲最上之品；無境界，爲最下之品。意思非常明確。

王國維在《人間詞話》説詞的語境中，拈出境界二字，不僅將其當批評模式看待，而且將其當能够探其本原的批評模式看待。這就是説，同樣當批評模式看待，但其中仍有層面的區分。這一區分，在不同語境有不同説法。王國維以自己所説與滄浪、阮亭所説相比，將「道其面目」及「探其本」區分開來，就是一種層面區分。至如何「探其本」，如何認識王國維拈出境界二字的本意，其中之所謂形上與形下的層面區分，仍須通過王國維在有關作家、作品高下優劣的評判過程，看其對於境界二字内涵及外延的揭示與引申以及對於境界説多層意涵的展示，纔能體會得到。

例如，王國維説境界之大與小有云：

境界有大小，然不以是而分高下。「細雨魚兒出，微風燕子斜」，何遽不若「落日照大旗，馬鳴風蕭蕭」。「寶簾閒掛小銀鈎」，何遽不若「霧失樓臺，月迷津渡」也。

這裏所説二例，一爲杜甫詩中之景：細雨魚兒、微風燕子和落日大旗、蕭蕭馬鳴；一爲秦觀詞中之景：寶簾銀鈎和樓臺、津渡。兩兩相比，雖無高下之分，卻仍然有大小之别。説明王國維之所謂境界，有個大與小可以互相比較的空間範圍在。或者説，王國維之所謂境界，是一個可以承托大與小諸般物象的載體。

又如，王國維評納蘭容若塞上之作有云：

「明月照積雪」、「大江流日夜」、「中天懸明月」、「黄（當作「長」）河落日圓」，此種境界，可謂千古壯觀。求之於詞，唯納蘭容若塞上之作，如《長相思》之「夜深千帳燈」，《如夢令》之「萬帳穹廬人醉，星影摇摇欲墜」差近之。

王國維説納蘭，謂其塞上之作具備詩的境界。從時空容量看，主要謂其所造之境之闊與大。即其夜空中的星影，映照著地面上的千帳、萬帳，其景象和夜空中的明月，映照著地面上的積雪，以及日夜奔流的大江和長河上的落日，同爲千古壯觀。以詩境比詞境，所謂「詩之境闊，詞之言長」，可得證實。

又如，王國維批評姜夔不於意境上用力有云：「古今詞人格調之高，無如白石。惜不於意境上用力，故覺無言外之味，弦外之響，終不能與第一流之作者也。」言外之味和弦外之響，要求於境外造境。這是王國維對於境界創造的最高標準。但對於姜夔，似仍未以最高標準加以衡量,如手稿所説,「其志清峻則有之,其旨遥深則未也」,衹是説近與遠,仍未到内與外。不於意境上用力,主要批評其缺乏遥深之旨。不過,能否創造境外之境,仍然是評判作品高下的一個重要依據。這裏,意境二字,既相當意和境,又不能衹停在留意和境這一層面。

以上幾則詞話,説明王國維的創造,富多層意涵,他所拈出境界二字,並非衹是作一般概念的名詞解,亦並非衹是作一般批評標準的意境解。在《人間詞話》中,王國維既將境界當批評標準看待,又依據「言有盡而意無窮」的原理,揭示境界之本,謂其所説境界,已從境内(有盡)到了境外(無窮)。所謂言外之味及弦外之響,説明其所説境界的内涵,已超出於「言」與「弦」之外。這一超越,同時也説明,王國維創境界之説,目標乃在於造境外之境。

(二) 境内之境與境外之境

如上所述,王國維所創境界之説,立論高遠,經過一百年的推廣、演繹,尤其是一、二兩度異化與再造,對其立論之各種因素都曾展開討論,但對於王國維所説境界究竟爲何物?似乎還得進一步加以追尋。

葉嘉瑩闡釋王國維的境界説,曾將其義界之所指,概括爲三個不同層次的範疇。即:其一是作爲泛指詩詞之内容意境而言之辭;其二是作爲兼指詩與詞的一般衡量準則而言之辭;其三則是將境界二字作爲專指評詞之一種特殊標準而言之辭[38]。三個層次,從横的方向展開，著重説其運用範圍，亦即結果，對於境界自身之所指，除「而言之辭」外，應尚未有明確的交待。

施議對以疆界、意境、境外之境三層意涵，爲王國維所拈出境界二字作界定。三層意涵、三個步驟，從縱的方向看境界自身的意涵及境界之説的創造過程。其一，拈出疆界，以借殻上市，爲新説立本；其二，引進改造，將意境並列，使之中國化；其三，聯想貫通，於境外造境，爲新説示範㊴。據以上三個意涵所論列，以下試逐一加以推斷：

第一步，拈出以立本。謂其所説境界爲疆界。乃一具長、寬、高一定體積的空間範圍，或者載體。這是王國維的立説之本。而所謂「借殻」者也，説明衹是「上市」的需要，上了市，這一載體負載些什麼物事，那就管不著了。但這是一個重要的環節，乃境界之所以成説的基礎。

第二步，引進與改造。謂其所説境界爲意境。乃意和境相加的一種創造。意即欲，境即時間和空間加上時空裏面的人和事。但是，王國維所講的欲是叔本華的欲，而非中國人的欲。叔本華的欲和中國人的欲是不一樣的。中國人的欲是七情六欲的欲，是欲壑難填的欲，跟叔本華的欲是不同的。叔本華的欲是一種意志，代表社會發展的動力。王國維將叔本華的欲引入疆界，放進「殻」裏，使之中國化，這就是意境。

第三步，聯想與貫通。謂其所説境界爲境外所造之境。在境之外，而非境之內。例如，雕欄玉砌，在境之內，爲境內之境；春花秋月，在境之外，爲境外之境。所謂聯想與貫通，就是於境內、境外二物之間，用一中介物——小樓風月，將其連接在一起，使得原來没有互相「關係、限制之處」，或者不一定有互相「關係、限制之處」的二物，互相聯繫在一起。説明歌詞主人公李煜所謂往事，並非不堪回首之故國，亦非依然存在的雕闌玉砌，而乃春花秋月，亦即有如春花秋月一般美好的人和事。這就是王國維以境界立説所追求的境外之境。

三層意涵，合而觀之。説明王國維所説境界，是境外所造之境。由此境界所構成的境界説，是一個由境內到境外，由有盡到無窮，可以認知、可以操作，可以用現代科學方法測量，並可以用現代科學語言表述的現代批評模式。這是通過三層意涵對於王國維境界説的重新認識與解讀。

（三）形上之思與形上之詞

一部《人間詞話》，以詩人之眼看世界，當中所探討問題，既是世界自身，又超出於世界。如從哲學、文化學的角度進行觀察，即可知王國維之所謂憂世、憂生，善入、善出，已是從形下層面到形上層面的抽象與提升。所謂指出向上一路，既爲表達其世界觀和文藝觀，亦爲表達其比諸世界及文藝更爲高遠的形上之思。王國維的這種抽象與提升，如以中國式的表述進行表述，那就是太史公所説：「究天人之際，通古今之變，成一家之言。」既表示一種追求的目標，亦揭示實現目標的方法與門徑。王國維創立境界之説，建基於太史公之言，其立説之方法與門徑，依太史公所揭示的方向展現。一爲人與自然的聯想與貫通，一爲古與今的聯想與貫通。同樣是一種層面的抽象與提升。這是進行形上之思的方法與門徑，也是創造境外之境的方法與門徑。

《人間詞話》中，王國維有兩段話爲展現方法與門徑。其一曰：

> 自然中之物，互相關係，互相限制。然其寫之於文學及美術中也，必遺其關係、限制之處。

其二曰：

> 「君王枉把平陳業，換的雷塘數畝田。」政治家之言也。「長陵亦是閒邱隴，異日誰知與仲多？」詩人之言也。政治家之眼，域於一人一事。詩人之眼，則通古今而觀之。詞人觀物，須用詩人之眼，不可用政治家之眼。故感事、懷古等作，當與壽詞同爲詞家所禁也。

前一段話，説人與自然的聯想與貫通。其中，「關係、限制之處」，體現人與自然之間的矛盾與衝突。對於人與自然之間的「關係、限制之處」，作爲文學及美術的創作者究竟應持怎樣的立場及態度？王國維主張，遺其「關係、限制之處」，所指應是超脱人與自然之間的利害關係，包括人與自然的互惠，以自然自身的構造方式構造自然。而上文所説李煜，從雕闌玉砌到春花秋月，人間天上，需要借助天人之間的「關係、限制之處」，進行貫通與聯想，此所謂「關係、限制之處」，便成爲一種將人與自然的矛盾衝突進行分解，或者化合的中間媒介（中介物）。既遺其「關係、限制之處」，又用其「關係、限制之處」，這就是一個問題的兩個方面。所謂形上之思，兩個方面都應考慮得到。

後一段話，説古與今的聯想與貫通。謂對待古今的人和事，政治家與詩人的眼光各不相同。王國維主張以詩人之眼看世界，不域於一人一事，通古今而觀之。

以爲這也是一種不同層面的區分。例如蘇軾與辛棄疾，各自的夢想，就有形上、形下的區分。蘇軾夜宿燕子樓夢盼盼賦《永遇樂》，謂夜半三更爲一片落葉驚醒。夜茫茫，小園行遍。先是想到張建封和關盼盼，浩嘆「燕子樓空，佳人何在」；再是想到眼下許多人，不曾夢覺，仍然糾纏於「舊歡新怨」；最後想到自己，謂有朝一日，當人們同樣面對著黄樓夜景，也當爲我浩嘆。辛棄疾，其於京口北固亭懷古所賦《永遇樂》，回顧四十三年事，謂金戈鐵馬，氣吞萬里，卻依然是，佛狸祠下，一片神鴉社鼓。蘇詞所賦，是現實中的夢；辛詞所賦，是夢中的現實。蘇軾説古今如夢，許多人都不曾夢覺，自己卻已抽離於夢境之外；辛棄疾説不堪回首，乃沉迷於夢境，故始終抽離不了夢境中的現實。蘇軾由夢中回到現實，辛棄疾在現實中造夢。二人所處層面，所謂天上、人間，自是有著明顯的差別。

王國維的兩段話，從時間與空間兩個維度説聯想與貫通，據此所作推論，是否符合王國維以境界立説的原意，均可以具體事例加以驗證。例如，李煜《虞美人》，當中所説往事爲何是春花秋月而不是雕闌玉砌？上文的推論，除了二元對立定律可供判斷的依據，王國維的話也是重要依據。《人間詞話》中，王國維論李煜，曾將其與宋徽宗趙佶比，亦將其與釋迦、基督比，謂其「儼有釋迦、基督擔荷人類罪惡之意」，而不像宋徽宗趙佶「不過自道身世之戚」。這一事例説明，王國維立説原意，須於境外求之，而不能衹是停留於境界内。同時也説明，境外之境的論斷，並非論者的臆斷。

餘　論

過去一百年，王國維境界説在今詞學創造期及蜕變期兩個時間段，被推演、被異化及被再造，論者對於境界說的瞭解究竟到達何等地步？目下的闡釋、推揚，是否已回歸王國維的境界之說？回答這一問題，仍須從王國維說起。王國維填詞，自以爲「開詞家未有之境」，古人不如其用意；其創立境界之說，亦自聲稱，唯有自家之說方纔爲探其本之說。那麼，王國維的填詞和他的境界之說，究竟有何獨特之處？簡言之，此二者一當爲「第一義」的創造，用饒宗頤的話講，就是形上詞的創造；另一即爲，境外之境的創造。二者相加，應當就是一百年前的王國維。

經過二度推演，論者對於王國維的解讀，確有頗見精到者。如上文所引述，論者說王國維的歌詞作品，謂其以詩人之眼，「觀」出了人生罪惡的全部真相，顯示了一種崇高的悲憫情懷。對於王國維「第一義」的創造，體會相當深刻。王國維的再造、回歸，就當從這裏開始。但是，對於王國維所拈出境界二字的三層意涵及境界創造步驟應仍有所忽略。也就是說，多數論者解讀王國維，解讀境界說，著眼點衹是在意境的創造上，衹是到達境界創造的第二步，在意與境，主體與客體，乃至情與景的創造上展開話題。即以主客觀的對立與協調，替代對於藝術創作中言與意以及意與境之間所呈現内與外、遠與近的分析與綜合。這就是說，多數論者還没從意境創造層面走出來，到境外之境，以「究天人之際、通古今之變」的高度看待王國維。

進入新世紀，由王國維所開創的中國今詞學，經歷新的開拓期，目前已進入新的創造期，王國維的「第一義」創造及境外之境創造，必將爲新世紀詞學「開詞家未有之境」提供有益的借鑒。

（本文與鄧菀莛合作）

第四節　疆界・意境・境外之境

——王國維境界説訪談録

一九〇八年，王國維發表《人間詞話》，倡導境界説，開闢中國今詞學。這是施議對先生率先提出的命題。施先生編纂《人間詞話譯注》，研究中國古今詞學，除了以歷史發展的觀點評説王國維，還從哲學、文化學的角度，對於境界説作理論上的説明。施先生以疆界、意境、境外之境三層意涵説境界，由形下層面上升至形上層面，在哲學高度上，認識境界説，運用境界説。指出：三層意涵，奥秘在於境外之境，諸多研究文章之所以誤者，就在於衹是停留在境界的第一層意涵，或者第二層意涵，不能實現從詩歌到哲學的提升。三層意涵的闡釋，關乎詩詞創作、詩詞研究以及詩詞批評模式等問題，亦關乎人的實踐存在，關乎當代實踐存在論美學的建造問題，對於開創二十一世紀詩詞美學研究新路徑具有一定啓發作用。

一　問題的提出：理論的誤判及誤區的困惑

宋湘綺（以下簡稱宋）：一直以來，施先生對於當代詩詞創作及理論研究都比較關注，也曾提出過問題。在一篇文章中，施先生曾説：「有關理論上的失誤，則須從王國維説起。王國維發表《人間詞話》，倡導境界説，開創新詞學，功不可没。但所立論，於意與境之間較偏重於意，已經向左傾斜。其後，胡適、胡雲翼進一步加碼，促使其左轉，並將其推演爲風格論。」這裏所説理論失誤，既包括後來者的失誤，也包括王國維自身的失誤。今天的訪談，首先想請施先生説説這一失誤的表現及根源。

施議對（以下簡稱施）：我的這篇文章，題稱：《立足文本，走出誤區——新世紀詞學研究之我見》㊵。論説誤區問題，謂重思想、輕藝術，重豔科、輕聲學，包括重豪放、輕婉約，諸多偏向，造成許多論述，衹是在詞體的外部做文章，衹是贊賞其美與不美，而忽略其怎麼樣纔能達至於美。至於誤區之所以誤者，後來者的失誤，諸如胡適、胡雲翼的推演，將境界説演變爲風格論，即將「詞以境界爲最上」，演變爲「詞以豪放爲最上」。此外，王國維自身之所立論，也有其偏頗之處，他有關意和境的論述，大多偏重於意。這就是一種左的傾向。

宋：重思想、輕藝術，重豔科、輕聲學，包括重豪放、輕婉約，諸多偏向，表示王國維境界說研究已陷入誤區。這一問題是什麼時候提出的?

施：有關重豪放、輕婉約的偏向問題，子臧先生在世之時曾爲文進行批判，先生身後我也曾將這一偏向當作詞學誤區出現的原因之一而提出討論。二〇〇三年九月二十一日，我在中國社會科學院研究生院所作題爲《傳統文化的現代化與現代化的傳統文化——關於二十一世紀中國詞學學的建造問題》的演講，再次提出這一問題。講演的文字稿後來發表在《新文學》第四輯。二〇〇五年《葉嘉瑩教授八十華誕暨國際詞學研討會紀念文集》出版，也收入這篇文章。這次演講，提出兩個問題。其一云：「相對於本色論，境界説之作爲現代化的一種批評模式，已經有了更大的可操作性。這是境界説優勝於本色論的地方。但是，由於王國維學説自身所産生的誤導以及讀者理解上的問題，在很短時間内，境界説即被異化。先由境界異化爲意境，再異化爲風格論。這是由兩個方面的原因所造成的。一方面，王所説意境，在三個步驟，三個層面之間，原來就是一種過渡，其與此前之疆界以及此後之境界，並無明確分野，易於給人造成誤會；另一方面，由於大家的理解，衹到第一、第二兩個層面，未到第三層面，衹是將境界二字當名詞看待，就概念及其内涵大做文章，亦即衹是停留於境内，而未能到達境外。兩個方面，雙向進行；先天與後天，都大大加速其異化。」其二云：「二十世紀三十年代，胡適、胡雲翼相繼推演，從意境之有意與境之區别，説到男性、女性以及豪放與婉約，將境界說異化爲風格論。這就是一個典型事例。其間，前蘇聯的反映論，作爲馬列經典傳播中華，亦進一步爲境界說的異化提供理論依據。尤其是五十年代之後，反映論占據主導地位，境界說則遭到誤判，被當做推廣工具。論者說境界，多將物與我闡釋爲主客觀關係。物爲客體，我爲主體。主觀與客觀，情與景，二者互不相容。詞界講風格，不講境界，風格論被推向絶頂。以豪放、婉約『二分法』，替代三個層面的境界分析，半個世紀以來，境界說基本上都跑到哲學、美學那裏去了。」㊶

宋： 境界說討論陷入誤區數十年，與中國當代認識論美學的誤判應有一定關係。二十世紀五、六十年代和七十年代末，兩次美學問題的討論，都在認識論的框架裏。八十年代之後，反思中國當代美學的困境，暴露了二元對立思維方式的局限：一是把人與世界分成兩塊，認爲人與世界的關係是主體與客體的關係；二是把人與世界從生生不息的「生成之流」中抽流出來，把人與世界看成各自「現成」的主體和客體，忽視了人與世界在關係中「互相生成」的過程。所以，王國維所拈出境界二字一直被當作概念、範疇，作爲認識的對象被研究，停留在感性認識階段，没有與詩詞創作實踐和人的生存發展掛起鈎來，即「祇是贊賞其美與不美，而忽略其怎麼樣纔能達至於美」這一問題。

施： 境界說討論中的誤區和當代認識論美學所曾出現的誤判，二者之誤究竟有何牽連，這一問題尚須作專門研究，如衹就詞的一方考慮，我以爲境界説誤區之誤，包括境界説自身所產生的誤導以及讀者理解上的失誤，既是個認識問題，也是個學風問題。認識上的問題，是將意和境的關係簡單化，以主客觀的對立與協調，替代對於藝術創作中言與意以及意與境之間所呈現内外、遠近的分析與綜合；學風問題，主要體現是趨易避難，衹是在表層意義上作感發與聯想，而不願意就文體自身作深入的探討。例如詞學史上有關詞與樂問題的探討，一千年當中，以沈括、朱熹爲代表的和聲説或泛聲説，令一代又一代倚聲家忙個不亦樂乎；但一百年來，王國維的境界説一出，直是説詞，樂就被抛置一旁。

從大的範圍看，千年詞學代表中國倚聲填詞之正，百年詞學代表中國倚聲填詞之變。倚聲填詞之正，聲學與豔科，雖有所偏重，卻無所偏廢；倚聲填詞之變，衹重豔科，廢棄聲學。一九〇八年，王國維發表《人間詞話》，提出境界説，開闢中國今詞學。此後將近一百年，歷經開拓期（一九〇八—一九一八年）、創造期（一九一九—一九四八年）、蜕變期（一九四九—一九九五年）三個發展演變時期，境界説的遭遇並不順當。

在世紀詞學的開拓期，境界説的出現儘管具有劃時代的意義，但卻尚未引起學界注視，不曾展開討論。世紀詞學進入創造期，詞界左、中、右三翼，對於境界説，各自持以不同的立場與態度。胡適、胡雲翼，站在左的立場上，將境界説推演爲風格論；唐圭璋、吴徵鑄，或謂其未能會通，或謂其自相矛盾，乃從右的立場，提出批評意見。左和右兩翼，對於王國維境界説都並非積極的推動。此外，顧隨另行提出高致一説，作爲境界的補充，繆鉞從詞體特性以及文體的嬗變的角度闡釋境界説，屬於一種改造與充實。從總的趨勢看，世紀詞學創造期的三十年，胡適、胡雲翼的推演，爲境界説異化的開始；顧隨、繆鉞的闡釋，爲境界説的再造作準備；實際上，詞界所通行，仍然是傳統本色論。

二十世紀後半葉，世紀詞學進入蜕變期，大致經歷三個階段：批判繼承階段（一九四九——一九六五年）、再評價階段（一九七六——一九八四年）、反思探索階段（一九八五——一九九五年）。第一個階段，秉承批判地繼承及古爲今用原則，重豪放、輕婉約進一步發展爲以政治批判替代藝術研究，由境界説推演而成的風格論成爲唯一的批評模式；第二個階段，將上一個階段的褒揚與貶斥掉轉過來，爲原來被輕視的婉約派翻案，但换湯不换藥，其所用批評模式仍舊是自己所否定的豪放、婉約「二分法」，風格論仍然一統天下；第三個階段，進行多方面的探索：一方面是經過美學闡釋、文化闡釋，由境界説推演而成的風格論被推向頂峰，一方面是經過推本溯源，要終原始，被風格論推演而異化的境界説，得以回歸與再造。

以上是世紀詞學所經歷的三個時期——開拓期、創造期、蜕變期以及第三個時期的三個階段——批判繼承階段、再評價階段、反思探索階段。三個時期，自一九〇八年到一九九五年，中國今詞學經歷了生、住、異、滅的全過程。一九九五年，蛻變期結束，所謂在烈火中重生，中國今詞學進入新的開拓期。此時，王國維境界說之被異化、被再造，又回歸王國維。不過，此時的境界說，是否仍然是王國維的境界說，王國維的後來者是否已經從誤區中走了出來，仍須仔細加以檢討。

二　論題的確立：疆界、意境、境外之境三層意涵的辯證

宋：施先生以疆界、意境、境外之境三層意涵論境界，由形下層面上升至形上層面，在哲學高度上，認識境界說，運用境界說。境外之境的提出，已到達創造論、存在論的層面，而並非停留在認識論的層面。但有關討論，大多衹是將境界當中一個詞語，衹是留意其作為概念的內涵與外延，而非作批評模式看，是不是缺乏在形上部分的開拓？缺乏對人的理想生存狀態的關照？

施：作爲詞語的境界與作爲名詞的境界，二者並不相同。作爲詞語的境界，是一個概念，有一定的內涵與外延，屬於語文範疇問題；作爲名詞的境界，是一個模式，有一定時空範圍及容量，屬於韻文範疇問題。王國維《人間詞話》中的境界，是作爲批評模式而拈出的境界。其謂：「詞以境界爲最上。有境界則自成高格，自有名句。五代、北宋之詞所以獨絕者

在此。」這則詞話在《人間詞話》手稿列居第四十一，於初刊本所發表六十四則中居第一。從排列位置上看，王國維應是有意識這麽做的。但是，後來的研究者大多衹是將境界當一般詞語看，如將其與佛經中的境界相比對，不知什麽時候令其成爲一種批評模式，即於境界二字加上個説字成爲境界説？我覺得，將境界説當作批評模式看待，是認識上的一種飛躍。因爲有了境界説，以王國維爲界限，其前其後，涇渭分明，詞學研究整體上的問題似乎都解決了。記得二十世紀九十年代初，我帶著這一觀念前赴北美參加詞學討論會，我説「境界是一個容器」，其大小深淺皆可丈量，與其前本色論大爲不同。與會者聽了大吃一驚，但都表示贊同。

宋：葉嘉瑩先生也曾多次談到境界和境界説問題，她説：「我以爲王氏在《人間詞話》中所標舉的『境界』之説，其義界之所指蓋可分爲三個不同層次的範疇。其一是作爲泛指詩詞之内容意境而言之辭，如《詞話・附録》第十六則所提出的『有詩人之境界，有常人之境界』及《詞話・删稿》第十四則所提出的『西風吹渭水，落日滿長安』，美成以之入詞，白仁甫以之入曲，此借古人之境界爲我之境界者也。若此之類，便都是對内容意境的一般泛指之辭，此其一；其二是作爲兼指詩與詞的一般衡量準則而言之辭，如《詞話》第八則所提出的「境界有大小，不以是而分優劣。『細雨魚兒出，微風燕子斜』，何遽不若『落日照大旗，馬鳴風蕭蕭』？

『寶簾閒掛小銀鈎』，何遽不若『霧失樓臺，月迷津渡』也？他所舉引的前二則例證是杜甫的詩句，而後二則例證則是秦觀的詞句，可見他提出的境界之大小優劣之説，自然應該乃兼指詩詞之衡量準則而言的，此其二；其三則是將「境界」二字作爲專指評詞之一種特殊標準而言之詞，即如他在自己親手編訂的發表於《國粹學報》的第六十四則《人間詞話》中，所首先提出的第一則詞話，就是『詞以境界爲最上。有境界則自成高格，自有名句。』從這段話來看，其『境界』一詞自然應該乃是專指他自己所體認的詞的一種特質而言，此其三。」[42]葉嘉瑩先生認爲，王國維境界説重視詩歌的興發感動之作用，就內容意境而言，偏重在所引發之感受在作品中的具體呈現，認爲境界説是一種評價標準？

施：葉嘉瑩先生闡釋王國維的境界説，謂「其義界之所指蓋可分爲三個不同層次的範疇」，即：其一是作爲泛指詩詞之內容意境而言之辭；其二是作爲兼指詩與詞的一般衡量準則而言之辭；其三則是將「境界」二字作爲專指評詞之一種特殊標準而言之詞。泛指、兼指、專指，修飾詞以外，三個不同層次的中心詞都是「而言之辭」。三個層次從横的方向展開，著重説其運用，亦即結果，條理清晰，但對於境界自身究竟爲何物？除「而言之辭」外，應尚未可得知。

宋：對於王國維所標舉「境界」之説，施先生在中國社會科學研究生院的演講中曾説：

葉嘉瑩先生的探測，頗有創意。但以爲葉嘉瑩先生著重説結果，未及過程。施先生另從縱的方向説境界，以爲王國維「境界」之説的理論創造，亦可以下列三個層面加以表述：一、拈出疆界，以借殼上市，爲新説立本；二、引進改造，將意境並列，使之中國化；三、聯想貫通，於境外造境，爲新説示範。施先生以疆界、意境、境外之境三種意涵解讀王國維的境界説，精闢獨到，希望有機會再聽聽施先生的演説。

施：境界説的三層意涵，既表示王國維所拈出境界二字究竟爲何物，亦包涵王國維境界之説到底是怎麽創造出來的。依據三層意涵的推進，我以爲，王國維創造境界之説大致依以下三步進行。第一步，拈出以立本。先説一個境字，將境界解釋爲疆界，再將其引申爲容器，爲載體，謂其有長、寬、高，可以測量，可以用現代語言加以表述。第二步，引進與改造。主要説意和境的創造。意即欲，境即時間和空間加上時空裏面的人和事。但是，王國維所講的欲是叔本華所講的欲。叔本華所講的欲和中國人的欲是不一樣的。中國人的欲是七情六欲的欲，是欲壑難填的欲，跟叔本華的欲是不同的，叔本華的欲是一種意志，代表社會發展的動力。王國維將叔本華的欲中國化，將其放入境這一載體就變成意境。第三步，聯想與貫通。通過此物與彼物，將境内與境外連接在一起。例如，雕欄玉砌，在境之内，都看得到；春花秋月，在境之外，不一定都看得到。這就是存在於境之内與境之外的二物。所謂聯想與貫通，用王國維的話講就是入乎其內與出乎其外，其時，其另構新境，就是境外之境。這應當就是王國維立論的原意。

宋： 施先生以疆界、意境、境外之境三種意涵解讀王國維的境界説，三種意涵的描述，對於認識論到實踐存在論的理論提升很有啓發。第一，説境界是一個疆界，是可以測量的，即指可以用文學批評的標準，用科學的現代話語對作品的審美價值和社會價值做出客觀的評價；第二，説境界是意境，是時間和空間加上時空裏面的人和事，以實踐存在論的生成觀看，人生境界永無止境，詩詞創作一步一步走在人生境界的攀登之路上；第三，説境界是境外之境，王國維所説境界，在境之外，而非在境之內。歷時百年，數千篇論文的研討中，將意境、境界混爲一談，這是詩詞認識論研究本身跨越不了的方法局限。施先生境外之境的解讀，不僅把王國維吸收叔本華的意即欲理解透徹，反思到欲是個人成長、社會發展的動力，而且吸納了馬克思的現實觀和實踐論，以及海德格爾的「在時間中存在」的精髓，不僅回答了「美還是不美」、「有多美」，解決了「怎麼樣纔能達至於美」，説清了創造境界的過程，這個批評模式無法回避的問題。

施： 由疆界、意境，到境外之境，既是一個創造的過程，也是一個認識的過程。子曰：詩可以興，可以觀，可以群，可以怨。就王國維的立論原意看，詩歌創作的四個可以，其所謂興、觀、群、怨，四個方面之是否能够達至境外之境這一目標，主要看其如何處理物與我的關係以及古與今的關係。用太史公的話講，就是能否「究天人之際，通古今之變，成一家之言」。因此，考慮境外之境的理論創造問題，亦當立足於此。

三　境外之境：從認識論到實踐存在論的提升

宋：實踐存在論美學認爲，人生在世是一個生成的過程；人性也是一步、一步生成的。抒情、言志，本身就是一種精神生産。境界與人的實踐存在相關聯。在先生看來，從認識論誤區走向實踐存在論的境界説，在理論創造及方法運用上有何特别之處？

施：王國維境界説之所謂境界，無論將其看作疆界，看作意境，還是將其看作境外之境，其中都有個空間範圍在。這一空間範圍，由一定的長、寬、高的限度，可以測量，並可以現代的語言，用現代的方法加以表述。這既是境界説之作爲一種批評模式所具備的特徵，也是境界説可操作性的體現。比如，意境的創造問題，多年前我所撰《論「意＋境＝意境」》一文，就以「意＋境＝意境」這一算術公式展開話題[43]。1＋1＝2。固然爲著向某些滿紙空話的高頭講章挑戰，而意境的創造本身，其具體過程，實際上亦可以通過算術的方法加以推進。這一問題説明，所謂理論創造，除了原理的標榜，還須提供方法及其運用。

宋： 當代詩詞審美學將詩詞之美置於現實關係之中，主客一體。境外之境的標舉，從文本研究提升到文化詩學、乃至哲學詩學的研究，打開文學-文化闡釋的空間，或將開闢新世紀詩學研究的新視野。

施： 境外之境，相對於境内之境，由於層面不同，創造方法亦有所區別。衹就上與下的關係看，其區别在其所指是個别行爲還是一般現象，是屬於形下層面還是形上層面。而就古與今的關係看，其區别則在於用政治家之眼觀物還是用詩人之眼觀物，是域於一人一事還是通古今而觀之。但二者的關鍵，仍看其能不能將界限打通。例如李白與杜甫，一個是天上謫仙人，在天上；一個是乾坤一腐儒，在地上。一個在廟堂思考問題，不在廟堂也思考問題；一個在廟堂不思考問題，不在廟堂纔思考問題。其層面分别，十分明顯。蘇軾與辛棄疾亦然。蘇軾《永遇樂》夜宿燕子樓，夢盼盼。給一片樹葉驚醒。醒了以後，小園行遍，開始思考問題。首先想到張建封和關盼盼，爲其浩嘆；然後想到自己，想到眼下許多人；最後，想到大家爲他浩嘆。表層意思是「燕子樓空，佳人何在」。深層意思是「古今如夢，何曾夢覺」。至於作者自己，顯然已抽離於夢境之外。這就是蘇軾。而辛棄疾《永遇樂》，於京口北固亭懷古，回顧四十三年事，金戈鐵馬，氣吞萬里，卻仍然是，佛狸祠下，一片神鴉社鼓。始終抽離不了夢境。所謂天上、人間，同樣有著明顯的區別。

宋：目前詩詞創作批評與理論研究缺乏能够一語道破的文章。抒情言志，是籠統之説。追根究底，情志之根在人性。如果把情感表現理解爲傳統詩詞創造理想人性的方式的話，詩詞藝術發展到今天，應該有更高級的理性和感性認識的結合，即創造。人性，是生成的，不是現成的。如，王國維在《人間詞話》原稿中所説：「自然中之物，相互關係，相互限制，故不能有完全之美。然其寫之於文學中也，必遺其關係、限制之處，故雖寫實家，亦理想家也。又雖如何虛構之境，其材料必求之於自然，而其構造，亦必從自然之法則。故雖寫實家，亦理想家也。」遺其關係、限制處就是一種「境外之境」的創造方法，「材料必求之於自然、必從自然之法則」都是言説「創造境界」材料、原則。從境内材料、法則出發，虛構出境外的「理想」，則是境界説作爲批評模式的關鍵：不僅給出了目標，還給出了實現目標的方法。使得「境界」説從認識對象，變成與人的實踐存在相關的創造目標和方法。每個時代藝術的時代性就體現在創造出「每個時代歷史地發生了變化的人的本性」，或者説通過作品中藝術形象的實踐存在狀態（意境），寫出該時代的理想人性——「合乎自然，鄰於理想」。作者有什麼樣的人生境界，就會創造出什麼樣的意境；作者每一部作品中的意境是其一生境界成長的「足迹」。這種開放的、動態的、生成的境界觀，與馬克思開放的、動態的、生成的現實觀，以及海德格爾

「在起來」，有深刻的一致性。施先生揭示出「境外之境」，不僅是個理論上的突破，而且對當代詩詞創作和理論研究、乃至文化創新和當代文論中國式話語體系的建構，都有一定的影響，有效實現了傳統文論與西方哲學實踐論、存在論，以及當代美學實踐存在論的融通。就「境外之境」的創造問題，怎樣纔能達到極簡的表述？能否歸納出一個公式？希望施先生能有好的建議。

施： 境外之境的創造，其方法與途徑，如用中國式的表述，就是太史公所說：「究天人之際，通古今之變，成一家之言。」這句話，既表示一種追求目標，亦揭示實現目標的方法與門徑。目標一個，在於成一家之言；方法與門徑有二：一爲打通天人界限，二爲打通古今界限。

例如，李煜《虞美人》：

> 春花秋月何時了。往事知多少。小樓昨夜又東風。故國不堪回首月明中。雕欄玉砌應猶在。祇是朱顏改。問君能有幾多愁。恰似一江春水向東流。

這首詞究竟如何解讀？二十世紀出版兩種詞總集，一曰《婉約詞》，一曰《豪放詞》。編者不同，但都收録這首詞。主婉約者，謂其淒婉感愴；主豪放者，謂其悲壯剛健。以風格論説詞，没有明確的標準，説了等於没説。可見，豪放、婉約「二分法」，無助於學詞與詞學。以下，試以太史公語，略作分析，看看李煜這首詞所造境外之境究竟爲何？講堂上，我曾多次解讀這首詞。我問學生：春花秋月何時了，往事知多少？往事者爲何？答曰：故國。曰：非也。曰：雕欄玉砌。曰：亦非也。那麽，往事究竟爲何？曰：春花秋月。爲了説明這一問題，我曾特地畫了個圖，加以展示。圖中將雕闌玉砌與春花秋月對舉，一個在地，一個在天，構成一組相互關聯、相互依賴的二元對立單位；再將小樓和風月，用作二者之間之中介。表示：藉此中介，將人間與天上，緊緊聯繫在一起。並且因爲這一聯繫，進而推知：所謂往事，並非不堪回首之故國，亦非依然存在的雕闌玉砌；而乃春花秋月，亦即有如春花秋月一般美好的事物。理解得到這一層意思，方纔到達王國維所造境外之境。這是借用太史語，以打通天人界限的方法對境外之境的解讀。有同好者，不妨一試。詳情請參閲下圖。

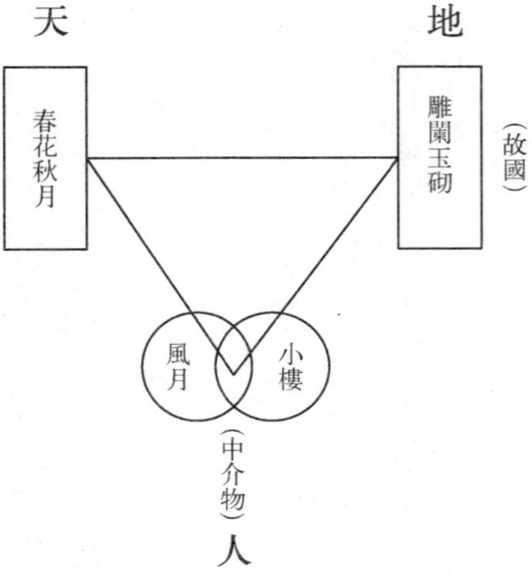

注釋：

①一九九五年八月十三日、八月二十七日、九月十日《澳門日報》語林副刊。

②嚴羽《滄浪詩話·詩辨》。丁福保《歷代詩話》本。

③況周頤《蕙風詞話》卷一。《蕙風詞話》《人間詞話》合訂本，人民文學出版社，一九六〇年。

④參見穆欣欣《晚境》，一九九五年十一月十七日《澳門日報》新園地副刊。

⑤參見劉熙載《藝概·詩概》。上海古籍出版社，一九七八年。

⑥王夫之《薑齋詩話》卷下。《清詩話》上册。上海古籍出版社，一九七八年。

⑦羅大經《鶴林玉露》卷三。涵芬樓排印本。

⑧《蕙風詞話》卷五。

⑨仇兆鰲《杜詩詳注》卷十三。中華書局，二〇〇七年。

⑩沈德潛《唐詩别裁》卷十三。上海古籍出版社，二〇一三年。

⑪《窺詞管見》。唐圭璋《詞話叢編》本。

⑫據《羅音室學術論著》第二卷《詞學論叢》。中國文聯出版公司，一九九一年。

⑬鍾惺《唐詩歸》評李詩語。明萬曆四十五年(一六一七)刻本。

⑭賀裳《皺水軒詞筌》。《詞話叢編》本。

⑮嚴羽《滄浪詩話·詩辨》。據《滄浪詩話校釋》。人民文學出版社，一九六一年。

⑯（臺北）東大圖書股份有限公司，一九八三年。
⑰參見《比較詩學》頁五一——五二。
⑱參見《比較詩學》頁四九。
⑲《比較詩學》頁一六六。
⑳司空圖《詩品》。據《歷代詩話》本。
㉑嚴羽《滄浪詩話·詩辨五》。
㉒《莊子·外物》。據《莊子集解》。上海書店影印本，一九八七年。
㉓方東樹《昭昧詹言》。人民文學出版社，一九六一年。
㉔吴淇《六朝選詩定論》。清刻本，南京圖書館藏。
㉕錢仲聯《境界説詮證》，一九六二年八月十五日上海《文匯報》。
㉖陳詠《略談「境界」説》，一九五七年十二月二十二日北京《光明日報》。
㉗吴奔星《王國維的美學思想——「境界」論》，南京《江海學刊》一九六三年第三期。
㉘葉秀山《也談王國維的「境界」説》，一九五八年三月十六日北京《光明日報》。
㉙夏中義《蒙上面紗的隱性權力話語——評關於王國維的研究》，載加拿大《文化中國》一九九五年九月號。
㉚以上引語均見袁行霈《中國古典詩歌的意境》一文。據《中國詩歌藝術研究》。北京大學出版社，

一九八七年。

㉛ 胡適《詞選》。(上海)商務印書館,一九二七年七月版。

㉜ 胡雲翼《宋詞研究》「宋詞概觀」(上)。北新書局,一九二六年。

㉝ 胡雲翼《宋詞選》。上海古籍出版社,一九六二年。

㉞ 胡雲翼《試談唐宋詞的選注工作》。一九六二年六月十五日上海《文匯報》。

㉟ 葉嘉瑩《從西方文論看中國詞學》。《中國詞學的現代觀》第三節,嶽麓書社,一九九二年。

㊱ 葉嘉瑩《王國維對詞之特質的體認——我對其境界說的一點新解釋》。《中國詞學的現代觀》第二節。

㊲ 佛雛《王國維詩學研究》頁一八〇—一八一。北京大學出版社,一九八七年。

㊳ 葉嘉瑩:《論王國維詞:從我對王氏境界説的一點新理解談王詞之評賞》(一九九〇年六月出席美國緬因舉行北美第一屆國際詞學研討會論文)。《清詞叢論》,北京大學出版社,二〇一四年,頁二九九—三〇〇。

㊴ 施議對《傳統文化的現代化與現代化的傳統文化——關於二十一世紀中國詞學學的建造問題》。原載《新文學》第四輯。大象出版社,二〇〇五年。

㊵ 施議對《立足文本,走出誤區——新世紀詞學研究之我見》。《吉林大學社會科學學報》二〇一二年第六期。

㊶施議對《傳統文化的現代化與現代化的傳統文化——關於二十一世紀中國詞學學的建造問題》。《新文學》第四輯。大象出版社，二〇〇五年。

㊷葉嘉瑩《王國維及其文學批評》頁三四五—三四六，河北教育出版社，二〇〇〇年。

㊸施議對《論「意＋境＝意境」》。《文學遺産》一九九七年第五期。

第二章　胡適

——今代詞壇解放派首領

第一節　中國當代詞壇解放派首領胡適

胡適及胡適的時代已成爲過去，而其思想及思想的影響，至今仍然存在。這是不可抹煞的事實。我撰寫本文，並非對胡適存在的意義進行全面的「價值重估」，而僅僅是就其作爲詞壇解放派首領，在理論與實踐兩方面，對於中國當代詞業所産生的影響，試作探討。

一

這裏講詞業，包括詞學研究和詞的創作兩方面；對此，胡適乃十分重視。「五四」新文化運動之前，胡適提出文學改良，推行文學革命，就很是留意詞界的事。胡適主張「詩體的大解放」，對於詞體，亦持同樣態度。民國五年（一九一六年）四月十三日，作《沁園春》（誓詩）云：

更不傷春，更不悲秋，以此誓詩。任花開也好，花飛也好，月圓固好，日落何悲。我聞之曰，從天而頌，孰與制天而用之。更安用，爲蒼天歌哭，作彼奴爲。　文章革命何疑。且準備搴旗作健兒。要前空千古，下開百世，收他臭腐，還我神奇。爲大中華，造新文學，此業吾曹欲讓誰。詩材料，有簇新世界，供我驅使。

胡適説：這是一篇文學革命的宣言書。因而，解放詞體，便成爲他「爲大中華，造新文學」的一個重要組成部分。經過數年探索、實驗，以及與一班朋友的切磋討論，胡適很快就推出自己的一套詞學觀及一批以其詞學觀爲指導而生産出來的實驗品。

所謂詞學觀，主要體現在胡適所編《詞選》當中。胡適説：「我是一個有歷史癖的人，所以我的《詞選》就代表我對於詞的歷史的見解。」胡適將詞的歷史劃分爲三個大時期：自晚唐到元初，爲詞的自然演變時期；自元到明清之際，爲曲子時期；自清初到今日（一九〇〇年），爲模仿填詞的時期。又將第一時期劃分爲三個段落：歌者的詞，詩人的詞，詞匠的詞。以爲：「蘇東坡以前，是教坊樂工與娼家妓女歌唱的詞；東坡到稼軒、後村，是詩人的詞；白石以後，直到宋末元初，是詞匠的詞。」①——大刀闊斧，頗能體現胡適之作爲新文化運動一員猛將所具有的胸襟與氣魄。依據這一「歷史的見解」，胡適對於第一時期詞家和詞作進行歷史的評判。謂：《花間集》五百首，全都爲倡家（娼家）歌者所作，南唐李後主與馮延巳的詞，仍是要給歌者去唱的；到了十一世紀的晚年，蘇東坡一班人以絶頂的天才，採用這新起的詞體，來作他們的「新詩」，已不管能歌不能歌，協律不協律，詞的個性纔顯示出來；稼軒之後，姜白石、史梅溪、吴夢窗、張炎等人，衹求音律上的諧婉，不管内容的矛盾，既不是詩人，也不是詞人，衹是「詞匠」。於是，其有關選擇與去取，也就非常明白了。

至其實驗品，據《嘗試集》《嘗試集》附録、《去國集》及《嘗試後集》所載，計十八篇。此外，依調填詞而未標明詞牌的，計十三篇。其中，《多謝》《生疏》《舊夢》《高夢旦先生六十歲生日》《寫在贈唐瑛女士的扇子上》《夜坐》《飛行小贊》《扔了？》《水仙》《猜謎》《無題》（「尋遍了車中」）、《燕——寫在沈燕的紀念册上》等十二篇，大致依《好事近》譜式填製；《瓶花》一篇，依《西江月》譜式填製。這批實驗品，除了《翠樓吟》《水龍吟》《滿庭芳》《水調歌頭》《臨江仙》《沁園春》（别楊杏佛）諸首，作於民國四年（一九一五年）以前，仍以文言爲之，屬於所謂「死文學」之一種外，自《去國集》所載《沁園春》（誓詩）及其後所作諸篇，均屬於以白話入詞的嘗試。例如《飛行小贊》：

看盡柳州山，看遍桂林山水。天上不須半日，地上五千里。　古人辛苦學神仙，要守百千戒。看我不修不煉，也騰雲無礙。

這是利用舊詞調（《好事近》）所譜寫的一首新詩。舊詞調上下同韻，兩結皆上一下四句法；新詩上下不同韻，上結改爲「二——二——一」句法，並拗了兩個字（「半」與「不煉」的「不」）。基本上遵守舊格式，但純用白話。上片説「飛行」，謂不須半日時間，便看盡了柳州、桂林山水；下片説「贊」，謂不修不煉，騰雲無礙，賽過神仙。敘事、説情，甚是符合舊調作法。胡適説：「我近年愛用這個調子寫小詩，因爲這個調子最不整齊，頗近於談話的自然；又因爲這個調子很簡短，必須要最簡煉的句子，不許有一點雜湊堆砌，所以是做詩的最好訓練。」並説：用這個調子寫小詩，覺得自由的很②。這是胡適所作實驗品中較爲成功的篇章。

這類嘗試，有人稱之爲「胡適之體的新路」，或「胡適之體」。對此，胡適似亦欣然認同，並説：這是「自己戒約自己的結果」，亦即「自己嘗試了二十年的一點點小玩意兒」。胡適將其「戒律」歸納爲以下三條：第一，説話要明白清楚。即：「意旨不嫌深遠，而言語必須明白清楚。」要讓人看得懂。第二，用材料要有剪裁。即：要删除一切浮詞湊句，抓住最扼要、最精采的材料，用最簡煉的字句表現出來。第三，意境要平實。即：説平平常常的老實話，注意留一點餘味，不説過火的話。力求「平實」、「含蓄」與「淡遠」③。三條戒律，即爲胡適二十年嘗試的經驗之談，也體現了以上實驗品的共同特點。

一九一八年一月，錢玄同爲《嘗試集》作序稱：「適之是中國現代第一個提倡白話文學——新文學——的人。」對於胡適「實行用白話來作詩」，尤其是填詞，錢氏雖仍有「小小不滿意的地方」，但對其「嘗試」精神，也還是非常佩服的④。從歷史的觀點看，胡適的理論與實踐，既是一種開風氣的嘗試，其對於中國當代詞業的發展演化，也是有著相當重要的影響的。

二

胡適以自己的理論與實踐，爲中國當代詞業開闢新路，創建新體。如上文所述，所謂「胡適之體的新路」，就詞而論，即爲胡氏《詞選》所標舉的「天才的詩人」所走的路；而「胡適之體」，即爲《詞選》所提倡的「可以脱離音樂而獨立」的新詩體，也就是解放體。胡適的開闢與創建，對於中國當代詞業的發展演化，是有著重要影響的。但是，在胡適當時，即在其編撰《詞選》，嘗試以白話填詞之一十年代及二十年代，卻罕有追隨者。正如胡適在給友人的書信及《嘗試集》序文中所説：「可惜須單身匹馬而往，不能多得同志，結伴同行。」「我平時所最敬愛的一班朋友都不肯和我同去探險。」⑤所以，拙文《百年詞通論》中，既推尊胡適爲解放派首領，又指出其「有將無兵，難以成派」。這説明：胡適的努力，在當時尚未有實際效應。胡適的努力之全面發生效應，是在五十年代以後的大陸詞壇。一九四九年，大陸解放，胡適被趕走了，而其理論卻留存下來，成爲詞界大破大立的得力武器，其所開創的解放派，也一直占居壓倒優勢。

以下先説理論，看其如何成爲大陸詞界的破立武器。這一問題仍須從二十年代説起。據悉，在二十年代，詞壇上祇出現兩部重要著作：胡適的《詞選》（商務印書館，一九二七年上海初版）和胡雲翼的《宋詞研究》（北新書局，一九二六年上海初版）。前者是通過有關選擇與去取以表現其「歷史的見解」的一部唐宋詞選本，後者是「對於宋詞加以有條理的研究和系統的叙述的專著」。就二者關係看，胡適的《詞選》雖刊行在後，但其若干與《詞選》相關的論述，乃發表在先，並爲胡雲翼所引用。有學者稱：「胡雲翼正是在新文藝觀念的鼓舞下和胡適詞學思想的影響下進入詞學研究的。」⑥我看是有道理的。但此時，胡雲翼的「研究」與「叙述」，仍較爲平穩，而未及胡適那麼激進，那麼壁壘分明。這是早期胡適理論的傳播情形。

就創作動機看，胡適、胡雲翼對於自己的著作都頗爲自得。一個説：「這是我對於詞的歷史的見解，也就是我選詞的標準，我的去取也許有不能盡滿人意之處，也許有不能盡滿我自己意思之處。但我自信我對於詞的四百年歷史的見地是根本不錯的。」一個則以爲：「對於宋詞加以有條理的研究和系統的叙述的專著，據我所知道的，現在似乎還没有。」意即他的這部專著是詞史上的第一部(參見二書序文)。但是,如果看其批評模式,胡適與胡雲翼對於詞家、詞作所採用的批評標準和方法實際並未超越王國維的境界説。例如,胡適將唐宋詞分爲三種:歌者的詞、詩人的詞、詞匠的詞。其劃分標準是作者的天才與情感,而其具體劃分方法則看作者之如何處理意境與音律的關係。胡適贊揚蘇、辛,謂其不管能歌不能歌,也不管協律不協律,衹是用詞體作新詩;同時貶斥史達祖、吴文英、張炎等人,謂其不惜犧牲詞的内容,來遷就音律上的和諧。十分明顯,胡適的批評模式與王國維「詞以境界爲最上」的批評模式基本是一致的。而胡雲翼,其所謂「研究」與「叙述」,大多偏重於幾種意見的折衷,似無有一定模式,但其藉以評判詞家、詞作的所謂思想、藝術標準,諸如意境和想像、情調和韻格,乃至運辭和造辭等等,卻都在王國維境界説的範圍之内。這説明:二十年代的胡適及其同道或追隨者,其對於中國當代詞業雖各有開創之功,但其理論個性似乎尚未表現得非常突出。這恐怕就是胡氏學説所以行之未遠的原因之一。

到了三十年代,情況則有所變化。這主要是因爲胡雲翼兩部詞學著作的出現:一爲《中國詞史略》(大陸書局,一九三三年六月上海初版),一爲《中國詞史大綱》(北新書局,一九三三年九月上海初版)。兩部著作一改著者原有四平八穩的作風,著重將胡適學説中左的因素進一步加以發揚光大,使其破與立的激進思想顯得更加激進,對立兩極顯得更加壁壘分明。

例如：《宋詞研究》論派别時稱：「將宋詞詞體分婉約與豪放二派，本是明朝張南湖的話。但在宋詞中，顯然有這兩種趨勢，宋初已然。……那末，將宋詞分爲豪放與婉約二派，將宋詞人分别隸屬於此二派之下，似乎是很適宜的了。然而不然，根本上宋詞家便没有一個有純粹隸屬於那一派的可能。」並稱：「辛棄疾、蘇東坡有豪放的詞，也有婉約的詞。一切詞人都是如此。在這裏，我們既然不能説某一個詞派屬於某派，則這種分派便没有意義了；何況分詞體爲豪放與婉約，即含著有褒貶的意義呢？」⑦立論尚公允。但《中國詞史大綱》之論「詞風之變」，則斷然將蘇軾以前及以後的詞分爲女性的詞及男性的詞二種，並將詞風分爲淒婉綽約與豪放悲壯二類⑧，旗幟鮮明地進行貶斥與贊揚。因而，二胡原先所承襲的境界説，也就被推衍爲風格論。這是詞學批評模式的一個重大轉變。這一轉變，在三十年代詞壇，儘管並不引人注目，同志仍然太少，卻爲五十年代以後，胡適學説之席捲整個大陸詞界，奠定了堅實的基礎。

五十年代以後，胡適被當作反動派，遭到嚴厲批判；但其詞學觀點，經過「包裝」，卻爲詞界所廣泛接受。例如：「文革」以前十七年，所謂重思想、輕藝術，重豪放、輕婉約，乃至以政治批判代替藝術批評偏向的出現，即因推行豪放、婉約「二分法」所致；「文革」以後「再批判」階段，掉轉頭來，一一進行平反，在某種意義上講，仍然是以政治批判代替藝術批評，所採用模式並未改變；八十年代以後，「二分法」得到修正，但風格論仍然通行。看一看圖書市場上各類有關詞的鑒賞辭典，不少詞學論著，其立論依據似乎都是從胡適那裏來的。可以說，時至今日，胡適的理論已在大陸詞界發展到登峰造極的地步。這恐怕是六十年前的胡適所始料不及的。

三

胡適標榜詞史上的解放派，爲其文學革命張目。除了努力推廣其所謂「不管能歌不能歌，也不管協律不協律」，「祇是用詞體作新詩」的天才理論以外（見《詞選》序），還努力嘗試用白話填詞，留下一批實踐品。這是「胡適之體」及中國當代詞壇解放派的典範作品。這批作品僅三十餘篇，初步閱讀，已可獲知其探索軌迹：

（一）自民國前二年（一九一〇年）至民國四年（一九一五年）六年間所作《翠樓吟》等六首，胡適將之劃歸所謂「死文學」之一種。此數首所寫對於「傷春」、「悲秋」一類傳統題材確實略有突破，但其格式依然守舊，並未見變革迹象。

（二）民國五年（一九一六年）四月十三日作《沁園春》（誓詩），開始進行有目的的實驗。其後所作二十餘篇，大致可分爲以下三種類型：

第一，模擬仿製，原樣原裝。此類作品，屬於個別例子，非用力之作。其中《如夢令》（其一）云：

天上風吹雲破。月照我們兩個。問你去年時，爲甚閉門深躲。誰躲。誰躲。那是去年的我。

這是胡適與其妻江冬秀結婚將近一周年時的作品。但此詞明顯是仿照宋詞人向鎬《如夢令》而寫成的。向詞云：

誰伴明窗獨坐。我和影兒兩個。燈燼欲眠時，影也把人抛躲。無那。無那。好個悽惶的我。⑨

對照二詞，不僅押同一部韻、採用同樣韻字，而且意境也相仿，就像是同一個模子鑄出來的一般。尤其是造境，二詞皆先佈景，再寫人物（我和你及我和影）的活動或對話，並皆帶調侃趣味，其作法及作風則更爲相像。向詞載胡適所編《詞選》，胡對其推崇，可見乃有意效法。

第二，新酒舊瓶，舊的包裝。

此類作品，計十二首，均標明詞牌，大部分爲嘗試初期作品，其中《沁園春》（二十五歲生日自壽）云：

棄我去者，二十五年，不可重來。看江明雪霽，吾當壽我，且須高詠，不用銜杯。種種從前，都成今我，莫更思量更莫哀。從今後，要那麼收穫，先那麼栽。　忽然異想天開。似天上諸仙採藥回。有丹能卻老，鞭能縮地，芝能點石，觸處金堆。我笑諸仙，諸仙笑我，敬謝諸仙我不才。葫蘆裏，也有些微物，試與君猜。

這首詞作於放洋留美的最後階段，民國五年（一九一六年）十二月十七日，再過數月，旋即歸國，並應邀前往北京大學任教授。回思過去的二十五年，「種種從前」，或「不長進」，「往往喝酒不顧命」，或「頗讀書」，「從此不敢大糊塗」⑩，都已成爲過去。從今以後，人生的道路就靠自己安排——「要那麼收穫，先那麼栽」。這是上片，說得十分實在。而下片，所謂「異想天開」，似有些虛幻，實則與其六年留美生涯，頗有些關聯。有意不說明，任由猜測就是了。詞作小序稱：作此詞，並非自壽，祇可算是一種自誓。「自誓」與「詩誓」，照舊掛著「沁園春」這塊招牌，裏面裝的卻是老胡特釀的「酒」。此酒略帶點「油」味，仍甚可醉人。

第三，新酒新瓶，新的包裝。

此類作品，計十三首，爲民國十三年（一九二四年）以後十餘年間所寫，屬於嘗試後期作品。此十三首，均已换上嶄新的招牌。其中《瓶花》云：

不是怕風吹雨打，不是羡燭照香熏。祇喜歡那折花的人，高興和伊親近。　花瓣兒紛紛謝了，勞伊親手收存。寄與伊心上的人，當一篇没有字的書信。

這首詞所寫與范成大《瓶花》（二之一）同一題材，而用意則不同。范詩全題稱：「春來風雨，無一日好晴，因賦瓶花二絶」。其一云：「滿插瓶花罷出遊，莫將攀折爲花愁。不知燭照香熏看，何似風吹雨打休。」⑪此謂瓶花，與其在風吹雨打中謝去（「休」），不如讓人在燭照香熏裏觀賞（「看」），所以不必替花之能攀折而發愁。而胡詞則代花作答，以兩個「不是」否定了范詩所立意，以「祇喜歡」三句標榜另一種價值取向。謂：花瓣兒謝了，卻能「當一篇没有字的書信」。因而，胡適此詞便達到了另一新的境界。至格式，這首詞採用《西江月》曲調，主要强調其平仄韻通叶(協)的特點，其餘則多所變通；聲與情的配合，顯得十分協調。這當是胡適的一首得意之作。三年後修改定稿，曾由趙元任譜入樂章。

對於以上所述三種類型的實驗品，究竟應當作何評價，這一問題，在中國詞界，至今似乎尚無定論。就胡適本身講，那是頗爲自信的。早在嘗試之初，一九一六年九月三日，胡適作《嘗試篇》則云：「我生求師二十年，今得嘗試兩個字。作詩做事要如此，雖未能到頗有志。作嘗試歌頌吾師，願大家都來嘗試。」但是，在胡適當時，其嘗試並未得到廣泛認同。例如，在《談談「胡適之體」的詩》中，胡適曾提及：「今年(一九三六年)一月到上海，纔知道南方談文藝的友朋有所謂『胡適之體新詩』的討論。發起這個討論的是陳子展先生，他主張『胡適之體可以説是新詩的一條新路』。後來有贊成的，有反對的，聽説是反對的居多。」⑫這裏所説是新詩，而用作例證的卻是一首以《好事近》詞調填寫而成的白話詞——《飛行小贊》。可見，胡適所作實驗品已經甚爲引人注目，祇是大家是否願意都來嘗試，則另是一回事。可以説，從一十年代直到四十年代，三、四十年間，胡適的嘗試，始終是：同志太少，須單槍匹馬而往。即使其理論上的同道或追隨者——胡雲翼，也曾明確宣稱：他講的是「詞學」，而不是「學詞」，不會告訴讀者怎樣去學習填詞⑬。自然也是不會跟著嘗試。所以，胡適的實驗，跟他的理論一樣，祇有到了五十年代，纔在大陸詞壇得到推廣。四十年來，尤其是近十幾年來，大陸詞界所流行的「幹部體」，或「解放體」，已占領所有詩刊、詞刊，包括兩大報（《人民日報》和《解放軍報》）。這恐怕也是六十年前的胡適所始料不及的。讀者對於這一問題如有與趣，筆者願與一起探討。

第二節　中國當代詞壇「胡適之體」正名

胡適提出文學改良，推行文學革命（或文章革命），其用意在於：「爲大中華，造新文學。」這是十分明白的。其以所編《詞選》代表對於詞的歷史的見解，旗幟也非常鮮明。但是，其所創「胡適之體」，卻像是未經打開的葫蘆，不知道裏面裝的究竟是些什麼物事？六十年前，有人曾就此發起討論，謂「胡適之體可以說是新詩的一條新路」。而胡適則站出來說：「（某某）先生說的胡適之體的新路『，雖然是『胡適之體』，而不是新路』，祇是我試走了的一條『老路』。」⑭所謂新與舊已弄不清楚，至於「體」，看來就更加難以捉摸了。

這裏不說新詩中的「胡適之體」，而祇說詞中的「胡適之體」。首先見證其體，而後判斷新與舊。

一

胡適說：「『胡適之體』衹是我自己嘗試了二十年的一點點小玩意兒。」並說，這一點點小玩意兒是遵循三條戒律進行嘗試的。第一，說話要明白清楚。即：「意旨不嫌深遠而言語必須明白清楚。」要人看得懂。第二，用材料要有剪裁。即：要删除一切浮詞湊句，抓住最扼要、最精彩的材料，用最簡煉的字句表現出來。第三，意境要平實。即：説平平常常的老實話，注意留一點餘味，不說過火的話。力求「平實」、「含蓄」與「淡遠」⑮。這是胡適對於「胡適之體」的自我確認，因而也是見證其體的重要依據。一般說來，詩文中之所謂「體」，其涵義大致包括體制、體要、體貌三項。其中，體制指格局規制，體要指題材内容，體貌指藝術形相⑯。以之對照胡適的確認，我看，對於「胡適之體」當已有初步認識。即：胡適之所謂戒律，不僅爲其二十年嘗試的經驗之談，屬於「胡適之體」創作的追求目標或具體途徑，而且「胡適之體」在格局規制、題材内容及藝術形相三個方面所具備的基本特徵，於此也有所體現。這是依據胡適所言（所確認）而進行的見證。

以下看其所行，即所作實驗品。二十年間，即從民國五年（一九一六年）至二十五年（一九三六年），胡適於「體」的建造上，有目的地進行嘗試，計得實驗品一一十五篇。這是見證「胡適之體」最重要的依據。在《中國當代詞壇解放派首領胡適》一文中,我已對此二十五篇實驗品大致進行分類與評析，這裏再就有關「體」的建造進一步加以見證。

(二) 體制建造：以白話填詞，重構格局規制

這就是一般意義上所說解放詞體，即解放詞的體制。但其過程則包括解構(或解放)及重構兩個方面。簡單地說，詞的發展，從草創時期開始，經過晚唐、五代，其體制已逐漸確立或趨於定型；至北宋周邦彥，所謂「集大成」，或規範化，其體制已更加完善；但進入南宋，與所謂雅化相應合，其體制則逐漸凝固化。胡適的建造——解構及重構，就是針對詞體的凝固化而進行的。

從整體上看，胡適的建造是對於詞的體制、體式的解構及重構。民國十三年(一九二四年)以後所作十三篇實驗品，均屬此例。此類實驗品，對於《詞譜》之所謂「字之多寡有定數，句之長短有定式，韻之平仄有定聲」⑰，基本採取「推倒重來」的做法。即：原有定數、定式、定聲都被推倒了，由一定變爲不一定，但其重來並非亂來，而是有一定限度，並能重構出另一種一定來。

例如《瓶花》：

不是怕風吹雨打，

不是羨燭照香熏。
祇喜歡那折花的人。
高興和伊親近。

花瓣兒紛紛謝了，
勞伊親手收存。
寄與伊心上的人。
當一篇没有字的書信。

對照《西江月》體式，可見原有「六、六、七、六」（上下片同）格局規制已被沖散，一定的句式及字數變得不一定了。這是對於詞體的解放。但是，沖散之後，重組的篇章，其句式之長短乃儘量依循原有句式之長短進行安排。而且，對於體現詞調聲情特徵的平仄韻通叶（協）原則也未曾改變。即：平韻「熏」、「人」與仄韻「近」同部通叶（協），「存」、「人」與「信」通叶（協），並注重以去聲字（「近」、「信」）收煞。因此，經過重構的格局規制與原有體制仍有許多吻合之處。這是對於整體的解構及重構。十三篇實驗品，此篇建造的爲《西江月》，其餘則爲

《好事近》。至於局部的解構與重構，其實驗品計十二篇，所用詞調有《沁園春》《生查子》《百字令》《如夢令》《虞美人》及《江城子》《鵲橋仙》《好事近》等。此類實驗品，對於詞的整體格局規制，並未作太大變動，而主要在語言表達上進行建造。即：將文語變成口語，將工整的對句變得不太工整或乾脆就不對，因而將凝固化的詞體加以散文化。例如《沁園春》上下二片中間由一領格字提起之兩組對句，其一——「任花開也好，花飛也好，月圓固好，日落何悲」及「要前空千古，下開百世，收他臭腐，還我神奇」——頗能遵守規則；另一——「看江明雪霽，吾當壽我，且須高詠，不用銜杯」及「有丹能卻老，鞭能縮地，芝能點石，觸處金堆」——則大膽加以變化。

（二）體要建造：用深遠意旨，增强體質體格

所謂體要，即體實要約。這是對於文章表達事義的要求。而胡適的建造，指的就是對於詞的題材内容的改造與建設。從本色論的觀點看，以合樂應歌爲其本職的唐宋小歌詞，其題材宜以歌舞花柳及男女歡愛爲主，而傷春悲秋及離愁别怨又爲其中兩個重要項目。胡適爲當代詞壇立體，著重由此入手。所謂「更不傷春，更不悲秋，以此誓詩」（《沁園春·誓詩》），便爲其宣言。而具體做法，即爲「言近而旨遠」五個字。胡適説，「旨遠是意境的問題」⑱，這是不成問題的問題。而對於「言近」，則有兩種解釋：一謂言淺近的事——「從文字表面上看

來，寫的是一件可懂的平常實事；若再進一步，卻還可尋出一個寄托的深意。」[19]另一謂説明白清楚的話，做明白清楚的詩[20]——「不依賴寄托的遠旨也能獨立存在」[21]。因此，其立體的具體做法也有兩種。但是，在胡適諸多實驗品中，卻是無寄托的多，有寄托的少。

例如《沁園春》（新俄萬歲）：

客子何思，凍雪層冰，北國名都。想烏衣藍帽，軒昂年少，指揮殺賊，萬衆歡呼。去獨夫「沙」，張自由幟，此意於今果不虛。論代價，有百年文字，多少頭顱。冰天十萬囚徒。一萬里飛來大赦書。本爲自由來，今同他去，與民賊戰，畢竟誰輸。抬手高歌，新俄萬歲，狂態君休笑老胡。從今後，看這般快事，後起誰歟。

詞章記二事——俄京革命時，大學生以烏衣藍帽爲號，雜衆兵中巷戰事及西伯利亞十萬囚徒獲大赦事（參見詞章小序），皆以明白清楚話語道出；所説感慨——熱愛自由、謀革命者衆，此俄之所以不振而「沙」之所以終倒也，同樣能從文字表面上領悟得到；而事義，即遠旨——新俄萬歲，也就自然而然地突顯出來。這是以大題材、大感慨，表現大事義的例證。

又如《多謝》：

多謝你能來，
慰我山中寂寞。
伴我看山看月，
過神仙生活。

匆匆離别便經年，
夢裏總相憶。
人道應該忘了，
我如何忘得。

這是以《好事近》曲調譜寫的詞章。所記事件——你來山中伴我，是「一件人人可懂的平常實事」；所説感慨——離别經年，不能忘記，也十分淺近；而其事義，可能超出於山中相伴之外，讀者各自以自身經歷加以體驗，當有所領會。這是以小題材、小感慨，表現大事義的例證。以上二例，皆無寄托。而有寄托的篇章，則較難斷定。例如《瓶花》，那是可以進一步加以追尋的。總的看來，不管有無寄托，其所有實驗品，都努力在事義表達上下功夫，即努力用充實的内容，深遠的意旨，以增强詞的體質及體格。

（三）體貌建造：用詼諧作風，增添諷諭效果

所謂體貌，即藝術本體之聲貌或容貌，乃因體制、體要而生之形與相。這裏所説既偏重於風格，即依自己的見解所創意境所表現出來的風格，又不完全限定於風格，因此風格很難與意境（或境界）區分開來。例如：胡適既認爲，風格都是從意境出來——先有看法（見解），而後有意境，有風格；又稱意境中若干境（或意境）所表現出來的「果」，爲境界，而不稱風格[22]。胡適説：「在詩的各種意境之中，我自己總覺得『平實』『含蓄』『淡遠』的境界是最禁得起咀嚼欣賞的。」並對此三者作了簡單的解釋：「『平實』衹是説平平常常的老實話，『含蓄』衹是説話留一點餘味，『淡遠』衹是不説過火的話，不説『濃的化不開』的話，衹疏疏淡淡的畫幾筆。」[23]看來，胡適所理解的風格是很難與其心目中的境界分辨得清楚的。對此，無須細辨。而有關「平實」「含蓄」「淡遠」三者，胡氏已列舉若干新詩作品加以説明，在詞的實驗品中當不難找到相應的例證，亦無須細説。這裏擬説詼諧一項，以突顯其藝術形相。詼諧，相當於外來語「幽默」（Humour），有嘲弄、挖苦、調侃等義[24]，但又不盡相同。乃一可於「静中尋味」之藝術形相。實驗品中，不少此類例證。如《沁園春》（二十五歲生日自壽），所寫原爲比較正經、嚴肅的内容——自誓，卻以有點流於荒誕的形式表達——「忽然異天開，似天上諸仙採藥

回。有丹能卻老，鞭能縮地，芝能點石，觸處金堆。我笑諸仙，諸仙笑我，敬謝諸仙我不才。葫蘆裏，也有些微物，試與君猜。」——對於無所不能之諸仙，似頗有「幽他一默」之意，但也顯示出所謂不才之才以及其處世的決心與態度。又如《如夢令》三首，描寫其妻江冬秀於婚前「不肯出來相見」及婚後「月照我們兩個」的情景，雖頗有些俏皮、謔浪，卻將人物寫得形象、逼真，並富於情趣。此類例證，頗能體現作者性情，因而也頗能體現「胡適之體」的體貌特徵。

二

上文已在體制、體要、體貌三方面，對詞中「胡適之體」作了見證。那麽，「胡適之體」究竟爲何物？我認爲：「胡適之體」就是以白話（或口語）寫成的格式解放、體質充實、風格詼諧的詞體。此詞體可稱爲「解放體」，或「白話體」；演變至今，綜觀大陸詞壇大量以政治術語所填製的標語詞、口號詞，似亦可稱之爲「幹部體」。但是，總的看來，還是稱「胡適之體」較爲恰當。前一段，與大陸詞界朋友論及此事，均表示認同。

正名之後，説新與舊，亦即「新路」與「老路」問題。這也是胡適當時所探討的問題。在《談談「胡適之體」的詩》一文中，胡適既説明，自己所走的是一條「老路」，而不是「新路」，又説明，「我自己走我的路，不管别人叫它新舊，更不敢冒充『創造』」。這是自謙，也是實情。胡適曾編著《白話文學史》，既知道自己葫蘆裏裝的是些甚麼物事，又知道此物事之來歷。其論「唐初的白話詩」，指出：「白話詩有種種來源。第一個來源是民歌，這是不用細說的。一切兒歌，民歌，都是白話的。第二個來源是打油詩，就是文人用詼諧的口吻互相嘲戲的詩。」此外，還說了產生白話詩的另外兩個原因，即歌妓的引誘及傳教與說理的需要㉕。白話詩如此，其所作白話詞，亦當不能例外。別的且不說，單說其所編《詩選》《詞選》，我看，其中許多作者及作品，即爲其樣板。除了詩中的王梵志、范成大、楊萬里等人，詞中白話詞，尤其是俳諧詞（或滑稽詞）作者，包括蘇軾、辛棄疾在內，若隱若現，似乎都可從胡適諸多實驗品中發見其影迹。

例如，胡適所作《如夢令》三首云：

他把門兒深掩。不肯出來相見。難道不關情，怕是因情生怨。休怨。休怨。他日憑君發遣。

幾次曾看小像。幾次傳書來往。見見又何妨，休做女孩兒相。凝想。凝想。想是這般模樣。

天上風吹雲破。月照我們兩個。問你去年時，爲甚閉門深躲。誰躲。誰躲。那是去年的我。

三首詞描寫人物（作者與其妻江冬秀）活動——外在行爲及内在心理變化，既活潑生動，頗富情趣，又非常真摯。三首中，不僅第三首與向鎬所作《如夢令》（誰伴明窗獨坐）十分相像，屬於明顯的模擬仿製（詳參拙文《中國當代詞壇解放派首領胡適》），其餘二首亦爲有意效法。當然，其效法對象應不限於向鎬一家，細心讀者自可從中探知其奥秘。

又例如，《虞美人》（戲朱經農）云：

先生幾日魂顛倒。他的書來了。雖然紙短卻情長。帶上兩三白字又何妨。可憐一對癡兒女。不慣分離苦。別來還没幾多時。早已書來細問幾時歸。

詞作小序稱：「朱經農來書云：『得家書，語短而意長；雖有白字，頗極纏綿之致。晨間復得一夢。於枕上成兩詞，録呈適之，以博一笑。』經農去國纔四五月，其詞已有『傳箋寄語，莫説歸期誤』之句。於此可以窺見書中之大意也。因作此戲之。」這是一首遊戲之作，即就其友人夫妻間的一件私事——相别纔四五月，卻早神魂顛倒，相思不已，給開個小小的玩笑。有關種種，小序及詞已説得甚是明白清楚。但是，這小小的玩笑，乃非同一般。即：既將友人接獲來書時的顛倒情狀寫得活靈活現，並對來書夾帶「白字」加以嘲弄，極其挖苦、揶揄之能事，又在挖苦、揶揄之中不由自主地透露出幾分羨慕之情，使得其私事變成世間一切癡兒女（包括作者在内）的公事。因而，此遊戲之作也就不限於「遊戲」二字。這是胡適善嘲謔，亦即富有幽默才華的體現。由此，我想起了蘇軾一首賀人得子的遊戲之作——《木蘭花》：

惟熊佳夢。釋氏老君親抱送。壯氣横秋。未滿三朝已食牛。犀錢玉果。利市平分霑四座。多謝無功。此事如何著得儂。㉖

詞作有題稱：「過吴興，李公擇生子三日會客，作此詞戲之。」生子會客，於座上大派利市（利是），亦爲友人私事。蘇軾就此開了個玩笑，謂：無功得賞，但此事怎麼可使得你（儂）有功呢？這玩笑雖不過是玩笑而已，但卻掉了個書袋——將《世説新語・排調篇》中一則有關晉元帝生子賜群臣的諧謔故事融入詞中，這玩笑也就開得十分得體。所以有人稱之爲「一個極文雅的玩笑」。我相信，蘇軾這種善於開玩笑的本領，對於胡適的嘗試必定産生一定影響。

又例如，胡適二十五歲生日所作自壽詞——《沁園春》（詞略）。所謂比較正經、嚴肅的内容，卻以有點流於荒誕的形式表達（上文所述）。此類成功嘗試，其得力於前代詞人者，當以辛棄疾爲多。胡適《詞選》録辛詞四十六首，居全編之首，可見辛氏在其心目中的地位。胡適説：「他（辛棄疾）是詞中第一大家。他的才氣縱横，見解超脱，情感濃摯，無論做長調或小令，都是他的人格的湧現。」[27]辛氏所謂人格湧現的篇章，除了真話直説以外，若干正話反説以及正話而以滑稽形式（或荒誕形式）表達的篇章，諸如《水調歌頭》之與鷗鷺話盟以及《沁園春》之與酒杯約法，等等，在胡適看來，必定以爲「深得吾心」。

所以，籠統地説，胡適所作白話詞與其所論白話詩同一來源；而具體地説，其所創「胡適之體」，實際上即爲詩中誠齋體與詞中稼軒體的結合。但其結合部分，並非其全體，而且可能摻雜著其他體。這就是所謂「老路」。不過，從詞體發展演變的角度看，胡適所走的路，卻確實可稱爲「胡適之體的新路」，亦即「前空千古，下開百世」的「新路」。

第三節　中國當代詞壇「胡適之體」的修正與蜕變

一

胡適一生，著作等身。於填詞則僅有三十一篇實驗品傳世。難怪其研究者遍天下，而少見論及其填詞者。而且，迄今爲止，大陸所出各種屬於當代詞的作品總集未有其席位，臺灣所出《六十年來之詞學》[28]也無隻字提及胡適。然而，胡適及其所創新詞體——

「胡適之體」，對於中國當代詞業建設，究竟是不是毫不相關，無足掛齒呢？我看未必。眼下，祇要稍爲留意一下手頭可能得到的有關報刊雜志，就不難捕捉到胡適蹤影。例如，一九九五年十二月十六日香港《明報》副刊所載《梁羽生堪是造俠者》一文，披露《蝶戀花》四首：

少年子弟江湖老。賣藝江湖，轉眼成翁媼。潑墨塗鴉堪絶倒。可曾畫餅關飢飽。

大俠健强兼善禱。佳話勛詞，載遍悉尼報。客裏相歡朋輩好。人生最是情誼寶。（黄苗子作）

鴛鴦翰苑同偕老。比翼江湖，共羡雙翁媼。起鳳騰蛟人拜倒。藝林滋茂心靈飽。

説法生公爲衆禱。絶妙佳詞，寰海争傳報。共道南洲風物好。相濡相愛仁親寶。（陳耀南作）

豁達寬懷人不老。休戚相扶，廝守成翁媼。顛蕩風濤俱莫倒。寄情筆墨精神飽。

見月雲開心共禱。笑傲江湖，更喜遊蹤報。頭白鴛鴦咸贊好。風流管趙公之寶。（梁綺雲作）

欲暖還寒春漸老。蓦地春雷，冰雹欺翁媼。烏鵲何依喬木倒。平生憂患都嘗

飽。天若有情容我禱。蜃氣樓臺，生怕仍虚報。風雨能停花自好。月明終古人問寶。（趙大純作）

四首總題《蝶戀花詞唱酬録》，黄作爲首唱，其餘和作。相比之下，其詞筆雖明顯可見有老嫩之分、純熟不純熟之别，但其自我調侃，或互相調侃，卻都帶有胡氏印記。

胡適當時，對於「胡適之體」，雖然少有認同者，其身後，也未見有人公開提倡過，但是，其影響卻曾確確實實地存在著，至今仍未消除。例如郁達夫、周宗琦、豐子愷、陳毅、聶紺弩、盛配、陳禪心、啓功、黄苗子、李荒蕪、宋亦英、李汝淪諸輩，其所推出作品，不管其有意無意，也不管其自身承認不承認，其中，或多或少都具有「胡適之體」風味。這是不可抹煞的事實。

以下是郁達夫所作《風流子》（三十初度）：

小丑又登場。大家起，爲我舉離觴。想此夕清樽，千金難買，他年回憶，未免神傷。最好是，題詩一首，寫字兩三行。踏雪鴻蹤，印泥指爪，落花水面，留住文章。明朝三十一，數從前事業，羞煞潘郎。祇幾篇小説，兩鬢青霜。諒今後生涯，也長碌碌，老奴故態，不改佯狂。君等若來勸，酒醉死無妨。㉙

郁達夫，原名文，浙江富陽人。一八九六年（清光緒二十二年）生，一九四五年被日本憲兵秘密槍殺於印尼，時年五十。郁氏比胡適小五歲，對於新詩與舊詩的觀點有所不同。胡適提倡新詩，嘗試以新詩改造舊詩；郁氏則認爲，舊詩比新詩合用。曾説：「目下流行著的新詩，果然很好，但是像我這樣懶惰無聊，又常想發牢騷的無能力者，性情最適宜的，還是舊詩；你弄到了五個字，或者七個字，就可以把牢騷發盡，多麽簡便啊！」[30]而且，郁氏寫作此詞，「胡適之體」尚未提出討論，似未可將二者聯繫在一起。但是，就作品本身看，此詞自壽、自嘲，與胡適《沁園春》（二十五歲生日自壽），卻頗有異曲同工之妙。所不同的祇是，此詞以自悔形式進行自誓，悔的情緒似較爲濃重，而胡適則偏重於誓，似更加充滿信心和力量。總的看，二氏均擅長以白話入詞，擅長用平常的事或淺近的理（如生日自壽等）以説明深遠的意或抽象的理（如今後當怎麽辦等），從而達致「言近而旨遠」的效果；同時，二氏均具有自我嘲諷的胸襟、氣魄和膽量，所作都能使其天才與感情得到自由發揮。這一事實説明，郁氏當時，胡適所創新詞體雖行之未遠，未曾明確標榜，但「胡適之體」或准「胡適之體」實際上已經「登場」。

再看陳毅《棗園曲》及啓功《沁園春》。

陳詞云：

停車棗園路。記從前、人民革命，中央曾駐。小米步槍對大敵，真個鬥爭艱苦。試追尋，領導高處。深知人心有向背，敢後發制人殲强虜。論功業，空前古。　先生雅量多風趣。常巾履、蕭然酣睡，直過卓午。起來集會談工作，每過淩晨更鼓。喜四面，山花無數。延河水伴秧歌唱，看詩詞、大國推盟主。我重來，歡起舞。㉛

啓詞云：

檢點平生，往日全非，百事無聊。計幼時孤露，中年坎坷，如今漸老，幻想俱拋。半世生涯，教書賣畫，不過閒吹乞食簫。誰似我，真有名無實，飯桶膿包。　偶然弄些蹊蹺。像博學多聞見解超。笑左翻右找，東拼西湊，繁繁瑣瑣，絮絮叨叨。那樣文章，人人會作，慚愧篇篇稿費高。從此後，定收攤歇業，再不胡抄。㉜

陳詞調寄《金縷曲》即《賀新郎》。可能因爲字面上有些地方不甚合律，或爲突出主題，通常自稱《棗園曲》。歌詠對象毛澤東。啓詞自叙。二詞諷頌對象不同，但皆無拘無束，放筆直書。所謂風流儒雅，頗具「胡適之體」的聲容、神貌，又不失大家風度。這一事實説明，時至今日，胡適及「胡適之體」，在詞壇上似已占有更加廣泛的市場。

二

就當前創作情況看，胡適對於中國當代詞壇的影響，主要體現在其所創建詞體——「胡適之體」的修正以及蜕變。所謂修正，是一種糾弊補偏，是對於「胡適之體」的改造與充實；而蜕變，則是對於其弊病與偏向的不恰當的繼承與發揚，是對於其體的錯解。表面上看來，「胡適之體」處於被動地位，所謂修正與蜕變，像是一種反影響——詞壇對於其體的影響，實際上，這正是其影響力量之所在。

以下先説修正。胡適創建新詞體，有正有偏，有利有弊。六十年來，或貶或褒，但貶多於褒。有些人即使心底裏喜歡「胡適之體」，並曾效法「胡適之體」，也未肯公然認同。出現這一現象，當有其一定原因，包括社會的原因和個人的原因。這裏無需深究。但是，據我所知，若干對「胡適之體」持修正態度的作者，面向種種問題，或取或捨，何去何從，其旗幟乃十分鮮明。

這裏介紹的是兩位女詞人——宋亦英和鄒人煜。

宋亦英，安徽歙縣人。乃中共一位長期擔任省級文化藝術工作領導職務的老幹部。擅長以白話填詞。無論天上雲烟，或者古今人物，都能入其錦囊。八十年代初，我編撰《當代詞綜》（海峽文藝出版社，二〇〇二年九月福州第一版），曾收録其詞多首，並在「前言」——《百年詞通論》中加以標榜，將其劃歸百家之列。我以爲，在目前舉國上下，大大小小幹部皆競相寫詩填詞的浪潮中，宋氏雖亦身處其境，但卻是其中的佼佼者。因此，曾於年前，撰寫《大陸詞壇「幹部體」舉例》一文加以鼓吹。但此文所說：「所謂『幹部體』，或稱『白話體』、『解放體』，這是大陸當代詩詞創作隊伍中，一大批退居二綫的老革命所共同創造的新詩體。」這一說法恐有些不妥。應該說，所謂「幹部體」，乃爲「白話體」、「解放體」中的一體。大陸詩壇、詞壇，幹部體確實存在，這是「個別」現象，不能包括「一般」，不宜將老幹部所寫的詩詞，籠統地劃歸幹部體。正如宋氏所說：幹部各有不同出身，不同經歷，有著各種不同的情趣，其所作難以納入一體。——對於先前說法，我已有所訂正。我以爲：宋氏所作當納入「胡適之體」，是「胡適之體」的修正。

宋亦英贊成「胡適之體」，以爲現在可入其體的人還不是太多，並頗有胡適當時呼喚文學革命的志氣與膽略。曾謂：改革詩詞，「以身試法」，願從自己做起。謂：敝人一不怕人家看不起，二不想獲獎金。與其等待別人改好再來學舌，不妨請自嚕始。譽之，貶之，悉聽尊便。但是宋氏對於「胡適之體」的贊成或認同，並非全部肯定，全盤接受，而是依據其學力、才力與識力，對於其體加以修正。在《大陸詞壇「幹部體」舉例》一文中，我曾指出：宋氏兩部專集——《宋亦英詩詞選》及《春草吟稿》，大多是「爲時」、「爲事」而著，「爲時」、「爲事」而作，甚具時代精神與生活氣息。這是對於胡適「更不傷春，更不悲秋」，於「簇新世界」驅馳詩材料之所謂「誓詩」的發揚光大，也是對於「胡適之體」所謂「言近而旨遠」的肯定。此文並指出：一般老幹部，步入詩壇以後，仍以天下爲己任，也十分注重於此；但其間，卻有高下之比與優劣之差。指出：宋氏所作，與衆不同，乃於其間，新張一幟。即以爲，宋氏之接受「胡適之體」，經已下過一番苦功：

第一，以白話入詞，解放詞體。

胡適之效法前人，往往得不到其佳處，致使詞體固有的形式美與音樂美受到破壞；而宋氏則以李清照的「以尋常語度入音律」㉝和「用字奇横而不妨音律」㉞加以補救。

例如：胡適所作《沁園春》四首，從體制上看，儘管其字聲（平仄）安排、韻部組合，乃至上下片佈局等，均頗顧及「已成之美調」之絕妙音節㉟，其重構句式與句法，有時也能達致出人意料的效果，但其重構的結果，有得有失——得的是便於以白話或口語入詞，便於暢所欲言，失的是詞調原有因大量對偶句所形成的開張格局及氣勢（即其固有形式美與音樂美所呈現的效果）之遭受破壞或削弱。如從詞本體而論，這當是胡適創建新詞體所產生的弊病。但宋氏所作《沁園春》數首，則每一首都嚴格依調譜寫。尤其是上下二片中間由一領格字提起之兩組四言對句，或以並列形式展開，或以扇面形式鋪排，既工整又多變化，而且其領格字也注意採用去聲虛字，顯得格外堅定有力。其餘幾組四言句，雖可對可不對，也儘量用對。全篇一百一十四字，字字就像珠璣一般，貫穿羅列；純粹白話或口語，作得氣派流暢，而又可吟可誦。拙文《大陸詞壇「幹部體」舉例》所舉一例——《沁園春》（喜安徽省詩詞學會成立）可爲典範。現再看其《沁園春》（贈闞家蓂教授）：

千里關山，萬迭風烟，不盡旅愁。憶舊時明月，舉杯邀飲，故園芳草，撲蝶嬉遊。天地無私，芳華易逝，緑意紅情遣白頭。堪共慰，有雄詞麗帙，盡足風流。　瑤章天外飛投。似珠玉光瑩射斗牛。更語重情長，時縈舊夢，朝雲暮靄，都付清謳。我本楚狂，君真國士，傾蓋何年許唱酬。空凝佇，但餘懷渺渺，雲水悠悠。

這首詞附有小序：「北美闞家蓂教授，久居異國，時切鄉思。頃爲拙集題詞，意深境遠，尤足感人，倚聲賦謝。」屬於一般應酬作品，與「喜安徽省詩詞學會成立」一首相比較，題材既不及其重大，字面錘煉功夫也稍嫌缺欠。但這首詞能將旅愁與鄉思、異國與故園以及國士與楚狂聯繫在一起，頗能達致「言近而旨遠」的效果；而此效果，又是藉助於善將尋常語（白話或口語）度入音律及其所有「縷月裁雲」手段加以展現。因而，這首詞所説情事（「爲拙集題詞」事等）雖甚淺近，似讓人一看便知，而其所創造的境——渺渺、悠悠之境，卻頗具深長意味。這就是一種補救。

第二，另一種補救，即對於體貌亦即藝術形相或作風的修正。

就胡適而言，其有關詞的體貌建造，同樣有得有失：一方面，其所具詼諧、幽默形相或作風，頗能體現其天分與才情，個性較爲鮮明，藝術感染力强；另一方面，其所具詼諧、幽默，時常搏出位，致使其體帶有稍爲濃重的打油氣味。所以，早在其嘗試之初，其友梅覲莊，就曾去信大罵，謂：「讀大作如兒時聽蓮花落，真所謂革盡古今中外人之命者。」㊱這大概也就是六十年來，「胡適之體」較少有人敢於恭維的原因之一。而宋亦英之作爲後來者，對於其體既勇於認同，即依據自身體驗及所具備審美興趣，有效地加以補救。具體地説，就是以李清照的高雅典重加以補救。李清照善以尋常語度入音律，但又反對「詞語塵下」；既主張有情致，又批評「少典重」。其所創「易安體」，正是醫治「胡適之體」弊病的良藥。對此，宋亦英當深有所得。宋亦英出身於一個頗富禮儀教養的鹽商家庭。母親曉通經史，雅好詩詞，並且心高氣傲。這一切，對於宋氏成長應有一定影響。宋氏自幼即胸懷大志，要做女中豪傑；早年所作詩詞，英姿颯爽，不讓鬚眉。例如《西江月》（歙東山中柬文瑞）下片云：「拋卻當年花草，側身此際風雲。寶刀如雪拭摩頻。殺敵殲仇務盡。」中年以後，遭逢人生許多不幸，其豪情壯志，仍未稍減。但是，如何表現其情志，乃至「畢竟梅花耐歲寒，狂飆暴雨等閒看」（《浣溪沙》）的高傲之氣，這位曾有「當代李易安」之稱的詞人[37]，確曾從李易安歌詞創作中獲取不少經驗。尤其至晚年，「歷劫蟲沙諳世味，浮沉塵海識時艱」（《南樓病中偶感》），其所作則更加沉著穩重。例如《西江月》（書《鴻爪春泥認屐痕》一文後）：

> 四十二年彈指，萬千往事心頭。碧天無際水東流。惟有丹心依舊。　世紀豈無風雨，人間合有春秋。一番風雨一番稠。拚任綠肥紅瘦。

回顧平生，心潮澎湃，卻能夠從容面對。因此，宋氏之效法「胡適之體」，於形相上，或莊、或諧，均無有輕佻弊病。這是宋氏對「胡適之體」的另一重要修正。

以下是宋亦英爲紀念魯迅誕辰一百周年所作三首《喝火令》：

> 冷對千夫指，甘當孺子牛。漫天風雨獨登樓。城上旌旗變，揾淚看吴鈎。　詩是刀叢覓，血爲華夏流。揮毫人立鬼狐愁。道出忠奸，道出愛和仇。道出興亡家國，一髮

繫千秋。

鬧市遮顔客，文壇泰斗尊。小樓一統也成春。更乞畫師朱墨，潑紙幻風雲。長夜何時旦，斯民水火殷。道無聲處豈無聲。佇聽春雷，一擊陣雲橫。佇看楚雖三户，有志必亡秦。

笑裏原含淚，嘲中更寓哀。一篇阿Q展奇才。太息兩間一卒，荷戟獨徘徊。吶喊聲何壯，彷徨志未衰。霜毫擲處綻春蕾。看取書生，報國此其時。看取五洲四海，激蕩吼風雷。

三首詞，或由魯迅詩句化出，或以尋常口語爲之，皆自然入律。既概括其生平，又體現其個性；詼諧，莊重，兼而得之。雖略有小疵（第二首用韻稍寬），仍不失爲當代詞作中的佳品。這是宋氏於接受「胡適之體」過程中所下苦功、所實行補救措施，而取得的結果，也可看作是經過兩個方面修正（體制及體貌修正）之後的「胡適之體」的代表作品。三詞載《當代詞綜》第六卷。

因此，讀宋亦英詞，如從繼往的角度看，將其比作「當代李易安」，是有一定依據的；但是，如從開來的角度看，似乎還是將其比作胡適之後的胡適較爲恰切。這是中國當代詞壇「胡適之體」之被修正的一個例證。

另一例證，即爲鄒人煜。鄒氏，江蘇阜寧人。亦爲中共一位長期從事文化宣傳工作的老幹部。比宋亦英小十歲，寫作、發表詩詞時間也較晚，但與宋氏同倡白話詞，喜好較相接近。宋氏爲其六十誕辰所作《江城子》云：「間氣紅妝才八斗，浮大白，醉千回。」對於其人，其詞，已可知大概。有《姜齋雜詠》，録詞四十餘首。大多清新、自然，活潑、開朗，並且富有趣味，頗能體現其性情與才華。

例如《憶江南》（西南行）其五云：

> 桂林好，最好在三秋。遍地吐金皆桂子，一江漓水帶香流。花氣襲層樓。

説桂林秋色，遍地、一江，敷衍、陳列，款款道來，如話家常，頗能極其能事。

又如《江城子》三首，其二「老趣」云：

> 老來底事倍匆忙。出書房。入厨房。潑醋擂薑，酸辣味先嘗。無軌車開炊職誤，湯竭也，飯焦黃。　午間小憩任徜徉。伴書香。入甜鄉。一夢歸來，揮灑意飛翔。百態千姿來筆底，興廢業，費平章。

其二「春光好」云：

年年詞客爲春狂。紙千張。賦千行。萬種風情，盡數付東皇。地老天荒情不老，歌不盡，大文章。　暮年未敢嘆滄桑。看興亡。待思量。漫步林間，驀見筍鞭長。弱柳飄絲風起舞，新汎急，綠池塘。

前一首説日常瑣事，善於自嘲、自諷中見其情趣與風趣；後一首歌頌大時代，以春光爲比，既説當前，又展示未來，頗見其舉重若輕之大本領。所作都在一定程度上修正了「胡適之體」。與宋亦英相比較，二氏對「胡適之體」的修正各有偏重。大致説來，宋氏側重體制，於格局規制上頗下功夫，但於體貌，即對其藝術形相或作風的改造，則往往莊多於諧，因而有點矯枉過正；而鄒氏則繼續讓其詼諧、幽默作風進一步得以表現，可作爲宋氏的補充。這是對於「胡適之體」進行修正的兩個例證。當代詞壇，有關事例仍甚多，一時難以盡述。

三

以下説「胡適之體」的蜕變。這是胡適解放詞體之有關弊端與偏頗在中國當代詞壇所産生負面影響的一種具體體現。其中，既包含「胡適之體」對於詞壇的誤導，又包含詞壇對於其體的錯解。其主要標志是：大量「幹部體」或「解放體」的出現。但此類「作品」，許多根本不是詞，而是掛著詞的招牌的順口溜或打油詩。即：衹是按字數多少填製，不管平仄韻部，也不管有無詩味、詞味，填够字數，就算是一首「滿江紅」或「沁園春」。——這是「胡適之體」的變種，亦即「胡適之體」蜕變的結果。

「胡適之體」的蜕變以及蜕變的結果，在一九四九年以前之中國詞壇，尚未見明顯的效應，至一九四九年後，在大陸，因政治、經濟等各種因素的促進，卻迅速形成風氣。四十幾年來，於蜕變過程中，雖然有所修正，所謂「幹部體」或「解放體」，也有若干可讀篇章，但是，總的走勢乃正不敵變。即：得其真傳者少，而其變種則流傳不絕。這是值得探研的現象。

「文化大革命」之前，曾經主持《人民日報》工作的鄧拓，似已注意到這一現象。鄧拓對於「幹部體」或「解放體」作者，曾提出忠告。說：「你最好不要採用舊的律詩、絶句和各種詞牌。例如，你用了《滿江紅》的詞牌，而又不是按照它的格律，那麽，最好另外起一個詞牌的名字，如《滿江黑》或其他，以便與《滿江紅》相區別。」[18]但是，由於强調「政治標準第一，藝術標準第二」，鄧氏忠告，在當時並未引起重視。

「文化大革命」興起，破四舊，立四新。原來的「滿江紅」、「沁園春」屬於舊文化，被擱置一旁；新的「滿江紅」、「沁園春」，祇是依照「1＋1＝2」這一算術公式炮製，簡單省事，便成爲革命大批判的有力武器。所謂蛻變乃愈演愈烈並不斷出現熱潮。湖南一位農民詩人——伍錫學，曾親歷其境。所著《田疇草》（中州古籍出版社，一九九四年十二月鄭州第一版），許多篇章如實反映當時情景。如《浪淘沙》云：

何謂浪淘沙。同志知嗎。仄平聲韻竟全差。若謂填詞填字數，笑掉人牙。　學海本無涯。多讀名家。濫竽充數誤童娃。實在無聊難打發，喝碗香茶。

又如《蘇幕遮》云：

滿江紅，採桑子。格律乖訛，言語無倫次。覆去翻來抄報紙。批判文章，用盡傷人字。　學時髦，充積極。病入膏「肓」，猶自沾沾喜。忘卻園丁營底事。棵棵幼苗，怎不折騰死。

前一首詞附小序稱：「四次拜讀某校長《浪淘沙》，用原韻戲作一闋云。」後一首詞題曰：

「看某中學批判欄有感。」兩首詞揭露、批評，頗能擊中時弊。

「文革」結束，撥亂反正。照道理說，所有「假、大、空」作風也應當結束，而事實則不然。隨著政治上「兩個凡是」的提出，詩界，詞界也有「兩個凡是」。即：凡是老幹部，都能够寫詩填詞，凡是獲得平反昭雪的，都有詩詞作品發表。例如一位曾經受過批判的小説家，生前從某大報録下一首詞，身後恢復名譽，這首詞即被親屬誤當其手書遺稿，送往某刊，並被該大報轉載，再發表一次，而這位被平反者實際並不擅長填詞。這就是「兩個凡是」的典型例證。㊴於是，大批「笑掉人牙」的「作品」，便從原來的大批判專欄，移師全國兩家最大報紙以及各省市的機關報。所謂「胡適之體」的變種，又有了滋生與發展的廣闊天地。這是七十年代末期至八十年代初，中國詞壇所出現的有關「胡適之體」的蜕變效應。

八十年代中期以後，詩詞學會（協會）在各地紛紛成立。詩詞創作從民間走向臺閣，詩官與官詩携手並進。九十年代開始，詩神與金錢聯婚，詩商與商詩大出風頭。舉國上下，無論名公巨卿，或者販夫走卒，都競相高唱《滿江紅》或《沁園春》。時至今日，所謂「胡適之體」的蜕變，已是更上層樓。因此，各種祇是堆砌政治口號帶有濃重打油氣味的「作品」，到處氾濫成災。

例如，某市長、副書記所寫《滿江紅》：

斷壁残垣，百年亂，巨龍遭窒。書生意，運籌帷幄，廣釗同志。指引乾坤興馬列，揭竿工農擎旌赤。振雄風、赤縣卷狂瀾，滌遺恥。彈指瞬，和平至。豐功績，天驕子。今朝圖大業，衆歌昌世。環宇精英京華聚，神州蕭索雲中擲。但賴君、苦戰創新元，垂青史。

這首詞韻部混亂、平仄失調，生吞活剝、語無倫次，與當年大批判專欄的「作品」水準相差不多，卻在某詩詞雜志占居榜首。

又例如，一首掛著「沁園春」招牌的「作品」，儘管完全不按照格律填寫，平聲韻與仄聲韻混在一起，字面重複累贅，卻仍然頒佈天下，爲多家報刊及電臺轉載或傳播。

——這是近幾年所出現的官詩系列景觀。有關事例並非少見，尤其是兩家大報，常常提供許多觀賞機會。至於另一景觀，詩商與商詩結合之景觀，其表現形式則更加豐富多彩。因許多方面已超出於寫作範圍，這裏也就不加列述。

以上種種蛻變現象，既與胡適有關解放詞體的倡導有著直接或間接的聯繫，又不宜完全歸咎於胡適。一九一七年十一月，在其「嘗試」之初，胡適在給錢玄同信中，就已明確指出：

詞之重要，在於其爲中國韻文添無數近於語言之自然之詩體。此爲治文學史者所最不可忽之點。不會填詞者，必以爲詞之字字句句皆有定律，其束縛自由必甚。其實不然。詞之好處，在於調多體多，可以自由選擇。工調者，相題而擇調，並無不自由也。

並指出：

凡可傳之詞調，皆經名家製定，其音節之諧妙，字句之長短，皆有特長之處。吾輩就已成之美調，略施裁剪，便可得絶妙之音節，又何樂而不爲乎？㊵

可見，胡適並未破壞詞體，取消格律。今日詞壇，有關「解放派」之追隨者，不宜衹看到一面，而忽視另一面。

第四節　二十世紀對於胡適之錯解及誤導

——舊文學之不幸與新文學之可悲哀

一九一九年「五四」新文化運動，距今已八十餘年。這場運動原來由巴黎和會外交失敗所引發。五月四日，北京十幾所學校學生三千餘人，聚集天安門，所提口號是：「外爭國權，內除國賊。」金水橋南豎起一面大白旗，上寫一幅對聯。曰：「賣國求榮，早知曹瞞遺種碑無字；傾心媚外，不期章惇餘孽死有頭。」目標乃針對著曹汝霖、章宗祥、陸宗輿等人。後來，這場運動演變爲一次文化革命。毛澤東說：「自有中國歷史以來，還沒有這樣偉大而徹底的文化革命。當時以反對舊道德提倡新道德、反對舊文學提倡新文學，爲文化革命的兩大旗幟，立下了偉大的功勞。」（《新民主主義論》）這是中國爲二十世紀所創造的一件偉大作品。

首舉義旗，適之胡適

八十多年來，對於這件偉大作品的解讀，曾令學界不斷造成困擾。尤其是舊文學與新文學，至今尚有許多問題糾纏不清。因而，作爲「首舉義旗之急先鋒」（陳獨秀語）——胡適，自然有些不堪。無論生前，還是身後，似乎都一直遭到圍剿。以爲「物競天擇，適者生存」，實際上至其將死，仍然不知如何與眼下這一鬧嚷嚷的大千世界相適應。而作爲經過革命風雨洗禮的學界，同樣，也不得安樂。

「五四」之前，留學美國七年，胡適已爲文學革命做足準備。一九一六年，有《寄陳獨秀》一函，提出革命口號，並列舉八事，爲其具體主張。此函刊《新青年》第二卷第二號。陳獨秀稱之爲「今日中國文化界之雷音」。依照陳氏意見，胡適將此函「衍爲一文」，成《文學改良芻議》，於《新青年》第二期第五號刊發。此文雖較爲温和而謙虚，但仍然被當作「一個發難的信號」（鄭振鐸語）。五四期間，胡適與陳獨秀齊名，其道德文章所體現革命精神，不僅受到青年學生崇拜，而且孫中山、毛澤東乃至魯迅，對其皆十分贊賞。要是歷史就此爲其畫上個句號，說不定胡適這個名字即可與「偉大旗手」並列。衹可惜，造化弄人。在許多方面，無論新與舊之間、東方與西方之間，或者共産黨與國民黨之間，胡適皆處於極其尷尬的位置。八九十年間，不是其思想、行爲錯位，就是別人之思想、行爲錯位，駡之、捧之，覆去翻來，真有點讓人啼笑皆非。

胡適曾經自我標榜：「吾於家庭之事，則從東方人；於社會國家政治見解，則是從西方人。」（《藏暉室札記》）但是，無論於那一方面，始終似皆未曾討好。私人事情且不說，衹說出處大節。一九三七年九月，就任中華民國駐美利堅特命全權大使。第二年，有照片贈友，並題詩曰：「偶有幾莖白髮，心情微近中年。做了過河卒子，衹能拼命向前。」在政治上，其取向似乎已明白剖示。任滿歸來，效力黨國，亦頗獲蔣中正器重。於是，一九四九年以後，逃亡美國，即被中共當作反動派及辯護士而痛加批評。所謂「凡是敵人反對的，我們就要擁護；凡是敵人擁護的，我們就要反對」，這當不難理解。但是，另一方面，亦即被批判之同時及其後之一系列遭遇，卻頗有點難以理解。例如：在紐約當寓公，胡適既以民主鬥士姿態出現，要求西方國家不應貿然承認中共，又不肯放棄學者身份，經常到哥倫比亞大學圖書館借書，繼續考證《水經注》。唐德剛説：胡適之的確把哥大看成北大。然而，「哥大並没有把胡適看成胡適」（石原皋《閒話胡適》）。淒清困窘現實，令其深切體會到金錢的重要。因曾向其忘年友唐氏説出一句心底話：「年輕時要注意多留點積蓄。」一九五八年四月，由美轉臺，就任中央研究院院長。仍然被當作個人自由主義之象徵，但四面受敵，令得其難以高談「民主自由」，不得不提倡「容忍」，以爲「容忍比自由更重要」，「容忍是自由的根本」（《容忍與自由》）；並令得其心臟病不斷發作，終於在捧與駡之噪音中未能容忍而倒下。此等遭遇，當並非胡適所能預料。至於大陸，其所遭遇，同樣亦並非胡適所能預料。在其生前，中共既已在政治上對其極右傾向痛加批評，又在思想、文化上，推行其極左那一套。諸如對於舊文化、舊文學之解讀，處處都曾打上胡氏印記。而在其身後，所謂「胡適熱」，彼岸亦遠遠比不上此岸。此二種非所預料，合而觀之，便是我所説難以理解之意。

大膽假設，小心求證

「大膽的假設，小心的求證。」這是一九一九年間，胡適在《清代學者的治學方法》一文所提出口號，乃有關方法問題之通俗表述。祇十個字，簡單扼要，至今似已經家喻户曉。例如，上文所説預料，實際上就是一種假設。胡適一生，執著於這一方法。拼命地做人，拼命地做學問。在許多問題上令人難以理解，所謂德業、事功、言語，三者未必可不朽。但我相信，這十個字也許將繼續流傳而不朽。這也就是説，胡適所留下半部《中國哲學史大綱》、半部《白話文學史》及其他著作，可能已經被後來者所取代，而其所標榜方法，卻難以取代。

就文學研究而言，胡適將中國文學一分爲二：一爲生動之活文學，一爲僵化之死文學。毫無疑問，這當是一種「大膽的假設」。其劃分依據，爲表現工具，即語言。比如白話或文言。這就是胡氏文學觀。據此，既可以打破此前依朝代或文體討論文學演進之慣例，重寫文學史（參見陳平原《胡適的文學史研究》），又可以爲新文學之開創與建設，提供樣板。其雄心可謂大矣。而且，就胡適本身而言，亦並非祇是假設而已。在新與舊爭鬥其間，胡適乃以極大勇氣，努力付諸行動。這是胡適「爲大中華，造新文學」之理想與追求。

但是，八十多年來，胡適之所付出，似乎有點徒勞。一方面，治新文學者，不把胡適當一回事，以爲幾首白話詩，乃「小腳放大」（嚴家炎《五四文學革命的性質問題》），枉費其苦心；另一方面，治舊文學者，避重就輕，避難就易，借機「解放」，亦誤會其用心。於是，當今詩壇，新體白話詩苦於尋覓不到生路，「白話舊體詩」——大量不講格律之「格律詩」，氾濫成災。亦即，舊文學被當作死文學，白白挨了一刀，新文學之作爲活文學，活得也並不怎麽精彩。這不知乃誰之錯。但願二十一世紀，能够重新來過。

第五節　一幟新張，收拾烟雲入錦囊

——大陸詞壇幹部體舉例

當代大陸詞壇時興幹部體，蓋源自「五四」時期胡適所提倡的白話詞。既注重選材，表現時代精神，具生活氣息，又力求達至聲情稱調的效果，頗引人注目。

大陸詞壇　興幹部體

自從一九八七年端午節，中華詩詞學會在北京宣告成立以來，大陸各省、市（縣），港、澳、臺，乃至全球各地凡有華人居住的地方，詩會、詞會，或其他形式的詩詞社團組織，相繼産生，中華詩詞一時呈現出蓬勃發展的局面。如按某家出版社所定標準看，凡地區或跨地區詩詞組織之理事或重要成員，都有資格進入當代詩家詞家名列，可爲立傳，那麽，單單大陸地區，所謂詩家詞家起碼應有數十萬之多，實在可觀。而有關詩刊、詞刊，包括各式各樣的詩詞集，與新詩相比，在數量上則有絶對壓倒之勢。對於這一詩壇狀況，本文不擬妄加評論，現祇説詩詞創作方面，衆多體式中的一種體式——幹部體。

所謂幹部體，或稱白話體、解放體，這是大陸當代詩詞創作隊伍中，一大批退居二綫的老革命所共同創造的新詩體。但是，以白話入詩、以白話入詞，解放詩體、詞體，乃古已有之，並非什麽新鮮玩意兒。就歌詞創作而言，敦煌所傳之諸多曲子詞暫不論，就是柳永、李清照、辛棄疾等，也都有白話作品傳世；至當代，幹部體的出現，應溯源於「五四」新文化運動的先驅者——胡適。我在《百年詞通論》中論及胡適，曾推尊其爲詞壇解放派首領，但指出，「在二十年代，當胡適提倡白話詞之時，應和者寥寥，即有將無兵，難以成派」。想不到幾十年後直至當今，此體在大陸詞壇卻頗爲時行。這是所謂幹部體的淵源之所自。不過古今對比，即今之幹部體，並非祇是注重形式解放，而是以舊瓶裝新酒爲依歸，試圖進行一番改革。這是論者所必須留意的。

載道之文　述志之詩

安徽女詩人宋亦英，一九一九年出生，一九四五年參加革命，長期擔任省級文化藝術機構領導職務，是一位老幹部。但其酷愛詩詞、繪事，目前已有兩部專集——《宋亦英詩詞選》

及《春草堂吟稿》，正式出版問世。因此，本文將其創作放在幹部體的範圍

《宋亦英詩詞選》於一九八三年九月由安徽人民出版社出版，爲作者自一九三四年五十年間所有詩詞作品的初步結集；《春草堂吟稿》於一九九四年四月由安徽文藝出版社出版，爲其詩詞創作的續集。《春草堂吟稿》録存詩詞作品二百餘，皆爲近十年新作。卷首有友人題詞，包括宛敏灝、周退密、徐定戡、孔凡章、張珍懷、陳葆經、徐味、闞家蓂、徐永端等所題詩詞作品二十餘篇，卷末有陳葆經所作跋和作者後記，此外還有一篇探討作者詩詞作品的文章作爲附録。從詩詞題材的覆蓋面積、詩詞作品的時空容量看，《春草堂吟稿》所集，與一般幹部體頗有些共通之處，即大多是爲時、爲事而著，爲時、爲事而作，甚具時代精神與生活氣息。諸如，《金縷曲》（敬愛的周恩來總理逝世三周年）、《菩薩蠻》（一九八〇年國慶抒懷）、《念奴嬌》（喜聞香港問題達成協議）、《採桑子》（喜詠農村新貌）、《水調歌頭》（安徽大水災感言）等，所寫皆爲大題材、大感慨，其社會功能大致相當於傳統的載道之文、述志之詩，而有別於言情小歌詞。這是《春草堂吟稿》的一個重要特徵，也是所謂幹部體的一個主要標志。這就是説，大批老革命步入詩壇以後，仍以天下爲己任，希望通過詩詞改革，進一步發揮其餘熱、餘光。因此，一般老革命都想採取上等原料釀酒，即十分注重題材的選擇，試圖捧出芬醇的佳釀來。這是問題的一個方面。但是，問題的另一個方面，由於釀造技術有異，裝的技法不

同，其間仍有高下之比與優劣之差，這也是不可忽視的——人們對於幹部體褒貶不一，其原因大概也在於此。

時代精神　聲情稱調

在《春草堂吟稿》中，宋亦英所作，既注重以題材取勝，即注重以大題材、大感慨增强舊體詩詞的體質，又注重表現方法，在釀造上下功夫。例如《沁園春》（喜安徽省詩詞學會成立）：

時近中秋，月魄流輝，桂子飄香。正盛典京華，歡騰薄海，斯文雅集，快聚廬陽。曠代風光，人間正道，國運隆時文運昌。詩世記，看珠聯玉唱，風起雲揚。　吟壇一幟新張。願餘熱餘霞再發光。倩賦筆吟箋，爲歌四化，流風遺韻，來繼三唐。團結是期，他山共勉，收拾烟雲入錦囊。風流甚，是千秋事業，大塊文章。

這首詞通篇皆口語，包括常見的政治術語，但因善用對仗，善於鋪排，卻[illegible]莊重，用賀詩會成立，非常得體。

又如《滿庭芳》（祝湖北省詩詞學會成立）：

歷歷晴川，滔滔漢水，浪花舞雪崩銀。地靈人傑，瑞氣景星生。休管題詩崔灝，登臨處，我自高吟。崇樓好，流丹飛翠，一覽大江青。斯文。花競秀，如雲佳士，如海豪情。倩中秋明月，爲證鷗盟。唐宋遺音繼起，新時代，露瀼花凝。歌復願，文章華國，寄意仰諸君。

這首詞用韻雖較寬，但在組詞、造句以及章段結構方面，都能依據詞調的格式特點加以安排，以達到聲情稱調的效果；因而，全篇雖皆爲尋常言語，卻組成不尋常篇章——既華麗而又有氣派的篇章。這是一般作者所難以達到的藝術境界。「吟稿」中長調，大都如此。至於小令，如《鷓鴣天》諸首，也都善以尋常言語見性情，頗耐翫味。

以上所說，側重於語言運用。如以宋亦英的話講，即爲「以口語入詩（詞）」；而以前人論李清照的話講，即當爲「以尋常語度入音律」[41]，或爲「用字奇横而不妨音律」[42]。這是作者注重釀造工夫的一種體現。此外，所謂「收拾烟雲入錦囊」，也當是作者注重釀造工夫的一種體現。此烟雲，既包括社會人生中的烟雲，又包括自然界的烟雲，如何將之採入錦囊，譜寫成美妙篇章，其收拾技巧，頗須講究。例如《滿庭芳》：

梅綻寒香，水漸新綠，古城重見春回。教弩臺畔，金碧又生輝。同是長蛇列陣，今年卻、眉展神怡。春風裏，衣香鬢影，紅紫競芳菲。　堪悲。天下事，花憔柳悴，鶴怨猿啼。便十年去矣，餘痛誰醫。且嘉雲開霧散，心頭願，訴與神知。香飄處，疑仙似夢，恩怨一風吹。

這首詞寫合肥教弩臺(古明教寺)的今昔變化，上片寫今日「重見春回」之盛景，包括古寺修復後的輝光及遊客的神采，共同構成一幅「紅紫競芳菲」的圖像；下片由當前憶及往昔，而後又回復當前，説心頭意願。從篇章結構上看，這首詞上片佈景、下片説情，與「宋初體」的基本結構模式相合；而從敘述方法看，這首詞所構成的「現在——過去——現在」三段式，也頗得柳永鋪敘之妙趣。可見，除語言運用之外，作者的收拾技巧，也是值得稱道的。所以，宋亦英所作纔能在幹部體中新張一幟，爲詞界另闢蹊徑，甚是值得稱述。

注釋：

①據《詞選·序》。(上海)商務印書館，民國十六年(一九二七年)。

②見《談談「胡適之體」的詩》。《嘗試後集》頁六六。(臺北)遠流出版事業股份有限公司，一九八六年。

③見《談談「胡適之體」的詩》。《嘗試後集》頁六六—七四。
④見錢玄同《嘗試集》序。《嘗試集》頁五—一三。(臺北)遠流出版事業股份有限公司，一九八六年。
⑤據《答叔永》及《嘗試集》自序。《嘗試集》頁二九。
⑥謝桃坊《胡雲翼詞學觀點的歷史反思——〈宋詞研究〉重印序》。《宋詞研究》卷首頁三。巴蜀書社，一九八九年。
⑦《宋詞研究》頁五九—六〇。北新書局，民國十五年(一九二六年)。
⑧《中國詞史大綱》頁一三九—一四〇。北新書局，民國二十二年(一九三三年)。
⑨《樂齋詞》。《全宋詞》第三册頁一五二一。
⑩見《贈朱經農》。《嘗試集》第一編。
⑪據《范石湖集》詩集卷二十六。上海古藉出版社，一九八一年。
⑫同注②。
⑬見《詞學 ABC》頁一—二。世界書局，民國十九年(一九三〇年)。
⑭據胡適《談談「胡適之體」的詩》。《嘗試後集》頁六六—六八。(臺北)遠流出版事業股份有限公司，一九八六年。
⑮據《談談「胡適之體」的詩》。《嘗試後集》頁七〇—七四。
⑯參見何文滙據徐復規論文體之所釋「體」。《雜體詩釋例》頁一—四。香港中文大學出版社，一九

八六年。

⑰《詞譜·序》。據《欽定詞譜》。清康熙五十四年(一七一五年)武英殿本。中國書店,一九七九年。

⑱《談談「胡適之體」的詩》。《嘗試後集》頁六九。

⑲據《讀沈尹默的舊詩詞》。《文學改良芻議》頁一七六。(臺北)遠流出版事業股份有限公司,一九八六年。

⑳同注⑱。

㉑同注⑲。

㉒同注⑮。

㉓同注⑮。

㉔林語堂《答青崖論「幽默」譯名》稱:「『幽默』二字本爲純粹譯音,所取於其義者,因幽默含有假癡假呆之意,作語隱謔,令人静中尋味,果讀者聽者有如子程子所謂『讀了全然無事』者,亦不必爲之説穿。」並稱:「中國文人具有幽默者,如蘇東坡,如袁子才,如鄭板橋,如吴稚暉,有獨特見解,即洞察人間宇宙人情學理,又能從容不迫出於詼諧,是雖無幽默之名,已有幽默之實。」説可參。載《論語》半月刊第一期(一九三二年九月十六日)。

㉕《白話文學史》上卷第二編頁一—五。(臺北)遠流出版事業股份有限公司,一九八六年。

㉖《東坡樂府》卷一。《彊村叢書》本。

㉗《詞選》頁一五九。(臺北)遠流出版事業股份有限公司，一九八六年。

㉘參見《六十年來之國學》第五部第六篇。一九七四年臺北初版。

㉙《郁達夫文集》第十卷頁四八三—四八四。生活・讀書・新知三聯書店香港分店、花城出版社聯合編輯出版，一九八四年。

㉚見《骸骨迷戀者的獨語》。《郁達夫文集》第三卷頁一二三。

㉛《陳毅詩詞集》。人民文學出版社，一九七七年。

㉜《啓功韻語》卷二。北京師範大學出版社，一九八九年。

㉝張端義語。《貴耳集》卷上。

㉞萬樹評李清照《聲聲慢》語。《詞律》卷十。

㉟一九一七年十一月二十日胡適覆錢玄同書語。據錢玄同《嘗試集・序》。《嘗試集》頁一四—一五。

㊱據《嘗試集・自序》轉引。《嘗試集》頁二六。

㊲陳葆經《詩的開闔，詞的升華——宋亦英詩詞俯仰觀》。據《春草堂吟稿》。

㊳鄧拓(馬南邨)《三分詩七分讀》。據《燕山夜話》頁二五。北京出版社，一九七九年。

㊴這首詞見一九七八年五月二十八日北京《人民日報》。題《金縷曲》，署趙樹理遺作。詞云：「歲曆翻新頁。喜回頭、一年過去，奇峰千迭。鐵臂銀鋤高下舞，改變乾坤陳設。看不盡，山飛水越。處

處紅旗趕大寨，聽歌聲、洋溢乎中國。傳捷報，滿腔熱。　　神州豪氣多風發。任憑他、迷天雪亂，壓城雲黑。高舉大旗紅浪湧，多少雷鋒王傑。開萬世，太平事業。宇宙無窮無盡願，願征程、奮翼沖天闕。射白虎，攬明月。」並有注云：「據趙樹理同志的親屬記憶，此詞寫於一九六五年初。原詞無標題，詞牌爲編者所加。」又注明「原載《詩刊》第五期」。但這首詞乃一九六六年一月五日北京該報所發表之《賀新郎》。副題「新年獻詞」，署趙樸初。詞云：「歲曆翻新頁。喜回頭、一年過去，奇峰千迭。鐵臂銀鋤高下舞，改變乾坤陳設。看不盡，山飛水越。處處雄心超大寨，聽歌聲洋溢乎中國。傳捷報，滿腔熱。　　神州意氣多風發。任憑他、迷天雪亂，壓城雲黑。高舉大旗紅浪湧，多少雷鋒王傑。開萬世，太平事業。宇宙無窮無盡願，願征程、奮翼沖天闕。射白虎，攬明月。」幾處字面稍有改動，如「雄心超大寨」，改作「紅旗趕大寨」，嫌與下片「大旗紅浪」重覆；「意氣多風發」，改作「豪氣多風發」，亦嫌彆扭。兩相比較，原作似較爲純正。

㊵ 同注㉟。

㊶ 張端義語。《貴耳集》卷上。《學津討原》本。中華書局上海編輯所校本，一九五八年。

㊷ 萬樹《詞律》卷十評李清照《聲聲慢》語。

第三章　夏承燾

——今代詞宗

第一節　夏承燾傳略

夏承燾，字瞿禪，晚年改字瞿髯，浙江永嘉（今温州市）人。一九〇〇年（清光緒二十六年）陰曆正月十一日出生於温州一普通商人家庭。不是書香門第，没有家學淵源，十九歲於師範學校畢業，走上獨立生活道路。刻苦自學，多方師承，在詞業上多所建樹，終於成爲名揚四海的「一代詞宗」。

一　生平事迹

夏承燾從事教育工作至今已六十五年，他在十幾歲時就對詞學有了興趣，在治詞道路上，經歷艱難的過程。

（一）求學階段（一九一四—一九二〇）

夏承燾六歲時隨大哥就學蒙館，課餘時間曾到布店學習商業。小學期間，鄭振鐸是夏承燾同窗好友，他倆一個班，一塊學習，並經常跟隨黄筱泉老師出遊。夏承燾從小就有强烈的求知欲望。戊戌之後，孫詒讓在温州創辦師範學校，温州人第一次見到洋房。夏承燾曾與鄰童一起進此學校玩耍，看到孫詒讓校長在校園走動。當時，夏承燾多麼渴望能到師範學校讀書。十四歲時小學畢業，報考温州師範學校。這是個五年一貫制的中等師範學校，師資力量强，設備也較完善。當時簽名報考的共二千餘人，體檢淘汰後尚有千餘人，招收生額衹四十名。夏承燾以第七名資格進入温師。據夏承燾回憶，那時作文考題是《學然後知不足，教然後知困》。這是《禮記・學記》裏的兩句話。夏承燾在試卷上寫道：「凡是自以爲學問已經足够了的，那是没有學過的人；説教學没有什麼困難的，那是没有做過教學工作的人。」這個題目做得比較滿意，雖然是一位十四歲孩子所説的話，但卻對夏承燾一生治學産生了很大的影響。

夏承燾曾説：「十四歲到十九歲，是我學習很努力的時期。」温師課目甚多，有讀經、修身、博物、教育、國文、歷史、人文地理、幾何學、礦物學、化學、圖畫、音樂、體育以及英文、西洋史等十幾門課程。夏承燾曾因爲一開始就潛心於古籍之中，對於英、算等學科，常常是臨時抱佛腳，採取應付的態度，絶大部分自修時間，都用於讀經、讀詩文集子。那幾年，每一書到手，不論難易，必先計何日可完功，非迅速看完不可。他每認爲：自己是一個天資很低的人，必須勤奮。因此，一部《十三經》，除了《爾雅》以外，都一卷一卷地背過。記得有一次，背得太疲倦了，從椅子上直撲向地面。夏承燾説：「我從七、八歲起就愛好讀書，一直讀了幾十年，除了大病，沒有十天、半月離開過書本。現在回憶起二十歲以前這段時間的苦讀生活，我瞭解了『讀書百遍，其義自見』這句話是有道理的。不懂的書讀多了，就能逐漸瞭解它的語法、修辭規律，貫穿它的上下文，體會其意義。隨著讀的遍數的增加，思考次數的增加，全文就讀懂了。」（參見夏承燾講、懷霜整理《我的治學經驗》。《治學偶得》第一頁，浙江人民出版社，一九六二年八月版）

師校五年，夏承燾把全部精力用以勤奮攻讀。他從圖書館和同學朋友處借閲了大量古書。學習過程，常與師友磋商，獲益不淺。在他即將步入社會、走上工作崗位之時，曾在《日記》中爲這段攻讀生活作了小結。曰：「始入校尚童心未除，懵不知爲學，迨二三載後方稍稍知書中趣味耳。同學李仲騫（驤）君每對予津津談古籍及詩學，遂大悟。後數載皆沉研於舊書堆中，自『四書』，而《毛詩》，而《左傳》，各相繼讀完。無餘暇習英、算等學科，民國七年以第十名卒業。」李驤是夏承燾中學時代同班同學，曾將《隨園詩話》及黃仲則《兩當軒詩集》等借給夏承燾閱讀，並「日以此道（吟詠之道）相研究」，夏承燾因此「大受其益，乃稍稍知津」。在舊體詩詞的學習與創作方面，夏承燾也在這段時間裏打下基礎。夏承燾自幼愛好詩詞，進師校之前，已學作五、七言詩，但是，他之所以一生與詞學結下了不解之緣，還應當從他的第一篇詞作《如夢令》説起。據夏承燾回憶，他學做舊體詩，每句要先記好平仄聲，但並不知「填詞」。他在一位同學那裏第一次聽到「填詞」二字，同時又在另一位同學那裏見到一本《詞譜》，纔産生了填詞的興趣。他的填詞處女作《如夢令》，得到了國文教師張震軒（棡）的贊賞。這首詞末二句寫道：「鸚鵡。鸚鵡。知否夢中言語。」張震軒曾用濃墨在句旁加了幾個大密圈。夏承燾説：「這幾個濃墨大密圈，至今對我仍有深刻印象，好像還是晃耀在我的眼前。」並説：「我能够走上治詞的道路，與師友的啓發是分不開的。」

五年師校，夏承燾在學業上收穫甚大。但是，他也絕非「兩耳不聞窗外事」。一方面，他平生好遊，聞有佳山水，即欣然往，課餘時間，經常與同學「掩書外出」，同遊飛霞洞、卧樹樓，共登駐鶴亭，並在《日記》中留下了紀遊佳篇。另一方面，他關心國事，讀《西洋史》，因美國南北之争，聯想到南洋、北洋兩派分立的現實。常慨嘆：「安得大總統有如林肯者出，一定黨見，掃清國步，有若美利堅之上等國乎？」他讀《龍川文集》，不禁掩書三嘆。曰：「嗟夫！大丈夫平生抱天下志，達則兼善天下，窮則獨善其身，此平世明時之論也；若夫天下當板蕩之秋，生靈倒懸，爲士者義不可默居高蹈、效隆中抱膝長吟矣！」本世紀一二十年代，中華民族正在大動盪、大變革當中，生當其時，夏承燾時時刻刻將自己的前途命運與整個國家民族的前途命運緊緊聯繫在一起。他總是希望自己所從事工作，能够有益於國家民族，有益於振興中華的偉大事業。

一九一八年，夏承燾於温州師範學校畢業。國文教師張震軒臨別贈詩。曰：「詩亡迹熄道論胥，風雅欽君能起予。一髮千鈞唯教育，三年同調樂相於。空靈未許嗤黄九，奔競由來笑子虛。聽爾夏聲知必大，忍彈長鋏賦歸歟。」張震軒研究《史記》，但對於詩詞，仍慧眼獨具。他的獎勵，給夏承燾巨大推動力量。所謂夏聲必大，果真亦承其貴言，令得於詩道淪喪之際，憑藉自己的天分和學力（夏自稱笨功夫），風雅起予，以盡展其才。這是即將步入社會所得到的獎勵。所謂深相期許，乃終生不忘。

離開師校，夏承燾到温州任橋第四高小任教職。就這樣，夏承燾懷抱著對於祖國河山無比熱愛的滿腔激情和對於國家民族命運無窮憂慮的深厚情感，結束了自己的學生生涯，並開始了他一生所從事的文化教育工作和詞學研究工作，以畢生精力努力作出貢獻。

（二）探索階段（一九二〇—一九三〇）

夏承燾説：「二十歲至三十歲是我治學多方面探索的階段。」師校畢業後，夏承燾更加覺得學生生涯的短促和寶貴，更加渴望有深造的機會。一九二〇年，南京高等師範開辦暑假學校，夏承燾和幾位同學前往旁聽。教師如胡適、郭秉文等，皆新學鉅子，當時都親自爲暑假學校開課。一個多月裏，聽了胡適的《古代哲學史》、《白話文法》，梅光迪的《近世歐美文學趨勢》以及其他許多新課程，大開眼界。本來，夏承燾想於七月間乘機投考高等師範，由於家庭經濟困難，加上自己平時不注重科學，英算甚生疏，臨渴掘井，恐無把握，便決定在教師崗位上邊工作、邊自學。

返回温州後，苦於失去進修機會，無名師指點，時時感到困惑。但是，在自學過程中，夏承燾也找到了許多老師，其中包括不會説話的老師。比如，他看了李慈銘《越縵堂日記》，就以李氏爲榜樣，堅持寫日記，鍛煉自己的意志力；又比如，讀《龍川文集》，便爲陳亮平生抱天下志的大丈夫氣概所感動，以爲「作詩也似人修道，第一工夫養氣來」，對於陳亮之爲人，著意加以效法。同時，夏承燾還經常與師友同學一起探討，互相請益。在温州任教期間，他參加了當時的詩社組織——慎社及甌社，社友中如劉景晨、劉次饒、林鵾翔、梅雨清、李仲騫等，於詩學都有甚高造詣，經常與他們在一起談論詩詞，論辯陰陽，收穫很大。由此，夏承燾於舊體詩詞，漸識門徑，並開始發表詩詞習作，初露才華。

一九二一年秋，夏承燾應友人之招，到北京任《民意報》副刊編輯，得到了北遊的機會。

當時，他曾寫下一首《登長城》詩。曰：「不知臨絶頂，四顧忽茫然。地受長河曲，天圍大漠圓。一丸吞海日，九點數齊烟。歸拭龍泉劍，相看幾少年。」登高望遠，四顧茫然。但地和天，都在自己的視野當中。一丸、九點，海日、齊烟，氣象萬千。詩篇生動地體現了這位年青詩人的胸襟和氣魄。

此後，夏承燾轉向西北，到西安中學任教，並於一九二五年春兼任西北大學講師。五六年間，夏承燾奔走四方。往返北京、西安、温州之間，廣泛接觸社會，並在西安實地考察古代長安詩人行蹤，爲其詩詞創作及研究工作，提供豐富的感性知識；在治學道路上，夏承燾步入了多方面探索的階段，開始了做學問的嘗試。

起初，夏承燾對王陽明、顔習齋學説發生興趣。在西北大學講授章學誠《文史通義》，準備治小學。他的設想很多，計劃十分龐大。他曾發願研究宋代歷史，妄想重新撰寫一部《宋史》，看了不少有關資料，後來知道這個巨大工程決非個人力量所能完成，方纔放棄。但是，他又想編撰《宋史别録》、《宋史考異》，想著《中國學術大事年表》等等。

二十五歲時，夏承燾回到浙江，曾在温州甌海公學、寧波第四中學及嚴州第九中學任教。夏承燾回到温州時，瑞安孫仲容先生「玉海樓」藏書及黄仲弢先生的「蔘綏閣」藏書已移藏於温州圖書館，他將家移至圖書館附近，天天去借書看，幾乎把孫、黄兩個「閣」的藏書本本都翻過，並將心得札入《日記》。不久，夏承燾到嚴州第九中學任教。這裏是一個美麗的風景區，嚴子陵釣臺就在這個地方。嚴州九中原來是嚴州州府書院，裏頭有州府藏書樓。夏承燾一到學校，校長就帶他四處察看。他拿了鑰匙，一個房間、一個房間打開看，結果發現一個藏書間，裏頭盡是古書，真是喜出望外。尤其是，其中有涵芬樓影印廿四史、浙局三通嘯園叢書等，在嚴州得此，如獲一寶藏。校長交代把這些古書整理出來，他就在此紮紮實實地看了幾年書。四五年期間，許多有關唐宋詞人行迹的筆記小記以及有關方志，全都看了。

但是，對於如何做學問，夏承燾還經常處於矛盾狀態當中，早晚枕上，思緒萬千。他有時欲爲《宋史》，爲《述林清話》，爲《宋理學年表》，有時欲專心治詞，不旁騖，莫衷一是，常苦無人爲一決之。經過反復思索，夏承燾發現自己「貪多不精」毛病，根據平時興趣愛好和積累，決定專攻詞學。

十年探索，不僅使夏承燾認定治學方向，而且爲他轉向創造階段準備充分條件。夏承燾所撰《唐宋詞人年譜》、《唐宋詞論叢》等重要著作，以及姜白石研究資料，都是在這個階段積累下來的。

（三）之江治詞生涯（一九三〇—一九三七）

一九三〇年，夏承燾三十歲，開始在之江大學任教，一直到抗戰爆發，都住在錢塘江邊的秦望山上。在《月輪山詞論集》前言，夏承燾説：從三十多歲到六十多歲，「這三十年間，我兩次住在錢塘江邊的秦望山上，小樓一角，俯臨六和塔的月輪山。江聲帆影，常在心目。現在就把我的集子取了這個名字。」之江治詞生涯指的是夏承燾第一次住秦望山的情景。

夏承燾到之江，標志著一個重要轉折。即：由探索期向創造期的轉折。夏承燾説：「我二十歲左右，開始愛好詩詞，當時《彊村叢書》初出，我發願要好好讀它一遍；後來寫《詞林繫年》，札《詞例》，把它和王鵬運、吴昌綬諸家的唐宋詞叢刻翻閲多次。三十歲左右，札録的材料逐漸多了，就逐漸走上校勘、考訂的道路。」三十歲是一個重要轉折，夏承燾就是三十歲前後著手做專門學問的。夏承燾説：「刻苦讀書，積累資料，這是治學的基礎。但是，究竟何時試手做專門學問較爲合適呢？從前人主張，四十歲以後纔可以著書立説，以爲四十歲之前，『祇許動手，不許開口』。這雖是做學問的謹嚴態度，但是四十歲纔開始專，卻幾乎太遲了。我自師校畢業後，因爲家庭經濟等各方面條件的限制，未能繼續升學，苦無名師指點，纔走了一段彎路，花費了將近十年的探索時間。我想，如果有老師指導，最好二、三十歲時就當動手進行專門研究工作。要不，一個人到五十歲以後，精力日衰，纔開始專，那就太晚了。我見過一些老先生，讀了大量的書，知識十分淵博，但終生没有專業，這是很可惜的。因此，在刻苦讀書的基礎上，還必須根據自己的情性、才學，量力而行，選定主攻目標，纔能學有專長。」

在之江大學，夏承燾所教授課程主要有《詞選》《唐宋詩選》《文心雕龍》《文學史》《普通文選》五門，每週共十六課時。雖紛繁不得專心，但做學問的條件總比以前優越。剛到之江，夏承燾心情甚愉快，曾寫下《望江南》（自題月輪樓）四首，其中第三首曰：「秦山好，面面面江窗。千萬里帆過矮枕，十三層塔管斜陽。詩思比江長。」面面面江，風景美好。千萬里帆，十三層塔；通過矮枕，管領斜陽。詩思比錢塘江水還要長。環境、心境和詞境，都那麼協調。

之江期間，夏承燾寫了大量詞學研究文章。其中，值得一提的是《白石歌曲旁譜考辨》。這是夏承燾第一篇詞學研究文章，也是他的成名之作。白石旁譜歷來被視爲一門絶學，《四庫全書總目提要》説它無法求其音節。夏承燾年少氣鋭，在嚴州九中時就著手做這一工作，到了之江大學寫成了這篇《考辨》。當時，山居偏僻，寫了文章就往書架上擱。有一回，顧頡剛到之江大學，發現了這篇文章，覺得不錯，就帶走了，並在《燕京學報》上登了出來。不久，匯來稿費銀元一百多塊。之江同事知道了，都很爲驚動：原來寫文章還有這麼多稿費。於是，便大大激發了大夥寫稿的興趣。此後，《詞學季刊》出版，夏承燾的《唐宋詞人年譜》就在季刊上連載。那時，夏承燾與龍榆生，一個編撰年譜，一個著作詞論，每期各登一篇，成了季刊的兩大臺柱。《詞學季刊》出版了十一期。在季刊上，夏承燾還發表不少詞作。

之江大學時期是夏承燾從事專門研究的一個豐産時期，也是他做學問用力最勤的時期。

幾年當中，他連續發表《温飛卿繫年》《韋端己年譜》《馮正中年譜》《南唐二主年譜》《張子野年譜》《二晏年譜》《賀方回年譜》《周草窗年譜》《姜白石繫年》《吴夢窗繫年》等十餘種詞人年譜，撰寫成《石帚辨》《姜白石詞考證敘例》《白石詞覯律》等文章，此外，還札《詞例》。研究工作全面鋪開，頭緒繁多，甚殫心力，但他卻常在辛勤搜輯中得到自我安慰。一九三五年三月二十日，夏承燾在《日記》中寫道：「校正中譜畢，午後郵還榆生付印，年來著書雖甚瑣細，皆能句斟字酌，不敢輕心，鏡中白髮日多，不以爲悔也。」

正當夏承燾認定目標，走上全力治詞的道路之時，「九一八」事件爆發。時局十分緊張。九月二十日，夏承燾聞知日本兵突於昨早六時侵占瀋陽及長春、營口，驚訝無已。他一方面潛心力於故紙，繼續勤奮地讀書、做筆記，一方面念國事日亟，卻深感陸沉之痛。九月二十四日，學生出外宣傳，停課，夏承燾也參加教職員組織的「抗日會」。九月二十七日，夏承燾在《日記》中寫道：「予發誓今日始不買外貨。國貨日用品已足用，必求奢侈，便是亡國行徑。」爲「盡我本分以救國」，夏承燾很想放棄詞學，想改習政治經濟拯世之學。十一月十九日，夏承燾從報紙上聞知「嫩江捷訊」，十分振奮，隨即譜寫一首《賀新郎》。詞曰：

沉陸今何說。看神州、衣冠夷甫，應時輩出。一夜荒郊鵝鴨亂，壁壘如雲虛設。這奇恥，定須人雪。空半誰翻天山旆，比伏波、銅柱猶奇絶。還一擊，敵魂奪。邊聲隴水同嗚咽。念龍沙、頭顱餘幾，陣雲四合。夢踏長城聽戰鼓，萬里瓦飛沙立。正作作，天狼吐舌。待奮刑天干戚舞，恐諸公、先夏楸坪劫。歌出塞，劍花裂。

神州沉陸，奇恥須雪。正當國家民族面臨著生死存亡的緊要關頭，邊聲隴水，陣雲四合，頗欲奮起刑天干戚，爲諸公助陣。由於捷訊鼓舞，歌詞充滿著英雄氣概。

此刻，回顧世局，夏承燾覺得，自己堅持日鑽古書，夜作《詞例》，乃無益之務。幾度考慮，中途輟筆。但又想，「非如此心身無安頓處」，真是欲罷不能。在這具體的社會環境中，夏承燾的思想進入了難以擺脱的困境。一九三八年七月十六日，夏承燾曾在《日記》中寫道：「日本開發華北志在必行，黄河氾濫將至蘇北，長江災象亦近年所無。内憂外患如此，而予猶坐讀無益於世之詞書，問心甚疚。頗欲一切棄去，讀顧孫顔黄諸家書，以俚言著一書，期於世道人心得俾補萬一，而結習已深，又不忍決然捨去。日來爲此躊躇甚苦。」這就是夏承燾當時的真實思想狀況。

（四）抗戰爆發後清苦的教師生涯（一九三八—一九四五）

在之江大學，夏承燾任講師、副教授、教授，至一九三八年，還兼任無錫國學專修學校和太炎文學院教師。抗日戰爭爆發後，夏承燾隨之江大學搬遷到上海。一九四二年，上海淪陷，夏承燾回到温州，温州淪陷，即入樂清雁蕩山。以後，應浙江大學龍泉分校之聘，前往龍泉教書，直至抗戰勝利，方纔出山，重新返回西子湖畔。

抗戰七八年間，動盪不安，夏承燾飽嘗戰亂風霜。但是，在各個關鍵時刻，他都保持著高潔的民族氣節。

一九三八年，夏承燾目睹國民黨反動派於「八·一三」紀念日，在上海租界，大捕愛國青年的事實，譜寫《點絳唇》一詞。曰：

招得秋魂，斷笳先送斜陽去。驚烏飛處。南北山無數。　　打盡霜紅，迢遞傷心路。長亭樹。無聲最苦。夜夜風兼雨。

詞作以驚烏比喻愛國青年，對他們受摧殘，遭打擊，深表同情；同時對於白色恐怖中人人鉗口結舌、「夜夜風兼雨」的現實，表示不滿和抗議。

一九四〇年寓滬，西鄰一漢奸伏誅，東鄰一抗戰志士殉難。夏承燾製作《賀新郎》，贊頌志士，斥罵漢奸。詞曰：

餘氣歸應詫。舊門庭、雀羅今夕，鶴軒前夜。依舊梅梢團圓月，來照翠屏幽榭。卻不見，淡蛾如畫。三十功名空自負，負靈山吩咐些兒話。屋山雀，嘆飄瓦。　東鄰客祭欒公社。聽夜夜、羽聲慷慨，徵聲哀吒。同灑車前三步血，或落溝渠飄瀉。或化作，飛霜盛夏。最苦西家翁如鸛，過街頭蒙面愁無帕。君莫問，翁欲啞。

揭露漢奸，謂其「負靈山吩咐些兒話」，背叛國父孫中山遺囑，罪當伏誅。並以對比手法，將東鄰與西鄰的不同結果，予以呈現。謂東鄰志士之死重於泰山，人民永遠懷念；西鄰漢奸之死輕如鴻毛，連自己的老父都爲之感到羞愧。兩相對照，表現出强烈的愛憎感情。

在上海期間，知識分子處境十分艱難。由於政府腐敗，通貨膨脹，學校裏經常發不出工資。當時，有些意志薄弱者就投奔南京汪僞政權。夏承燾的個別好友，也在此時投奔南京。但是，夏承燾的立場是十分堅定的。他在《鷓鴣天》詞中寫道：

萬事兵戈有是非。十年燈火夢淒迷。南辛北黨休輕擬，雁蕩匡廬合共歸。　持涕淚，謝芳菲。冤禽心與力終違。衡山填海成何事，衹勸風花作隊飛。

詞作表明，汪僞政權違背民族利益，「心與力終違」，其追隨者必然身敗名裂。夏承燾爲去南京的友人感到惋惜。此時，夏承燾已抱定歸志，決心以南宋愛國詞人辛棄疾爲榜樣，以雁蕩、匡廬爲自己的歸宿，決不屈膝求榮。

夏承燾有一位詞壇好友，投奔南京後來信招邀。説：「汪先生知道你。」夏承燾覆信，對他進行嚴厲批評，並正告他：「你説到南京是爲了吃飯，那就衹許你開吃飯的口，不許你説别的話！」爲此，夏承燾曾寫《水龍吟》（皂泡詞）以皂泡之上「夭斜人物」，比喻投奔汪僞政權的人。指出此輩依仗日本侵略者，如同皂泡，「乍明滅，看來去」，片時即破，而中華民族，終將如東升皓月，「一輪端正」，永遠照耀祖國山河大地。

在艱難困苦的歲月裏，夏承燾始終注重自己的出處大節，並且常常以此與友人共勉。一九四〇年在上海，送一位女詞友歸揚州（當時揚州已淪陷），寫了《惜黄花慢》贈别。其中，「荷衣耐得風霜，謝故人問訊，湖海行藏」，明確表明自己的態度，熱切地希望詞友保持氣節。

「野獲新編據亂成，年來有淚爲蒼生。」在憂國憂民的艱難歲月裏，夏承燾過著清苦的教書生活，始終保持著清貧自守的高貴節操。七八年間，夏承燾一刻也離不開教育事業，孜孜不倦地工作，發奮著述，爲發展中華民族的教育文化事業做出了貢獻。

（五）二次居住西子湖畔（一九四六—一九六五）

夏承燾十分留戀之江治詞生涯，對於美麗的西子湖已產生了深厚的感情。抗戰勝利後，他又回到杭州，擔任浙江大學文學院副教授、教授，從事其教學及詞學研究工作。一九四九年，中華人民共和國成立，夏承燾在浙江大學任教。一九五二年，院系調整，夏承燾擔任浙江師範學院中文系教授、代主任。一九五八年，浙江師範學院改名杭州大學，夏承燾爲中文系教授，一九六一年起兼任語言文學研究室主任。浙江省作協分會成立，夏承燾被推選爲理事，並曾出席第三次全國文代會。中國科學院文學研究所（現屬中國社會科學院）聘請夏承燾爲特約研究員和《文學評論》編委。一九六四年，夏承燾到北京參加全國政治協商會議第四次會議。夏承燾對於社會主義新中國充滿著信心和希望，十分盼望能把自己的知識和才華獻給祖國的偉大事業。

一九四九年，杭州解放，夏承燾作《杭州解放歌》。曰：「半生前事似前生，四野哀鴻四塞兵。醉裏哀歌愁國破，老來奇事見河清。著書不作藏山想，納屨猶能出塞行。昨夢九州鵬翼底，昆侖東下接長城。」杭州解放，河清有日。畢生著作，無須作藏山之想；納屨出塞，昆侖、長城都在自己腳底。詩篇表達了對於新中國的信心和願望。

一九五〇年十二月，夏承燾隨浙江大學中文系師生一道，前往嘉興、皖北等地參加土改。

「居鄉見聞,皆平生所未有。」因而,寫下了不少優秀詩篇。夏承燾關心勞動大衆,熱愛新農村。一九四九年以後,一有機會下鄉,他就報名參加。一九六四至一九六五年間,夏承燾先後兩次到諸暨縣利浦公社,參加社會主義教育,居住了四五個月時間。「要與農民共感情」,夏承燾寫作了不少獨具風格的田園詩詞。

中華人民共和國成立之後,在教育事業和科研工作方面,夏承燾都有不少建樹。他所指導、培養的幾届研究生、進修生,已陸續走上工作崗位;他的十餘種詞學研究著作也相繼出版。同時,他還發表了數十篇有關古典文學的研究論文。在教育界和學術界,得到了好評。

在詞學研究方面,夏承燾努力開拓新境。他在一九四九年以前一二十年所作校勘、考訂的基礎之上,開始撰寫評論文章。諸如《李清照詞的藝術特色》《評李清照的〈詞論〉》《論陸游詞》《辛詞論綱》《論陳亮的〈龍川詞〉》等等,都是在這期間寫成的。同時,爲了適應社會主義文化事業蓬勃發展的需要,夏承燾還著手詞學研究方面的普及工作,寫作了大量有關歌詞的欣賞文章。直到「文革」前夕,夏承燾曾與懷霜合作,先後以《唐宋詞欣賞》《湖畔詞譚》《西谿詞話》《月輪樓説詞》爲題,在報刊、電臺發表賞析文章,頗爲廣大讀者所歡迎。

夏承燾做學問,嚴格要求,精益求精。一九六〇年六十歲生日,他作《臨江仙》詞自壽。曰:

安得魯戈真在手，重揮夕日行東。書城要策晚年功。江山支枕看，千丈海霞紅。
自插梅花占易象，如何報答春工。兒童休笑囁嚅翁。新詞哦幾首，鼻息起長風。

魯戈在手，夕日行東；江山支枕，千丈霞紅。眼前所呈現的景象，爲當時所處的環境，亦爲當時的心境。在這一情景當中，怎麽辦？如何報答春工？他想好啦，「書城要策晚年功」。他知道，要令夕日行東，將失去的年華追回來，就靠晚年的努力。這句話，夏承燾將它看作治學的「座右銘」。六十非爲老，兒童休笑。充分體現其樂觀、積極的精神和態度。

爲了攀登高峰，發展社會主義文化、科學事業，夏承燾還十分重視國外學者的漢學研究成果，熱心地致力於中外文化交流活動。一九五七年，夏承燾發表《我對研究古典文學的一些感想》。說：有幾位外國學者，他們研究中國古典文學的精神對我有很大啓發。比如日本京都大學的吉川幸次郎、神田喜一郎、清水茂教授等，像他們這種研究精神，不能不使作爲中國古典文學研究者的我們感到慚愧。一九六一年，在《我的治學經驗》中，夏承燾說：我看見過蘇聯列寧格勒大學研究中文的論文題目，有些是很專、很深的，如對韓非子的篇目研究等等，這些卻不爲中國大學生所注意。又如日本研究中國學問的，像林謙三的《隋唐燕樂調研究》、桑原騭藏的《蒲壽庚考》等，他們卓越的成就，也都使我國人自愧不如。夏承燾常用外國人的鑽研精神鞭策自己，勉勵年青人。

「文革」前夕，日本友人水原渭江寄贈武田（泰淳）、竹内（實）所著《毛澤東詩人和他的一生》，夏承燾賦《臨江仙》一詞答謝。曰：

蓬島吟壇誰健者，筆端浩蕩東風。一輪畫出曉礅紅。照開天霧雨，燭海起蛟龍。
並世夔牙家學盛，天涯夢聽笙鐘。何時握手日華東。晴暉我能寫，海嶽萬芙蓉。

一輪畫出，如早晨剛剛升起的紅日；並世夔、牙，從天邊傳來笙鐘的樂曲。什麼時候，握手日東，一起觀賞海嶽芙蓉。歌詞熱情贊頌毛澤東詩詞，贊頌中日文化交流，表達了自己歷年來希望訪問日本，與日本漢學家歡聚的夙願。

（六）「文革」十年（一九六六—一九七六）

幾十年來，夏承燾在教育和詞學研究工作上，獲得了巨大的成就。但是，「文革」開始，一夜之間，這一切馬上變成了「罪行」。

一九六六年六月二日清晨，杭州大學校園，一夜東風，到處貼滿了大字報。在學校大門口的入口處，不知哪個系的學生，貼上一幅漫畫：絞死牛鬼蛇神夏承燾！畫的是夏承燾的頭像。最是使人驚心動魄。這是省委組織的「林夏戰役」的第一幕。林淡秋作爲黨内資產階級的代理人，夏承燾是黨外資產階級反動學術權威。兩人被推將出來，代表鬥争的大方向。夏承燾從未經歷過這樣的場面。他在漫畫前站了一會，便轉向各處看大字報。

敢想容易敢説難，説錯原來非等閒。一頂帽子飛上頭，搬它不動重如山。

「啊！——」夏承燾大吃一驚！這是他於一九五八年十二月間寫的一首打油詩。據「文革」初期《解放軍報》揭發：這首打油詩曾被舊中宣部某處長用來批評文藝界和教育界的領導幹部，以爲對老專家政策不落實。大字報稱：這是一首反對教育革命和學術批判的黑詩，是對黨進行的瘋狂反撲！夏承燾掏出筆記本，認認真真地把有關「罪行」摘抄下來。

當天晚上，全校揪鬥林淡秋，夏承燾和其他牛鬼蛇神一起上臺陪鬥。「打倒林淡秋！打倒林淡秋！」會場上口號聲此起彼落，震耳欲聾。

先黨内、後黨外，夏承燾心中有數。知道林淡秋被打倒後，就輪到自己了。回到家裏，夏承燾就親自書寫了一幅大標語：打倒夏承燾！方方正正地貼在自己的門牆上。這時候，「也無風雨也無晴」，東坡的達觀思想還能幫助他解脱困境。在牛鬼蛇神的一次坦白交代的小組會上，夏承燾交代：他曾經這麼想，下次輪到揪鬥時，就事先準備好棉花，把兩隻耳朵塞緊。夏承燾認爲：祇要心中平静，就不怕外界風雨。

但是，「林夏戰役」並未按計劃打下去。没過多久，省委工作組撤退了。原先組織「批鬥」牛鬼蛇神的人，自己也變成了牛鬼蛇神，和夏承燾他們一起，同被關進「牛棚」。從此，新老牛鬼蛇神就天天讓兩邊的造反派，輪著揪出去觸靈魂和觸皮肉。經過反復訓練，夏承燾終於心定地過慣了「牛棚」生活。

有一次，夏承燾被送到老家温州「批鬥」。經過長途跋涉，心力交瘁，他中了風，幾乎一命嗚呼。但他仍然很達觀，日誦語録：「既來之，則安之。」表示願意以正確的態度對待疾病。因此，儘管醫生斷定，「不是死，就將是半身不遂」，卻居然完好地活了下來。

夏承燾一生治詞，特别推崇蘇東坡，也贊賞東坡思想。他曾説：東坡貶官到海南，並不感到痛苦，所謂「日啖荔枝三百顆，此身長作嶺南人」，相反卻心滿意足了；秦觀就不同，纔到郴州，便憂鬱至死。「文革」十年，夏承燾就以東坡思想作爲自己的精神支柱。

「文革」初期，夏承燾看大字報十分認真。有的學生揭露：「不是棋邊即耒邊，好風如扇月如鐮。菜根滋味老逾美，蔗境光陰夢也甜」。這是攻擊人民公社敬老院的黑詩。又揭露：「相逢都在湖風裏，白鷺東飛我向西」，以爲夏承燾不滿社會主義制度，嚮往西方資本主義社會。夏承燾看了便以牛鬼蛇神的名義，寫了《説我幾首舊詩詞的原意》一文，進行答辯。曰：

《臨安人民公社敬老院》詩，第三句用古語，「咬得菜根則百事可做」。院裏老人都在階下種菜佐餐，我用此以喻滋味好。第四句用顧愷之吃甘蔗，從末梢吃起，吃到根，説是「漸入佳境」。我的意思是説敬老院裏的老人老年過美好的生活。有人解作：蔗境（佳境）衹在夢裏，説我譏院裏生活不好。我以爲原詩是「夢也甜」，而非「衹夢甜」，此説可商。

又曰：

《湖上雜詩》「相逢都在湖風裏，白鷺東飛我向西」。那時我住在浙大西湖宿舍（平湖秋月隔壁的羅苑），這詩是從斷橋經白堤歸家時作，故云「我向西」（平湖秋月在斷橋之西），無他寓意。

後來，綱越上越高，觸皮肉重於觸靈魂，諸如此類的所謂「學術批判」已是不在話下。因此，十年「牛棚」生活，夏承燾没有牢騷，也不寫這方面題材的詩詞。「有峰滿眼不待尋，有詩滿口不敢吟。」在「牛棚」裏，夏承燾被剝奪了一切權利，身不由己，但詩人的心卻無所阻礙。一九七〇年，夏承燾寫了一首《玉樓春》（神遊）。曰：

> 燈前掛壁雙芒屩。不礙神游周九域。山河誰畫好風光，聖佛自憎乾矢橛。靈妃皓齒如霜雪，夢裏殷勤求短闋。吟成電笑過千江，揮手西湖風和月。

芒屩掛壁，不礙神遊。美好山河，有誰能够描畫；靈妃顧我，殷勤乞求短闋。吟成電笑，揮手西湖，照樣周遊九域。歌詞抒發作者對於祖國河山，對於西子湖的情感，也表達他重上征途的熱切願望。

十年間，夏承燾於「批鬥」之餘，將自己全部心力都放在歷代詞人身上；他的《瞿髯論詞絕句》，八十首中，一大部分是在「牛棚」裏吟成的。此書付印時，筆者偕夏承燾遊北海公園，夏承燾感到無比快慰。說：這是他一生中感到比較滿意的一部著作。

（七）四人幫覆滅以後（一九七六—　）

「四人幫」覆滅，夏承燾再次獲得了新生。消息傳來，無比興奮，他即寫了《筇邊和周（谷城)蘇(步青)二教授》一詩，表達自己的觀感。曰：「笻邊昨夜地天旋，比户銀燈各放妍。快意乍聞收吕雉，論功豈但勒燕然。冰消灼灼花生樹，霞起彤彤日耀天。筋力就衰豪興在，誰同萬里著吟鞭。」笻邊昨夜，地轉天旋。比户銀燈，光彩鮮妍。快意乍聞，收伏吕雉。論功豈但，勒石燕然。灼灼冰消，彤彤霞起。筋力就衰，豪興猶在。問誰同我，馳騁萬里，快著吟鞭。詩篇爲和作，叙説内心感受，懇切、真摯，令人鼓舞。

爲了慶祝這一歷史性的偉大勝利，爲繁榮社會主義文化事業多作貢獻，夏承燾又開始重操舊業，將他舊時的書稿、日記，又搬到書案上來，更加頑强地進行工作。隨著黨的政策的進一步落實，夏承燾的許多著作，所謂「大毒草」，重見天日；在政治上，他自己也得到了平反。一九七八年十一月二十六日，《浙江日報》登載題爲《把事實作爲落實政策的根本依據》的報導中，公開爲夏承燾平反。稱：「夏承燾在全國解放後，熱愛党和毛主席，擁護社會主義，找不到他有什麽勾結帝修反的言行。爲此，黨委專門作了決定：推倒原來强加在夏承燾教授頭上的一切誣陷不實之詞，恢復名譽，徹底平反。」杭州大學黨委委派專人晉京，親自向夏承燾宣佈這件大事。在夏承燾頭上整整壓了十三年的「資産階級反動學術權威」的帽子，纔被摘掉。

一九七九年，夏承燾八十歲。十月，他十分高興地出席了全國第四次文代會。他還先後擔任了中國古代文學理論學會顧問、《詞學》主編和《文獻》顧問。

近幾年來，夏承燾出版的詞學著作十餘種。在吳聞協助下，他一生的積稿，除了《詞例》外，都已整理出來。他寫了六十年的《日記》，也已交付出版。

二　詞學觀點、治詞門徑及主要成就

夏承燾學詩從陸游、元好問、黃景仁三位詩人入手，兼採杜甫、韓愈、王安石、蘇軾、黃庭堅、陳師道、姜夔、楊萬里、范成大諸家之長，以實現其「三唐兩宋都參遍，著力還須魏晉前」的目標；學詞則喜豪亢一路。這與他的性情、襟抱、學問密切相關。有關詩學觀點及治詩門徑，筆者在《〈天風閣詩集〉跋》（載《河北大學學報》一九八二年第三期）中已經闡述，本文著重叙説其詞。

夏承燾治詞，如果從一九二〇年加入甌社算起，至今已六十五年。甌社諸子所作，曾由林鐵尊直接請質於朱彊村、況蕙風二大家。夏承燾的詩詞習作第一次在社刊上問世。夏承燾初學作詩，每苦無元龍百尺氣概。十八歲時，他曾試作閒情詩十首，托名夢栩生寄投《甌括日報》，其一曰：「淡羅衫薄怯輕寒，無賴閒情獨倚闌。昨夜東風今夜雨，催人愁思到花殘。」但是，十九歲時，他曾作六絶句以自警。其一曰：「落花長鯨跋浪開，生無豪意豈高才。作詩也似人修道，第一工夫養氣來。」他十分强調「養氣」的工夫。認爲：哀易入靡，詩境卑下，「非少年所當作也。」初學詞，與初學詩一樣，夏承燾經常「好驅使豪語」。他認爲：中國詞中，風花雪月、滴粉搓酥之辭太多，詞風卑靡塵下，祇有東坡之大、白石之高、稼軒之豪，纔是詞中勝景。平時所作，專喜豪亢一路，而不喜周清真，以爲風雲月露，甚覺厭人。經過師友切磋及自身的刻苦「參」、「煉」，夏承燾對於自己的詞學觀點，不斷加以修正，逐漸領悟詞中真旨。

一九三一年七月三日，夏承燾在《日記》中寫道：

> 接榆生信，謂予詞專從氣象方面落筆，琢句稍欠婉麗，或習性使然。此言正中予病，自審才性，似宜於七古詩，而不宜於詞。好驅使豪語，又斷不能效蘇、辛，縱成就亦不過中下之才，如龍洲、竹山而已。夢窗素所不喜，宜多讀清真詞以藥之。

三十歲前後，這是夏承燾治學道路上的一個重要轉折時期，也是他的詞學觀點趨向於成熟的一個關鍵時期。龍榆生的告誡，對於夏承燾詞學觀點變化、發展，産生過一定的影響。一九四二年，夏承燾記其學詞經歷時曾説：「早年妄意合稼軒、白石、遺山、碧山爲一家，終僅差近蔣竹山而已。」可見，他已從專喜一路，轉而注重兼採衆長。因此，夏承燾治詞不爲某家、某派所局限，而能够在前人成就的基礎上另闢新境。

一九四九年以後，夏承燾開始寫評論文字，有意識地闡明其詞學觀點。夏承燾論詞崇尚蘇、辛，貶斥柳、周，鼓吹「向上一路」。夏承燾指出，詩化、散文化，是詞體的擴大、加深、提高和解放。（《唐宋詞叙説》，載《浙江師範學院學報》一九五五年第一期）他批判李清照的「別是一家」説，提倡「合詩於詞」，（《評李清照的詞論》，一九五九年五月二十四日《光明日報》）並批判周邦彥，謂其「氣短大江東去後，秋娘庭院望斜河」，把詞的路子搞狹窄了。（《瞿髯論詞絶句》）但是，夏承燾的具體論述，卻與時賢之重豪放、輕婉約，簡單的「二分法」，有所區別。夏承燾論蘇軾，謂其「開始把封建意識和市民意識調和起來」，「拿市民文學的形式來表達封建文人的意識」，以爲「由於蘇軾放寬了詞的門路，在詞裏增添了士大夫階層的生活内容，於是宋詞纔有在士大夫階層作進一步發展的可能」（《唐宋詞叙説》）。這是十分中肯的，也是符合宋詞發展的實際情況的。夏承燾論辛棄疾，除了贊頌其英雄氣概外，對於辛詞的風格特點及其成因也有獨到見解。他將辛詞風格特點概括爲八個字：肝腸如火，色笑如花。説：豪放是其人的本色，婉約是其詞的本色，合此二者，成爲辛詞的特色。（《談辛棄疾的〈摸魚兒〉詞——紀念辛棄疾逝世七百五十周年》，一九五七年十月十三日《浙江日報》）並指出：辛棄疾剛强的性格、豪邁的氣概和鋭意北伐的長圖大略，在當時是必不能見容於怯懦偷生的統治集團的。辛棄疾既不甘同流合污，又不能施展抱負，不得暢所欲言，衹有收斂鋒芒，化百煉剛而爲繞指柔。歷史環境和身世遭遇，是辛棄疾詞特殊風格形成的原因（同上）。夏承燾論蘇、辛，頗能得其「佳處」，因此，他之所謂「喚起龍洲鬥豪語」（《謝劉海粟畫家贈墨荷》），切不可簡單地視之爲一般的豪言壯語，或者英雄語，更不可視之爲粗疏浮囂之語。夏承燾論詞，並未忽視其「本色」，而是力圖推舉其地位。

六十多年來，夏承燾全力治詞，他的長短句填詞及有關詞學研究論著，堪稱藝苑典型，足以流傳千古。

（一）關於《瞿髯詞》

六十多年來，夏承燾歌詞創作極爲繁富，他的作品，大多保存在《日記》當中。一九四二年，夏承燾詞曾由逸群、怡和夫婦集中抄録，這是第一次結集，但未付刻。一九七六年，夏承燾避地震客居長沙三月，曾將所作詞編集爲《瞿髯詞》（油印本）二卷。卷上録詞七十四首，爲一九五一年至一九七六年所作；卷下録詞七十八首，爲一九二一年至一九四九年所作。二卷收詞計一百五十二首。無聞注釋。《瞿髯詞》於是年冬油印成册，這是夏承燾詞的第一個刻本，共印行五百册。一九七九年冬，應湖南人民出版社之請，在油印本《瞿髯詞》基礎之上，略事擴選，共得詞三百首，爲《夏承燾詞集》六卷，於一九八一年三月出版。這是夏承燾詞的第一個公開發行的集子。《夏承燾詞集》斷自一九二一年，直至一九八〇年，依作品編年。卷一至卷五，十年合爲一卷；卷六收一九七三年至一九八〇年作品。《夏承燾詞集》六卷，一九八一年三月初版，印行八千四百册；一九八二年八月修訂本，印行一萬册。至此，夏承燾所作詞，已經第三次結集。六卷三百首，雖非全部，卻已可見一斑。彭靖論瞿髯詞，謂其作風與朱彊村早年異趣，晚則同調。説：「夏先生之於朱先生，亦可謂善於揚其長而避其短，故能從理論和實踐上遠承蘇辛之業，變詞史上的變調爲正鵠，其有功詞學，當代實罕其匹。」（《〈夏承燾詞集〉書後》）彭靖所説乃體會有得之言，符合瞿髯詞實際情況。

（二）關於《唐宋詞人年譜》和《唐宋詞論叢》

這是夏承燾的兩部力作。

《唐宋詞人年譜》（上海古典文學出版社，一九五五年出版），計十種十二家。即：韋端己、馮正中、南唐二主、張子野、二晏、賀方回、周草窗、温飛卿、姜白石、吴夢窗。十二譜中，尤以温飛卿、姜白石、吴夢窗三繫年，最見功力。朱祖謀曾稱贊其夢窗事迹考證，説：「夢窗繫屬八百年未發之疑，自我兄而昭晰，豈非詞林美譚。」（《詞學季刊》創刊號）日本學人清水茂，也曾撰專文評介，表示高度贊賞。認爲：「作者對各詞人之行實，作甚周詳仔細之探索，使讀者引起甚深長之興味；許多訛誤之傳説，亦於此得到糾正。」（見一九五七年十月六日《光明日報》）《唐宋詞人年譜》，已成爲治詞業者，人人案頭必備之書。

《唐宋詞論叢》(上海古典文學出版社,一九五六年版)是一部有關詞樂及聲律問題的專著。全書收入論文十二篇及附録五篇,内容包括:唐宋詞聲韻問題,詞樂、詞譜問題以及作家作品行實、本事和詞書整理考訂方面的問題。其中有關白石歌曲的考證文字,是夏承燾的成名之作。近代詞學大師朱祖謀曾親予審閲指正。夏承燾還依據近人陳澧有關白石譜譯法,將白石十七譜用今工尺全部譯出,對於理解、接受姜白石所遺留下來的寶貴詞樂財富,做出了貢獻。此外,書中有關字聲、音韻的考辨,也極爲精細。夏承燾的考辨,立足於具體詞例,立足於作家創作實際以及詞體演變的實際,而不是脱離内容的空談。這是夏承燾多年研究的集成之作。王仲聞説:「(此書)對於唐宋詞之聲律,剖析入微,前無古人。」(新版附録《承教録》)

(三) 關於《姜白石詞編年箋校》

夏承燾《姜白石詞編年箋校》(上海古籍出版社,一九八一年新一版),全書凡五卷,又不編年一卷,外編一卷,對於姜白石八十多首詞,加以箋校。卷首有《論姜白石的詞風》爲代序,還有《輯傳》與《白石詞編年目》;卷後有《輯評》、《版本考》、《各本序跋》、《白石道人歌曲校勘表》、《行實考》等爲附録。箋校者幾乎將所有關於白石詞的資料匯於一編,這是詞學研究中的有益之舉。

姜夔爲宋詞一大家,後世對他的重視,不僅是因爲他的詞清剛疏宕,在兩宋詞壇獨樹一幟，而且，還因爲他留下了十七個歌曲旁譜，在某些詞作小序中，記録下有關詞的樂律資料，成爲寶貴的詞樂文獻。夏承燾對於白石詞中所涉及的問題，諸如宮調律吕以及「鬲指」、「住字」、「落腔」等專門術語，一一進行考訂和箋釋；此編可爲白石聲學之小百科全書。

夏承燾治詞六十餘年，著作等身，現在雖已八十五高齡，腦力日衰，但仍手不離書卷，日以吟詠之事爲樂，並仍熱情導引後進，爲諸生修改填詞習作。其人其詞，其文章德業，爲學界共敬仰。

及門晉江施議對敬撰

附記：此爲未刊稿。撰寫於一九八四年五月，在北京中國社會科學院文學研究所。時，瞿師仍健在。文稿撰成，曾獲審訂。

第二節　夏承燾先生論詞的造句

一九六四年秋，余負笈遊杭，得從夏瞿禪（承燾）師學詞。除固定時間上課外，瞿師常利用散步、遊湖機會，傳授治詞心得。一九七八年秋，余晉京攻讀學位，又得隨侍左右。先生晚年，腦力日衰，然於倚聲此道，仍甚精敏。余有所作，每呈上求正。先生不僅善點化，還能究其緣由：個中三昧，盡於有意無意中得之。因就記憶所及，追述若干片段以饗讀者，並作爲對瞿師之永久紀念。

一 單句

單句，或稱奇句，這是詞中最精彩，也是最關鍵的句子。這一句子在整首詞中有著特殊的功用。這一句子作得好與不好，往往關係到整首詞的成功與失敗。

一般講，小令的單句在末尾，長調居中。當然，小令的單句也有在中間的。前人填詞有兩種辨法：一爲先做「精」，先想好最精彩的一句，然後由這一句生發開去，敷衍成篇；一爲做「整」，起承轉合通篇想好，一氣貫注。兩種辨法各不相同，但對於其中的單句，卻同是很講究的。寫詩也是這樣。如絶句，許多人先想好最後一句，而律詩則多半從中間的兩個對句作起。這都是前人所説的先做「精」。

《望江南》是詞中的小令，全詞僅五句。一、二兩句爲長短句，三、四兩句對仗，最後一句爲單句，自成一句。温庭筠的《望江南》（梳洗罷）寫一位女子等待所愛的情形及其失望心境。

從清晨寫到黄昏，至「水悠悠」處，情事已畢。卻另以「腸斷白萍洲」作結，論者以爲畫蛇添足①。實際上，最後一句乃至關緊要。這一句爲全詞主腦：腸斷由獨倚、望、過盡等一系列具體情事逼出；白蘋洲關合全詞相思之情。二者並非上述所寫的簡單重復，而是全詞的總結。這是單句做得很好的例子。而皇甫松的《夢江南》二首，單句則並不成功。

小令中的《浣溪沙》，上下兩片的第三句均爲單句。這一句要頂兩句用，與前兩句構成三足鼎立之勢。張泌的《浣溪沙》下片：「天上人間何處去，舊歡新夢覺來時。黄昏微雨畫簾垂。」此爲悼亡詞。前兩句相對，一説死者，一説生者。極爲其死生難忘之情。後一句融情入境，説夢醒後寂寞悵悵之情景。不脱不黏，不僅爲上二句小結，亦可統帥全詞。這也是單句做得好的例子。而晏殊的《浣溪沙》下片：「無可奈何花落去，似曾相識燕歸來。」這對句做得很好，是一聯强對。下面的「小園香徑獨徘徊」，相形之下，就顯得遜色，不能與之匹配。

此外，小令中的單句也有居中的，但它往往被忽視。例如《臨江仙》，上下兩片各五句，開頭兩句爲六言對句，後面兩句爲五言對句，中間一句獨立，爲單句，構成「六、六、七、五、五」句式。中間單句很重要。晏幾道《臨江仙》（夢後樓臺高鎖）的單句「去年春恨卻來時」，就做得很有波瀾，能够震動全詞。開頭「夢後樓臺高鎖，酒醒簾幕低垂」，這是今年春天的情事，但這裏，偏偏想到「去年」，這就使得詞中情感變化顯得曲折多姿。

一般人填製《臨江仙》，衹想把「落花人獨立，微雨燕雙飛」作好，時常忘記這當中的這個七言句。

以上是小令。至於長調，單句一般在上下片的居中位置。這也是詞中的一個關鍵部位。例如《賀新郎》，上下兩片的第六句（第四韻）就是個單句，必須特别講究。全詞作得好與不好，就看這一句。這一句震動得起，全詞就有力量。總的要求，這一句最好要能承上啓下，即使未能承上，也須啓下。辛棄疾的《賀新郎》（緑樹聽鵜鴂），上下兩個單句都作得很出色，是以斡旋全詞。辛棄疾的另一首《賀新郎》（鳳尾龍香撥），就作得不太理想。「千古事，雲飛烟滅。」衹承上，未能開下。上面講了很多有關琵琶的故事，從楊貴妃、白居易一直到王昭君，即所謂「千古事」，至此一筆掃光，所謂「雲飛烟滅」，即不必再提了，這是震動得起的。但是，這句子承上的意思太多，接著説，現在更是悲傷（「彈到此，爲嗚咽」），就覺得没力量，可見啓下較差。

二　對句

做對，也是一種聯想，必須講究思維方法。所謂「言之不足而重言之」，就是其中的一種方法。重言之，即反覆言之，目的在於加重情感。但是，僅僅是這一方法，也還是很不够的。好的對句，還必須見出層次，要變化其姿態。中國的文字，形爲方塊，字爲單音，有特點，便於做對；外國的文字則不好做對。初學做對，求工整，到後來，就覺得太工整並不好。老是天對地，不見得高明。《文心雕龍・麗辭》曰：「反對爲優，正對爲劣。」所謂「反對」，就是强調差別，强調對比，强調變化。好的對句，常常是一正一反，反句放在後面。「江天漠漠鳥雙去，風雨時時龍一吟。」第一句可以入畫，第二句未能及，不算好的對句。善做對者，必定善於做反對。一情一景，或一大一小，一遠一近，要有差別，完全一樣就不好。兩句最忌合掌，大家集中不曾見，如有，就是很大的毛病。

辛棄疾有一首《滿江紅》(風卷庭梧)，上片對句：「天遠難窮休久望，樓高欲下還重倚。」一遠，一近；一顯得無能爲力，一又説欲罷不能。所寫乃《離騷》情緒，並且很曲折。一方面感到國家已不成樣子，不忍久望，一方面又不肯就此罷休，還是再一次倚樓遠望。兩句當中，第二句轉折，含意更其深；如果衹説無能爲力，没有這一句，那麽，辛稼軒也就不成其爲辛稼軒了。

辛棄疾另有一首《滿江紅》(湖海平生)，上片對句：「此老自當兵十萬，長安正在天西北。」二句都是「大」的句子，但又有所區別。一説「此老」本領很大，一説「此老」很有志向。屬於反覆言之，卻不是一句話分作兩句説，意思並不重復。

詞的對句如在一首詞的中間，不僅要求對句自身要做好，而且要求這對句對後面的句子發揮一定的作用。例如辛棄疾詞中的對句，「天遠難窮休久望，樓高欲下還重倚」，就在於爲全詞的情感變化蓄勢。因爲有這一對句，以下的「拚一襟、寂寞淚彈秋，無人會」，就顯得更加有力量。讀到這裏，讀者不能不爲之感到不平：詩人對於國家和民族有如此深厚的感情（既無能爲力又欲罷不能），卻無人瞭解。

三　長短句

詩多齊言，詞則參差不齊，故秦觀稱其詞爲《淮海居士長短句》。詩句均勻、對稱，具有整齊美，詞則具參差美。長短句是詞在形式上的一個主要特點。

長短句表現情感，其作用有二：一是表現激動的情感狀態，二是表現深長的情感變化。《詩經》中的《伐檀》，句式參差不齊，樂府中的《上邪》，句式也多變化，都是長短句，都表現激動的情緒。前者指責素餐者。曰：「不稼不穡，胡取禾三百廛兮。不狩不獵，胡瞻爾庭有縣恒兮。彼君子兮，不素餐兮。」②情緒甚爲激動。後者説情愛。大聲疾呼：「上邪，我欲與君相知，長命無絶衰。山無陵，江水爲竭。冬雷震震，夏雨雪。天地合，乃敢與君絶。」③斬釘截鐵，態度十分堅決。這是激動的例子。至於深長，就是把話説得婉轉，「以清切婉麗爲宗」，這也是以長短句表現爲宜。

用長短句表現激動的情感，有兩種方式：一爲噴進式，二爲翻騰式。前者如陳亮的《水調歌頭》(不見南師久),過片曰:「堯之都,舜之壤,禹之封。於中應有一個半個恥臣戎。」詩人把一個三字短句和一個十一字長句連接在一起,要說的話一口氣倒將出來,但又顯得突兀不平,體現出憤慨的情緒。後者如蘇軾的《八聲甘州》「有情風萬里卷潮來,無情送潮歸」,則猶如潮水一般,翻騰作勢,富於姿態,這是激動情感的另一種表現形態。

用長短句表現深長的情感變化,也有兩種方式:一爲吞咽式,二爲摇曳式。摇曳式比吞咽式輕鬆一點。前者如辛棄疾的《摸魚兒》:「更能消幾番風雨,匆匆春又歸去」。詩人的一腔忠憤,並不直說,而是「從千回萬轉中倒折出來」④。後者如蘇軾的《水龍吟》(似花還似非花),時而被風吹得很高很高,所謂「春色三分,二分塵土,一分流水」,境界甚寬闊;時而被風吹落,所謂「細看來不是楊花,點點是離人淚」,一下子垂了下來。楊花的姿態,摇曳春如綫,甚是動人。

作詞要善於發揮長短句的作用,這是詩所難以辦到的。充分發揮長短句在表達情感上所具有的特殊作用,真正做到「能言詩之所不能言」⑤,詞纔能填得好。

四　齊言句

詞中齊言在表達情感上,也有其不可忽視的作用。長短句多變化,宜於表達齊言句所不易表達的思想情感,而雍容典雅的情感,則以齊言表達較爲適合。二者乃未可偏廢。問題是，如何將齊言句作好，作得像長短句一樣，富有動意，富有姿態。

詞中的齊言句，主要指四言句與六言句。四言句或六言句，在詩中運用，可能顯得呆板；在詞中運用則不然。安排得當，能有許多變化。將齊言句作得多變化、姿態飛動的辦法，大致有三：一是意動，在創造意境上下功夫；二是形動，在句式配搭上多講究；三是聲動，用拗句，增加美聽。

例如《水龍吟》，上片八個四言句，下片九個四言句。全詞二十三句，四言句占十七個。如何將此調寫得動宕，就得花費心力。蘇軾是第一個能體會《水龍吟》聲情的作者。他的「楊花詞」不僅靠長短句的變化以增添搖曳的姿態，而且善於創意，利用自己獨特的構思，將齊整的句式變得飛動起來。蘇軾其他詞作，衹是意境開闊，寫得大，少見如此動宕。辛棄疾有《水龍吟》十三首，在聲情配搭上，他比蘇軾更富有經驗。辛棄疾的《水龍吟》（楚天千里清秋）便爲其中最爲出色的一首。這首詞寫山寫水，角度不同。水，平寫，從「我」的角度寫，純爲寫景；山，反寫，從對面寫過來，已有牢騷情緒。「落日」三句雖仍爲寫景，卻將上述「愁」與「恨」進一步具體化。落日喻國家形勢，斷鴻、遊子寫個人飄泊身世。接著由景過渡到情，把「意」寫出來。最後説衹有美人纔能理解「我」，照應上結的「無人會，登臨意」。全詞波瀾起伏，層折多變，因有一股英氣貫注其間，也就顯得秩序井然，很有章法。因此，這首詞雖然有許多齊整的四言句，由辛棄疾這大手筆作來，便充滿生機。

又如《沁園春》，上片十一個四言句，下片八個四言句。全詞二十五句，四言句占了十幾個，也是必須盡力避免呆板的。辛棄疾所作，一是大膽以賦體入詞，使之具有排山倒海之勢；一是注意聲音變化，使之顯得姿態飛動。辛棄疾有《沁園春》十三首，大都作得很成功。這裏專講聲音變化，即用拗句。《沁園春》開頭第三句用拗句，爲「仄仄仄平」句式，變換聲調，一般能收到良好的效果。辛棄疾《沁園春》（我見君來）曰：「我見君來，頓覺吾廬，溪山美哉。」「美」爲上聲，代替去聲（陽上作去），一開頭就讓人覺得不平凡，是神來之筆。謂：我看到你來，纔覺得我住的地方，我周圍的溪山特別可愛。三個四言句，寫出對「君」的喜愛。「美」與「佳」，意思相近。若改成爲「佳」，平聲，力量就不足。用去聲，聲情配搭很得當。辛棄疾所作《沁園春》，其中十二首於開頭第三句用拗句。

詞中的齊言句，最忌作呆板，但也不能作得輕飄飄。例如蔣捷《一剪梅》「紅了櫻桃，緑了芭蕉」，這就是失卻齊言句所固有的莊重典雅之美。

五　疊句

兩句相疊，兩個字面上完全一樣的句子連結在一起，即一句話説了兩遍，這種造句法，近詩體中絶對見不到，是詞中開始運用的。讀者必須於詞句之外，細心體會其情與感，纔不致辜負作者的用心。

辛棄疾有《東坡引》三首，其一下片云：「夜深拜月，瑣窗西畔。但桂影，空階滿。翠帷自掩無人見。羅衣寬一半。羅衣寬一半。」此詞寫兒女情事。夜深拜月，在無人所見之時，突然發現：衣寬人瘦。末了兩句重覆，表驚嘆。另一首上片云：「花梢紅未足，條破驚新緑。垂簾下遍闌干曲。有人春睡熟。有人春睡熟。」此詞寫春睡美人，一再吩咐，走路輕一點，輕一點，勿可將她驚醒。重覆著説，表囑咐。體驗真切，表現深入細微，也正是疊句的妙用。

辛棄疾另有一首《醜奴兒》，詞曰：

少年不識愁滋味，愛上層樓；愛上層樓，爲賦新詞强説愁。　而今識盡愁滋味，欲説還休，欲説還休，卻道天涼好個秋。⑥

上下兩片的疊句，也是精心構造的。其中「愛上層樓」兩句，中間要停頓，用分號，「欲説還休」兩句，則分不開，要連著讀，用逗號。毛澤東所作《採桑子》，上下兩片疊句，也是有所區别的。「不似春光；勝似春光」，中間要用分號，「歲歲重陽，今又重陽」，兩句連在一起，用逗號。認真體察，必能探知其奧秘。

朱祖謀的《東坡引》末三句云：「鄰兒欲問承平事。新年明日是。新年明日是。」謂：世事不堪回首，不要問了，明天就過新年。拒絕的話，如改爲「休問」或「莫問」，就没有力量，答覆時又兩句重覆，表現無限感慨，同樣要於言外得之。

六　短句

二字短句，詞中常見。後來並用之於曲。有的詞章，其中若干二字短句，看似零零散散，實則語氣聯屬，頗有情致。

温庭筠有《河傳》三首，其一曰：

湖上。閒望。雨蕭蕭。烟浦花橋路遥。謝娘翠娥愁不銷。終朝。夢魂迷晚潮。蕩子天涯歸棹遠。春已晚。鶯語空腸斷。若耶溪。溪水西。柳堤。補聞郎馬嘶。⑦

結尾兩句，用長句作法做短句，一氣流貫，且其音節又特别美妙，真乃詞中妙手。

辛棄疾的《唐河傳》，自謂「效花間體」。結云：「那邊。柳綿。被風吹上天。」寫夢境，用的也是温詞技巧。

七 拗句

平仄不協調的句爲拗句，詩中已有此例。「拗」乃爲「協」的反動。唐詩做到杜甫，平仄協得很嚴格，做得太俗了，必然有人出來「反」，作拗句。但是，拗句的不協調，其中也還是有規則的。詩中拗句，講究互救，詞中拗句，則不必救。

拗句的好處，在於能够給人於一種不平凡的感覺，具有擊撞之妙。有節奏的聲音固然好聽，當中出現擊撞，就更好聽。詞中用拗句，在聲音上，往往能够取得良好的效果。

詞中用拗句，不僅爲美觀，更重要的乃在與情感變化相應合。辛棄疾《賀新郎》（緑樹聽鵜鴂），賦别情，「啼到春歸無尋處」與「易水蕭蕭西風冷」，均用「仄仄平平平平仄」句式。尋、風，平聲，拗，引起注意，暗示將來精彩的。前一句用拗，提醒一下，謂將有小的變化，後一句用拗，進一步預示，以下將有大的變化。

詞中用拗句，是爲抒寫情感活動服務的。一般講，表達激動的情感，應當用拗句。如辛棄疾的《賀新郎》（路入門前柳）有句：「歲晚淒其無諸葛，惟有黄花入手。」諸字平聲，拗。謂：希望得到孔明這樣的人作知己，卻祇有黄花相伴。心情沉重，用拗爲宜。但也有拗怒的情感用平調來抒寫的，如「萬木無聲待雨來」，就用一般的律式句。填詞，表達情性，究竟拗與不拗，要依實際需要而定。如「鳥倦飛還平林去」（辛棄疾《賀新郎》「路入門前柳」），没有甚麼不平的情緒，可不用拗；「白髮空垂三千丈，一笑人間萬事」（辛棄疾《賀新郎》「甚矣吾衰矣」），牢騷滿腹，就當用拗。

八　攤破句

依據情感變化發展的需要，將原來的句式打亂，作攤破句以增强其藝術表現能力，不可籠統地稱之爲違反格律規定。詞中攤破句，不拘一格。

蘇軾《水調歌頭》「不知天上宫闕，今夕是何年」，作「六、五」句式，原來走「四、七」句式，當於「不知天上」點斷。蘇軾所作，便是攤破的一種。此後，「六、五」與「四、七」兩種句式並用，如「别離亦復何恨，此别恨匆匆」（辛棄疾《水調歌頭》「我飲不須勸」）及「君如無我，問君懷抱向誰開」（辛棄疾《水調歌頭》「官事未易了」），究景何者爲原來句式，何者爲攤破句，已是難以分辨。詞的格律非常嚴謹，但是，攤破句的出現，説明嚴謹當中仍有可通融之處。

此外，所謂攤破句，並非衹是將原來的句式拆散，合併原來的「散」句，也是攤破的一種方式。例如《水龍吟》的結句，依律當爲「五、四、四」句式，蘇軾以「細看來不是楊花，點點是離人淚」作結，變爲「七、六」句式。這裏，三句併作二句，感情躍動突破了句例，文意一氣貫穿到底，顯得更有力量。又如《粉蝶兒》開頭，依律爲「四、六」句式，辛棄疾所作當斷爲：「昨日春如，十三女兒學繡」這句式，不僅文意不通，而且念起來也很彆扭。我覺得，還是將這兩句連起來，合爲一個長句較爲合適。這二例，都屬於攤破。

詞中攤破，既爲了疏通文意，也爲了體驗詞調的音樂美，值得探討。

第三節　夏承燾與中國當代詞學

本世紀以來，中國詞學發展史進入了新舊交替的時代。一方面，清季五大詞人——王鵬運、文廷式、鄭文焯、朱孝臧、況周頤，繼續維護傳統論詞標準與方法，將舊詞學推向其終極發展階段：另一方面，王國維標舉境界説，以境界説取代傳統論詞標準與方法，開創了中國新詞學。本世紀以來的中國詞學既是清季詞學的繼續，又受到新文化、新思潮、新學説的影響，不斷發展演變，不斷形成自己的特色。至今，中國詞學已成爲新時代一門獨立的文學研究學科。作爲「一代詞宗」夏承燾先生，就是在這一新舊交替的歷史背景下開始其治詞生涯的。夏承燾先生的治詞業績隨著本世紀以來詞學的發展而發展，並爲其增添了新的内容；所謂繼往開來，他對於建設中國當代詞學有著舉足輕重的作用。研究中國當代詞學，不能不從此入手。

一

先生是本世紀的同齡人。其詞學觀念的演變及詞學業績的建樹，與本世紀以來中國詞學的發展進程有著密切的關係。拙文《百年詞通論》曾將近百年來詞的發展史劃分爲三個時期：（一）清朝末年至民國初期；（二）「五四」新文化運動至抗日戰爭時期；（三）中華人民共和國誕生至開放、改革新時期⑧。有關詞學事業，其興盛與衰微，與這三個時期的詞創作基本上是同步發展的。先生是這三個時期詞學變革的積極參加者及詞學建設的宗匠。

在中國當代詞學發展的最初時期，即清朝末年至民國初期，先生尚年幼，正處於求學階段，但與詞學已結下了不解之緣。

先生在温州師範學校讀書時，對於詞學就有了興趣。他所填製的第一首詞《如夢令》末二句曰：「鸚鵡、鸚鵡。知否夢中言語。」當時的國文老師張震軒曾用濃墨在句旁加了幾個大圓圈。這是一個十四歲學生所填製的詞。六十年代初，在向研究生及助手介紹治學經驗時，先生回憶道：這幾個濃墨大密圈，至今對我仍有深刻印象，好像還是晃耀在我的眼前。」⑨這是先生倚聲填詞的最初嘗試。

先生是一位天才詞學家。他對於天賦之靈性頗爲重視。一九一六年六月十一日，在日記本上曾有這麽一段記述：

晚飯後與家人坐庭下，閒談予家昔年事。父親謂當十餘年前，金選卿公設帳，予時方二、三歲，頭上生異瘡，晝夜號啕，惟金公抱之外庭，見庭聯即破涕爲笑，且目注聯上字，下少瞬。因大奇之，嘗囑告家人曰：是子未離乳臭，即知如此，他日必善讀書云云。噫！予生性駑鈍，年已弱冠，而尚屑瑣自牽，虛度韶光。視諸古人，既不能如終軍之稱纓，爲國家建勳立業，又不能如李長吉之賦高軒，王子安之賦滕王，以文章見重公卿，乃上蒙先人虛許如此，實所不解。謹述於斯，其亦以之當座右銘，勤勵來日。雖不敢望必達金公之言，希幸不致無聞於世與草木同腐焉也可。⑩

先生並曾在日記中記下這樣一個夢，謂其前身爲宋真宗云云⑪。但是先生更加重視的還是後天的努力。他說：「我曾經諧笑地告訴一位朋友，『笨』字從『本』，『笨』是我治學的本錢。」他的成就，他的詞學建樹，就是在「笨」字上下功夫而取得的。

先生說：「十五歲到二十歲，是我學習很努力的時期。」温師課目甚多，有讀經、修身、博物、教育、國文、歷史、人文地理、幾何學、礦物學、化學、圖畫、音樂、體育以及英文、西洋史等十幾門課程。他因爲一開始就潛心於古籍之中，對於英、算等學科，常常是臨時抱佛腳，採取應付的態度，絕大部分的自修時間，都用於讀經、讀詩文集子。那幾年，每書到手，不論難易，必先計何日可完功，非迅速看完不可。並說：一部《十三經》，除了《爾雅》以外，他都曾一卷一卷地背過。記得有一次，背得太疲倦了，從椅子上直撲向地面[12]。

以上是求學階段的情況。此後，在治學道路上，先生的求索大致可分爲三個階段：探索階段、創造階段、發展變革階段。這三個階段就是在中國當代詞學發展的第二、第三時期進行的。

（一）探索階段（一九二〇—一九二九）

師範畢業後，先生到温州任橋第四高小任教職，並曾參加温州當時的詩社組織——慎社及甌社。社友中劉景晨、劉次饒、林鵾翔、梅雨清、李仲騫等，於詩學均有甚高造詣，一起談論詩詞，論辨陰陽，頗多獲益。由此，先生於舊體詩詞創作，漸識門徑，並發表習作，開始其治詞生涯的探索階段。但因其無有機會上大學，進一步深造，又苦無名師指點，其探索過程是經過一番周折的。

一九二一年七月，先生應友人陳純白招，赴北平《民意報》任副刊編輯，得到了北遊機會。同年十一月，轉向西北，在西安中學任教。一九二五年，兼任西北大學國文講席。三四年間，往返北平、西安、温州之間，廣泛接觸社會，並在西安實地考察古代長安詩人行迹，爲其詩詞創作及學術研究工作積累豐富的感性知識。這時，先生研究計劃甚爲龐大。他曾發願研究宋代歷史，妄想重新撰寫一部《宋史》，或者編撰《宋史別録》《宋史考異》以及編著《中國學術大事記》。這是剛剛步入社會，對於做學問的初步設想。

一九二五年秋，先生由西北返回浙江，先後在温州甌海公學、寧波第四中學及嚴州九中任教，得到兩次廣泛讀書的機會，爲其進一步學習與探索打下紮實的基礎。到温州時，瑞安孫仲容的「玉海樓」藏書及黃仲弢的「蔘綏閣」藏書已移藏於温州圖書館。爲方便讀書，先生將家移至圖書館附近。兩年時間，他幾乎把孫、黃二氏所藏書本本都翻過，並將閲讀心得札入日記。一九二七年下半年，先生到嚴州。嚴州九中原是州府書院，有州府藏書樓。先生發現一個藏書閣，裏頭盡是古書，甚是喜出望外。尤甚是，其中有涵芬樓影印廿四史，浙局三通嘯園叢書等，更是如獲一寶藏。同樣，在一、兩年時間內，先生將許多有關唐宋詞人行迹的筆記小説以及有關方志全都看了。但此時，對於如何做學問，仍然把握不定。所謂早晚枕上，思緒萬千，常苦無人爲一決之，正是上下求索而又未有結果的體現。

在上下求索的過程中，海闊天空，浮想聯翩，其思路是相當寬廣的。先生曾在日記中寫道：「世方群趨於救國救民之大計，乃兀兀終日爲古人考履歷（指作《詞林繫年》——筆者），屢欲輟之。」⑬並寫道：「年來治舊學嫌瑣碎支離，無安心立命處，頗欲翻然改習新文學，又苦不解西方文字。年齒漸長，尚在徬徨求索中，愧懼交作。」⑭先生廣泛讀書，上下求索，並非「兩耳不聞窗外事」。他希望自己的工作能够有益於社會，即有益於救國救民之大計。他也發覺舊的治學方法的某些局限，對於胡適等新學鉅子「以科學方法治舊學」的鼓吹頗爲關注，希望自己的工作能够跟上時代的發展。但是，他又並不盲目地趨時趨新。他是經過反覆思考並在實踐中不斷試驗，纔堅定走自己的路的。即，經過將近十年時間的探索，至而立之年，他纔真正認定目標——以詞學作爲自己終生爲之奮鬥的事業。對於這一抉擇，先生是充滿信心的。一九二九年九月十八日，先生在日記中寫道：「年來讀書，時有不入時之想。細思真人生，在能各發揮一己之才性，何必媕阿附俗，强所不能。我國文學待墾植掘發之地尚多，止看其方法當否耳。不入時何足病哉。任公、静安，皆獨有千古。」⑮這是先生經過自己的探索所得出的結論。

(二) 創造階段(一九三〇—一九四九)

一九三〇年，先生三十一歲，由嚴州九中轉之江大學任教。先生到之江，標志著他治學道路的一個大轉折，即：由探索期轉向創造期。

先生在治學道路上所做的探索及抉擇，除了其主觀因素之外，當時的詞壇局勢也從客觀上産生了一定的推進作用。本世紀以來，中國詞學發展史上的新舊交替進行得甚爲緩慢。清季五大詞人——王、文、鄭、朱、況，出生於道咸期間(一八二一—一八六一)，活動於同光期間(一八六二—一九〇八)，除了王鵬運、文廷式，鄭、朱、況三人都進入民國。他們是晚清詞業中興的代表人物，又與本世紀以來的中國當代詞壇有著直接或間接的聯繫。清末至民初，新一代作者已登上詞壇，王國維的《人間詞話》及《人間詞》也以一種嶄新的面目出現於詞壇，而新的力量仍然未能與傳統的勢力相抗衡，詞壇上仍以復舊勢力占主導地位。這一局面，一直到「五四」新文化運動纔被衝破。拙文《百年詞通論》曾將「五四」新文化運動至抗日戰争時期，亦即中國當代詞學發展的第二個時期的詞業隊伍劃分爲三派：解放派、尊體派、舊瓶新酒派。這一時期，南北詞壇發生了許多變化，詞業活動甚爲踴躍。一方面，以胡適、胡雲翼爲代表的解放派，將王國維的學説進一步發揚光大，並倡導「以科學方法治舊學」，另一方面，北平、天津、上海、南京的尊體派，廣泛結集詞社直接將清季詞業繼承下來，繼續沿著舊學的方向往前走。但是，兩派力量未曾形成對壘局面，直至抗日戰爭爆發前夕，南北詞壇均在尊體派的統治之下。先生之走上治詞道路是與尊體派及其祖師爺——朱孝臧的直接誘導密切相關的。師校畢業後，剛纔進入探索階段，在慎社及甌社填詞，先生就得與尊體派詩友、詞友接觸。其中林鵾翔即爲本世紀以來中國當代詞壇第一代作者⑯。亦即當代詞壇早期尊體派代表人物之一。先生曾通過林鵾翔將詩詞習作轉呈朱孝臧、況周頤二大師審正。在十年探索階段中，先生時常以朱孝臧的治詞業績爲目標，摸索前進的路。一九三〇年，當先生處於探索及抉擇的關鍵時刻，經由龍榆生介紹，曾三次赴滬拜謁朱孝臧，並得到其具體指導。這是先生治學道路上的一件大事。四年之後某日，先生曾在日記中寫道：「夜閱嚴州日記，念僻居山邑，如不交榆生，學問恐不致有今日。」⑰先生十分重視這段情誼，而且從此以後，詞境大進，詞學業績日益顯著。

十年探索階段，雖難免「貪多不精」，但已經有所側重。即，依據平時興趣愛好和積累，先生已逐漸傾向於詞學研究。他景仰尊體派的祖師爺，除了詞的創作以外，尤其是欽佩其考訂方面的業績。在探索階段，先生以前輩詞學家爲榜樣，已在詞學校勘及詞人譜牒方面做了大量工作。至一九二九年十月，先生已完成《白石道人歌曲考證》以及詞人年譜、詞集考訂等多種著作。步入三十年代，加上名師指點，並且進一步廣泛結交朋友，擴展視野，先生已逐漸成爲詞界的中心人物。一九三〇年，夏敬觀在上海結午社，社友十五人，先生就是其中之一[18]。一九三二年，先生第一篇學術論文《白石歌曲旁譜辯》，由顧頡剛推薦，在《燕京學報》（十二期）發表，即爲學界所注目。一九三三年四月，《詞學季刊》創刊，先生與龍榆生，一個撰年譜，一個著詞論，每期發表文章，成爲這個刊物的兩大臺柱。直至一九三六年九月，季刊出了十一期。夏、龍二氏，成績卓絶。同時，先生在之江大學文理學院中國文學系任教期間，曾創辦詞學研究會，深受學生歡迎。

先生認定目標，專致治詞，乃以尊體自命，以前輩爲師承，並自勉爲學者。他是作爲尊體派的代表人物而馳騁於南北詞壇的。但因其生性豁達，襟懷寬大，卻不爲門户派别所限。先生治詞，雄心勃勃。從他進入創造階段起，就想在詞史上另闢新境。他曾在日記中寫下這麽一段話：「思中國詞中風花雪月、滴粉搓酥之辭太多，以外國文學相比，其真有内容者，亦不過若法蘭西人之小説。求若拜倫哀希臘等偉大精神，中國詩中當難其匹，詞更卑靡塵下矣。東坡之大，白石之高，稼軒之豪，舉不足以語此。以後作詞，試從此闢一新途徑。王静安謂李後主詞『有釋迦、基督代人負擔罪惡意』，此語於重光爲過譽。中國詞正少此一境也。」[19]因此，在整個創造階段，先生追求目標乃甚爲遠大。

抗日戰争爆發，詞業發展喪失了相對安定的社會環境。擺在所有詞家、詞論家面前的現實是：山河破碎，失所流離。所謂「文章合爲時而著，歌詩合爲事而作」[20]，「爲時」、「爲事」，已成爲中國當代詞壇所面臨的一個嚴重問題。此時，尊體派詞人已無法像過去那樣，拘拘於社課中討生活，而詞壇上的另一派——舊瓶新酒派，則得到進一步發展的機會。抗戰期間，不少作家將社會動亂所産生的滄桑之感及悲憫之懷，一寄於詞，使得詞的品質及其社會功能大爲提高，出現了一批堪稱「詞史」的作品，即「抗戰詞」。這期間，先生入樂清雁蕩山，在浙江大學龍泉分校任教，有感於國家、民族的前途命運，也創作一批「有淚爲蒼生」[21]的篇章。所謂另闢新境，先生因此在詞學領域找到了用武之地。

抗戰勝利後，先生重返杭州，任教浙江大學文學院。

從一九三〇年至一九四九年，在先生的治學道路上，這二十年，既是創造期，又是豐産期。這期間，除了完成《唐宋詞人年譜》的編撰工作之外，收入《唐宋詞論叢》的若干重要論文，也是這時的産品。同時，先生所作詞也在這期間第一次謄録成集（詳下文）。

（三）發展變革階段（一九四九——一九八六）

經過戰亂的四十年代，進入五十年代，人們又回到安定的社會環境當中來；除舊佈新，百業待興，詞這一特殊詩體也以一種嶄新面貌出現於新時代詩壇。中國當代詞學發展史的第三個時期，即由此打開了新的一頁。這一時期，將近四十年，詞學發展大致可分爲三個階段：一、批判繼承階段(一九四九——一九六五)；二、再評價階段(一九七六——一九八四)；三、反思探索階段(一九八五年以後)。先生的詞業活動同樣跟隨著這三個階段詞學的發展而發展。

一九四九年後，詞學事業開始其批判繼承階段的工作。此時，大批長期從事詞的創作和研究工作的詞學家，重新登上大學講臺和有關文化學術崗位，詞學事業得到社會的重視與支持，有關論著一批批從抽屜底下搬將出來出版。同時，許多老專家(當時正當盛年)，無論是解放派或者是尊體派，都嘗試「舊瓶裝新酒」，用這特殊詩體謳歌新時代，贊頌新社會，並且努力培養自己的接班人。一時間，中國詞業似頗有振興之勢。這是本世紀以來中國詞學發展史上的一個黄金時代。先生步入這時代，年方五十，其詞學業績因此而大放光彩。先生的一大批著作，諸如《唐宋詞人年譜》《唐宋詞選》《白石詩詞集》以及《唐宋詞論叢》等，一版、再版，均在此時問世。

但是，五十年代後期，直至六十年代中，中國詞壇局勢發生了激烈的變化：先是「教改」、「大批判」，對於一九四九年以來所謂「復舊」進行一次小清算，在大學講臺上，將詞及其他古代文學作品驅逐出境；再是三年困難時期的所謂「復辟」，進行一次小反覆，讓詞及其他古代文學作品得到生存、發展的間隙。這是中國當代詞學進入第三個發展時期所經歷的一次變化與變革。其時，爲適應形勢的變化與變革，先生對於自己的治詞事業作了一番調整。

第一，先生在解放前一二十年所作校勘、考訂的基礎上，開始寫作詞論詞評。諸如《李清照詞的藝術特色》《李清照的豪放詞》《評李清照的〈詞論〉》以及《論陸游詞》《辛詞論綱》《論陳亮的龍川詞》等，均此時所作。而且，在研究生的協助下，先生還有《詩餘論》，試以新的思想武器對宋詞進行全面批判。

第二，爲適應社會需要，先生著手詞學研究方面的普及工作，寫了大批有關詞的鑒賞文章。他與助手懷霜（田葆蓉）一起，曾在報刊、電臺，開闢「唐宋詞欣賞」、「湖畔詞譚」、「西谿詞話」等專欄，爲詞學事業擴大陣地。

第三，努力創作新作品，謳歌、贊頌，賦予傳統歌詞以新的藝術生命。

此外，先生對於詞學事業的組織工作也甚熱心。一九六一年，中國科學院浙江分院語言文學研究室成立，先生出任研究室主任，即開展全面建設工作：一、課徒授業，招收研究生，培養接班人；二、組織《經籍纂音》《楚辭詞典》及《詞林繫年》《詞詞典》編纂工作（前二種由姜亮夫主持，後二種由先生主持）；三、組織專家講演治學經驗，出版《治學偶得》；四、率領諸生進行學術考察，培養實際科研能力。

一九六一——一九六五年間，研究室工作開展得頗爲起色，先生也出了大量成果。所謂

「書城要策晚年功」(《臨江仙》語),先生不僅在報刊、雜志、電臺發表了一系列論詞文章,而且他的《月輪山詞論集》已由中華書局發排,他所主持的《詞林繫年》編纂工作也頗有進展。這是先生治詞生涯中的第二個豐産期。

從一九四九年至「文革」前夕,十七年間,先生治詞是卓有成效的。但是,「文革」一開始,一夜之間,他的這一切馬上變成「罪行」。「文革」十年,中國當代詞學留下一片空白。而先生在遭受「批鬥」之餘,仍將自己的全部心力放在歷代詞人身上。他的《瞿髯論詞絶句》八十餘首,其中一大部分就是在「牛棚」裏吟成的。這是先生在「文革」的荒原上爲詞苑精心培育的一束鮮花。

「四凶」覆滅,中國當代詞學進入了新的發展階段,即再評價階段,也是中國當代詞學重新打開局面的準備階段。

此時,先生之獲得徹底平反雖不算太早,但他所有著作的出版,卻走在詞界最前列。

從一九七九年到一九八四年,先生的著作一版、再版,共刊行十餘種。其中,《瞿髯論詞絶句》《月輪山詞論集》《天風閣學詞日記》《唐宋詞欣賞》《域外詞選》《金元明清詞選》《韋莊詞校注》《放翁詞編年箋注》《姜白石詞校注》以及《夏承燾詞集》《天風閣詩集》《天風閣詞集》等,乃初版刊行,而《唐宋詞人年譜》《讀詞常識》《姜白石詞編年箋校》《龍川詞校箋》等,則爲舊版重印或重排再版。先生大批著作應運而生，爲這一階段的詞業建設增添光彩。

接著，所謂反思、探索，中國當代詞學在再評價的基礎上，醖釀著新的飛躍，進入了新的發展階段。此時，先生雖未能衝鋒陷陣，爲中國詞學的發展再立新功，但他仍盡其餘力，抓緊案頭課業。直至一九八六年病逝之時，先生平生積稿，除了《詞例》《詞林繫年》以外，基本上都已整理出版。他寫了將近七十年的學詞日記，也已部分整理出版。至此，其等身事業，已達頂峰。

二

綜觀夏承燾先生所經歷的道路及其所取得的成績，已可見其對於本世紀以來中國當代詞學發展所作的貢獻，亦可見中國當代詞學發展對於先生治詞業績的影響。在本世紀以來中國當代詞學的發展過程中，先生的貢獻大致包括三個方面：詞學考訂、詞學論述及詞的創作。以下試分別加以闡述。

（一）關於詞學考訂

這是詞學研究的基本功。老一輩詞家均十分注重這一工作。例如王鵬運、朱孝臧，就是從這裏起家的。王氏之《四印齋所刻詞》及朱氏之《彊村叢書》，均爲其傳世之作。論者以爲：中國詞學史上的校勘學是由王、朱二氏建立起來的㉒。但是，王、朱二氏的工作似乎偏重於詞籍校勘，即偏重於前代名家詞集之重刊廣佈而無暇他顧。先生對於王、朱二氏的業績極其欽佩，所謂「懷企之私，不能自己」㉓，可知其嚮往之情乃甚爲迫切。然則先生之追求乃遠遠不止於此。先生之欽佩、嚮往，乃至於發願通讀《彊村叢書》，其目的不僅在於步其後塵，更重要的乃在於「别尋蹊徑」㉔。先生之詞學考訂工作乃較王、朱二氏更加有所進展：

第一，先生從一般詞籍校勘，深入於詞樂領域，進行精密嚴謹的聲學考訂工作。這項工作是由解譯白石歇曲旁譜而打開突破口的。這是歷來被視爲絶學的一個堅固堡壘。《四庫全書總目提要》稱之無法求其音節。先生知難而進，三十歲之後到浙江大學，終於寫成《白石歌曲旁譜辨》一文。這是先生的成名之作。此後，先生就此推而廣之，對於白石聲學進行全面考訂。先生不僅將白石歌曲十七譜解譯出來，使之成爲可以探知的詞樂文獻，而且將白石歌曲小序中所記録下來的有關樂律術語一一細加箋釋，弄清了白石聲學的各個組成部分。然後，在這一基礎之上，先生所著《姜白石詞編年箋注》，將白石歌詞創作以及有關樂律資料滙爲一编，即爲白石聲學研究提供一部小百科全書。這是先生考訂工作的一個重大收穫。

第二，先生於一般詞籍校勘之外，「勉爲論世知人之事」㉕，進行規模龐大的譜牒考訂工作。

這項工作是在廣泛讀書的基礎上進行的。一九二五年秋，先生由西北返回浙江，曾在温州及嚴州兩次得到廣泛讀書的機會。當時雖難免「貪多不精」，但對於進行這項工作卻頗見成效。幾年功夫，由年表而年譜，已將宋、元及金有關詞人之行實繫年初步勾畫出來。一開始，這項工作即已全面鋪排，大小詞人，數十成百，齊頭並進。至一九二九年春，始首先集中於夢窗一家，然後選擇若干大家、名家，各個擊破，並製定出考訂標準：「詞人年譜各大家，須先作一篇事輯，世系、交遊、著述，皆入事輯中。」㉖據載，先生作完夢窗行實考，「共生卒考十四頁，行迹考六頁，交遊考十七頁，餘記（考官職、考悼亡）四頁，約萬字，費時十三日完」㉗。朱孝臧對此頗極贊賞。曾謂：「夢窗繫屬八百年未發之疑，自我兄而昭晰，豈非詞林美譚。」㉘夢窗年譜以外，尚有韋端己、馮正中、南唐二主、張子野、二晏、賀方回、周草窗、温飛卿、姜白石等人年譜，皆爲先生用功之作。此年譜計十種十二家，三十年代曾分別在《詞學季刊》上發表，一九四九年後輯爲《唐宋詞人年譜》，由上海古典文學出版社出版。日本學者清水茂撰文評介，謂「作者對各詞人之行實，作甚周詳仔細之探索，使讀者引起甚深長之興味；許多訛誤之傳說，亦於此得到糾正」㉙。目前，先生此書已成爲治詞業者人人案頭必備之書。但是，這部著作僅是整個譜牒考訂工程的一個重要構件，先生遺著《詞林繫年》，浩瀚無邊，尚待進一步充實、整理，方纔大功告成。

第三，先生勤勤懇懇札《詞例》，從具體作品入手，進行詞法考訂工作。這項工作所包括的範圍也甚爲廣泛。基本上與譜牒考訂同步進行，幾十年中，未曾間斷。據《詞學季刊》創刊號《詞壇消息》稱：此書約分字例、句例、片例、辭例、體例、調例、聲例、韻例諸門。並稱：「《詞律》究一詞之格律，此書將貫全宋、元詞爲一系統。」這是一項偉大工程。從已經整理成文、正式發表的若干篇章看，先生所考訂，辨例周詳，並多新創之見。例如《唐宋詞字聲之演變》，以具體詞例證實：一、温飛卿已分平仄；二、晏同叔漸辨去聲，嚴於結句；三、柳三變分上去，尤謹於入聲；四、周清真用四聲，益多變化；五、南宋方、楊諸家拘泥四聲；六、宋季詞家辯五音分陰陽[30]。這六條，已爲當代治詞者奉爲定律[31]。又例如《詞韻約例》《詞的分片》以及詞的造句等等[32]，於填詞此道，頗能得其三昧。但這項工程仍停留在準備階段，所積累的材料，絶大部分衹能稱作「半成品」。全部工程，尚需一代人，或者兩代人的努力纔能漸見頭緒。

（二）關於詞學論述

一九二九年，先生三十歲，當他著手詞學考訂工作，在博覽群書過程中，曾在日記中記下這樣一段話：「燈下閲《蕙風詞話》，間參己見，筆之於上，漸有悟入處。擬遍閲《彊村叢書》及

《四印齋所刻詞》，著手效況翁爲之，留待十年後見解較老時再是正之。」[33]先生對於詞學論述乃早就留意。早歲所著《四庫全書詞籍提要校議》《詞律三考》等，既是考訂文字，也是論述。當然，先生之真正用功作論述，應是一九四九年以後的事。從一九四九年至一九六六年「文革」前夕，中國當代詞學進入全面恢復、全面建設的階段，即批判繼承階段。在這一階段，老一輩詞家、詞論家發揮了重要作用。先生是其中的突出代表之一。這一階段的論述，以作家作品論爲主，其具體作法是：在思想内容上，對於民主性的精華及封建性糟粕進行分析批判；在藝術風格上，對其美感特徵加以評賞、研究。這是這一階段詞學論述的共同模式。先生所作，同樣離不開這一模式。而且，先生還進一步把它歸納爲這樣一個公式：「以資料作底子，以舊時詩話、詞話鑲邊」，再加「從今天的社會要求和思想高度揭示其局限」[34]。此外，當時詞界還盛行風格論，以豪放、婉約對全部詞家、詞作進行劃綫站隊，進行分析批判。這是由王國維的境界説推演而成的[35]。王國維的學説，經過一再發揚光大，幾十年間，並未見其廣泛影響，至六十年代初期，由他的學説推演出的風格論，卻甚是風行一時。但是，因其才識所決定，先生的作家作品論也還是有其與衆不同之處的。例如説李清照詞的藝術特色，注重論其音律聲調，謂其《聲聲慢》用舌聲的共十五字，用齒聲的四十二字，全詞九十七字，而這兩聲卻多至五十七字，占半數以上；尤其是末了幾句：「梧桐更兼細雨，到黄昏點點滴滴。這次第，怎一個愁字了得！」二十多字裏舌齒兩聲交加重疊，這應是有意用齧齒丁寧的口吻，寫自己憂鬱惝怳的心情。不但讀來明白如話，聽來也有明顯的聲調美，充分表現樂章的特色㊱。這段論述，顛撲不破，真正體現了易安本色。又例如說風格，先生胸中雖也有豪放、婉約兩派在，也頗有點重豪放、輕婉約傾向，但他並不簡單地以豪放、婉約「二分法」立論，而是從作家的創作實際出發，進行具體分析。他以「肝腸如火，色笑如花」八個字論辛詞風格㊲，準確、鮮明、生動，也真正體現了稼軒佳處。這一些都是當時許多詞論家所無法比擬的。這是作家作品論。此外，先生的詞學論述還包括詞的發展史研究及宋詞批判。先生論詞的視野還是比較寬廣的。對於詞這一特殊詩體在反映現實生活中所體現的長處和短處，以及宋代詞人對於詞的觀念等問題，先生並不因個人的偏愛而護短。他認爲，在民族矛盾大爆發的時代，詞要接受新時代的要求，必須蛻棄它數百年來「豔科」的舊面目，纔能分擔起反映當前現實的任務㊳。並認爲，宋人因爲將詞當作「詩餘」，當作「小道」，創作態度不端正，纔留下許多糟粕。他主張對此加以批判㊴。先生所論還是有一定道理的，他的批判也與當時某些詞論家的「批判」有所不同。這是先生詞學論述中另外兩個方面的內容。總的看來，先生的詞學論述是頗有某些獨到之處的，不少具體論斷，既切合實際，又有一定永久性。先生的詞學論述，對於當前及今後的詞學研究仍有一定的參考價值。但是，無論是作家作品論，或者是詞的發展史研究，乃至宋詞批判，都不是先生真本領之體現。這是研究先生詞學業績所應當看到的。

（三）關於詞的創作

先生自幼即雅好吟詠。十四歲填製《如夢令》已頗見其詞才；二十一歲時所作詞達三十餘首，並開始在慎社刊物發表作品。其倚聲歷史將近七十年。所有作品大部分保存於日記當中，小部分在日記之外。一九四二年，宓逸群夫婦曾爲謄録成册。這是先生所作詞的第一次結集，而尚未付刻。一九七六年避地震客居長沙三月，先生曾將歷年所作中的一部分匯爲《瞿髯詞》二卷，油印刊行。卷上録詞七十四首，爲一九五一年至一九七七年所作，卷下録詞七十八首，爲一九二一年至一九四九年所作，二卷收詞計一百五十二首。這是先生的第一個詞刻本，共印行五百册。一九七九年冬，應湖南人民出版社之請，在油印本《瞿髯詞》的基礎上，略事擴選，共得詞三百首，爲《夏承燾詞集》六卷，於一九八一年三月出版，這是先生第一個公開發行的詞集。此集斷自一九二一年，直至一九八〇年，依作品編年。卷一至卷五，十年合爲一卷，卷六收一九七三—一九八〇年作品。此集六卷，一九八一年三月初版印行八千四百册，一九八二年八月修訂本印行一萬册。至此，先生所作詞，已經過第三次結集。此後，先生應天津百花文藝出版社之囑，又選得詞一百五十首，名之曰《天風閣詞集》，於一九九四年七月出版，印行八千八百册。這是《夏承燾詞集》之續編。至此，先生詞作已結集者共計四百五十二首；尚散佚於日記中及日記以外者，爲未刊稿，計五十三首。兩項相加，合五百零五首。這是先生爲當代詞壇所留下的一大業績。

一九四二年，因宓逸群夫婦爲録作品，先生曾自叙其倚聲填詞的經歷。謂：十四五歲初學倚聲，乃因偶見《白香詞譜》所引起，時試爲小令，即獲老師贊賞；二十以後，與同里諸生結社填詞，並通過林鵾翔請質於朱孝臧、況周頤二氏；三十以後，參加林鵾翔、冒廣生、夏敬觀、吴庠諸老所結之午社，頗得切磋之益。並謂：「早年妄意合稼軒、白石、遺山、碧山爲一家，終僅差近蔣竹山而已。」㊵這是先生四十三歲以前的經歷。這段時間，考訂與創作，兼而顧之，寫詩與填詞，同時並進。先生學詩，從陸遊、元好問、黄景仁入手，兼採杜甫、韓愈、王安石、蘇軾、黄庭堅、陳師道、姜夔、楊萬里、范成大諸家長處，以實現其「三唐兩宋都參遍，著力還須魏晉前」的目標。至學詞，雖也有著遠大的追求目標，但將如何入門，卻頗費一番斟酌。

先生初學作詩，每苦無元龍百尺氣概。十九歲時，曾作六絶句以自警。其一曰：「落花長鯨跋浪開，生無豪意豈高才。作詩也似人修道，第一功夫養氣來。」初學填詞，與初學詩一樣，經常「好驅使豪語」。但詞畢竟不同於詩。先生在考訂過程中，閲讀大量作品，對此漸有所參悟，以爲不可由此入門。他翻後村長短句，曾謂：「曠達豪語，多看亦生厭。然勝劉改之粗獷之作。折中於陰柔陽剛兩者，近頗喜玉田也。」[41]並曾有「規摹玉田」之作[42]。這是對於「好驅使豪語」的一種自救措施。可是，因友人勸告：「玉田不足依傍，幸早捨去。」先生似乎又改變了主意，考慮是否由五代、北宋入門[43]。到了三十歲，又有友人謂其「詩詞已足自立，勝作考據文字」，而先生「尚未敢自信」[44]。其時，對於「好驅使豪語」，仍未有可行的補救措施。相反，對於豪亢一路則似乎仍然存有偏愛之心。先生在日記中寫道：「夜瀹茗讀《詞林紀事》，擬選豪放詞一二百首，命適君抄之自誦，能增意氣不少也。」[45]他不喜歡清真詞，以爲「風雲月露亦甚厭人矣」[46]。三十一歲時，仍謂：「讀年來所爲詞，總嫌錘骨不堅，剽滑不澀，渾不自信。」[47]可見正確入門之何等不易。

如此反覆琢磨，直至一九三一年七月，先生三十二歲，由龍榆生爲其分析判斷，纔真正參悟。其時，先生在日記中寫道：

> 接榆生信。謂予詞專從氣象方面落筆，琢句稍欠婉麗，或習性使然。此言正中予病。自審才性，似宜於七古詩，而不宜於詞。好驅使豪語，又斷不能效蘇、辛，縱成就亦不過中下之才，如龍洲、竹山而已。夢窗素不喜，宜多讀清真詞以藥之。[48]

由此可知，先生四十三歲叙述治詞經歷時所謂「合稼軒、白石、遺山、碧山爲一家」，當爲其長期摸索所得的結果：即是其奮鬥目標，又是其入門途徑。此後，經過另一個四十三年的不懈努力，先生詞境日進，而其奮鬥目標仍未改變。

以上所說，即爲先生倚聲填詞的整個追求過程。那麽，先生的奮鬥目標是否已曾達到？先生謂：「終僅差近蔣竹山而已。」這當是先生的自謙之辭。先生所作，於四十三歲之前，已有接近稼軒的篇章[49]，四十三歲以後，有的篇章則畢肖稼軒，且直契其神[50]。論者以爲，其成就已超越龍洲、竹山[51]。我認爲，這是有一定依據的。而且，稼軒以外，先生尤其善於兼採衆家之長，諸如東坡之曠達、韶秀，易安之芬馨、神駿，白石之清剛、疏宕，遺山之渾雅、博大，碧山之高遠、妍和，皆能熔鑄其中。這是先生倚聲填詞於繼承方面所作的努力，也就是先生奮門目標中所謂「合」的功夫。但是，先生的成就並不僅僅在於這個「合」字上，更重要的乃在於一個「異」字。所謂「異」者，就是與古人不同之處，即不合之處也[52]。例如有些篇章，先生往往於有意無意之中將自己擺進去，爲之注入性靈，使人讀之覺有一種仙氣縹緲其間，這就是先生之所謂「異」者。而此所謂「異」者，又與兼採衆家之長之所謂「合」者不同。前者可從若干作品得到印證，此則不易求其蹤迹。正如白石道人所言，乃「不求與古人異而不能不異」[53]之異趣。這當細心體驗，纔能探知其消息。因此，先生平生所作詞，亦即其「瞿髯詞」，所謂綜合百家、自成一體，已不是一般豪放、婉約所能規範。

三

夏承燾先生對於中國當代詞學建設所做的貢獻是相當卓著的。與前輩詞家、詞論家及同輩詞家、詞論家相比，無論是詞學考訂、詞學論述，或者是詞的創作，先生都有獨特的建樹。

第一，在詞學考訂方面，先生是尊體派的中堅力量。他既繼承了前輩詞學家的未竟之業，又有所增添、有所發展。尤其是譜牒考訂，更加碩果纍纍。如果說，王鵬運、朱孝臧爲中國詞學創立了校勘學，那麽，先生就是詞學譜牒學的奠基人。而且，先生還將考訂工作推進詞樂領域及詞法領域，他「對於唐宋詞之聲律，剖析入微，前無古人」[54]他的詞例歸納，將爲後來者治詞填詞打開無數法門。先生在詞學考訂上的獨特建樹，對於中國詞學建設所起的作用將是無法估量的。

第二，在詞學論述方面，先生善將詞學考訂中某些成果體現到作家作品研究中去。不僅使先生的論述具有超越時流的優勢，而且爲反思、探索階段對於思維模式及研究方法的思考提供借鑒。先生的獨特建樹具有一定超時價值。

第三，在詞的創作方面，先生不以尊體自限，而是兼收並蓄，再創新體。即，他不僅「妄意合稱軒、白石、遺山、碧山爲一家」，而且「欲合唐詞宋詩爲一體」㊿。在這點上講，先生可稱爲尊體派中的「左派」。因此，在當代詞壇，先生的「瞿髯詞」是一般作者所難以企及的。

以上三個方面，既是先生爲中國詞學發展所增添的新内容，又是先生的「真傳」。當然，經過六十幾年的努力，先生並未能將其全部工作進行完畢，所謂未竟之業，這是需要後來者進一步加以繼承與發揚的。但是，作爲「一代詞宗」，夏承燾先生的名字將永遠與中國當代詞學連在一起。

一九九〇年十二月十二日於北京

第四節　西谿課讀日札

——答《温州日報》記者問

我於一九六四年八月，由福建師範學院考上杭州大學語言文學研究室研究生，在夏承燾教授門下，攻讀宋詞。「文化大革命」，中斷學業。一九六八年，離開學校到工農兵當中去。一去十年。一九七七八年，重新報考，當上中國社會科學院研究生院研究生，再度攻讀宋詞。

導師吴世昌教授。在京期間，幸蒙夏、吴二位導師嚴加督教，令於詞學與填詞，漸窺門徑。一九八六年夏、秋之間，二位導師，相繼離世。未了因緣，未竟之業。終生留下遺憾。書山有路，學海無涯。頓時失去指南。二十五年過去，無時不在深切懷念當中。

二〇一〇年八月，接奉同門吴戰壘（彰壘）兄女公子吴蓓電郵，獲悉温州各界將爲瞿師（夏承燾教授）誕辰一百一十周年，舉辦各種活動，《温州日報》並擬開闢兩個版面，以爲推揚。作爲瞿翁弟子，深感欣慰及鼓舞。謹將舊時日記之有關片段，輯存於下，以應記者所問，並表示對於瞿師的深情致敬。文載二〇一〇年九月三十日《温州日報》（人文周刊版），題作《我的老師夏承燾——舊時日記摘録》。此爲增訂稿，五個問題，仍依答問次序添補。增訂稿載上海《詞學》第二十五輯。

一　您是什麽時候成爲夏承燾先生學生的？您第一次見到夏承燾先生，他留給您的印象是怎樣的？

一九六四年八月十九日　星期三　晴

到達杭州了。經過一天一夜的辛苦。

昨天中午，黄（壽祺）主任設家宴爲我送行。若羽也送我上三輪車。一路上，同行的同學對我照顧得很周到。剛上火車，衍章的妹妹就買暈車藥送我。在車上，大家問長問短，很是關心。因爲是初次，對於火車，的確有些感興趣，所以，平平穩穩，也就平安無事。

晚上住在杭州城站的一家極普通的旅館裏。幾個同學一起出去走走。看那街道，看那店裏賣的東西，是很有些像福州的。但這是偏僻的街市，在西湖、中心市區，整個杭州看，應是配得上「天堂」稱號的。這就等著往後慢慢看吧。衹是説，我並不是爲看風景而來的，我要跟夏老先生學詞，不能迷戀於天堂般的生活。

八月二十日　星期四　陰

很高興地去報到了。找上教務科的老師，一説夏先生，馬上叫出我的名字。施議對。立即打電話到研究室，要他們給安排膳宿。研究室兩位同志，郭在貽和黄金貴，熱情地帶我走。這兩位，一位是姜亮夫先生的助手，一位不懂得是哪位先生的助手。他倆都很年青，是一九六一年在本校畢業留下的。

我很想瞭解有關情況。從教務科那位老師口中，我知道夏老今年衹收二名研究生。另一中山大學畢業、在中學教書。全校合共招收十一名，没有女的。這位老師還給我説，夏先生家裏很簡單。我問，有没有孩子？他説，没有。我怕孩子指的是男孩，就再問一句，有没有女孩？他説，没有。衹有夫妻倆。這老師還説，夏先生是無黨派的，爲調動他的積極性，就讓他帶研究生。

到達研究室，我知道懷霜，夏先生的助手。夏先生的另一助手姓湯。郭在貽説，他們都是一九六一年畢業留下的。我也知道，盛弢青就是盛静霞。蔣禮鴻夫人。語言組主任。而陸堅呢？是研究室的黨支部書記。一九六一年本校畢業考進的。這次可能留下來。馬玲娜呢？她是馬茂元的女兒，這是没有疑問的。原在南京師院，畢業後到中華書局。所有這些，最重要的是，我看到了夏老的照片。他雖説已六十三歲，但身體魁梧，看起來很健壯。全不像我想像中瘦弱學者那個樣子。而且，他戴著眼鏡，微笑著，十分慈祥。他們要我去見他，我不敢。

我們的研究室並不大。四位老先生，八位助手，六名研究生。辦公室也不大。大概因爲是文科的，不需要有那麽龐大的機構。

我的學號是：六四零一。

聽説我們將於九月九日下鄉，參加社會主義教育。十月一日回校上課。

八月二十一日　星期五　晴

研究室秘書宋夏心帶我參觀校園，拜訪老師，並詳細地介紹許多情況。

我知道，研究室今年招收五名研究生。夏老二名，姜先生一名，王駕吾（焕鑣）一名，胡士瑩一名。分別是：唐宋文學（宋詞）、先秦文學、宋元文學（話本）。秘書説，考進來的，都在八十分以上。從他翻閲的成績卡上，看到我的考試成績：總平均八十八，專業九十一。我的同伴陳銘，總平均八十五，專業八十六。通縣一中來的。看起來是挺不容易的。這回報考唐宋文學的，共有六十五名。杭大中文系學生十幾名報考。

晚上，宋秘書帶我拜訪夏老。不巧，他老人家進城去了。夏師母説，他會很遲纔回來。於是，我們就去找魏佑功書記。夏師母還很健康，看上去衹四十來歲。穿一件緑花長衫。魏書記很年青，三十歲左右。穿著紗衫、短褲，正在吃飯。他給我説，可以一起參加「五反」學習。接著，我們一道去蔣祖怡家。蔣主任，個子不怎麽高，瘦小瘦小的，但很結實。見面時，要把靠背椅讓給我坐，我不敢，推讓一陣，他就坐下了。一開頭，蔣主任就問起黄主任和黄師母的病情，很匆忙地看完了黄主任的信。隨即，蔣主任就和秘書一起談起教學問題。他説，要配合當前鬥争，組織學習討論周谷城的時代精神匯合論以及楊獻珍的合二而一論。

八月二十二日　星期六　晴

我記得很清楚，從校門口的馬路一直往前走，到了一間舊屋旁邊，向左拐，夏老的家就到了。夏老的客廳，掛著字、畫，從門外就看得見。而且，我也記得很清楚，夏老的身體很高大，還戴著一副眼鏡。

我走著走著，想著想著，就到了夏老的家。我很小心地找那牆上掛著的一幅長長的對聯。看不見？呵，這位不就是夏老嗎？也戴著眼鏡。正從窗口看著我。夏老師，我叫施議對。好好，你等一等。夏老趕忙從裏房走出來，衹穿條短褲，連外褲也來不及穿。夏老一見面就請我坐。很親切地和我交談起來。我把黄（壽祺）主任的文稿、信件呈交他。他看著信，問我黄師母的病情。夏老是很健談的，全不像我想像的那樣。他老人家生活很樸素，上面穿著件粗布的白襯衫，裏面有件舊紗衫，著一雙丹色的綫膠鞋。我們談了一會，他就進房去了，要我先坐一坐。過一會，他出來了，是特地進去補穿長褲的（黑喬布做的，切褲頭的），並換上黑布鞋（見面時穿的是睡鞋）。

看上去，夏老是很可親近的。他問我什麼地方人。福建晉江，洛陽橋那邊。到過杭州嗎？沒有。這裏有沒有福建的同學？不懂（不知道）。他還問我住在什麼地方，朝南或者朝北。

我問夏老，我們開幾門課。他說，專業課是：詞論學、專家詞。他說，你這次考試，成績很好。並說，你那篇《龍川詞研究》我還沒詳細看。他問我，會不會辨别四聲，我說，會。又問，會不會辨别陰陽，我說，不大會。我說，我基礎很差，希望老師多教導。他說，不要緊，慢慢來。

二 作爲學生，夏承燾先生授課時，您印象最深的是什麼？他授課時都有什麼風格？

一九六四年八月二十四日 星期一 晴

上午和老陳、小崔參觀杭大的圖書館和研究室的資料室，感到很不滿足。我們師範學院就比較好，佈置也更有條理。不過，有夏老在，一般資料是缺少不了的，買書也方便，我也就放心了。

下午看了夏老開的書目和培養計劃，是很有些緊張的。他講授的課時，一共祇有三十二節，其餘的全靠自學。就這樣，考試能通過，論文寫得出來嗎？看這情況，我倒留戀起福建師院來了。

在師範學院，教師扶著走，到這邊，放開自己走，怎麼能行呢？而且，那麼多書，《論語》《莊子》《老子》《孟子》，還有《通鑑》，都看得懂嗎？

不過，老研究生卻對我們說，他們那個時候也是這種心理，以後具體做了，也就没什麼，是頂得住的。對，應該有信心，爭取順利完成課業。

晚上，聽總支書記傳達主席有關文藝問題的批示和中央領導人的指示。

八月二十五日　星期二　晴

黨委傳達報告。鄧小平、陸定一在共青團九大會議上的報告。

我想陪夏老到廈門大學講學。和老陳交談，也流露出這個想法。老陳説：「就是自己出路費，我也願意。」我説：「是啊，夏先生説，他這次講的，以後不一定再給我們講。」下午，我要向教務科的江同志，提出我的要求。

八月二十六日　星期三　晴

今天和夏老一起進行政治討論。夏老是研究室主任，他主持會議。討論關於爭奪青年的問題及接受蘇聯教訓問題。夏老似乎是認爲，老先生並不是别有用心要拉青年的，而且有了資産階級（思想）而自己不覺得，結果，無形當中，青年被拉過去了。葉玉華也發表議論。説：那（個）黨員研究生向黨進攻，究竟應該是老先生負責呢？還是沙發負責？還是研究生自己負責？

八月二十七日　星期四　晴

投入農村的社會主義教育運動，説實在的，我的思想準備是很不够的。要嗎就是隨大流，跟著走。也少見有人表示，要如何發揮戰鬥作用。

下午，陸堅在研究室召集開了個小會。我把自己的想法説了出來，並表示將好好接受教育。

八月二十八日　星期五　晴

在政治討論會上，夏先生和我們都是平等的。他很謙虛，一樣是談思想，表決心，而且還很注意地聽我們的發言。

夏先生説，我們生活在這樣一個「前無古人，後無來者」的大好時代，是很值得引爲自豪的。消極頹廢的情緒一掃而光。但是，美好出艱難，康樂是從鬥争中得來的。在這樣一個大好時代裏，他雖然年紀很大了，可要像快下山的太陽那樣，放射出滿天的光彩。

在談到社會主義的性質時，我們對於「過渡」、「獨立」、「初級階段」三者的關係認識不清楚。那時，我就大膽講了。我説，這三者是並不矛盾的，衹是問題説法的角度不同而已。所謂「過渡」，是説社會主義並不是那麽單純的，它既帶有資本主義的因素，又含有共産主義的成分。從這點看，它還不是一個獨立的社會形態。但是，從所有制方面看，它卻是屬於共産主義的，衹是説，它是初級的而已。至於説「獨立」，這是有强調作用的。就是説，在這個社會裏，還存在階級和階級鬥争。消滅階段，要經過長久的鬥争。它所肩負的歷史使命，不同於共産主義。

因爲這是個高深的理論問題，説不清楚。發言過後，我又這麽想過，從整個歷史進程看，社會主義是「過渡」的，但如果是站在社會主義這個特定的階段看，它卻是獨立的。

我很不明白，夏先生是專家，全國知名人士，爲什麼他要像我們一樣，一起聽報告，一起討論呢？他不同於一般的人，他的每一分鐘都比別人寶貴，而且，他又是有這麼大的年紀了，他的時間是更加寶貴的。爲什麼，爲什麼，他也這麼重視政治運動，重視思想改造呢？這麼做會不會影響他的成就呢？

從幾次發言中，我發現夏先生有這麼一種看法：

第一，他認爲，有資産階級思想的老先生，並不是別有用心的要去融化青年的，而且，也是在不知不覺中無形地進行著的。

第二，同樣的，因爲老先生的思想正在改造當中，還没改造好，思想中還有舊的殘餘，這一些，小孩子（青年）都看得到、聽得出，也都會對他們産生潛移默化的作用。這就是説，「影響」並不是有意識的。

八月二十九日　星期六　晴

今天聽陳烙痕書記代表學校黨委所作的檢查報告，是不够注意，不够認真的，衹記下幾個不完整的綱綱。因此，下午討論時，我就無法談感想了。而其他的老先生呢？沈文倬先生是做了很詳細的筆記，葉玉華先生也可以談出報告的許多内容，夏先生有一小段聽不清楚，就特别注意聽曹礎基的發言。我是太不應該了。没辦法，衹好湊上幾句。我説，黨委的報告，指導思想是正確的。它給我們提供了分析問題所應採用的無産階級的觀點和方法。黨委的報告，站得高，看得準，一下就從辨學方向談起，一下就抓住了兩種辨學思想、兩條辨學道路的主要矛盾。

這是從師院搬來的。單靠這一點點本錢，怎麽能行呢？

下午散會時，跟夏先生一道走，走到他家裏，並在他家坐到六點鐘。

九月一日　星期二　晴

昨晚到東坡劇院看京劇《智取威虎山》。剛剛好，夏師母跟我坐在一起。今天上午，夏先生也提起此事。他説，他坐三輪車回來時，師母還看到我，説是認得我的頭髮。

今天一天都討論，揭發研究室的存在問題。我們向老先生學習，是應該站穩立場、端正觀點的。

夏老發言，説了兩個問題：一是紅專分離問題，另一保衛工作問題。

他説，研究室忽視紅，希望全寄托在這次下鄉。但研究室没有一個是懶惰的。方案、書目開了一大堆。如何與工農結合？知識分子（參加）勞動，纔能脱胎换骨。不勞而獲，就剝削別人。計劃都已送給黨委看，可能他們也模糊。

保衛工作。要是（有人）從窗口跳進來，拿團棉花（給你）塞住，要拿什麼就拿什麼。如果我出門（下鄉），我愛人自己一個在家就很害怕。她曾說：「你出去，我衹能白天睡覺，夜裏不睡覺。」保衛科要有個計劃，讓大家安心。

姜先生發言：衹看表面名氣，不看實際才學。男的看面貌端莊，女的看身段婀娜。華羅庚拐腳，那時要不給發現，知道是個天才，那他一輩子就完了。這是兩條道路的問題。有個名教授，那名氣是大得不得了。但我看他一場報告，從第一個字到最後一個字都有問題。

夏先生發言：要爭取使得我們（研究生）的畢業論文能夠成爲一生著作的基礎。出於對後進的愛護，這是很好的。我也有這個雄心。

九月二日　星期三　晴

今天，繼續討論研究室問題。

夏先生發言：主席《卜算子》批判繼承陸游，很好的典範。不必講一句話，衹要把具體作品拿出來。孤芳自賞要批判。明顯的古爲今用的典範。

從前思想有問題，很可笑。比如我研究姜白石，別人有講姜白石的一句壞話，就感到不舒服。其實，姜白石也不是我的爸爸。又，從前人看到大山大水，總感到人生渺小，但主席的作品「昆侖」(《念奴嬌》),就大大不同。

姜先生發言:備課用個箱子,床上有臭蟲爬。一個不要緊,兩個要不得。我這個神經衰弱的人,蓆上有就馬上覺得。孩子頑皮,打彈弓,打破我的窗玻璃,有五塊。戲竹竿,把我的眼鏡打飛了,我眼睛看不見,衹好站著,另一個人纔爲我找回來。要是把眼珠打掉怎麽辦?

夏先生發言:鄧廣銘先生說,他没資格研究宋史。他開封没到過,杭州没到過。我說,你到杭州來一趟好了。杭州,就地取材。杭大組成一個詞的研究所。宋詞人很多題目就是在杭州寫的。杭州是研究詞的好地方。以後要多做些實地調查工作。如宋詞裏的西湖,西湖文學裏的宋詞。没有文化水平的遊西湖,衹能道個「好」字。衹看詞,没見過西湖,也終隔一層。歷代人描寫西湖的有多種手法。有的把西湖當成故國的象徵,反映民族矛盾。

晚上,看了夏老的治學經驗談,有兩點是很可取的。一是由專入博,另一是時備二書。專是思想指導,有了專,纔能有目的、有計劃地去博覽群書,融會資料。時備二書,既有專精的,又有廣泛的,點和面就能結合。

總的,我已找出兩條方法:一,廣打基礎和單刀直入相結合;二,積累資料和寫小文章相結合。

夏先生很愛護青年,希望青年上進。今天在討論之餘,我和他在走廊上散步談心。看來他是很喜歡青年苦學的。

不能祇是想,不能有過多的浪漫主義,須實打實。

精讀本《稼軒詞》,泛讀本《唐宋詞選》。

這幾天呢?· 即看《古詩源》和《唐宋詞選》。

九月四日　星期五　晴

晚上和陳銘到夏先生家,一起談了有關宋詞的學習問題。以後要動腦筋,閱讀作品時,積累所見所疑,然後帶著問題求教,争取盡速地進步。在短時間內,把夏先生的知識承繼下來。

九月五日　星期六　晴

這幾天,研究室進行「五反」學習。雖然不能參加意見,但同志們的發言,給我得到很深刻的教育。

談到「融化」問題,本來我是不以爲然的,甚至還有點希望被融化的想法。所以,在給黄主任的第一封信中,我就寫下了這麽一段話:

我是什麽都不懂的。在家時是祖父一樣一樣地教我。我和老祖父的感情是最深厚的。到您家去，您對我的耐心幫助，對我的每一次談話，都使我唤起對祖父的回憶和思念。到了杭大每當我見到夏老，或者想起夏老，我都想起了您。

試想想，這不是融化又是什麽呢？主觀上説不讓他們融化，也不會讓他們融化，但實際上，我是對他們很好感的。要向他們學習，就必須虚心。

九月十一日　星期五　晴

夏先生説：研究生全國没幾個，是應該寫好字的。而且，日本人就很看不起我們中國人，説我們中國人没有人會寫中國字。我們能寫好字，就有國際意義。

要求做到兩條：⑴在傳統的基礎上提高。夏先生叫我寫幾個字給他看看，他纔替我選擇字帖。⑵具耐心與恒心。夏先生説，總要經過慢的過程，要有慢的功夫，慢到一分鐘衹寫兩個字。

方法步驟是：摩、臨，背寫與創新。

晚上，夏先生説「怎樣讀稼軒詞」。第一，須全面。好的要讀，壞的也要讀。好的作品，已有很多的評論文章，作了發掘，我們更應從反面做起，看出它不符合於我們時代的地方。第二，瞭解社會歷史背景，把他當我們很熟悉的朋友來對待。第三，分析它在文學史上的地位，即承上啓下的關係。

看了夏先生和他的學生吴彰壘選注的《辛棄疾詞選》初稿，也看了人民文學出版社給的信，當中提了十條意見。

九月十六日　星期三　陰雨

晚上一起到夏先生家，他給我們講詞，並唱詞。

夏先生説，辛稼軒《菩薩蠻》（青山欲共高人語）「人言」四句，楊萬里詩意更接近辛詞詞意。楊與辛同時，不知誰用誰的。白居易「何故水邊雙白鷺，無愁頭上亦垂絲」，辛變爲「拍手笑沙鷗，一身都是愁」，顯得更凝練、更活潑。意思一樣，但比古人更提高一步。白詩句顯得較爲平白。

辛稼軒《水龍吟》（楚天千里清秋），早年詞作，章法最嚴密的一首。

詞作一般是上片寫景，下片寫情，少有先情後景的例子，柳永更是没有變化。

前五句寫山寫水。角度不同：水，正寫，從我的角度寫；山，反寫，從山那邊寫過來。目是動詞。獻和供，都是寫山，山爲人獻愁供恨。如「廬山南墮當書案，湓水東來入酒卮」，又如「青山個個申頭看，看我庵中煮苦茶」。寫水用七字句。用水作比常用七字句或九字句。如「恰似一江春水向東流」。用草作比，常用六字句。如「離恨恰如春草，更行更遠還生」。水，衹是寫景；山，點出感情。但愁與恨都是抽象的，接下來寫較爲具體的感情。「落日樓頭」，「斷鴻聲裏」，雖還是寫景，但已具較具體的感情。一方面寫的是景，另一方面卻恰切稼軒當時的情況。國家形勢如落日，斷鴻、遊子，寫個人飄泊身世。

過片「把」，從景過渡到情，將「意」寫出來：看刀（吴鈎），表壯志；拍遍闌干，唱歌、發牢騷，悲歌當哭；「無人會」，孤獨寂寞。

下片專門説「意」。三個典是作詞主意。結句概括憂悶。三個典並列三個意：不是思歸；不是嫌官太小，非要求田問舍；可惜流年，憂愁風雨。後一個典與前兩個典不同，有變化。如陸游「諸公猶守和戎策，壯士虛捐少壯年」詩意。

「無人會，登臨意。」理解「我」的，衹有美人（妓女）。結句切合詞的本色。

此詞應作於稼軒第一次到建康時。

九月二十一日　星期一　陰

上午，夏先生爲説辛詞三首。

《醜奴兒》（少年不知愁滋味）。少年没有愁，老年又不能説愁。用意高人一等。作意即超。用極淺的話説深愁。「而今識盡愁滋味」，愁，家國之愁，身世之愁。如何被打擊，壯志不酬。所謂「反者道之動」，有愁偏説没愁，深愁偏用淺語來寫。

《清平樂》(連雲松竹)。楊萬里「布衫藍底捉將來」,寫小孩子的詩句。此詞寫小偷,不同於楊萬里的詩。很曲折地表現自己憤慨。床頭,竈床。説自己有松林,可吃肉,可喝酒。個人生活能「足」。但是,「萬事從今足」,卻是不能「足」。因爲「管竹管山管水」,什麽都管,就是國家大事不讓管。被迫退休,投閒置散,閒到在家看小孩子偷東西。

《清平樂》(繞床飢鼠)。句子排列,一句深入一層。「繞床飢鼠」,死的,不見得好。「翻燈舞」,有意思,影子在燈上翻。「屋上松風吹急雨」,没雨,更好,使人容易讀錯。「破紙」句更好,説「自語」。後兩個都形容風聲。寫景,很静。寫寂寞之景。影,翻舞,顯得聲浪沸騰。下片寫情。末句點出感慨。憤慨的話用平淡語寫出。

晚上,繼續閱讀辛詞卷二,做分類筆記。加深卷一,發掘「小專題」。

十月九日　星期五　晴

晚上,夏先生給我們講課。有一句,我解錯了,他説不同意。另一句,我解對了,他很高興地對著我説:小施這麼講是對的。

十月二十二日　星期四　雨

是應當勤於治學的,在師院那麼刻苦,現在不能因爲條件優越就反而放鬆了。夏先生也是從勤當中來的。

上午夏先生講愛國詞。晚上撰寫與老湯合作的論文。

十月二十七日　星期二　雨

上午，夏先生説稼軒詞。他説，辛稼軒有許多專題可以做。論稼軒詞中的愁。「少年不知愁滋味」（《採桑子》）。有家國的愁，由家國之愁所引起的個人之愁，純粹個人閒愁。

關於掉書袋。不是機械套用，而是活用，發展了典故。比如「近來始覺古人書，信著全無是處」。用了《孟子·盡心》的典，「盡信書，則不如無書」，但不限此意，而飽含作者對於現實的不滿情緒。意即現實中的事情與古書所説的完全不合，你看，忠心耿耿的人，反而遭受迫害。

跳躍性。稼軒是豪放詞人，作詞不同周清真、姜白石一幫人，經常是脱口而就，有時還是旁邊的人幫他記録下來。

稼軒《菩薩蠻》（青山欲共高人語）上片寫山。晴天看得很清楚，與人親近，雨天像是遠了些。但用馬作比，就把景寫活了。文學最貴能够寫出「人人意中所有」而又是「人人筆下所無」的東西。上片寫景是没有寄托的。如有，連下片講，就顯得前重後輕。一般説來，有寄托詞，多是前寫景作襯，後點明題意。

《菩薩蠻》（鬱孤臺下清江水）沒有更深的含義，祇有「行路難」，最多是抒發壯志難酬之感概。「山深聞鷓鴣」，並非説「恢復之事行不得也」。

一九六五年十月二十七日　星期二　雨

夏先生説「怎樣寫成一首詞」。

夏先生説：從前的説法，寫應該叫填，是填詞。《詞律》凡例講什麼叫填詞。一首叫一闋。《説文》：闋，事已門閉也。樂竟爲一章。章，從音從十。十，數之終也。都是爲了音樂的關係。

詩分兩種，一種配合音樂，一種叫徒歌，祇能詠誦。詞，開始是配合音樂的，後來就同詩沒有什麼區别。

有人説，我不懂樂理，不會作詞，是多餘的顧慮。考究音樂，是專家的事，創作可不管。改説寫，不説填，就是表明，現在作詞跟以前不同，是用發展的觀點來看詞這種文學樣式。

十一月九日　星期二　晴

今天第一次搞了「基本建設」。買了一雙黑皮鞋，十四元。把那件呢西裝也改了，五元四角。我是狠下決心這樣做的。但心裏卻有點不自在：我會不會因此變了呢？

夏先生説「詞的結構」。孔(成九)主任也來了。説,這是夏先生的拿手好戲。

一、分片

詞和詩的結構本來没什麽不同,都是一首、一首的。不同的就在於,絶大部分的詞分爲兩段。即上片和下片。也有人將闋當首看待。上下兩片,稱上半闋和後半闋。兩片是一首,但又不是一首。兩片不脱不黏,組合在一起。

張炎説:過變(片)不可斷了曲意(《詞源》)。説上下片之間的佈局問題。也就是分片問題。

上片末了一句似合而又似起,須引起下片;下片首句似承而又似轉,須與上片相承接並轉入下片。

詞的分片,是因爲音樂的關係。片,本作遍,或偏,因爲寫起來太麻煩,就當作片。一遍唱完了,内容不完,再唱一遍。

上片與下片,前人有好幾種做法。見《讀詞常識》。

一般做法是:上片寫景,下片寫情。柳永詞十之八九都作這樣的佈局。詞中寫景特别多,這也是其中一個原因。至於上情下景,則較爲少見。柳永的做法太單調了。歌者(妓女)叫他做。爲了音樂,没内容,太濫了。

注意：重要的意思應放在下片。如上片將重要意思説完了，下面就變成餘文。這不好。但是，重點放在下面，當中也有分别（説主意在下面，不大合適）。有的把延長開來的意思放在下面，它不一定比主意輕。如主席的游泳詞，上片寫游泳是主意，下面所引申卻更爲重要。

又，上虚下實（後面空虚，没内容是不好的）。

大作家虚更好。辛棄疾《醜奴兒慢》（博山道中效李易安體），在博山路上。上片博山風景，目前的，實在的。末句，「無事過這一夏」。下片的虚，説如何過這一夏。以想像收束。頂重要的就在下片。不是空虚的虚。辛在政治上的感情都在虚中寫出。

又，脱與不脱。

東坡《卜算子》，上片末了「縹緲孤鴻影」，下片都寫影，沙洲上孤鴻的影。沙洲上的孤鴻，時時刻刻保持著高度的警惕。東坡在黄州，一舉一動，都擔驚受怕。爲寫詩，差點喪命。心裏害怕。

東坡《賀新涼》（乳燕飛華屋），上片寫美人，後片忽然脱離，專門寫榴花。但表面寫榴花，其實是寫美人的心理。上片寫美人，寫她的形貌。後片是寫人的心理、心情。「芳心千重似束。」好像有人觸動她的心事，眼淚就像榴花一樣簌簌而下。

東坡詩文理自然，姿態横生（呈現波瀾，翻來覆去），詞中也會横生，忽然脱離了。但表面脱離，實際同上面連接，貌離神合。

辛稼軒則不同，他的脱，往往真的脱了。如《感皇恩》讀莊子聞朱晦菴即世。上片讀莊子，下片悼朱子。兩件事，不聯繫，或至少看不懂。題與詞分作兩橛。另本作讀莊子有所感。兩種標題，兩種意思。其中是有原因的。當時韓侂胄當權，朱熹反對韓，朱臨死時很苦，學生都不敢去看他。這首詞應該分作兩首做。連在一起，互相脱節。東坡的脱，實際上還連。辛就不在乎，真的脱了。辛此詞不足法。

二、過片

詞分兩片是特點。長短句配合音樂，到第二片開頭，講究美聽。第二片開頭要作得出色。大部分詞過片時文字更加飛動，更加參差。

過片也叫换頭，或换拍，與上片比，有所更動。如没有改變，不换頭，就叫重拍。主席詠雪，「江山如此多嬌」。過片、换頭，重新起，與上片不同。並由這一句引起下片的歷史人物。一是承上，一是啓下。句子也做得好，有神采。東坡「一時多少豪傑」，如上面没「江山如畫」，就没神采。

過片要求，起碼的是不脱不離。進一步講，不但要承上啓下，還要能轉能振。《讀詞常識》所舉例，做法對了，但没神采，是死的。東坡《念奴嬌》要没「江山如畫」而衹有歷史就没意思了。能轉的例，如東坡「不恨此花飛盡，恨西園落紅難綴」。既承又轉。但是，比能轉進一步的，是能振。如辛稼軒《水龍吟》「須信此翁未死，到如今凜然生氣」。上片寫陶淵明，下片寫我對他的看法，受他的影響。這就振動起來了。另一首更好，《水龍吟》（過南劍雙溪樓）。「峽束蒼江對起，過危樓，欲飛還斂。」寫山水，動，放在過片，更顯示其動。但是，衹是説水流過來，仍很簡單，就死了，説樓造在山口，跳躍飛動，大不一樣。

張炎《詞源》舉白石《齊天樂》（蟋蟀）例，説過片「西窗又吹暗雨」，能够「承上接下」。上下片共有七種聲音。吟聲、私語聲、機杼聲、砧杵聲、雨聲、琴曲聲以及蟋蟀聲。雨聲於過片處相承接。張炎欣賞白石暗雨陰風的情感，與之共鳴，方纔引爲範例。

三、過片不變例

辛稼軒《破陣子》（爲陳同甫賦壯詞以寄之），過片還是投入戰争，不變。一路下來，九句都不變，末了一句纔變。突破格式。上面九句，加重感情上的憤怒不平。半路變换，不如到末了纔變。「可憐白髮生」，感情更見其重。真是英雄豪傑的詞。辛稼軒《賀新郎》（别茂嘉十二弟），「馬上琵琶」至「悲歌未徹」十句，平列四種人的離别故事，先女的，後男的。過片不變。也是名作品。但我看不如《破陣子》。《破陣子》一加再加，加到没法加了纔變，力氣最大。

劉過《沁園春》(寄稼軒承旨)學辛。一段一段話,專門仿他的形式。説他「白日見鬼」倒没關係,主要是他的做法,專學外表。

四、辛稼軒的《清平樂》

一般講,上下片不同,都在開頭和末了。過片要變,因音樂到這個地方特别好聽。末了也很重要,音樂到此,顯得悠揚動聽。須倚其聲而媚之。兩個地方的聲音都很講究。而且,末了時常少兩個字。因到末了,餘聲多,空兩個字,便於將啊、呀一類虚聲拉長。

《清平樂》完全不同。上片不整齊,四句分别爲四、五、七、六句式,押仄聲韻。下片六言四句,極齊整,押平聲韻。上下聲情不同,小令中極爲少見。上片,長短不齊,適合表達豪放、不平的感情;下片舒徐、婉約。一首詞豪放、婉約兩種情感一起寫,難度很大。

《清平樂》最早爲李煜所作。李詞也是名篇,但不能充分發揮這一詞調的好處。這一詞調要做拗,不能做平。李詞上片「拂了一身還滿」,有一點點,但不够,此處要做得動宕。末了兩句「離恨恰如春草,更行更遠還生」,表婉約,不錯,就是上片不够力氣。

看了許多《清平樂》,就是辛稼軒這一首能够發揮此調的好處。上片四句寫風景,寂寞裏有動宕。「繞床飢鼠。蝙蝠翻燈舞。」冷清枯燥地方,但聽到見到的都在那裏騰沸。首先把生氣造起來。下片四句説心境,雖有點懷才不遇的感覺,卻還是和平的。一、二句中有感慨。三句「夢覺」，表明上片的景，都是夢醒所見。末了「眼前萬里江山」，纔又動了起來。上下兩片，一個動宕，一個平静，配合得很好。當然，下片的平，衹是表面上平，裏面不平得很。《清平樂》這一詞調，能够這樣做的很少很少。但創調的人必定是有意識的，特地把兩種很矛盾的東西放在一起。須認真體驗其格調特徵，聲情與詞情纔能很好地得到配合。

三　課下與夏先生往來多嗎？都聊些什麼？

一九六四年九月二十日（中秋節）　星期日　陰雨

「水光瀲灩晴方好，山色空濛雨亦奇。」雖然碰不上好月亮，又是不好的天氣，但這個「淡妝濃抹總相宜」的西子湖，卻自有一派風光。近山遠嶺，籠罩著輕紗，閃爍著金色的眼睛，迎著我們走來；晚風陣陣，荷葉間，沁人的清香，注滿我們的襟懷；緑色的明鏡，向我們後面滑動。

我們在花港觀魚觀看牡丹亭，又到三潭印月盼望雲縫裏的圓月。夏先生也滿有興致的，他帶我們在湖島上遊覽，給我們講述有關故事。

「春水碧於是天。畫船聽雨眠。」小船順著水流，迎著清風，衝破暗藍色的寳鏡，回到了湖濱第六公園。

回來時，我和夏先生一起搭三輪車。到他家門口，他不讓我付錢，説，他是客人，不讓工人收我的。

十月七日　星期三　陰

晚上和夏先生、夏師母一起看電影《彩蝶紛飛》。夏先生他老人家，卻是很喜歡看電影、看現代劇的，我很不應該連一點藝術欣賞也没興趣。於是，我很認真地看，我思索著，舞蹈同樣也是通過形式來表達思想内容的，它們同樣有語言，有結構。

因爲平時少接觸，其中許多個舞蹈動作，都看不出它所表達的内容。但有幾個，卻還是看出點眉目的。例如，春舞、踏青及牧羊舞。

十月十五日　星期四　雨

下午，研究室討論下鄉問題。我也對讀書發表意見。夏先生聽了以後説：「你説得很對，關鍵在於明確爲誰服務的問題。」夏先生在我發言之前也説，他是較注重於藝術分析的，有時不自覺地會流露舊觀點，並不是有意的，希望我們能够及時提出，及時糾正。

一九六五年一月二日　星期六　晴

我的導師夏瞿禪先生是政協全國委員，(十二月)十七日乘專機到北京開會，正同國家領導人一起，協商國家大事。這是作爲他的學生的光榮。我很激動。昨晚在公社裏睡覺，午夜後没等天亮，二時許，就坐在床上起草給夏先生的信。今天利用公餘時間抄好，直接寄往大會秘書處。

我向導師彙報自己下鄉以來所得到的鍛煉和向工農學習、與工農結合的幾點體會。

一月二十三日　星期六　陰

是很高興的，我又回到了這四季如春的美麗的西子湖畔。雖然已是深冬時節，以前的依依楊柳都已枯黄，但濃淡相宜的西子湖，卻還是很可愛的。

一到學校，我馬上到夏先生家，同他暢叙別後的情景。他説，他已給我寫回信，因爲知道我要回來，纔没寄出去。臨別時，也把寫好的信拿出來給我看，但他説，不給我了。

關於下鄉情況，工作方面著重説面上（公社面上的四清工作）和點上（大隊點上的四清工作）的不同，生活方面説得多一些，尤其是吃、住和勞動，也即「三同」方面。此外，我還説了兩條：我們做面上的工作，比較寬鬆，没一定規則；同我住在一起的同志患有肝炎，不過，我没感到什麽不好，身體仍然很健康。總之，一方面突出階級鬥争，另一方面説，我很習慣，過得很好。

出門時，夏先生同意我幫他抄寫文稿。

一月二十八日　星期四　晴

上午，夏先生給我們講了不少新聞。他説，陳毅外長去看他，也講到詞的問題。陳外長説，主席曾經做過一百首詩詞，後來都失散了，現在存下的，是同志們一起回憶起來的。並説，主席也很喜歡周邦彦的詞，常常讀著讀著就唱了起來。當夏先生和陳外長談到作詞的時候，夏先生説，你們做著歷史上從來未有的事情，也寫出歷史上從來未有的詩篇，陳外長説，前面一點，我們算是做到了，後一個（没做到）因爲没時間做。

偉大的胸懷，非凡的氣魄，時代的英雄，所以能够寫出英雄時代的詩篇。

一月三十日　星期六　陰

上午到夏先生家，幫他研墨。他把往日作的詩詞寫出來，並解釋給我們聽。他確實是很勤奮的，幾乎每天都有作品。

看起來，任何知名人士，都是不讓自己的每一天虛度過去的。夜裏在圖書館的一位先生家攀談，據他説，郭沫若的《隨園詩話》札記，就是在出國的飛機上寫成的。夏先生到北京開會，也在飛機上寫了不少詩篇。

才氣生長的土壤全在於勤奮，而不是優裕的條件。據説，陳□曾經是上海商務印書館的工人。他到上海，都要到商務印書館，而且以前的老闆還認得他。夏先生也是從小學教員開始的。郭老出身地主，在詩情畫意中長大，但他博學廣聞，也都是靠勤勤懇懇而獲得的。

二月一日(大年三十)　星期一　晴

在夏先生家過年。是應邀而去,而且也不過於客氣,滿自然的。年飯吃過以後,湊巧碰上了「王芳」(心叔女公子)。任先生介紹説,她是在工廠裏的。於是,我們一起看夏先生從北京買來的收音機。

二月二日(正月初一)　星期二　晴

大年三十過後。正月初一,夏先生同我到黃龍洞去看菊花。晚上,我們是真的看到王芳了。那是在《英雄兒女》的片子上。

電影《英雄兒女》中的王芳,有個老工人父親,又有個老革命父親,而且還有個英雄哥哥。天真、活潑、勇敢、堅强,十分可愛。

九月三日　星期五　晴

研究室會議。總結四清工作體會,討論文科性質問題。

我説了説自己思想感情的變化情況,他們説是很能感動人。夏先生也説,像我們這樣的人,是可以大有成就的。然而,在這樣的環境,我是很有些不滿意的。來了一年多,這機構還不知道存在不存在。什麼都在摸索。不像其他部門,比如馬列主義研究院那樣善於培養人才。就説這幾天討論,真可以算是消耗時間。四清脱離生產,違反二十三條。

下午散會後，跟夏先生回家去。他拿出《蘇文忠公詩集》來。講了幾首描寫山水的，講到其中一首時説，這一首就像唐詩。他説，唐詩形象性强，宋詩多議論。爲什麽宋人不朝唐人的路走去呢？我説，是不是宋人害怕那樣下去會不及唐人。夏先生説，不是，文學是不斷向前發展的。不是一代不如一代，今不如古。這一講法，啓發我聯繫近日的討論。我感到，應該從生活實踐，從階級鬥争實踐去説明問題。

十月八日　星期五　晴

六日晚到夏先生家，偶然閒談到禪宗。第二天翻閲馮友蘭《中國哲學史》，其中所引《壇經》有云：若前念今念後念，念念相續，無有斷絶，名爲繫縛；於諸法上念念不住，即無縛也。又謂：六識之於六塵，因能來去自由。此等説法，雖主要受唯心主義理論支配，但對於多愁善感的我，卻很有作用。常常因爲一些小問題而激動，舊念新念，念念相續不斷，竟至睡不好，食無味，這除了應從改造思想、克服個人主義入手外，還可以有點無念的思想。

七日下午，隨夏先生一起到平湖秋月賞桂花，觀看浙江美術學院師生畫展。我不會欣賞，陪先生從頭看到尾，很是疲倦，最後衹悟出一點，畫也是寫出來的。寫，就要有吸引力量，而不能讓人有一覽無餘的感覺。他們的畫，題材革命化，寫的都是工農兵，缺點就是粗糙些，畫面太雜，把什麽東西都説出來，没給讀者留下深思的餘地，因而缺乏感人的力量。「論畫以形似，見與兒童鄰。」想起蘇東坡這句話，每看畫，我就小心啦。

十月十九日　星期二　晴

日本客人來訪。夏先生替我作了介紹，說，他是中國古典文學研究生。女翻譯譯過去，客人把手伸過來。來了兩位。日本早稻田大學中谷博教授及夫人。

教授說，他的學生也在他的辦公室念書。他們的學習是自力更生的。想問題、查書，一次、兩次，直到解決爲止。他的學生有二百名。分碩士班、博士班，除了給他們（上課），他還要組織三萬多人上課。

他說，他是研究德國文學的，但這不是他的興趣，比較起來，他更喜歡中國文學。

十月三十一日　星期日　晴

晚上到夏先生家，夏先生要我們堅持寫日記。看起來，這對於我們改造思想，攻讀課業，是很有幫助的。

四　夏先生學問給您最深的啓迪是什麽？

一九六五年十一月四日　星期四　晴

上節課夏先生跟我們講寫詞，提到神品。認爲，它是詩歌中的最高境界，並舉了「獨立市橋人不識，一星如月看多時」（黃仲則《癸巳除夕偶成》）作爲例子。夏先生説，這就是好，但好在哪里，説不出來。他説，好就好在説不出來。

這麼一講，會不會就是不可知論呢？孔（成九）主任説，第一届研究生就寫文章這樣批評夏先生。夏先生説，説我不可知論，我就不承認。孔主任説，但你也没辦法駁倒他們。夏先生説，那我衹好不駁。

當時我想，所謂神和形，是不是指的事物的本質和現象。傳神，就是能把事物最具本質特徵的神態出色地表現出來。但是，也覺得像是有些簡單化。

晚上到夏先生家，陳銘説是自己看了姚文元的文章，作了札記，講了一大套。説：姚文元説，神就是指精神面貌，傳神就是最高的典型形象。而且，也對「一星如月」作了分析。説，這詩句，説明那知識分子很孤獨，但又孤芳自賞。那顆星，像他一樣，雖是星，他卻當月看，不去看月。這表現知識分子的精神面貌。

我感到，説得淺了一些，簡單一些。當然，這麼講（解釋）也可以，但古人所説神品，卻要更加進入好幾步。如果照這麼講，那許多能表現精神面貌的作品，就都是神品了。這顯然跟古人所講神品的本意不合。

後來，我又提出，現在講神品，跟我們表現轟轟烈烈的鬥争生活，有没有矛盾？

夏先生說，比如演戲，也不是說都要大喊大叫，出大力纔算好的。他說，這次外國人看我們的《紅燈記》，都說看得很吃力。他說，藝術是要給人予一種享受的。

夏先生又舉了不少例子，說明神品是存在的，而且是說不出來的。如：會叫苦的人，不一定就苦。真的苦，有時是從笑中表現出來的。拈花微笑（拈花一笑），說的是，靈山會上，釋迦一次講學（拈花示衆），下面的學生，有的說不懂，有的吱吱喳喳地在分析，祇有站立在旁邊的學生（迦葉尊者），不說一句話，祇在那裏微笑。釋迦說，祇有他懂得（有正法眼藏）。

夏先生說，神是講不出來的。比如，回頭一笑百媚生。百媚，誰能一個個講出來呢？但美人卻確實是媚的。匠人得心應手，他就没辦法教給別人，連他的兒子也不可能知道。

夏先生說，我們的語言是有缺陷的。印度有幾百種語言，辭彙算是最豐富的了，但他們還感到「語言口短」。可見有些意思是語言所無法表達清楚的。這就是「祇可意會，不可言傳」的意思。

語言不足，音樂補之。陸游說「情知言語難傳恨，不似琵琶道得真」，就是這一意思。於我看來，神品這東西，同其他事物一樣，也應該是可以知道的。那需要我們具有豐富的實踐經驗，然後纔能狀難狀之神，傳難傳之神，使之呈現目前。

五　您對夏先生有何評價？

我的舊時日記，在一次搬家過程，不慎丟失十有餘册。杭州一段，幸得保存，但零星記録，不足反映全貌，加上篇幅所限，更加難以概括所有。上文所輯存，僅限於一九六四年八月至一九六五年十一月，一年多時間，乃初入師門時的情事。之後，歷經「文化大革命」，再度追隨左右，由京門之朝陽樓到團結湖，一直到友誼醫院，相關情事，均未採録。

一九六二年十二月十三日，胡喬木致函夏承燾教授，曾以「一代詞學大師」見許。就個人詞學造詣看，自是當之無愧。而就其對於一個世紀的詞學發展看，我以爲，對於夏先生的評價，除了「一代詞宗」，仍須添加六個字——「一代詞的綜合」。一代詞宗與一代詞的綜合。這是我所撰《民國四大詞人之一夏承燾》的總標題。該文由北京《文史知識》於二〇〇九年第五期至第九期連續登載。可供參閲。

辛卯雨水後六日（二〇一一年二月二十五日）於濠上之赤豹書屋

注釋：

① 栩莊《栩莊漫記》。據李冰若《花間集評注》。（上海）開明書店，一九三五年。

②《詩經·魏風·伐檀》。據朱熹《詩集傳》卷五。上海古籍出版社，一九八〇年。

③《樂府詩集》第十六卷鼓吹曲辭〈一〉。《四部叢刊》集部。上海涵芬樓用汲古閣本影印。

④陳廷焯《白雨齋詞話》卷一。人民文學出版社，一九五九年。

⑤施議對《人間詞話譯注》卷二人間詞話删稿第一二則。

⑥《稼軒長短句》卷十一。（臺北）世界書局影元大德本，一九五九年。

⑦《金荃集》。《彊村叢書》本。

⑧北京《文學評論》一九八九年第五期。

⑨《我的治學經驗》（夏承燾講，懷霜整理）。《治學偶得》頁三。浙江人民出版社，一九六二年。

⑩據民國五年丁巳（一九一六年）日記第三册六月十一日記載。

⑪一九四七年六月十七日日記：夜間夢遊一水村，恍悟自身是宋真宗。此平日思慮不到者，離奇可怪。醒念真宗一生，行實模糊不清，歷代帝王，正史但有本紀，無從見其性情。須別爲撰傳。前見全松岑先生爲安徽志撰明太祖傳，當仿其體爲之。未刊稿。後載《天風閣學詞日記（二）》頁七〇三。

⑫同⑨。

⑬《天風閣學詞日記》頁二四。浙江古籍出版社，一九八四年。

⑭《天風閣學詞日記》頁九四。

⑮《天風閣學詞日記》頁一一九。
⑯參見拙作《當代十詞人述略》。載《中華詩詞》(第一輯)。中國民間文藝出版社，一九九〇年。
⑰《天風閣學詞日記》頁三五一。
⑱午社社友十五名。即：廖恩燾、金兆蕃、林鶰翔、林葆恒、冒廣生、仇埰、夏敬觀、吴庠、吴湖帆、鄭昶、夏承燾、龍榆生、吕貞白、何之碩、黄孟超。據《午社詞鈔》。民國二十九年(一九四〇年)排印本。
⑲《天風閣學詞日記》頁一一四—一一五。
⑳白居易《與元九書》語。《白氏長慶集》卷第四十五。《四部叢刊》本。
㉑夏承燾《將離鷺山草堂與鷺山夜話》有「野獲新編據亂成，年來有淚爲蒼生」句。據《天風閣詩集》頁八二。浙江人民出版社，一九八二年。
㉒龍榆生曰：「近代詞學之昌明，在宋之名家詞集之重刊廣佈。自臨桂王氏之《四印齋所刻詞》、歸安朱氏之《彊村叢書》後先行世，而詞林乃有校勘之學。」此説可參。據《陳海綃先生之詞學》。南京《同聲》月刊第二卷第六號(一九四二年六月)。
㉓《致彊村先生書》。《天風閣學詞日記》頁二一八。
㉔《致彊村先生書》：「區區發願，欲於先生及半塘諸公校夢(窗)之後，别尋蹊徑，特恐非薄劣所能勝耳。」《天風閣學詞日記》頁一四一。

㉕《致邵潭秋書》：「近又欲宣究詞學，妄擬於半唐、伯宛、彊村諸老搜討校勘之外，勉爲論世知人之事，仿江賓谷二書，爲白石、蕭閒、子野詞集考證數種，及十種詞人年譜數卷，瑣瑣輯集，無當大雅。」《天風閣學詞日記》頁一四四。

㉖《天風閣學詞日記》頁七九。

㉗《天風閣學詞日記》頁八二。

㉘《與夏臞禪書》。《詞學季刊》創刊號。上海民智書局，民國二十二年（一九三三年）四月。

㉙《評唐宋詞人年譜》。據一九五七年十月六日北京《光明日報》。

㉚《唐宋詞字聲之演變》。據《唐宋詞論叢》頁五三。古典文學出版社，一九五六年。

㉛盛配先生著《詞調訂律》（未刊），以「四聲通變」法考訂唐宋詞字聲演變情況。謂：「詞中用四聲，温、韋時已多講究，至柳永進一步推廣，並非始自周清真。」並謂：入宋以俊，柳永所創調，「原均具有極嚴謹之四聲，惟以多作四聲通變於其間，使未易覺察耳」（詳參拙文《建國以來新刊詞藉彙評》所引，載北京《文學遺産》一九八四年第三期）。這是對於夏氏考訂之進一步發明，可供參考。

㉜《詞韻約例》載《唐宋詞論叢》；《詞的分片》載《唐宋詞欣賞》；《夏承燾先生論詞的造句》（施議對述），香港《大公報》藝林副刊於一九八六年十一月二十四日至一九八六年十二月二十二日連載。

㉝《天風閣學詞日記》頁七三。

㉞《月輪山詞論集·前言》。中華書局，一九七九年。

㉟王國維倡導境界說，以有無境界爲論詞標準，以意（我）與境（物）的構造及攄己與感人的追求，爲其創作手段及批評方法。胡適論詞强調充分體現作者的天才與情感，以如何處理意境與音律的關係爲具體標準進行判斷，贊揚蘇、辛，貶斥史達祖、吴文英、張炎等人，與王氏論詞宗旨基本一致。三十年代，胡雲翼著《中國詞史略》和《中國詞史大綱》，具體發揮胡適學說並進一步加以推衍。胡雲翼將蘇軾以前及以後的詞分爲女性的詞及男性的詞二種，因而也將詞風分爲淒婉綽約與豪放悲壯二類。自此，中國詞學史上的境界說即演變爲風格論。

㊱《李清照詞的藝術特色》。《月輪山詞論集》頁六——七。

㊲《談辛棄疾的〈摸魚兒〉》。一九五七年十月十三日杭州《浙江日報》。

㊳《評李清照的詞論》。《月輪山詞論集》頁一一三。

㊴《「詩餘」論——宋詞批判舉例》。《文學評論》一九六六年第一期。

㊵《夏承燾詞集·前言》。湖南人民出版社，一九八一年。

㊶《天風閣學詞日記》頁三二一。

㊷《臺城路》（一揮落雁峰頭手）自評：「此自謂規摹玉田者。」《天風閣學詞日記》第三三二頁。

㊸《天風閣學詞日記》頁五六。

㊹《天風閣學詞日記》頁八六。

㊺《天風閣學詞日記》頁四三。

㊻《天風閣學詞日記》頁一一八。

㊼《天風閣學詞日記》頁一四八。

㊽《天風閣學詞日記》頁二一四。

㊾《天風閣學詞日記》(第二〇四頁)：「接榆生信，寄還校詞日記，謂予《三姝媚》詞用夢窗調，仍近稼軒。」

㊿沈軼劉稱，夏氏所作過辛墓《水龍吟》一闋，即擬辛之什，無論格局、氣魄、辭藻、内涵，皆畢肖辛，且直契其神，起辛於九地之下視之，亦當不止龍洲。據《繁霜榭詞札》續三，未刊稿。後載《繁霜榭續集》詞札第四六則。

51 彭靖《夏承燾詞集·書後》謂：先生詞題材、風格、方法之多樣化與竹山頗相類，而流動自然，則似有過之。並謂：先生對生活之熱烈情緒及積極態度，並非竹山隱遁、恬淡之可相比。據《夏承燾詞集》頁三一二。超越龍洲，見上注所引沈軼劉論夏詞語。

52 按：此二「合」字當符合解，與「異」對舉，而先生所謂「合稼軒、白石、遺山、碧山爲一家」之「合」字即當綜合解，其含義似較爲寬廣。

53 姜夔《白石道人詩説》：「作詩求與古人合，不若求與古人異。求與古人異，不若不求與古人合而不能不合，不求與古人異而不能不異。」據夏承燾校輯《白石詩詞集》。人民文學出版社，一九五九年。

㊹ 王仲聞語。據《唐宋詞論叢》附録《承教録》。

㊺ 據一九四七年五月三十日記。後載《天風閣學詞日記(二)》頁六九八。

第四章　繆鉞

——今代詞壇飛將

四川大學歷史系繆鉞教授與加拿大不列顛哥倫比亞大學亞洲學系葉嘉瑩教授合著之《靈谿詞說》(以下簡稱《詞說》),是一部嘗試以新形式與新方法撰寫的論詞專著。《詞說》縱論唐宋至明清之歷代詞。從詞體總論、詞體探源以至歷代詞家、詞作之具體評述,無不包容其中。就内容看,既可作爲一部詞的賞析讀本,又相當於一較簡明的詞史、詞的發展史。但是,《詞説》的體制及論説方法卻别創一格。《詞説》由若干篇章組成。各篇集中探討一個、兩個問題。每樹一義,先以七言絶句撮述要旨,再附以較爲詳細的散文説明,將論詞絶句、詞話、詞論、詞史諸種體裁之性質融合爲一。分開看,各篇獨立成章,合在一起則構成一個完整體系。全書所論,既可見各家之長短得失,又兼及詞體之發展流變,不同於一般的選本與讀本,也不同於一般的論文集。繆鉞、葉嘉瑩教授根據多年治詞心得,分别撰寫,並在撰寫過程中,互相商討,交换意見,諸篇寫畢,再按照時代編次修訂,删潤成書。在古典詩詞研究中,繆鉞、葉嘉瑩教授的合作,無疑是一種極爲有益的嘗試。

目前，繆、葉二教授共同撰寫之唐五代兩宋詞論稿已寫成（多數已在成都《四川大學學報》、學報叢刊以及北京《文學遺産》《古典文學論叢》《中國社會科學》等雜志刊發），包括前言、後記在内，共四十一篇，約四十萬字，彙編爲《詞説》第一册，已交付上海古籍出版社刊行。讀了這一册，頗獲教益，謹撰此文以向海内外方家求教。

第一節　繆鉞、葉嘉瑩論詞，詞心與特質相通

繆鉞、葉嘉瑩教授的合作是以其共同的詞學觀點和藝術愛好爲基礎的。二教授論詞均注重特質，均在努力探尋其内部規律[1]，但是，二教授所論也還是有一定區别的。簡言之：前者側重於創作，從内質及作法，揭示其有别於詩的各種特殊性；後者側重於欣賞，從感發與聯想，體驗其動人魂魄而又窈眇難言之詞心。《詞説》論詞，正體現了二者各具特色的藝術鑒賞力。

早在四十年前，繆鉞教授在探尋李商隱作詩而不作詞的奥秘時就曾指出：「蓋詞之所以異於詩者，非僅表面之體裁不同，而尤在内質及作法之殊異。詞之特質，在乎取資於精美之事物，而造成要眇之意境。」[2]三四十年後著《詞説》，繆鉞教授又指出：「張惠言所謂詞最適

宜於『道賢人君子幽約怨悱不能自言之情，低徊要眇，以喻其致』，這種功能，正是在兩宋三百年詞人不斷嘗試中得到的。宋詞中許多傑作也確能做到這樣，形成詞體的特美與特長，爲後世作者樹立楷模。」（頁四七）因此，《詞説》之取名「靈谿」，也正是因爲郭璞《遊仙詩》有關「靈谿」數句所敘寫之境界之深幽雋美與詞中之境界或有相似之處這一緣故。這是意境，也就是最能體現詞的特質或内質的詞境。至於作法，繆鉞教授指出：「詞是長短句，音節諧美，音樂性强，又因篇幅短，要求言簡意豐，深融藴藉，故詞體最適合於『道賢人君子幽約怨悱不能自言之情，低徊要眇，以喻其致』（張惠言語，見《詞選序》），而可以造成『天光雲影，摇盪緑波，撫玩無斁，追尋已遠』（周濟語，見《介存齋論詞雜著》）的境界。這是詩體所不易做到的。」（頁三零）並指出：「作詞常是要用比興渾融、含蓄藴藉的方法以表達作者的幽情遠旨，使讀者吟誦體會，餘味無窮，不能像散文那樣的明顯直説。」即認爲：詞與詩、文不同，必須以特殊的作法體現特美與特長，以特殊的作法體現其要眇之意境。所以，繆鉞教授論詞，就從這裏入手。

例如岳飛的《小重山》，論者或以爲，此詞情調低沉，並不「壯懷激烈」，不如《滿江紅》。繆鉞教授指出：「這種看法是膚淺的，是不能深解詞人的用心與作詞的藝術手法的。」（頁三六一）説：「這首詞同樣是『壯懷』的表現，不過是因爲壯志難酬，胸中抑塞，於是以沉鬱藴藉的藝術手法來表達就是了。這也正是詞體的特長，也就是張惠言所謂『道賢人君子幽約怨悱不能自言之情，低徊要眇，以喻其致』者。岳飛抗金衛國的志業，不但受到趙構、秦檜的忌恨迫害，而同時其他的人，如大臣張浚，諸將張俊、楊沂中、劉光世等，亦進行阻撓，故岳飛有曲高和寡、知音難遇之嘆。《小重山》詞就是抒寫這種心情的。此詞上半闋寫出憂深思遠之情，與阮籍《詠懷》詩第一首『夜中不能寐，起坐彈鳴琴』，意境相近。下半闋『白首』三句，表面看來，似乎有些消極情緒，但實際上正是壯志難酬的孤憤。『欲將』三句，用比興含蘊的筆法點出『知音已難遇』的一種悽愴情懷，與辛棄疾《菩薩蠻·題造口壁》詞末二句『江晚正愁予，山深聞鷓鴣』相似。」（同上）繆鉞教授並以文天祥《滿江紅》詞作旁證，指出：文天祥此詞，「是用委婉蘊藉的辭句表達堅貞剛毅的節操，這又是一種方法也是填詞中常用的方法，欣賞詞作時應當懂得這一點，婉約的詞亦可以寓托壯懷也」。

又例如，姜夔的《揚州慢》，論者曾以爲：「在姜詞中這本是一首反映現實比較深刻動人的作品，正由於包括得太含渾，如『猶厭言兵』究竟是『厭言』甚麽樣的兵，説得不够明確。又如『青樓夢好』、『難賦深情』，都很容易使讀者誤解爲追求過去的綺夢。」③繆鉞教授指出：「這種説法是不對的。姜詞中明明説：『自胡馬窺江去後，廢池喬木，猶厭言兵。』從上下文義體會，所『厭言』之兵，當然指的是『胡馬窺江』之兵，亦即是金主南侵之兵。怎麽能説姜白石『説得不够明確』呢？如果必須寫作『猶厭金兵』纔算『明確』，這就未免太笨拙了。不但姜白石決不會這樣作，任何善於作詞的人也不至於寫出這種句子的。至於此首下半闋，是借用杜牧『揚州夢』的事迹及其詩句以作襯托，更加深摹寫了上半闋所慨嘆的荒涼，這也是作詞的一種藝術手法，顯得更加沉鬱。……如果有人『誤解爲追求過去的綺夢』，那確實是『誤解』。」（頁四六二）至於論者以爲「後段竟把在揚州有許多風流往事的杜牧和他的豔詩對照著來寫，原來『《黍離》之悲』的嚴肅意義便大爲沖淡了」④。繆鉞教授説：「這也是不瞭解詞人的用心及作詞方法的外行話。」（頁四六二）認爲：因爲姜夔作詞的手法深婉藴藉，所以感傷國事之作，常是用比興襯托之法，「意切詞微」，「感慨全在虛處，無迹可尋」，需要深明詞法者細心體會，而不可以膚淺之見，皮相求之（頁四六一）。

以上二例説明，讀詞、論詞必須考慮詞體的特殊性，注意其不同於詩、文的內質與作法，纔不致曲解詞人之用心。對於以作詩作文的態度與方法作詞，即「以詩爲詞」或「以文爲詞」，繆鉞教授也不是簡單地進行肯定與否定，而是圍繞著「特質」二字，進行具體分析。繆鉞教授曾經指出：黄庭堅以其詩法融入詞中，顯得樸老、明快、勁折，没有温、韋、馮、李、歐、晏諸家的幽約淒馨、烟水迷離之致，所以論者謂其「不是當行家語」（頁二七七）。這就是説，黄庭堅超越於一定限度，破壞了詞的特質，把詞作成「詩」。而蘇軾仍能保持詞體深美閎約之特質，既清雄、豪壯，而又韶秀、舒徐，其佳者如「春花散空，不著迹象」，此乃黄庭堅所未能及也（同上)。繆鉞教授的論述,揭示出蘇、黄二家「以詩爲詞」之長短得失,頗爲切合實際,同時也爲詩詞創作提供了有益的借鑒。

葉嘉瑩教授論詞心,最爲擅長。所著《迦陵論詞叢稿》,謂「正中詞所寫的,乃是一種以全心靈及全生命的感受和經歷所凝聚成的一種感情的境界」,謂「後主就是以他的赤子之心體認了人間最大的不幸,以他的閲世極淺的純真的性情領受了人生最深的悲慨」⑤,等等。這一些都在努力探測詞人的内心世界,即「詞家之心」。在《詞説》中,葉嘉瑩教授剖析詞心,更加體貼入微。

前人論「賦家之心」、「詞家之心」,每以爲「不可以傳」。葉嘉瑩教授論詞心,不僅善會意,而且善言傳,真所謂善讀詞者。葉教授論詞心,首先由作者的感受,體驗其感覺中的世界,其次由作品的感發作用,揭示作者的資質。合此二者,以顯現其内心衝動。這種論詞方法,有點近於古人之「以意逆志」,這種「逆志」的方法,並非主觀臆測,而是一種深入細緻的心靈觀照。

請看秦觀的《浣溪沙》⑥:

漠漠輕寒上小樓。曉陰無賴似窮秋。淡烟流水畫屏幽。　　自在飛花輕似夢,無邊絲雨細如愁。寶簾閒掛小銀鉤。

葉嘉瑩教授分析這首詞，緊緊抓住「感受」二字。謂：「漠漠」、「無賴」、「幽」、「閒」，這一些都是詞人對於客觀物境的感受。但這是「心靈上的感受」。這種感受，表面看極爲平淡，實際上極爲纖細鋭敏。並謂：飛花似夢，絲雨如愁，雖非正式寫「夢」與「愁」，卻又會使讀者感到若非是一個心中有「夢」有「愁」的善感的詞人，寫不出如此「似夢」「如愁」的句子來。認爲：這首詞所寫的感受，體現了喜怒哀樂未發之前的一種敏鋭幽微的善感的詞人之本質，也就是詞心（頁二四二——二四三）。

再看秦觀的《畫堂春》：

落紅鋪徑水平池。弄晴小雨霏霏。杏園憔悴杜鵑啼。無奈春歸。　柳外畫樓獨上，憑欄手撚花枝。放花無語對斜暉。此恨誰知。⑦

這首詞表現一種面對花落春歸的無可奈何之情，這原是詞人常見的題材。但是，作者卻將這種情感表現得很不平常。葉嘉瑩教授分析這首詞，就從這不平常處入手。她認爲：這首詞的過人之處在於善感發，即善於通過一種出自內心的感動去感動讀者的心。一般人寫到對花的愛賞，祇不過是「看花」、「插花」、「折花」、「簪花」，甚至即使寫到「葬花」，也都是把對花的愛賞之情，變成帶有某種目的性的一種理性之處理。秦觀所寫從「手撚花枝」到「放花無語」，卻如此自然，如此無意，如此不自覺，更如此不自禁。葉嘉瑩教授指出，這就是出自內心中的一種敏鋭深微的感動。這種內心的感動，如何感動讀者的心，這就在於「放花無語對斜暉」這一神來之筆。因爲「放花無語」既已表現出作者惜花之無奈，又繼之以「對斜暉」三個字，便更增加了一種傷春無奈之情。惜花無奈，花既將殘，春亦將盡，而面對「斜暉」，則一日又復將終。作者極爲含蓄地寫了一個「放花無語」的輕微動作和「對斜暉」的凝立姿態。這種動作和姿態，隱然有一縷極深幽的哀感襲人而來，這就是對於讀者的感動。所以繼之以「此恨誰知」，纔會使讀者感動到其心中之果然有一種難以言説的幽微之深恨（頁二四四—二四六）。葉嘉瑩教授論詞，很重視這種興發感動的作用。她將這種作用分解爲三個層次：第一個層次是屬於官能之觸引的感知，第二個層次是屬於情感之觸引的感動，第三個層次則是超越於前二者之上，更是以在心靈及哲思方面引起深遠之觸引與聯想的一種感發（頁一八零）。秦觀詞的這種力量，當屬於第二個層次的情感觸引之感動。

由感知（或感受）、感動到感發，一系列的聯想與再創造，這便在作者與讀者之間架起一座橋樑。通過這座橋樑，讀者可以對作者進行一系列精微細緻的内心觀照，真切地體驗其用意，亦即「詞家之心」：讀者與作者實現了互相間的溝通與融合，充分顯現了詞這一藝術形式的特殊效用。

繆鉞、葉嘉瑩教授論詞，角度有所不同，但詞心與特質相通，二教授所論都較爲充分地揭示出詞體之特長與特美，給讀者一種「審美的愉悦」。這就是《詞説》論詞的一個特點。

第二節　微觀的體驗與宏觀的透視

《詞説》論詞還善於將微觀的體驗與宏觀的透視相結合，從「史」的角度對詞體特質之形成以及詞體的發展流變進行全面的考察，幫助讀者探尋詞這一特殊詩體的内部規律。這是《詞説》論詞的另一個特點。這一特點包括兩個方面：一是對於單個作家的評價，既注重其自身的整體性，又兼顧其詞史地位；二是對於詞體演化的考察，既注重不同時期不同作家對詞體演化所起的作用，又在發展變化中闡明其脉絡，體現其複雜的全過程。因此，《詞説》論詞，即使是對於詞中個别問題的討論，也都能够從歷史發展的角度給人以一定的整體感和立體感。

一　關於單個作家的評價問題

首先,《詞説》對晏幾道之爲人及其詞之特質,進行透徹的剖析,在本質上,對晏幾道進行全面的衡量。

《詞説》指出：晏幾道爲人很有特點。在當時上層社會中表現得很不合時宜,又难以跳出上層社會的圈子。他「論文自有體」,「文章翰墨,自立規摹」,所作詞也别具懷抱。即：既無意於「追逼《花間》」,也不一定想「仍步温、韋」。《詞説》認爲：晏幾道的詞,衹是他遠避仕途而自樂其樂的純真感情的表現,亦即他胸中情趣之自然流露(頁一六二——一六六)。

其次,在以上認識的基礎上,《詞説》進一步對晏幾道進行整體的把握。《詞説》就其所作豔詞與《花间集》中豔詞進行比較,論述其别具之懷抱,並就其詞中表露的盛衰之感與李煜詞的盛衰之感進行比較,看其歌詞所起興發感動作用的程度差别,從而確定其詞史地位。

《詞説》指出：《小山詞》與《花間集》中的豔詞,雖然從表面看來同樣是以寫歌舞、愛情爲主的酒筵歌席之間的曲辭,但其間實在也有許多不同之處。這不同主要是：(一)敘寫對象不同,(二)感情品質不同,(三)語言風格不同,(四)寫作之心情及態度不同。因此,《詞説》認爲：《花間集》中的豔詞,可能衹是在五代之亂世中一些偷生苟安的士大夫們對於宴樂的耽溺，而晏幾道的豔詞，卻頗有一點有托而逃的寄情於詩酒風流的意味（頁一七四——一七五）。這就從質地上，辨明了《小山詞》與《花間集》的區別。

《詞說》並指出：晏幾道與李煜相比，其資質及經歷頗爲相似。二人同樣稟賦有純真的多情銳感的天性，同樣在詞中表露出一種盛衰變化、今昔無常的悲歡離合之感傷。但二人所寫詞，無論是風格、意境及成就，都有很大的差別。從風格方面講，李煜純任天然，不假雕飾，晏幾道則清辭麗句，俊美風流。從意境方面講，李煜亡國以後所作，往往能以極簡短之小令，直寫出千古人類所共有的無常之苦難與悲慨，晏幾道詞中的盛衰今昔之感，卻不免仍停留在對蓮、鴻、蘋、雲之歌舞愛情之情事的追懷思念之中。以成就而言，李煜對五代豔詞之發展實有開拓之功，而晏幾道不僅未有開拓，反有轉趨狹隘之嫌（頁一七九）。晏幾道與李煜，遭際及稟賦既有相似之處而其表現及成就又有如此之不同，對於這一文學現象，《詞說》進一步從詩歌的美感作用及其興發感動的不同層次加以解釋。認爲：除了二人所經歷之盛衰變化程度有所不同外，在美感作用方面，《小山詞》因較重修飾之美，毕竟增加了一層美感的間隔與點綴，因此，李煜詞乃能特具一種震撼人心力量，而晏幾道詞則衹表現一種往事低徊的懷思與感傷，缺少李煜那種奔湧和籠罩的超越於現實以外的更深廣之意境（頁一七九——一八零）。並認爲，晏幾道《小山詞》及李煜詞，其興發感動的層次也不同：李煜亡國以後的一些作品，其直搗人心的籠罩之力，足以包舉千古有情之人的無常悲慨者，便可以説是已經由感動進入了感發的境界；而晏幾道的一些作品，則仍停留在個人情事的追懷傷感之中，衹能算是屬於情感之感動的層次，而並未進入予讀者以更深廣之觸引和联想的感發之境界（頁一八〇）。《詞説》對李煜、晏幾道詞的剖析，我以爲是切合實際的。王國維曾就李煜與宋徽宗（趙佶）進行過比較，以爲「道君不過自道身世之戚，後主則儼有釋迦、基督擔荷人類罪惡之意，其大小固不同矣」。《詞説》著者早年皆深受《人間詞話》影響，此處論晏幾道與李煜之差別，頗得王氏論詞之真髓。

再次，《詞説》還從各個不同角度，同時將晏幾道與晏殊以及秦觀進行比較，闡述其相似及相互區別之處。

《詞説》指出：晏幾道的詞，就外表辭采及所記述的情事看，與晏殊、秦觀頗爲相似，但就意境之博大深幽言之，則有所不及。《詞説》認爲：造成這種區分的主要因素，是由於作者各人本身具有的感發之生命，原來就有深淺、厚薄、廣狹、大小多種不同之區別的緣故。即認爲：二晏相比，小晏不免狹隘、幼稚；小山與淮海相比，其內涵品質，小山似未免失之淺狹（頁一八三——一八九）。

經過多層次、全方位的審視，可見晏幾道在詞史上的地位頗爲特殊。他既不願走回頭路，不肯追步《花間》，又不曾爲開拓詞境建功立業；比起某些大家雖有所不足，卻仍然有其「能動揺人心」之處。他的地位，用《詞説》著者的話講，就是：「回波一轉」，「另闢出了一片碧波蕩漾花草繽紛之新天地」（頁一八九）。這樣的評判，當是恰如其分的。

二　關於詞體演化的考察問題

在唐宋詞發展的歷史進程中，某些人物，例如「變舊聲作新聲」、「大得聲稱於世」的慢詞作家柳永及「指出向上一路，新天下耳目」的所謂「豪放」詞家蘇軾，向爲人們所稱道，而另有些人物，情況較爲複雜，他們對於詞的發展所起的作用則往往得不到足够的重視。例如温庭筠與賀鑄，歷來論者大多衹是在一個横斷面上對其歌詞創作成就進行平面的觀察，而未能從縱的方面，就其在詞史上的特殊地位與作用，進行「史」的透視。《詞説》論温庭筠與賀鑄，補充了這一不足。

《詞説》論温庭筠，不僅把他看作「花間鼻祖」，充分闡發其歌詞創作的成就，而且還把他看作是由作詩轉向填詞的第一位卓有成效的專業作家，充分闡明其特殊地位與作用。

長短句歌詞原是民間之物，但在草創階段即已引起文人雅士的興趣。現傳敦煌寫本所録有名姓作家所作歌詞，説明文人雅士早已染指詞林。這是盛唐乃至盛唐以前的情況。中唐時，白居易、劉禹錫等進一步採用曲子詞新體，按拍填詞，爲長短句歌詞創作打開了無數法門。至晚唐，「倚聲填詞」，其風漸盛，能詩而又能詞的作家，除温庭筠外，尚有杜牧、韩偓、韋莊等。但是，在中晚唐詩壇上，長短句歌詞處於受鄙視的地位。有的詩人，如李商隱，雖具有纏綿悱惻、幽約沉摯的情思，與詞體要眇宜修之特質極爲相近，但他未曾填詞。又如韓偓，他的詩具有一種沉鬱、醲至、悲涼的特殊情調，「含意悱惻，詞旨幽眇，有美人香草之遺」，但他雖曾填詞，卻同樣不曾將此「幽約低徊無限意」寫入新詞。《詞説》揭示這一現象並初步進行了探討。指出：李商隱不作詞是因爲他創作態度較鄭重，不願試作；韓偓填詞是按照當時一般文人的想法，專門爲了應歌，所以不會想到將其故國滄桑之痛、身世淪落之悲寫入詞中⑧。《詞説》認爲，在長短句歌詞興起之後，爲甚麼還不能吸引所有詩人，實現由作詩向填詞的過渡，其主要原因在於：爲應歌而製作小歌詞，這觀念尚未被打破，許多人仍然不願意將自己的真情實感寫到詞中來。但是，惟獨温庭筠，因爲「能逐弦吹之音，爲側艷之詞」，雖被視爲「士行塵雜」，卻仍然無所顧忌，全力爲之，所以取得突出的成就。

《詞説》對於温庭筠的歌詞創作予以充分的肯定，認爲温庭筠對於填詞具奠基之功（頁四二）。所謂奠基之功，實際上指的就是實現了由作詩轉向填詞的過渡。《詞説》不贊成張惠言的做法，對温詞穿鑿附會，謂其有「感士不遇」之寓意，而指出，「温詞之長僅在於其能精細地造成幽美之景象」(頁四七—四八)。這裏所説「精細地造成幽美之景象」,便是由作詩轉向填詞的關鍵之所在。《詞説》論温庭筠,著眼於他的這一特殊貢獻,無疑是頗具「史」的識力的。

《詞説》論賀鑄,同樣注重其特殊的地位與貢獻。指出: 詞體之發展,至北宋已臻全盛。北宋末年,從事倚聲者,需要在前人業績之上更有所開拓,始能卓然自立。而賀鑄,就是在這一特殊情況下出現的一位作家(頁二七九)。

《詞説》認爲: 賀鑄與周邦彦都是北宋末年的重要作家,二人均承擔著開拓新境的重任。周邦彦上承柳永,下启姜夔,論者或比之爲詩中之杜甫,其詞史地位已爲衆所公認,但對於賀鑄則褒貶殊異,有的以爲「北宋名家以方回最次」(王國維語),這是不公允的(頁二七九—二八〇)。

《詞説》指出,賀鑄與周邦彦在詞史上同有開拓之功。並指出,賀鑄開拓之功主要體現在深得楚騷遺韻上。認爲: 唐五代北宋詞人往往從楚騷中吸取營養,而深得楚騷遺韻並表現得最爲突出者當推賀鑄(頁二八〇—二八一)。

《詞説》論賀鑄,認爲是一位善於將詩歌中芳馨悱惻、怨慕淒涼傳統的情韻意境融化於詞的作者。不僅讓讀者看清《东山詞》真面目,認識到:《東山詞》是有真情實感的,乃「滿心而發,肆口而成,虽欲已焉而不得者」⑨,絶不是王國維所説的,「如歷下、新城之詩,非不華贍,惜少真味」; 而且,《詞説》的論述,還讓讀者看清了賀鑄在詞史上的地位與貢獻,即: 在北宋詞人中,雖然不及柳永、蘇軾、周邦彦諸人的影響,但是亦有其獨特的奇姿異彩,可与晏幾道、秦觀相頡頏(頁二八一—二八七)。

《詞説》在闡述賀鑄的特殊地位與貢獻的基礎上,還進一步將其與詞史上另外幾位關鍵人物聯繫在一起,進行比較研究。《詞説》借用況周頤的話指出: 「蘇、辛詞皆極厚,然不易學,或不能得其萬一,而轉滋流弊,如粗率、叫囂、瀾浪之類。東山詞亦極厚,學之卻無流弊。信能得其神似,進而窺蘇、辛堂奥,何難矣。」對於這一段話,雖未有具體闡發,卻能給讀者一種啓示: 如何在相互比較中,探尋其相互聯繫及其發展脉絡。

此外,《詞説》對於其他作家的論述,同樣著眼於「史」的透視。例如張炎,《詞説》既注重在横的方面將其與同時代作家吴文英、王沂孫、周密等聯繫比較,又在縱的方面結合兩宋三百年詞的發展流變進行考察,從而得出結論: 「他不愧爲兩宋三百年詞家之殿军。」(頁五七九)又例如王沂孫,《詞説》論其詠物詞,即將其放在中國古典詩詞中詠物之作的傳統及兩宋詠物詞的發展這一大背景下進行綜合考察,以深入探尋其特殊的價值,指出: 他是把中國詠物之作的傳統中的許多特質,都做了集中表現的一位作者(頁五五一)。而且,《詞説》對於前人將王沂孫詞當作「入門階陛」的説法也作了較爲切合實際的評價（頁五六一）。因此，《詞説》論詞雖每則獨立成章，卻没有孤立、静止的感覺。這種「史」的透視，使處於各個發展時期的不同作家産生一定的聯繫，有助於幫助讀者瞭解詞史的全貌。這是《詞説》論詞獲得成效的一個重要原因。

第三節　《詞説》論詞，散文與韻文互相配合

《詞説》論詞，將論詞絶句、詞話、詞論、詞史諸種體裁之性質融合爲一，就以上兩個方面的具體分析看，應當説繆鉞、葉嘉瑩教授的嘗試是成功的。

歷代詞家論詞採用記載「本事」、詞話及序跋等形式，以絶句論詞乃是晚近以來的事情。記載「本事」、詞話及序跋，形式多樣，活潑生動，便於記述其人其事之某個側面，闡發詞中精義，但往往支離破碎，不成片斷。晚近以來以絶句論詞，如清代厲樊榭所作，其影響遠及於東瀛詞壇[10]。又如夏承燾先生所著《瞿髯論詞絶句》，也頗爲海内外學人所注視。此類絶句本身已是很好的藝術作品，以之論詞，概括性强，易於記誦，便於流傳。但所謂絶句畢竟不同於一般的論説文，用於邏輯推理，似較難以得體。《詞説》將諸種形式交替運用，先以絶句撮述要旨，再附以

較爲詳細的散文説明，這就避免了諸種體裁的短處，而充分發揮其長處；而且因爲乃有意作詞論，《詞説》中各絶句，都是經過精心構思、進行周密安排的。例如論柳永的三首絶句：

休將俗俚薄屯田，能寫悲秋興象妍。不減唐人高處在，瀟瀟暮雨灑江天。
斜陽高柳亂蟬嘶，古道長安怨可知。受盡世人青白眼，祇緣填有樂工詞。
平生心事黯消磨，愁誦當年煮海歌。總被後人稱膩柳，豈知詞境拓東坡。

這三首絶句，從三個不同角度論柳永。即：謂其「不減唐人高處」，具有唐詩之高處及妙境，未可視爲俗俚而鄙薄之；謂其因譜寫歌詞而終生不遇的悲劇值得同情；謂其具有浪蕩子弟以外的另一種面貌，不但留下了描述鹽民亭户窮困勞苦生活的《煮海歌》，而且在羈旅行役之詞中所完成的種種拓展，很可能都曾給予蘇軾若干啓發和影響。三首絶句，互相關聯，互爲補充，已鈎勒出柳永及其詞的全貌。

又例如論姜夔的三首絶句：

江西詩法出新裁，清勁填詞别派開。幽韻冷香風格異，湘皋月墜見紅梅。

情辭聲律能相濟，騷雅清空自一途。若覓渾成深厚境，令人回首望歐蘇。

窺江胡馬傷離黍，金鼓長淮寓壯心。若擬稼軒豪宕作，笙簫鐘鼓不同音。

三首絶句論姜詞風格特徵：謂其以江西派的詩法運用於詞中，所創清勁境界是前所未有的；謂其謹守音律並不妨害辭情，他的詞騷雅、清空，自成一格；謂其憂國哀時之作，如簫笛怨抑之音，與稼軒之如鐘鼓鏜鎝之響之豪宕作風不同。三首絶句已將姜詞風格大致勾劃出來。

但是，以絶句論詞也有一定局限，有些内容無法包容其中。例如在論述柳永之前，《詞説》對於北宋詞遞嬗演進之迹的一段散文説明，便是論柳絶句所難以表達的。散文説明在整篇論述中充分發揮了「史」的透視作用，是必不可少的。《詞説》論詞，有此兩種形式相互配合，相互補充，往往講得較爲透徹，著作者的治詞心得，也能够得到較爲充分的闡發。總的看來，我認爲《詞説》論詞的嘗試對於古典詩詞研究工作，將發揮一定的推進作用，值得重視。

注釋：

① 參見拙文《繆鉞、葉嘉瑩合著〈靈谿詞説〉》。載一九八三年十一月二十八日香港《大公報》副刊「讀書與出版」。

②據《論李義山詩》。《詩詞散論》頁三三。開明書店,一九四八年。
③胡雲翼《宋詞選》頁三四三。
④同上書頁三四〇。
⑤見《迦陵論詞叢稿》頁八〇及頁九八—九九。上海古籍出版社,一九八〇年。
⑥《淮海居士長短句》卷中。《彊村叢書》本。
⑦同⑥。
⑧此段參見《論杜牧與秦觀〈八六子〉詞》及《論韓偓詞》二文。
⑨張耒《東山詞序》。據《東山詞》。《彊村叢書》本。
⑩明治二十年(一八八七年)三月,日本塡詞家高野竹隱曾擬厲氏作論詞絶句,得十六首。參見神田喜一郎著《日本塡詞史話》下册頁一二一—一二七。日本二玄社,一九六七年。

附録一　繆鉞詞學傳略（繆鉞撰）

繆鉞字彦威，江蘇溧陽縣人。生於清光緒三十年甲辰（公元一九〇四年）。曾在北京大學肄業，後因父殁輟學，一生從事教學與科研工作。解放前，曾任河南大學、浙江大學、華西大學諸校中文系教授及四川大學歷史系教授。解放後，一九五二年院系調整，任四川大學歷史系教授至今。

主要專著已刊行者，有《元遺山年譜彙纂》《詩詞散論》《讀史存稿》《杜牧傳》《杜牧年譜》等。此外，已發表之專題文章，除去收入《詩詞散論》《讀史存稿》中之二十五篇之外，尚有若干篇，已選録二十七篇（皆是論述中國古代史與古典詩詞者），編爲《冰繭盦叢稿》，交付上海古籍出版社刊印。生平所作詩詞，録存《冰繭盦詩詞稿》三册，藏置篋中。

生平學詞，深得諸師友之助，而張孟劬先生（爾田）之教益尤爲深切。孟劬先生精研羣經、諸子、史學、佛典，辨章學術，考鏡源流，著述宏富，士林推重；對於詞之評賞與創作，亦均有精詣，著《遯盦樂府》二卷。先生對余，無論面談或通信，均誨諭殷勤，啓迪深邃，使余銘感不忘。而讀王静安先生《人間詞話》，驚喜其識解新穎創闢，突破前人，因悟取西方哲學美學觀點以評論詞作，將更可借他山之助以開拓眼界，擴新領域，此亦余所竊願從事者焉。

凡是一種文學藝術，皆有其產生之特殊條件，從而形成此種文學藝術之特質，而其長短得失亦寓於其中。今詞之特質果何在乎？王靜安先生謂：「詞之爲體，要眇宜修。能言詩之所不能言，而不能盡言詩之所能言。詩之境闊，詞之言長。」（《人間詞話》）斯言得之。詞興於中晚唐而滋衍於五代，當時詞人，於歌筵酒席之間，按拍填詞，娱賓遣興，寄懷寫物，取資目前。因當時唱詞者多是少年歌女，故詞中亦多寫男女間之幽怨閒情，其風格則是婉約馨逸，有一種女性美，亦即王靜安所謂「要眇宜修」者也。《花間》作者，多屬此類。南唐馮延巳、李後主之作，擴大堂廡，提高意境。兩宋以還，名家輩出，在内涵與風格兩方面皆有新發展，蘇東坡、辛稼軒貢獻尤大。此時之詞，可以詠史，可以弔古，可以鎔鑄羣言，可以獨抒偉抱，可以發揚抗敵愛國之壯懷，可以描述農村人民之生活，風格亦變爲豪放激壯，不復囿於《花間》之藩籬矣。雖然，在内涵與作法上，詞仍有其不同於詩之處。詞是長短句，其曲調之低昂，節拍之緩急，足以盡唱嘆之致，又因篇幅之局限，要求言簡意豐，渾融醖藉，故詞體最適合於「道賢人君子幽約怨悱不能自言之情，低徊要眇，以喻其致」（張惠言《詞選序》）。而可以造成「天光雲影，摇蕩緑波，撫玩無斁，追尋已遠」（周濟語，見《介存齋論詞雜著》）之境界，此詩體所不能及者。但在内涵方面仍不免有其局限。因作詞須按調填寫，嚴守韻律，故雖自蘇、辛擴大詞體内涵，樹立楷模，但仍有不能容納者。譬如杜甫之「三吏」、「三别」，白居易之《秦中吟》《新樂府》諸詩，陳述民生疾苦、彈劾時政腐敗之内容，即難以用詞體表達；又如杜甫《八哀》詩、白居易《長恨歌》《琵琶行》等之長篇叙事，詞體亦無能爲役。王静安所云，詞「能言詩之所不能言，而不能盡言詩之所能言」，蓋謂此也。

詞體初興，形成婉約之風格，其後雖不斷發展演變，然淺露、直率、粗獷、叫囂，終非詞體所宜。東坡詞之豪放曠逸，稼軒詞之悲壯激宕，世所共推，但蘇、辛詞之佳作仍歸於深美閎約。周濟謂：「韶秀是東坡佳處，粗豪則病也。」（《介存齋論詞雜著》）劉熙載謂，蘇、辛詞「瀟灑卓犖，悉出於温柔敦厚」（《藝概》）。夏敬觀謂：「東坡詞如春花散空，不著迹象，此其上乘也。若夫激昂排宕不可一世之概，乃其第二乘也。」（《吷庵手批東坡詞》）諸人之論，可謂知言。近之論詞者，或推尊豪放而貶低婉約，不免囿於一隅之見，未能圓照博觀者矣。

或曰：信如君所論述，然則反映歷史現實，歌詠國計民生，將非詞體之所長歟？曰：是固不可一概而論也。南宋偏安，士懷恢復，其時詞人，發抒抗金衛國之心，抨擊苟且偷安之輩，激壯豪宕，名作如林，及蒙元南下，宗社丘墟，故老遺民，痛傷亡國，亦不乏悲咽淒斷之作，是固不得不謂之爲反映歷史現實者矣。此外，詞人佳作，雖發之於一己之觀感，而往往可藉以窺見世道之隆汙。善乎友人劉弘度先生（永濟）之言曰：「詞人抒情，其爲術至廣，技亦至巧。或大聲疾呼，或呻吟宛轉，或逕情質言，或旁見側出，或掩抑零亂，迷離惝怳，或言在此而意在彼，然而苟其情果真且深，其詞果出肺腑之奥，又果具有民胞物與之懷，則雖一己通塞之言，游目騁懷之作，未嘗不可以窺見其世之隆汙，是在讀者之善逆其志而已。」（《誦帚盦詞自序》）細繹弘度先生之論，則於詞體如何反映歷史現實，可以深得其解矣。自古詞人，感物造端，引申觸類，雖取資於草木禽魚、閨襜兒女，而身世之感，家國之念，卓識高情，沈憂隱痛，往往寓於其中，此亦即所謂有「寄托」者。評賞詞作時，應知人論世，心知其意，而不可拘於皮相之談、刻舟之見也。

余生平論詞，大旨如此。

余少喜讀古名家詞，沈酣既久，時有會心，感興之來，偶爾試作。雖不願專事摹擬，然亦不免有所蘄向。譬如佳餚紛陳，必擇適口者食之，始易滋營養。自度才性所近，受晏小山、姜白石沾溉者爲多，然亦不欲以此自限也。

解放前，余在河南大學、浙江大學、華西大學中文系，皆曾講授「詞選」課，解放後，在四川大學歷史系亦屢次講授「唐宋詞」專題。關於論詞之作，以前僅撰寫單篇文章發表，未寫專著。最近正與加拿大不列顛哥倫比亞大學亞洲學系葉嘉瑩教授合作，擬綜理平日治詞心得，寫成專書，名曰《靈谿詞説》（爲何取名「靈谿」，詳葉教授所撰《靈谿詞説前言》中）。其内容則是縱論唐宋至明清歷代詞人，評其長短得失，兼及詞體之發展流變以及對詞中個别問題之討論。其體例則是别創一格，每樹一義，先以七言絶句撮述要旨，再附以較詳細之散文説明，力求爽潔，無取繁瑣，希望能將論詞絶句、詞話、詞論、詞史諸種體裁之性質融合爲一；其作法則是，每人先就自己心得分别撰寫，不拘時代先後，在撰寫過程中，互相商討，交换意見，或面商，或函商，待諸篇寫畢，再按時代編次修訂，删潤成書。吾二人所寫之《靈谿詞説》初稿，自一九八二年起，即先在《四川大學學報》中按期陸續刊載，編成專書後，上海古籍出版社約定，惠予刊印。

一九八三年五月寫於四川大學歷史系

附録二　繆鉞、葉嘉瑩合著《靈谿詞説》

繆鉞教授以「通古今之變」的歷史學家身份而兼治文學，其所著《詩詞散論》用文史結合的方法，闡釋我國詩歌發展演變之迹，並從詩詞自身外形、内質的特徵入手，探尋詩與詞的相同之處及相異之點，含英咀華，獨造精微，甚多新創之見。這是近代以來繼王國維《人間詞話》之後，一部重要的著作。夏承燾曾在其日記中，寫下閲讀這部專著的心得體會。一九八一年四月，在成都草堂舉行的杜甫研究學會年會上，加拿大華裔學者葉嘉瑩教授會見繆鉞教授，葉自謂，少時喜讀《詩詞散論》，心儀已久。二位教授，初逢如舊識，相與評論詩詞，上下古今，切磋往復，所見略同，並相約合作，共撰《靈谿詞説》，以系統地抉發其詞學理論。二位教授合作著書，在當代詞壇上留下了一段佳話。

繆、葉合作是以其共同的藝術觀點爲基礎的。繆鉞少承庭訓，從小就養成「熟讀深思」的習慣。讀王國維《人間詞話》，驚喜其識見新穎創闢，突破前人，因悟取西方哲學美學觀點以評論詞作，將更可藉他山之助，以開闊眼界，擴大領域。繆鉞論詞，注重特質。曰：「在内涵與作法上，詞自有其特長，有其不同於詩之處，但又不免有所局限。詞是長短句，其曲調之低昂，節拍之緩急，足以盡唱嘆之致，又因篇幅短窄，要求言簡意豐，渾融藴藉，故詞體最適合於『道賢人君子幽約怨悱不能自言之情，低徊要眇，以喻其致』。然因作詞需按調填詞，嚴守韻律，故雖自蘇、辛擴大詞體内涵，樹立楷模，但仍有不能容納者。」並曰：「詞體初興，形成婉約之風格，其後雖不斷發展演變，然淺露直率粗獷叫囂，終非詞體所宜。東坡詞之豪放曠逸，稼軒詞之悲壯激宕，世所共推，但蘇、辛之「佳作仍歸於深美閎約。近之論詞者，或推尊豪放而貶低婉約，不免囿於一隅之見，未能圓照博觀者矣」①。其所作詞，受晏小山、姜白石霑溉者爲多，又不欲以此自限；獨闢蹊徑，卓然名家。葉嘉瑩現爲加拿大不列顛哥倫比亞大學亞洲研究系教授，自幼愛好古典詩詞，對於《人間詞話》深感其見解精微，思想睿智，每一讀之則心中常有戚戚之感。後從當代詞家顧隨，受讀唐宋詩，旁聽其詞選諸課。顧隨講課時出入於古今中外之名著與理論之間，旁徵博引，意興風發，論説入微，喻想豐富，予嘉瑩之啓迪昭示者極多。其後嘉瑩在國内外大學講授中國古典詩詞者垂三十年，於先生之學多所發揚。嘉瑩詞論亦重特質。曾謂：詞之特色正在於能以其幽微婉約之情景，予讀者心魂深處一種窈眇難言之觸動，而此種觸動則可以引人生無窮之感發與聯想，此實當爲詞之一大特徵。謂：「蘇、辛二人之佳作，皆不僅在其能以詩境入詞而已，而又能具有詞之特質，如此者正爲其真正佳處之所在也。」並謂：「若論其優劣，則如果以詞之特質言之，固仍當以其中感發之質素之深淺厚薄爲衡量之標準。」②其所作詞，「獨能發英氣於靈襟，具異量之相美」，幽約婉秀，豪宕激壯，二者並兼③。二位教授治詞有許多共通之處。「共勉尚須勤大業，相期終不負平生。」（繆鉞寄葉嘉瑩詩句）其學業、行誼，將表見於詞壇。

據繆鉞教授介紹，《靈谿詞説》其内容則是縱論唐宋至明清歷代詞人，評其長短得失，兼及詞壇的發展流變以及對詞中個別問題之討論；其體例則是別創一格，每樹一義先以七言絶句，撮述要旨，再附以較詳細之散文説明，力求爽潔，無取繁瑣，希望能將論詞絶句、詞話、詞論、詞史諸種體裁之性質，融合爲一； 其作法則是，每人先就自己心得撰寫，不拘時代先後，在撰寫過程中，互相商討，交換意見，或面商，或函商，諸篇寫畢，再按時代編次修訂，删潤成書。

繆、葉二教授所撰《靈谿詞説》初稿自一九八二年起，已在《四川大學學報》陸續刊出。全書完稿後，將由上海古籍出版社出版。

注釋：

① 《繆鉞詞學傳略》。《當代詞綜》卷三。

② 《葉嘉瑩詞學傳略》。《當代詞綜》卷六。

③ 參繆鉞《迦陵論詞叢稿》題記。《迦陵論詞叢稿》卷首。

第五章　吴世昌

——新變詞體結構論奠基人

第一節　吴世昌傳略

吴世昌字子臧，浙江省海寧縣人。一九〇八年（清光緒三十四年）十月五日出生於海寧縣硤石鎮的一個貧民家中。父親是鄉村油坊的夥計，母親是一般家庭婦女。在六個孩子中，他是最小的一個。吴世昌八歲喪母，十歲喪父，小學没念完，十二歲時就被親戚送進杭州望仙橋直街立大參號當學徒，走上了獨立生活的道路。由於艱難歲月的磨練，吴世昌從小就有一股奮發向上的精神，後來進了中學，發奮求知，刻苦用功，有志爲發揚祖國文化事業而努力。

吴世昌在學術上的成就是多方面的，他不僅以研究「紅學」著稱，遠在研究「紅學」之前，他早已對詞學有精深的造詣，而且在文史研究的其他領域也頗多建樹。吴世昌對祖國有著極其深厚的感情，一九六二年，他響應周總理的號召，放棄了在海外優裕的生活，率領全家，不費國家一元外匯,自費由英回國,在中國科學院哲學社會科學部(現爲中國社會科學院)文學研究所任研究員。一九六四年被推選爲中國人民政治協商會議全國委員會委員,參加第四届會議。一九七八年又當選爲政協第五届全國委員,列在無黨派愛國人士組。一九七九年參加中國作家協會,在第四次文代會期間,被推舉爲主席團成員,當選爲全國委員。一九八三年當選爲第六届全國人民代表大會代表、常委會委員、人大教育科學、文化、衛生委員會副主任委員。

從一九七八年起,吴世昌兼任中國社會科學院文學研究所學術委員、研究生導師,被聘爲中國社會科學院研究生院教授。一九七九年國務院建立學位委員會,吴世昌被任命爲該會學科評議組成員。一九八三年吴世昌擔任攻讀博士學位的研究生導師。

吴世昌的治學經歷大致可分爲以下幾個階段:

(一) 學徒階段及工讀生涯(一九二〇—一九二七年)

吴世昌小時候家裏很窮,家中唯一的一本書是掛在灶牆上的「時憲書」,俗稱「曆本」。他的鄰居有的窮得連「曆本」都買不起,遇事要挑個好日子,就來向他的母親借「曆本」。他母親也並不認得幾個字,她衹看某一日條下印著密密麻麻許多字,就知道是「宜祭祀、裁衣、沐浴、理髮、合婚、下葬」等等一串吉利話,那就是個好日子;如果某一日條下乾乾淨淨衹有四個大字，那就是壞日子，因爲那四個字是「諸事不宜」。

父母亡故後，幼小的吴世昌生活無人照管，曾因傷了眼睛未及時醫治而使左眼失明；爲了謀求生路，吴世昌十二歲時就遠離家鄉去當學徒，根本没有工資，鋪裏供膳宿，每月發給二角小洋，作爲「剃頭錢」。三年出師。學徒期滿，他又當了一年站櫃臺的夥計，每月工資大洋一元。

吴世昌不是出身於書香門第，但刻苦好學，雖然一時失學當了學徒，卻並未放棄讀書的念頭。吴世昌説：「我們家裏讀書的風氣是我的四哥搞起來的。」四哥吴其昌大他四歲，十來歲就看完了《三國演義》。小學畢業後，四哥不肯像別人家的孩子那樣去學生意。有一次，四哥從「敬惜字紙」的一米多高的大廢紙簍裏撿到半部《傳習録》，大好之，看得寢食俱忘。後來弄到一本上海縮印的《經義述聞》，又如飢似渴地把它看完。父親去世後，四哥纔十五歲，由族中一位伯父的推薦，到杭州一家商家中當家庭教師。吴世昌學徒期間，他四哥勉勵他，要他自學，並送給他半部掃葉山房石印的《文選》，答應以後爭取機會幫他進學校。吴世昌在藥鋪裏自學《文選》，疑難處衹看注而無師承，似懂非懂，但他終於堅持下來，將這半部書讀完。因爲有了這點基礎，吴世昌後來在中學與大學裏讀書占了許多便宜。

十七歲時，吴世昌由四哥吴其昌的資助離開參藥鋪，考入嘉興秀州中學當自助生，即工讀生。進秀州中學，他一下子就插進初二下學期。但當時初一、初二上的學生已學完了《布利民混合算學》的第一册和第二册上一本，即代數與平面幾何，而他衹在小學裏學了四則運算，因此跟不上去，幸有同學余爾穀君幫他補習了半個月，纔算跟上去了。

秀州中學是美國教會辦的一所學校，學生中組織兩個團體：一爲學生自治會，稱爲「學校市」；一爲學生愛國會。學校教《聖經》，信教學生給津貼。在一九二六年大革命形勢的影響下，有一位原來信教後來不信教的愛國學生姚逖祖，曾因讀《聖經》問題與校長展開辯論。校長問：「你不是相信基督了嗎？」學生答：「是的。」校長又問：「你不是贊成《聖經》嗎？」學生答：「我不反對基督教義，但反對放在炮艇上送來的《聖經》。」吴世昌説，這場辯論，至今記憶猶新。當時，吴世昌並未將全部時間用在讀書上，他曾利用自助生印講義之便，撰寫反帝傳單，自刻自印，還組織同學到街頭散發、宣傳。因此，下一年全校選舉時，吴世昌當選爲學生愛國會會長。吴世昌積極發動組織學生搞愛國運動，曾帶領學生上街貼大標語：收回教育權！反對帝國主義文化侵略！愛國學生的行動，終於迫使美國校長勞立・竇維思「休假」回國，成立了由中國人自主的董事會主持校務，吴世昌被舉爲該會的學生董事。

中學期間，吴世昌積極從事學生運動，學業上也名列前茅。他念完初二下、初三、高一，僅兩年半時間，就跳級考上南開大學預科二年級，一年後便考上燕京大學英文系和清華大學西洋語文系。他本想進清華，但這一年（一九二八年）因爲國民黨派系鬥爭，爭奪北平各大學，北大根本不招生，清華雖然招生，他也考上了，但在八月底他接到清華招生辦通知，因校長問題未解決，暫時不必來校報到，且待以後通知，而燕大卻在九月初通知新生報到，他就進了燕京。

在工讀期間，吴世昌已開始了自己的文學創作生涯。他受了郭沫若一些詩集的影響，曾在學校的文藝刊物《碧漾》上發表過一首數十頁的長詩。在南開預科期間，也發表過詩作。由於出身於社會底層，熟悉城市貧民生活，一九二八年秋，吴世昌曾在《天津商報》發表短篇小説《進財》，描寫一個貧民家庭的悲慘結局，即取材於幼時鄰居的某些貧民之家。

（二）燕京大學階段（一九二八—一九三五年）

一九二八年，吴世昌考上燕京大學英文系。這是個硬性的系，除英文外，還要學兩種外國語（法文、拉丁文），教學上要求很嚴格，學生入學，如果第一年平均分數不合格，就要光榮退學。那時，全年級一百八十餘人，被淘汰後祇留下三四十人。吴世昌勤奮攻讀，不僅以優異的成績順利升上二年級，而且還得到了三百元獎學金。進入燕大，第一年由四哥吴其昌資助，以後三年全靠獎學金維持。燕大畢業後，吴世昌獲得哈佛燕京學社國學研究所獎學金，再當研究生。這項獎學金每年五百元，規定祇給國文、歷史、哲學三系的畢業生，英文系因師資圖書設備都不够，其畢業生是没有資格做研究工作的。吴世昌因在本科學習時就已在《燕京學報》《新月》等刊物發表學術論文，哈佛燕京學社特別給他獎學金，讓他在國文系從事研究工作。三年後畢業，得碩士學位。

燕大七年，正當國家民族處於生死存亡的緊要關頭，每個青年衹有兩條路可以抉擇：或則埋頭讀書，不問窗外事；或則跑出書房，從事革命。吴世昌説，他恰恰在這兩者的夾縫之間討生活。他説：「在一個較長的時期内，我的精神生活像一個鐘擺，左右擺動：一會兒坐下來讀一點書，寫一點東西；一會兒又被祖國危急的呼唤所驚起，不能不去參加救國的活動。」

「九一八」事變後，燕大有兩個學生團體：一個是學生自治會；一個是學生抗日會。吴世昌爲抗日會第一届主席。據陳翰伯回憶：「他（吴世昌）是個愛國青年，平時衣著樸素，不修邊幅，自稱『燕京一布衣』，他在燕大前後學習七年。前四年是英文系學生，後三年是國文系研究生。『九一八』以後，他和他哥哥吴其昌（當時清華大學講師，後任武漢大學教授）曾登上南京中山陵，在陵前大哭一場。經報紙揭載，吴世昌一時名噪金陵，燕大國學就推選他出來領導抗日會。他在同學中很有威信，也頗有號召力。」（《文史資料選編》第八輯第三七頁，北京出版社一九八〇年版。收入《一二·九運動回憶録》，人民出版社一九八一年版。）

吴世昌領導燕大學生抗日會，積極開展各種愛國活動。「一·二八」淞滬戰役以後，抗日會曾利用追悼陣亡將士大會的形式作宣傳工作，這個追悼會在燕大禮堂舉行，規模盛大，平津所有大中學校都應邀派代表參加，校門口懸掛著横幅大標語：「踏著先烈的血迹前進！」那時，日本使館居然也派武官來參加追悼，送了挽聯，並拍了照。抗日會的另一項工作，派遣調查慰問團到前綫勞軍。吴世昌曾有一首《減字木蘭花》詞，題爲「爲燕京大學學生抗日會至長城各口勞軍歸途作此」，記述他一次勞軍感受：「文章誤我。赤手書生無一可。我負文章。祇向高城賦國殤。　江山如畫。到處雄關堪駐馬。水賸山殘。任是英雄淚不乾。」這首詞表達了作者赤心報國的熱切願望。

由於蔣介石消極抗日，屈辱投降，塘沽協定後，抗日烽火被撲滅，但燕大同學民族氣節並未衰減。陳翰伯在有關回憶片斷中記述了這樣一件事：

一九三四年四月，日本華北駐屯軍某軍官發表談話，大罵歐美各國軍隊，説他們是少爺兵，祇會跳舞，不會打戰。各國紛紛抗議，輿論大嘩。日本爲了平息衆怒，唆使北平市長袁良出面，想在頤和園舉行盛會，招待各國武官。但是，此輩不會講英語。袁良竟然致函燕大教務長司徒雷登（Leighton Stuart），邀約燕大女生出任招待和譯員。燕大同學聞訊大怒。吴世昌立即召集抗日會執委會，向學校當局交涉，退回請柬。同時，我們又在平、津七家中、英、法文報紙上發了消息。到了那天，不祇燕大女生没有出席，各國武官，使館人員也都一起「罷宴」。袁良（其實是日軍）準備的數百人的豐美酒食，祇好由他們自己去「大快朵頤」。

這段記載見《文史資料選編》（第三八——三九頁）。據吴世昌回憶，這個日本軍官叫天羽，由於頤和園盛會告吹，他們因此否認以前所説的話，日本報紙稱這一事件爲「天羽聲明事件」。這次「罷宴」，就是燕大抗日會積極交涉的結果。

吴世昌不僅領導抗日會積極開展各種愛國活動，而且對社會上出現的錯誤思潮及國民黨反動派的誤國行爲進行揭露和批判。

一九三五年十一月十七日，胡適在《大公報》上發表題爲《用統一的力量守衛國家》的星期論文，對日本帝國主義的進攻，祇强調「一個『守』字」，反對抵抗，認爲「没有自守自衛的能力，妄想打倒什麽，抵抗什麽，都是紙上空談，甚至於連屈服求和都不配」。第二天，吴世昌以「一個青年」的身份，致書胡適，説：「昨天讀你的星期論文，心裏非常悲痛；今天又讀《平津太晤時報》上載的華北獨立運動消息，我的悲痛實在忍不住了。中國人民這幾年過的是什麽日子？這幾天過的什麽日子？我們回想起『九一八』事變初起的時候，國家的不可收拾還没有這樣利害深刻。那時的時論，有的主張玉碎，有的主張瓦存。但現在呢，縱甘破碎已非玉，便欲爲瓦豈得全！試問我們在這悠悠的四年中，有没有作玉碎的準備，有没有求瓦存的方法？且不説在朝的國民黨的糊塗顢頇，即就在野士大夫的輿論而言，實在也把事情看得太容易了，太多顧慮躊躇。乃至太躲懶了。」

吴世昌在批評胡適强調「守」而反對組織民衆的錯誤思潮的同時，進一步譴責執政的國民黨，指出：「國民黨執政以後，尤其是國難以後，一個最不可恕的過失，便是他們天天嘴裏念著的『唤起民衆』，卻絶對没有做。」同時，吴世昌還針對胡適《我們可以等待五十年》一文中的錯誤論調進行有力的批駁，説：「爲了這篇文章，多少天真的青年真的打算再等五十年，希望七十歲以後，再對兒孫寫『王師北定中原日，家祭無忘告乃翁』的遺囑。但是今日此時，欲求再等五十天，豈可得乎？」並説：「……若説『可以等候五十年』，那必須有容許我們等候五十年的環境，换句話説，必須有在這五十年内敵人不再進一步壓迫的客觀的先決條件，你在説那話時大概認爲已有這先決條件，其如敵人不容我們等候何？」（以上見《胡適來往書信選》中册第二七六—二八一頁，中華書局一九七四年版）

在燕大期間，爲配合學生抗日運動，吴世昌曾主編抗日刊物《火把》，吴世昌還與我地下黨員楊剛等共同編輯抗日刊物《大衆知識》半月刊。當時，吴世昌寫作大量有關時事的政論文，除了爲《大衆知識》供稿，《火把》也出版了八十多期。

燕大期間，吴世昌爲國家與民族的前途命運，奔走呼號，社會活動占去不少學習時間，但是，吴世昌好學深思，並能依據自己的稟賦，選擇主攻目標，在學業上努力建樹。他在英文系讀書，該系老師大多是美國人，教書也認真，卻没有多少學問，講不出什麽道理來；爲了滿足自己的求知願望，吴世昌經常抽出時間到國文系聽課，或者到清華大學西洋文學系聽英語教授吕恰慈(I. A. Richards)、吴宓、葉公超諸教授的課。因爲無家可歸，寒暑假住校，吴世昌就以圖書館爲家，整天在裏面看書寫作。他的《辛棄疾》(傳記)，就是一九二九年暑假在燕大圖書館寫成的。根據自己的特點，他發現自己不適宜於文藝創作，就將興趣和精力轉到學術研究方面來。吴世昌寫作第一篇學術論文《釋〈詩〉〈書〉之誕》時還是英文系二年級學生。此文發表於《燕京學報》一九三〇年第八期，這是該刊第一次發表本科學生的論文。此文刊出，立即被譯爲德文，後來又被譯爲俄文。接著吴世昌又在《〈詩經〉語辭研究》的總題下，連續發表了《詩三百篇「言」字新解》和《釋〈詩經〉之「於」》等論文。《詩經》以外，對於文史研究的其他領域，吴世昌也廣泛涉獵。這期間，他還相繼發表了《詩與語音》《魏晉風流與私家園林》《密宗塑像説略》以及《敦煌卷〈季布駡陣詞文〉考釋》等論文。在求學階段，吴世昌在學術上已漸露頭角，並作出了卓越的貢獻。日本漢學家喬川時雄在一九三六年編著、次年在東京發行的《中國文化界人物總鑒》，曾爲吳其昌與吳世昌分別立傳，在吳世昌條下説：「吳氏就學期間以來，嘗試多方面著述，文、史無所不通。」（第一二六頁）喬川贊語是與實際情况相符合的。

（三）抗戰時期至出國之前（一九三六——一九四七年）

一九三五年，吳世昌在燕京研究院畢業。時顧頡剛任北平研究院史學研究所所長，曾約請他擔任編輯，上海博物館董事長葉恭綽及館長林肇椿也曾函聘他爲特約研究員。一九三七年，日軍侵占北平後，據傳日本憲兵隊的黑名單上有吳世昌的名字，因爲他有過抗日活動，因此，他便化裝爲商人跑出北平，轉至大後方。

一九三八年，原在北平的師範大學、北平大學和天津的北洋大學遷至大後方，成立西安臨時大學，許壽裳、黎錦熙任校務委員，曾聘請吳世昌任國文系講師，講授李義山詩、宋詞選、修辭學等課。西安臨時大學後遷至漢中城固縣，改名西北聯合大學。一九三九年陳立夫將西北聯合大學改名爲西北大學，並派文化特務張北海進校。張在西大，壓迫進步教授，許壽裳等被迫離校赴雲南中山大學任教。一九三九年秋，中山大學來電聘吳世昌爲國文系教授，講授文字學、古代文法、要籍目録等課。中山大學於一九四〇年夏遷回廣東坪石。一九四二年，國民黨CC分子在中大煽動風潮，吳世昌因拒絶與CC分子齊某合作而被解聘。他因此改任湖南國立師範學院教授。過半年，任桂林師範學院國文系教授兼系主任。當時，詩人穆木天和夫人彭慧也爲中山大學解聘，在桂林生活困難，吴世昌聘彭慧任副教授（見穆立立回憶她母親的文章，《新文學史料》一九八一年第二期）。此外，又聘宋雲彬、林焕平任教該院。一九四四年夏，重慶中央大學電聘吴世昌爲國文系教授。日軍在一九四四年秋冬之際進攻湘桂，交通阻塞。吴世昌讓家屬乘車先行，自己徒步到貴陽轉重慶就任。日本投降後，吴世昌隨中央大學復原船於一九四六年遷返南京。

抗日戰爭期間，吴世昌在大後方教書，大部分時間用在編寫講義（教材）上，但他時刻關心國家、民族的命運，仍與愛國進步力量保持聯繫。在重慶，吴世昌與我地下黨較爲接近。周恩來、王若飛同志曾邀赴茶話會，還曾參加過吴玉章、王維舟同志的宴會，把他介紹給新從延安到重慶的熊瑾玎、章漢夫同志。在各大學任教，吴世昌的愛國熱情不減當年，他發表了大量與國事相關的論文，鼓吹抗日，激勵人心，努力發揚民族正氣。這期間，吴世昌的部分時論雜文，在他出國以後被收集爲《中國文化與現代化問題》專集，於一九四八年由上海觀察社出版。專集收文十二篇，其中，《中國青年運動的週期》《中國文化與民主政治》《論近十年的教育政策》等，都是針對當時政局，有所爲而作的。在教學與科研方面，十年期間，吴世昌編寫講義三種，即《修辭學講義》《文字學講義》（與許壽裳合編）及《要籍目録講稿》三種，並發表詞學論文多篇。當時，吳世昌原想寫一部《詞學導論》，後因出國講學而中止。大後方八年，結合教學工作，吳世昌的治學活動進一步向縱深發展，尤其是在詞學研究方面，他所發表的五篇專論，總題爲《論讀詞》包括《論詞的句讀》《論名物訓詁隸事之類》《論詞的章法》《論讀詞須有想像》等，這九篇專論已體現他對詞學的精深造詣。至今，這幾篇詞學的專論，對於讀詞、治詞，仍有相當的參考價值。

一九四五年八月，蔣軍發動「淳化事變」，向陝北的老解放區進攻，吳世昌做了四首《詠史》詩，在重慶《新華日報》（十月十日副刊）發表。他批評胡宗南（其實是蔣介石）「解道國仇猶可緩，從來私恨最難消」，「十年養士知堪用，躍馬先操同室戈」；批評費鞏教授「失蹤」事件：「桓靈滅國千年後，還見清流投濁流。」這些詩在重慶小報轉載後，蔣介石的特務頭子戴笠下令要「查辦」做詩的「反動文人」。（見沈醉《我所知道的戴笠》，《文史資料選輯》第二十二輯）同年八月二十六日，蔣介石在重慶宣佈所謂《中英新約》，除了把旅順、大連、中長鐵路、新疆礦産讓與蘇聯外，還允許外蒙「獨立」——實際上等於把外蒙割讓給蘇聯。吳世昌除了在報上著論批評此約外，還寫了一首五十韻的長詩《乙酉八月廿七日書感》。三十七年以後，他發現故清華大學教授陳寅恪的遺著《寒柳堂集》中，有一個幾乎相同的題目：《乙酉八月廿七日閱報作》。這是一首五律，其中間兩聯云：「乍傳降島國，連報失邊洲。大亂機先伏，吾生命不猶。」吴、陳這兩首詩可謂不謀而合，惟吴詩較陳詩長得多，可見愛國之心，人所共有。

（四）旅英十五年（一九四八——一九六二年）

一九四七年十一月十七日，吴世昌得英國牛津大學電聘赴該校講學，於一九四八年一月八日抵英，任牛津大學高級講師①兼導師。吴世昌用英語講授中國文學史、中國散文史、中國詩及甲骨文等課，隔年輪流替换。在牛津大學，吴世昌由該校授予文學碩士學位，後又被舉爲該校東方學部委員。並曾任牛津和劍橋兩大學的博士學位考試委員。吴世昌到英國不久，英國内政部即派人到牛津大學勸他加入英國籍，他婉言謝絶了。當時，大學的同事又勸他買房子。因爲英國房租很貴，買房子可以用房租作爲分期付款，還可以省繳一部分所得税。吴世昌因不擬常住國外，也就没有採納這一意見。

英國在倫敦有一個學術基金團體「大學中國委員會」，是用退還的庚子賠款的一部分建立的，其利息用作資助中國留學生出版有關中國文化的書籍。吴世昌一到英國，即被選爲該會會員，後來又被舉爲執行委員。在國外旅居十五年，吴世昌不忘故國家山，不忘國家、民族的前途命運。在他出國之初，國内正是戰火遍地、民不聊生的時候，海外華僑和留學生憂心忡忡，急於知道祖國的前途。吴世昌長期訂閲英文版新華社電訊，瞭解國内解放戰争的形勢，持樂觀態度，常常説國民黨王朝不久即可完蛋，不必擔憂，他堅信，中國即可獲得解放。

他這種觀點素不隱瞞。所以國民黨的法西斯分子恨之入骨。吴世昌飛抵英國的消息在國内發表後，國民黨教育部次長田培林見報大怒，把主管對外文教事務的韓慶濂訓斥一通，説：「你放吴世昌出去，他衹會幫共匪宣傳。」當天就把韓慶濂免職了。新中國成立後，中國文化代表團訪英，謝冰心告以北京人民英雄紀念碑建成，吴世昌非常興奮，即賦詩一首。云：「長留典範詔兒孫，百尺豐碑峙國門。四壁浮雕昭信史，兆民解放仰深恩。當年共誓英雄志，舉世今知禹甸尊。海外孤臣遥稽首，憑君携淚奠忠魂。」吴世昌對祖國解放事業表示熱烈贊頌，對革命英烈無比敬仰；詩篇感情熾熱，真切動人。

身羈異域，心繫中華。旅英期間，吴世昌曾在歐洲的《通報》、美國的《東方藝術》《科學進程》《牛津雜志》等刊物上發表大量有關中國文化的研究論文及書評，還出席過在英國、法國、義大利以及蘇聯舉行的國際學術會議，宣讀自己的學術論文。這期間，他還爲英國的《每人百科全書》寫了有關中國的條文二百多條，包括我國領導同志毛澤東、周恩來、朱德、劉少奇以及文化巨人魯迅的傳記，最長的條文達三萬多字。又爲著名的《大英百科全書》寫有關中國年曆學的條文，並爲法國的《漢學要籍綱目》撰寫短篇提要四十六條。吴世昌時刻關心社會主義祖國的文化建設事業，回國之前，他就在北京的《考古通訊》《新華月報》《光明日報》《文學遺産》以及上海的《文匯報》上發表詩文和學術論文。一九六二年秋冬之際，中印兩國因邊界問題引起争端，吴世昌堅定地站在正義的立場上，曾致書英國倫敦《泰晤士報》的編者，批駁印度謗華言論，堅決維護國家民族的利益與尊嚴。他所撰的《論中印争端》(Sino-Indian Dispute)，刊登於一九六二年十二月十九日《泰晤士報》，正好趕在東南六國的哥倫布會議之前一星期，成爲該會所討論的重要國際文件之一。此文發表後，吴世昌曾收到許多英國讀者的來信，表示同意。

在國外，吴世昌用英語講學，用英文寫作，他的文章發表在各種英文刊物上，産生了一定的影響。除了上述有關研究文章外，學術論文中較爲重要的有《甲骨文研究與中國文化》《卜辭旁注考》二篇以及學術專著《紅樓夢探源》。這些著述爲海外甲骨文研究與「紅學」研究奠定了堅實的基礎，開創了新的學風，成爲這方面研究工作者的經典著作。

吴世昌回國之前，曾自費請人將倫敦大英博物館所藏六百多片甲骨全部照相帶回國内。但那時他正參與「紅學」的研究，無暇整理甲骨，他不願將這些材料長期擱置，就全部送給甲骨學專家胡厚宣。吴世昌與胡厚宣以前並不相識，祇因爲胡厚宣研究甲骨學有貢獻，吴世昌就毫不自私地把材料送給他。這種學術爲公的高風雅量，應該使平日搶奪材料、隱瞞材料、霸占材料的「學者」知所愧疚。有人説吴世昌是個傻子，他説，他希望中國多幾個像他這樣的傻子纔好。

回國之前，還有一則趣聞，因爲和吴世昌同姓名的人甚多，有一次北京大學的向達教授在圖書館中見到海外報紙上有一條消息《吴世昌夫人謝聘啓事》，於是驚傳吴世昌死了，後來纔發覺這是訛傳。錢鍾書曾經寫信給吴世昌，告訴他這一誤傳的經過，並説：「知羌村杜老之無恙，喜海外坡翁之能歸。」吴世昌也用駢文回了一封信，曰：「自昔舉家浮海，布帆無恙；至今遼鶴未歸，謝聘何從？雖扶餘之報，諒非子虚；而中秘之驚，竟同伯有。總以賤名庸俗，同之者多；亦見上國高賢，憶我之深。」舊知識分子在日常生活中用駢文酬答，現在已不多見了。

（五）歸國以後（一九六二—　）

一九六二年，吴世昌響應周恩來總理的號召，毅然回到祖國。當時，吴世昌的大女兒已是牛津大學三年級學生，二女兒高中畢業，也考上牛津大學，並得國家獎學金，是該校獲得這項獎學金的唯一的中國女學生。但是，他們放棄了海外生活的一切優裕條件，舉家回國。到了北京以後，他連續發表《真的回到了祖國》《回國以後》及《空前强大的祖國》《我和北京》等文章，傾訴他對於社會主義祖國無比熱愛的真摯感情。回國後，吴世昌進中國科學院文學研究所任研究員。

吴世昌解放前在海外，未曾經歷過「文革」前一系列政治活動，對於複雜的現實社會畢竟不甚瞭解，但他憑著一顆「赤子之心」對待一切，即使碰到困難挫折，也未喪失本真。吴世昌不爲名、不爲利，一心一意衹爲祖國的文化事業。吴世昌，字子臧，而非子藏，他在海外的好友蔣彝（仲雅）來書誤稱他爲「子藏」，他曾以小詩報之，曰：「五十年來衹此身，不求聞達不辭貧。一生愧我無珍藏，半字從君便失真。」「不求聞達不辭貧」，衹此一身，無有珍藏，吴世昌是徹底地這樣實行了。吴世昌從小受吴其昌的影響而從事學術工作，不幸吴其昌在抗戰期間因貧病而死在四川樂山，並無子女。吴其昌的遺孀是個家庭婦女，從未工作。從一九四四年以後，直到現在，四十年如一日，她的生活一直由吴世昌按季匯款贍養。吴世昌自奉極儉，除買書外，幾乎不用什麽錢。

「文革」期間，吴世昌受到了衝擊，但他説：即使事先知道有這麽一次大「革命」，他也還是要回國的。十年動亂中，吴世昌進「牛棚」、下幹校，受侮辱、觸靈魂，備受艱辛，他的大女兒因經受不了「運動」的刺激而致病，至今尚住醫院，二女兒也喪失了攻讀學位的機會，他卻並未後悔。他常説：「一切事業都得付出代價。愛國是大事，豈能不付出代價？毛主席愛祖國，他的親人、兄弟、愛人、兒子，先後爲革命獻出了寶貴的生命，比起他來，我付的代價是小的多了。」一九七〇年，吴世昌下放河南息縣幹校，一次值夜，寫了一首《浣溪沙》詞：

新漲池塘緑漸盈。荒村無酒暖寒更。安排枯坐待天明。　滿地横流行不得，終宵蛙鼓夢難成。曉鐘穿霧到殘燈。

這首詞真實地描繪當時的處境與心境。當然，在當時具體的歷史條件下，作爲一位愛國學者，是無法理解這一切的。

「四人幫」垮臺，「文革」結束，吴世昌已近古稀之年，但他重操舊業，發奮著述，常常通宵達旦地進行工作。他把自己的書齋看作是精神産品的生産車間，以高度的責任感從事學術研究。「平生未作干時計，後世誰知定我文？」（《羅音室詞·鷓鴣天》）吴世昌治學，注重人格與人品。他主張獨立思考，發前人之所未發，言前人之所未敢言，從不迷信權威，更不人云亦云；而且，對於重大原則問題，他從不退讓，吴世昌所發表的文章，每一篇所提出的問題，都是自己體會有得之言，並爲解決學術界某些懸而未解的問題作出貢獻。吴世昌七十歲時，曾次淮海（秦觀）韻作《千秋歲》二首以自壽，其一曰：

雁來天外。暑氣今全退。深院静，街聲碎。百年飛似箭，銀漢飄如帶。春去也，何當再與芳菲對。 月旦誰都會。論定須棺蓋。身漸老，情猶在。讀書常不寐，嫉惡終難改。今古事，茫茫世界人如海。

所謂「讀書常不寐，嫉惡終難改」，這正是吴世昌刻苦書齋生活及其耿直秉性的真實寫照。回國之後，吴世昌著述甚豐。除了一九八〇年出版的《紅樓夢探源外編》收入有關紅學論文四十萬字，他還與温錫增合譯《菲律賓共和國——歷史·政府與文明》一書。吴世昌不僅僅是譯書，同時還查考了《明史》、明代的地方志、明人筆記，寫了幾萬字的考釋，駁斥西班牙殖民主義者對我在菲華僑的污蔑與譭謗，作爲注腳分注在有關各頁之下。吴世昌愛護僑胞的深情，即使在專業以外的工作上，也隨處流露出來。此外，他又爲外文出版局的《紅樓夢》英譯本第一、二卷（前八十回）作了逐字逐句的審校工作，並發表了數十篇有關文學、歷史等方面的專論。

吴世昌社會工作較多，除了參加院、所一級的會議，參加政協、人大的活動。還經常有接待外賓和出國考察的任務。去年，吴世昌當選爲全國人大常委，人大教育科學、文化、衛生委員會副主任委員，工作任務更加繁重，但他仍然抓緊時間進行寫作，並繼續承擔培養博士研究生的任務。他的《羅音室學術論著》是五十多年來研究論文的初步結集，不包括紅學論著及其他已經結集的專著，全書共四卷，即《文史雜著》《詞學論叢》《序跋之屬》及《時論雜文》四卷，約一百萬字，即將由中國文藝聯合出版公司陸續出版，其中，《文史雜著》已被列爲三十五周年國慶獻禮的重點書發排付印，即可問世。

吴世昌的治詞經歷已如上述，他的學術成就主要有以下三個方面：

（一）治詞門徑、詞學觀點及成就

吴世昌中學時代對於詩歌就有特别的愛好，曾經發表過長篇新體詩，大學時代對於舊體詩詞更有精深的造詣。他早年的舊詩，出入唐、宋，率意信筆，不拘一家。但是，詞則取徑二晏以入清真、稼軒，獨不喜夢窗、玉田。歸國前，吴世昌曾將自己詩詞作品（大部分是三十年代的「少作」）集爲《羅音室詩詞存稿》，於一九六三年一月由香港商務印書館出版。

吴世昌論詞，主真言語，真性情，曾説：「填詞之道，不必千言萬語，祇二句足以盡之。曰：説真話，説得明白、自然、切實、誠懇。前者指内容本質，後者指表達藝術。……論古今人詞，亦不必千言萬語，祇此二句足以衡之。」（《羅音室詞存跋》）

吴世昌治詞，强調「讀原料書」，從作品實際出發，獨立思考，進行别開生面的研究。曾説：「學習或研究任何學問，總要從讀書入手；而屬於文學方面的尤其如此。讀書的最徹底辦法是讀原料書，直接與作者交涉，最好少讀或不讀選集和别人對於某集的討論之類。」他特别反對不讀詞或不讀懂詞的「胡説派」，同時也反對不動腦筋、人云亦云的「吠聲派」。吴世昌論蘇軾的歌詞創作，曾指出：胡寅之所謂「眉山蘇氏，一洗綺羅香澤之態，擺脱綢繆宛轉之度」的説法，簡直是一派胡言（詳後）。他説：「胡寅根本不懂詞。」而後世論詞者，「矮子觀場，隨人說妍，大有李卓吾所謂「吠形」「吠聲」之嫌。並指出：近代以來論詞者，從胡適直到胡雲翼等人，以豪放、婉約劃綫，「言必稱蘇、辛，論必批柳、周」，尋根究底，其根源就在他們的老祖宗胡寅那裏。早在三十幾年前，吴世昌就發表一系列有關讀詞與品詞的文章，强調通過詞作本身的内在聯繫，從詞作本身所創造的意境出發，實事求是地探尋其真正的含義，以取得「真切的瞭解」。他一方面主張讀詞須有想像，在理解、領會、發掘其内在聯繫之時，可加上必要的想像，重建其結構，以掌握其箇中奥秘；另一方面，又反對主觀臆斷，反對牽强附會，尤其反對詞學研究中的新老索隱派。吴世昌治詞，主張自己去摸索。他說：「别人的討論未嘗不可讀，但如果自己根本對於原作尚無認識，則看别人研究的結果也不能真切瞭解，等於嬰兒待人嚼飯而哺，嘗不到真實滋味。」又說：「要用死功夫，自己去摸索，最後自能登堂入室。」

對於建國以來詞學研究中若干有争議的問題，吴世昌曾發表獨特的見解。他在《文學遺産》一九八三年第二期上所發《有關蘇詞的若干問題》一文，明確提出：「北宋根本没有豪放派。」説：「即使把蘇詞中的『大江東去』、『明月幾時有』、『老夫聊發少年狂』一類作品算作『豪放』詞，我們至少也衹能說，北宋有幾首豪放詞，怎麽能說有一個『豪放派』？如果真有這一派，試問有多少人組成？以誰爲派主？寫出了多少『豪放』詞？收印在什麽集子裏？」並說：「至於所謂『豪放詞』，舉來舉去，也衹是蘇軾的那幾首。即使再加上宋初范仲淹的《漁家傲》，甚至再加上蘇軾的政敵王安石的《桂枝香》，一共數不到十首。能够得上一個派嗎？」吴世昌這篇論文，是他一九八二年九、十月間赴日講學時的講演稿，這次演説，曾經轟動日本學界，日報《朝日新聞》稱：吴世昌創立新説，向傳統詞論觀挑戰！此後，吴世昌又在《宋詞中的「豪放派」與「婉約派」》（《文史知識》一九八三年第九期）一文中，就宋人創作情況，對「豪放」、「婉約」的具體意義進一步加以闡發，指出：「北宋的詞人根本没有形成甚麽派，也没有區别他們的作品爲『婉約』、『豪放』兩派。」説：論者「這種機械的劃分法並不符合北宋詞壇的實際，很難自圓其説」。吴世昌認爲：應該尊重古人的作品，如果説「作者未必然，讀者未必不然」，就是强加於作者，不但欺騙今人，而且厚誣古人。吴世昌在批駁宋詞兩派的同時，還進一步揭露詞學研究中這種「二分法」之所以沿襲不斷的原因，指出：一、「『詞』這個品種是比較不易懂的」，越是大作家，「他周圍堆積著的神話般的傳説、故事就越多，有關他的問題就越多」，某些人「好起哄打趣，編造『本事』，不核對事實，不考慮邏輯，給後世作研究工作者造成一些混亂與困難」。二、今人論蘇詞，將蘇奉爲「豪放派」教主，「使他變成了不調平仄不押韻的所謂豪放派自由詞或『解放派』詞的『保護神』。好像『姜太公在此，百無禁忌』似的，衹要蘇東坡在此，詞的一切格律都可以不管了」。這就是「那些想做詞而又無此才力者」所以鼓吹「豪放派」的奥妙之所在。因此，吴世昌希望研究者在「細讀原著」的基礎之上，實事求是地進行分析研究。

吴世昌身體力行，經常以自己治詞的深切感受啓發研究生，幫助研究生提高獨立進行研究工作的能力。在給文學所的青年同志和研究生以及人民文學出版社青年編輯授課時，吴世昌曾多次講了辛棄疾的《念奴嬌》（野棠花落）詞，指出「簾底纖纖月」，歷來以爲「喻足」，這是錯誤的，他列舉古詩中的十幾個例子，證實「纖纖月」指新月，形容眉毛，代指美女；他不同意給這首詞醮上政治色彩，明確指出這是一首愛情詞。吴世昌説：讀古詩要善於動腦筋，善於獨立思考，纔能發現問題、提出問題、解決問題。有一次，吴世昌提出一個問題：柳永的《八聲甘州》曾被蘇軾譽爲具有「唐人佳處」的名篇，但人們卻從未發覺，詞作開頭既説「瀟瀟暮雨」，爲什麼下一句又説「殘照當樓」？他認爲，要真正讀懂一首詞，是要付出一番艱苦的勞動的。

吴世昌論詞頗多精要之語，他的詞學論文收入《羅音室學術論著》第二卷《詞學論叢》中，即將交付中國文藝聯合出版公司出版。此外，他還準備繼續撰寫《詞學導論》，寫作《羅音室詞話》等有關論詞專著。

（二）紅學研究的奠基工作

關於《紅樓夢》研究，吴世昌同樣主張著眼於作品本身，而反對搞所謂「紅外綫」。他説：現在有些人研究《紅樓夢》，可以不涉及這部書，衹去考證曹雪芹的爺爺的家譜、社會關係，甚至跑到更遠的地方去，這是難以理解的。他説，就作品本身看，《紅樓夢》還是大有研究餘地的，很多工作没有人去做。吴世昌指出，賈寶玉祭奠晴雯時寫的《芙蓉女兒誄》，就是曹雪芹模仿李後主的《昭惠周后誄》而作的。李後主的誄詞，前面用嚴格的四言體，後面用騷體；賈寶玉爲晴雯寫的誄詞，前面駢體，後面也是騷體。並指出，《紅樓夢》中有許多故事，都是曹雪芹受前人啓發而作的，有的地方脂硯齋指點了一下，有的地方就没點，都需要進一步考證。例如，《紅樓夢》中描寫賈寶玉在一天早上出門看小紅，衹見有人倚著回廊，因爲隔著一株海棠花看不清她的臉。曹雪芹用了這一散文筆法，脂硯齋評曰：「此非『隔花人遠天涯近』乎？」這句話出自《西廂記》，可見曹雪芹是運用《西廂記》意境寫了這段散文。又例如，寶玉滿周歲時，按風俗，賈政曾讓他隨便抓盤子裏的東西，他抓了女人用的化妝品和首飾，賈政很不高興，罵他是色鬼。這個情節是曹雪芹參考了他自己祖上的故事。《宋史》記載，曹彬曾幫趙匡胤打天下，立下汗馬功勞，他周歲的時候也像寶玉那樣抓周，抓的是玩具干戈和印章。吴世昌説：對於曹雪芹的這段描寫，一般讀者看不出深意，其實他是用了曲筆，暗中寫賈政好色。吴世昌以宋玉《登徒子好色賦》爲證，闡明這一推斷。以爲：宋玉用了非常機智的語言，巧妙地證明登徒子能與醜惡不堪的老婆生了五個孩子，足見其好色。而宋玉東鄰的美女是天下絶色，「增之一分則太長，減之一分則太短，著粉則太白，施朱則太赤」，窺宋玉三年，宋玉始終不動心。可見宋玉遠比登徒子不好色。曹雪芹描寫寶玉抓周，用的就是這一手法——「不寫之寫」手法。曹雪芹巧妙地暗示，寶玉喜歡的是黛玉、晴雯那樣美麗、高潔的女孩子，而賈政卻能跟鄙俗醜惡的趙姨娘生下探春、賈環，即使寶玉好色，也遠比賈政高級。（詳參衆生《訪吴世昌先生》，《文學研究動態》一九八四年第四期）吴世昌强調所有的考證都必須爲理解《紅樓夢》這部偉大著作服務，要體會作者真正的用心，認識這部著作的價值，這樣的研究工作纔是真正有益處的。

在《我怎樣寫〈紅樓夢探源〉》一文中，吴世昌曾經談到自己研究《紅樓夢》的步驟和主要成果。五十年代中，吴世昌在美國應巴黎、海牙聯合出版的《漢學要籍綱目》的編者之約，爲《紅樓夢》作提要，爲此，他曾著手收集材料，對曹雪芹原著和脂硯齋三千多條評語，進行徹底的、全面的研究。吴世昌的《紅樓夢探源》計五卷，就是他從事這項研究工作的成果。五卷内容，體現了吴世昌研究《紅樓夢》的「五步」次序，即：抄本探源、評者探源、作者探源、本書探源與續書探源。吴世昌説：五步工作，雖然僅是研究《紅樓夢》思想内容的初步工作，還没有跨進研究思想問題或文學批評的大門，更不必説登堂入室了。但這五步，卻是研究思想或文學批評的奠基工作。由於立足於原著，吴世昌的「五步」考證，尋根探源，爲進一步的研究工作打下了堅實的基礎。

歸國後，從一九六二年到一九七九年，吴世昌由圍繞《紅樓夢》及曹雪芹問題，發表了二十幾篇專論，編集《紅樓夢探源外編》一書，於一九八〇年出版。《外編》所探討的問題，例如曹雪芹卒年問題，曹雪芹佚詩的來源與真僞問題，以及脂硯齋重評《石頭記》（七十八回本）的構成、年代和評語問題，都是紅學界所關心的問題。吳世昌勇於追求真理，積極參加論辯，努力爲紅學研究提供新的證據。

（三）文史研究領域的新開創

吳世昌的治學興趣非常廣，他的著述幾乎包括了文史研究領域的各個方面。《羅音室學術論著》第一卷《文史雜著》所收論文，内容極爲豐富：有古代經籍的訓詁發明，甲骨文和金文的考釋，古代社會風俗以及古今文學的比較研究，古典詩歌、樂府中問題以及宗教學問題的探討，敦煌學中有關資料的考訂以及舊中國喪失文物的調查報告，並有關於生物學中「條件反射」的專論。吳世昌的學術論文，提出問題、解決問題，都能立足於文史研究的最前沿，善於發前人之所未發，言前人之所不敢言，具有較高的學術價值。

吳世昌的文史論文，無論是最近幾年的新著，還是五十年前的舊著，經過時間的檢驗，已爲海内外學人所認可。例如，吳世昌的第一篇學術論文《釋〈詩〉〈書〉之「誕」》作於一九二九年，當時吳世昌還是燕京大學英文系二年級學生。胡適見到此文，頗爲驚動，曾在《我們今日還不配讀經》中加以引述，説：《詩》《書》裏常用的「誕」字，前人解釋都「不能叫人明白」，燕京大學的吴世昌先生釋「誕」爲「當」，「纔可以算是認得這個字了」。胡適將吴世昌與當時的經學權威王國維、楊樹達等相提並論，認爲是當代研究古代經書之有成就者。（見《胡適論學近著》第一集下册第五四六頁）吴世昌此説，在當時是個創見，現在已爲定論。又如，《詩與語音》也是五十年前舊作，因其所探討的問題是當時詩壇上的一個新課題，這一課題，至今尚待深入研究，因此，這篇論文至今仍有生命力，仍然得到海内外學人的重視。六十年代，香港有人翻印此文，前幾年，香港中文大學葉維廉老教授來京講學，曾説他的研究工作受到了此文的啓發。再如：《略論中國古代俯身葬問題》，此文解決了李濟、梁思永等在半個世紀以前已經發現而未能解決的問題——連李濟在美國的老師考古學權威某氏也無法解決的問題；另一篇考古學論文《殷墟卜辭「多介父」考釋》，用古音學的證據證明「多介父」即後世之「諸父」，並用人類學觀點解釋「多介父」與奴隸制社會婚姻制度的關係，爲《周易》中的《歸妹》卦辭作了科學的詁解，從而訂正了許多專家（包括楊樹達、吴其昌、饒宗頤）對這一問題的誤説。此外，還有一篇關於生物學中「條件反射」的論文，從中國古代文獻中發掘出大量事例，證明遠在巴甫洛夫之前一千多年，中國就已發現了動物的「條件反射」現象，並在實際生活中加以運用。此説填補了李約瑟博士《中國科技史》生物學卷中的一段空白。最近幾年，吴世昌在文學研究方面發表的《〈秦女休行〉本事探源——兼批胡適對此詩的錯誤推測》以及《重新評價歷史人物——試論韓愈其人》。前者探尋秦女休故事的來源，解決了文學史上一大疑案，後者重新評價韓愈，推翻了所謂「文起八代之衰，而道濟天下之溺」的千年定論。學術界儘管有人對此二文持有異議，但都尚未能從正面提出更好的證據，將此二文的立論駁倒。因爲吳世昌應用辯證法來分析文學史上問題，不是祇靠抱殘守缺的感情用事所能駁倒的。

一九八三年九月，吳世昌赴日本參加三十一屆亞洲北非人文社會科學會議，還應邀在東京大學作了題爲《五言詩起源於婦女文學考》的講演。吳世昌引用大量材料，證明五言詩並非起源於東漢，而是起源於西漢甚至更早。指出：戚夫人舂米時唱的歌就是五言詩，項羽自殺時虞姬回唱的也是五言詩。《玉臺新詠》除第九卷外，其餘的第一卷至第八卷、第十卷都是五言詩，並與婦女有關。因此，吳世昌認爲：談五言詩的起源不一定要與蘇武、李陵或者古詩十九首這些問題連在一起，它是起源於婦女文學的，在西漢即已興起，成爲獨立的一種文學。（參見衆生《訪吳世昌先生》）這篇講稿，爲中國文學史研究提出了一個新的論題，日本學界頗爲重視。

吳世昌先生在學術上的建樹並不是偶然得來的。學徒的生活、工讀的生活、鬻文爲生的生活以及海外遊子的生活，曾經磨練著他的意志，激發他奮發向上和獻身於祖國文化事業的精神。幾十年來，吳世昌夜以繼日地工作，從不感到勞累，他常說，如果要我休息，不要寫文章，那活著還有什麽意義呢？他雖然年事已高，但老當益壯，每天工作都在十二小時以上。這是吴世昌獲得成就的一個重要原因。不僅如此，吴世昌治學特别强調創新。他常説，他從來不寫没有新東西的文章。他要求自己的學生不要做别人已經做過的題目，要敢於披荆斬棘，打開新局面，説：「你所寫的論文，如果是在現有的一百篇當中，再加上你一篇，成爲一百零一篇，那就没多大意思；你所寫的論文，應當是某一方面的第一篇。」獨闢蹊徑，進行别開生面的研究，這就是吴世昌獲得成就的另一個重要原因。

一九八四年五月

受業晉江施議對敬撰

附記：

這篇文章題爲《吴世昌傳略》，作於一九八四年五月間，在北京。曾載《中國當代社會科學家》第八輯（書目文獻出版社，一九八八年十一月北京第一版）。原稿用中國社會科學院文學研究所五百字大稿紙書寫，計三十六張。子臧先生親自審訂，並以紅色圓珠筆逐一做了修正和補充。原稿壓存箱底，最後一頁已失落。今番刊佈爲原稿，失落部分已據文獻出版社刊本補足。

第二節　平生未作干時計，後世誰能定我文

——吴世昌先生治學之道及成就

吴世昌先生一九〇八年十月五日出生於海寧縣硤石鎮，一九八六年八月三十一日病逝於北京，終年七十八歲。他是一位在國内外均享有盛譽的學者。先生治學，成名甚早。一九三〇年，二十二歲，當他發表第一篇學術論文《釋〈書〉〈詩〉之「誕」》時，還是燕京大學英文系二年級學生。論文發表，名動京師。胡適曾在《我們今日還不配讀經》中加以引述，説：《詩》《書》裏常用的「誕」字，前人解釋都「不能叫人明白」。燕京大學的吴世昌先生釋「誕」爲「當」，「纔可以算是認得這個字了」。胡適將吴世昌與當時的經學權威王國維、楊樹達相提並論，認爲是當代研究古代經書之有成就者。（《胡適論學近著》第一集下册第五四六頁）論文立即被譯爲德文，後又被譯爲俄文。日本漢學家橋川時雄編著《中國文化界人物總鑒》稱：「吴氏（子臧）就學期間以來，嘗試多方面的著述，文、史無所不通。」先生治學興趣相當廣泛，他的著述幾乎涉及了文史研究的各個領域。五十幾年中，出版學術專著五種，詩詞集一種，在國内外刊物發表文章數百篇，此外，還有大學講義三種及待整理書稿若干種，計約五百萬字。其

治學成就，大致體現在以下四個方面：

（一）詞學研究，勇於突破傳統觀念的束縛，推倒舊説，創立新説，有關著述，包括大部未刊稿，已依其生前遺願輯爲《詞學論叢》（《羅音室學術論著》第二卷），即將交付出版。

（二）紅學研究，由脂評入手，從奠基工作做起，在紅學界獨當一面，其生前已有《紅樓夢探源》（英文版）及《紅樓夢探源外編》行世。

（三）文史研究，從甲骨文、金文考釋，敦煌學中有關資料的考訂，古代社會風俗以及古今文學比較研究，直至古典詩歌、樂府中各種問題的探討，均有獨特見解，所撰論文已輯爲《文史雜著》（《羅音室學術論著》第一卷）於一九八四年九月由中國文藝聯合出版公司出版。

（四）詩、詞、文創作，先生治學，不僅重學術建樹，而且重創作實踐，兼工詩詞，並擅古文辭，所作能體現真情性，自成一格，其《羅音室詩詞存稿》已在香港刊行二版。

先生著述，質高，量大，然而，他所經歷的道路卻並非神奇莫測。筆者有幸在先生門下從學多年，耳濡目染，每有所得；值此先生逝世周年之際，謹撰此文以爲紀念。

一

因病成妍貴率真，亂頭粗服見丰神。東施未必無顔色，祇爲效顰笑殺人。

先生爲人，注重率真。其爲學，也十分講究一個「真」字。這首詩題爲《論詩絶句》，載《羅音室詩詞存稿》（增訂本）。以絶句論詩，實際上，有關爲人、爲學的道理都已包含在内。先生作這首詩，頗爲自得，曾書爲條幅見贈。要瞭解先生治學之道，也即其成功之路，必須從這一個「真」字入手。

先生《羅音室詩詞存稿·詞跋》云：「填詞之道，不必千言萬語，祇二句足以盡之。曰：説真話；説得明白自然，切實誠懇。前者指内容本質，後者指表達藝術。《易》曰：『修辭立誠』，要不外此。論古今人詞，亦不必千言萬語，祇此二句足以衡之：凡是真話，深固可貴，淺亦可喜。凡遊詞遁詞，皆是假話。『豈不爾思？室是遠而！』僞飾之情，如見肺腑。故聖人惡之。」這段話集中體現了先生的詞學觀，同時也是所謂「真」字的注腳。

爲了追求這個「真」字，在治學道路上，先生是費了不少心血、付出許多代價的。先生爲學，全靠自己摸索。他説：「初中時讀詞，我曾經上當受騙。即：上了索隱派的當，受了注家的騙。」有些詞作品，内容與詞論家的評語連不在一起，看不懂，當時曾經懷疑：是不是自己不行，天資差？於是，越看越糊塗，越不知其所以然。後來，經過不斷摸索，認真閲讀、比較、思考，方纔大徹大悟，真正認識到：「詞作本身是清楚的，是可以讀懂的。外加的政治意義不對頭。張惠言騙人，常州派的評語都是騙人的。讀者受政治解釋的騙，並不是受詞的騙。」在摸索過程中，先生得出了一條經驗：「要讀原料書，少讀或不讀選集和注本。」認爲，衹有用自己的腦子認真思考，纔能有「真」的見解。（此段參見吴世昌《我的學詞經歷》，《文史知識》一九八七年第七期。）

五十幾年來，先生治詞不斷有新的發明，就是以此爲出發點的。例如，有關治詞的門徑，周濟主張「問塗碧山，歷夢窗、稼軒以還清真之渾化」（《宋四家詞選序論》），並以《宋四家詞選》爲之標榜，影響了好幾代詞家、詞論家，而先生則不以爲然。認真讀原料書，經過對比，先生發現：兩宋詞家中，晏幾道最爲可學。晏幾道身爲貴介公子，因具有詩人氣質，即黄庭堅所説的幾個「癡」（《彊村叢書》本黄庭堅《小山詞序》：「叔原，固人英也，其癡亦自絶人。……仕宦連蹇而不能一傍貴人之門，是一癡也；論文自有體，不肯一作新進士語，此又一癡也；費資千百萬，家人飢寒，而面有孺子之色，此又一癡也；人百負之而不恨，己信人，終不疑其欺也，此又一癡也。」），又能以嚴肅認真的態度作詞，現傳《小山詞》，比起當時别的詞集來，確實令讀者有出類拔萃之感。先生並認爲：晏幾道的詞，其文體之清麗宛轉，如轉明珠於玉盤，而且明白曉暢，使兩宋作家無人能繼（《晏幾道》，載《羅音室學術論著》第二卷《詞學論叢》，即出）。這也就是説：晏幾道的詞，「其語率真」（吴世昌語），一肚子不合時宜，殷勤理之，雖愁恨纏綿，微痛纖悲寓於其中，但情思宛轉，明白自然，「能動摇人心」（黄庭堅語），正如

「因病成妍」之西施，亂頭粗服，仍見丰神。所以，先生曾説：「我平生爲詞，不聽止庵之所謂『問塗碧山』，而是取徑二晏以入清真、稼軒，獨不喜夢窗、碧山。」（參見吴世昌《我的學詞經歷》及拙作《吴世昌傳略》，載《晉陽學刊》一九八五年第五期）這是從刻苦攻讀中所得出的結論，也是先生治學的經驗之談。

先生治詞，力主説真話，因此非常厭惡説假話，反對巧爲緣飾。他不喜歡夢窗、碧山，也不滿意陳廷焯《白雨齋詞話》之瞎吹捧，曾謂其「爲學不誠」，「大言欺人」。先生對於陳廷焯之盲目追隨常州派於詞外任意發揮的做法頗爲不滿，逐條批判，其卷末總批曰：「詩詞忌應酬之作，然應酬猶對人而言，亦可有真性情流露其間，或朋友所好略同，借他人之韻，寫自己所感，亦可有佳作。至於詠物，則降而至於對物應酬，其爲無聊，又甚於諛墓祝壽頌聖應制之作。若真有所感，必欲借花鳥草蟲以抒寫，亦已落爲下乘。此玉田、碧山之所以不足貴也。而此編所論，以碧山爲極則，視玉田如神品，一若非應酬花草鳥蟲，便不算好詞，而言情之作，反視爲卑不足道。否則即附會比興，其謬甚矣。此皆中張惠言寄托謬論之毒，而又造沉鬱一説以自縛，有以致之。亦峰（陳廷焯）於詞頗有所見，而一爲謬説所蔽，遂多異論。」並批曰：「看了這些書，有時不免令人同情秦始皇，真豈不悲哉。」（《評〈白雨齋詞話〉》，載《羅音室學術論著》第二卷《詞學論叢》，即出）。由於堅持以「真」的標準讀詞、論詞，五十幾年中，先生雖並非全力爲詞，其所著述卻不乏真知灼見：

第一，先生認爲：「詞是從詩中發展出來的」；爲解決詞中的問題，非同時讀詩不可。曾說：「不熟悉唐人詩而評論宋詞，往往會出笑話。」（《小山詞用成句及其他》，一九八一年七月二十一日《光明日報》）

一九三五年，在哈佛燕京學社國學研究所當研究生時，先生曾以《羅音室讀書偶記》爲題，在天津《益世報》的《讀書週刊》上發表讀詞筆記。其中，有一條《〈小山詞〉用成句》，曾指出：「《小山詞·臨江仙》『落花人獨立，微雨燕雙飛』二句千古傳誦，其實這是成句。五代詩人翁翊字仲舉有五言《閨怨》一律，上半首是：『又是春殘也，如何出翠帷？落花人獨立，微雨燕雙飛。』這兩句在翁詩中不見得十分出奇，一經小山和上文配合，便爾驚人。」但是，對於這一奧秘，以前的詞論家似乎尚未發現，以至譚獻見到小山此聯，曾爲之驚嘆：「名句，千古不能有二。」（《周氏止庵詞辨》卷一，譚獻評，清刊本，中國科學院圖書館藏）所以，先生在《羅音室詩詞存稿·初版自序》中曾批評譚氏，謂其「文采斐然，儼然選家。然富於才情，而窘於識力。」

先生指出，這類例子，還可以從《白雨齋詞話》中見之。陳廷焯說東坡詞「忠厚纏綿」，後人「不能學，亦不必學」，祇有吴梅村詞「高者有與老坡神似處，可作此翁後勁」。於是，他舉了吴梅村《臨江仙》(逢舊)的末三句作爲説明，謂「姑蘇城外月黄昏，緑窗人去住，紅粉淚縱横」，三句「哀怨而超脱，真是坡仙化境。 迦陵學蘇辛，畢竟不似」(《白雨齋詞話》卷三)。 先生説：「其實陳氏所引吴梅村詞最後兩句全抄唐人油蔚贈别營妓卿卿詩(《才調集》卷七)而斬去每句首二字。 原詩云：『日照緑窗人去住，鶯啼紅粉淚縱横。』油蔚原詩還向她保證説：『此生端不負卿卿。』而梅村詞的上一句則是『此生終負卿卿』。 此詞上片首句『落拓江湖常載酒』，即用杜牧詩『落拓江湖載酒行』；第三句『依然綽約掌中輕』，仍用小杜『楚腰纖細掌中輕』。 陳廷焯如果知道梅村的末聯全抄油蔚詩句，整首詩是雜湊唐人舊句而成，大概不會再替他吹捧爲『坡仙化境』了。」並説：「我這樣拆梅村的臺，未免有點殺風景，但爲了實事求是，也衹好如此了。」

先生的見解，不僅可爲前修補偏，而且對於時賢之讀詞、論詞亦仍有可供借鑒之處。 近年來，旅美學者鄭樹森所著《結構主義與中國文學研究》曾以先生所舉事例爲根據，探研中國古典詩歌的結構原則及詩歌作品之間的互爲指涉關係。 指出：「與英詩比較，成句引用似是中國古典詩的一項特色。」並指出：「對作品之間這種互爲指涉的關係欠缺認識，不但影響賞析過程，且會導致評價上的偏差。」可見，先生於幾十年前所提出的問題，如今仍有繼續探研的價值。

第二，先生認爲：詞中有故事；讀詞須有想像，亦即還原的能力，從而神遊冥索，去迎合作者所暗示的境界與情調。曾說：若是祇看字面，往往會目迷金碧，見樹而不見森林。

一九四六——一九四七年間，先生應羅根澤之約，曾在《中央日報》的《文史週刊》上連續發表論詞文章。其中《論讀詞須有想像》一文，以具體事例集中闡明這種「還原的工作」。先生指出：五代和北宋的小令，不大用典，但其中常常包含著故事。有的好幾首合起來是一個連續的故事，有的是一首即是一個故事或故事中的一段。《花間集》所録孫光憲的《浣溪沙》共九首，除第一首「蓼岸風多桔柚香」外，其餘八首即構成一個連續的故事。孫光憲另有《菩薩蠻》五首，同樣可以構成一個連續的故事。先生曾以想像、配合、組織的辦法，即還原的辦法，勾畫出《浣溪沙》八首所記故事的輪廓，並將《菩薩蠻》五首重加排比，以列表的形式說明詞中所記故事。又，顧敻的《虞美人》六首，記述故事，層次井然。前後呼應，同樣也是有意的安排。先生說：「這種以詞來連續寫一個故事或一段情景的作風，很有點像後世的散曲。」先生並指出：「至於以一首小令寫故事的風尚，到宋代還很流行。《清真集》中有許多結構極好、暗含現代短篇小說作法的故事，都能以寥寥數十字出之。」但是，先生認爲，詞中記述故事，仿佛山水畫中的人物：一頂箬笠底下兩撇鬍子，就算一個漁翁；在藝術的想像力上未受訓練的，是看不出所以然來的。用還原的辦法讀詞，可幫助讀者真正讀懂一首詞，對於認識詞的藝術特質及其藝術功能是很有益處的。從許多具體事例可以得知，唐宋合樂歌詞，除了爲應歌，爲妓女立言之外，還有其他方面的功能。詞，既可用以言情述志，又可用以記述故事。但先生的還原工作與常州派尋求「言外之意」的做法完全不同。先生說，這與古生物學者的還原工作有點類似：發現獸類的一個牙齒或脊椎，便能算出它的頭角該有多大，軀幹該有多長。「四兇」覆滅之後，詞學復興，先生《論讀詞須有想像》在《文史知識》（一九八二年第八期）上重新發表。先生並且在各種場合，或開課授徒，或講學，或與國外學者座談，反復闡述這一方法。據聞，今年春天在北京舉辦的唐宋詞講座，有關專家也將韋莊的五首《菩薩蠻》合在一起，說一個連貫的故事。這一做法，很受歡迎。

第三，先生認爲：讀詞、論詞，要從具體作品出發；以豪放、婉約劃綫，用「二分法」論詞是不科學的。曾說：「北宋根本没有豪放派。」

詞史上豪放、婉約兩派說由來已久，認爲詞中有豪放、婉約兩派，是有一定事實依據的。但是，問題並不在於兩派說本身，而在於某些論詞者，未曾認真讀詞，人云亦云，簡單地以豪放、婉約劃綫，出現了「言必稱蘇、辛，論必批柳、周」的偏向。先生對此深有所感，以爲這種偏向也是由來已久的。二十年代胡適編《詞選》（上海商務印書館，民國十六年版），明確標榜蘇、辛而痛批姜（夔）、史（達祖）、吴（文英）、張（炎）。三十年代，胡雲翼編著《中國詞史略》（上海大陸書局，民國二十二年版）及《中國詞史大綱》（上海北新書局，民國二十二年版）。高舉胡適旗幟，將詞分爲女性的與男性的二種，並説蘇軾乃將詞男性化的第一人。解放後，胡雲翼編《宋詞選》，一方面宣稱「以蘇軾、辛棄疾爲首的豪放派作爲骨幹」，一方面批判晏殊、歐陽修一派的詞及周邦彦、姜夔、王沂孫、張炎一派的詞（據《宋詞·前言》）。胡雲翼的觀點是「言必稱蘇、辛，論必批柳、周」的典型，他的書一版再版，搶購一空。出現這一現象，除了因爲没有另一部合適的選本取而代之，還因爲以豪放、婉約「二分法」論詞，已爲許多人所接受，已形成一種習慣勢力。先生力圖扭轉這一局面。一九七九年春，在中國社會科學院研究生院講座《詞學專題》時，曾指出：

周濟《宋四家詞選》，劃蘇、辛爲一派，以辛棄疾作爲頭頭，蘇軾歸附之，以爲稼軒地位在東坡之上，另一派以秦觀爲代表。這樣分派很不全面，不準確。實際上，秦觀的詞有的説得一點也不婉約，柳永、李清照也有寫得很露骨的，而蘇軾三百多首詞，寫得豪放的，僅是個别幾首，辛棄疾是帶兵打仗的人，也受了李清照很大影響。此外，周邦彦，則既不豪放，也不婉約。兩派説，無法包括全部宋詞。

先生反對以豪放、婉約二派論詞。他的觀點，在學生中宣講，也向同行宣講。他説：「北宋根本没有豪放派。」對於先生的意見，有感到驚訝的，也有表示不贊成的，明確支持的是少數。但先生堅持自己的看法，並且深入進行探討。一九八二年九、十月間，先生赴日講學，就曾否定北宋有一個以蘇軾爲主的所謂豪放派。先生的演説，轟動日本學術界。日報《朝日新聞》稱：吴世昌創立新説，向傳統詞學觀挑戰。這篇講演發表在《文學遺産》（一九八三年第二期）上，題爲《有關蘇詞的若干問題》。此後，先生並撰《宋詞中的「豪放派」與「婉約派」》（載《文史知識》一九八三年第九期）一文，就宋人創作情況，對「豪放」、「婉約」的具體含義進一步加以闡發，指出：「北宋的詞人根本没有形成什麼派，也没有區別他們的作品爲『婉約』、『豪放』兩派。」論者「這種機械的劃分法並不符合北宋詞壇的實際，很難自圓其説」。認爲：應該尊重古人的作品，如果説「作者未必然，讀者未必不然」，就是强加於作者，不但欺騙今人，而且厚誣古人，這是每一位誠實的研究者所不當取的。

先生的意見，或許一時未能闡發得十分周全嚴密，但他從實際情況出發，堅持以「真」的標準讀詞、論詞，他的詞學觀點，必將爲越來越多的人所接受。當然，先生的全部詞學成就，並非以上三點所能概括，但以上三點已經足以説明：因爲追求一個「真」字。先生在詞學方面的建樹是甚爲獨特的。

至於紅學研究，是中年以後旅英講學時開始的。先生在《我怎樣寫〈紅樓夢探源〉》中説：「我第一次看《紅樓夢》是在初中三年級，有一次生病，無法上學。纔把它當『閒書』看著消遣的。至於研究《紅樓夢》，説來慚愧，雖然也看過別人寫的有關此書的論著，自己在出國以前，從未下過功夫。抗戰時期，許多在昆明和重慶的朋友，在『莫談國事』的大前提之下。覺得談『紅學』最妥當，最『衛生』。於是談得很起勁。可是我那時在桂林，不但聽不到，連『紅學』的文字也看不到。倒是來到英國之後，因爲有的學生研究《紅樓夢》，由我指導，使我不得不對此書前後兩部分的作者、著作過程和版本年代這些問題重新加以考慮。」（《紅樓夢探源外編》第一、二頁，上海古籍出版杜，一九八〇年十二月第一版）先生治紅學，起步較晚，所經歷的時間也不算太長，但因其執著地追求一個「真」字，入門途徑端正，方法對頭，其成就也是十分突出的。

首先，從作品實際出發，全面搜集材料。「五步」考證，尋根探源，爲進一步的研究工作打下了堅實的基礎。

先生曾説：「曹雪芹没有寫完全書，或已寫完而没有定本，未見流傳。我們要知道後半部書中情節，最主要的信息和綫索是曾經見過批過後半部分的脂硯齋的評語。」（《紅樓夢探源外編・前言》第五頁》經考證，先生認爲脂硯齋是曹雪芹的叔父，寶玉少年時代的模特兒，《紅樓夢》中有關人物事件，許多爲其「親見」「親聞」；脂硯齋與曹雪芹關係密切，是雪芹的知己和合作者，脂硯齋評語是靠得住的。因此，先生的研究工作就是以此爲突破口的。

旅英期間，先生依據曹雪芹原著和脂硯齋三千多條評語，進行全面研究，撰爲《紅樓夢探源》。此書計五卷二十章，對《紅樓夢》中的一些主要問題，作了深入細緻的論述，反映了先生研究《紅樓夢》的「五步」次序，即：抄本探源，評者探源，作者探源，本書探源與續書探源。經此「五步」工作，對於曹雪芹的身世與《紅樓夢》成書過程，《紅樓夢》原作的抄本、評者和原稿的許多問題以及《紅樓夢》前後兩部分的作者與版本等問題，作了較爲切合實際的考察。同時，在這部英文巨著中，先生從《紅樓夢》的内容和脂評所提供的綫索，嚴肅地指出了「自傳論」的錯誤，並從高鶚與曹雪芹在思想才藝上的差異，對脂本正文與程高本進行比較研究，指出程高本的缺陷，等等。對於這一系列問題的探討，無疑爲《紅樓夢》的深入研究鋪開了道路。先生的《紅樓夢探源》（英文版）於一九六一年由英國牛津大學出版社出版。紅學界認爲：「這是六十年代紅學研究中的重要著作，在西方《紅樓夢》讀者和研究者中有很大影響，受到西方學者的好評。……可惜的是吴先生歸國二十多年，一直没有能够出版本書的中文版，所以在國内未能被廣大讀者所知。」（紅樓夢學刊編輯委員會《深切悼唁吴世昌先生》，《紅樓夢學刊》一九八六年第四期）

其次，敢於講真話，敢於堅持真理，獨立思考，進行别開生面的研究，在紅學界獨當一面。中年以後，先生治紅學，有五絶句題於五卷本《紅樓夢探源》卷首，曰：

一往深情到太虛，千秋偉業托華胥。原知此夢人多有，若箇醒來肯著書。

朱墨琳琅滿紙愁，幾番抱恨注紅樓。脂齋也是多情種，可是前生舊石頭。

風月繁華記盛時，欲將寶鑒警頑癡。棠村小序分明在，紅學專家苦未知。

殘稿迷亡不可尋，程高綴補見深心。將傾大廈終難挽，何必皇恩説到今。

大義消沉二百年，高潮争論薄雲天。張皇幽眇誠餘事，莫道無人作鄭箋。

一九六二年歸國，經歷了十年浩劫，先生晚年常對人説，已經看破「紅塵」，不再寫作「紅樓」文字。但是，歷盡滄桑，參透世態人情，先生的「最後一首詩」，卻偏偏是題《紅樓世界》（據《題〈紅樓世界〉——仿子夜歌》及《附記》，一九八六年九月二十一日《光明日報》，又參見周雷《敢將肝膽照生平——痛悼吴世昌先生》，《紅樓夢學刊》一九八六年第四期），詩云：

紅樓一世界，世界一紅樓。不讀紅樓夢，安知世界愁。

紅樓一夢耳，能令萬家愁。祇緣作者淚，與儂淚共流。
説部千百種，此是情之尤。不獨女兒情，亦見世態憂。
古今情何限，離恨幾時休。所以百年内，常抱千載憂。
紅樓復紅樓，世上原無有。可憐癡兒女，祇在夢中遊。

前後兩次題詩，一次比一次一往深情，充分體現了先生對於紅學研究及整個紅樓世界的總的看法。確確實實，先生是將「紅樓世界」及「世界紅樓」完全給參透了。因此，無私無畏，不趨時、不趨新，在紅學界成爲一員獨當一面的闖將。

在「四人幫」的「評紅」熱潮中，一切以階級鬥争爲綱，所謂「紅學」研究已是昏話連篇，完全喪失了科學性，但先生不理會「四人幫」的那一套，仍然堅持獨立的學術探討。在幹校勞動之餘暇，撰成《〈紅樓夢〉原稿後半部若干情節的推測——試論書中人物命名意義和故事的關係》一文（載《文教資料簡報》一九七四年八、九月號），根據書中有關人物命名的意義，結合脂評和前八十回故事中的暗示，推究作者在後半部原稿中的某些故事應該或可能是怎樣發展的。這篇論文，考證縝密，言之有物，有理有據，充分體現了作者嚴謹的治學態度和勇於追求真理的戰鬥精神。果然，這篇論文發表後，「四人幫」所操縱的某文藝刊物即於一九七五年第四期發表署名文章：《警惕〈紅樓夢〉研究中的沉滓泛起》，文章以造謡、漫駡、無限上綱的手段，對先生進行猛烈的攻擊，謂其「材料掛帥、知識私有、煩瑣考證、測字猜謎、鑽牛角、找冷門」，謂其「沉滓泛起，還往往打著革命的旗號」，「以圖挽回地主資産階級『紅學』的一統天下」。等等。但是，先生敢作敢當，毫不畏懼，曾寫信給《文教資料簡報》編輯部，要求答辯與反擊。（詳參趙國璋、姚北樺《十二年前紅學界的一樁公案——憶吴世昌與〈文教資料簡報〉》，《文教資料》一九八七年第一期。）

「四人幫」覆滅後，紅樓八股餘毒未消除。英譯本《紅樓夢》「出版説明」稱：「這書是中國封建時代階級矛盾和階級鬥爭的産品。」並稱：「這個被稱爲花柳繁華之地，快樂光榮之家，不過是一個屠宰場而已。」先生於一九七八年一月見到英譯本第一册様本，看完「出版説明」，立即給譯者楊憲益寫信，指出這是個「撒謊説明」，如照這個「出版説明」，此書應改名爲《紅樓罪惡史》纔切題。先生想以朋友之間通信閒談的方式，向有關部門轉達此意，但得到的反應是：「已經印好了，再版時再説罷。」先生以爲，「四人幫」揪出後已過十四個月，再不能以當時的「評紅」昏話欺騙國外的英文讀者。這是個重大原則問題，不能不辯。因此，先生撰寫《寧榮兩府「不過是個屠宰場而已」嗎？》（載《讀書》一九八〇年第一期），對此「出版説明」進行嚴厲的批評。

「早識此身非我有，敢將肝膽照生平。」爲人、爲學，肝膽照人，這是先生所謂「貴率真」的精神之體現，也是先生之所以能够不計較個人得失、勇於追求真理的原因之一。

二

雁來天外，暑氣今全退。深院静，街聲碎。百年飛似羽，銀漢飄如帶。春去也，何當再與芳菲對。月旦誰都會，論定須棺蓋。身漸老，情猶在。讀書常不寐，嫉惡終難改。今古事，茫茫世界人如海。

一九七八年重陽後一日，先生七十歲生日，曾次淮海韻填製《千秋歲》二首以自壽。這是其中一首。七十生辰，憶昔撫今，能不感慨萬千，而「讀書常不寐，嫉惡終難改」，卻體現了先生的真禀性，也是先生爲人、爲學的自我鑒定。先生治學能够不斷進取，努力創造，與此密切相關。

第一，先生治學，主張言前人之所未能言，發前人之所未敢發。曾説，他的每一篇文章都是真有所得纔寫的；如果没有新的發現，絶對不動筆。五十幾年中，先生所寫文章，每一篇都有自己的見解，都曾引起學術界的注視並能在學術上占居一定的位置。

先生治學既以「真」爲標準，爲追求這一個「真」字，就必須經過自己的摸索與思考，必須有所發明。有所創造。先生指導筆者寫作學位論文時曾説：「你所寫文章，若是現有一百篇中再加一篇，爲一百零一篇，就没有多大意思；你所寫文章，當是某一方面之第一篇，將來修文學史者，非找來參考不可，這纔真正有價值。」先生對於後生學子，囑望甚高，對於自己，同樣也是以此爲目標而嚴格要求的。上文所述，先生著《釋〈書〉〈詩〉之「誕」》，一字解經，名動京師。這篇論文之所以能在學術界産生影響，就因爲論文所探討的問題是千百年來經學家所感到爲難而錯解了的問題，而先生第一個令人信服地解決了這一問題，先生釋「誕」爲「當」，他的考釋，糾正了古訓的謬誤，在當時是個創見，現在已成爲定論。這篇論文可以作爲先生所倡導的「要作文章第一篇」的典型例子。

此後，先生有《詩與語音》（原載民國二十二年十月《文學季刊》，見《羅音室學術論著》第一卷《文史雜著》）一文，對於歷代詩論中所無法解釋的若干文學現象，從語音學的角度進行探討，即「説明詩的聲音和讀者讀後所受的感動的關係」，從而説出其所以然來。這是前人所未曾做過的工作，在當時詩壇是一個新課題，對於當前國內國外的詩學研究，仍然具有重要的參考價值。例如，賈島的「僧推月下門」與「僧敲月下門」。何故將「推」改爲「敲」，這問題不但詩人自己無法解決，他的知己韓愈無法替他解決，好像永遠是詩學上無法解決的問題，但先生根據字音在詩文中所直接引起的感覺和情緒的不同加以說明，卻解決了這一問題。先生指出：

「推」字「tɑ̄」平舌音。不僅他原來的意義是，並且他字音的象徵也是一種延緩而遲續的動作。「敲」字「kô」（唐音）空齶音，字義和字音都是指一種急劇而間斷的動作。我們弄清楚了這些字音所引起的感覺和情緒的不同，再看當時的詩境，也許做詩的時候下字更能正確一點，或者不至於像賈島那樣推到韓愈身上去。

又如王國維《人間詞話》說秦觀的「可堪孤館閉春寒，杜鵑聲裏斜陽暮」所引起的情緒是「淒厲」，但爲什麼是「淒厲」而不是別的什麼情緒，王氏未曾說明。先生說：

據我看，「可堪孤館」四字都是直硬的「k-」音，讀一次喉頭哽住一次，最後「館」字剛口松一點，到「閉」字的「p-」又把聲氣給雙唇堵住了一次，因爲聲氣的哽苦難吐，讀者的情緒自然給引得淒厲了。

又如李商隱的《無題》「劉郎已恨蓬山遠，更隔蓬山一萬重」，其中含有無限不盡的情意。後來用同樣方法寫情的句子有歐陽修的「平蕪盡處是青山，行人更在青山外」及《西廂記》的「當初那巫山遠隔如天樣，聽説罷又在巫山那廂」，均不及李詩情意深摯。這究竟是什麽緣故，前人似亦未曾説明。先生則抓住「更隔」二字的語音特點作了獨到的分析。謂此二字都是「k-」音收聲的母音，又都有深近喉部的「ɑ」音，這二音碰在一起讀時就得異常使勁，讀者對於詩中情緒的瞭解，就不是被動，而是處於主動的地位了，因而對於這首詩的感覺就更親切，更易於「入神」。

以上數例，很能説明問題。先生寫這篇論文，目的在於爲詩學研究開闢一條新的途徑。論文發表後，曾使詩界同行引起興趣並展開了一場小小的争辯，衹是這種研究方法，在國内從來没有人進行過，許多方面的知識準備不充分，先生的探討也就從此中斷。但是，他的研究工作，人們是不會忘記的。據聞，六十年代香港有人翻印此文。香港中文大學的葉維廉教授於前幾年來京訪問，談起他的研究工作，曾説最先因受此文影響而從事此項研究。至今，有關詩與語音的問題，仍然是一個尚待深入研究的課題。

此外，先生晚年所發表的一些論文，如一九七八年發表的《〈秦女休行〉本事探源——批胡適對此詩的錯誤推測》（《文學評論》一九七八年第五期），一九七九年發表的《重新評價歷史人物——試論韓愈其人》(《文學評論》一九七九年第五期),一九八六年發表的《晉楊方〈合歡詩〉發微》(《文史》第二十五輯)等,都表現了深湛的學力與探索精神。先生另有《五言詩起源於婦女文學考》,這是一九八三年八月先生赴日本參加第三十一屆亞洲北非人文社會科學會議的講演稿,後發表於《文史知識》一九八五年第十一期。這篇文章引用大量材料,證明五言詩並非起源於東漢,而是起源於西漢甚至西漢以前。指出:戚夫人舂米時唱的歌就是五言詩,項羽自殺時虞姬回唱的歌也是五言詩。《玉臺新詠》除第九卷外,其餘的第一卷至第八卷、第十卷都是五言詩,並與婦女有關。先生認爲:談五言詩的起源不一定要與蘇武、李陵或者古詩十九首這些問題連在一起,它起源於婦女文學,在西漢即已興起,成爲一種獨立的文學樣式。

以上事實説明,先生治學,目標遠大,他的論文,或爲解決千年疑案,或爲文學史填補空白,都是真正的學術研究史上的重要篇章。

第二,先生治學,注重科學方法,他在學術上的建樹是通過多方求索和周密的考察而得到的。

先生治學,没有門户之見,但反對人云亦云,一切都要經過自己的思考,然後得出結論。書上講的,同樣也要經過自己的檢驗,所謂自己的思考,自己的檢驗,並不是簡單地依照别人

（或古人）的辦法（或經驗）重複一遍，而是經過自己的探索，通過多種實驗，發現問題，解決問題，開闢出新的道路來。先生治學，還很講究方法。儘管在新近所出現的「方法年」中，先生的方法不曾受到標榜，但我認爲，在「方法年」的餘熱尚未稍退之時，回過頭來看看先生在半個多世紀以來所從事的工作，卻是很有意義的。

先生學貫中西，精通文史，在文史研究領域裏是一位通才（據吴世昌同志治喪辦公室《沉痛悼念吴世昌先生》，《文教資料》一九八七年第一期）。正如日本漢學家橋川時雄所説，先生曾經嘗驗多方面的著述，先生早年的研究工作是打破學科界限所進行的一種綜合研究工作。例如《詩與語音》，研究對象爲詩學中的問題，但其中所涉及的，除了語音學，還有心理學、物理學等學科的問題；而且，在考察詩與語音的關係上，還十分注重中西文化的比較研究。在這篇文章中，先生提出，要説明詩的聲音和讀者讀後所受的感動的關係——這是本文所要解決的中心論題——必須做到兩點：（一）必須分析人類發音器所能發的各種聲音的種類，和各類聲音所能代表、所能引起的感情；（二）研究我們讀詩時所必須經歷的心理歷程（mental process），和在這歷程中的種種關係。

爲了解決這兩個問題，先生參照了本國古語音學有關字音探源的研究成果，並引進了西方心理學家吕恰慈（I. A. Richards）有關讀詩時所經過的心理歷程的六步分析法，然後加以融會貫通，歸納出有關字音和它所引起的情感的原理，並運用這原理解決詩學上的問題。除了上文所説各例外，這篇文章在解釋周濟《宋四家詞選序論》所説聲韻問題時所得結論，也是很有説服力的。例詳《詩與語音》，此不贅述。中年以後，先生的學術造詣，不僅體現在專門學科的研究上，如詞學研究與紅學研究，而且仍然十分注重各種學科的交叉研究。例如《殷墟卜辭「多介父」考釋》（見《羅音室學術論著》第一卷《文史雜著》），初稿完成於一九五六年二月，至一九八二年一月重訂。文章考釋「多介父」三個字，就是綜合古音學及人類學的成果而後得出結論的。文章共十一節，首先運用古音學的原理論證甲骨卜辭中「多介父」即「多個父」（「介」與「個」古語通假），也就是「多父」或「諸父」。然後，再從人類學的角度，用此結論印證《易經·歸妹》所反映的殷周婚制，確認「多介父」即後世之「諸父」無疑。文章指出：《歸妹》卦是記録殷王帝乙歸妹子周的故事。「歸妹以須，未當也。」説明這次婚姻不合制度。即：讓阿姊（須）去充小妹的媵（陪嫁丫頭）「未當」。所以，送親的隊伍被打發回娘家。此卦透露了古代社會中一個婚姻問題的「個案」，是古代文獻中説到周朝以前的父系社會中一群少女嫁於另一個國家或部落的婚姻制度。這種制度，在人類學中稱爲外婚制（exogamy）。文章並指出：如果一群少女（包括「妹」、「須」、「娣」）嫁於一群兄弟，則是各原始民族都經歷過的群婚制。……從古代保存下來的親屬稱謂看來，中國古代顯然也有過群婚制；而卜辭中的「多介父」正好提供充分的證據。文章的考釋，不僅説清楚了「多介父」的實際含義，而且也爲《歸妹》卦辭作了科學的詁解。僅僅三個字，展現出無比廣闊的思維空間，一般的考證文章，顯然不容易達到這種境界。

如果説先生從青年時代開始進行的求索，側重於研究領域的開拓和多種研究方法的嘗試，那麽，中年以後至晚年，這種求索則更多地體現在觀念的更新上。這是先生爲人、爲學更加臻於成熟的一個重要標志。例如上文所説《重新評價歷史人物——試論韓愈其人》，這篇文章推倒千年定論，就是從破除舊觀念入手的。文章開頭即指出：「因爲歷史人物生活在封建統治時代，大都是封建階級的成員。過去對他們的評價，都是他們本階級的知識分子，以封建統治階級的利益爲標準而論定的。我們生活在社會主義新中國的今日，自然不能原封不動接受封建時代的評價。」從這一基本原則出發，文章重新評價歷史人物韓愈，首先對所謂「文起八代之衰，而道濟天下之溺；忠犯人主之怒，而勇奪三軍之帥」這幾句話一一加以否定，然後以一系列具體事實爲例證，進一步破除各種舊觀念，改變對於韓愈的傳統看法。

五十幾年來，先生正是這樣，刻苦追求，大膽探索，直到生命的最後一刻。「平生未作干時計，後世誰知定我文。」五十幾年來，先生在學術上的建樹舉世矚目。從「文史無所不通」的青年學子，到蜚聲海内外的紅學家、詞學家。學界通才，蓋棺論定，其道德文章，人共敬仰。然而，先生的一生，不爲名、不爲利，不湊熱鬧、不趕浪頭，不作「干時計」。兢兢業業，爲祖國文化教育事業，努力奮鬥。用他自己的話説：「我願意把我的文章算作鋪路的磚石，讓這方面的學者踏著走到更遠的目標。」「也許他們走到目標時，我這磚石已經踏得稀爛了。我這樣希望著。」（據《詩與語音》及《〈詩與語音〉篇的聲明和討論》，《羅音室學術論著》第一卷《文史雜著》二五二頁及二五九頁。）先生的一生，其追求永遠無有盡頭，其事業尚未完成，但其業績長在、精神永存。

第三節　吴世昌先生論詞學研究

筆者重新報考研究生，有幸於一九七八年七月晉京接受吴世昌先生面試，並於同年十月至先生門下學詞。先生治學態度嚴謹，對學生課業熱忱負責，指導有方；數年來，課程講授以及平日説詞，發明精義，諄諄善誘。於詞學研究，力倡獨立思考，言前人之所未曾言，發前人之所未敢發，勇於創新局面，並且强調以科學的態度與方法，進行嚴格的訓練。論詞學研究，甚多精要之語，足資參考。因據筆者《問詞筆記》整理於下，以與讀者共饗之。

一　讀詞與品詞

吴世昌先生論讀詞，主張「讀原料書」，並講究讀法。曾説：「學習或研究任何學問，總要先從讀書入手；而屬於文學方面的尤其如此。讀書的最徹底辦法是讀原料書，直接與作者交涉。最好少讀或不讀選集和别人對於某集的討論之類。」並説：「我們雖主張讀原料書，卻不能不講方法。而在方法中，尤其是對於詞，最初，也許是最重要的一步是讀法。」讀原料書，弄通詞作本身的内在聯繫，從詞作本身所創造的意境出發，實事求是地探尋其真正的含義，以取得「真切的瞭解」。其具體步驟，歸納起來，大致四個程序：「第一是瞭解，第二是想像，第三欣賞與批評，第四是擬作與創造。」②這就是詞學研究所必須的功夫，即所謂基本功。

對此，吴先生曾以五代的孫光憲詞爲例進行具體闡發。

孫光憲《浣溪沙》八首③，歷來少有解者。詞曰：

桃杏風香簾幕閒。謝家門户約花關。畫梁幽語燕初還。　繡閣數行題了壁，曉屏一枕酒醒山。卻疑身是夢魂間。

花漸凋疏不耐風。畫簾垂地晚堂空。墮階縈蘚舞愁紅。　膩粉半霑金靨子，殘香猶暖繡薰籠。蕙心無處與人同。

攬鏡無言淚欲流。凝情半日懶梳頭。一庭疏雨濕春愁。楊柳祇知傷怨別，杏花應信損嬌羞。淚霑魂斷軫離憂。

半踏長裙宛約行。晚簾疏處見分明。此時堪恨昧平生。早是銷魂殘燭影，更愁聞著品絃聲。杳無消息若爲情。

蘭沐初休曲檻前。暖風遲日洗頭天。濕雲新斂未梳蟬。翠袂半將遮粉臆，寶釵長欲墮香肩。此時模樣不禁憐。

風遞殘香出繡簾。團窠金鳳舞襜襜。落花微雨恨相兼。何處去來狂太甚，空推宿酒睡無厭。争教人不別猜嫌。

輕打銀箏墮燕泥。斷絲高罥畫樓西。花冠閒上午牆啼。粉籜半開新竹徑，紅苞盡落舊桃蹊。不堪終日閉深閨。

烏帽斜敧倒佩魚。静街偷步訪仙居。隔牆應認打門初。將見客時微掩斂，得人憐處且生疏。低頭羞問壁邊書。

吴先生指出：這八首《浣溪沙》詞構成一組聯章，合寫一個故事。這個故事，不像曾布

《水調歌頭》所述馮燕故事和趙令畤《蝶戀花》所述鶯鶯故事那麽直截了當。這是孫光憲自己的故事，不願明白説。但是，聯繫起來看，尚可見其中隱秘。在《論讀詞須有想像》中，吴先生指明：

第一首「桃杏風香簾幕閒」記初訪情人（注意「燕初還」也是象徵的用法），在她房中牆壁上題了一首情詩（大概即是所謂「定情詩」），過了一夜（作者既然在第二句點了這一位女主人的名，我們也就姑且稱她爲「謝娘」）。以下兩首説他分離後她的孤寞怨哀，分離的原因大概因爲她的脾氣彆扭：「蕙心無處與人同」（這個「人」指他，不指别的女性）。其六的「争教人不别嫌猜」之「人」指她自己，也不指别人）。第四首説他又遇見了别的美人，從簾中望見她長裙款步，在燈下聽她吹簫，可是素來不認識，也苦於無法和她通消息。第五首説他認識了這第二個美人，那天她正洗完了頭髮，臨檻梳妝，還未化妝完畢。第六首説他心中還戀戀於「謝娘」，所以對她很隨便，以致引起她的疑心與妒心。第七首再説謝娘門巷冷落，不堪孤寂。末首可以説是「團圓」。他再回到謝娘那兒去，她還記得他以前打門的聲音，可是這次重逢，她不免有點羞愧，也不得不裝點矜持，衹低著頭問他上次在牆壁上寫的是些甚麽。這一篇故事的關鍵是第一首的「繡閣數行題了壁」和末一首的「低頭羞問壁邊書」。此外如第一首的「畫梁幽語燕初還」和第七首的「輕打銀箏墮燕泥」，「桃杏風香簾幕閒」和「紅苞盡落舊桃蹊」，都是有意的前後照應。中間第四、五、六三首是一段插曲，作者也有特別提示注意的地方：如第四首寫了「此時堪恨昧平生」和「杳無消息若爲情」兩句，都爲了使讀者消去對這位長裙善籠者即上文謝娘的誤會。第六首上片説她風動襜舞，也與第四首的「長裙」相照應。這些都似乎不能算是偶合，而是作者注意結構的地方④。

可見，認真理解、領會，發掘其本身的内在聯繫，再加上必要的想像，是可瞭解其中真實含義的。

吴先生説：孫光憲這八首詞既可合在一起看，又可單獨看。但合在一起有一定内在聯繫，這就是内在結構。過去已經有人注意結構。如周濟《宋四家詞選序論》一稱周邦彦好「鈎勒」，曰：「鈎勒之妙，無如清真，他人一鈎勒便薄，清真愈鈎勒愈深厚。」⑤説的就是周詞有故事，講究結構，意味無窮。由這種結構方法所達到的境界就是：「即景傳情，緣情述事，就事造境，隨境遣懷。」這一境界，北宋作家可以達到，南宋作家就寫不出。北宋作家常借用前代故事來抒寫，情與景都不是空乏的，其中大多有故事；南宋就不一樣，例如史達祖，情與景都寫得很細緻，但就是缺少「事」，即使用了典，也還是白費勁。讀詞與品詞，不可粗心大意，必須通過想像，發掘其内在聯繫，重建其結構，纔能得到真切的瞭解。

但是，這種想像，切不可牽强附會，主觀臆斷。吴先生説：常州派論詞，注重其比興寄托，發掘其微言大義，對於理解内容、推崇詞體，固然有一定作用，但張惠言等人説詞，往往毫無根據地給詞作予外加的東西，即所謂「言外之意」，卻在詞學研究中開了不好的頭。例如：張惠言《詞選》謂温庭筠《菩薩蠻》乃「感士不遇也」，就十分牽强；其後，陳廷焯所著《白雨齋詞話》，也多瞎説，這是我們所不當取的。

詞學研究是一門科學，對於前人説詞言論以及前人所記有關詞作家的遺聞佚事，都必須作具體分析，不可盲從。

吴先生指出：許多人根據南宋張端義《貴耳集》所記李師師事，將周邦彦《少年遊》解作專詠邦彦與道君（宋徽宗）争風吃醋事，就大成問題。徽宗微行始於政和而極於宣和，政和元年（一一一一年），周邦彦已五十六歲，徽宗纔二十八歲，謂其爲一位至老不衰的名妓相争，不合情理。王國維《清真先生遺事》已糾其謬，謂其「所言尤失實」，這一謬誤，不當繼續流傳。吴先生並指出，《高齋詩話》所記蘇軾與秦觀論詞的一段對話，也不可信。詞話載：

少游自會稽入都，見東坡。東坡曰：「不意别後，公卻學柳七作詞。」少游曰：「某雖無學，亦不如此。」東坡曰：「『銷魂當此際』，非柳七語乎。」坡又問别作何詞。少游舉「小樓連苑横空，下窺繡轂雕鞍驟」。東坡曰：「十三個字，衹説得一個人騎馬樓前過。」⑥

這個故事分兩個部分：上面一段東坡評秦少游的《滿庭芳》（山抹微雲）詞下片第一個五字句，說秦少游此句學柳永。第二個故事是蘇東坡又問秦少游「別作何詞」，秦又報告他一首《水龍吟》的首二句。於是東坡又批評他用字不够經濟。吴先生說：「我曾舉這條傳說，問過許多對詞有研究或至少有興趣的朋友。他們都記得這個有趣的故事，也都欽佩蘇東坡的批評很中肯。於是我又問：蘇東坡是不是一個文化水平很低的半文盲？他們聽了我這『怪話』後大爲驚訝，無法回答我的問題。」吴先生指出：「繡轂雕鞍」，有車有馬，並非衹是「一個人騎馬樓前過」，東坡不可能認不得「轂」字。又，「銷魂當此際」，五字並非一句，不該一起讀，根本不存在「學柳七作詞」、筆調像柳七問題。這故事上下兩部分都是虚妄的，經不起粗淺的分析⑦。這說明：「對於前人所記載的故事，必須採取分析的態度，不可人云亦云，以訛傳訛。」

吴先生論讀詞，强調「自己去摸索」。認爲：「前人的討論未嘗不可讀，但如果自己根本對於原作尚無認識，則看别人研究的結果也不能真切瞭解，等於嬰兒待人嚼飯而哺，嘗不到真實滋味。」並認爲：「要用死功夫，自己去摸索，最後自能登堂入室。」⑧

二 關於詞的風格流派問題

一九四九年以來有關文學史專著及多數論詞文章，每以「豪放」、「婉約」劃綫，將宋詞分爲「豪放」、「婉約」兩大派。吴世昌先生極力反對這種「二分法」，認爲是不科學的。一九七九年春，吴先生在給研究生講授「詞學專題」時指出：

周濟《宋四家詞選》劃蘇、辛爲一派，以辛棄疾作爲頭頭，蘇軾歸附之，以爲稼軒地位在東坡之上；另一派以秦觀爲代表。這樣分派很不全面，不準確。實際上，秦觀的詞有的説得一點也不婉約，柳永、李清照也有寫得很露骨的；而蘇軾三百多首詞，寫得豪放的，僅是個別幾首，辛棄疾是帶兵打仗的人，也受了李清照很大影響。此外，周邦彦詞，則既不豪放，也不婉約。兩派説，無法包括全部宋詞。⑨

一九八三年，吴先生接連發表兩篇論文，系統闡述自己的觀點。在《有關蘇詞的若干問題》中，明確提出：「北宋根本没有豪放派。」⑩在《宋詞中的「豪放派」與「婉約派」》中，並就宋人創作情況，對「豪放」、「婉約」的具體含義進一步加以論述。指出：「北宋的詞人根本没有形成甚麽派，也没有區别他們作品爲『婉約』『豪放』兩派。」説：論者「這種機械的劃分法並不符合北宋詞的實際，很難自圓其説」⑪。

針對「兩派説」的主要依據：「（蘇軾）創立了與傳統的婉約派相對立的豪放派」⑫。吴先生指出：「蘇詞中『豪放』者其實極少。若因此而指蘇東坡是豪放派的代表，或者説，蘇詞的特點是『豪放』，那是以偏概全，不但不符合事實，而且是對蘇詞的歪曲，對作者也是不公正的。」⑬並指出：蘇軾幾首經常爲人引證的作品，如「大江東去」、「老夫聊發少年狂」、「明月幾時有」等，「衹能是曠達，連慷慨都談不上，何況「豪放」⑭。吴先生説：蘇東坡並没有像胡寅説的「一洗綺羅香澤之態」，這完全是信口開河。《東坡樂府》三百四十多首，專寫女性美的（即所倡「綺羅香澤」）不下五十多首，而集中最多的是送别朋友，應酬官場的近百首小令，幾乎每一首都稱贊歌女舞伎（「佳人」）。所以在東坡全部詞作中，不洗「綺羅香澤」之詞超過一半以上，其他詠物（尤其是詠花）也有三十多首，腦中如無對「佳人」的形象思維是寫不出來的⑮。吴先生把近代以來，尤其是一九四九年以來，論詞重豪放、輕婉約的偏向，追根到宋代胡寅。以爲：從胡適直到胡雲翼等人，以豪放、婉約劃綫，「言必稱蘇、辛，論必批柳、周」，他們的老祖宗就是胡寅。

此外，吴先生還深刻地揭露了詞學研究中這種「二分法」之所以沿襲不斷的原因。指出：（一）「『詞』這個品種是比較不容易懂的」，越是大作家，「他周圍堆積著的神話般的傳説、故事就越多，有關他的問題就越多」，某些人「好起哄打趣，編造『本事』，不核對事實，不考慮邏輯，給後世研究工作者造成一些混亂與困難」。（二）今人論蘇詞，將蘇奉爲「豪放派」教主，「使他變成了不調平仄不押韻的所謂豪放派自由詞或『解放派』詞的『保護神』。好像『姜太公在此，百無禁忌』似的，衹要蘇東坡在此，詞的一切格律可以不管了」。這就是「那些想填詞而又無此才力者」所以鼓吹「豪放派」的奧秘之所在⑯。因此，吳先生指出：詞學研究，既要反對不讀詞或讀不懂詞的「胡說派」，又要反對不動腦筋，人云亦云，好起哄打趣的「吠聲派」⑰。

由於以豪放、婉約劃綫，重豪放、輕婉約，詞史上某些所謂婉約派詞人往往受到貶斥。例如温庭筠，因其「能逐絃吹之音，爲側艷之詞」，他的作品就被斥爲「香而弱」的代表。對此，吳先生頗不以爲然。指出：「此說牽强！」並列舉具體詞例，說明温詞之壯而有力。例如：「江上柳如烟，雁飛殘月天」（《菩薩蠻》其二）；「滿宫明月梨花白，故人萬里關山隔」（《菩薩蠻》其九）；「柳絲長，春雨細，花外漏聲迢遞。驚塞雁，起城烏，畫屏金鷓鴣」（《更漏子》其一）；「星斗稀，鐘鼓歇，窗外曉鶯殘月」（《更漏子》其五）；「漢使昔年離別，攀弱柳，折寒梅，上高臺」（《定西番》）；「飛雪千里，玉連環，金鏃箭，年年征戰」（《番女怨》其二）等等。吳先生指出：「此等作品豈得爲弱？」並說：温詞中，「其他不弱不香的作品還有不少」⑱。對於其他作家的研究探討也是如此，切不可爲舊說成見所囿。

三 研究與評論

一九七八年七月，筆者接受吳世昌先生面試時，吳先生問：「你看過那幾種詞話？最喜歡那一種？」筆者回答：印象較深的是況周頤的《蕙風詞話》和王國維的《人間詞話》。吴先生説：「實際上，《蕙風詞話》纔是專門論詞的一部詞話。」吴先生認爲：王國維作爲我國近代著名學者，對於學術界的許多領域，固然多所開拓，貢獻不小，但他對於詞學，畢竟並不怎麼當行。

王國維《人間詞話》論蘇詞，曾説：「東坡《水龍吟》詠楊花，和均而似元唱。章質夫詞，原唱而似和均。」[19]吴先生指出：「這話也不可信，不要以爲王有大名，所以每句話都對。」謂：蘇軾《水龍吟》(和章質夫詠楊花)，寫得實在不高明。修辭學上的擬人法，必須有分寸，有充分條件，不得不擬，纔令人信服。楊花並不是花，比其他花卉，已不足貴。楊花即使是花，又何至有「柔腸」，有「嬌眼」，有「夢」有「思」，還有個「郎」讓柳絮去「尋」，試問楊花之「郎」爲誰[20]？吴先生認爲：蘇軾此詞，擬人太過，想入非非，説得不倫不類，説過了頭，非常勉强。並認爲：「歷來評詞者對此詞一味鼓吹亂捧，實在令人皺眉。」但是，詞學界有人爲了誇大蘇軾對於詞體的「革新」與「突破」，也在楊花詞上大做文章。以爲蘇軾的「細看來不是楊花點點是離人淚」，爲「七——三——三」句式，於律未協，並以《念奴嬌》的「小喬初嫁了雄姿英發」爲旁證，謂於「了」字斷，也不協律。以此證實，蘇詞創作不重音律，不受格律束縛。吴先生説：「這也缺乏具體分析。東坡楊花詞既明言『次韻』，就不可能不遵守原作的韻律，這是一般常識。況且，東坡《念奴嬌》《水龍吟》二詞，實際上也並未違反常規。」吴先生指出：論調「了」字當屬下句，論意亦當屬下句，「了」解作「全」，如「了不知南北」。「楊花點點」爲句，正如「炊烟縷縷」、「落紅片片」；「是離人淚」，乃「一二一」句法，詞律如此，調以「點」斷，並不妨礙詞意。㉑

可見，不要過分聽信前人，也不可跟人起哄，必須自己分析研究。蘇軾楊花詞，不僅立意未超過原作，而且格律也尚未「突破」。王氏所説，似不可靠。

吴先生論詞，爲倡獨立思考，獨闢蹊徑。曾説：「我平生爲詞，亦取徑小山以入清真、稼軒，而不聽止庵之『問途碧山』。」㉒對於詞學問題的探討，吴先生不用一般化的介紹與批評，而提倡别開生面的深入研究。例如，對於蘇軾，一九四九年以來論者甚多，其中雖然也有不少好的見解，但是，多數文章僅僅停留於一般化的思想性、藝術性分析與評價，進行一般的褒與貶。筆者在考慮碩士論文時，曾經想研究蘇詞。吴先生説：「你已經跟夏（承燾）先生學習過二年了，對你的要求比一般研究生要高。你不要做一般的作家作品論，不要做别人已經做的題目，而應當敢於披荊斬棘，開創新局面。」並説：「你所寫的論文，如果是在現有的一百篇當中，再加上你一篇，成爲一百零一篇，那就没多大意思；你所寫的論文，應當是某一方面的第一篇，而且，以後人家搞文學史，一接觸到你所論述的問題，就想起『施議對曾經寫過一篇這方面的文章』，非找來參考不可，這樣的論文，纔是真正有價值的。」吴先生十分强調：「寫文章不説别人説過的老話，一定要有新的見解，是自己經過艱苦的研究工作所獲得的成果。」㉓

對於「評論多於研究」的風氣，吴先生表示不贊同。例如，有的人曲解「政治標準第一，藝術標準第二」的批評標準，研究詞學問題，重思想、輕藝術，以政治鑒定代替學術研究，片面强調音律束縛思想，形式損害内容，一方面把蘇、辛當作豪放而不協律腔的典範，另一方面把周邦彦、姜夔等人，當作形式主義者而進行批判。吴先生指出：「凡作音律束縛論者，大抵自己要填詞，又不懂格律，怕爲識者所竊笑，則以蘇、辛爲解放派，實即替自己開脱。」並指出：「有些人雖也精於此道，通曉平仄韻部，而且，對於周、姜等人講究格律的作品也未嘗不暗暗欣賞，但是，爲了迎合時代思潮，故作違心之論，大批起周、姜，這也不是科學的態度。」㉔吴先生强調，社會科學研究，必須實事求是，並且下苦功夫，脚踏實地地進行深入的鑽研，獨立思考，纔能寫出帶有真知灼見的文章來。

四　科學態度與科學方法

吴世昌先生强調，從事社會科學研究，必須端正態度，樹立勇攀高峰的雄心大志，並進行嚴格的訓練，使自己的工作建立在科學的基礎之上。

第一，吴先生常説：我們的研究工作，要能够發前人之所未能發，對於解決以往或當前研究工作中的某些問題有所幫助，對於發展人類的文化事業有所貢獻，就必須實事求是，腳踏實地地進行探索與鑽研，絶無捷徑可走。

吴先生强調：對於前人的研究成果，前人的觀點以及所徵引的材料，吸收採用時，必須經過重新檢驗，提出自己的見解，應當後來居上。

研究生學習期間，筆者曾想重新整理編撰詞譜。學術界大多認爲現存詞調僅八百二十六。筆者根據有關資料，發現還有一百七十八調，《詞律》《詞譜》未曾收入，現傳詞調當爲一千零四。吴先生很支持，指示筆者編撰《詞律補編》。説：「這纔是傳世之作。這項工作做起來有點單調乏味，但要有堅强的毅力，要經過一番艱苦的勞動；這項工作是很有意義的。」

吴先生還以自身經歷，説明從事詞學考訂整理工作的重要性。

例如，柳永的《引駕行》，萬樹《詞律》(卷七，頁十五)「斷句多誤」。吴先生在《論詞的章法》中已指出，萬樹之誤，共八處。並指出：由於對此詞多所曲解，朱祖謀《樂章集校記》(據《彊村叢書》本)「引夏敬觀説，以爲首二十五字疑他詞殘文，編者誤冠此詞」。此外，林大椿《詞式》，也「據此棄而不録，可謂巧於卸責」。吴先生經過認真體驗，訂正了前人的曲解和錯誤。吴先生説此詞「首廿五字與次廿五字完全是相同的排句，幾乎像一副對聯」。指出：「夏（敬觀）説以爲首廿五字寫秋景，亦誤。此詞起首數句，分明用『紫陌紅塵拂面來』『路上行人欲斷魂』二詩意境，原詩豈寫秋景？下文又有『韶光明媚』『和氣暖』『望花村』等語，明爲春景。『暮草』之『暮』指早暮時間，亦非衰草之意，不得曲解也。」吴先生按照自己研究的結果，重新進行斷句㉕。

又例如，姜夔的《長亭怨慢》，詞曰（序略）：

> 漸吹盡，枝頭香絮。是處人家，緑深門户。遠浦縈回，暮帆零亂向何許。閲人多矣，誰得似長亭樹。樹若有情時，不會得青青如此。　日暮。望高城不見，衹見亂山無數。韋郎去也，怎忘得玉環分付。第一是早早歸來，怕紅萼無人爲主。算空有并刀，難翦離愁千縷。㉖

此詞因爲白石自度曲，歷來斷句亦多出入。黄昇《花庵詞選》及陳耀文《花草粹編》皆以「日暮」二字屬上片。朱孝臧《白石道人歌曲》始予糾正，夏承燾《姜白石詞編年箋校》即依此。吴先生指出：此詞斷句、分片所産生的錯誤，主要當從韻脚上找原因。説：白石用錯了韻，「此」（四紙）與「絮」（六御）、「許」（六語）、「户」、「樹」、「數」、「主」、「縷」（七麌），以及「暮」、「付」

（七遇）等不同部；因此，如果孤立地以押韻作爲斷句的依據，就可能產生混亂。

第二，吴先生强調進行嚴格的科學訓練。

吴先生指導研究生寫作非常細緻。筆者平常寫文章，總忽視注明引文出處。吴先生批曰：「凡引用某書，第一項注明版本，出版日期、地點，此爲國際學術論文通例。而且，頁碼尤不可少。」

吴先生還説：對於引文，切忌轉引，第二手、第三手，往往以訛傳訛，易出差錯；萬不得已轉引了，也當細心核實、檢驗。

曹聚仁爲劉毓盤《詞史》（一九三一年二月初版）所作跋，其中引用一段成肇麐語。曰：

> 十五國風息而樂府興，樂府微而歌詞作；其始也皆非有一成之律以爲範也。抑揚抗隊（墜）之音，短脩（修）之節，運轉於不自已，以蘄適歌者之吻；而終乃上躋於雅頌，下衍爲文章之流別。詩餘名詞，蓋非其朔也。唐人之詩未能胥被弦筦，而詞無不可歌者。

成肇麐此語，見《唐五代詞選序》[27]。曹氏將《唐五代詞選序》誤爲《七家詞選序》。筆者轉引成肇麐語，亦同此誤。吴先生批曰：「此段文字從何處鈔來？如從《唐五代詞選序》鈔來，何以說是『成肇麐《七家詞選序》』？成肇麐所編爲《唐五代詞選》，《宋七家詞選》爲戈載所編。鄭振鐸引此語，誤稱出自《七家詞選序》，引語從『其始也……』開始（參見《插圖本中國文學史》第二册第四一六頁），你是否由鄭振鐸處得這一錯誤，必須查核原書。」吴先生說：「五十年來，鄭振鐸用錯了，另一位老學者在一部著作的前言裏所引也錯了；一錯再錯，誤人不淺。」吴先生說：要把根子挖出來，看看是誰第一個弄錯的[28]。

吴世昌先生說：「不會挑剔，就不配當導師。」所謂「挑剔」，就是用科學的態度和方法，進行嚴格的訓練，這是進行研究工作的必要過程。

一九八二年七月初稿
一九八四年十月二稿

第四節　吴世昌先生唐宋詞新解

余於一九七八年得從先生習詞業，由碩士而博士，先後八年，甚多獲益。近日整理先生遺稿，重温教言，倍感親切。謹據先生論唐宋詞之某些精要之語，撰爲此文以饗讀者，並作爲對先生之永久紀念。

一　平林漠漠烟如織

李白的《菩薩蠻》是一首羈旅行役詞，抒寫一位遊客在驛樓憑高望遠所産生的懷鄉思歸情緒。氣象恢宏，意趣高遠，藝術技法亦甚圓熟。論者謂爲「絶妙好詞」，「百代詞曲之祖」，但對其絶妙處，歷來所説，似乎並未周全。例如開篇第一句「平林漠漠烟如織」，論者雖發現其妙處，謂「詞用『織』字最妙」，這是從李太白開始的，但並未説出其所以然來。時下一些選本、讀本論及此句也十分籠統，多數衹説：「漠漠」和「烟如織」，寫出了一片迷漫冥蒙的烟景。對於「織」字的妙處，均未涉及。吴世昌先生説此詞，首先抓住這個「織」字，謂：「平林垂直，淡烟横素，如經緯相交，故曰『如織』。」講清楚這個「織」字，眼前之景也就更加清晰可感，更加真切如畫。

二　紅樓别夜堪惆悵

敦煌歌辭中有一首《别仙子》：

此時模樣，算來是，秋天月。無一事，堪惆悵，須圓闕。穿窗牖，人寂静，滿面蟾光如雪。照淚痕何似，兩眉雙結。　曉樓鐘動，執纖手，看看別。移銀燭，偎身泣，聲哽咽。家私事，頻咐囑，上馬臨行説：「長相憶，莫負少年時節。」

這首詞詠調名本身，寫的是當時相別情景。感情稱調，民間歌詞中甚少此類佳篇。據現有材料可知，這首詞是《別仙子》的惟一傳辭，可能就是此調的原聲始辭。有的選本以爲追憶往時相別情景，謂：全篇從男子方面追憶離別，描寫對方。著眼點在追憶，故將詞中所寫「兩眉雙結」、「聲哽咽」以及「頻咐囑」等等，都當作往時情事，這是錯誤的。吳世昌先生説此詞，用「紅樓別夜堪惆悵」（韋莊句）七個字加以概括，以爲此詞所寫皆眼前情事，決非追憶，即從當前寫到以往。指出：上片以月比美人並具體描寫月光照耀下美人的模樣，下片寫臨別景況並突出女子的囑咐。著眼點在眼前情事，詞中所寫，如在目前，與調名《別仙子》方纔相合。

三　淡薄知聞解好麽

敦煌曲子詞《拋毬樂》：

珠淚紛紛濕綺羅。少年公子負恩多。當初姊姊分明道，莫把真心過與他。□□子細思量著，淡薄知聞解好麽。

這是一位歌妓的内心獨白。現實生活使她醒悟：少年公子，負恩者多，不要把真心全給他。詞作所表明的這一方面的意思，是容易理解的，但從最後一句看，「淡薄知聞解好麽」，詞作大意並不僅僅局限在這一方面。有的人解最後一句，以爲所指乃「薄倖的相知」，即相知不深的朋友，並將全句譯成現代漢語，謂：薄倖的相知懂得人的好心麽？如此解説，甚不確切。吴世昌先生説：「知聞」乃唐人習用語，指朋友、認識的人（所識）、交友。「淡薄知聞」，即泛泛之交，則别後不至互相苦憶，有如「君子之交淡如水」。「淡薄知聞解好麽」，乃子細思量後自問之詞。意即：「當初不該把真心給他，若淡薄相知，即無今日相思之苦，豈不好些。」如此説來，這句話的含義甚爲深刻，一則表明：不能愛得太深，免得相思太苦；二則表明：不能愛得太深，以免上當受騙。抒情主人公的情感活動甚爲複雜。論者説此詞，衹知其一，不知其二，衹强調「負恩」的一面，抒情主人公的形象就難免太單薄了。所以，吴先生指出：「解作『薄倖』，陋矣。」

四　新帖繡羅襦

温庭筠的《菩薩蠻》（小山重疊金明滅），千百年來，傳誦人口，但人們讀詞、品詞，往往有不求甚解之嫌。例如末二句「新帖繡羅襦，雙雙金鷓鴣」，許多讀本，均未有確解。有的讀本籠統言之，謂：「更换新繡之羅衣，忽覩衣上有鷓鴣雙雙。」意思大致不差，而「帖」字未有著落。有的讀本注意到「貼」字，謂：「帖」、「貼」字通，和下文金鷓鴣的「金」遥接，即貼金，唐代有這種工藝。這一解釋似亦過於牽强。吴世昌先生對於這二「帖」字另有新解，曰：「『貼』，穿緊身衣也，與下文『金』字無涉。羅襦上本有金綫繡成之金鷓鴣也。穿緊身衣用『帖』字，描摹盡矣。古代風流女子穿貼身衣，見《清平山堂話本》蔣淑真條。今人評服飾，猶有衣服『貼身』或『不貼身』之語。若云『貼金』，用金箔如何貼法？用漿糊貼？用膠汁貼？不掉下來麽？即使不掉下，金箔『經得起在身上折磨麽？』」吴先生指出：「此詞全首寫睡時、懶起、梳妝、著衣全部情景，如畫幅逐漸展開，如電影冉冉映演，動中見静，静中見動。」吴先生所説「貼」字，甚貼切，與全詞意境正相切合。

五　「人勝參差剪」所寫非春景

温庭筠《菩薩蠻》：

> 水精簾裏頗黎枕。暖香惹夢鴛鴦錦。江上柳如烟。雁飛殘月天。藕絲秋色淺。人勝參差剪。雙鬢隔香紅。玉釵頭上風。

這首詞塑造女性形象。上片以江天月色之自然景物點染夢境，下片集中描摹女主人公之妝飾及容貌，畫圖中的睡美人顯得鮮明生動。但是對於睡美人所處環境，有的祇是進行抽象的説明，以爲處在一片幽静的氛圍裏，有的據「人勝」一詞，聯想到「人日」，復自「人日」聯想到薛道衡之《人日思歸》詩，斷定這首詞所寫爲立春或人日之景。吴世昌先生以爲不然。曾指出：人日爲正月初七日，月是上弦，何得稱「殘月」？殘月者，團圓之後下弦月也。並指出：至於「人勝」，隨時可用爲妝飾，不必人日或立春也。且人日或立春日花亦少有。吴先生認爲：首句用「頗黎枕」，即指夏景。並以「藕絲秋色淺」爲證謂：藕絲最細，絲如細極，便曰藕絲。此言薄紗之衣，屬夏裝。弄清時令，對於作者創造的詞境及人物的情態，纔能有真切的感受。

六　不如從嫁與，作鴛鴦

温庭筠的《南歌子》：

> 手裏金鸚鵡，胸前繡鳳凰。偷眼暗形相。不如從嫁與，作鴛鴦。

這首詞寫一個女子對於愛情的自白，敢於用「盡頭語」，其追求表現得甚是大膽、熱烈。

粗略看過，意思大致能懂，如果逐字逐句過細分析，可就常見偏差。某選家解釋首二句，謂：「一指小針綫，一指大針綫。小件拿在手裏，所以説『手裏金鸚鵡』，大件綳在架子上，俗稱『綳子』，古言『繡床』，人坐在前，約齊胸，所以説『胸前繡鳳凰』。」如此説來，這位女子正在進行小件與大件的針綫活，「手裏」、「胸前」並不十分空閒，不知何故冒出一句「不如從嫁與，作鴛鴦」，歌詞大意很難貫通。因此，吴世昌先生曾指出，「若如此説，第三句便無著落，首二句亦不通。一女子豈能同時繡二件？繡時『形相』誰？要嫁誰？嫁給鸚鵡、鳳凰嗎？」吴先生認爲：「首句謂公子手中持金鸚鵡，次句寫女子妝束，故有三句偷眼看少年，有心嫁他之意。」可見，這位女子並非正在做著針綫活。讀詞、品詞，不能見物而不見人。

七　手捲真珠與青鳥傳信

李璟《山花子》：

手捲真珠上玉鈎。依前春恨鎖重樓。風裏落花誰是主，思悠悠。青鳥不傳雲外信，丁香空結雨中愁。回首緑波三楚暮，接天流。

這首詞描寫思婦傷春别離情緒，意思很明白。但選家注此詞，卻弄得令人難以索解。或曰：「手捲真珠」，省卻「簾」字，不合一般文法，可謂不詞。或曰：「信」即爲「使者」。前者用李白詩句「真珠高捲對簾鈎」，選家不知；後者解釋則全誤矣。吴世昌先生指出：以原料代製品，乃修辭常例，如以金石代鐘磬，以丹青代圖畫，選家不明此理，反以爲「不合文法」、「省卻簾字」云云，真既愚且妄也。並指出：「青鳥是王母使者，『信』就是信，怎麽變成了使者？使者帶信，難道是使者帶『使者』嗎？」可見，讀詞、注詞，切忌想當然。

八　楊柳依依春暗渡

李煜《蝶戀花》：

遥夜亭皋閒信步。乍過清明，早覺傷春暮。數點雨聲風約住。朦朧淡月雲來去。

桃李依依春暗渡。誰在鞦韆，笑裏低低語。一片芳心千萬緒。人間無個安排處。

這首詞下片首句諸本多作「桃李」，歷代詞論家對此未有異議。但作「桃李」，全篇講不通，難以體會出這首詞的佳妙之處。吴世昌先生説：「『桃李』疑作『楊柳』，故下文曰『依依』。柳可藏鴉，故曰『暗渡』，柳可遮人，故但聞笑語，不知『誰在鞦韆』。柳絲垂條，故可比『芳心』『萬緒』，若是『桃李』，則與下文全部脱臼。此詞不知經誰妄改，且桃李不同時，李花在清明前（此時已乍過清明），時令不合。」將「桃李」校正爲「楊柳」，詞境與心境完全融爲一體，全詞爲之生色；二字之差，干係重大。

九　聖旨與芳旨

柳永仕途失意，爲求得一官半職而屢試不中，但他長期流落民間，在秦樓楚館與歌妓合作填詞，卻博得了「凡有井水飲處皆能歌柳詞」之盛譽。以前的筆記小説，曾將柳永的經歷加以附會，謂其才華不受重視，無法進取，而自稱「奉旨填詞柳三變」；並且以他的《鶴沖天》爲内證，謂詞中有句，「忍把浮名，换了淺斟低唱」，所以「臨軒放榜，特落之」。後來論者代代相因，大多以此作爲評價柳永及其作品的依據。其實，甚是值得懷疑。吴世昌先生説：「一則他那首《鶴沖天》一開始便説『黄金榜上，偶失龍頭望。明代暫遺賢，……何須論得喪』，末了纔説，『忍把浮名，换了淺斟低唱』，則此詞正因『下第』而作，並非先有此詞而後仁宗除他的名。其次，像他這種似乎頽廢的牢騷是當時一般士大夫常有的習氣，並非柳永一人的缺點。」

吳先生不信此傳說，指出：「他（柳永）平日填詞，所奉的不是皇帝的聖旨，而是和他親密交遊的歌女舞伎的『芳旨』。」說柳永詞，不可不知。

一〇　紅杏枝頭春意鬧

宋祁《木蘭花》有句「紅杏枝頭春意鬧」，因爲這一個「鬧」字，作者博得了「『紅杏枝頭春意鬧』尚書」的美號，並因此引出許多文章來。李漁說：「爭鬥有聲之謂鬧。桃李爭春則有之，紅杏鬧春，予實未之見也。『鬧』字可用，則『吵』字、『打』字皆可用矣。」認爲這一個「鬧」字，雖新奇但不合情理。王國維說：「著一『鬧』字而境界全出。」認爲寫出了「真景物真感情」。但王國維說得太籠統，實際上並未能抓住要害。今人說此詞，也僅僅從聽覺入手，以爲「『爭鬥有聲』固可『爲之鬧（原文是之爲鬧）』，爭鬥無聲，爲什麼不能『謂之鬧（原文是之謂鬧）』呢？」仍然未將這一「鬧」字說透徹。吳世昌先生說：「『鬧』字乃宋人俗語，謂鮮豔惹眼，故有『鬧妝』、『鬧娥兒』，非吵鬧之意。笠翁（李漁）强作解人。」可見，對於這一「鬧」字，不僅當從聽覺方面加以體會，還不當忽略視覺；而從全詞意境看，這一「鬧」主要還在其鮮豔惹眼處，其特徵，是從視覺方面體現出來的。

一一　落花人獨立，微雨燕雙飛

晏幾道《臨江仙》：

夢後樓臺高鎖，酒醒簾幕低垂。去年春恨卻來時。落花人獨立，微雨燕雙飛。記得小蘋初見，兩重心字羅衣。琵琶弦上説相思。當時明月在，曾照彩雲歸。

這首詞寫春恨，於夢後、酒醒之時，獨立於落花、微雨之中，人與燕兩相映照，無限情思見於言外。「落花」一聯，用翁翃成句，起了點鐵成金的作用。五十年前，吴世昌先生在天津《益世報》曾爲文論之。但今之論者對於這一聯仍多錯解。有的讀本認爲：「去年春恨是較近的一層回憶，獨立花前，閒看燕子」；下片則是「更遠的回憶」。將這一聯所寫當作是去年之情事，這是錯誤的。吴先生指出：「實則去年之事，即下片初見小蘋情緒，與『更遠』無涉；『落花』一聯乃酒醒情事，非回憶去年之事。若是去年之事，則應與小蘋並立，非『獨立』矣。上片在兩組對句（『夢後』『酒醒』及『落花』『微雨』）當中，安排一個七言句，突然提及『去年』，掀起波瀾，但作者的著眼點仍在目前，並非就此轉向『去年』，這是單句的妙用，當細加品味。」

一二　歌盡桃花扇底風

晏幾道《鷓鴣天》：

彩袖殷勤捧玉鍾。當年拚卻醉顏紅。舞低楊柳樓心月，歌盡桃花扇底風。　從別後，憶相逢。幾回魂夢與君同。今宵剩把銀釭照，猶恐相逢是夢中。

這首詞描寫與情人久別後重逢的喜悅心情。上片回憶別前，極寫「當年拚卻醉顏紅」之歡娛情景，下片寫別後相思之苦及重見時的情態。「舞低」一聯所寫爲別前之情事。此聯甚工麗，向爲詞論家所贊賞，但對於「歌盡桃花扇底風」一句所説「扇」字，大多解作「桃花扇」，謂：「桃花下連歌扇，是扇上畫的。」有的讀本對這一「扇」字，曾有較全面的解釋，謂「扇」即歌扇，近於一種道具，它可以用來遮臉障羞，又可以將歌曲的名字寫上備忘，但就本詞看，卻仍認爲是爲求美觀，在上面畫畫的桃花扇。因此，「歌盡」一句，即被解爲：「不斷地歌唱，直到畫著桃花的扇子底下回蕩的歌聲都消失了。」這麼一來，所謂「歌盡」便成爲歌聲消失，甚不確。吴世昌先生指出：「歌扇，乃扇上列歌曲名，與畫無涉。歌女用扇，一面畫圖，一面即書曲牌名目，徵歌者就目點唱，歌女依點倚聲，善歌或美色者客所競賞，歌盡扇上曲名矣。」將「歌盡」解作歌盡扇子上曲名，纔能切合「當年拚卻醉顔紅」的狂歡場景。至於「風」字，上述讀本解作扇子底下回蕩的歌聲，多少有點道理，有的讀本解作空氣，謂：「唱至精疲力竭，桃花扇下的風也快消失了。」簡直胡説八道。吴先生説：「『風』，即《國風》之風。」將這二「風」字用作所唱歌曲的修飾語，如何因「客所競賞」而「歌盡扇上曲名」，也就是交代清楚了。

一三　幽人與孤鴻影

蘇軾《卜算子》（缺月掛疏桐），論者以爲「幽人」爲女子（二八佳人），附會出一段戀愛故事，當不足信。但對於「幽人」、「孤鴻影」以及作者究竟有何關係，歷來解説一直纏夾不清。有的説：幽人，就是天外飛來的擇木鴻雁（孤鴻）。有的説：幽人，幽雅的人；孤鴻，作者自比。關係未弄清，詞意即不明。吴世昌先生説：「我以爲『幽人』即是作者自己，『佳人』和『鴻雁』，都不能用《周易》履卦所謂『履道坦坦，幽人貞吉』的説法來比擬；衹有他自己，正是履坦、貞吉，而被幽囚在黄州的政治犯，所以『幽人』非他自己莫屬。」並説：「此詞上片衹是説他自己在深秋深夜一個人到江邊漫步，夜深人静，有誰見他這個幽人在江邊獨往獨來呢？回答是『孤鴻』。衹有那隻在空中若隱若現，時遠時近，盤旋巡邏的值夜孤鴻纔是『幽人』惟一的見證。」弄清這三者的關係，可知前人筆記小説附會故事的謬誤，也可見所謂揀枝而棲這一寄托説之不可信。

一四　天涯何處無芳草

蘇軾《蝶戀花》(花褪殘紅青杏小)抒寫行人在旅途中的觀感：上片説絮飛花落，春已歸去；下片説鞦韆笑語，多情被惱。據説蘇軾在惠州時要侍姬朝雲唱這首詞，朝雲「淚滿衣襟」，説：「奴所不能歌，是『枝上柳綿吹又少，天涯何處無芳草』也。」歷來解説多引用朝雲的話，説明蘇軾善言情，即使柳永也未能過。但對這兩句話如何能令朝雲傷心落淚，多數選本與讀本都説不準。有的注云：「天涯，天邊，指極遠的地方。」有的注云：「二句言春光已晚，且有思鄉之意。」朝雲落淚，「可見感人之深」。有的則將傷心落淚的原因歸結於：「蘇軾對朝廷一片忠心，卻落得遠謫嶺南的下場。」諸如此類，均不得要領。吴世昌先生説：「『天涯』句，用《離騷》『何所獨無芳草兮，爾何懷乎故宇』。這是屈原命靈氛占卜去就時，靈氛所作結論，即勸他遠走高飛。但後來，屈原下決心以身殉國。吴先生指出：「朝雲在惠州唱這兩句，當然要聯想到靈氛勸告屈原的『吉占』。她知道這個『一肚子不合時宜』

的大鬍子不會相信『靈氛』式的人物，但這並不是説大鬍子沒有痛苦的思想鬥爭。」這就是説，朝雲想到蘇軾可能效法屈原採取什麼行動。這是朝雲傷心落淚的真正原因，也是這首詞的感人之處。

一五　杜鵑聲裏斜陽暮

秦觀《踏莎行》(霧失樓臺)有句「杜鵑聲裏斜陽暮」，歷來詞家爲此打了不少筆墨官司。有的以爲，「斜陽暮」意重，遂改作「簾櫳暮」，又以爲「孤館閉春寒」，似無簾櫳，一時難以改定；有的則以爲，「斜陽暮」當是「斜陽度」或「斜陽樹」之誤。但此二説均未成立。清代宋翔鳳據《説文》「莫(暮)，日且冥也，從日在草中」，謂「斜陽」爲日斜時，「暮」爲日入時，並不重複。宋翔鳳批評前人不認識「暮」字。今人解詞，多採用此説，謂「斜陽是景象，暮是時間，並不重複」。其實此説僅解決一個「暮」字，對於「斜陽」二字尚未解決清楚。吳世昌先生説：「斜陽有早晚，朝陽亦斜，故夕陽曰暮，非意重也。清真詞『向斜陽影與人齊』，則朝陽也。」説明，陽光之斜，早晚可見，早爲初陽，晚爲殘陽。也就是説，有「斜陽暮」與「斜陽曙」之分。這纔是真正將此詞意講清楚。

第五節　走出誤區

——吴世昌與詞體結構論

一

這裏所説誤區，即詞學研究所出現困惑，主要是因爲不讀詞或讀不懂詞所造成之困惑。而其所産生問題，則體現於有關批評模式具體運用之過程當中。這就是説：在詞的發展史上，對於詞作品鑒賞、批評，對於詞作家推舉、論斷，包括有關考訂，不管有意無意，都遵循一定模式——這就是批評模式；而批評家學養有别，所用標準與方法各異，各自産生不同作用並造成一定困惑。此困惑之所在即詞學研究領域之誤區。所以，本文説誤區，將著重由批評模式入手。

遠的暫且不説，先説一九四九年以後之大陸詞界。四十幾年，正處於中國當代詞學發展史之蜕變期。這一時期，所有困惑，可以説，基本上爲胡適、胡雲翼由王國維境界説推衍而成之風格論所造成，尤其爲豪放、婉約「二分法」所造成。數年來，我曾有多篇文章揭示這一情形。我以爲，以風格論詞並無不可，即風格論之作爲批評模式之一種，當有其存在價值。問題乃在於，所謂風格論者，大多既未弄清楚風格究竟爲何物，又喜歡生搬硬套。即將豪放與婉約，看作兩種互相對立之風格，並將其作者劃歸兩個互相對立之流派。以此爲標準，評判作品與作家。凡豪放一切皆好，凡婉約一切皆不好。或者掉轉頭來，作出相反的評判[29]。在蜕變期之第一、二階段——批判繼承階段及再評價階段，有關事例，隨處可見。此即當代詞學史上之一重要誤區者也。進入蜕變期之第三階段——反思探索階段，有關論著，尤其若干以文化闡釋作招牌、用美學冠冕當包裝之論著，看似十分眩人眼目，實則多爲陳舊片段之重新組合。其所論述，並未超出風格論乃至豪放、婉約「二分法」之原有範圍，不過花樣翻新而已。有一部專門論述宋代詞學所謂「審美理想」的書，其中説及蘇軾之「自是一家」問題及「以詩爲詞」現象，即爲典型例證。就其用意看，書中所説，無非爲了申明——「蘇軾的『自是一家』詞既針對柳詞又不止針對柳詞，它與柳詞的『自成一體』並不是同一層次的概念。」即，「柳詞乃婉約詞中之一種『俗』體，而蘇的『自是一家』則是相對於傳統婉約詞而言的别一種質素的詞」。並且申明——「蘇軾在詞史上的意義是於傳統婉約詞之外卓然自成一家、别開豪放一派。」這一些，原本即爲五六十年代以來一班風格論者之所謂老生常談，而披上外衣，成爲「抒情本質論」或者「表現主體情性的詞學觀」，便「石破天驚」起來，十分嚇人[30]。實際上，與前者相比較，如果説風格論之説詞論詞，易於從内部引向外部，那麽，經過闡釋及包裝之所謂説與論，則「漸行漸遠」，更加離開本體。這説明，蜕變期第三階段之反思探索，仍然未曾走出誤區。

以下説，此「區」之所謂「誤」者，即令人困惑之處究竟何在。有關種種，大致看來，我以爲可歸結爲兩句話：於詞外説詞及從本本到本本。即：衹是注重外部特徵——豪放或婉約之鑒賞與批評，猶如站在門外觀看，而對於門内之一切，包括「堂廡」等等之如何設置與構造，則全然不顧。而且，其用作鑒賞與批評之依據，也都爲前人詞話之一般論斷，而非自身讀詞體會與經驗。此等論著，人云亦云，不斷徵引，一寫就是數十萬言。但由頭至尾，卻未曾解決一個半個實際問題，不能給人予有益啓示。其所謂「誤」者，即在於此。

就目前狀況看，如何走出誤區？我以爲應當著重考慮以下兩個方面問題。

第一，「詞學」與「學詞」問題。這是針對不讀詞或讀不懂詞，亦即有關學養問題而提出的。這一問題，既是造成困惑、出現誤區之一主要原因，又是排除困惑、走出誤區之一根本出路，應當引起注視。

「詞學」與「學詞」，二者有所區别，但又不可分割。因爲不學詞，何來詞學，這是十分淺顯的道理。二十年代，胡雲翼在其所著《詞學 ABC》中宣稱——「我這本書是『詞學』，而不是『學詞』，所以也不會告訴讀者怎樣去學習填詞。」㉛我估計，當時應不可能有幾多追隨者。在

《詩城與詩國》一文中，我曾稱其爲中國詞史上第一位衹説不做的詞論家。不過，五六十年代以來，教授不教，學生不學，「詞學」與「學詞」分離，衹説不做，亦即成爲理所當然之事。所以，我以爲，爲走出誤區，應當提倡「學詞」，而不是單説「詞學」。

第二，批評模式問題。這是針對於詞外説詞及從本本到本本現象而提出的。誤區所産生問題體現於有關批評模式之具體運用過程，探討走出誤區之具體方法或途徑，同樣必須由此入手。這也是應當引起注視的問題。

一九九〇年六月，美國緬因舉辦國際詞學研討會，我所提交論文——《詞體結構論簡説》，曾對中國詞學史上所流行的三種主要批評模式——本色論、境界説及風格論，一一加以評判。指出：傳統本色論注重詞的特質研究，而取徑較爲偏窄，不利於詞體發展；王國維境界説爲詞學拓展視野，而尚未能解決詞的個性問題，並非詞的本體理論；胡適、胡雲翼風格論，衹是注重詞體外部特徵的鑒賞與批評，或者僅是對於某一詞學現象的審美判斷，自然未能走出迷津。此所謂「迷津」，實際即爲現在所説誤區。我在文中，大力標舉詞體結構論。提出：以結構方法論詞，在結構方法上探尋其成體的規律，纔能擺脱困境，真正探知詞學研究的入門途徑。並且十分肯定地説：詞體結構論是建立詞的本體理論的基礎㉜。

我以爲，爲走出誤區，應當提倡詞體結構論，而不是單説風格論。

以上兩個方面問題，有關詞界前輩，皆頗爲重視，並已爲之做了大量工作。詞界前輩，填詞乃行家裏手，十分出色，説詞亦能中肯綮，甚爲當行。這是詞業建設之一筆寶貴財富。而諸前輩中，業師吴世昌先生對於走出誤區、建造詞體結構論所作貢獻，則尤其突出。這是本文所當重點介紹的問題。

二

第一，先生論詞，目的在於體驗詞心，而具體途徑，即爲結構分析。這是建造詞體結構論的重要依據。

先説詞心體驗。這是論詞之一重要步驟，但又往往被忽略。尤其是詞中胡説派，或索隱派，大多偏離詞心，任意發揮；或者强作解事，隨意差排。先生對之深惡痛疾，曾指出：胡寅論蘇軾，謂其「一洗綺羅香澤之態」，全非事實。他自己一首詞也没有流傳下來，卻敢於道貌岸然地教訓人。可見「外行指導内行」，在咱們國家裏，也是古已有之的。並指出：張惠言之流以鮦陽荒謬絶倫之「微言大義」解詞，完全是欺人之談[33]。

先生既以具體事實，對於胡説派或索隱派之種種胡言亂語，一一加以駁斥，又以典型事例，爲詞心體驗提供事證。所著《辛棄疾〈傳記〉》，雖作爲一篇「小説」，連載於《新月》月刊，卻直抉辛秘，頗能真切體現其詞心。如謂：他中年時候，功名熱度高到萬分。醉中醒後，直嚷著要做官。不但自己想做官，也希望他的朋友親戚都做大官。又謂：他真想做官，血管裏翻騰著的每一個白血球都想吞噬金兵，渾身每一個細胞都有奔出來的力量要和金人拚個你死我活。所以他真想做官，而且是大官。這是真情之自然流露。不覺無賴、醜惡，反而愈見其真誠[34]。——這是一位大學生對於八百年前一位不得志詞人的論斷。這位大學生，時年二十二，正是辛氏「練軍、渡江和殺死那個和尚」的年紀。如對照二人經歷，似可獲知，此等論斷，絶非泛泛之論。因爲與辛氏年齡相彷彿，先生已顯露出作爲「人中之龍」之氣質與才華。説明，先生既將辛氏當作最終追求目標，對於其詞其人，亦當同等看待。因而，爲之立傳，自然而然，也會將自身代入其中。這就是對於詞心的體驗。

再説結構分析。這是有關詞體結構的一種分析方法。對象爲詞本體。此所謂結構，亦可稱之爲章法，但與一般所説章法有所區別。例如，先生説：「歷來講文章的有所謂起、承、轉、合，近來講戲劇的也有所謂介紹、發展、變化、高峰、下降各種分幕，講繪畫的也有向背、明暗、比例、空距等名目。」[35]——這就是一般所説章法。與詞體結構或詞的章法相比較，二者區別，先生僅列出一個方面，即一般章法與詞體結構或詞的章法不同的一面。以爲一般章法「似乎偏於作法方面，屬於修辭學的某篇範圍之内」[36]。對於另一個方面，即詞體結構或詞的章法與一般章法不同的一面，尚未列出。但是，依據先生所說事例，我以爲，所謂另一個方面，實際並不難探知。以下試予說明。

陳廷焯《白雨齋詞話》（卷一）稱：

> 詞至美成，乃有大宗。前收蘇、秦之終，後開姜、史之始。自有詞人以來，不得不推爲巨擘。後之爲詞者，亦難出其範圍。然其妙處，亦不外沈鬱頓挫。頓挫則有姿態，沈鬱則極深厚。既有姿態，又極深厚。詞中三昧，亦盡於此矣。

先生批曰：「卓識。但猶僅於字句風格中求之。至美成以小詞寫故事，亦峰不知也。」並曰：「曰沈鬱頓挫，故弄玄虛。何爲『沈鬱』？何謂『頓挫』？造此二怪名詞，連自己也不知所云。若知所云，爲何說不明白。」以爲，亦峰論美成之所謂「沈鬱頓挫之妙」，應改爲「以詞寫故事之妙」[37]。先生所說，既有鮮明針對性，又有確實創新之見。即指出，其所謂結構分析，非僅於字句風格中求之，而乃於故事脉絡中得之。這就是詞體結構或詞的章法與一般章法不同之處。先生論詞，即得力於此。

例如：周邦彥《瑞龍吟》，是一首寫故事的詞。吳梅《詞學通論》有一段分析，謂首疊入手指明地點，曰「章臺路」，説明前度劉郎，歸來舊處。一疊不言其人不在，反追思當日相見狀態。三疊言箇人不見，但見同里秋娘，無人陪伴。先生以爲「分析相當精到而明暢」，但又指出，所用「沈鬱」、「頓挫」、「纏綿」、「空靈」，卻是些概念模糊的抽象字眼，祇是論者的主觀印象，與周詞的章法無關[38]。這大概就是「僅於字句風格中求之」之例證。所以，「不説不糊塗，越説越糊塗」。而先生所論，依循周詞章法，並援引崔護詩加以對照，卻將其故事及情調，充分顯露出來。這當是於故事脉絡中得之之例證。具體論斷，下文另敘。

先生不僅藉助故事脉絡，即周詞特別章法，讀周、論周，而且還以之分析、説明周詞中所謂「鈎勒」。這是周氏一種特殊藝術表現手段。前人於此，説不明白。如所謂「鈎勒之妙，無如清真。他人一鈎勒便薄，清真愈鈎勒愈渾厚」[39]，祇是説結果——薄與厚，對於過程及方法，並無所知。近人以中國畫技法作比，以爲是對於物態的刻畫或摹寫，也並未説出個所以然來。但是，先生之所説，謂「述事以事爲鈎，勒住前情後景，則新境界自然湧現」，將其看作一種組織景、情、事三要素之藝術表現手段，就十分明白[40]。這就是結構分析之妙處。

第二，先生論詞，既注重個別事例，又顧及一般。其所謂十六字玉尺，爲詞體結構論提供一條基本法則。

「以小詞説故事」及於故事脉絡中得之，這是一個問題的兩個方面，即作者與讀者兩個方面，而就作品本身而言，二者卻是不可分割的。但是，因爲歷來標榜「詩言志」，對於事，尤其是詞中所説故事，無論作者或讀者，大多有所忽略。

例如，有關句與篇問題，王國維曾指出：「唐五代之詞，有句而無篇。南宋名家之詞，有篇而無句。有篇有句，惟李後主降宋後之作，及永叔、子瞻、少游、美成、稼軒數人而已。」此所謂句與篇，實際含義如何，王國維似未有明確界定。大致説來，其所謂「有名句」或「有句」，是與「無句」相對立的，主要説有境界與無境界；其所謂「篇」，則包括兩個方面意思：一爲一般意義上之篇章結構，一爲由「名句」所構成之「篇」，亦即有境界之篇[41]。如果從説故事的角度看，此所謂「篇」，當爲有故事、有境界之篇。所以，先生反駁王氏時即謂：此條甚誤。《花間集》中，有連續叙事之組詞，《尊前》亦有五更待郎故事詩，安得謂有句無篇？不但有篇，且有合數十篇爲一大篇故事者。前人論者多未注意，惟清真知之，故有《少年遊》之作[42]。先生以爲，有故事、有境界，即有篇。例如周邦彦《少年遊》：

朝雲漠漠散輕絲。樓閣淡春姿。柳泣花啼，九街泥重，門外燕飛遲。　而今麗日明金屋，春色在桃枝。不似當時，小橋衝雨，幽恨兩人知。[43]

詞章説故事，除了「兩人」明白道出外，其餘種種，即其有關事實及過程，似乎都隱藏於具體的景象當中，頗難獲知，而且容易將其當作一般寫景抒情作品看待。先生循故事脉絡説此詞，以爲「而今」二字甚要緊，並依此判斷：上片乍看好像是記眼前之事，實則完全是追記過去，並且還没有記完，故事的重點還要留到下片的末三句纔説出來。記現在的事，衹有「而今」以下十個字㊹。——這就將曲折情節明白揭示開來，以爲此乃通過今昔對比，叙寫兩人故事及感受。

對於兩人故事，先生並爲之作過生動演繹，或還原。曰：

> 他們從前曾在一個逼仄的小樓上相會過，那是一個雲低雨密的日子，大雨把花打得一片憔悴，連燕子都因爲拖著一身濕毛，飛得十分吃力。在這樣可憐的情況下，還不能保住他們的會晤。因爲某種原因他們不得不分離，他們衝著春雨，踏著滿街的泥濘，彼此懷恨而别。現在他已和她正式同居：「金屋藏嬌」。而且是風和日麗，正是桃花明艷的陽春，應該很快樂了。可是又覺得有點不大滿足。回想起來，纔覺得這情景反不如以前那種緊張、淒苦、懷恨而别、彼此相思的情調來得意味深長。㊺

這就是通過説故事以構成有句有篇之詞之一典型事例。先生對此極其贊賞，以爲周邦彦對於詞史發展之一重大貢獻㊻。

但是，先生論此，即「以小詞説故事」，所謂「惟清真知之」，並非「祇此一家，别無分店」之意，而乃針對前人論者之「多未注意」而言。先生以爲，「以小詞説故事」，這是一種傳統風尚。唐五代詞中，已可發現此類篇章。例如《花間集》中小令，「有的好幾首合起來是一個連續的故事，有的是一首即是一個故事或故事中的一段」㊼。

關於前者，先生曾以孫光憲《浣溪沙》八首、《菩薩蠻》五首以及顧夐《虞美人》六首加以印證，以爲「這種以詞來連續寫一故事或一段情景的作風，很有點像是後世的散套」㊽。

孫光憲《浣溪沙》八首之説故事，乃《花間集》中之典型事例。先生所作演繹或還原，拙文《子臧先生論詞學研究》已經引述。此不贅。以下説孫氏之《菩薩蠻》五首。詞曰：

月華如水籠香砌。金鐶碎撼門初閉。寒影墮高簷。鉤垂一面簾。　碧烟輕裊裊。紅戰燈花笑。即此是高唐。掩屏秋夢長。

花冠頻鼓牆頭翼。東方澹白連窗色。門外早鶯聲。背樓殘月明。　薄寒籠醉態。依舊鉛華在。握手送人歸。半拖金縷衣。

小庭花落無人掃。疏香滿地東風老。春晚信沉沉。天涯何處尋。　曉堂屏六扇。眉共湘山遠。怎奈別離心。近來尤不禁。

青巖碧洞經朝雨。隔花相喚南溪去。一隻木蘭船。波平遠浸天。扣舷驚翡翠。嫩玉擡香臂。紅日欲沉西。烟中遥解觿。

木棉花映叢祠小。越禽聲裏春光曉。銅鼓與蠻歌。南人祈賽多。客帆風正急。茜袖偎檣立。極浦幾回頭。烟波無限愁。㊾

先生將前三首與後二首分別加以分析，並合在一起進行判斷。以爲：前三首説一個連續故事，初看似與後二首不相干。但如果假定第四首之「烟中解觿」，第五首之「茜袖偎檣」與前面之「屏掩秋夢」、「衣拖金縷」所寫是一個女子——當然是女道士之類，那末這五首也未嘗不可看作一個連續故事。而且，先生還借用傳奇家慣用名稱，將其重組爲一個傳奇故事。即：驚艷（其五）——定情（其四）——幽會（其一）——送客（其二）——感別（其三）㊿。這也是説連續故事之一典型事例。

此外，先生並以《尊前集》所録和凝《江城子》五首爲例，證實詩中五更待郎故事之所謂五更調，詞中亦有之。這就是積若干首同調的詞以詠春閨一日（或一夜）情景之事例。此若干首同調詞，當亦可作連續叙事之組詞看待。

至於一首即是一個故事或故事中之一段者，當亦不乏其例。如韋莊《女冠子》(四月十七)之寫故事，先生以爲，「全首明白如口語，毫無半點詞藻文飾，人人可懂卻不浮淺」[51]。先生指出，以一首寫故事的風尚，到宋代還很流行[52]。

以上所述，既可作爲有句有篇之例證，又可說明，「以小詞說故事」，無論唐五代詞，或者兩宋詞，都並非個別現象。

由個別到一般，進行事例推廣，這是一種理論升華，亦建造詞體結構論之一重要步驟。以下說方法歸納，即諸種藝術表現手段之比較綜合，這是建造詞體結構論之另一重要步驟。所謂方法歸納，大致包括兩方面意思。一爲於相合中求其相異之處，另一爲相異中求其相合之處。這也是一種理論升華。

先說合中求異。例如：清真鈎勒，他人也鈎勒。此乃相合之處。但兩種鈎勒，除了薄與厚或者刻削與渾化不同外，其他方面亦有所不同，這一些即爲相異之處。

前人論宋詞，謂「前有清真，後有夢窗」[53]。一爲宋詞成熟之標志，如「詞中老社」[54]，另一爲宋詞技法之總歸納，猶詩家之有李商隱[55]。如從說故事角度看，所謂「空際出力，夢窗最得其訣」[56]，說明「夢窗法乳」，亦來自清真。但二者天分不同，所用功夫有異，其鈎勒或由鈎勒演變而成之空際轉身法，於相合之中，也有相異之處。先生方法歸納，頗爲注重於此。曾指出：

清真長調、小令，有時有故事脉絡可循，組織嚴密。夢窗長調惟解堆砌用典，不獨散漫無所歸，且不可通，甚至前後矛盾，其優劣可見如此。夢窗好在詞中發感慨。清真非無感慨，然以叙事用字時出之，不浪費筆墨，亦增文詞結構之美，韻調之精。[57]

這裏，先生所揭示二事，皆頗能切中要害。

其一叙事。清真善於經營，即鈎勒。所説故事組織嚴密，有脉絡可循。故其所造境界，眉嫵畢露，毫髮可見，即所謂「愈鈎勒愈渾厚」也。例如：上文所説《少年遊》（朝雲漠漠散輕絲），説兩人故事，文字用得如此經濟，情節變化及人物心理活動，又如此曲折，頗有莫泊桑短篇小説味道；另一首《少年遊》（并刀如水），上片寫出冬夜二人嚐橙吹笙的圖畫，下片則是親切留客的話：「馬滑霜濃」，怕他回去路上摔倒，真是體貼入微。先生以爲：「清真詞中有許多寫故事的作品，這兩首是最短也是最好的。」[58] 這是小令。至於長調，諸如《蘭陵王》《瑞龍吟》以及《還京樂》，其所寫故事，皆有精彩表現（詳下文）。而夢窗，因苦於堆砌，致使「用事下語太晦，人不可曉」[59]，歷來已多所論列。先生所説，除了指「擺弄字樣」以外，多屬有關組織結構之文理問題。如謂《思佳客》（賦女骷髏）「上曰『睡起時』，下曰『結習空時』，不免重複。且上文已説『花欲飛』，下文又説『亂紅吹起』，思路何其貧乏如此」[60] 等等。此即因堆砌所成混亂。夢窗之失，當在於此。

其二説情，即發感慨。以爲清真以叙事用字時出之，夢窗則好在詞中直接抒發。這一問題，牽涉面較寬，容後另加探究。

以上乃於對比中發掘相異之處，突顯其高下優劣。這是方法歸納之一個方面。

再説異中求合。這是方法歸納之另一個方面。主要探討對於文學題材三要素——情思、事理、物景的處理問題。即探討有關作者於説情、叙事、造理、佈景諸多藝術表現手段之運用過程，所有創造與發明，包括所有缺陷，從而求得其相合之處，並在這基礎之上探尋出一條共同規律（或基本法則）。

對此，先生曾有精確把握，並曾系統地加以展現。即依據題材之有無開拓，内容之是否增添以及藝術表現手段之如何運用，將北宋詞之發展演變過程，劃分爲三個階段。

第一階段，直接説情，「花間」與「尊前」之繼續。

先生以爲：《花間集》開北宋詞壇風氣，成爲當時「樂府」正宗。宋初大詞人如晏殊、歐陽修等，「他們的詞就是酒席上的歌」。晏幾道在《小山詞》跋文中也承認，「他的作品都爲他朋友家中的歌女們寫的勸酒之詞」。有關歌詞，主要以直接説情手段表達，大都爲小令。

第二階段，説情、佈景，互相配合，柳永與張先之開拓。

先生以爲：「談情説愛，離愁别恨的話頭雖然永遠是詩人的題材，但『花間』、『尊前』二集以及宋初諸家也就説的差不多了。」所以，柳永、張先「便分筆寫江山之勝、遊宦之情，真能雙管齊下」。既創造許多慢詞，又不廢棄「花間」舊業。這是情與景的配合。但其不足之處是，寫景抒情多平鋪直叙，無回環曲折、波瀾起伏之勢。

第三階段，在情景之外，滲入故事，周邦彦特别貢獻。先生以爲，柳永、張先説情、佈景之所以少曲折、無波瀾，即「並列如單頁畫幅」，「推其原故，蓋因情景二者之間無『事』可以聯繫」。以爲，「救之之道，即在抒情寫景之際，滲入一個第三因素，即述事」。這種手段，就是周濟所謂鈎勒[61]。

通過以上歸納，先生對於文學題材三要素之處理問題，已漸探知途徑。即以爲：「必有故事，則所寫之景有所附麗，所抒之情有其來源。」[62]因此，推導出這麽一條共同規律——或基本法則)。曰：即景傳情，緣情述事，就事造境，隨境遣懷。先生稱之爲十六字玉尺[63]。其中所謂境，乃滲入故事，使三者(情思、事理、物景)重新配合，所造成之新境界[64]。

先生十六字玉尺，明確揭示文學題材三要素及其所造之境、所遣之懷諸多方面之間嚴密組織聯繫。既可作爲判斷情僞、辨别玉石之準繩，又可作爲創造新境、達致美學上最高滿足之指南。這就是於相異之中所求得之相合之處，亦即先生爲詞體結構論所提供一條基本法則。

第三，先生論詞，善以實證示範。所論「人面桃花型」及「西窗剪燭型」，爲詞體結構論提供兩個重要結構類型。

「人面桃花型」及「西窗剪燭型」，這是藝術表現手段程式化或規範化所形成之結構類型。舊詩中早已有之，柳永、周邦彦用以寫故事。先生結構分析，亦以之示範。

（一）關於「人面桃花型」

先生用這一類型分析之事例，爲崔護《題都城南莊》。崔詩云：「去年今日此門中，人面桃花相映紅。人面不知何處去，桃花依舊笑春風。」[65]詩篇用兩段故事——尋春遇艷及訪艷未遇，將人面與桃花兩種不同物象聯繫在一起，構成兩組不同事相——遇與未遇。兩組事相，依據相關、相對、相反原則組合，前後對照，以表現其失落感，或者説明，機會衹得一次，甚是真切、動人。

這是由時間順序推移所構成之結構模式。這一模式的特點是，空間位置不變，時間變，以之創造意境，易於達致風光依舊、人事全非之藝術效果。而其具體表現手段，則爲聯想與對比。這一模式，我在《唐詩讀法淺説》中，將其列歸平分式或二分式，乃平分式或二分式之一組合方式[66]。

這種因藝術表現手段程式化或規範化形成之結構類型，唐詩中經常出現。例如，元稹

《行宮》：「寥落古行宮，宮花寂寞紅。白頭宮女在，閒坐説玄宗。」[67]詩篇所寫兩段故事，一爲今日行宮故事，另一爲昔日行宮故事。兩段故事同樣將兩種不同物象——人面（宮女）與桃花（宮花）聯繫在一起。兩種物象雖仍見在，但因時序推移，賞花人（玄宗）已不復存在，其所呈現事相，也就發生變化。一寥落，另一不寥落。寥落事相，由寂寞宮花顯示，不寥落事相，由白頭宮女證明。兩種事相，後先映照，同樣表現出一種今不如昔之感。這也是平分式或二分式之一組合方式。

此外，杜牧《遣懷》：「落魄江湖載酒行，楚腰纖細掌中輕。十年一覺揚州夢，贏得青樓薄幸名。」[68]又《嘆花》：「自恨尋芳到較遲，往年曾見未開時。而今風擺花狼藉，緑葉成陰子滿枝。」[69]詩篇所寫故事，同樣以不同物象與事相配合，構成互相對立之結構模式，表現因時序推移所出現之今昔差別。即，十年過去，當時之纖細楚腰，都在夢幻當中。又因爲尋芳到遲，未及於芳時惜取，而今已是無花可折。今昔對比，頗有「人面不知何處去」之感慨。這同樣也是平分式或二分式之一組合方式。

唐詩中所見因時序推移所構成之結構模式——平分式或二分式，已成爲一種帶有普遍意義之結構類型。但具體事例中，應當以崔護之《題都城南莊》最是堪稱典型。先生説詞，以之指點迷津，頗能見其成效。

例如，上文所說周邦彦《瑞龍吟》：

章臺路。還見褪粉梅梢，試花桃樹。愔愔坊陌人家，定巢燕子，歸來舊處。　黯凝佇。因念箇人癡小，乍窺門户。侵晨淺約宫黄，障風映袖，盈盈笑語。　前度劉郎重到，訪鄰尋里，同時歌舞。惟有舊家秋娘，聲價如故。吟箋賦筆，猶記燕臺句。知誰伴、名園露飲，東城閒步。事與孤鴻去。探春盡是，傷離意緒。官柳低金縷。歸騎晚，纖纖池塘飛雨。斷腸院落，一簾風絮。⑳

這是先生用以説明有關論者「不説不糊塗，越説越糊塗」之具體事例。有關論者説此詞，除了概念模糊，顯得糊塗之外，還在於逐層分析，雖「相當精到而明暢」，卻尚未把握其章法特徵而顯得糊塗。先生指出：「這首詞的優點正是寫得事事具體，語語真實，一點也不『空靈』，所以讀來分外親切。」因此，先生乃依據時序推移，對其章法加以剖析。指出：

這一首因爲是寫具體的故事，而且這類故事也很普通，大體情調，和崔詩「去年今日此門中，人面桃花相映紅。人面不知何處去，桃花依舊笑春風」差不多。若以周詞比附：首句即「劉郎重到，訪鄰尋里」。次句即「褪粉梅梢，試花桃樹」；「箇人癡小」，「盈盈笑語」。三句即「知誰伴、名園露飲，東城閒步」？末句即周詞起首三句。不過崔詩順次平叙，周詞錯綜反復，遂顯得章法謹嚴，結構精密。這類故事，我們可以稱它爲舊詩中的「人面桃花型」。[71]

這是先生爲詞體結構論所提供之一重要結構類型。先生這一類型分析，不僅有助於把握章法，認清脉絡，因而也有助於真正讀懂一首詞，而且有助於將詞與其他文學樣式，諸如詩、文乃至小説等文學樣式加以比較，從個別到一般，再從一般到個別，從而真切瞭解詞這一特殊文學樣式與其他文學樣式相同及不同之處。我相信，這對於詞學研究乃至詞體之進一步變革與發展將大有助益。例如，先生在《片玉詞箋注》初稿中，就曾指出：「近代短篇小説作法，大抵先叙目前情事，次追述過去，求與現在上下銜接，然後承接當下情事，繼叙爾後發展。歐美大家作品殆無不守此義例。清真生當九百年前已能運用自如。」[72]這説明，詞學研究乃至詞體創造，天地廣闊，極待進一步探討。

（二）關於「西窗剪燭型」

先生用作這一類型分析之事例，爲李商隱《夜雨寄北》。李詩云：「君問歸期未有期，巴山夜雨漲秋池。何當共剪西窗燭，卻話巴山夜雨時。」⑦③詩篇所寫故事分兩段——首二句説現在、我方情事，在巴山。謂思歸未歸，正對著因夜雨不斷而越漲越高之秋池中水發愁，爲實寫。次二句説將來、雙方情事，在西窗。謂待得那時（將來）即將今時（現在）獨自面對秋池水越漲越高所産生愁思之具體情景告訴對方，爲虚寫。前後所寫，基本情事未變，都是「巴山夜雨時」之愁思，而時間及空間則互相交錯。即：由現在之巴山（我方所在地），轉移到西窗（將來我方與對方相聚處所）。因而使得所叙故事，顯得更加真切、動人。

這是由時間順序推移及空間位置變换所構成之結構模式。這一模式，時間與空間都發生變化，即有所延伸與擴充，因而，其所負載的意，也就更加深長，更加富有姿彩。這是其特點。而其具體表現手段，同樣爲聯想與對比。這是平分式或二分式之另一組合方式。

這一組合方式，十分巧妙。李詩外，杜甫《月夜》，亦屬其例。杜詩云：「今夜鄜州月，閨中衹獨看。遥憐小兒女，未解憶長安。香霧雲鬟濕，清輝玉臂寒。何時倚虚幌，雙照淚痕乾。」⑦④詩篇亦將所寫故事分爲兩段，一段説現在（今夜），一段説將來（何時）。説現在一段，故將我方現境擺落，不説我方長安看月情事，而説對方閨中看月情事。謂兒女尚小，未解思父；妻子獨看，思憶長安。謂月光之下，久久站立；雲鬟濕潤，玉臂生寒。皆爲幻想畫面。説將來一段，推移、變换，不僅由長安到鄜州，而且由「獨看」成「雙照」。以爲到那時，靠著輕輕羅幃，一起觀賞明月，心中自然浮現今夜彼此看月情景。此亦爲幻想畫面。但是，前後對照，卻將今夜我方在長安獨自看月之憂傷心境，和盤烘托而出。兩段故事，占有篇幅甚不均勻，卻與其他平分式或二分式一樣，可將其所負載的意，表現得淋漓盡致。這一組合方式，同樣極其巧妙。

先生將李商隱《夜雨寄北》之組合方式，歸納爲這麽一個公式：「推想將來回憶到此時的情景」或「從現在設想將來談到現在」。杜甫《月夜》，於將來一段，以「雙照」代替共話，與李詩同一機杼，同一模式。

唐詩中這種因時空交錯所構成之結構模式，雖然不易覓得太多例證，也不大有人顧及於此。但將其當作一種結構類型，並以之説詞，卻頗能體現其佳處。

例如，柳永《引駕行》：

紅塵紫陌，斜陽暮草長安道，是誰人。斷魂處，迢迢匹馬西征。新晴。韶光明媚，輕烟淡薄和氣暖，望花村。路隱映，摇鞭時過長亭。愁生。傷鳳城仙子，别來千里重行行。又記得臨歧淚眼，濕蓮臉盈盈。銷凝。花朝月夕，最苦冷落銀屏。想媚容、耿耿無眠，屈指已算回程。相縈。空萬般思憶，争如歸去睹傾城。向繡幃深處並枕，説如此牽情。[75]

這是先生用作「西窗剪燭型」之範例。在《論詞的章法》中，先生曾有一段精彩析文。其曰：

這首詞的章法也是一起首就描寫風景，連詞中的主人翁——作者自己，也被客觀地寫入風景裏面，作爲一種點綴。直至「摇鞭時過長亭」鋪叙纔完。柳永詞的長處在這，是我們應該特别注意的。從「愁生」一韻起，纔指出上文的春郊行役，並不是愉快的旅行，而是和情人遠别，而且這個行客又正是作者自己。於是又追寫不久以前她别時的愁容，推想到她此後孤棲的淒凉和盼望他回來的焦急。自「花朝月夕」至「屈指已算回程」寫的多是想像。「相縈」一韻，總叙上文彼此思念。但作者的思念是實情，對方之思念作者，是想出來的。因爲受不住這相思的煎熬，所以他想發個狠打回頭，對她細訴這一路相思之苦。當然，這依然是在長安道上，騎馬摇鞭時的幻想。最後一句「並枕説：『如此牽情。』」是一個異想天開的總括上文，也是這一篇的主旨。至此，讀者纔知整篇之文，無非是這一句話的準備工作。把整篇的最高峰放末了，戛然而止，也是這首詞的特色。

又曰：

> 作者的手法，先是平鋪直叙，後來追憶從前，幻想現在，假設以後。一層層推進，卻同時一層層收緊，最後四字鎮住了全篇。而在這追憶、幻想、假設之中，有時指作者自己，有時指對方，這更使章法複雜，但層次始終分明，絶不致引起誤解。[76]

先生用一簡單圖表將其相思相憶情景加以描繪説明。由此，可以得知：自「紅塵紫陌」至「摇鞭時過長亭」，寫春郊行役，一邊説場所，一邊説氣候，皆爲現在情事，屬於事實平叙。「傷鳳城仙子，别來千里重行行」，亦事實平叙，爲行役之補充。「又記得」以下，插入回憶，追叙别時情景，爲過去情事。這是上片，所寫都在我方。下片變换、推移，既在空間位置上將叙事角度，由我方轉换爲對方，設想對方於花朝月下，必定分外感到冷落，説不定已算好我回歸日程，又在時間順序上將叙事先後來個調整，設想將來歸去，兩人並著頭在枕上，必定仔細訴説今日相憶情景。這就是：「從現在設想將來談到現在」。先生指出：詞章情調與李商隱詩相似，並襲用其章法，因將其結構模式稱爲「西窗剪燭型」[77]。這是先生爲詞體結構論所提供之另一重要結構類型。

先生這一類型分析，對於詞學研究及詞體創造，同樣頗具開拓作用。

先生認爲：詞的章法，當然不止「人面桃花型」及「西窗剪燭型」兩種類型，但這兩種類型是長調中比較常見的。並認爲：這兩種類型雖較常見，卻倒也不是最容易瞭解的。指出：「如果把一首詞内容裏的時、空、虚、實弄清楚了，則對於本詞的章法，自然透徹瞭解，毫無歧義了。」[78]

三

總括以上所述，業師吴世昌先生所創詞體結構論，似有了個粗略輪廓。大致説來，先生所創建詞體結構論之作爲一種批評模式，其主要因素（條件），我看已經具備。以下試分别加以列述。

（一）標準及基本原理

作爲一種批評模式，目的乃在於對有關作品、作家以至有關文體（或文類）之高下優劣進行批評、論斷，並通過批評、論斷，把握其發生、發展、狀態及其與各有關參照系之所謂「關係、限制之處」[79]，以促進其進一步發生與發展。對此，先生乃十分明確。故其於標榜十六字玉尺之時，曾指出：

余嘗謂小令之佳者，要即景傳情，緣情述事，就事造境，隨境遣懷。如不能俱此四者，即有一於此，亦足爲零金碎玉。讀是詞（指陳允平諸詞——筆者），亦可以此十六個字爲玉尺。問此句此聯能即景傳情否？如不能，則問能緣情述事否？能就事造境否？

如此層層推敲，則情僞立見，玉石可辨。⑻

十六字玉尺，這是先生爲詞體結構論所提供一條基本法則，也是詞體結構論論詞之標準。這十六個字，清楚揭示「景—情—事—境—懷」諸方面所謂「關係、限制之處」，亦即上文所説各種組織聯繫，爲先生之一重要發明。以之論詞，將可收取以下兩種效用。

第一，準繩效用。此乃由批評角度立論。從總的趨勢看，歷來論者之所謂批評、論斷，似乎衹停留於情與景之層面。衹説情景交融，甚少顧及於事，或者説情與景及境與懷，而忽略當中之事。因此，有關批評、論斷，往往僅觸及其表層，或衹是在外部盤旋，而難以登堂入室。先生十六字玉尺，於情與景之外滲入故事，既將其作爲勒住前情後景之關鍵，又將其作爲造境遺懷之憑藉。此所謂事，已成爲聯繫情與景及境與懷諸方面之樞紐。用以論詞，易於由表層引向深層，由外部深入内部，從而求得真切瞭解。

第二，指南效用。此則由創作角度立論。在中國詩歌發展史上，由於强調言志，有關作者對於文學題材三要素——情思、事理、物景之處理有所偏重，因此造成某些缺陷。例如：未能融情入景，就景抒情，致使情與景並列，如單頁畫幅。或者「好在詞中發感慨」，而脱離情、景、事，等等。前者爲柳永、張先鋪叙所出現問題，後者爲吴文英堆砌用典所出現問題。

這都是忽略第三因素即述事所産生結果。先生十六字玉尺，於情與景之外滲入故事，「使無生者變爲有生，有生者另有新境」，此所謂事，已成爲一種催生劑。用以論詞，自然能够令得萬象皆活。對於這一點，上列清真寫故事諸詞，便是極好例證。

以上即先生爲詞體結構論所立標準。以下説基本原理。這是一種理論説明或包裝，亦爲詞體結構論之一重要建造工程。這一工程，先生生前尚未完成。但是依據所列事例及有關論述推斷，我以爲：先生所創詞體結構論之基本原理，當爲二元對立定律，或二元對立關係(Binary Opposition)。

二元對立定律，或二元對立關係，原爲六十年代西方結構主義(Structuralism)倡導者所提出。有關倡導者以爲，這種對立關係乃人類心靈之基本運作模式[81]。如以之與先生論列比對，我以爲，作爲詞體結構論基本原理之二元對立定律，或二元對立關係，與作爲結構主義基本原理之二元對立定律，或二元對立關係，其要點當同樣包括下列二項。即：一，二元之間必須互相依賴，而非彼此孤立；必須互相合作，纔能顯現其意義。二，形式上互相對立之二元，往往因某折衷元素(中介物)之介入，構成新三角關係，以顯現新境及新意。這就是詞體結構論與結構主義共通之構造原理。亦即二者相合或暗合之處。

上述種種，有不少事例可加印證。

例如先生所標榜十六字玉尺，如以有關情、景、事三者關係之論述加以描繪，似可構成下列圖式：

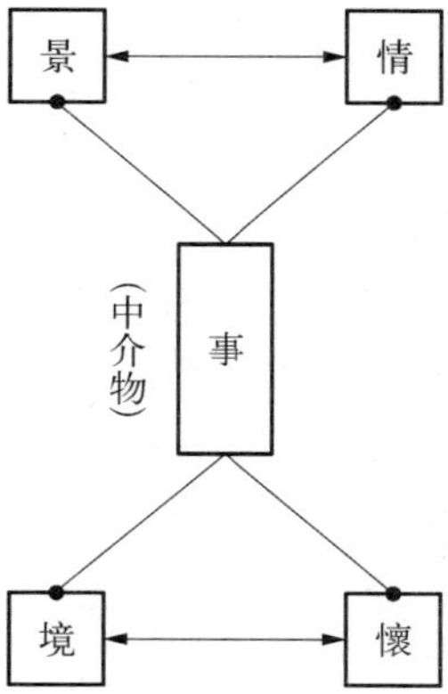

這一圖式，既形象揭示情與景二元相互對立關係，又突出滲入之事作爲中介物之催生作用。這正是二元對立定律，或二元對立關係二項要點之具體體現。

又如：先生爲詞體結構論所提供兩個重要結構類型——「人面桃花型」及「西窗剪燭型」，前者所展示兩組不同事相——遇與未遇之對立與組合以及後者所幻想將來對於我方與對方共話畫面之催生，同樣也是二元對立定律，或二元對立關係二項要點之具體體現。

以上事例說明，先生所建造詞體結構論，儘管與西方結構主義無有直接關聯，但二者心靈之運作，其基本模式卻相同。這是二者構造原理所具有之普遍意義，即共性。乃具體之抽象，亦個別之一般。這就是我所説基本原理。當然，由此所構造之結構主義與詞體結構論，其於語言學、人類學以及詞學諸領域之具體表現，仍有其相異之處，即個性。尤其是詞體結構論，其所揭示有關結構模式，就頗具特殊意義。例如，先生用作「西窗剪燭型」範例之柳永《引駕行》，其中所寫故事，從時間順序上看，包括「現在——過去——現在——將來——現在」一系列層次，而從空間位置上看，又包括「我方——對方——雙方」幾個層面，甚是錯綜複雜，這就並非一般之所能相比。所謂特殊意義，即在於此。但是，此所謂特殊，又產生於一般。即由我方與對方這一相互對立之二元，合作產生。因此，所謂基本原理，即顯得十分重要。

（二）方法及實際運用

所謂方法，即過程，指的是一種運作程序。就批評模式之實際運用看，此所謂方法，當包括實現運作程序所必須之手段與步驟。對此，先生也曾有過論説。如曰：

> 清真在北宋之末，入南宋之大門也。入清真之門，然後可讀白石、梅溪、夢窗、碧山諸家。學得清真之各種手法，然後讀南宋諸家皆有來歷，無所遁形矣。清真範圍廣，門户多，長調小令，皆自成樓閣，絕不相似。如遊阿房之宮，五步一亭，十步一閣，莫可詰究，他人無此才力也。於短短小令中寫複雜故事，爲其獨創，當時無人能及。後世亦少

有敢企及者。《浣溪沙》直追「花間」，而又異乎「花間」，南宋各家無有能及者。《點絳唇》亦非他家可比。其方面之廣，真集詞家之大成也。[82]

這段話論説清真範圍及門户。以爲，這是掌握兩宋詞之關鍵。如果將其看作運用詞體結構論所當達致目標，那麽，我認爲，這一目標之達致，當經歷以下兩種程序。

第一，善入與善出。這是龔自珍於《尊史》中所提出命題。龔氏曰：「何者善入，天下山川形勢，人心風氣，土所宜，姓所貴，皆知之。國之祖宗之令，下逮吏胥之所守，皆知之。其於言禮、言兵、言政、言獄、言掌故、言文體、言人賢否，如其言家事，可謂入矣。」又曰：「何者善出，天下山川形勢，人心風氣，土所宜，姓所貴，國之祖宗之令，下逮吏胥之所守，皆有聯事焉，皆非所專官。其於言禮、言兵、言政、言獄、言掌故、言文體、言人賢否，如優人在堂下，號咷歌舞，哀樂萬千，堂上觀者，肅然踞坐，眄睞而指點焉，可謂出矣。」[83]這裏所説「入」與「出」之對象，包括全部社會人生，或者宇宙人生。王國維所説「詩人對宇宙人生，須入乎其内，又須出乎其外」[84]，亦同此意。這是從「能寫之」到「能觀之」之一重要過程。即：既能深入内部，獲得真知，又能站在「堂上」，加以「指點」。治史、治文如此，治詞也當如此。先生對此深有體會。所以，將清真之範圍及門户，比作「阿房之宫」，當有其特别意義。這是對於達致目標之總要求。

第二，分析與還原。這是對於原有包裝之分解與重組，乃達致目標之手段與步驟。就近期目標看，主要是「入清真之門」，即對於「阿房之宫」之進取。所謂「五步一亭，十步一閣，莫可詰究」，説明並非易事。但先生之善入與善出，其原因究竟何在？我以爲，主要在於，先生掌握一把能够開啓千門萬户之金鑰匙，即「以小詞寫故事」或者「於短短小令中寫複雜故事」這把金鑰匙。這就是結構分析方法。具體地説，即依據故事脉絡，通過聯想、對比，對其亭臺、樓閣進行分解與重組之方法。所以，對於清真這一座「少有敢企及者」之藝術宫殿，能知，能言，並能指點。這是近期目標，而遠期目標，主要是對於兩宋詞之掌握。這是結構分析方法之進一步推廣。所謂「學得清真之各種手法，然後讀南宋諸家皆有來歷，無所遁形矣」，當已將這一意思包括在内。

以下説具體事例。先説結構分析方法對於「入清真之門」之實際效用，再説方法推廣及對於兩宋詞之掌握。前者以《蘭陵王》爲例證，云：

柳陰直。烟裏絲絲弄碧。隋堤上，曾見幾番，拂水飄綿送行色。登臨望故國。誰識。京華倦客。長亭路，年去歲來，應折柔條過千尺。　閒尋舊蹤迹。又酒趁哀絃，燈照離席。梨花榆火催寒食。愁一箭風快，半篙波暖，回頭迢遞便數驛。望人在天北。　悽惻。恨堆積。漸别浦縈回，津堠岑寂。斜陽冉冉春無極。念月榭携手，露橋聞笛。沉思前事，似夢裏，淚暗滴。[85]

這是清真代表作。論者依據有關詞話，所謂「無一語不吞吐」，或者「妙在纔欲說破，便自咽住」（陳廷焯《白雨齋詞話》卷一），將其當作具有渾厚之美之典範。以爲：這便是「含而不露，反復纏綿」；乃審美理想之一種體現。接著，進一步加以推演。謂：渾厚之美爲何，於鈎勒處見；鈎勒之美爲何，於渾厚處見。[86]——回環往復，糾纏不清，實際上祇是在「愈鈎勒愈渾厚」（周濟語）一句話打轉。這就是一班從本本到本本論者所習用公式。如此論清真，當難以示人予門徑。而先生以爲：這首詞分爲三片（段）。第一片祇是泛論古往今來隋堤上折柳送客之衆，祇是晏小山所謂「世間離恨何年罷」之感慨，並非有所特指。第二片敘事。先說自己於清明前一日，在隋堤上送客情事。一方面是親友們依戀不捨訴說離恨別愁，另一方面又在「祖道」（祭道神之路，祈求水陸平安）對天地酹酒。再設想客人走後，自己於回程船中孤寂情緒。第三片回憶。即在孤寂的回程船中，回憶從前和情人「月榭攜手，露橋聞笛」之韻事，覺得往後祇有在夢中相見了。三片所寫，正是鈎勒之體現。即：以送客故事爲鈎，勒住前情（古今送別之情）後景（從前情景）。所以，先生指出：「『閒尋』以下十四字是全詞結構中樞紐。一『愁』字又是十四字的樞紐。」由此入手論清真，自然不至於「烟靄蒼茫」中迷失方向[87]。

這是先生善入、善出之具體例證。《蘭陵王》外，尚有二例——《浣溪沙》及《點絳唇》，先生未有進一步論說。二詞究竟何以令南宋各家不能及、不可比，相信亦可通過結構分析加以體認。有關事例說明：讀懂清真詞，「入清真之門」，目標並不難到達。

再說兩宋詞之掌握。這當包括兩個方面意思：一爲，清真乃集大成作者，入得其範圍及門户，即可瞭解兩宋詞來龍去脉，使得諸家來歷，無所遁形；另一爲，方法推廣，步驟程式化，具有較大適應性，用以解讀兩宋詞，可探知門徑。例如：善入與善出以及分析與還原，這是上文所説兩種運作程序，亦即先生爲詞體結構論所揭示方法。從運作上看，應當説，二者乃十六字玉尺及二元對立定律於實際運用中之具體體現；而從程序上看，二者運作，又包含著由外形式（外結構）到内形式（内結構）、由表層意義到深層意義之進取過程。這是一般意義上之個别，也是個别向一般之推演。所謂適應性，即依據於此。所以，我以爲，由清真入門，進而掌握兩宋詞，這一遠期目標，同樣不難到達。

（三）業績及里程標志

中國古代詩論、詞論，乃前人所遺留之極其豐富理論實藏。今人對此，頗爲重視。尤其在詞論方面，近期所出版《中國詞學史》（謝桃坊著）及《中國詞學批評史》（方智範、鄧喬彬、周聖偉、高建中著），甚是值得注意。論者指出：「相對於西方人重知性分析和邏輯驗證的文學批評，我國古代的詞學批評與詩學批評一樣，其突出特點是寓體系於漫話之中。」即以爲：其所力圖營構之理論體系，具有「潛隱」性質。「它不以鮮明的外在邏輯架構出現，而以一種自由漫話的方式，東云一鱗、西云一爪地存在於詞話之中，或者散在地存在於詞集序跋、詞選批注、書札筆記、論詩詞之中。」在此，論者對於漫話方式之描述，比較容易理解，而對於具有「潛隱」性質之理論體系之重構，包括外在邏輯架構之再現，有些問題則須進一步加以探討。例如：論者以爲，李清照《詞論》問世，「標志著以『本色』論爲核心的傳統派詞學觀的正式確立」。頗有見識。我相信，論者撰寫批評史之所謂上下鈎連、前後貫串，當與此相關。衆多論著中，甚少見此佳構。但是，論者將以詞爲「艷科」當作一種理論——側艷理論或「側艷」論，以爲詞學批評之發端，又將王國維境界説，當作詞學批評之終結與新變，我看不盡妥當[88]。因爲如按照論者推斷，全部中國詞學史之具體進程，似可構成這麽一個公式：

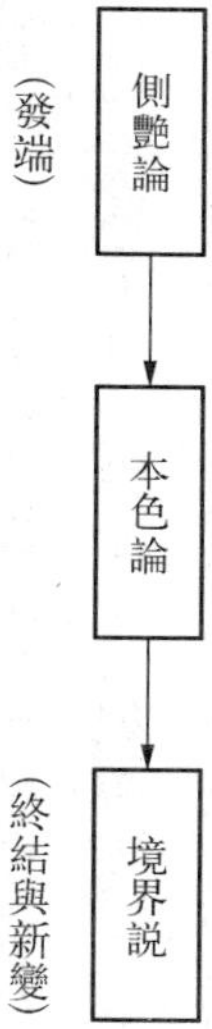

其中，以詞爲「艷科」，乃對於詞的一種觀念。如：「能逐絃吹之音，爲側艷之詞。」[89]等等。以爲所謂詞，應當「鏤玉雕瓊，擬化工而迴巧；裁花剪葉，奪春艷以爭鮮」[90]。其與作爲批評模式之本色論與境界説，應有所區別，似不宜將其理論化而後予以並列。而且，王國維之創建境界説，對於中國詞學史（包括批評史）而言，主要在新變，而非終結。這就是我説不盡妥當之處。

十年前撰寫《人間詞話譯注》，我已頗爲注視王國維之詞史地位及詞學史地位。之後，撰寫一系列有關文章，曾指出：「王國維著《人間詞話》，倡導『境界説』，開創了中國的新詞學，其歷史功績應予充分肯定。」[91]以爲：「千年詞學史，其發展演變可以王國維爲界綫：王國維之前，詞的批評標準是本色論，屬於舊詞學；王國維之後，推行境界説，以有無境界衡量作品高下，是爲新詞學。」[92]所以，不能將王氏看作傳統詞學批評之終結，而應著眼於新變。這是須要進一步加以探討的一個問題。此外，我在《以批評模式看中國當代詞學——兼説史才三長中的「識」》一文中，曾對王國維之後中國詞學之發展演變，進行一番考察[93]。我以爲，依據批評模式判斷，中國詞學史（包括批評史）之發展演變，可以下列圖式展現：

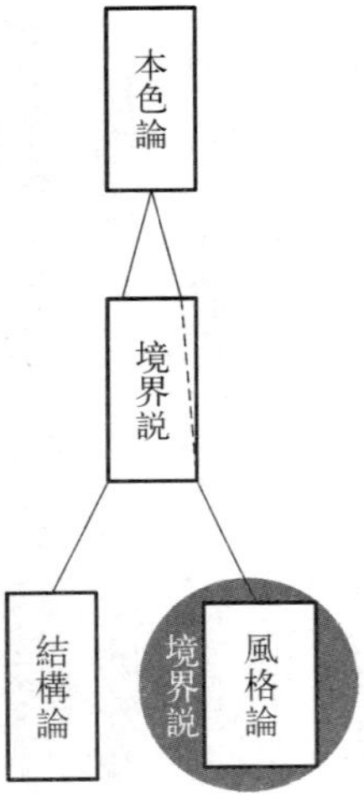

圖式表示：本色論爲傳統批評模式。境界説開闢新天地。風格論由境界説推衍而出，並未超越其範圍。結構論與本色論有所區別，又有所聯繫。説明：吴世昌先生所創造，在中國詞學發展史上，具有特別意義。

從詞學發展演變角度看，本色論通行時間最早，歷史最悠久。但其並無一定標準，衹是看似與非似。似，就是本色詞；非似，便非本色。諸如「上不似詩，下不類曲」[94]等説法，即爲此一典型論調。至其方法，亦無定規。或者「心知口難傳」，或者「心知口不傳」，與歷來所謂衹可意會、不可言傳這一傳統批評方法完全同一模式。境界説晚出。儘管「境界」二字早已有之，但第一個將其作爲一種批評模式，用於詞學領域者，卻爲近人王國維。王氏論詞，已脱離本色論。所謂「詞以境界爲最上」，即將創造境界，看作最高追求目標。王氏想以境界説取代前人興趣説、神韻説，包括本色論。其自視甚高，認爲衹有境界説，纔能探知本原。王氏亦確實有超越前人之處。例如：前人學説，包括本色論，實際運用時，多數衹能藉助於一個「悟」字，加以意會，別無辦法。而王氏之境界説，有境、有界，有疆、有域，有一定空間範圍在，這一空間範圍之大與小、遠與近以及深淺厚薄，都可以現代科學方法加以測定，以現代語言加以表述。——二者相比，境界説之超越本色論及其所存在缺陷，拙文多篇，已稍加論列，此不贅。

本色論與境界説，乃中國詞學史上兩個重要批評模式。風格論與詞體結構論均後此産生，而其運作情況及實際效果，則有所不同。風格論出自境界説，其運作過程，大致可分爲三個階段。（一）二三十年代至四十年代，爲衍生階段。由以境界定高下，推衍爲以風格論褒貶。胡適、胡雲翼相繼推廣，而未見響應者。（二）五十年代至八十年代中期，爲發展階段。由兩派優劣説發展爲豪放、婉約「二分法」。文化革命前，詞界出現重豪放、輕婉約，以政治鑒定代替藝術批評偏向，這是其根源。文化革命後，撥亂反正，並未改變其模式。風格論雄據詞壇，已發展到登峰造極地步。（三）八十年代中期至今，爲修正階段。風格論者多方尋求出路：或者分解開來，另加組合，將「二分法」擴展爲「多元化」，以兼顧其他派别；或者藉助西方新學，裝璜門面，用新方法推行舊貨色；或者乾脆重返境界説。到頭來，並未走出王國維之「五指山」。三個階段事實説明：風格論承接境界説，並非主要承接超越前人之處，而乃承接其缺陷，令其出現傾斜。這是境界説變種，亦造成詞界誤區之一重要因素。而詞體結構論，乃於創作及批評實踐中産生。既强調「讀原料書」，將詞作品當作建造批評模式之第一源泉，又注重吸取本色論合理成分，將歷代詞家、詞論家之成功經驗，當作建造批評模式之種種參照系。這是土生土長而又能够貫通中外之批評模式，亦走出誤區之一重要憑藉。

四十年代至今，即自從業師吳世昌先生發表一系列有關結構分析文章以來，詞界對於詞體結構論，儘管仍然缺少認同，但我相信：繼王國維之後，二十一世紀之中國詞學，將是吳世昌時代。這是我對於先生建造詞體結構論之總觀感。

戊寅驚蟄於濠上之赤豹書屋

第六節　吳世昌的倚聲及倚聲之學

「平生未作干時計，後世誰知定我文」（吳世昌《鷓鴣天》語）。先師吳世昌教授學識淹博，述作繁富，但於今生今世，卻從不作自我標榜。一直到晚年，還是祇顧耕耘，莫問收穫；對於畢生治學成績，並未作歸納、總結。正如先生所云：「我自弱冠弄翰，至於皓首，五十年間，大約寫了二三百篇文章，其中純粹學術的論文約二百篇，卻從未結集。」[95]最後，因各方催促，爲便於閱讀、查考，乃將過去發表的文章題目，以及刊載自己文章的刊物名稱，編纂成兩個目録。一爲中英文著述目録，一九三〇年至一九八〇年。一爲刊載自己文章的國内外報刊目録，一九二六年至一九八〇年。前者列舉可以查考的論文及其他著作二百餘篇，包括英文著作六十餘篇；後者列舉國內外中英文刊物一百餘種。

先生稱：除了專書如《中國文化與現代化問題》《紅樓夢探源（英文版）》《紅樓夢探源外編》《羅音室詩詞存稿》等四書已在國內外先後刊行外，兩個目録所列舉的學術論文則從未進行編輯。

二十世紀八十年代初，策劃編輯《羅音室學術論著》，先生將有關述作，按文體性質，暫擬輯爲四卷：第一卷，文史雜著（包括考古學及其他論文）；第二卷，詞學論叢（包括詩話、詞札）；第三卷，序跋之屬（包括書評）；第四卷，時論雜文（包括其他文藝作品）[96]。

先生爲學，其涉獵範圍之廣，時空跨度之大，祇就以上所羅列，即可獲知大概。本文所説，僅限於詞學一門所獲成就。相關述作，大致以第二卷《詞學論叢》爲準。四卷論著，第一卷之編集與出版，其間各個環節，包括插頁安排、版式設計，乃至清樣校核，先生均親力親爲，親自把握。至第二卷之編集，因遲了一些，先生竟未能親手校訂而遽歸道山矣。不過，大的框架既經親手搭建，整座學術大殿，也就在眼前浮現。

先生學識淹博，述作繁富，畢生以紅學與詞學聞名於世，而於填詞與詞學即倚聲及倚聲之學，則尤有心得並多特別創造。於填詞，提倡「説真話，説得明白自然，切實誠懇」；於讀詞，主張讀原料書，自己下功夫，作深切的瞭解或研究；於論詞，標舉結構分析法，爲新變詞體結構論的創立奠定基礎。縱觀先生對於倚聲及倚聲之學所作探索及開闢，其成就大致可包括三個方面：倚聲填詞、詞學鑒賞及詞學論述。本文將依次逐一加以闡述，以探尋其業績及取得業績的方法與門徑。

一

吴世昌出生於海寧縣峽石鎮一個貧民家庭，八歲喪母，十歲喪父。十二歲到杭州望仙橋直街立大參號當學徒。依靠自己的努力，進入高等學府，登上學術殿堂，創造人生的輝煌。青年時代，在燕京大學七年。以圖書館爲家，不捨晝夜，埋頭書卷，而又時刻不忘家國天下。當年，有兩件事最值得記述。一爲第一篇學術論文的發表，另一爲著名的「絶食哭陵」事件。先師第一篇學術論文《釋〈詩〉〈書〉之誕》，發表於《燕京學報》一九三〇年第八期，當時還是英文系二年級學生。胡適見之，在《我們今天還不配讀經》一文加以引述。謂：詩書裏常用的「誕」字，前人解釋都「不能叫人明白」，燕京大學的吴世昌先生釋「誕」爲「當」，「纔可以算是認得這個字了」[97]。這是一件事。另一件事，一九三一年「九一八」事變之後，先生與四哥其昌，赴南京拜謁中山陵，絶食請願，逼蔣抗日[98]。兩件事，轟動一時，令其聲名大震。

先生胸懷大志，腹有良謀。思考問題，發表議論，包藏、吞吐，並非衹是局限於一時、一事，而能够通古今以觀之，目標十分高遠。用王國維的話講，就是以詩人之眼觀物，而非政治家之眼。生逢亂世，國難當頭。先生深感所肩負使命之重大。青年時代，即將其所有的著述及活動，自覺地看作是新的文化運動的一個組成部分。

「文章合爲時而著，歌詩合爲事而作。」（白居易《與元九書》語）大學畢業，先生投身愛國救亡運動。於四十年代，參與儲安平主編《觀察》雜志的編輯工作。爲時、爲事，議政、干政；指點江山，針砭時弊，以天下爲己任。無論政論文字，或者是學理性文章，大都思路清晰，語言犀利。《觀察》雜志，乃《新觀察》之前身，一九四一年創刊，儲安平主編至第十二期，十三期起改由先生主編。學界以爲：《觀察》雜志已成爲當時自由主義思想運動的一面旗幟。

對於現實政治，先生除了以時文、政論，直接參與，並以詩、詞、文創作，記録當時歷程。有關詩與詞，包括古、近各體詩歌的創作及倚聲填詞，先生生前，曾經兩次親自訂稿，將其正式刊行。一九五九年旅英期間，先生輯録舊稿，得詩一卷，凡近體、古風五十六首，又詞一卷，凡小令、長調四十七首。起一九三〇年，迄一九四七年。其《羅音室詩詞存稿》一九六三年一月於香港由商務印書館香港分館排印。一九八二年，居北京。搜輯舊稿，連同近年所作，棄其奉命執筆者，得詩若干，併入初版之五十六首，凡一百二十八首，分列二卷；又得詞十七首，與初版所録，計六十四首，爲一卷。成《羅音室詩詞存稿》（增訂本），由商務印書館香港分館，於一九八四年九月出版。之後，另有所作，尚待搜輯入編。據吴令華編《吴世昌全集》第十一卷《羅音室詩詞存稿》（增訂本）附録一「羅音室詩詞存稿補遺」，先生未入編作品，尚有抗戰前所作律絶三首、竹枝詞五首（其一已見增訂本），旅居海外所作絶句一首，歸國後所作律絶二首、新樂府及仿子夜歌各一首；又，抗日戰爭前所作詞三首。至此，先師傳世古、近各體詩歌合計一百四十一首，長短句歌詞合計六十七首。此外，是否仍有所遺漏，尚待進一步查考。

先生羅音室詩詞數量雖不太多，而可傳之精品卻不甚少。詩與詞合而觀之，其著力之處，在於重大題材的敷衍及陳列；詩與詞分而察之，其著力之處，則在於入門途徑的抉擇及演示。

在一百四十一首古、近各體詩歌中，先生最著緊的，除了書感五十韻以外，應當是《題〈紅樓世界〉——仿子夜歌》。前者題稱：「乙酉八月二十七日書感五十韻。」初版以爲「喪亂所失」者，回國後於舊存書中覓得。作於抗日戰爭時之陪都重慶，並曾於重慶《客觀》雜志發表。詩篇所歌詠，「爲第二次世界大戰後我中華史上一無比大事」——「烽火八年餘，乾坤百戰場」。對此無比大事，詩篇從各個不同層面、不同角度加以展現。既表現作者因此大事高興得「淚淋浪」，乃至「顛倒著衣裳」的狂態，又對當權者「外懼强鄰，内憂鬩墻」，「臠割任虎狼」的一系列行徑，以及對於這一系列行徑，「雖舉國悲憤，而噤若寒蟬」，深表憂慮。而當此之際，「國人方以對倭勝利之虛驕，掩其喪權辱國之奇恥」，「吞聲之泣，世不可聞」。直至三十七年後，乃見陳寅恪之《寒柳堂集詩存》中，有與所作不謀而同者，題曰：「乙酉八月二十七日閱報作。」先師稱：「余乍見而觸目驚心，讀竟則悲不自勝。」故予補輯，並且鄭重其事地將其前後因緣録以備忘。後者乃其絶筆，一九八六年八月二十二日晚，入住醫院前所口授。以「紅樓一世界」及「世界一紅樓」，展現宇宙與人生。兩個世界，紅樓世界及世界紅樓，將宇宙與人生，天上與人間，界限打通。當其時，先生曾戲曰：「不知道這會不會是我最後一首詩。」不意竟一語成讖。兩首詩，前者對於人與事的揭露與批判，著重於現實社會；後者由一個「夢」字，實現古今之间及人天之間的溝通與提升。前者感嘆：「茫茫禹甸，藹藹神州，望邊州而飲恨，攬輿圖而殷憂者，豈獨僕與陳公二人而已哉！」後者感嘆：「紅樓復紅樓，世上原無有。可憐癡兒女，祇在夢中遊。」二者之著眼處雖各不同，其醒世、警世，卻同樣具有巨大的魅力。

「書生豪氣渾如虎，不搗黄龍誓不休。」（《重遊燕園口號》其二）大體上説來，在大題材的處理上，先生早歲所作，體現大胸襟、大氣派、大關懷；至晚歲，「不解知難退」，其包藏與吞吐，亦無比高遠。

詩篇中，《詠史》四首和書感五十韻一樣，同爲早歲的代表作。其云：

昨夜邊城奏凱歌，將軍神武試横磨。十年養士知堪用，躍馬先操同室戈。
漢家豔説霍膘姚，一駐輪臺意更驕。解道國仇猶可緩，從來私恨最難消。
直把杭州作汴州，更誰風雨濟同舟。桓靈滅國千年後，還見清流投濁流。
剩水殘山殊不惡，斷歌零舞總關情。百官耗盡陳倉粟，已辦歸舟向二陵。

先生於題下注明：「乙酉（一九四五年）八月在渝聞淳化事變作。」淳化事變，指胡宗南奉密令向陝甘寧邊區關中分區發起進攻這一重大事件。詩篇既以史爲詩，用歷史上同室操戈的事例説時事；又以詩爲史，將操戈者衹顧私恨，不管國仇，大敵當前，「直把杭州作汴州」的事實記録下來。清濁分明，鐵證如山；專權誤國，聞之喪膽。詩篇由柳亞子録寄發表於同年十月重慶《新華日報》副刊。

詩如此，詞亦然。例如，一九三六年（民國二十五年）春，經南京所作《滿庭芳》，同樣具有一定針對性。其云：

玉樹聲消，臺城烟散，緑楊還映朱樓。舊時王謝，歸燕覓新儔。樓外哀鴻慘切，未吹到、歌舞樓頭。偏安久，遼陽信斷，情味似杭州。　悠悠。休更説、南朝曠達，東晉風流。但秦淮呑恨，鐘阜凝秋。妝點升平景色，有嬌客、陌上春遊。憑誰問，河山萬里，幾處缺金甌。

歌詞借古諷今，以偏安一隅的南宋小朝廷，比喻南京國民黨政府。對其不抵抗政策進行嘲諷。謂：「樓外哀鴻慘切，未吹到歌舞樓頭」；「憑誰問，河山萬里，幾處缺金甌」。相比於詩，歌詞所歌詠，儘管較爲委婉，但其所展示「偏安久，遼陽信斷，情味似杭州」的現實，卻可當詩史看待。

以上四詩一詞，以詩爲史，或者以詞爲史，皆頗能體現先生早歲「故國登臨」，「縱目關山」（吴世昌《金縷曲》詞句）的情懷。至晚歲，所謂「身漸老，情猶在」，其所作有關重大題材的篇章，如《放歌二十三韻》及《浣溪沙》（息縣幹校「威虎山」值夜）等，亦頗能體現其敢於「説真話，説得明白自然，切實誠懇」的作風與氣派。如其詩云：

君不聞西楚霸王鄙文字，但記名姓無他利。又不聞斛律六敦更嫵媚，自己名也不會記。自古英雄起草莽，何須占畢操觚弄。上馬殺敵勢如龍，提筆卻有千斤重。知識越多越反動，讀破萬卷又何用。君不見東坡願子愚且魯，庶幾無知無識無災無難到三公。外行從來領內行，古今革命意相通。咸陽一炬連三月，大破四舊立首功。今之咸陽在通州，百宋千元同銷溶。民可使由不使知，老莊儒法將無同。吁嗟乎人生識字憂患始，七竅鑿而渾沌死。古來聖賢皆寂寞，子雲識字終投閣。昔者倉頡作書鬼夜哭，奈何不見天雨粟。天不雨粟也不妨，如是我聞傳秘方。衹要階級鬥爭年年講，工農生産自然而然會跟上。

又其詞云：

新漲池塘緑漸盈。荒村無酒暖寒更。安排枯坐到天明。　徧地橫流行不得，終宵蛙鼓夢難成。曉鐘穿霧到殘燈。

詩篇針對無産階級「文化大革命」中各地流行的革命口號，諸如「讀書無用論」、「知識越多越反動」、「外行領導內行」等等，以及相關行爲，以古今對比的方式，歌而詠之，巧妙地將其荒謬的一面，展出示衆。例如破四舊，這是由革命口號所引發的革命行爲。詩篇將其與「咸陽一炬」聯繫在一起，謂「今之咸陽在通州」。對於眼下「百宋千元同銷溶」的現狀，表示無比痛惜。詩篇所述，亦古亦今，非古非今；古典與今典，已完全融合爲一。詞章題稱：「息縣幹校『威虎山』值夜」。描述「五七」幹校勞動改造生涯。謂「偏地横流」，「終宵蛙鼓」，無酒、無夢，衹好「安排枯坐到天明」。其間，「池塘」、「荒村」，「蛙鼓」、「殘燈」，一系列意象，構造值夜當晚的環境及心境，爲神州大地，平添又一景觀。

「文化大革命」中，河南息縣「五七」幹校，當年的錢鍾書、楊絳以及俞平伯、余冠英諸教授均在此。先生作爲「臭老九」的一分子，曾在菜園班勞動，並且燒過鍋爐、站過崗，對於勞動改造生涯，有著真切的體驗。但其不改敢言作風，能於權貴面前説「不」，卻並非一般讀書人所能做到。那是一九七一年的某一天，突然接到通知：一批知識分子可以提前返回北京。大家都非常高興。於是，駐校軍代表趁熱打鐵，即時召開座談會，讓大家暢談收穫，亦順便爲軍代表歌頌一番。會上發言相當踴躍，唯獨先生不出聲。軍代表要求説一説。卻問：「要我講真話，還是講假話？」軍代表未加思索，即回答：「當然要講真話。」那好，先生即説：「我認爲，五七幹校並没有什麽好處。」軍代表問：「爲什麽没有好處？」先生説：「要我們回去，不是正説明問題了嗎？」這一來，可把大家急壞了。都説老吴亂講話。在此關鍵時刻，當著軍代表的面這麽説話，弄不好又得留下來繼續接受勞動改造。而老吴就是這樣的人，與年青時代，無私無畏，一身充滿正氣，並無不同。

以上一詩一詞，同作於一九七〇年，「文化大革命」期間。和早歲相比較，其「吟詠性情，撫時感事」之共同點，如以一般所說「拙」、「重」、「大」三個字加以衡量，似皆側重於「大」，並且均須加上一個「真」字；而其相異之處，如從表現方法看，其「即景傳情，緣情述事」，或者「就事造境，隨境遣懷」，早歲與晚歲，應當略有區别，即晚歲所作，應當更加到位。這是先生羅音室詩詞在重大題材的敷衍及陳列問題上所體現的一個突出特點。

在《羅音室詩詞存稿》（增訂本）中，先生所傳歌詞六十七首，相當於王國維的半數。篇章不多，仍不乏精致之作。如依題材劃分，大致三大類别：感事、傷時及言情。三大類别，皆各有目標，而其共通之處，還是一個「真」字。而就時賢所作看，其癥結則在於失真。即「言情者曲諱其情，感事者故掩其事」。這是近世詞風所以不振的表現。故此，在「詞跋」中，先生曾指出：「第欲返此積習，以復元真，惟有先溯其源，求之兩宋。」並且以前人的經驗與教訓，從正與反兩個方向，予以參證。就此三大類别，細加尋繹，對於先生之家法及路數，也許可探知一二。

首先看感事詞例。羅音室歌詞中，明確記事者，如《滿庭芳》（二十五年春經南京作）以及《浣溪沙》（息縣幹校「威虎山」值夜），上文已引述。這是直接與時事相關的篇章。此外，《減字木蘭花》（文章誤我）記叙燕京大學學生抗日會至長城前綫各口勞軍事，《鷓鴣天》（謀國年年説帝秦）記叙平津淪陷後車站所見，亦與時事密切相關。而《南鄉子》（新柳薄如烟）之志絶藝以及《鷓鴣天》（暖日疏林漾淥波）之寫村女，衹是描述一種風土人情，則與時事無關。與時事相關的歌詞，與歌詩同等看待，尤其在重大題材的處理上，爲時、爲事，關係到國家、民族的生死存亡，在羅音室歌詞中，占居重要位置。不過，所謂「别是一家」，先生看待歌詩與歌詞，顯然亦有所不同。即於「國仇」、「私恨」之外，展示另一世界。因此，有關風土人情諸篇章，所記亦頗富風采。

例如《南鄉子》：

新柳薄如烟。柳外朱樓掛縠簾。簾後佳人紅袖舉，窗邊。斜對菱花整翠鈿。
此景憶當年。層次分明映燭前。尺幅神功傳妙態，針尖。若比丹青覺更妍。

峽石春燈，以紙繖爲勝。新柳如烟，柳外朱樓。佳人於簾後窗邊，斜對菱花，整頓翠鈿。尺幅神功，針尖妙傳。金繡燦爛，輝映燭前。曩時所見，民間絶藝，構成一幅美麗畫圖。

又，《鷓鴣天》（桂林郊外看村女拾紅豆）：

暖日疏林漾淥波。遊人長見影婆娑。誰家種得癡情樹，粒粒枝頭醉欲酡。　呼女伴，挽輕籮。相思共拾不嫌多。春風一夜吹紅豆，遍地相思奈爾何。

上片佈景。暖日疏林，淥波蕩漾。遊人來去，人影婆娑。誰家種得，粒粒枝頭。自然物象的展現，語語如在目前。下片敘事。招呼女伴，手挽輕籮。春風一夜，遍地相思。社會事相的鋪排，形象鮮明生動。以王維《相思》的意旨入詞，令勞動場面充滿詩情畫意。此等篇章，其所狀寫，皆眼前實物，一個「真」字，有如《花間集》中描摹南國風光諸篇什。

其次看傷時詞例。時與事密切相關，傷時接著感事而來，皆有所針對，又非就事論事，停留於時與事，實際乃借歌詠時事以抒寫懷抱。

例如《金縷曲》（弔圓明園與四哥聯句）：

你看淒涼否。臧這茫茫、蘆田一片，荒烟幾縷。馨傑閣瓊樓蹂躪盡，零落遺址如舊。臧依偎著，兩三殘柳。馨剩有西山愁黛在，算多情、蹙損蛾眉皺。臧黃葉盡，白楊瘦。

何須更説心傷透。馨衹那邊、赭牆半截，消魂已够。臧碎瓦琉璃堆彩礫，鋪作地衣似繡。馨長埋卻，歌唇舞袖。荊棘頻牽遊客袂，問當年、朱轂可還有。臧興亡恨，堪回首。馨子馨、子臧，兄弟聯句。圓明園憑弔。上片是整體描述，謂圓明園原來的傑閣瓊樓，蹂躪殆盡，眼前衹剩下茫茫蘆田，幾縷荒烟，兩三殘柳，依偎著西山愁黛，呈現一片淒涼景象。是爲佈景。下片就景說情。謂何須心傷，早已將心傷透。那邊廂半截紅牆，消魂已够。碎瓦琉璃，彩礫堆積，歌脣舞袖，永遠埋卻。叢生荆棘，頻牽客袂。興亡之恨，可堪回首。配合著淒涼景象，其心境顯得更加淒涼。這是眼前景、眼前事，所觸發的興亡感慨。此詞曾付刊於天津《大公報》文學副刊。爲故都八哀詞之六[99]。

又，《金縷曲》（答寄四哥武漢用圓明園聯句原韻）：

此意兄知否。自重陽、孤懷寥落，倦歌金縷。故國登臨長嘯客，縱目關山非舊。漸凋盡，御溝枯柳。聞道團城移玉佛，想而今、佛也眉兒皺。誰怨得，黃花瘦。　傾城消息今初透。又無非、和親策妙，歲金輸够。叔侄君臣前日事，此日輿圖換繡。費幾度，新亭霑袖。書卷生涯兄莫問，算書生、到此真何有。南去雁，屢回首。

寄武漢四哥，用圓明園聯句原韻。針對時局，歌詠時事。上片著重於眼前景，下片借古諷今，以宋時故事說當前事。謂用原韻，同抒家國襟抱。寄慨遥深，頗堪琢磨。

又《御街行》：

鳳城入夏勝春暮。初日射朝露。行人認得舊宫牆，閒傍紅泥小駐。回看九陌，香車寶馬，冉冉揚塵霧。　長街十里擁高樹。展盡京華路。沉沉鐵轍走征輪，直指塵烟深處。流光一霎，綠槐陰裏，祇見移朱柱。

這首歌詞附小序云：「坐北平電車，經東西長安街，最饒風致。昨夏某晨，自西徂東。車中乘客寥落。經朱漆牌樓，偶得《蝶戀花》半闋曰：九陌輕塵揚紫霧。十里長街，展盡京華路。一霎流光留不住。綠槐樹底移朱柱。人事流轉，未竟全闋。忽復憶及，改成此解。乙亥仲夏，記於成府。」小序稱，乙亥（一九三五年）仲夏某日，坐電車經過長安街，偶得半闋《蝶戀花》，今忽憶及，即爲譜入《御街行》。詞上片佈景，謂鳳城入夏，初日朝露，冉冉塵霧，掩映著舊時宫牆。下片叙事，謂長街十里，鐵轍征輪，直指塵烟深處。指電車在綠槐陰裏，飛馳而過。感嘆：一霎流光，挽留不住。雖一般傷春悲秋，仍包含著人生感慨。

再次看言情詞例。言情述志，最見真情，最具特色。孔夫子曰：「古之學者爲己，今之學者爲人。」（《論語·憲問》）爲己、爲人，表現出兩種不同的價值取向。以上所述，爲時、爲事，此則爲己。而其所謂情者，包括情愛與情志。例如，《瑞龍吟》(揚州記遊用清真韻)：

燕城路。長憶蒲滿雷塘，鶯啼高樹。綿綿芳艸相思，山長水闊，魂消甚處。恨延佇。惆悵探春來晚，緑遍庭户。不堪檢點餘香，難尋蝶夢，愁聽燕語。遊子天涯初到，曚朧倦眼，慵看歌舞。無奈近來風懷，疏懶猶故。拋殘密約，多少傷春句。誰知我，高樓醉卧，長堤孤步。意逐流波去。争教料理，年時舊緒。幽恨千千縷。都輸與、繽紛飄零紅雨。世間萬事，但看飛絮。

歌詞説故事。謂探春來晚，緑遍庭户；難尋蝶夢，愁聽燕語。乃爲上片，説初到情景。下片説拋殘密約，長堤孤步；飄零紅雨，但看飛絮。乃初到感受。如依先生説清真的方法説子臧，即其情調亦大致與崔護詩相同。崔詩云：「去年今日此門中，人面桃花相映紅。人面不知何處去，桃花依舊笑春風。」二者相比，子臧首句即：遊子初到，慵看歌舞。次句即：蒲滿雷塘，鶯啼高樹。三句即：誰知我，高樓醉卧，長堤孤步。末句即：世間萬事，但看飛絮。其結構模式，與清真原作，同屬「人面桃花型」。

又，《疏影》（漢南秋柳）：

山城望極。正暮鴉萬點，寒霧如織。繫馬橋頭，解纜堤邊，無端折了千尺。當年司馬嗟摇落，料未省行人淒惻。想異時再到江潭，細數盛年虛擲。 應是橫塘舊種，淡烟晚照裏，來伴岑寂。爾許青青，不管相思，衹管人間離別。深知身在情長在，奈夢繞千山難覓。甚西風、吹老梧桐，更舞瘦條殘碧。

歌詞詠秋柳。謂暮鴉萬點，寒霧如織；繫馬橋頭，解纜堤邊。正是別離時刻。謂橫塘舊種，爾許青青；不管相思，衹管離別。更舞瘦條殘碧。這是秋柳。而離人呢？儘管夢繞千山，也難尋覓，亦仍身在情長在，堅定不移，追尋到底。

又《千秋歲》（七十自述次淮海韻）二首：

雁來天外。暑氣今全退。深院静，街聲碎。百年飛似羽，銀漢飄如帶。春去也，何當再與芳菲對。 月旦誰都會，論定須棺蓋。身漸老，情猶在。讀書常不寐，嫉惡終難改。今古事，茫茫世界人如海。

道存言外。不解知難退。曾見慣，山河碎。祇今方一統，山礪河如帶。誰可語，深宵我共青燈對。　見説群英會，阡陌騰冠蓋。天下事，人民在。已看除四害，更喜滄桑改。君不見，京華冉冉塵如海。

生日自述。説情志。謂百年飛似羽，銀漢如帶；讀書常不寐，嫉惡難改。乃平生之志向。此其一。乃自爲論定。篇後加注，曰：「末句借用妙總偈語。總爲北宋宰相蘇頌孫女，汴梁陷寇，南奔爲尼。有偈聯云：『茫茫世界人如海，幾個男兒是丈夫。』蓋痛南宋之振作無人也。」即謂，古往今來，幾個男兒是丈夫。其二，説天下事。謂山河一統，群英會集；冉冉京華，冠蓋阡陌。於「山礪河如帶」句加注：「《漢書》：『黄河如帶，泰山若礪，國以永存，爰及苗裔。』」謂人民天下，喜看滄桑改換；胸懷家國，至老未改初衷。

以上就先生歌詞的三大類别，感事、傷時及言情，作了初步解讀。現在，回過頭來，看看先生所作《羅音室詩詞存稿》的「初版編後記」及「再記」，而後探討先生倚聲填詞的家法、路數及門徑。

在「初版編後記」中，先生有云：

右一卷，凡小令長調四十七首。起庚午，迄丁亥。除末四首外，皆戰前舊稿之僅存者。戰時不常作，唯在粵北時，有步小石、沅君原韻《點絳唇》若干首，悉已失去，不復可憶。元遺山云：「也知醉被旁人笑，無奈風情未減何。」存此殘稿，倘天壤間有樂於笑人者覽而笑之，不亦可乎。己亥長夏編後記。

又，「再記」稱：

右詞存初版編後記，二十三年前寫於英國牛津。當時手邊所有記憶所及可資選存者僅四十七首。所缺《點絳唇》四首及其他詩詞舊稿爲親友所保存者，回國後承以見惠。連同近年偶有所作，汰其蕪雜，得詞十七首。略依寫成次序編入詞存，共六十四首爲一卷。壬戌春分，識於北京乾面胡同寓樓。

「初版編後記」及「再記」，記述《羅音室詩詞存稿》初版、修訂版的刊行背景。一爲其早年創作的初步結集，一爲晚年的增訂。謂其風情未減，不怕旁人覽而笑之。爲此，於三大類别的闡釋之外，尚須通過全部作品，追查、尋繹，看其如何從花間進入北宋，又如何達致其心中的目標。就目前狀況看，初版、修訂版，收録歌詞作品六十四首，另得三首，爲集外所添加，總數合六十七首(詳上文所述)。相關作品,既有明顯仿花間者,又有直接取徑於北宋諸家者,其蹤迹似皆可得尋見。

例如,《浣溪沙》(仿花間體):

春困覺來記夢多。池邊涼雨點新荷。憑闌無語托微波。　曾傍香肩量翠袖,佯將纖指認箕籮。此時憶得薄情無。

《花間集》中歐陽炯所作《浣溪沙》,著重在一個「恨」字,謂「此時還恨薄情無」,是一種當下的狀況。而先生則著重在一個「憶」字,謂「此時憶得薄情無」,是對於當時狀況的一種重構。都說「薄情」,一個相對於多情,作形容詞用;一個代指人物,作名詞用。其所謂仿者,乃仿效之謂也。但先生所作,與「鳳屏鴛枕宿金鋪」相比,仍然有所不同。其所謂「憑闌無語托微波」,可見其所尋求是一種美好的記憶。

先生對於《花間集》的創作十分重視,曾說:「北宋的詞人主要繼承了花間、尊前和南唐作品的傳統。南唐詞以哀艷勝,西蜀詞以婉約勝。這兩者的融合發展,造成了北宋幾個大家的光輝成就。」[100]

兩宋詞人中，除了晏幾道、周邦彦，先生對於柳永、辛棄疾，其路數、門徑，均頗爲熟絡。例如《風韻好》和《意難忘》，或誰似伊人，「能酒能詩，能蹙還能笑」，或「相逢執手，款款問伊」，既頗得「柳七郎風味」，其叙事手段，亦略具屯田家法。

又，《鷓鴣天》（戲仿稼軒）：

雨過蘚苔繡畫廊。初生藕葉散輕香。因看水底游魚樂，都忘池邊鬬雀忙。　躭懶病，欠疏狂。晚來庭樹送微涼。情知鄉愿渾難學，怎與時賢競短長。

謂水底魚樂，池邊雀忙；　難學鄉願，怎競短長。於平常物象，琢磨爲人、處世的道理，亦頗得稼軒雅趣。

以上説先生之如何採擷百家，於花間、兩宋詞人中吸取養分，以爲自己的創造。以下再以若干事例，説説先生對於晏幾道和周邦彦，如何進行有意識的仿效。

例如，晏幾道《鷓鴣天》云：

小令尊前見玉簫。銀燈一曲太妖嬈。歌中醉倒誰能恨，唱罷歸來酒未消。　春悄悄，夜迢迢。碧雲天共楚宫高。夢魂慣得無拘檢，又踏楊花過謝橋。

先生《鷓鴣天》亦云：

人與春寒鬥夜長。從知此夜最思量。杏花枉自浮瓊島，新柳爲誰拂畫廊。　拋嫩約，負韶光。歸來獨自爇心香。安排夢到靈臺住，猶恐魂飛驚玉娘。

晏詞説初逢，也説别後的相思情狀。謂漫長春夜，楚宫高聳入雲，但夢魂不受拘檢，依然踏著楊花，來到謝娘居住的地方。先生説歸來獨自，有如供佛一般，中心虔誠如爇香，必欲安排夢魂直到靈臺（《莊子・庚桑楚》：靈臺者，有持而不知其所持，而不可持者也），又恐怕驚動了玉娘。其縈繞思緒，明顯小山路數。

又如，周邦彦《少年遊》有云：

朝雲漠漠散輕絲。樓閣淡春姿。柳泣花啼，九街泥重，門外燕飛遲。　而今麗日明金屋，春色在桃枝。不似當時，小樓衝雨，幽恨兩人知。

先生《少年遊》亦云：

千山暖日媚初冬。俯瞰舊離宮。玉塔如鐙，玉泉如綫，樓閣綴霜紅。　而今桃李競芳菲，萬一更相逢。記否當時，千山人寂，携手上高峰。

先生説，清真這首令詞寫兩段故事，中間祇用「而今麗日明金屋」一句話中「而今」二字聯繫起來。前後兩段故事，形成鮮明對照。説明而今公開在一起，金屋藏嬌，還不如先時於柳泣花啼的境況下幽會，那麼富有韻味。以爲清真此詞寫兩段故事，這是先生所發現，讀者均未知。先生對此備極贊賞。其所自作，亦兩段故事，一説千山人寂，携手高峰；一説桃李芬芳，獨立觀賞。同樣以「而今」二字加以連接。先生此詞，如與清真對讀，則更是清真。

就以上二例看，先生之學小山，乃以真情相見，無比坦誠，毫不後悔，其學清真，其中有故事，亦執著敦厚，真正道出内心的體驗。大致而言，先生的倚聲填詞，作品數量雖不算多，但其學花間，既似花間，又不似花間。其學柳永、辛棄疾，學晏幾道、周邦彦，亦在似與不似之間。須細加斟酌，方纔得其真髓。

二

吴世昌先生既涉獵廣泛，又能够融會貫通，其所治之學，是一股渠水般不斷湧現的清流。祇就倚聲与倚聲之學而言，其創作實踐，既已爲填詞之道，積累下寶貴經驗，其於創作過程有關理論上的歸納與總結，亦爲詞學鑒賞及詞學論述，奠定堅實的基礎。

有關詞學鑒賞，先生主要著述包括下列三種：（一）《羅音室詩詞存稿》自序及詞跋[101]，《羅音室詩詞存稿》（增訂本）再版自序、初版自序及詞跋；（二）《論詞的讀法》五章[102]；（三）《我的學詞經歷》[103]。此外，多種詞學書籍所保存先生的眉批，亦頗具參考價值。

就先生的經驗看，詞學鑒賞的基礎，關鍵在於讀詞。乃通過讀詞，認識詞體，以探知門徑。在《我的學詞經歷》中，先生曾有這麼一段記録。曰：

初中時讀詞，我曾經上當受騙，即：上了索隱派的當，受了注家的騙。我看的第一部詞書是張惠言的《詞選》，張氏評温庭筠的《菩薩蠻》曰：「此感士不遇也。」評馮延巳的《鵲踏枝》曰：「忠愛纏綿，宛然騷、辨之義，延巳爲人，專蔽嫉妒，又敢爲大言，此詞意蓋以排間異己者，其君之所以信而弗疑也。」（《詞選》卷一）詞的内容與評語連不在一起，看不懂。當時我想：張惠言的評語一定是有道理的，大概是自己不行，天資差。因此，越看越糊塗，越不知其所以然。例如，張惠言説馮延巳進讒言、騙皇帝，我冥思苦想，就是想不通。後來，這部《詞選》我再也看不下去了。進入高中，忙著看外文，也就不再讀詞。

這是中學階段讀詞所經歷的故事。進入大學，由於對詩詞的興趣，先生曾經跑到國文系旁聽顧隨、聞宥講課，開始學詞，亦受到影響。在《我的學詞經歷》中，先生接著説了自己的經驗。曰：

聞宥講《清真詞》，是專門爲國文系開設的。我讀《清真詞》，選用汲古閣本及六十家詞本，自己找出韻脚，學會斷句。這是我規規矩矩讀過的一部詞集。除清真詞外，有的詞家作品，一時看不懂，就扔開，先看別的。當時，我還看了晏幾道、歐陽修、李清照以及辛棄疾等人的作品。經過一段時間摸索，我纔大徹大悟，真正認識到：詞作本身是清楚的，是可以讀懂的。外加的政治意義不對頭。張惠言騙人，常州派的評語都是騙人的。讀者受政治解釋的騙，並不是受詞的騙。由此，我也得出一條經驗，要讀原始書，少讀或不讀選集和注本，纔不至上當受騙。同時，還應當獨立思考，要有自己的見解。

先生於閲讀過程，嘗試斷句、找韻脚，查典故、求真意，逐漸形成對於詞這一文學體裁的理解。故之，得出經驗，知道應當怎麼樣讀詞與填詞。

大致而言，先生之於詞，不喜歡常州派，謂其評語騙人，易於上當；不滿意晚清諸老，謂其無真情實感，好爲掩飾；對於時賢以豪放、婉約「二分法」説詞，不重實際，崇尚空論，亦頗有微詞。先生主張，在讀詞與填詞過程中，經過獨立的思考、嚴謹的辯證，識别真僞，摸索途徑，創造具個性化的詞學學科。

對於詞學鑒賞，先生既從整體出發，又落實到具體作品當中。而其整體的規劃，已在大學之後一段時間讀詞與填詞的實踐中形成。在《我的學詞經歷》中，先生有云：

一九四六年隨中央大學復員船遷返南京。在大後方，結合教學工作，對於詞學研究也有所積累。我曾以《論讀詞》爲題，在重慶《讀書通訊》連載論詞文章。並且應羅根澤之約，在《中央日報》文史週刊上連續發表論詞文章：《論詞的句讀》《論名物訓詁隸事之類》《論詞的章法》及《論讀詞須有想像》。當時想以此爲基礎，編纂一部《詞學導論》，後因出國講學而中止。

論讀詞，這是個大題目。依先生的規劃，總的目標是寫成一部《詞學導論》，以構建其有關讀詞與填詞的理論體系。這裏所説四篇文章，包括《論詞的句讀》《論名物訓詁隸事之類》《論詞的章法》及《論讀詞須有想像》四文。二十世紀四十年代曾在《中央日報》文史週刊連續發表。當時，由於赴英講學，未能完成規劃。待到六十年代初，自英歸國之後，先生始將此四文，加上引言及餘論，合成《詞學導論》第一卷，作爲詞學講座教材，打印分發學員及研究生。八十年代初，應《文史知識》之請，重刊其中三篇。先生身後刊行《羅音室學術論著》（第二卷）所載「論詞的讀法」一卷，乃據油印本及《文史知識》重刊稿採録成編⑭。「論詞的讀法」之作爲《詞學導論》第一卷，先生於引言，開宗明義，説明這是告訴方法，引導入門的一部著作。所謂「入門須正，立志須高」，先生論詞的讀法，目的在於告知有志於此道者，須「求甚解」，並須「不求依傍，自己下功夫，讀古人原集」。同時，先生亦告知自己下功夫的程序。曰：第一是瞭解，第二是想像，第三是欣賞與批評，第四是擬作與創造。先生所説程序，包括學詞、填詞以及鑒賞、批評、研究的全過程。這是導論所當提供的指引，也是先生治詞的目標。一卷四文，先論前二事。這就是先生所説詞的讀法，一般可稱作詞學鑒賞，而其具體的方法及途徑，則包括句讀與想像二事。以下，就此二事，逐一加以説明。

首先，關於句讀。先生説，要瞭解詞，先決問題是通句讀。也就是依律標點，即斷句。其具體做法，大致可分爲二步：第一步，先求韻脚；第二步，瞭解詞的句法。例如，柳永《戚氏》：

晚秋天。一霎微雨灑庭軒。檻菊蕭疏，井梧零亂。惹殘烟。悽然。望江關。飛雲黯淡夕陽間。當時宋玉悲感，向此臨水與登山。遠道迢遞，行人悽楚，倦聽隴水潺湲。正蟬吟敗葉，蛩響衰草，相應喧喧。　孤館。度日如年。風露漸變。悄悄至更闌。長天淨，絳河清淺。皓月嬋娟。思綿綿。夜永對景那堪，屈指暗想從前：未名、未禄，綺陌、紅樓，往往經歲遷延。　帝裏風光好，當年少日，暮宴朝歡。况有狂朋怪侶，遇當歌對酒競留連。别來迅景如梭，舊遊似夢，烟水程何限。念利名、憔悴長縈絆。追往事、空慘愁顔。漏箭移、稍覺輕寒。漸嗚咽、畫角數聲殘。對閒窗畔：停燈向曉，抱影無眠。

這是詞中的長調，全篇二百十二字，僅次於《鶯啼序》。句式參差，韻脚錯落，頗難斷句。全篇三片，爲「雙拽頭」。先生的斷句從三片末了的韻脚開始。先生説：三片末了的韻脚「喧」、「延」、「眠」，其韻部歸屬於十三元和一先。並指出：「這些韻讀起來都是—n 收聲，我們讀整首時，凡是遇到—n 收聲的字，便應該特别注意。」依據先生這一提示，全篇的韻脚，便可依此一一加以落實。這是先求韻腳。同時，也看句法。先生説，篇中許多短句對仗很工整，也可以特別留意。如「檻菊蕭疏，井梧零亂」以及「遠道迢遞，行人悽楚」等等。先生提示：相關對仗，須看看是否獨立的一聯，是否韻腳，與上下文有無關係，有無「受領」、「被托」的情形？這是瞭解句法。但是，韻腳與句法，並非互不相干，如「思綿綿。夜永對景那堪，屈指暗想從前」，乃以三字領下兩六字句，萬樹以「堪」爲韻，先生指「不協」，謂「非下平十三覃收聲——m」；龍榆生於「景」和「指」斷，將「思綿綿」以下兩個六字句分爲三句，亦忽略其句法安排上的用心。可見正確的理解，並非易事。不過，如依循先生的兩個步驟，逐一推進，這首詞的脈絡也仍清晰地得以呈現[105]。上列作品就是依循先生斷句所作的編排：前段九平韻、一仄韻；中段六平韻、三仄韻；後段六平韻、三仄韻。龍榆生將其歸之於平仄韻通叶格，除個別句子判斷有誤，龍榆生的標示與先生的推斷基本一致[106]。

其次，關於想像。在《論讀詞須有想像》一文中，先生説：「要欣賞或批評詞，光是瞭解字句、故實、章法等項是不够的，還得要有想像力。」需要想像力與組織力，纔能透徹瞭解。先生指出：「《花間集》中的小令，有的好幾首合起來是一個連續的故事，有的是一個故事或故事中的一段。」前一種情況，先生以孫光憲《浣溪沙》八首及《菩薩蠻》五首爲例加以説明。謂其《浣溪沙》八首，可以依次看出故事的輪廓；《菩薩蠻》五首，略爲更改一下次序，亦可看作一個連續的故事。後一種情況，不説花間，而直接以周邦彦《少年遊》一詞爲例加以説明。周詞有云：

朝雲漠漠散輕絲。樓閣淡春姿。柳泣花啼，九街泥重，門外燕飛遲。而今麗日明金屋，春色在桃枝。不似當時，小樓衝雨，幽恨兩人知。

先生説：「這首詞雖短，情節卻相當曲折。假使我們缺乏『還原』的能力，衹看字面是不會完全瞭解的。」指出：這首令詞寫兩個故事，中間衹用「而今麗日明金屋」一句話中「而今」二字聯繫起來，使前後兩個故事——亦即兩種境界形成鮮明對照，進而重温第一個故事。前一個故事稱：他們曾在一個逼仄的小樓上相會過，那是一個雲低雨密的日子，大雨把花柳打得一片憔悴，連燕子都因爲拖著一身濕毛，飛得十分吃力。在這樣可憐的情況下，還不能保住他們的會晤。因爲某種原因他們不得不分離，他們衝著春雨，踏著滿街的泥濘，彼此懷恨而別。後一個故事稱：現在他已和她正式同居：「金屋藏嬌」。而且是風和日麗，正是桃花明豔的陽春，應該很快樂了。可是，又覺得有點不大滿足。回想起來，纔覺得這情景反不如以前那種緊張、淒苦、懷恨而別、彼此相思的情調來得意味深長。先生説：這首詞用筆很經濟，但所造景象卻耐人深思。仿佛山水畫中的人物：一頂箬笠底下兩撇鬍子，算一個漁翁；在藝術的想像力上未受訓練的，是看不出所以然的[107]。

以上，先生所説想像，是一種聯想，由此物到彼物的聯想，用以讀詞，亦孟子以意逆志之意。其發人之未曾發，言人之未曾言，頗能啓發思智。這一切，皆平日閱讀所得，吉光片羽，除上述四文所載，大多見存於相關讀本眉批。二十世紀八十年代中，本人曾以「吴世昌先生唐宋詞新解」爲題，撰爲短篇，在《北京晚報》副刊連載，此後又在香港《大公報》藝林副刊發表。所謂新解，頗能見其超人的理解能力和豐富的想像。

例如，温庭筠《南歌子》：「手裏金鸚鵡，胸前繡鳳凰。偷眼暗形相。不如從嫁與，作鴛鴦。」這首詞寫女子對於愛情的自白，敢於用「盡頭語」，其追求表現得甚是大膽、熱烈。粗略看過，意思大致能懂，如果逐字逐句過細分析，可就常見偏差。某選家解釋首二句，謂：「一指小針綫，一指大針綫。小件拿在手裏，所以説『手裏金鸚鵡』，大件綳在架子上，俗稱『綳子』，古言『繡床』，人坐在前，約齊胸，所以説『胸前繡鳳凰』。」如此説來，這位女子正在進行小件與大件的針綫活，「手裏」、「胸前」並不十分空閒，不知何故冒出一句「不如從嫁與，作鴛鴦」，歌詞大意很難貫通。因此，先生曾指出，「若如此説，第三句便無著落，首二句亦不通。一女子豈能同時繡二件？繡時『形相』誰？要嫁誰？嫁給鸚鵡、鳳凰嗎？」先生認爲：「首句謂公子手中持金鸂鶒，次句寫女子妝束，故有三句偷眼看少年，有心嫁他之意。」可見，這位女子並非正在做著針綫活。讀詞、品詞，不能見物而不見人。

又如蘇軾《蝶戀花》（花褪殘紅青杏小），抒寫行人在旅途中的觀感：上片説絮飛花落，春已歸去；下片説鞦韆笑語，多情被惱。據説蘇軾在惠州時要侍姬朝雲唱這首詞，朝雲「淚滿衣襟」，説：「奴所不能歌，是『枝上柳綿吹又少，天涯何處無芳草』也。」歷來解説多引用朝雲的話，説明蘇軾善言情，即使柳永也未能過。但對這兩句話如何能令朝雲傷心落淚，多數選本與讀本都説不準。有的注云：「天涯，天邊，指極遠的地方。」有的注云：「二句言春光已晚，且有思鄉之意。」朝雲落淚，「可見感人之深」。有的則將傷心落淚的原因歸結於：「蘇軾對朝廷一片忠心，卻落得遠謫嶺南的下場。」諸如此類，均不得要領。先生説：「天涯」句，用《離騷》「何所獨無芳草兮，爾何懷乎故宇」。這是屈原命靈氛占卜去就時，靈氛所作結論，即勸他遠走高飛。但後來，屈原下決心以身殉國。先生指出：「朝雲在惠州唱這兩句，當然要聯想到靈氛勸告屈原的『吉占』。她知道這個『一肚子不合時宜』的大鬍子不會相信『靈氛』式的人物，但這並不是説大鬍子没有痛苦的思想鬥争。」這就是説，朝雲想到蘇軾可能效法屈原採取什麼行動。這是朝雲傷心落淚的真正原因，也是這首詞的感人之處。經此點化，纔真正將朝雲傷心落淚的原因揭示出來。

以上有關瞭解及想像二事，乃先生所説下功夫治詞程序四個環節中的兩大環節。此二事集中體現在《論詞的句讀》及《論讀詞須有想像》二文，這是先生計劃撰著《詞學導論》第一卷的第一章及第四章。其餘二事——欣賞與批評及擬作與創造，在《詞學導論》第一卷儘管未作專項論列，但是，由於四個環節自身的互相關聯以及先生的鑒賞均作整體考慮，因此，其所説讀法的具體步驟，實際已涉及此二事。這就是説，先生所作個案研究及方法運用，大都並非獨立的個體。先生的詞學鑒賞，均從高處著眼，爲進一步的研究和創造做好準備。這就是先生的高明之處。

先生讀詞，對於詞的理解，其高明之處，大致體現在以下兩個方面：一爲史的聯繫，另一爲論的提升。史的聯繫，體現在個案與整體的關係上，著重在於總結、歸納，爲詞史、詞學史的撰著提供綫索；論的提升，體現在個別與一般以及偶然與必然的關係上，著重在於分析、綜合，爲詞學結構理論的構建奠定基礎。以下試分別加以列述。

在史的聯繫方面，先生以小詞説故事爲綫索，將《花間》《尊前》與宋代作家的創作聯繫在一起，謂北宋初期的詞是《花間》與《尊前》的繼續，和凝、孫光憲「用小令來寫故事的本領」，由於柳永、秦觀、周邦彦的繼承而進一步得以發展。同時，先生並以樂府民歌，乃至詩經寫故事之具體事例，以與上述諸家的創作相印證，令花間詞中這一藝術手法之來龍去脈有個清楚的交待。史的聯繫，既有助於花間詞的解讀，亦有助於對宋詞作家的理解。例如，柳永与周邦彦。先生指出：柳永、張先在傳統的小令以外，創造了許多慢詞。風靡海内的柳永新歌，連名滿天下的蘇軾也甚是羡慕其「柳七郎風味」(《與鮮于子駿書》)。但是，柳永的作品卻仍有點美中不足之處，未能寓景於情，情景交融，使得萬象皆活，致使其情景均並列如單頁畫幅。先生説，推其緣故，蓋因情景二者之間無「事」可以聯繫。這是柳詞創作的一大缺陷。周邦彦「集大成」，其關鍵處就在於，能在抒情寫景之際，滲入一個第三因素，即述事。因此，周詞創作便補救了柳詞之不足[108]。由此可見，以小詞説故事，或者「用小令來寫故事的本領」，不僅關係到中國詩歌發展史上所謂叙事傳統的發展与演變問題，而且也關係到詞體自身其於佈景、説情之間所産生的作用問題。二者都值得進一步加以探究。這是在史的聯繫方面，先生所作總結、歸納所提供的啓示。

至於論的提升，先生的分析與綜合，主要體現在長調句法的標舉及運用上。在《論詞的句讀》一文，先生説：詞之句讀，小令易通，而慢詞則雖文學史的作者，有時亦不免弄不清。但亦説，其中也並非全無法則可循。先生將詞中慢詞與唐人律賦相比，謂二者頗有相近之處，亦不盡相同。他説：駢文多四六句，慢詞則三四、三五、一四等參差不一。而且，駢文多偶句，慢詞則以一、二字或三字領下文兩個四字句、五字句，乃至六字句，或以二、三字托上文兩個四字句，五、六字托上兩個三字句。並説：「這種句法，初看似雜亂無章，細按則條理井然。」於是，先生將有異於唐人律賦的句法歸結爲「受領」與「被托」兩大類别，並將其領下與托上的句例統括爲二十三項。經此分析與綜合，先生既揭示其共同規律，謂慢詞中領下或托上的散句，大多以内向或平行的對句形式加以排列，又在格式上爲慢詞確定義界，謂：「慢詞是破五、七言詩句，而又融合律賦的作法，加以泛聲、襯字的一種體裁。」[109]由此可見，從句讀入手，看清楚慢詞的句法類别，不僅有助於檢驗、辨别，詞作品自身斷句之是否正確，而且有助於結構分析以及結構理論的建造。這是在論的提升方面，先生所作分析、綜合所提供的啓示。

由以上兩個方面，史的聯繫及論的提升，可以見證，先生的鑒賞，並非衹是從本本到本本，從詞話到詞話，不斷徵引，衹有某某及某某，而没有自己，亦非衹是從一座小山到另一座小山，不斷贊嘆，其美與特美，或者特特美，而不理會其究竟何謂美，其美又是怎麽創造出來的。先生的鑒賞，即其所説諸法，皆平日自己下功夫治詞之體會有得之言。所謂發人之未曾發，言人之未曾言，或者未敢言，乃先生特具個性的一種鑒賞。既可以落到實處，又可以展現其生成發展的過程，令得到深切的瞭解。故之，兩種不同的鑒賞，何謂開卷有害，何謂開卷有益，宜細察之。

三

綜上所述，吴世昌先生的治學經歷，大致可劃分爲三個階段：開拓階段（一九三〇—一九四七年），十七年；發展階段（一九四七—一九六二年），十六年；創造階段（一九六二—一九八六年），二十五年。而就三個階段的述作看，先生所治之學亦有不同的分佈。第一階段，文史之學及詞學；第二階段，紅學及詞學；第三階段，詞學及紅學。第一階段，包括前後兩個小階段。第一個小階段，燕大七年⑩，治學的興趣較爲廣泛，但已嘗試填詞。燕大而後，大後方八年，爲後一個小階段，所撰有關詞學專論的發表，初步爲其奠定倚聲基業。第二阶段，赴英講學，爲其人生及治學的另一起點。因應當時的環境，結合課業的需要，將紅學與詞學作爲研治對象，而將紅學擺首位。第三階段，由英歸國，隨著環境的轉換及自己的專業歸宿，其研究對象，位置亦有所調整，這一階段，重整舊業，詞學擺在紅學之前。縱觀先生治學經歷，如果説從青年時代開始，先生所進行的求索，側重於研究領域的開拓和多種研究方法的嘗試，那麽是否應當説，中年以後至晚年，先生的這種求索則更多地體現在觀念的更新及學科的創建上。三個階段，三段歷程，其爲人、爲學皆逐漸臻於豐滿、成熟，相關述作，亦體現出階段性的成果。在某一情況下，先生的詞名或許爲紅學所掩，但其於倚聲與倚聲之學的精深造詣，堅定的立場和獨到的觀點，及其有關詞體結構的分析及論斷，卻爲詞界樹立起一面旗幟，並在詞學發展史上爲開闢一段新的歷程。這段歷程，我稱之爲吴世昌地段。先生的新變詞體結構論與李清照的傳統詞學本色論以及王國維的現代詞學境界説同是具有里程標志的一種創造。

就當前情況看，在詞的創作及詞學鑒賞以外，先生有關倚聲與倚聲之學的專著雖僅存《詞學導論》中的《論詞的讀法》一卷，但若干單篇文章、多種詞籍眉批以及零星講堂記録，卻都保存著先生的思考與論斷。所謂吉光片羽，有的已作爲「詞學論叢」一部分收録在《羅音室學術論著》第二卷，有的則尚待整理歸編。如依其論説要義，參照相關述作，對於先生尚未結撰完工的《詞學導論》，相信能够想像其整體規模及架構。他日若有機緣，希望能爲增補。今試將全編綱目（初擬）編排如下：

吴世昌《詞學導論》三卷

卷之一：論詞的讀法

引言

第一章　論詞的句讀

第三章　蘇軾與胡説派
第四章　結構分析法與詞體結構論
第五章　餘論
附編：本事考辨

這是依據先生對於倚聲填詞的理解及規劃所作設想及佈局。先生《詞學導論》第一卷「論詞的讀法」，已見上文詞學鑒賞一段所述；有關詞的作法以及詞史與詞論問題，即有待增補部分，爲「導論」之卷之二及卷之三。循此以往，希望能將先生的治詞宏圖描繪出來。

以下，先就晚近詞壇問題、詞的作法問題以及詞體結構問題説説先生的論述及本人的學習心得。

首先，有關晚近詞壇問題。這是對於現狀的認識與批判，也是理論創造的依據和出發點。先生説：少時嗜好吟哦，就當時的潮流看，甚不合時宜；而積染稍久，已粗識蹊徑，對於時賢所作及所論，卻頗有不敢從同者在。而不敢從同者，究竟何在呢？其謂：「蓋自同光以來，詩家咸崇宋賢。遜清耆宿，步趨繩墨，號爲淡雅，誠至清而無魚；故作艱深，乃以文其淺陋。甚至晦澀險拗，直類村市春謎。」並謂：今人仿宋，衹是追蹤循迹，未能另闢康莊，最多也衹是西昆末流。這是對於同光以來步趨宋賢及其淺陋、晦澀詩風的批判。著重在取徑問題及學風與文風問題。至若倚聲填詞，先生亦曾作過這樣的表述。謂「詞學則宗夢窗而祧花間，竇玉田而棄尊前。目蘇辛爲粗獷，退二晏之清麗」。並對況周頤之「誠有重拙，未見其大」以及朱祖謀之「不成文理」，逐一予以揭示。説明詞界的弊病，同在取徑及學風、文風的問題之上。先生指出：晚近詞風之變，乃從嘉、道時起。其謂：「二張所選，立論迂闊，然茗柯一集，猶高朗可詠。四家之辨，陳義甚高，而止孴長調，率纖薄淺露。」以爲張惠言兄弟及周濟，已爲詞風之變開了先路。立論之迂闊，指張氏《詞選》評詞，喜歡無限上綱，評語與歌詞的内容連不在一起；而製作之纖薄淺露，則指周濟之言行不一，眼高而手低。以爲二者之出，使得風氣漸壞。因此，先生即針對此風氣及與此風氣相關各家之得失利弊，逐一加以評判。其云：

皋文出入晚唐，留意北宋；語近自然，猶存本色。介存淫浸玉田，私淑碧山；刻意傷春，難免雕繪。悟此消息，可發深省。自順卿以聲律名家，較量錙銖，作繭自縛，了無生氣。淺學景從，高自稱譽。初辨韻語，便號倚聲。不知南宋以降，詩餘非可歌之曲；

白石旁譜，並世少知音之客。停歌駐拍，既近千年；換羽移宫，更尠解人。爾來文士之作，但寫性情。縱有周郎之顧，誰唱旗亭？既不能被諸絃管，而猶詡辨乎毫芒，誠所謂誇飾明器，自矜富鬼者也。仲脩文采斐然，儼然選家。然富於才情，而窘於識力。因見前人摹擬文英，字鈎句棘之篇，不悟癥結所在，猥創「深澀」之論。又指南宋詞敝，則曰瑣屑餖飣；而篋中所録，正復此類。至其銓衡各家，尤無準則。如稱其年之筆重，又曰陳厭其率。以頻伽爲清疏，旋復斥其薄滑。長安遠近，隨口異辭。固知此老胸中，原無定見也。然自篋中行世，風氣漸壞。重拙之説，本諸深澀。一曲之士，奉爲圭臬。罔卹壽陵學步之艱，方以東施效顰爲美。大雅不作，月旦紛如。後生孤學，取徑何從？

這段話，歷評諸家，以爲：張惠言（皋文）之立論固不可取，其所製作，出入晚唐，留意北宋，仍然保存著詞的本色；而周濟（介存）則不同，其淫浸玉田，私淑碧山，遂使其所作刻意、雕飾，纖薄淺露，就因爲取徑問題。至於戈載（順卿）與譚獻（仲脩），同樣不能示人予門徑。或者，衹重聲律，不重性情；較量錙銖，作繭自縛。或者，富於才情，窘於識力；銓衡各家，尤無準則。先生指出：二氏皆爲後生孤學造成困惑。

「志存高遠，慕效先賢。」（諸葛亮《誡外生書》）先生之列述與評薦，縝密而嚴苛，但並非

「前無古人，後無來者」。對於若干傑出之士，如王國維輩，先生仍極爲推崇。謂之「以漢學之殿軍，而未悔少作」。對其論詞，如「進花間、北宋，而短夢窗、白石」，以及於遜清諸家，首推容若，皆頗表認同。此外，先生對於毛主席（潤之）十九首之作之「典雅清真，而不礙其曉暢雄壯」及郭院長（沫若）詠朝鮮之遊之「溶鑄古今，亦未妨其韻致天然」，均極爲贊賞。以爲可扭轉一代文風，令「向之黜律絶而崇分行者，無所用其喧嘩；尚艱澀而鄙明朗者，遂一返乎平易」。最後，先生說及自己之所作。謂：「此戔戔數十首，大都余廿餘年前所作。值國勢之危殆，宜有愴惻之音；留陳迹於鴻爪，未删閒情之賦。誠知語多淺俚，差勝矯飾游詞；情與時違，聊記疇昔殘夢。非敢僭號詩人，妄預藝林。」以爲，祇是自抒胸臆、自寫鬱陶而已。

以上引文，均見《羅音室詩詞存稿》（初版自序）[11]。這篇「自序」，慧眼獨具，立論奇譎；字字警策，句句藥石。既可當一部詞論史看待，又是一篇典雅的四六文。不僅於當世罕有其匹，而且直可追逼易安，與其「詞論」，後先輝映。

在「自序」中，先生論現狀，自嘉道之二張（張惠言兄弟），直至於王國維、毛潤之與郭沫若。其時，先生仍旅居英國牛津。一九六二年，自英歸國，先生的視綫由晚近直到眼前，話題亦由故作艱深，文其淺陋，到豪放、婉约「二分法」。他說：一九四九年以來的詞學研究，其中有一個問題，就是以豪放、婉約劃綫，「言必稱蘇、辛，論必批柳、周」，並且人云亦云，形成了一種牢不可破的習慣勢力。並說，自己非常不贊成這種錯誤做法。先生指出：產生這種錯誤，除了大家都知道的原因以外，尋根究底，還有兩個方面的根源：一是胡寅的謬誤，二是宋人筆記小說的謬誤。胡寅所謂「眉山蘇氏（蘇軾），一洗綺羅香澤之態，擺脱綢繆宛轉之度」，所謂「《花間》爲皂隸」，「柳氏（柳永）爲輿臺」云云，完全是一派胡言。其次，產生這種錯誤，與宋人愛編造「本事」也有一定關係。例如，有關柳永、周邦彦以及蘇軾等人的某些風流韻事都是筆記小說中胡編亂造的，而後世論者信以爲真，以之作爲論詞的依據，或者爲了證明自己的觀點，明知有誤，也要拿來虛張聲勢。故之，先生提出：這兩個方面的根源非徹底剷除不可[112]。

先生於取徑以及學風、文風問題對於晚近詞壇的批判，深刻、尖鋭，鞭闢入裏。這是從少年時期起即下功夫治詞之才情與識力的體現。先生倚聲填詞既以之爲出發點，所謂破中的創立，其倚聲與倚聲之學的業績創造亦因此而奠定基礎。

其次，有關詞的作法問題。這是針對現狀及個人實際所提出的一種主張和具體做法。破中的一大創立。所謂作法，相對於讀法，在《詞學導論》卷之一，先生論讀法，道及擬作與創造，已將作法包括在内，但話題尚未展開。依我之見，擬者，度也（《説文》），所謂「擬之而後言」(《易·繫辭》),在一定意義上講,擬,就是一種模仿,而就創作者言,這種模仿,既是一種進取的目標,也是一種達至目標的具體方法與途徑。對此,先生的立論相當明確。他曾説:「我平生爲詞,不聽止庵之所謂『問途碧山』,而是取徑二晏以入清真、稼軒。」(《我的學詞經歷》)與前人相比,取徑二晏,與問途碧山,究竟有何區别?我以爲,二者所説,同是有關方法與途徑問題,但著眼點不一樣,周濟所説問途碧山,著眼於技法,主張由王沂孫的有寄托入,經過勾勒,達至周邦彦渾化之境;先生所説取徑二晏,著眼於立意,主張由晏幾道「古今不易」的情和事入,經過柳永、周邦彦的繼承及發展,達至辛棄疾石獅子般的精細與真摯[113]。

在相關文章中,先生説及晏幾道,對於小山詞,曾將其看作後來歌詞創作的一個重要來源。其曰:

這個花間詞派的作者在他的《小山詞》的跋文中自己承認:他的作品都是爲他朋友家中的歌女們寫的勸酒之詞。但他認爲他詞中的内容卻是「古今不易」的「感物之情」和「悲歡合離之事」。並且因爲他不滿於當時的歌詞,纔寫作這一編以「補樂府之亡」。這和李白所謂「大雅久不作」,「哀怨起騷人」有同一感慨,同一抱負。當然,晏幾道的作品祇限於男女之情，合離之事，範圍較小，但可以說明古代詞中小令的性質和由來，和它在古代知識分子文娛生活中所占的地位，也即是這一文學體裁在當時文學史上所起的作用，所占的位置，尤其是它在北宋以後戲曲中所起的重大作用，所占的優越位置，所加於後世歌曲的長遠影響。如果在中國文學史上沒有兩宋的詞，就不會有元明的戲曲和散曲。而宋詞的主要來源是唐五代宴會中歌女們唱的酒令。⑭

這段話從文學發展史的角度論花間詞與小山詞，將晏幾道与李白相提並論，謂晏之「補樂府之亡」与李之「大雅久不作」、「哀怨起騷人」有同一感慨，同一抱負。以爲晏幾道所作，「可以說明古代詞中小令的性質和由來」。而於辛棄疾則曰：

在我的空想中，有時往往喜歡把古人比成各種動植物。這當然不是對於古人的一種不敬——雖然偶爾有些不敬之處也不算什麼大罪——這能夠幫助我們對於古人有一個更清楚的印象。拿菊花比陶潛，蓮花比周濂溪，那已經是人家說舊了的古話，也是他們自己承認的。我卻不管他們自己承認不承認，要比就很武斷的比。譬如說：我拿蘭比屈平；拿虎比李廣；拿柏比杜甫，不錯，老杜還可以用馬來比他；拿鶴比孟浩然。就是稼軒這個人，我一時竟想不出用什麽來可以比擬他，除了天安門前的石獅子。[115]

這段話説自己喜歡以動植物比喻古人，以爲能够帮助我们對於古人有一個更清楚的印象。並説，他曾以蘭比屈原、以虎比李廣、以柏比杜甫（也曾以馬比杜甫）、以鶴比孟浩然，但對於辛棄疾，一時竟想不出用什麽來比擬，以爲除了天安門前的石獅子，無法用以爲比。先生將辛棄疾當作自己進取的目標，並非一般偶像崇拜，而是對於中華民族偉大精神的崇拜。

先生説晏幾道和辛棄疾，其所謂目標的進取以及精神的崇拜，不僅在詞，而且在人。因其所説，除了門徑及作法，諸如小山用成語、清真以小詞寫故事外，更重要的還在性情。正如先生在《羅音室詩詞存稿》跋文中所説：「填詞之道，不必千言萬語，祇二句足以盡之。曰：説真話，説得明白自然，切實誠懇。」他所在意就是：真言語，真性情。因此，他對於小山的癡，尤爲傾倒。謂其歌詞，「其語率真」[116]。至辛棄疾，先生亦特别欣賞其「奔騰的豪情和狷介的傲骨」[117]。

詞的作法，重在取徑。這是先生於創作實踐中所取得經驗。先生説：余年弱冠，偶喜吟哦[118]，初學填詞，雖有四哥吴其昌商榷，或和韻，或聯句，共同探討，亦不免上當受騙。但經過自己的摸索、抉擇，方纔得出一條經驗：要讀原始書，少讀或不讀選集和注本，纔不至上當受騙[119]。而且，正如上文所述，先生對於花間、尊前和南唐的創作既十分重視，對於兩宋詞人的路數、門徑亦非常熟悉，因此，他的作品，皆頗重視對於入門途徑的抉擇及演示。這是先生有關作法問題的説明及實證。

最後，關於詞體結構問題。這是從結構分析開始的一種理論創造。而其所謂結構云者，在《論詞的讀法》中，先生稱之爲章法、爲法度，謂乃表示佈景、説情的一種次序。先生説：「小令太短，章法也簡單，可是慢詞就不同了。」並説：第一流的作品都有謹嚴的章法。這些章法，有的次序分明，容易看出來；有的回環曲折、前後錯綜，不僅粗心的讀者看不出來，甚至許多選家也莫名其妙。先生以周邦彦《瑞龍吟》和柳永《引駕行》爲例，將詞中章法歸納爲兩種類型：人面桃花型和西窗剪燭型。先生説：「詞的章法當然不止這幾類，但這幾類是長調中比較習見的，卻倒也不是最容易瞭解的。」[120]這就是先生所倡導的結構分析法。新舊世紀之交，在一系列文章和學術講座中，演説詞學理論創造，曾將先生的結構分析法，上升爲詞體結構論，並將其与李清照詞學本色論、王國維詞學境界説相提並論，以爲中國詞學史上一大理論建樹。那麼，其所謂「法」（結構分析法），又如何上升爲「論」（詞體結構論）呢？我的回答是，先生没有詞體結構論，但他有結構分析法，結構分析法加上理論説明，不就是「論」了嗎?自然,理論上的説明是我加上去的。不過,這並非憑空想像。因爲我的説明,均以先生的論述爲依歸。例如,對於詞體結構論之作爲一種批評模式所當具備幾個主要因素(條件),包括標準及基本原理、方法及實際運用以及業績及里程標志的説明,都有先生的嚴謹的論述作憑據。尤其是基本原理問題,更加須要嚴密的論證。在《吴世昌與詞體結構論》一文中,我以先生論詞之十六字玉尺,説其論詞標準,而後再推斷其原理。其曰:

余嘗謂小令之佳者,要即景傳情,緣情述事,就事造境,隨境遣懷。如不能俱此四者,即有一於此,亦足爲零金碎玉。讀是詞(指陳允平諸詞——筆者),亦可以此十六個字爲玉尺。問此句此聯能即景傳情否?如不能,則問能緣情述事否?能就事造境否?如此層層推敲,則情僞立見,玉石可辨。

以上四者,即景傳情,緣情述事,就事造境,隨境遣懷。十六個字,揭示出「景—情—事—境—懷」諸多方面之所謂「關係、限制之處」(借用王國維《人間詞話》語),以爲,四者有其一,便足以當零金碎玉看待。這是先生用以論詞的標準。如進一步引而伸之,即此四者,有一關鍵物事,就是故事的事。就歷來的經驗看,凡所論述,似乎都衹是停留於情與景二者,衹説情景交融，甚少顧及於事，或者祇是説情與景及境與懷，而忽略當中的事。先生論詞，留意於詞中説故事；説勾勒，著眼於情與景之外滲入故事。其所謂事者，已成爲聯繫情與景以及境與懷諸多方面之樞紐。此時，如將先生十六字玉尺所揭示的景、情、事、境、懷，依其相互間的「關係、限制之處」作一羅列，其所構成的三角關係，正與二元對立定律或二元對立關係(Binary Opposition)所構成的三角關係相應合。由此可見，先生十六字玉尺，既可作爲論詞的標準，用以見證情僞，辨別玉石，亦可作爲詞體結構論的构成原理，用作理論創造的基本要素。這就是先生結構分析法之由「法」上升爲「論」的依據。

以下二圖，其一爲二元對立定律或二元對立關係兩個相互對立而又相互依賴單元的組合圖，其二爲詞體結構論「景—情—事—境—懷」關係示意圖。二元對立定律或二元對立關係，兩個相互對应的单元，与一中介物，構成一三角關係。兩個單元，既相互對立而又相互依賴，中介物於其間，産生分解或者化合的作用。詞體結構論「景—情—事—境—懷」關係示意圖，形式上互相對立之二元，景與情以及境與懷，因某一折衷元素(中介物)之介入，構成一三角關係，以構成新境及新意。圖一所顯示爲西方結構主義的組成及運作模式，圖二所顯示爲詞體結構論的組成及運作模式。二者的相合或暗合，説明先生的詞體結構論和西方結構主義同樣以二元對立定律作爲理論建造的基本原理。

圖一：二元對立定律分解、化合圖

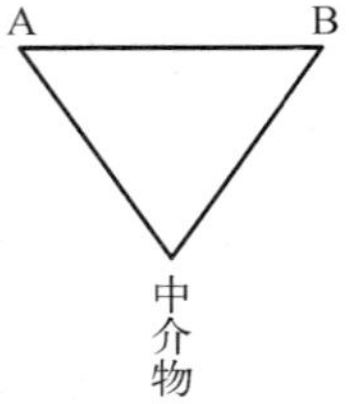

圖二：詞體結構論「景—情—事—境—懷」關係示意圖

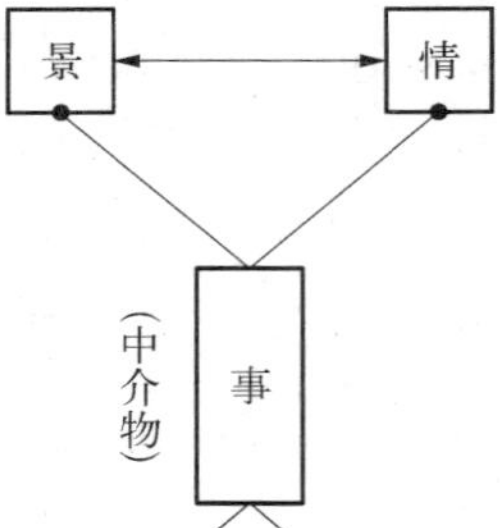

四

吴世昌先生在倚聲填詞、詞學鑒賞及詞學論述三個方面的業績，上文已作粗略介紹。在中國二十世紀五代詞學傳人中，先生屬第三代，與民國四大詞人夏承燾、唐圭璋、龍榆生、詹安泰同一世代，而先生則稍晚。在世紀詞學的創造期，四大詞人皆專注於詞，畢生業績基本成就於這一時期。但這一時期，先生雖傾心於詞，卻尚未全力以赴。到了蜕變期，四大詞人中除唐圭璋外，其餘三人，其詩書事業大致至「文化大革命」而終止。先生自天外而來，於「文化大革命」之後，與繆鉞、萬雲駿、黄墨谷等人一起，奮其餘力，爲世紀詞學救弊補偏，撥亂反正。四人堪稱詞學蜕變期的中流砥柱、共和國四大詞壇飛將。在短短的十年時間内，繆鉞與葉嘉瑩共撰《靈谿詞説》，以體現詞中「要眇宜修」之特質。黄墨谷推出《重輯李清照集》，於李清照這一歷史個案，堅守「别是一家」的最後陣地。先生與萬雲駿，直面詞學蜕變的現實，以推尊詞體爲己任，對於豪放、婉約「二分法」，痛加批判。所謂「讀書常不寐，嫉惡終難改」（吴世昌《千秋歲》語），其耿直之秉性，老而彌堅，爲人、爲學之神勇不減當年。先生晚年，既以「要寫文章第一篇，不寫第一百零一篇」相期許，又以「發人之所未能發，言人之所未敢言」嚴格要求自己，其於倚聲與倚聲填詞，功業未竟，而典範長存。因撰此文以爲紀念，亦爲後來者提供參考。

附記： 本文四個部分，説吴世昌先生的倚聲及倚聲之學。第一部分撰寫於二〇〇八年八月，趕赴先生百周年紀念而未及成稿。餘下三個部分，遲遲未能落筆，心想再多些思考，再予以補足。不知不覺竟耽擱了十個年頭。歲月不饒人，但願能將先生的詩書事業，進一步加以推揚。

丁酉春分後五日（二〇一七年三月二十五日）於濠上之赤豹書屋

注釋：

①英國大學的制度，每系衹有一名教授，即系主任，其餘的都稱講師，不像美國大學，一系的教師幾乎都稱「教授」，有許多級别，如「研究教授」「大學教授」「正教授」「同教授」「副教授」「助教授」「協教授」等等，名目繁多，各校不同。

②《論詞的讀法·引言》。原載一九四六年九月二十四日南京《中央日報》《文史週刊》第十九期。

③《花間集》卷七。人民文學出版社，一九五八年。

④原載北京《文史知識》一九八三年第八期。

⑤據《宋四家詞選》。古典文學出版社，一九五八年。

⑥據《詞林紀事》卷六轉引。又，黄昇《花庵詞選》「唐宋諸賢絶妙詞選」卷二載：秦少游自會稽入京，見東坡。坡曰：「久别當作文甚勝，都下盛唱公『山抹微雲』之詞。」秦遜謝。坡遂云：「不意别後，公卻學柳七作詞。」秦答曰：「某雖無識，亦不至是。先生之言，無乃過乎。」坡云：「『銷魂當此際』，此柳詞句乎。」秦慚服，然已流傳，不復可改矣。——所載與詩話前半同，因録備參考。

⑦詳參《有關蘇詞的若干問題》。載北京《文學遺産》一九八三年第二期。

⑧《詞學導論》第一卷《總論讀法》（未刊稿）。

⑨據筆者記録。

⑩同⑦。

⑪載北京《文史知識》一九八三年第九期。

⑫文學研究所編《中國文學史》頁五九。人民文學出版社，一九五九年。

⑬同⑦。

⑭《宋詞中的「豪放派」與「婉約派」》。

⑮同⑦。

⑯同⑦。

⑰據拙文《吴世昌傳略》。載太原《晉陽學刊》一九八五年第五期。

⑱先生爲筆者論文習作所作批語。

⑲《人間詞話》本編第三七則。拙著《人間詞話譯注》卷一。廣西教育出版社，一九九〇年。

⑳同⑦。

㉑同⑱。

㉒《漫談〈小山詞〉用成句及其他》。載一九八一年七月二十一日北京《光明日報》。

㉓《子臧先生論詞語録》。據筆者記録。

㉔同㉓。

㉕以下爲吴世昌重新斷句並加新式標點之柳永《引駕行》：

紅塵紫陌，斜陽暮草長安道，是誰人？斷魂處，迢迢匹馬西征。新晴。韶光明媚，輕烟淡薄和氣暖，望花村。路隱映，摇鞭時過長亭。愁生。傷鳳城仙子，别來千里重行行。又記得臨歧淚眼，濕蓮臉盈盈。銷凝。花朝月夕，最苦冷落銀屏。想媚容耿耿無眠，屈指已算回程。相縈。空萬般思憶，争如歸去睹傾城？向繡幃深處，並枕説：「如此牽情」。（據《論詞的讀法》）。

㉖《白石道人歌曲》卷五。《彊村叢書》本。

㉗成編《唐五代詞選》十卷，有民國二十三年上海商務印書館本。

㉘據先生爲筆者論文習作所作批語。劉毓盤《詞史》，一九三一年二月初版，鄭振鐸《插圖本中國文學史》自序作於一九三二年六月四日；鄭氏之誤，不知是否出之於曹？

㉙參見萬雲駿評胡雲翼語。見《試論宋詞的豪放派與婉約派的評價問題——兼評胡雲翼的〈宋詞選〉》。上海《學術月刊》一九七九年第四期。

㉚張惠民《蘇軾「自是一家」説的内涵》。《宋代詞學審美理想》頁三——十一。人民文學出版社，一九九五年。

㉛《本書的主旨》。《詞學 ABC》頁二。

㉜原載臺北《中國文哲研究通訊》第三卷第二期（一九九三年六月）。並載《施議對詞學論集》第一卷《宋詞正體》。

㉝參見《有關蘇詞的若干問題》。北京《文學遺産》一九八三年第二期。《羅音室學術論著》第二卷《詞學論叢》頁二二五——二三四。

㉞參見《辛棄疾(傳記)》。《新月》三卷八、九期(一九三一年)。《詞學論叢》第二九八—三〇〇頁。

㉟《論詞的章法》。一九四六年十二月三十一日南京《中央日報》文史週刊三十三期。《詞學論叢》頁五〇。

㊱同㉟。

㊲《評〈白雨齋詞話〉》。《詞學論叢》頁三四四—三四五。

㊳參見《論詞的章法》。《詞學論叢》頁五三—五五。

㊴周濟《介存齋論詞雜著》。《詞話叢編》本。

㊵參見《周邦彦及其被錯解的詞》。北京《文史知識》一九八七年第十一期。《詞學論叢》第二五一頁。

㊶詳參拙著《人間詞話譯注》卷二。

㊷《評〈人間詞話〉》。《詞學論叢》頁五一八。

㊸《片玉集》卷三。《彊村叢書》本。

㊹參見《論讀詞須有想像》。一九四七年一月十四日南京《中央日報》文史週刊三十四期。《詞學論叢》第七一—七二頁。

㊺《論讀詞須有想像》。《詞學論叢》頁七二。

㊻據《唐宋詞概説一之七「周邦彦的貢獻」》。北京《中國文學》(英、法文版)一九八〇年二月號。《詞學論叢》頁九三—九四。

㊼《論讀詞須有想像》。《詞學論叢》第六三—七一。
㊽《論讀詞須有想像》。《詞學論叢》頁七〇。
㊾《花間集》卷八。據李一氓《花間集校》。人民文學出版社，一九五八年。
㊿《論讀詞須有想像》。《詞學論叢》頁六七—七〇。
51《花間詞簡論》。北京《文史知識》一九八二年第九、十期。《詞學論叢》頁一一八。
52參見《論讀詞須有想像》。《詞學論叢》頁七一。
53尹焕《花庵詞選引》。據《宋詞三百首箋注》轉引。
54王國維《人間詞話》附録第一四則。據拙著《人間詞話譯注》卷三。
55紀昀《四庫全書總目提要·夢窗詞提要》。
56周濟《宋四家詞選》。
57《評〈白雨齋詞話〉》。《詞學論叢》頁三七一。
58同㊺。
59沈義父《樂府指迷》。《詞話叢編》本。
60《評〈白雨齋詞話〉》。《詞學論叢》頁三六五—三六六。
61以上參見《花間詞簡説》及《周邦彦及其被錯解的詞》。《詞學論叢》頁一〇四—一〇六頁及頁二四九。
62《周邦彦及其被錯解的詞》。《詞學論叢》頁二五〇。

(63)《評〈白雨齋詞話〉》。《詞學論叢》頁三七〇。

(64)參見《周邦彥及其被錯解的詞》。《詞學論叢》頁二五〇—二五一。

(65)據《萬首唐人絕句》第二十七卷。《全唐詩》卷三百六十八作：「去年今日此門中，人面桃花相映紅。人面不知何處在，桃花依舊笑春風。」

(66)《唐詩》代前言。三聯書店（香港）有限公司，一九九五年五月香港第一版。

(67)《全唐詩》卷四百十。

(68)據《萬首唐人絕句》第三十二卷。《全唐詩》卷五百二十四作：「落魄江南載酒行，楚腰腸斷掌中輕。十年一覺揚州夢，贏得青樓薄倖名。」

(69)《全唐詩》卷五百二十四。

(70)《片玉集》卷一。《彊村叢書》本。

(71)以上見《論詞的章法》。《詞學論叢》頁五三—五六。

(72)拙文《編後語》。《詞學論叢》頁八九〇—八九一。

(73)《全唐詩》卷五百三十九。

(74)《全唐詩》卷二百二十四。

(75)《樂章集》下卷。《彊村叢書》本。夏敬觀評點有誤，今據吴世昌斷句。吴氏斷句見《論詞的章法》。《詞學論叢》頁五十八。

⑯《論詞的章法》。《詞學論叢》頁五八—五九。
⑰《論詞的章法》。《詞學論叢》頁五九—六一。
⑱《論詞的章法》。《詞學論叢》頁六一—六二。
⑲借用王國維論寫實家與理想家語。據《人間詞話譯注》卷一人間詞話本編第五則。
⑳《評〈白雨齋詞話〉》。《詞學論叢》頁三七〇。
㉑參見鄭樹森《結構主義與中國文學研究》（代序）。周英雄《結構主義與中國文學》第四頁。（臺北）東大圖書有限公司，一九八三年。
㉒《羅音室詞札》。《詞學論叢》頁七一四。
㉓《龔自珍全集》第一輯頁八〇—八一。中華書局上海編輯所，一九五九年。
㉔《人間詞話譯注》卷一人間詞話本編第六〇則。
㉕《片玉集》卷八。《彊村叢書》本。
㉖參見張惠民《宋代詞學審美理想》第十一章第三—四節。
㉗此段論述參見《周邦彦及其被錯解的詞》。《詞學論叢》頁二五六—二五八。
㉘以上參見《中國詞學批評史》前言及第一章第二節。中國社會科學出版社，一九九四年七月北京第一版。
㉙《舊唐書》卷一百九十（下）温庭筠傳。

⑨⓪ 歐陽炯《花間集序》。據《花間集校》。

⑨① 同㉜。

⑨② 《王國維與中國當代詞學——〈人間詞話〉導讀》。載一九九四年八月十九日、二十六日香港《大公報》藝林副刊。

⑨③ 載澳門《文化雜志》中文版第二十五期（一九九五年冬季）。

⑨④ 李漁《窺詞管見》：「作詞之難，難於上不似詩，下不類曲。不淄不磷，立於二者之中。」《詞話叢編》本。

⑨⑤ 吴世昌：《羅音室學術論著·前言》。《羅音室學術論著》（第一卷）頁四。中國文聯出版公司，一九八四年。

⑨⑥ 吴世昌：《羅音室學術論著·前言》。《羅音室學術論著》（第一卷）頁五。

⑨⑦ 胡適：《我們今天還不配讀經》。《胡適文集》卷五頁四〇二。北京大學出版社，一九八八年十一月。

⑨⑧ 一九三一年「九一八」事變後，率領妻、弟赴南京哭陵絶食請願，逼蔣抗日，不久被校方解聘。

⑨⑨ 吴世昌《羅音室詩詞存稿·初版自序》。《羅音室詩詞存稿》（增訂本）頁六—七。商務印書館香港分館，一九八四年。

⑩⓪ 吴世昌：《花間詞簡論》。《羅音室學術論著》（第二卷）頁一一七。中國文聯出版公司，一九九

一年。

⑩ 吴世昌《羅音室詩詞存稿》。商務印書館香港分館，一九六三年。
⑩ 吴世昌《論詞的讀法》。《羅音室學術論著》(第二卷)頁一八—七六。
⑩ 吴世昌《我的學詞經歷》。《羅音室學術論著》(第二卷)頁一—一八。
⑩ 施議對《編後語》。《羅音室學術論著》(第二卷)頁六八六—六八七。
⑩ 吴世昌《論詞的章法》。《羅音室學術論著》(第二卷)頁三四—三八。
⑩ 龍榆生《唐宋詞格律》頁一七六—一七七。上海古籍出版社，一九七八年。
⑩ 吴世昌《論讀詞須有想像》。《羅音室學術論著》(第二卷)頁六三—七二。
⑩ 吴世昌《周邦彦及其被錯解的詞》。《羅音室學術論著》(第二卷)頁二四九—二五一。
⑩ 吴世昌《論詞的讀法》。《羅音室學術論著》(第二卷)頁二〇—三八。
⑩ 吴世昌先生一九二八年入读燕京大學英文系，燕大畢業，獲哈佛燕京學社國學研究所獎學金，再當研究生，至一九三五年，獲得碩士學位。
⑪ 吴世昌《羅音室詩詞存稿》(初版自序)。《羅音室學術論著》(第二卷)頁九—一二。
⑪ 吴世昌《我的學詞經歷》。《羅音室學術論著》(第二卷)頁一—八。
⑪ 以上參見吴世昌所撰《花間詞簡論》《小山詞用成語及其他》以及《辛棄疾論略》(傳紀)諸文。據《羅音室學術論著》(第二卷)。

⑭ 吴世昌《花間詞簡論》。《羅音室學術論著》(第二卷)頁一〇四。
⑮ 吴世昌《辛棄疾論略》(傳紀)。《羅音室學術論著》(第二卷)頁二六七。
⑯ 吴世昌《羅音室詩詞存稿》跋。《羅音室學術論著》(第二卷)頁一五。
⑰ 吴世昌《辛棄疾論略》(傳紀)。《羅音室學術論著》(第二卷)頁二七六。
⑱ 吴世昌《羅音室詩詞存稿》(初版自序)。《羅音室學術論著》(第二卷)頁九。
⑲ 吴世昌《我的學詞經歷》。《羅音室學術論著》(第二卷)頁三。
⑳ 吴世昌《論詞的讀法》。《羅音室學術論著》(第二卷)頁五〇—六二。

第六章　沈祖棻

——傳統本色詞傳人

沈祖棻字子苾，別署紫曼，筆名絳燕，浙江海鹽人。一九〇九年（清宣統元年）一月二十九日生於蘇州，一九七七年六月二十七日，覯逢車禍，逝世武昌。年六十八。一九三四年畢業於南京中央大學中國文學系，一九三六年畢業於金陵大學國學特別研究班。一九三七年九月一日與程千帆結褵於江蘇屯溪。一九四二年始以詩律教授，歷主金陵大學、華南大學、江蘇師範學院、南京師範學院、武漢大學講席，垂三十載。成就甚衆。有《微波辭》《涉江詞》《涉江詞稿》《宋詞賞析》《唐人七絶詩淺釋》《古詩今選》等著作行世①。工填詞，並善説詞。求之古代詞人，已甚難得，而在當代詞壇，則允爲大家。

七十年代末，我在中國社會科學院吴世昌教授門下攻讀碩士學位課程，準備編纂《當代詞綜》，業師夏承燾教授曾爲推薦沈祖棻並轉贈沈氏《涉江詞稿》油印本，我對於子苾其人、其詞，已充滿著敬意。與夏先生商議「當代十大詞人」之選，以爲子苾應名列其中。八十年代中，《當代詞綜》結稿，我曾在前言《百年詞通論》中，對子苾填詞、説詞業績進行簡略介紹。當時並曾發願，將另撰專文評介《涉江詞》。但此事一擱就是十年整。直到最近，方纔將案頭積壓暫且放置一旁，認認真真地拜讀並思考一些問題。我感到，多年來所見有關前代人作品之大小論著，似乎都過分依賴本本——詩話、詞話。一個論點列出，舉一、二作品爲例，再將若干或常見或不甚常見之詩話、詞話片段，引證一番，便是一篇論文或一部專著。或者乾脆不舉例，不羅列作品，衹是從本本到本本，即從詩話、詞話到詩話、詞話，輾轉引述，也成爲一篇論文或一部專著。因而，即使不讀作品，或者不必讀懂作品，照樣可以著書立説。——這種風氣，在近來學界，已是愈演愈烈。但論述當代人作品，因爲沒有許多本本，我看就並不那麼簡單。尤其是當代才女沈祖棻，既有聰穎之天資，又專精於此道，業師吴世昌教授稱之爲「深知此中甘苦的慧業詞人」[2]，所傳五百一十六首「涉江詞」，首首皆爲其精心製作，要能真正讀懂，更加不是那麼簡單的一回事。儘管已有汪（東）評、程（千帆）箋在前，可資參考，但要領悟其詞心，仍未必人人都能做到。正如程千帆教授來信中所説，「此事要看緣會」，作爲後生晚輩，有幸爲子苾詞人説「涉江詞」，這當也是一次有意義的自我挑戰。

本章擬從《涉江詞》之表層意義及深層意義兩個層面，就其憂生憂世意識加以剖析，希望對其詞心能夠有所領悟。不知能否達致預期效果，尚待大方之家有以教之。

第一節　《涉江詞》分類

有關表層意義及深層意義兩個層面的區分與剖析，說的主要是作品解讀的方式、步驟問題。就作品本身而言，所謂表層意義和深層意義，二者雖無有明確界限，卻仍有一定區別。這是一種客觀存在。讀者解讀，力求達意——達到其深層意義，其結果往往因人而異，而且未必盡合作者本來之用意。蘇軾《懷西湖寄晁美叔同年》詩云：「西湖天下景，遊者無愚賢。淺深隨所得，誰能識其全。」③正說明這一道理。因此，解讀作品，就有一個由淺入深的過程。這是進入正題時所必需弄清楚的問題。

例如《涉江詞》甲稿開卷第一篇《浣溪沙》云：

芳草年年記勝遊。江山依舊豁吟眸。鼓鼙聲裏思悠悠。　三月鶯花誰作賦，一天風絮獨登樓。有斜陽處有春愁。

這是沈祖棻於大學時期修讀《詞選》課的一篇習作。汪評曰：「後半佳絶，遂近少游。」程箋曰：「此篇一九三二年春作，末句喻日寇進迫，國難日深。世人服其工妙，或遂戲稱爲沈斜陽，蓋前世王桐花、崔黄葉之比也。祖棻由是受知汪先生，始專力倚聲，故編集時列之卷首，以明淵源所自。」十分明顯，汪評與程箋已爲正確解讀《浣溪沙》乃至全部《涉江詞》指出門徑。但是，時賢説此詞，大多僅僅著眼於「江山」、「斜陽」等字面。或由此聯想到一九三一年「九一八」事變後之江山，以爲「别懷家國之憂」；或由此聯想到宋代之靖康夕陽（戌稿《浣溪沙》有「夕陽還似靖康紅」句），以爲「傷離念亂」，與漱玉之「當時感」相同。——此等評估，看似無可非議。實際上是否即與作者本來之用意相合，卻仍有可斟酌之處。因爲詞作本身似乎還有更加深入一層的意義，這是需要仔細加以品賞的。

詞作上片説芳草、江山，謂其長久不變，年年可供遊覽，年年可供歌詠，令人賞心悦目。但是，因處在鼙鼓聲裏，其憂思乃無有窮盡。所展示的時空範圍，甚是長遠、寬闊。下片説憂思之情狀及結果。「三月鶯花」及「一天風絮」爲當前景，「誰作賦」及「獨登樓」爲當前事。二者組合，既以具體的物象和事相應合上結所謂悠悠之憂思，使之更加形象、可感而有所著落，又以一問一答句式，引出最後結論（憂思結果）——「有斜陽處有春愁」。至此，所謂憂思也就超脱於當前之人和事，即不僅僅是對於國難的考慮，而成爲一種普遍的春愁。這是借助於兩個「有」字，巧妙地表現出來的。兩個「有」字，通古今之變，説明此春愁，已不域於一人一事。

即：不域於「九一八」之人和事，也不域於靖康之亂之人和事。其所展示的時空範圍，已是更加長遠、更加寬闊；因而，其所體現的意義，也就更加深入一層。可見，讀《涉江詞》，除了注重其表層意義之外，尚需更進一步領悟其深層意義。如用王國維的話來説，就是不域於一人一事④。這是我讀《涉江詞》的初步體會。

當然，在全部《涉江詞》中，歌詠時事，即專爲當前有關某人某事而作之篇章仍不甚少。這些篇章，可分爲兩類。一類以鋪叙方法直言其事，一類用比興，婉轉加以揭示。

先説第一類，其例有《虞美人》五首：

沈沈銀幕新歌起。容易重門閉。繁燈似雪鈿車馳。正是萬人空巷乍涼時。相攜紅袖誇眉萼。年少當行樂。千家野哭百城傾。渾把十年戰伐當承平。

地衣乍捲初塗蠟。宛轉開歌匣。朱嬌粉膩晚妝妍。依舊新聲爵士似當年。回鸞對鳳相偎抱。恰愛涼秋好。玉樓香暖舞衫單。誰念玉關霜冷鐵衣寒。

市誇安樂人如織。故主迎新客。芒鞋短褐舊時裝。今日高車大馬過煌煌。暮收香稻朝羅綺。第宅連雲起。幾人下箸厭甘肥。猶有萬家風裏未裁衣。

咖啡乳酪香初透。紫漾葡萄酒。市招金字作横行。更有參軍蠻語舌如簧。并刀如水森成列。晶盞明霜雪。朝朝暮暮宴嘉賓。應憶天南多少遠征人。

東庠西序諸年少。飛轂穿馳道。廣場比賽約同來。試看此回姿勢最誰佳。　酒樓歌榭消長夜。休日還多暇。文書鍼綫盡休攻。祇恨鮮卑學語未能工。

又《減字木蘭花》四首：

良宵盛會。電炬通明車似水。炰鳳烹龍。風味京華舊國同。　金尊綠醑。卻笑萬錢難下箸。薄粥清茶。多少恒飢八口家。

腸枯眼澀。斗米千言難換得。久病長貧。差幸憐才有美人。　休誇妙手。憎命文章供覆瓿。細步纖纖。一夕翩翩值萬錢。

弦歌未了。忍信狂風摧蕙草。小隊戎裝。更逐啼鶯過粉牆。　羅衣染遍。雙臉胭脂輸血艷。碧海冤深。傷盡人間父母心。

秋燈罷讀。伴舞嘉賓人似玉。一曲霓裳。領隊誰家窈窕娘。　紅樓遙指。路上行人知姓氏。細數清流。夫婿還應在上頭。

以上篇章寫於四十年代中期，並曾在當時以土紙印行之重慶《大公晚報》副刊發表⑤。《虞美人》題稱「成都秋詞」，直接披露秋日成都之種種人和事：一、聽歌。謂風乍涼，新歌起，相携紅袖，趕往作樂。二、跳舞。謂歌匣開，晚妝妍，回彎對鳳，互相偎抱。三、交易。謂市安樂（箋曰：安樂寺爲當時成都最大之投機市場），人如織，一朝得利，第宅擁起。四、美軍。謂乳酪香，葡萄漾，蠻語參軍，并刀成列（「朝朝暮暮宴嘉賓」）。五、姿勢比賽及學外國語。謂諸年少，比姿勢，鍼綫休攻，學解卑語。《減字木蘭花》題稱「成渝紀聞」，也爲直接披露成都、重慶所出現之社會新聞：一、盛宴。謂電炬明，車如水，炰鳳烹龍，舊京風味。二、稿民（箋曰：以寫稿爲生，無固定收入之作家）。謂久貧病，斗米艱，美人憐才，一夕萬錢（箋曰：貴婦名媛爲之舉行舞會，以所得之款從事救濟）。三、學潮。謂警隊到，越牆逃，羅衣染血，傷父母心。四、伴舞。謂罷秋燈，歌霓裳，夫婿清流，路人指目（箋曰：時有北平南遷某校之校長夫人，每率諸女生陪美軍軍官跳舞）。——詞章敷衍陳列，明確標榜，事事都可以程箋加以證實。

另一類篇章，「以彼物比此物」，未直說，但借助於程箋所提供詳盡背景材料及扼要説明，同樣可尋得其人和事的依據。例如《鷓鴣天》八首：

青雀西飛第幾回。不同心處枉勞媒。障羞無復遮紈扇，占夢何曾到錦鞋。春酒暖，綺筵開。藏鈎射覆總難猜。年年牛女空相望，終負星槎海上來。

妙舞初傳向畫堂。香車又見賽明妝。高樓佳會傷離恨，別館新愁誤詞章。闌
鬥鴨，悅鳴尨。近來蹤迹太疏狂。春衣藍似江南水，故損朱顏賺阮郎。

芳會金錢約日來。香箋遮處雀屏開。舊盟枉費三生誓，新製空誇八斗才。金
作屋，錦成堆。故應著意向妝臺。佳人苦自描眉樣，捧得瑤函上玉階。

移得垂楊檻外栽。鈿車竟日走輕雷。妝成對鏡青鸞舞，睡起開簾社燕來。歌
宛轉，酒追陪。鴛帷各夢漏聲催。卻憐神女難爲雨，祇解行雲上楚臺。

夕照縈情怯倚樓。相思何計付書郵。十年辛苦終成夢，兩字平安卻惹愁。鸚
鵡粒，鷫鸘裘。傳呼女伴作清遊。蛾眉還怕能招妒，閉入長門不自由。

鳳紙題名易斷腸。茫茫消息隔紅牆。風侵錦帳春無夢，寒透并刀夜有霜。休
嘆息，怕思量。閒門寂寞度昏黃。敢將心事傳鸚鵡，祇許相逢道勝常。

幽恨新來漸不支。紅妝日日減胭脂。花前已厭蜂衙鬧，海上還傳蜃市奇。珠
論斛，桂成枝。天寒翠袖苦禁持。怕看明日春潮漲，化淚流愁又一時。

久病長愁畹晚春。蓬山争信絕音塵。眉顰難效憐西子，國色相窺惱宋鄰。捐
玉佩，送金尊。情深一往憶王孫。東風已失韶光半，覷面紅樓最斷魂。

程箋曰：「《鷓鴣天》八首皆詠抗日戰争勝利以後解放戰争以前時局。」如將「彼物」與當前之人和事（「此物」）聯繫在一起，即將詞章意象與程箋事實加以對照，那麼，其所詠内容也就不難得知。即此八首當分詠八事：一、國共和談。以男女情事比國共關係，以青雀喻美國政府代表馬歇爾。謂雙方不同心，不欲借扇障羞，未曾以鞋（諧）占夢，枉勞青雀殷勤爲媒。二、國共之争。以妙舞、明妝説雙方較量，高樓佳會指校場口集會，藍春衣者指藍衣社特務。謂佳會傷離恨，别館添新愁，著藍春衣者故損朱顔用賺阮郎（自造輕傷以欺騙輿論）。三、國大會議。香箋指代表證書，佳人指胡適，瑶函指憲法文本。謂芳會即金錢會，香箋如孔雀屏，舊盟已經破裂，瑶函由佳人捧上。四、青年、民社兩黨與國民黨合作。謂此合作「猶爲檻外垂楊，終非室中嘉卉」，「雖歌酒流連，而同床異夢」（程箋）。五、學生示威。以蛾眉比學生，長門譬牢獄。謂夕照縈情，相思無計，平安求不得，少食又短衣，衹好「傳呼女伴作清遊」。六、特務横行。以鳳紙題名指開列黑名單。謂一旦被捕，即爲紅牆阻隔；寂寞家居，未敢隨便説話，平常相見，衹能互相道個好，惟恐爲學舌鸚鵡泄其秘密。七、通貨膨脹。蜂衙比官場，蜃市比商場。謂蜂衙奔競，蜃市難測，物價如春潮般上漲，不可遏止。八、國勢危傾。以美人喻江山。謂久病長愁，音塵斷絶，已被遺棄，再情深一往，也無法挽回。——詞章曲折婉轉，較含蓄，但其所詠，仍然實有所指。

以上兩類篇章，無論以賦體直叙，或用比興，所説都爲當前之大小政事。這是爲某人某事而作的例證。兩類篇章，近七十。在全部《涉江詞》中，大約占居七分之一。其餘篇章，題材乃十分廣泛。舉凡江山、斜陽，寒蟬、飛燕；登高、臨遠，傷時、念亂；相逢、相别，舊恨、新愁；乃至春雨、春水、春草等等，都可以入詞。其所抒寫内容，大致以下三個方面：

一　故國家山之思

沈祖棻出身於書香門第。祖父守謙，號退安，精於書法，與僑居蘇州之文士如吴昌碩、朱孝臧（祖謀）輩，時相往來。祖棻自幼耳濡目染，酷愛文藝⑥。稍長，赴上海求學，並於一九三一年入讀南京中央大學本部文學院中國文學系。當年，正發生「九一八」事變。一九三二年春，寫作《浣溪沙》（芳草年年記勝遊），開始其治詞生涯。授業導師汪東，不僅善於發掘其詞才，而且注重激勵其民族意識，即「諄諄以民族大義相詰諭」（《八聲甘州》「記當時，烽映絳帷紅」小序）。《涉江詞》中，所謂故國家山之思，就是這一民族大義或民族意識的一種體現。《涉江詞》中所謂故國家山之思，既包括山河破碎之愁，又包括舊苑萬里之憂，二者不可分割。其愁與憂之具體表現，多數與斜陽（斜照）、夕陽相關聯。

例如《喜遷鶯》：

重逢何世。賸深夜、秉燭翻疑夢寐。掩扇歌殘，吹香酒釅，無奈舊狂難理。聽盡杜鵑秋雨，忍問鄉關歸計。曲闌外，甚斜陽依舊，江山如此。　扶醉。凝望久，寸水千岑，盡是傷心地。畫轂追春，繁花醖夢，京國古歡猶記。更愁謝堂雙燕，忘了天涯芳字。正凄黯，又寒烟催暝，暮笳聲起。

詞作寫於一九三八年秋，初抵渝州（重慶）之時。謂師友重逢，亦喜亦驚，但卻高興不起來——儘管有歌有酒，「無奈舊狂難理」。因爲眼前之寸水千岑，盡是傷心之地，既不忍問鄉關歸計，又深怕面對斜陽、江山。使用一些舊意象，諸如深夜秉燭以及謝堂雙燕等等，不僅生動呈現當時情景，而且便於通古今之變。又以「暮笳聲起」煞尾，既是本地風光，又表明其愁與憂之難以終了。而這一切，都在於突出斜陽、江山這兩個中心意象，令其所表現的故國家山之思顯更加具體可感。

又如《踏莎行》：

開罷薔薇，飛殘柳絮。斜陽衹照春歸路。夢迷故國滿天烽，愁縈蜀道千山霧。
胡蝶還來，啼鵑最苦。東風碧到無情樹。江波日日送流花，如何不送人歸去。

詞作寫於一九四二年間，在成都。與以上列舉《喜遷鶯》詞不同，詞作所寫並無有具體事相爲依據，諸如「酒肆小集」等，而是憑藉眼前物景以抒寫懷抱。謂：薔薇已經開過，柳絮即將飛盡，春天正在斜陽照耀下，走上歸路。夢中出現連天烽火，其愁思就像蜀道之千山濃霧一般縈繫心頭。又謂：胡蝶無心，仍舊飛來飛去；祇是啼鵑，最苦春之歸去。而今，東風吹拂萬木，一切沉浸在無情的碧緑當中。江波既不停地將落紅送走，爲甚麽偏偏不送人歸去。無端怨恨，令其憂思如同日夜奔流之江波一樣，無有休止。因此，所謂斜陽、故國，便成爲其愁與憂之所以産生的根源。

又有《浪淘沙》四首，亦通過斜陽（斜照）、夕陽，叙説其關於故國家山之愁與憂。其詞云：

> 長夜正漫漫。風雨添寒。江南江北又春殘。十載相思忘不得，無限關山。回首血成川。如此中原。年年舊燧換新烟。四海傷心聞野哭，休念家園。
>
> 千騎壓雄關。難覓泥丸。危樓向晚莫憑闌。忍看斜陽紅盡處，一角江山。烽火照尊前。未許閒眠。笙歌夢冷十年間。腸斷雞鳴風雨夜，空費吟箋。
>
> 江水日東流。難盡離憂。孤鴻身世自悠悠。地迥天寬殘照冷，生怕登樓。躍

馬夢中遊。新病添愁。相思紅淚暫時收。獨立水西橋畔路，北望神州。

一水隔胡塵。未到朱門。銷金窩裏易銷春。燈火樓臺歌舞夜，舊曲翻新。夢語正紛紜。鐵騎如雲。新亭對泣更無人。漫想黄龍成痛飲，整頓乾坤。

詞作寫於一九四三年間，在成都。總述十年亂離，十年憂與愁之具體情景。即謂「年年舊燧換新烟」，烽火連天，中原故土，血流成川。一角江山，正在斜陽紅盡之處。向晚危樓，莫敢憑闌；風雨之夜，空費吟箋。江水流不盡離憂，新病又增添悲愁。既害怕登樓，不忍見到淒冷陽光照耀下殘缺之河山，又禁不往獨立橋畔，北望神州。然而，銷金窩裏，夜夜歌舞。胡塵到不了朱門，鐵騎打不破美夢。痛飲黄龍，整頓乾坤，已成空想。於是，也就更加休念家園。四詞立足於斜陽、江山，構成一組聯章，將其愁與憂之情思逐漸加濃、加重。

另有一首《喜遷鶯》，亦爲以斜陽（斜照）、夕陽，叙説愁與憂之佳篇。其詞云：

雲鬟鶯認。算經亂、客懷清歡休問。粉黛商量，綺羅斟酌，空記舊時嬌俊。藥裏枕邊誰檢，酒盞花前愁近。夢塵遠，嘆尋芳拚醉，疏狂無分。

歸訊。春又晚，一棹江南，幾度期難準。忍倚危樓，山河斜照，依舊東風淒緊。翠墨未乾殘淚，彩筆重題新恨。

待扶病，共西窗夜話，燭銷更盡。

這是與友人聚會的一首詞。寫於一九四六年春。時胡塵乍掃，京國待收（《過秦樓》），而天下仍未太平。舊事、新愁，更加增添其故國家山之思。即：歷經亂離，已無疏狂拚醉，山河斜照，歸期難準，更不忍登樓遠望。說怨、說恨，與辛稼軒之「閒愁最苦，休去倚危闌，斜陽正在，烟柳斷腸處」（《摸魚兒》），頗有異曲同工之妙。

所謂「用『斜陽』『夕陽』二字無不佳，有沈斜陽之目」⑦，《涉江詞》這一特色，已爲詞界所公認。除上列各篇以外，諸如「此日。斜陽巷陌。念王謝風流，已非疇昔」（《曲遊春》）；「縱有當時燕，怕江山如此，減了斜陽」（《憶舊遊》）；「但傷心，無限斜陽，有限江山」（《高陽臺》）；「幾曾念、平蕪盡處，夕陽外、猶有楚山青」（《一萼紅》）；「對河山滿眼，斜陽欲暝，傷時淚、如鉛水」（《水龍吟》）以及「黄昏漸近，蒼茫無極，斜陽難繫」（《水龍吟》）等等，都甚是可圈可點。

此外，《涉江詞》之抒寫有關故國家山之愁與憂，許多篇章雖不用斜陽（斜照）、夕陽，我看亦無不佳。

例如《月華清》（中秋）：

征雁驚弦，飛烏繞樹，幾年塵滿香徑。樺燭清觴，節物故家休省。素娥愁、桂殿秋空，漢宫遠、露盤珠冷。端正。想山河暗缺，故遮雲影。高處驂鸞未穩。莫忘了天涯，此回潮信。舊舞霓裳，零譜斷弦誰聽。早催還、翠水仙槎，待重認、碧天金鏡。更永。漸雲鬟霧濕，畫闌愁憑。

詞作寫於一九四〇年中秋，在成都。謂中秋之夜憑闌望月而生愁。即：其時雖一輪端正，天地充滿輝光，但由於山河暗缺，卻故意將雲影遮蓋。意即不忍照見殘缺之河山。「想」，爲推測之辭。以爲圓月不忍，實際乃望月者之不忍也。即：不忍於明亮的月光下面對殘缺之河山。這就是望月而生愁的原因。於是，儘管遭逢佳節，也無有情緒顧省故家節物——「樺燭清觴」，無有情緒聆賞霓裳舊舞及零譜斷弦。於是，無論驚弦征雁、繞樹飛烏、月中素娥，或者漫漫長夜之憑闌望月者，也就全都被籠罩在愁的氛圍中，其所謂故國家山之思也就表現得十分沉至。

又如《鎖窗寒》，也是不用斜陽而佳的例證，詞云：

蜀道鵑啼，江潭柳老，又逢春晚。風多露重，未料夜寒深淺。近黄梅、雨絲自飄，斷腸卻恨江南遠。更路長漏短，夢魂難到，舊家池館。　經眼。芳菲換。嘆故國青蕪，燕斜蜂亂。泥香蜜熟，已是繁紅都變。早樓臺、歌罷舞休，戍笳暗咽邊角怨。正烟迷、四面遥山，漫把珠簾捲。

詞作寫於一九四一年春，在成都。謂鵑啼、柳老，又是晚春時節。其時，風多露重，雨絲不斷，夜寒難料，正好惹起鄉愁。祇因爲路長漏短，做夢也夢不到舊家池館。這是上片。主要描摹目前情事。下片由眼下轉換、變化之芬菲，聯想故國（「舊家池館」）景況。謂此時，故國江南，應是青蕪一片，而且泥香蜜熟，恐怕招來無數斜燕亂蜂，致使繁紅都變；而暗咽戍笳及哀怨之邊角，更當令樓臺歌舞，早早罷休。——前者爲自然物象，其中「燕斜蜂亂」，也許另有比喻，不必指實；後者爲社會事相，則實有所指。最後返回當前，謂四面遥山，包括故國家山，正在烟霧迷濛當中，故不願將珠簾捲起。於是，其對於故國景況之感嘆即愁與憂，則盡在不言中矣。

《涉江詞》中，以上這類篇章，同樣並不甚少。諸如《拜星月慢》（片月流波）、《徵招》（人生不合吴城住）、《壽樓春》（尋荷亭追涼）、《過秦樓》（眼怯殘編）、《夢横塘》（過江胡馬）、《摸魚子》（已消凝、一秋凄楚）等等，或感嘆萬劫兵塵，或追念吴苑舊事，其有關故國家山之愁與憂，十分感人。此均爲不用斜陽（斜照）、夕陽而無不佳之篇章。

沈祖棻「誕育於清德雅望之家，受業於名宿大師之門，性韻温淑，才思清妙」⑧。小時既頗得乃祖歡心，與程千帆結婚，才女配才子，志同道合，婚姻生活則更加充滿詩情畫意。其所作《和玉谿生無題同千帆作》四首附程箋云：「一九三八年春，余承乏益陽龍洲師範學校講席，偶從學校圖書館假得《湘社集》與祖棻共讀之。《湘社集》者，晚清湘中名輩易順鼎、順豫，益陽王景峨、景崧，湘潭袁緒欽及先叔祖子大先生等肄業長沙經堂時結社唱和之作，由先叔祖編次爲書者也。中有諸老和玉谿生無題之作，余見愛之，既和數篇，因囑祖棻同作。既成，余自以所作不及若人，遂棄其稿。蓋學富雖遠遜趙德父，而才拙則略同之也。」——所謂「昔時趙李今程沈，總與吴興結勝緣」⑨，甚是令人欽羡。其後，雖「身歷世變，辛苦流離」⑩，而其情懷，包括「鬥茶打馬」意趣，仍然並無稍減。正如閒堂老人（程千帆）所説：「其爲人深於詩教，温柔敦厚，淑慎堅貞，篤於親，忠於友。」⑪因而，《涉江詞》中，所謂相思別離之情，既爲其篤於親、忠於友之體現，又爲其鍾於情之體現。

二　相思別離之情

《涉江詞》中，有關相思別離作品，部分與時勢相關，常以流離加遠別以倍添其相思之苦；部分則未必有關時勢，而側重於描摹相思別離景況及體驗相思別離感受。二者均頗能極其能事。

先說與時勢相關諸作。其例有《浣溪沙》四首：

簾幕重重護燭枝。碧闌干外雨如絲。輕衾小枕乍寒時。　弦譜相思鸞柱澀，夢愁遠別麝熏微。昨宵新病酒杯知。

夢外沈沈夜漸長。飄燈庭院雨絲涼。重帷自下鬱金堂。　燈有愁心猶費淚，香如人意故回腸。零星往事耐思量。

夢醒銀屏人未還。暮雲西隔幾重山。鏡中萬一損眉彎。　不分流離還遠別，卻因辛苦倍相關。嚴城清角正吹寒。

幾日清塵黯鏡鸞。猩屏輕颺藥爐烟。更無雁字到愁邊。　朔雪關山羌笛怨，新霜庭院井梧寒。捲簾人瘦晚風前。

詞作寫於一九三八年秋，初抵渝州（重慶）之時。程箋曰：「余時方爲小吏於西康省建廳以糊口，每往返康定、重慶之間，故祖棻有此念遠之作也。」詞作念遠，皆因時勢所造成。其一曰：「昨宵新病」，即於「輕衾小枕乍寒時」，突然牽動愁思（或相思之病）。這是念遠之總敘。接著分别敘説其具體情狀，爲分敘。或曰：黑夜漸長，雨絲飄涼。獨自對著燭光（燈火）與爐烟思量往事，感覺到，燭炬（燈光）也有愁心（芯），頗費燭淚，爐烟猶如愁思，蕩氣回腸。或曰：銀屏夢醒，清角吹寒。流離中遠别，辛苦加倍相關。未敢獨自對著鸞鏡，惟恐愁損眉彎。或曰：鸞鏡塵黯，雁字不到，關山已經積雪，庭院上了新霜。捲簾人獨自在晚風中，與黄花比瘦。總敘、分敘，至情流露，將其流離中之遠别寫得極其真切。

以上爲初抵渝州時因夫妻小别而作念遠詞，爲結合時勢，以流離説别情之範例。同時所作《玉樓春》（繡衾慵展金泥鳳）、《惜紅衣》（繡被春寒）及此後所作《瑞鶴仙》（前遊休更記）諸詞，屬於此類篇章。

再説部分未必有關時勢諸作。此類篇章，皆無題。而其對於相思别離景況與感受之描摹及體驗，則頗有心得。例如：「從别後，憶行蹤。孤帆潮落暮江空」（《鷓鴣天》「多病年來廢酒鍾」）；「此情不盡，終日倩流波，洗夢江頭。……餘清事，商量苦吟，静待歸舟」（《鳳凰臺上憶吹簫》「錦瑟生塵」）；「纔道這回，遣得愁心，又被兩眉留住」（《燕山亭》「花外殘寒」）；「除非魂夢暫相尋，昨宵夢裏猶回避」（《踏莎行》「淺語重參」）；「此情忍付他年憶，更自殷勤素弦」（《鷓鴣天》「極目行雲獨倚闌」）；「盡凄涼、背人對面，總羞落淚」（《解連環》「此情誰托」）；「芳訊幾回歸燕誤，驕嘶何日玉驄來。黄昏無緒一銜杯」（《浣溪沙》「飛絮濛濛點碧苔」）；「知道相忘情未許。昨宵夢裏分明遇」（《蝶戀花》「秋藕絲長蓮子苦」）等等。這是對於相思景況的描摹。又如：「莫將羅帶結鴛鴦。同心難更難」（《阮郎歸》「晚妝自向鏡中看」）；「目成未必心相許。經歲高樓江上住」（《玉樓春》「目成未必心相許」）；「怕輕烟薄靄，尋常化作行雲去」（《薄倖》「賸寒做雨」）；「人天縱有相思字，争奈心情换」（《探芳信》「玉爐畔」）；「縱前遊再續，回首清歡自遠」（《過秦樓》「小硯凝塵」）；「長恐後期能逢，芳意非故」（《瑞龍吟》「城南路」）；「閒愁都是舊時恩，新歡易作他年怨」（《踏莎行》「恨緒重抽」）；「那堪酒醒燈殘夜，獨向歌筵唤奈何」（《鷓鴣天》「刻骨相思自不磨」）；「相思未遣已先回，絮語難忘偏易記」（《玉樓春》「今生不作重逢計」）；「浮生自殊哀樂，想梅邊同夢應難」（《聲聲慢》「行雲無定」）；「枕障熏爐夢已虚。燭花猶記舊情無。沈吟怕道不如初」（《浣溪沙》「枕障熏爐夢已虚」）；「解道朱樓他夜憶，争如紅燭此時看。相逢無語況魚箋」（《浣溪沙》「費盡熏爐一炷烟」）；「蓮子有心終茹苦，柳條無限不吹綿。天涯風雨莫相憐」（《浣溪沙》「自悔新詞譜舊箋」）；「强别能拚難强忘，相疏未忍怕相憐。回腸千轉付無言」（《浣溪沙》「已悔多情損少年」）；「生怕深恩成薄怨。乍欲相疏，未别先腸斷」（《蝶戀花》「幾度相逢楊柳院」）；「夢裏依然情繾綣。一晌相憐，更勝分明見」（《蝶戀花》「夢裏依然情繾綣」）；「春夢秋雲容易散。天長地久情難斷」（《蝶戀花》「一夜輕寒還乍暖」）；「忍問香車何日遇。花陰又恐歡非故」（《蝶戀花》「望盡垂楊江上路」)等等。這是對於相思感受的體驗。總的看來,其對於相思别離景況之描摹,乃十分細緻,對於相思别離感受之體驗亦十分深刻,可見是一位當行作家。因而,惟其當行,所作也就十分出色。

例如《蝶戀花》四首:

日暮東風吹細雨。曲曲闌干,曲曲閒愁緒。刻意春前憐墮絮。浮萍自向天涯去。

謝盡紅榴消息阻。枝上流鶯,解得相思否。遮斷鈿車來往路。垂楊終是無情樹。

樓外平蕪連遠樹。樹外清江,江上嘶驄路。音信難憑魂夢阻。穿簾燕子空來去。

知道行雲無定所。日日闌干,凴到斜陽暮。已分相忘情恐誤。花陰月影思量處。

寂寂花陰心暗訴。曲徑回廊,長記相尋處。别後回腸千百度。紅樓永夜思量否。

隔雨飄燈朝復暮。未信無情,又怕關情誤。萬一重逢楊柳路。依前衹有閒言語。

落盡紅蓮凋碧樹。縱有芳期,未必無風雨。自諱從來相憶苦。但愁長日遲遲度。

恩怨無憑情易誤。刻意相疏,便抵相憐處。留取回腸君解否。花前衹當尋常遇。

詞作寫於一九四三年間,在成都。其一寫閒愁。謂東風日暮,細雨連綿。闌干曲曲彎彎，閒愁彎彎曲曲。有意憐惜飄墮柳絮，柳絮卻隨浮萍向天涯飛去。紅榴已經謝盡，消息仍然阻隔。流鶯不解相思，垂楊遮斷道路。其二寫憑闌遠望。謂樓外平蕪，連接遠樹。樹外清江，嘶驄歸路。音信難有憑藉，魂夢依舊受阻。祇有燕子，空自在簾幕間飛來飛去。從早上偎倚闌干，一直到紅日西斜。有意相忘，卻又在花陰月影下苦苦思量。其三寫暗戀心緒。謂曲徑回廊，記得當時相尋之處；漫漫長夜，是否還互相牽掛。不相信無情，卻害怕爲情所誤。萬一將來能够於楊柳路口重逢，會不會依舊祇說些無關緊要的話。其四寫恩怨無憑。謂縱然有機會重逢，也未必無有變故。深知相思相憶之苦，祇愁遲遲長日難度。恩恩怨怨，無有憑據。有意相疏，以抵相憐之處。將回腸思憶藏起（祇當尋常相遇），不知能否理會。

——四詞分寫四種情事，其對於相思別離景況之描摹及對於相思別離感受之體驗，乃各具姿態，各異其趣。但是，合而觀之，四詞似可構成一組聯章。其相思相憶過程，逐漸展開，内心活動，曲折婉轉。而且，其中並多癡情人語。諸如無端端埋怨流鶯無知，不解相思意；無端端惱怒垂楊無情，將鈿車之來往道路遮斷。又如明明相憶、相憐，都偏偏刻意相疏；明明盼望重逢，卻偏偏當作尋常相遇。等等。汪評曰：「數首俱在陽春、小晏之間。」恐著眼於一個癡字，即執著是也。

又有《蝶戀花》八首：

日影已高簾乍捲。相候紅闌，不比當初見。還趁輕風雙語燕。小園香徑閒行遍。

孤負芳時情繾綣。十載花前，漸覺羞人面。楊柳千絲牽緒亂。相逢無奈傷春晚。

羅帶同心和恨綰。柳葉風輕，未許雙眉展。惆悵人間芳夢短。柔情長逐遊絲轉。

別後相思君莫管。年少逢春，衹合開歡宴。分付飛花過別院。幽懷欲訴腸先斷。

誰說春來慵早起。曉日樓臺，珍重相逢地。休向東風空費淚。深盟淺約都無計。

不惜鏡中眉減翠。日日花前，長怕君憔悴。解得相思無限意。紅箋漫寫鴛鴦字。

閒逐尋香雙蛺蝶。柳陌桃蹊，趁取芬菲節。一寸春心花共發。東風吹展眉間結。

爲惜芳時歡易歇。初日簾櫳，看到深宵月。不盡柔情應細說。明朝風雨傷離別。

自悔無端芳約誤。覓影尋聲，不惜頻回顧。衆裏匆匆通一語。柔情未敢分明訴。

前日依依楊柳路。細雨斜風，獨到經行處。極目寒烟人已去。香車欲上猶凝佇。

暖日烘春江上路。細竹疏槐，新綠遮低語。一晌相看千萬緒。今朝更勝前朝遇。

欲遣回波流恨去。歡唾啼痕，多少難忘處。夢裏銷魂能幾度。夢回忍說銷魂誤。

寂寂垂簾私語細。小檻回廊，都是相思地。羞說春來無限意。眼波相覓還相避。

深院月高花影碎。壺箭頻催，欲住渾無計。樂事人間能有幾。而今先費他年淚。

淺夢難圓春易暮。幾度回腸，忍淚丁寧語。滿目芬菲君莫誤。千花百草憑憐取。心緒紛紜難細訴。强作無情，更比多情苦。風雨天涯愁去住。尊前暫惜今宵遇。

詞作寫於一九四三年間，在成都。大致叙説相候相遇情景。其一説相候，爲當前情事。謂：日影已高，簾幕乍捲。相候紅闌，行遍小園香徑。其二至四説別後相思，爲過去情事。謂：羅帶和恨綰，雙眉未許展。芳夢短，柔情長。欲訴幽懷，愁腸先斷。謂：早起登上樓臺，留戀相逢之地；無限相念相憶，寫作鴛鴦二字。謂：春心與花共發，東風吹展眉結；惟恐芳菲易歇，從早看到深宵。其五説別後翻悔，亦爲過去情事。謂：當時在衆人面前，未敢將柔情説明，前日到經行之處，獨自凝佇盼望。最後三篇，返回當前，説相遇。謂：一晌相看，思緒萬千。夢裏銷魂，難能幾度。夢醒不忍，説銷魂誤。謂：垂簾私語，相覓相避。人間樂事，又有幾度。謂：夢難圓，春易暮。風雨天涯，暫惜今宵。强作無情，更比多情苦。詞作描摹景況，體驗感受，均極其當行出色。汪評曰：「翻小山語，别成深致。」其「一生低首小山詞」（《望江南》），於此已可見蹤迹。

三　羈旅行役之感

沈祖棻自一九三六年金陵大學國學特别研究班畢業，於一九三七年「八一三」後，由南京避亂到屯溪，並於九月一日與千帆結褵逆旅。此後，經由安慶、武漢、長沙、益陽，而於一九三八年秋，抵達渝州（重慶）。不久，由渝州（重慶）至巴縣界石場，執教於邊疆學校。一九三九年秋，偕千帆由巴縣西上雅州（雅安）。一九四〇年四月，以腹中生瘤，自雅州（雅安）移成都割治。一九四〇年七月，返雅州（雅安）。一九四一年居樂山。一九四二年秋，應金陵大學之聘，由樂山移居成都。至一九四六年秋，出川歸武漢，方纔定居下來。十年流離，留下不少篇章，敘説羈旅行役之感。

有關篇章所寫，大多與故國家山之思及相思別離之情，交織在一起。即以江山、斜陽爲背景，以飛燕作爲自我寫照，以表現其憂患意識。例如《菩薩蠻》四首：

羅衣塵涴難頻換。鬢雲幾度臨風亂。何處繫征車。滿街烟柳斜。　危樓欹水上。杯酒愁相向。孤燭影成雙。驛庭秋夜長。

熏香繡閣垂羅帶。門前山色供眉黛。生小在江南。橫塘春水藍。　倉皇臨問道。茅店愁昏曉。歸夢趁寒潮。轉憐京國遥。

鈿蟬金鳳誰收拾。烟塵澒洞音書隔。回首望長安。暮雲山復山。　徘徊鸞鏡下。愁極眉難畫。何日得還鄉。倚樓空斷腸。

長安一夜西風近。玳梁雙燕棲難穩。愁憶舊簾鈎。夕陽何處樓。溪山清可語。且作從容住。珍重故人心。門前江水深。

詞作附小序曰：「丁丑（一九三七）之秋，倭禍既作，南京震動。避地屯溪，遂與千帆結縭逆旅。適印唐（蕭奚煢）先在，讓舍以居。驚魂少定，賦兹四闋。」避地屯溪，與千帆結縭逆旅。此爲其新生活之開始，亦爲其流亡生涯——羈旅行役之第一站。詞作記叙當時情景與心境。其一，直述其事。謂：滿街烟柳，無處可繫征車；秋夜驛庭，孤燭之影成雙。危樓倚靠水上，杯酒相對而愁。其二，回憶對比。謂：生小江南，看慣門前山色及横塘春水；而今卻倉皇臨道，於客舍茅店憂愁昏曉。夢魂趁著寒潮歸去，京國還是那麼遥遠。其三，承接一個「遥」字，進一步叙説羈旅中之故國家山之思。謂：烟塵迷茫，音書阻隔。近山遠山，重重疊疊，將京國長安遮擋。愁眉難畫，愁腸易斷，不知何日可以還鄉。其四，由思憶返回當前。謂：京國長安，西風飄摇；舊時樓臺，夕陽殘照。燕雖雙棲，棲未能穩。故人情深，溪山情切，衹好從容面對。

新婚燕爾，又愁又驚；玳梁雙燕，棲未能穩。此爲羈旅行役第一站之情景與心境，亦爲其所謂羈旅行役之感之具體體現。其後，經過不斷流離，「漸行漸遠」，其愁與驚之心境，逐漸轉變爲悲與哀，所謂羈旅行役之感也就更加深刻沉重。

例如《浣溪沙》十首：

一别巴山棹更西。漫憑江水問歸期。漸行漸遠向天涯。　詞賦招魂風雨夜，關山扶病亂離時。入秋心事絶凄其。

久病長愁損舊眉。低徊鸞鏡不成悲。小鬟多事話年時。　賸水殘山供悵望，舊歡新怨費沈思。更無雙淚爲君垂。

家近吴門飲馬橋。遠山如黛水如膏。妝樓零落鳳皇翹。　藥盞經年愁漸慣，吟箋遣病骨同銷。輕寒惻惻上簾腰。

庭院秋多夜轉賒。寒凝殘燭不成花。小窗風雨正交加。　客裏清尊惟有淚，枕邊歸夢久無家。斷腸更不爲年華。

雲鬢如蓬墮枕窩。病懷禁得幾銷磨。鈿盟釵約恐嗟跎。　刻意傷春花費淚，薄遊扶醉夜聽歌。清愁争得舊時多。

折盡長亭柳萬條。天涯吟鬢久飄颻。秋魂一片倩誰招。　沽酒更無釵可拔，論文猶有燭能燒。與君同度乍寒宵。

斷盡柔腸苦費詞。朱弦乍咽淚成絲。年來哀樂儻君知。　病枕愁回江上棹，秋風重檢舊家衣。見時辛苦況分離。

呵壁深悲問不應。蔓天一望碧無情。鬢絲眉萼各飄零。　心篆已灰猶有字，清歡化淚漸成冰。難將沈醉換長醒。

今日江南自可哀。不妨庾信費清才。吟邊萬感損風懷。　應有笙歌新第宅，可憐烟雨舊樓臺。謝堂雙燕莫歸來。

碧水朱橋記昔遊。而今換盡舊沙鷗。江南風景漸成秋。　故國青山頻入夢，江潭老柳自縈愁。强因斜照一登樓。

據《霜葉飛》（晚雲收雨）小序及程箋可知，《浣溪沙》十首當寫於一九三九年秋。時，結婚二週年，仍在流離當中。即：將由巴縣之界石場，溯江西上，擬暫住雅安，以避寇養病。所以，詞作開篇即云：「一別巴山棹更西」。從地域上看，此當爲其流亡生涯——羈旅行役之最遠一站。詞作記叙此行之情景與心境。其一爲總叙，謂其於亂離之時，扶病西行。以下分叙。其二至四謂：久病長愁，面對賸水殘山，已無淚可垂。藥盞醫不了病，吟箋難以遣愁。庭院秋多，殘燭凝寒。枕邊夢歸，久已無家。風雨小窗，祇有對著清尊落淚。其五至六謂：

雲鬢如蓬，病懷銷磨。鈿盟釵約，恐怕蹉跎。未能金釵沽酒，猶有燒燭論文，與君同度寒宵。其七至八謂：柔腸斷盡，朱弦乍咽。江上病愁，幸苦分離。鬢絲眉萼飄零，清歡化成淚水。希望沉醉，而不要長醒。九、十二首謂：風景成秋，江南可哀；謝堂雙燕，不忍歸來。又謂：故國青山，頻頻入夢；斜照登樓，悲愁縈懷。詞作所寫，「鉥心鏤骨，纏綿沈至」⑫，其於溯江西上所表現之悲與哀之具體感受，頗足移人。

第二節　表層意義及深層意義

上節已就《涉江詞》之題材、内容，試作粗略的歸類與分析。以下探討本文開篇所提出問題——表層意義及深層意義問題。即：通過對《涉江詞》所體現表層及深層兩個層面意義的區分與剖析，以期達致更加深入一步的理解。

探討這一問題，可以王國維《人間詞話》中的兩段話作爲參考。王氏曰：

「君王枉把平陳業，換得雷塘數畝田。」政治家之言也。「長陵亦是閒邱隴，異日誰知與仲多。」詩人之言也。政治家之眼，域於一人一事。詩人之眼，則通古今而觀之。詞人觀物，須用詩人之眼，不可用政治家之眼。故感事、懷古等作，當與壽詞同爲詞家所禁也。⑬

又曰：

「我瞻四方，蹙蹙靡所騁。」詩人之憂生也。「昨夜西風凋碧樹。獨上高樓，望盡天涯路」似之。「終日馳車走，不見所問津。」詩人之憂世也。「百草千花寒食路。香車繫在誰家樹」似之。⑭

一 域於一人一事與通古今而觀之

「域於一人一事」，即局限於特定之人與事。例如羅隱《煬帝陵》：「入郭登橋出郭船，紅樓日日柳年年。君王忍把平陳業，祇博（一作换）雷塘數畝田。」⑮詩篇悼煬帝（楊廣），謂其平陳大業不能久保，祇留下區區葬身之地——《隋書·煬帝紀》載，楊廣死後，宇文化及將之「葬吴公臺下」，「大唐平江南之後改葬雷塘」。論者指出：「此意自專弔煬帝一人之得失，不得移之於古今任何人也。」⑯此即「域於一人一事」之謂也。而「通古今而觀之」，即貫通古今，縱觀歷史。例如唐彦謙《仲山》：「千載遺蹤寄薜蘿，沛中鄉里舊山河。長陵亦是閒丘壟，異日誰知與仲多。」⑰詩篇歌詠劉邦昆仲事迹——或者隱居鄉里（仲山），或者葬身長陵，雖均有一定之所指，但其所表達觀感，謂長陵也不過是普普通通之丘壟而已，將來誰能知道究竟「孰與仲多」？卻不爲特定之人與事所局限。所以，論者指出：「憑弔一人，而古今無數人，無不可同此感慨，此之謂詩人造詩之偉大。」⑱此即「通古今而觀之」之謂也。

由此看《涉江詞》，其所謂表層意義和深層意義，當不難分别。但此分别，並非機械劃分，即僅僅依據是否「域於一人一事」以判斷其深與淺，尚須參照其觀感，看其能否通古今之變而後判斷其深與淺。

首先看歌詠時事以及部分與時事相關諸篇章。

此類篇章，由於基本上都有一定之所指，而且，有的還在詞題或詞作字面上，對其所指，進行明確標榜，因此，其表層意義，大多明白可見。除了上文所説《虞美人》（成都秋詞）五首、《減字木蘭花》（成渝紀聞）四首及《鷓鴣天》（青雀西飛第幾回）八首，尚有《鷓鴣天》（華西壩秋感）四首、《鷓鴣天》（華西壩春感）四首、《減字木蘭花》（聞巴黎光復）、《聲聲慢》（聞倭寇敗降有作）、《浣溪沙》（何處秋墳哭鬼雄）六首、《鷓鴣天》（極目江南日已斜）、《鷓鴣天》（驚見戈矛逼講筵）以及《謁金門》（丁亥六月一日，珞珈山紀事）等，均屬此例。

但是，也不可一概而論。有些篇章之所歌詠，雖有一定所指，其所托意，即其所表達觀感，有時卻不一定爲其所指所局限。例如《八聲甘州》（序略）：

記當時，烽映絳帷紅，弦歌雜軍聲。更壓城胡騎，速營戍角，難覓歸程。亂鴿隕星如雨，九死换餘生。征棹寒江夜，同賦飄零。腸斷十年消息，望湘雲楚水，空弔英靈。奈國殤歌罷，月黑晚楓青。賸憑高、欷歔酹酒，向遠天、揮淚告收京。傷心極，怕魂歸日，鞞鼓重聽。

詞作寫於一九四六年天中節後之第五日。在成都。時「寇平期年，而内争愈烈」，國家仍處於危難關頭。有長序，詳細介紹背景，並申明作意。上片所説，即序中之「十載偷生」，所謂「榛梗塞塗，苦辛備歷」之情景，下片弔英靈，表示對其門生葉萬敏英雄事迹之熱烈贊頌並對國家前途表示深切憂慮。其爲「一人一事」而作之意，即爲葉生一人慷慨投筆，改習警政，於湘中芷江之戰捐軀殉國事而作之意，固然十分明確，而其觀感卻不局限於此。因爲弔英靈，歌國殤，已經超越古今界限；湘雲楚水，黑月青楓，已不僅僅爲今代英雄而設。而且，所謂天中節，五月五日端午節，乃古代英雄屈原投江殉國之紀念日，也不能不令人感發聯想。這一些都説明，其托意已並非局限於「一人一事」。

又如一九四二年三月效遊仙詩其體所作之《浣溪沙》十首及其後所作之同調後遊仙詞三首，其小序稱，此乃因「近時聞見」而爲之，程箋也曾依據有關史實，一一詳加疏釋、印證，可知其所指也當十分明確。然而，其小序又稱，「每愛昔人遊仙之詩，旨隱辭微，若顯若晦」，所謂「賦家之心，苞括宇宙」⑲，則其托意又似乎並不受其一時之聞見所局限。即：於表層意義之外，可能另有「風人之旨」在。

其次看與當前政事（時事）無關之其餘篇章。

此類篇章，於《涉江詞》中占有相當大的份量。上文將其所寫内容歸納爲三個方面，此爲大體劃分，未必包括所有。此類篇章，大都與當前之大小政事無關，或未有直接關聯。用王國維的話講，當屬於以「詩人之眼」觀物，而非以「政治家之眼」觀物。大致説來，此類篇章之所托意，大多較爲深遠，不能衹看其表層意義。例如《曲遊春》（燕）：

歸路江南遠，對杏花庭院，多少思憶。盼到重來，卻香泥零落，舊巢難覓。一桁疏簾隔。倩誰問、紅樓消息。想畫梁、未許雙棲，空記去年相識。　此日。斜陽巷陌。念王謝風流，已非疇昔。轉眼芳菲，況鶯猜蝶妒，可憐春色。柳外烟凝碧。經行處、新愁如織。更古臺、飛盡紅英，晚風正急。

這首詞列於《浣溪沙》（芳草年年記勝遊）之後，當作於大學就讀時期。汪東曰：「方其肄業上庠，覃思多暇，摹繪景物，才情研妙，故其辭窈然以舒。」[20]又曰：「曩者，與尹默同居鑒齋。大壯、匪石往來視疾。之數君者，見必論詞，論詞必及祖棻。之數君者，皆不輕許人，獨於祖棻詠嘆贊譽如一口。於是友人素不爲詞者，亦競取傳鈔，詫爲未有。」[21]所指多數當爲這一時期作品，包括這首詠燕詞。就讀大學時期，其流亡生涯尚未開始，而國家民族的危機已經爆發。即這首詠燕詞及《浣溪沙》（芳草年年記勝遊）都在鼙鼓聲裏寫成，這是毫無疑義的。但這首詠燕詞和《浣溪沙》（芳草年年記勝遊）一樣，其所托意，都不域於當前事變（「九一八」事變）之有關人和事，這當也是不可否定的。這首詞詠燕，上片泛説，謂盼望歸來，歸時卻令人失望——「香泥零落，舊巢難覓」；下片專叙，説失望原因——「王謝風流，已非疇昔」。所寫不僅屬於一種客觀物象——雙燕歸來，尋覓舊巢，而且與事相，即社會人事變化相關。但此事相，既包括王謝當時之社會人事變化，又包括作者當時及今後可能發生之社會人事變化。古與今的界限已經貫通。全篇詠燕，以燕自喻。既善以敏鋭體察摹繪其輕靈形態，又善以深沉思考發掘其重厚神理㉒。因此，對於這首詠燕詞，必當以「詩人之眼」觀之，纔能領悟其深層意義。我想，當時詞界前輩汪東、沈尹默以及喬大壯、陳匪石等對於祖棻之所詠嘆及贊譽，其著眼點應當也在於此。至於同一時期所作之《曲玉管》，藉寒蟬抒寫其身世之感，所謂「枯枝尚嘆棲難定」，「上林衹讓寒鴉影」，「暗想當時，任嘶遍故家喬木，卻憐幾度風霜，而今獨抱淒清。感飄零」，其形態及神理，同樣代表作者獨特的體察及思考。因而，也當作如是觀。

又，外集所錄《蝶戀花》十二首，說相思別離之情。其對於各種景況及感受之描摹與體驗，既已十分細緻、深刻，在此基礎上，進而對於「天長地久情難斷」這一千古不變定律的揭示，也就更加顯示其深遠程度。這當也是以「詩人之眼」觀物的例證。

二　憂生與憂世

憂生與憂世，似不宜截然分開，但因其所憂患之內容不同，二者又有所區別。「我瞻四方，蹙蹙靡所騁。」這是《詩經·小雅·節南山》第七章詩句，「言駕四牡而四牡項領，可以騁矣。而視四方則皆昏亂，蹙蹙然無可往之所，亦將何所騁哉」㉓。意即：望盡天涯路，卻無有可以讓詩人安身立命之處所。此即所謂「詩人之憂生」也。王國維以爲，晏殊《鵲踏枝》（昨夜西風凋碧樹）似之。而憂世則不盡相同。陶淵明《飲酒》詩，借酒以發泄不滿現實的情緒。「終日馳車走，不見所問津。」這是《飲酒》詩之第二十首。對於不重詩書、不重禮樂，「六籍無一親」，忽視教化而導致「舉世少復真」之世態極爲不滿。此即所謂「詩人之憂世」也。王國維以爲，馮延巳《鵲踏枝》（幾日行雲何處去）似之。

憂生與憂世，這是中國詩歌言情、述志傳統的一種表現形式。二者既不宜截然分開，又往往有所側重或區別。不同作家、不同作品，均有不同表現。

大致説來，《涉江詞》中，所有歌詠時事及部分與時事相關諸篇章，其所體現憂世意識，大多較爲明顯，而其餘篇章，於表層意義外，往往另有深層意義在，必須細加剖析。

首先看歌詠時事及部分與時事相關諸篇章。

此類篇章之所謂憂世意識，大多藉助對當前大小政事的歌詠，包括揭露、批判或發表觀感等形式而加以體現。有關政事，既包括國家民族存亡生死之大事，又包括學校周圍紛紛擾擾之人事。其憂世意識，一般表現得十分濃重。

例如《減字木蘭花》（聞巴黎光復）：

秦淮舊月。十載花都夢歇。枝上年年啼宇血。還我山河，故國重聞馬賽歌。

空城流水咽。何日東歸。父老中原望羽旗。

程箋曰:「一九四四年八月二十五日,聯軍解放巴黎。」詞作所歌詠,當指此事。上片説他邦,謂花都(巴黎)年年,枝上(杜鵑)啼血,今則重聞馬賽歌聲,因山河已還我。下片説我邦,謂空城歲歲,流水嗚咽,父老依舊,盼望中原羽旗,因失土未收回。汪評曰:「兩兩對照,不堪凄咽。」此所凄咽者,即爲對於國家民族前途命運所有之憂思,亦即其憂世意識。這是明顯可見的。

又如《一萼紅》:

亂笳鳴。嘆衡陽去雁,驚認晚烽明。伊洛愁新,瀟湘淚滿,孤戍還是失嚴城。忍凝想、殘旗折戟,踐巷陌、胡騎自縱横。浴血雄心,斷腸芳字,相見來生。　　誰信錦官歡事,遍燈街酒市,翠蓋朱纓。銀幕清歌,紅氍艷舞,深似當年承平。幾曾念、平蕪盡處,夕陽外、猶有楚山青。欲待悲吟國殤,古調難賡。

詞作寫於一九四四年八月,在成都。有序稱:「甲申八月,倭寇陷衡陽。守土將士誓以身殉,有來生再見之語。」上片即寫此事。下片因「誰信」换頭,突然發起别意,即轉説錦官歡事，以與上片所寫戰事相對照，最後再回到國殤這一主題上面來。謂成都當時，仍舊清歌艷舞，已不顧夕陽外之故國山河；其濃重之憂世意識，同樣明顯可見。

其次看與當前政事（時事）無關之其餘篇章。

此類篇章，與當前政事（時事）無關，而與當前時勢（時局）有一定牽連。因其往往於時勢（時局）之外，對於其他問題，尤其是人生問題，多所思考，其所表現的憂患的內容，往往超出於時勢（時局）之外。

例如《浣溪沙》十首：

院静廊深日影斜。陰陰庭樹欲棲鴉。金爐獸炭晚頻加。　舊夢難忘心似絮，新書乍展眼生花。茶烟藥裹送年華。

枉説收京換漢旗。江南返棹尚遲遲。小窗開到臘梅枝。　故侣殷勤留遠客，家書鄭重勸東歸。日長病枕費沈思。

十載青春付亂離。倦遊人尚滯天涯。朱顔暗换鏡鸞知。　殘緑愁蛾羞石黛，淡黄病頰費胭脂。曉妝無力倚帷時。

虎阜横塘數夕晨。年年歸夢繞吴門。客衫應許浣征塵。　舊賞湖山空待我，新陰挑李故留人。昇平還負故園春。

照眼晴暉到枕窩。褰帷乍喜曉風和。清遊俊約總蹉跎。小坐强誇新病校，閒眠難遣舊愁多。江樓何日得重過。

薑篋塵封久倦開。寒衣檢點怯重裁。銅鋪長日掩青苔。神爽偶因新睡足，病瘥還喜故人來。經年止酒一銜杯。

伏案閒行兩不支。新來絳帳怕論詩。捲書欹枕惜芳時。遍檢神方難卻病，尋思好計不如歸。遥天月冷雁南飛。

碧瓦凝寒夜有霜。人天萬感正茫茫。無端月影上回廊。輕夢每邀愁作伴，苦吟偏與病相妨，寒衾何計遣更長。

小几瓶梅漾冷香。幽階溥露咽啼螿。沈沈雙析隔重牆。侵被寒因多病覺，挑燈夜爲不眠長。避愁新計是相忘。

寂寂重簾下玉鈎。蠹編塵硯已全收。熏籠藥盞小茶甌。載酒人來休問字，扶鬟客久怯登樓。相期病起作春遊。

詞作寫於一九四五年秋，在成都。主要寫憂思。謂舊夢難忘，新書慵展，終日在茶烟藥裹中過生涯。從表層意義上看，所謂「枉説收京換漢旗，江南返棹尚遲遲」，其所憂患似乎乃在於當時的時勢（時局），即其憂世意識似乎十分突出。但是，就其所憂患的具體内容看，卻不盡然。諸如：十載青春，在亂離中逝去；所謂「昇平」，仍然辜負故園春色；閒眠愁多，不知何日重上江樓；寒衣怯裁，人天萬感，寒衾抵擋不了漫漫長夜；避愁無計，祇有「相忘」二字；休來問字，希望病起之後可作春遊。等等。其所憂思，即愁，儘管集中在一個「歸」字上，這是與時勢（時局）密切相關的，但其所憂患的，卻往往超出於「歸」字之外。所謂「人天萬感」，分明已進入對於人生問題的思考，諸如新病、舊愁等問題。可見，詞作所憂患的内容，乃不止時勢（時局）這一層。

又如《雙雙燕》：

海天倦羽，又苔井泥香，柳花如灑。紅英落盡，忍憶故臺芳榭。深巷斜陽欲下。更莫説、當時王謝。尋常百姓人家，一例空梁殘瓦。　聊借。風簷絮話。甚信息沈沈，繡簾慵掛。移巢難穩，是處雨昏寒乍。無奈鄉愁苦惹。枉盼斷、年年春社。朱户有日雙歸，卻恐歲華遲也。

詞作寫於一九四〇年秋，在成都。附有小序云：「白匋寄示新製燕詞，謂有華屋山邱之感,依調奉和。」依調,即依韻,指用與原作同一韻部的字爲韻腳,而非步韻。白匋,即吴徵鑄。江蘇儀徵人。金陵大學中文系畢業。時,同客成都。白匋原作所謂「華屋山邱」之感,一種濃重的憂世意識,這是顯而易見的。即:以飛燕爲見證,展現華屋之頹廢爲山邱的歷史事實,並證之以當前社會人事,諸如「歌休舞罷」以及「少婦愁新」等等,從而表現其對於人世間這種變故的憂慮。這是與時勢(時局)密切關聯的。但是,子苾奉和之作,則有所不同。上片説,燕子歸來,於斜陽深巷,欲下未下。因此時,不僅王謝華堂已淪爲尋常百姓之家,不堪言説,而且,原有之尋常百姓家,更是一片空梁殘瓦,不堪目睹。這是作者憂世意識的表現,也是對於原作的應和。而下片説「絮話」,借助雙燕在風簷間的對話,以發泄牢騷,叙説憂慮,此雙燕已不僅僅是歷史的見證,而且成爲作者的代言人。此時之燕與人(物與我),幾乎已完全融合爲一。這是對於原作的進一步深化與提高。即:和作既對於古今所謂華屋邱山變化表示憂慮,又對於當前因爲「是處雨昏寒乍」而移巢難穩」以及今後——「有日雙歸」,而歲華已遲,表示憂慮。二者相比,和作不僅將原作所憂慮的範圍擴大,即由淪爲尋常百姓家之王謝華堂,推廣及王謝華堂以外之一般百姓家,而且並在這一基礎之上,進而叙説其生的憂慮。可見其於表層憂世意識之外,乃有更深一層的憂生意識在。

以上借用王國維的兩段話,對於全部《涉江詞》,包括歌詠時事、與時事相關諸篇章,以及與時事無關諸篇章之表層意義及深層意義，進行初步的區分與剖析，至此，可以得出如下結論：（一）就《涉江詞》所體現的意識——憂生意識與憂世意識看，其所有興象——物象與事相，如果以「江山」、「斜陽」、「飛燕」加以概括，那麽，《涉江詞》之如何體現憂生憂世意識，當可作如此描述。即：「江山」、「斜陽」爲背景，爲人生舞臺，而以「飛燕」爲寄托；不僅見證歷史，而且見證人生。《涉江詞》之兩個層面的意義——表層意義與深層意義，必須同時顧及。（二）《涉江詞》中，雖多歌詠時事或與時事相關諸篇章，所謂「文章合爲時而著，歌詩合爲事而作」㉔，「爲時」、「爲事」，固然大爲增添其「詩史」價值，但作者畢竟不是政治家，而是一位篤於親、忠於友、鍾於情的詩人，因此，其所提供的東西，當遠遠不止於此。對於《涉江詞》，同樣不宜以政治家之眼觀之，而宜以詩人之眼觀之。這是我讀《涉江詞》的總觀感。

第三節　《涉江詞》淵源

沈祖棻《涉江詞》的淵源，包括思想與詞學兩個方面。這是與特定歷史背景、社會環境以及個人資質、個人學養和師友切磋等因素密切相關的。探尋其淵源，不能離開這幾個方面。

一　關於思想淵源

祖棻出生於清朝末年，國家、民族已處於衰微階段。此後入大學，因日寇進迫，國家、民族之危難更爲加深加重。大學研究班畢業，即開始其流亡生涯。十年離亂，逃避西蜀，盡歷艱辛。抗戰勝利歸武漢，雖得定居，而「新烽又起」（《減字木蘭花》「悲歌痛飲」），國家、民族仍處於危難之中。祖棻自幼就有良好家庭教育，接受古典詩文熏陶。受業汪東門下，既以非凡詞才獲賞識，又得到民族大義之教誨。國難當頭，「常自恨未能執干戈，衛社稷」（《八聲甘州》「記當時、烽映絳帷紅」小序）。這當爲其思想之近源。但就遠源看，《涉江詞》之思想似當追溯至屈原。這是可以具體作品加以證實的。

例如《曲玉管》（寒蟬）：

冷露移盤，西風掃葉，枯枝尚嘆難定。欲把濃愁低訴，還咽殘聲，此時情。　倦戀柯條，羞尋冠珥，上林祇讓寒鴉影。冉冉斜陽，鏡裏雙鬟妝成，爲誰輕。　暗想當時，任嘶遍故家喬木，卻憐幾度風霜，而今獨抱淒清。感飄零。問知音誰在，不見悲吟楚客，更知何日，萬縷垂楊，響答江城。

詞作寫於大學就讀期間。三段。如將第二段之「鏡裏」二字歸上句，即成爲雙拽頭。詠寒蟬。一、二段詠物形，描摹其淒清狀態。謂西風來臨，落葉掃盡，剩下枯枝，難以棲身。殘聲幽咽，欲訴濃愁；雙鬢輕輕，不知爲誰而設。三段詠物理，敘説其飄零之感。謂淒清獨抱，無有知音；不見悲吟楚客，也不知將來前景如何。詠物明志，並且追尋到悲吟楚客那裏去，以爲同一懷抱，真正知音。可見其對於屈原之嚮往程度。

又如一九四六年天中節（端午節）後五日所作《八聲甘州》（記當時、烽映絳幃紅）之歌詠國殤，不僅是對於今代英雄的憑弔，而且也是對於古代英雄的懷念。其對於屈原之景仰之情，則更加熱烈、誠摯。這一些都可見其思想——憂生、憂世意識淵源之所自。

至於所寫詩詞之以「涉江」名集，而且，集中歌詠時事諸篇章，多用美人香草作比，則明顯帶著效法意義。即：以屈原爲榜樣，進行詩詞創作。這是因其所具民族大義所決定的，同樣可作爲其思想來源於屈原之明證。

當然，《涉江詞》思想還有其他來源，諸如杜甫之憂國憂時，白居易之「爲時」、「爲事」，劉禹錫之斜陽、飛燕，李商隱之人生哀感，以及李清照之閒愁、怨恨，辛棄疾之江山、危欄。等等。這一些，大多在《涉江詞》中有所體現。但是，歸根結底，其思想還是來源於屈原。

二　關於詞學淵源

祖棻詞學，出自寄庵汪東。這是毫無疑問的。其爲汪東所激賞之詞課習作《浣溪沙》（芳草年年記勝遊），既已爲其成名之作，又爲其一生治詞打好路標，爲全部《涉江詞》定下基調。所以，祖棻手定《涉江詞》，將其列於卷首，「以明淵源所自」（程箋），這是很有意義的。但是，與其思想淵源一樣，乃師汪東之影響，僅僅是近源；而其遠源，我看應追溯至晏幾道。這同樣也是可以具體作品加以證實的。例如《涉江詞》丙稿所載《望江南》（題樂府補亡）云：

> 情不盡，愁緒繭抽絲。別有傷心人未會，一生低首小山詞。惆悵不同時。

詞作寫於一九四五年間，在成都。這是其多年探索所得出的結論。即以爲：小山詞乃其終生追求的目標。就詞作看，其所謂目標，主要在一個「情」字上。這是作爲古今傷心人所特有的情。而就小山看，其所謂情，又是體現在一個「癡」字上。黄庭堅論小山，謂：「固人英也，其癡亦自絶人」。即：「仕宦連蹇，而不能一傍貴人之門，是一癡也；論文自有體，不肯一作新進士語，此又一癡也；費資千百萬，家人寒飢而面有孺子之色，此又一癡也；人百負之而不恨，己信人終不疑其欺己，此又一癡也。」㉕相信祖棻當亦著眼於此。這是由其篤於親、忠於友、鍾於情之稟性所決定的。所以，其爲人、爲詞，都將小山引爲知己，並曾戲云：「情願給晏叔原當丫頭。」㉖這是完全可以理解的。

再看具體事證。《涉江詞》中，效法小山詞作，並不甚少。但是，祖棻之效法小山，並非祇是停留在「用小山語」、「翻小山語」之層面上，而主要效法其句法，即叙述方法。這是一種以賦爲詞的嘗試，以前詞中甚少有之。黄庭堅稱之爲「詩人之句法」㉗。例如小山《鷓鴣天》：

彩袖殷勤捧玉鍾。當年拚卻醉顔紅。舞低楊柳樓心月，歌盡桃花扇底風。從別後，憶相逢。幾回魂夢與君同。今宵賸把銀釭照，猶恐相逢是夢中。

這首詞説今宵情事，謂害怕相逢事假，特地把銀釭來照，希望並非在夢中。這是別後重逢。而「從別後，憶相逢」，卻從別後追述到當年之如何相逢。通過時間推移，將過去、現在之情事，亦即相逢、相別、重逢之全過程，鋪排展示出來。這就是賦的叙述方法——竪叙法，在詞中的運用。

祖棻《鷓鴣天》（寄千帆嘉州，時聞擬買舟東下）：

多病年來廢酒鍾。春愁離恨自重重。門前芳草連天碧，枕上花枝閒淚紅。從別後，憶行蹤。孤帆潮落暮江空。夢魂欲化行雲去，知泊巫山第幾峰。

詞作寫於一九四一年春，在雅安。因獲知千帆可能應邀由樂山東下重慶謀職，故有此作。上片説年來小別，已是怨恨重重，這是現在情事；下片説即將遠别，其夢魂將化爲行雲，相伴而去，這是將來情事。其中，「從別後，憶行蹤」，由現在推及將來，與小山同一句法（豎叙法）。祇不過是，一個往後看一個往前看而已。因而，二者同樣表現出一種執著癡迷之情，亦即「清壯頓挫，能動摇人心」（黄庭堅語）之情。這當是有意效法的結果。

當然，就《涉江詞》的全部創作情况看，祖棻治詞乃經歷過一段多方探索、多方師承的過程，而後達致小山的境界。這與周濟所揭示的途徑「問途碧山，歷夢窗、稼軒，以還清真之渾化」㉘，既有相同之處，又有所變化。

大致説來，大學求讀階段，包括初到渝州（重慶）之時，可看作是祖棻治詞的問途階段。汪東序《涉江詞稿》稱祖棻詞「三變」中之第一個階段，即屬於問途階段；而「三變」中之第二階段，部分也包括在問途階段内。這一階段，甚多效法南宋諸家，尤其是效法碧山諸篇章，即甚多詠物及以比興方法言事、言情諸篇章。這大概與碧山詞之所謂「詠物最爭托意」或「言近旨遠」㉙諸特色有關。而祖棻之效法，既有所因承，又有所變革，並非衹是順著舊道走。效法過程，亦即探索過程，充分體現其非凡的創造能力。

例如《摸魚子》（送春）二首：

透重簾、晚來風急，繁香零落如許。夕陽容易黃昏近，何況斷雲吹雨。流景暮。便賸水殘山，千萬留春住。閒愁忍訴。甚密綴朱幡，遍生芳草，不阻去時路。長堤上，多少江南舊樹。而今空惹離緒。飛紅點點相思淚，惟有杜鵑聲苦。腸斷處。嘆亂蝶狂蜂，竟作園林主。憑欄自語。儘分付江梅，丁寧社燕，後約莫相誤。

過清明、幾番晴雨，還愁寒滯風驟。秋千拆了芳時換，容易綠新紅舊。苔似繡。便密繫金鈴，不是尋常有。雖愁暗逗。莫囀夢流鶯，棲香粉蝶，未解鎮相守。東風老，漫記熏梅染柳。殘鵑空自啼瘦。飛花過盡簾櫳靜，無奈翠陰長晝。春去後。渺芳信天涯，休問來時候。詞箋譜就。念歸燕空林，題紅遠水，能寄此情否。

詞作寫於一九四一年間，在雅安。合題「送春」，但所寫仍有所側重。即：前者主要說留春不住所產生之閒愁，後者說春歸以後所產生之離緒。屬於自然現象，並兼及社會人事。社會人事中，除閒愁、離緒外，可能另有寓意。汪東評曰：「比興之體，最近碧山。」當頗爲注重於此。這是對於碧山的因承或效法，亦即其相合之處。但是，如果與碧山之同調送春詞《摸魚兒》（洗芳林、夜來風雨）對讀，那麽，將不難發現，祖棻並非衹求與碧山合，而是於合中求異，以爲進一步變革與提高。因爲碧山所作，衹是圍繞一個春字，叙説其留戀之情，其中所涉及之社會人事（姑蘇臺及美女西施），雖亦可見其古今興亡之感，但仍覺過於平淡，缺乏撼人心魂之力量。亦即「風骨稍低」㉚。祖棻問途於彼，著重在内容上加以增添，以加强其「風骨」。即：同樣爲風雨送春歸，同樣惜春、留春，而祖棻即更進一步。謂：留春不住，令得長堤上之江南舊樹，空惹離緒，令得杜鵑之啼聲，一聲聲最苦。而今，園林已换了主人，衹能寄希望於「後約」。謂：春歸以後，流鶯與粉蝶，根本不理解「鎮相守」之意。東風空老，殘鵑啼瘦，天涯芳信杳杳。縱使譜就詞箋，也不知道能不能隨著流水，傳到伊行。凡此種種，使得因送春而生之閒愁與離緒，顯得更加豐富多彩，更加帶有社會現實依據，因而也更加富有感人力量。這就是對於碧山的變革與提高。

問途階段，包括其後所作若干效法南宋諸家篇章，大多體現其變革精神。例如《曲遊春》（燕），所謂輕靈其形，重厚其神，已爲碧山、玉田所未能及（參見汪評）；《雙雙燕》（海天倦羽），以典雅補纖巧，高出梅溪一籌（參見汪評）；《探芳信》（玉爐畔）之所謂「清於梅溪，厚於玉田」(汪評),也是對於前人的提高。等等。說明祖棻已有本領,可依循前人所指示的門徑,達到清真之渾化境界。但是,祖棻並未依循這條道路走下去,而是通過自己的實驗,另行選擇,另闢新境。這就是入門之後的重新探索階段。這一階段與問途階段,並未有明確界限。即:在問途過程中,已開始新的探索;在探索過程,仍然繼續問途。因此,這一階段,應從大學國學特別研究班畢業算起,一直到定居武漢爲止。汪東所說「三變」中之第二、第三階段,當包括在這一探索階段内。

在重新探索階段,祖棻的努力,主要在於廣泛的實驗,以尋取適合於自己的目標。這階段,除了效法南宋諸家,並對其進行變革與提高之外,曾效法少游、易安以及柳、周諸家。而其中,對於周邦彦之探索,則尤爲用力。《涉江詞》中,有意追步清真的篇章,大多從章法、句法以及其家法(或家數)入手。這就是所謂「清真長技」㉛。例如《拜星月慢》:

柳度鶯簧,花圍蝶夢,尚覺銀屏春淺。曲檻回廊,是江南庭院。踏青罷,永日描花愛學新樣,刺繡愁拈殘綫。刻意妝成,便熏香都懶。 好湖山、看舞聽歌慣。金杯灧、照席珠燈爛。幾度酌綺酌羅,乍輕寒輕暖。又誰知一夕經離亂。狂烽起、事與流烟散。賸過雁、得到横塘,早西風世换。

詞作寫於一九四一年間，在成都。上片説踏青歸來心緒，下片説産生此心緒之原因。是一首有關時勢（時局）的詞章。並非次韻或依韻，但嚴格按照周律譜寫。即：除了依循「宋初體」基本結構模式——上片佈景、下片説情模式進行謀篇以外，在句法上也多所講究。諸如起拍之以一六言句托上兩個四言對句，「永日」二句之以一二言句領下兩個六言對句，换頭二拍兩個八言句構成一組並列對句，上下四個五言句皆用上一下四句式並且前兩個五言句皆爲「仄平平平仄」格式。等等。所以汪東稱贊其「謀章酌句，純是清真。」

又如《解連環》（和清真）：

此情誰托。嗟山河咫尺，兩心悠邈。便也擬、低訴深悲，奈新雁渺茫，晚風輕薄。月冷西樓，自消受、一懷離索。嘆相思幾日，病骨暗銷，懶檢靈藥。　當時贈君蕙若。記花開陌上，春在闌角。待細理、緗帙芸籤，賸零夢殘歡，祇道忘卻。偶拂塵鸞，甚未展、雙眉愁萼。盡凄涼、背人對面，總羞淚落。

詞作寫於一九四四年間，在成都。上片嗟嘆當前因相思而致病之具體情狀，下片回想當時，既用一「記」字勾起往事，又用一「待」字將一切勾銷，最後回到當前狀態當中來。構成「現在——過去——將來」之模式。這一模式，猶如無法解開的玉連環一般，其所表現相思之情，一樣難解難分。與周邦彥《解連環》之所謂「句(鈎)勒提掇」㉜，同一機杼。這就是清真長技(或家數)。

祖棻追步清真，不僅注重其聲音與形貌，而且注重其情調與神理。如循此而進，必欲進入其渾化之境，當不困難。但祖棻並未停步於此，而是繼續朝著其終生所追求的目標前進。

將晏小山作爲一生治詞之最終目標，這是在重新探索階段所確定的。有關祖棻之詞學淵源及治詞門徑，如果套用周濟的話語，我看可作如下描述。即：問途碧山，歷經易安、少游以及柳、周之輩，以達小山醇真之境。同樣，這一醇真之境，也是在重新探索階段中達到的。而汪東所説「三變」中之第二、三階段，《涉江詞》所呈現之「沈咽而多風」以及「澹而彌哀」諸特色，當也是這一醇真之境的一種表現形式。

《涉江詞》中，不僅上文所列《鷓鴣天》(多病年來廢酒鍾)以及汪評《蝶戀花》(日暮東風吹細雨)四首和《鷓鴣天》(離合雲蹤意轉迷)四首，可爲效法小山、達致醇真之境之明證，而且集中另外一些篇章，包括大量有關相思別離諸篇，也都得力於小山。至於爲全集定下基調之《浣溪沙》(芳草年年記勝遊)，雖寫作於嘗試、探索之初，但卻在許多方面，尤其在詞境方面，與作者今後的追求是一致的。這就是説，集中有關這類篇章，同樣爲其效法小山、達致醇真之境的一個組成部分。因此，將小山及小山詞看作《涉江詞》的遠源及追求目標，是有充分依據的。對此，論者或有不同看法。如以爲，從所處社會環境看，所謂江山、斜陽，與辛棄疾之「休去倚危欄，斜陽正在、烟柳斷腸處」，頗有某些相似之處；又以爲，從個人才華和遭遇看，子苾就是當代李易安。等等。這當是有一定道理的。但是，如將上文所說有關《涉江詞》淵源之多種因素——特定歷史背景、社會環境以及個人資質、個人學養和師友切磋諸因素，聯繫在一起進行綜合考察，即可發現，以稼軒或易安比子苾，並不妥當。

首先，就個人稟性及經歷看，子苾與稼軒、易安均有不同。稼軒帶過兵，想做大官，發揮大作用，乃人中之龍；易安無論爲人或爲詞，皆欲壓倒鬚眉，亦古之女强人也。而子苾，既未曾設想過「黄金腰下印，大如斗」（辛棄疾《一叢花》），又未曾有「生當爲人傑，死亦爲鬼雄」[33]之感慨。子苾祇是子苾也。一生顛沛流離，到晚年，稍得安定，又「奉命自願退休」。但爲此所作之《優詔》，出語仍甚温厚（見程箋）。這與稼軒頗爲不同。至其「四十年文章知己、患難夫妻」（〈千帆沙洋來書，有四十年文章知己、患難夫妻，未能共渡晚年之嘆，感賦〉），則與德父、易安，既有共通之處，又有所不同。

其次，就詞作内容看，《涉江詞》中雖有若干類似稼軒呼唤恢復之「抗戰詞」，又有若干頗得「漱玉遺韻」之斷腸句，但更多的還是小山一類癡情語。這是稼軒、易安所不能比的。

再次，就情懷看，其所謂「潑茗添香，猶有蠹書堪賭」（〈瑞鶴仙〉（珞珈山閒居示千帆））之興致，至老仍未稍減，這也是稼軒、易安所不能比的。

因此，在本文正式動筆之前，我曾奉函程千帆教授，報告學習心得。謂：「日内正研讀《涉江詞》，初步有些體會。以爲讀『涉江』，衹是到幼安、到易安，仍未知子苾也；必須到小山，纔能領悟其詞心。」程教授即賜函相勉，曰：「尊論亡室詞，真能抉其微旨淵源，欽佩之至。」因努力撰成此文，並將有關兩段話，轉録於此，以爲總結。

丙子小暑前四日於濠上之赤豹書屋

注釋：

① 参見程千帆《涉江詞稿跋》。據《沈祖棻詩詞集》頁一九三。江蘇古籍出版社，一九九四年。

② 《漫談〈小山詞〉用成句及其他》，據一九八一年七月二十一日北京《光明日報》。

③ 《蘇軾詩集》卷十三。王文誥輯注本。

④ 《人間詞話》删稿第三七則。拙著《人間詞話譯注》卷二。廣西教育出版社，一九九〇年。

⑤ 見黄裳《涉江詞》。沈祖棻《涉江詞》附録。湖南人民出版社，一九八二年。

⑥ 閒堂《沈祖棻小傳》。《沈祖棻創作選集》。人民文學出版社，一九八五年。

⑦陳聲聰《讀詞枝語》。《填詞説略及詞論四篇》。廣東人民出版社，一九八六年。
⑧程千帆《沈祖棻詩詞集·總目叙録》。
⑨沈尹默《寄庵出示涉江詞稿，囑爲題句，因書絶句五首奉正》之五。《沈祖棻詩詞集》卷首諸家題詠。
⑩同注⑧。
⑪閒堂《涉江詩稿跋》。《沈祖棻詩詞集》頁三三〇。
⑫同注⑦。
⑬《人間詞話》删稿第三七則。《人間詞話譯注》卷二。
⑭《人間詞話》本編第二五則。《人間詞話譯注》卷一。
⑮《全唐詩》卷六百五十七。
⑯許文雨《人間詞話講疏》卷下。成都古籍書店，一九八三年。
⑰《全唐詩》卷六百七十二。
⑱同注⑯。
⑲司馬相如語。見《答盛擥問作賦》。《司馬相如集校注》附録。上海古籍出版社，一九九三年。
⑳《涉江詞稿序》。《涉江詞稿》卷首。
㉑同注⑳。

㉒汪評曰：「碧山無此輕靈，玉田無此重厚。」説可參。
㉓朱熹語。見《詩集傳》卷十一。中華書局上海編輯所，一九八五年。
㉔白居易《與元九書》。《白氏長慶集》卷第四十五。《四部叢刊》本。
㉕《小山詞序》。《彊村叢書》本。
㉖《望江南》(題樂府補亡)程箋。《涉江詞稿》丁稿。
㉗同注㉕。
㉘周濟《宋四家詞選序論》。《宋四家詞選》。古典文學出版社，一九五八年。
㉙周濟謂：「詠物最争托意，隸事處以意貫串，渾化無痕，碧山勝場也。」並謂：「碧山饜心切理，言近旨遠，聲容調度，一一可循。」(《宋四家詞選》)
㉚陳廷焯評碧山《摸魚兒》語。《白雨齋詞話》卷二。人民文學出版社，一九五九年。
㉛周濟評周邦彦《浪淘沙慢》(「晚陰晴」)語。《宋四家詞選》。
㉜詳參拙文《清真詞的鈎勒手法》(詞法釋例續三)。載一九九〇年十月十九日香港《大公報》藝林副刊。
㉝李清照《絶句》：「生當爲人傑，死亦爲鬼雄。至今思項羽，不肯過江東。」《歷朝名媛詩詞》卷七。

第七章　饒宗頤

——今代詞手殿軍

第一節　饒宗頤一家之學與文史百科之學

饒宗頤學藝兼修，是當代一位百科全書式的人物。在學與藝兩個方面，既廣泛涉獵，又都能够躍居前列位置。饒宗頤所做學問，據《饒宗頤二十世紀學術文集》所收録，大致包括史溯、甲骨、簡帛學、經術、禮樂、宗教學、史學、中外關係史、敦煌學、潮學、目録學、文學、藝術等領域。此外，饒宗頤亦擅詩詞、駢文、書畫及古琴，並通梵文、巴比倫古代文字、甲骨文、金文、法文。自志學之年起，一直到年登期頤，饒宗頤仍筆耕不輟，其學與藝的成就，方今天下，罕有其匹。其所謂「業精六藝、才備九能」者，乃一代之通儒也。

二十世紀八十年代中，季羡林爲饒宗頤《饒宗頤史學論著選》撰寫序文，曾借用陳寅恪的話，謂其於時代學術之潮流中，與王静安（王國維）、陳援庵（陳垣）堪稱爲得「預流果」者；並曾以王國維有關新學問、新發見的論斷，對於饒宗頤之是否也有新發見，進行判斷。

王國維把新發見歸納爲五類：一、殷虛甲骨；二、漢晋木簡；三、敦煌寫經；四、内閣檔案；五、外族文字。就此五個類别，季羡林又借用陳寅恪論王國維的一段話，據以論饒宗頤。陳寅恪《王静安先生遺書序》，對於王國維所做學問的内容及治學方法，謂可舉三目以概括之。一曰：取地下之實物與紙上之遺文互相釋證；二曰：取異族之故書與吾國之舊籍互相補正；三曰：取外來之觀念，與固有之材料互相參證。序文稱：「此三類之著作，其學術性質固有異同，所用方法亦不與盡符會，要皆足以轉移一時之風氣，而示來者以軌則。吾國他日文史考據之學，範圍縱廣，途徑縱多，恐亦無以遠出三類之外，此先生之書所以爲吾國近代學術界最重要之産物也。」季羡林之論饒宗頤同樣亦舉此三目以概括全部。

陳寅恪論王國維所標舉三目，既已包括内容與方法，又牽涉到觀念問題，不僅將古今界限打通，而且將中外聯繫在一起，精確周密，顛撲不破。季羡林據以論饒，亦甚恰切。爲便於理解，本文擬從學術與藝術兩個方面，結合王國維所説新發見的五個類别以及陳、季二氏所列舉三目，著重探討兩個問題：一，饒宗頤一家之學與文史百科之學；二，新學問、新發見，時代學術潮流的預流者。通過這兩個問題的探討，看饒宗頤的學藝成就究竟是怎麽創造出來的？而其學與藝的創造又何以能够達至如此卓越的成就？

一　饒宗頤一家之學與文史百科之學

一九九六年八月，潮州市政府及韓山師範學院舉辦「饒宗頤學術研討會」。來自内地和美、法、日、泰、荷蘭、新加坡等國以及港、澳、臺八十多位學者出席會議。饒宗頤賦詩二首，表達觀感。題稱：《一九九六年，八月十九日，潮州市舉行饒宗頤學術討論會賦謝與會諸君子》（二首）。詩云：

精義從知要入神，商量肝膽極輪囷。鵝湖何必分朱陸，他日融通自有人。
稱揚如分得群公，獨學自忻不苟同。韓水韓山添掌故，待爲鄒魯起玄風。

自注：「潮地宋時有『海濱鄒魯』之稱」。二詩爲研討會答謝與會諸君子而作。一以鵝湖之會作比，贊揚與會諸君子的鑽研精神及誠懇態度，謂將來必有融通百科的大學問家出現；一以潮地傳統學風，肯定是次研討必將令韓水韓山更富風采。二詩既説諸君子，也説自己。諸君子肝膽相照，稱揚恰如其分；自己雖精義入神，獨立鑽研，亦須與群公商量。八十八名與會者，與饒公共創一次世紀鵝湖盛會。同時，一比八十八，亦展示饒宗頤的一家之學究竟如何與文史百科之學進行「商量」。以下擬以若干具體事證，嘗試加以列述。

（二）饒宗頤與文史之學

1. 文史百家，經學爲先

《饒宗頤二十世紀學術文集》卷之四爲經術、禮樂，首列《經學昌言》，分論殷周易學、書學、詩學、禮學、春秋左傳以至宋明理學與經學。上下三千年，爲文三十四篇。次爲《古樂散論》，考論古樂器、樂律、樂教、琴學與琴史、詞學與音樂、敦煌《悉曇章》與琴曲，下及明代南曲樂譜與戲文，凡十五篇。其三爲《隨縣曾侯乙墓鐘磬銘辭研究》，將古文字與古樂律、天文之考證聯繫在一起。

青春作賦，皓首窮經。筆下既有千言，胸中亦有良策。在北大百年校慶紀念會上，饒宗頤作《新經學的提出——預期的文藝復興工作》講演。謂其「充滿信心地預期，二十一世紀將是我們國家踏上一個『文藝復興』的時代」。並提出「重新塑造我們的新經學」。他説：「經書是我們的文化精華的寶庫，是國民思維模式、知識涵蘊的基礎；亦是先哲道德關懷與睿智的核心精義、不廢江河的論著。重新認識經書的價值，在當前是有重要意義的。」並説：「當前是科技帶頭的時代，人文科學更增加它的重任，到底操縱物質的還是人，『人』的學問和『物』的學問是同樣重要的。我們應該好好去認識自己，自大與自貶都是不必要的。我們的價值判斷似乎應該建立於『自覺』、『自尊』、『自信』三者結成的互聯網之上，而以『求是』、『求真』、『求正』三大廣闊目標的追求，去完成我們的任務。」獻計獻策，説得頭頭是道。

2. 歷史之秤，是謂之正

《饒宗頤二十世紀學術文集》卷之六，分上下兩册。上册《中國史學上之正統論》。包括通論和資料兩個部分。通論部分，自統紀之學至結語，計十三篇。評章百氏，考鏡源流，褒貶是非，自抒胸臆。資料部分，自一至三，録存歷代有關文獻。均照録原文，注明出處，依時序排列，間附按語或同代學者意見。

史學上的正統論，是歷來治史者無法回避的一個觀念問題。成者爲王，敗者爲寇，已是一種無法改變的現實。這是個歷史觀念史的一個重大難題。他的專著《中國史學上之正統論》，除了提出「史家秉筆，必據正立論」，「神斷之秤，不如歷史之秤」(本書結語)可見其史識以外，他之所以於史學研究領域，占居重要位置，還在於他的勤奮。他的這部史學專著，歷時凡五年，其搜羅文獻，索閲佚書，不遺餘力。通論十三篇，考訂、探討問題，由各篇細目可知，合計一百三十餘題。精密查考，均做到無一語無來歷。這也是饒宗頤的論斷能够超越前古、歸之於正的原因之一。

（二）饒宗頤與考古之學

1. 甲骨四堂，今又一堂

二〇〇四年中山大學出版社刊行《華學》第七輯，載有季羨林的一篇文章題稱：《賡揚「四堂」又一「堂」：甲骨學五氏同「堂」——兼談古文字的破譯與釋讀》。文章説：「在二十世紀五十年代之前，治甲骨學的中堅有『四堂』及其他學人。治甲骨學的中堅——『四堂』，是五四新文化健將，語言文字學家錢玄同（一八八七—一九三九）所稱譽的『甲骨四堂』的簡稱。他們是羅振玉（一八六六—一九四〇），號雪堂；王國維（一八七七—一九二七），號觀堂；董作賓（一八九五—一九六三），號彦堂；郭沫若（一八九二—一九七九），號鼎堂。」並説：「『四堂』治甲骨學的業績，正如古文字學家唐蘭（一九〇一—一九七九）所説：『卜辭研究自雪堂導夫先路，觀堂繼以考史，彦堂區其年代，鼎堂發其辭例。』」唐氏對於「四堂」的業績，概括的十分精確。作爲「四堂」而外所增添的一堂——選堂，季羨林以下列四書，説明其業績。四書包括：《殷代貞卜人物通考》《巴黎所見甲骨録》《歐、美、亞所見甲骨録》以及由饒宗頤主編、沈建華編輯的《甲骨文通檢》。季羨林並且特别推崇其中的《甲骨文通檢》，謂其開創了一種新體例，即按專題分類檢索。以爲：「這套工具書在資料建設方面打下了極好的基礎，對今後治甲骨學，特别是有關專題方面的研究裨益更大。」季羨林的説法，有憑有據，充分肯定饒宗頤在甲骨學研究上所作的貢獻。

2. 莫高餘馥，敦煌求索

饒宗頤是敦煌學的開創者之一。二十世紀五十年代初，便已經開始敦煌學的研究。他的《敦煌本老子想爾注校箋》，將倫敦所藏早期天師道思想秘笈公諸於世，並作出箋注。此書於一九五六年，爲法國高等研究院宗教組定爲必讀的教材。饒宗頤因爲這部著作和他在甲骨研究方面的另一部著作《巴黎所見甲骨録》，而獲得法國學士院頒給的儒蓮漢學奬。《想爾注》是道教的一部經典著作。「想」是冥想，「爾」是語助詞。在中土久已失傳。饒宗頤攝自英國所藏敦煌卷子殘本，加以考證、注釋，確定爲張道陵一家之學。

饒宗頤的敦煌學研究，除了《敦煌本老子想爾注校箋》，另外兩大貢獻，一爲敦煌白畫研究，一爲敦煌曲研究。

(1) 關於《敦煌白畫》

一九六五年冬，饒宗頤再度赴法，往巴黎出席第九屆國際漢學大會。首次觀看到由法國人伯希和從敦煌帶回的敦煌經卷。一九七八年，應聘爲法國高等研究院宗教部客座教授，主講「中國古代宗教」。期間，遍閲法京所藏敦煌卷子，得見卷末及卷背之不少唐人繪製畫稿，又參與大英博物館所藏敦煌卷子後的同一類型綫描畫稿而成《敦煌白畫》一書。此書於一九七九年由法國遠東學院以中文、法文兩種文字出版。二〇一〇年，香港大學饒宗頤學術館重新編印，以中文、英文及日文三種文字分作三種版本行世。

敦煌白畫這一名稱是饒宗頤最先提出的。饒宗頤並撰長篇論文《敦煌白畫導論》，專門討論敦煌白畫的源流和敦煌畫風以及敦煌白畫的若干技法。據此，還有若干臨摹作品，進行推廣。

(2) 關於《敦煌曲》和《敦煌曲續論》

《敦煌曲》由饒宗頤和戴密微合著，一九七一年於法國國家科學研究中心在巴黎出版。饒宗頤所著部分以中文手寫，戴密微部分用法文，二者合爲一書。饒宗頤校録敦煌曲辭凡三百一十八首，戴密微選取其中一百九十三首譯成法文。全編包括理論探討和作品校録及考索兩部分。上篇敦煌曲之探究，中篇詞與佛曲之關係，下篇詞之異名及長短句之成立和敦煌曲繫年。作品校録即本編部分，其細目有新增曲子資料、《雲謡集雜曲子》及其他英法所藏雜曲卷子、新獲之佛曲及歌詞、聯章佛曲集目組成。附録二篇：敦煌曲韻譜及詞調字畫索引。

《敦煌曲續論》由敦煌曲論文結集而成。包括對於曲子詞與佛教、樂舞等關係的闡釋，對於佛曲、《雲謡集》的性質以及唐昭宗御製曲子詞、唐詞等方面問題的辨析和考釋。既訂正敦煌曲研究中所出現的失誤，亦將敦煌曲研究推向更高層面。饒宗頤於書前小引云：

歷年以來，余對《雲謡集》及唐昭宗諸作，多所討論；「唐詞」問題，更與任老（任二北）持不同意見。拙文散在海外各雜志，搜覽不易。今聚而觀之。前後商榷：「曲子」與「詞」涵義、性質之異同，與夫詞體發生，演進之歷程，暨樂章之形成及整理之過程，凡此種種，或於早期詞史之認識，不無小補。

由於所採録作品，皆親眼目睹，對於作品的理解也比較在行，加上對其所産生的背景，有較爲全面的把握，饒宗頤二著既具有重要的文獻參考價值，又能啓發思智，幫助解決早期詞史一些疑難問題。較前輩及同輩學者的研究，明顯已高出一籌。

（三）饒宗頤與六藝之學

1. 饒畫：饒氏白描，當世可稱獨步

饒宗頤幼習書畫，及長所作，廣涉山水、人物、花鳥。山水畫寫生遠及於域外山川，人物畫取法敦煌白描，張大千謂之當世獨步；晚歲尤愛荷花，創作巨幅作品，有奔流浩瀚之勢。饒宗頤對於英、法所藏敦煌藏經洞出土的白描、粉本和畫稿，曾進行多番深入解讀和研究，包括其來歷、繪製過程和技法，並以之素材，爲入門途徑，經過自己的構想，透過自己的筆，進行再創造。

在《敦煌白畫》中，饒宗頤提到一幅二女神像，並曾作如此記述：「P. 4518 繪二女相向坐，帶問略施淺絳，顏微著赭色，頰塗兩暈，餘皆白描。一女手持蛇蠍，側有一犬伸舌，舌設朱色。一女奉杯盤，盤中有犬。紙本已污損，懸掛之帶尚存。」落想、設色、定型，饒宗頤創造形上詞的方法，這裏用到繪畫上。他所創作的敦煌畫，明顯來自於敦煌的白畫。他依據這些白畫文稿，運用自己的研究成果，重新總結提高，製成饒記敦煌畫，例如「沙州畫樣」。

饒宗頤發現，敦煌白畫之用筆，完全從書法中來。他的作品運用的有古篆筆法、唐人楷法以及宋人草法。他所繪荷花，筆法、用色得敦煌之力尤巨。憑藉著紮實的童子功，加上數十年孜孜不倦的上下求索，饒宗頤的繪畫藝術，繪畫作品，已達到無所不精、無所不能的化境。

2. 饒字：用筆在心，心正則筆正

饒宗頤的字，也是從幼年時候起就下功夫的。據鄧偉雄爲《饒宗頤書法集》所撰前言稱：饒公幼年從唐人歐陽詢及顏真卿之楷書及宋人行草入手，另外對甲骨、敦煌、楚帛學都有研究，其古文書法自行一格。此外，他也喜以茅草製成的「茅龍筆」來寫書法及作畫，大氣磅礴。鄧偉雄的這段話，概括説明饒字的由來及其風格。饒宗頤對於書道，向來就十分重視，儘管就做學問的角度看，書與畫都爲其餘事，但所謂學藝雙携，在饒宗頤看來，都是一種

生命的體現。

對於歷代碑帖，除了地上之所有，對於敦煌藏經洞的新發現，饒宗頤也十分珍惜。敦煌藏經洞藏有佛、道經典和經、史、子、集及各方面的社會文書數萬件——其中，大多數寫本是寫經，爲普通經生所寫，但也有隋唐王朝的宫廷寫本。時代自十六國至宋初，保存六百多年的古代書法墨迹，乃中華書法藝術之寶庫。饒宗頤對於唐人寫經的經生體，特别感興趣。饒宗頤曾有詩表示：「石窟春風香柳緑，他生願作寫經生。」（據《莫高窟題壁》）

一九六一年，饒宗頤撰著《敦煌寫卷之書法》一文，曾將縮微膠卷上所見英國藏卷中的書法精品輯爲《敦煌書譜》附於文後。一九六五年和一九七八年，兩度逗留法京，饒宗頤在國立圖書館檢閲伯希和從敦煌帶走的寫卷，選取拓本、經史、書儀、牒狀、詩詞、寫經、道書中有代表性的精品，輯成《敦煌書法叢刊》二十九册，於一九八三至一九八六年間，陸續由日本二玄社照原大影印。一九九三年，廣東人民出版社印行中文版，名爲《法藏敦煌書苑精華》。八册裝。一，拓本、碎金；二，經史（一）；三，經史（二）；四，書儀文範、牒狀；五，韻書、詩詞、雜詩文；六，寫經（一）；七，寫經（二）；八，道書。

饒宗頤身體力行，曾摹寫及臨寫敦煌書法作品多種。既保留敦煌原件的書法特徵，又有自身的創造與提高。他的一首論書詩——《論書次青天歌韻》開篇二解有句：「墨多墨少均成障，墨飽筆馳參萬象。書家定後思無邪，表假表空神同旺。此心得一天與青，筆陣崎嶇平不平。會叩誠懸得懸解，此中安處即攖寧。」自注：「柳公權對穆宗云：心正則筆直。」即「用筆在心，心正則筆直」也。饒宗頤以一個正字做人，亦以一個正字寫字，其所倡書道，纔有這麼高的格調。

二　新學問、新發見，時代學術潮流之得預流果者

饒宗頤所做學問，包羅萬象，樣樣都有自己的建樹，都在最前沿；而百科中的任何一科，又不能概括所有，很難找到一個term，就是一個合適的術語加以歸納。上文所説文史百科之學、考古之學以及六藝之學，都無法加以概括。那麽，饒宗頤所做到底是個怎樣的學問呢？如果用饒教授自己的話講，所有這一些，一句話，乃探究中國精神史的一種學問。饒宗頤説，與一般人相比，我做學問大概不太一樣。不過，也有一樣的地方。那就是，做學問的方法問題。因爲一個人的學問，無論做得多大、多高深，都是積累起來的。譬如大家常説的一句話，萬丈高樓平地起，須要一層一層往上蓋。這當中，必有其共通之處。這一共通之處，説到底，就是對於方法的把握與運用。不過，非常之人，非常之學，必定有非常之法。對於饒宗頤所説，一層一層往上蓋的方法，仍須細心加以體驗。

（一）世界觀與方法論

饒宗頤以爲，各人所做學問不同，但所用方法必有共通之處。而就饒宗頤的學藝創造看，他的經驗，大致可歸納爲以下兩個方面。一爲世界觀，他在觀察事物、把握問題的立場、視角，相比於一般人均具有獨特之處；二爲他的方法論，在其善於哲學思考，善作從多的貫穿及從一到多的推廣。如他所説，一個人衹有一個腦袋、兩隻手，怎麽能做那麽多事情呢？那就靠他的腦袋瓜，靠他的思考，靠他的認識論和方法論。以下試逐一加以説明。

1. 辨方正位，掌握「神秘助記之方」

饒宗頤説：人類抽象思維是從數開始的，數的奥秘是自然哲學的萌芽。並指「三七」之數，是一種「神秘助記之方」。既用以記數，又包涵著哲理。印度的神，就依此行事。中國人看世界，内圓外方，大家都有個時空範圍，而觀看過程，則須要有個坐標。其坐標，可能就是一種神。即以神劃分天界，天上神煞，宇宙巨靈，成爲星體區域的標幟。人、神在天地間的位置，因此得以確定。人與神，各居其位，各司其職。同樣重視看的方位問題。

相比之下，中國人和印度人觀看世界，其不同之處在於，印度人的角度是「七」，而中國是「六」。中國人説，「四方上下曰宇，往古來今曰宙」（《三蒼》佚文）。謂天地四方曰六合。或謂東、南、西、北稱四維，再加上下，爲六合。四維上下六合，人立於天地之中，對於自然界物象進行觀察。饒宗頤說，天地間人、神位置的確定，最基本的是方向的辨認。因爲空間的區域是人的周遭最重要的定點。《周禮》一書在開端便說：「辨方正位」，「以爲民極」。方位的確定是人民活動的指針。爲此，中國與外國都十分重視對於星體的觀察。這是中國人的宇宙觀和世界觀。

饒宗頤於東、西、南、北四方，再加上、中、下三維，而成爲「七」。這一個神秘的數字——「七」，代表他的世界觀和宇宙觀，也是他的認識論和方法論。饒宗頤依據「七」這一個神秘的數字，創造出自己的「中論」。他做學問，强調宇宙性。對於宇宙空間的探索，將天、地、人，理、事、名，以及形、影、神合在一起進行研究，創造天地四方之學。於六藝之學，提倡向上一路的提升，目標是無礙圓通的境界。

2. 聯想貫通，萬丈高樓平地起

饒宗頤的學問，已是一個整體。既有自己的觀念(idea)、方法(method)與模式(model)，又有自己的語彙系統(system of vocabulary)。看起來，莫測高深，遥不可及，但饒宗頤說，與一般人相比，我做學問大概不太一樣。不過，也有一樣的地方。那就是，做學問的方法問題。因爲一個人的學問，無論做得多大、多高深，都是積累起來的。譬如大家常說的一句話，萬丈高樓平地起，須要一層一層往上蓋。這當中，必有其共通之處。這一共通之處，說到底，就是對於方法的把握與運用。撮其要者，饒宗頤做學問，大致有以下二法。一是掌握文本，分清楚源與流問題；另一是，分期、分類以及聯想與貫通。以下試逐一加以列述。

(1) 本本與主意

饒宗頤所説文本，就是一個 Text，一個本，也可以説是一個源。就小的範圍看，是本文，或者文本；就大的範圍看，是本源。饒宗頤説，一定要追溯到那個源，這是我做學問的目標。譬如一個概念，這概念是怎麼來的？後來怎麼發展，發展中又有甚麼變化？是因爲時代變化而變化，還是因爲類别變化而變化？時代變化，與人事相關；類别變化，與科目相關。這就有個源與流的問題。所有牽連，都應當弄得一清二楚。兩個方面，各有源與流的問題。簡單地説，必須懂得分期與分類。既看其跟隨時代變化所産生的變化，又看其與相關科目間相互限制與關係。

(2) 分期與分類

分期與分類，是對於材料，亦即研究對象的處理。分期，跟隨時代的發展、變化，屬於時間的維度；分類，依據科目之間的關聯，屬於空間的維度。這是一種識見的體現。饒學百科，就科目與科目之間的關係看，《饒宗頤二十世紀學術文集》十四卷二十册，包括儒學、道學、佛學、史學、考古學、敦煌學，以及書法、繪畫、詩詞文創作等等，爲二十世紀中國學術也是世界華學集大成之作。這是類別的總和，也是類別的劃分。但饒宗頤將其一以貫之，成爲饒宗頤的百科之學。而其分與合，關鍵就在於聯想與貫通。這就是饒宗頤所説，他做學問與一般人做學問的共通之處。

（二）形上之思與形上之學

作爲百科全書式的學者饒宗頤，其於學與藝兩個方面，可謂無所不能，無所不精，無所不居於前列位置。其於學的成就，除了文史哲一類屬於國學的學科，如高山一般，令人景仰，其於詩詞歌賦，堪稱名家，亦往往令人贊嘆不已。

1. 作爲詞人的饒宗頤

饒宗頤詩詞創作，古今各體詩居多，長短句歌詞較少。不過，饒宗頤《選堂樂府》，包括《固庵詞》《榆城樂章》《晞周集》《栟櫚詞》《古村詞》《聊復集》諸集，存詞二百六十餘闋，亦甚可觀。其所撰《固庵詞》小引有云：

> 詞異乎詩，非曲無以致其幽，非高渾無以極其敻。幽敻之境，心嚮往之；而詞心醞釀，情非得已。其觸發也，有類機鋒。美成云：許多煩惱，祇爲當時一晌留情。煩惱日深，則情留焉；一晌抖擻，則機發焉。警策所至，才分攸關，則又無可如何者也。少日嗜倚聲，自

逋播西南，藐視流離，未廢興怨，而隨手捐棄。來港近廿年，偶復爲之。蕭晨暮夜，生滅紛如。畫趣禪心，觸緒間作。江山風雨，助我感愴。删汰之餘，都爲一卷。寧謂無益之務，且遣有情之生。語愛晴空，意出言表。懷新道迥，用慰征魂。秉燭春深，如温前夢。

戊申清和饒宗頤。時客香港之薄凫林。

小引説詞有異於詩。所異者何？在於歌詞能造幽夐之境。幽夐者又何謂？一般作幽深，或深邃解。如「遊嵩山，捫蘿越澗，境極幽夐」（段成式《酉陽雜俎·天咫》）。又如「巨然作《江山》，所得盡幽夐」（柳貫《題巨然江山行舟圖》）。或用於尋幽探勝，或用於論畫，此則用於説詞，同樣是對於一種境界的追尋。這是個意涵較爲寬廣的概念。就饒公自身而言，其爲詩、爲文，同樣追尋這一境界。而謂之爲異者，乃在於一個「曲」字和「高渾」二字，一個是方法與途徑，一個是目標。這是饒公對於歌詞創作主張。其所謂形上詞則爲其主張的實踐。

2. 形上詞的創造及推廣

本人所編纂《文學與神明——饒宗頤訪談録》這本書，可讓瞭解兩個問題：第一，什麽是形上詞？第二，什麽是形上學？關於形上詞，一九九六年間，我寫了推介文章在香港《鏡報》發表。一篇題爲：落想、設色、定型——饒宗頤「形而上」詞法試解；另一篇題爲：爲二十一世紀開拓新詞境，創造新詞體。兩篇文章，除了率先提出「饒學」這一命題，主要介紹饒宗頤的形上詞。文章發表，學界方知有所謂形上詞這麼一回事，因而也纔來研究形上詞。現在有關饒宗頤形上詞的文章已有十幾篇，但關於形上學的文章還沒見。我到潮州參加饒宗頤的一個研討會，他們正講形上詞。我心裏就想，還有一個形上學呢。有關饒宗頤的形上學問題，現在還没在學界作推廣。

那麼，所謂形上詞，到底是什麼意思？到目前爲止，是不是都弄明白了呢？我看還是個疑問。有一篇文章，題稱《饒宗頤「形上詞」論分析》。於形上詞之上加一個論，爲形上詞論；而正文則作「形上詞」説。文章開篇有云：

> 饒宗頤「形上詞」説一出，聳動古典文學研究界。然其説超拔高妙，解人難索。研讀者雖衆，而撰文論述者不多。縱有撰述，或止於知識描述，於其精蘊未克多究；或限於「内證」，細繹饒先生詞作印證其「形上詞」説；或僅及於「應用」，援引「形上詞」説闡發其詞作形上之思。

這件事，關係重大。我覺得應當分兩步走，先弄明白，什麼是形上詞，而後再探討有關形上詞的理論創造問題。

饒宗頤形上詞創造的三篇代表作品載《晞周集》卷上。這是饒公和清真的總結集，計卷上、卷下二卷，一百二十七首。以下是《晞周集》所附饒宗頤的兩篇跋文。

其一，《晞周集》上卷跋：

右詞五十一首，自秋末徂春之作。以寫雪爲多，故題曰粉牆詞。視清真平分四時，古今情景，迥不侔矣。自旅榆城，寓耶大研究院古塔第十一層之上。無流潦以妨車，鎮風雨之如晦。獨居深念，倚聲寫懷。清真中長調，和之殆遍。而睡、影、神三闋，則鄰於形上之製（可謂 Metaphysicai Tzu），又稍與陶公異趣者也。曾謂詞之寫物，髣髴今之抽象畫。八音繁會，五色相宣。融情於景，而出於迷離惝恍，要以格律爲歸。捨聲律無以爲詞。詞律莫細於清真，君特甲卷，依體步趨。方、楊、陳三家和韻，幾不紊其宫商，雖嚴於四聲，而通篇吻合者蓋寡（冒鶴亭翁四聲勾沉已發之）。故今但和韻，而聲則大體依平仄，非能盡守規範，但期不是失其鏗鏘。王湘綺曾謂宋人和韻，皆窘迫之極思。夫非窘迫之極，又安能致思之微，而盡詞之精耶？惟縛之以律，庶得大解脱，詞雖小道，固亦如是也。是篇又命曰晞周集，取法言語正考父曾晞尹吉甫矣，示師清真而已，非敢效西麓之自稱繼周也。

選堂並識。一九七二年，時在耶魯大學研究院。

其二，《晞周集》後記：

清真片玉集十卷，都一百二十七首。余前作粉墻和詞，原僅五十一首，其小令與習見詞調，及同調之又一體者未和。忼烈來書，促余畢和之。時自波士頓歸，因竭旬之力爲之，共七十六首。其小令之同調者，復彙和之若聯章，本集下帙《浣溪沙》各首是也。方、楊二家和作，僅致力於前八卷，西麓則兼和卷九、卷十雜賦。唯單題部分，三家有不和者（如《黄鸝繞碧樹》），有方、楊和而西麓不和者（如《玉燭新》、《三部樂》），是三家仍未若余之遍和全集也。《詞律》及《四庫提要》謂方千里所和，四聲不爽一字，尚非事實（如方和《塞翁吟》不合者十七字，《玉燭新》不合者二十字）。夢窗甲稿於美成自創之調，規隨備至，而四聲亦不盡協（如宴清都有一首四聲不合者至十四字，此據近人王琴希統計，見《文史》第二輯）。即清真自許，同調如《紅林擒近》二首，四聲亦復多歧，知清真但依平仄而已。余所以不從況（蕙風）邵（瑞彰）之説，必字字依其四聲，職是故也。方、陳所和，句法又不盡依周，於用韻處，更多忽略（如繚繞怨何須渭城，西麓作春深小樓，樓字不叶）。玆則嚴守之。和詞忌滯於詞句字面，宜以氣行，騰挪流轉，可望臻渾成之境。此則尤所嚮往，而未敢必其能至。間取材於西方詩句，但藉以起興。計前和章，衹三月有餘，未遑細辨毫芒，其不中㮚栝，宜也。或疑和詞非創作之方，余謂四王作畫，每題曰師倪、黄某卷，橅其格局，而筆筆皆自己出，何嘗是倪、黄耶？和韻之道，何以異是。蓋創新在意在筆，而不在乎形式；無一筆是自家，縱云能出新型，不免英雄欺人語耳。

一九七一年三月杪，選堂又識，時在榆城。

兩篇跋文，叙説《晞周集》的創作過程，著重説明兩個問題，一爲形上詞的製作問題，一爲和韻問題。卷上跋文，明確指出，睡、影、神三闋，鄰於形上之製（可謂 Metaphysicai Tzu），可見是一次有意識的嘗試。此外，説明和清真的問題。謂方千里、楊澤民、陳西麓三家和韻，雖嚴於四聲，而通篇吻合者蓋寡。所以，他衹是和韻，而聲則大體依平仄，不依四聲，未必能盡守其規範，衹希望不失其鏗鏘。

饒宗頤遍和清真詞，史上第一人。製作形上詞，開拓新詞境，亦爲指出向上一路。他的這一有意識的嘗試，既是一種表現手法及藝術技巧的運用，其中亦包含著自己對於歌詞創作的經驗總結。

基於這一認識，我以爲，對於到底什麽是形上詞，形上詞如何製作，以及於形上詞之上添加個論字，或者説字，能不能成爲一種理論等問題，如果認真體驗饒宗頤的創作實踐，相信能够得到啓示。以下試逐一加以驗證：

(1) 形上詞的義界

形上、形下，兩個不同層面。表示形之上，或者形之下。《周易》(繫辭上)云：「形而上者謂之道，形而下者謂之器。」說明「道」和「器」，是相對應的兩樣東西。一個在形體之上，抽象而不可形，非具體之物，謂之道；一個在形體之下，有形迹可尋，爲具體之物，謂之器。世間一切，都有形而上和形而下兩個層面的區分。

饒宗頤的形上詞，就是在形之上層面的歌詞。比如，同是《六醜》，饒宗頤和作與周邦彥原作就有所區別。以下是周邦彥的原作及饒宗頤的和作。

周邦彥《六醜》(薔薇謝後作)云：

正單衣試酒，悵客裏、光陰虛擲。願春暫留，春歸如過翼。一去無迹。爲問花何在，夜來風雨，葬楚宮傾國。釵鈿墮處遺香澤。亂點桃蹊，輕翻柳陌。多情爲誰追惜。但蜂媒蝶使，時叩窗槅。東園岑寂。漸蒙籠暗碧。静繞珍叢底，成嘆息。長條故惹行客。似牽衣待話，別情無極。殘英小、强簪巾幘。終不似、一朵釵頭顫嫋，向人欹側。漂流處、莫趁潮汐。恐斷紅、尚有相思字，何由見得。

饒宗頤《六醜》(睡)云:

漸宵深夢穩,恨過隙、年光拋擲。夢難再留,春風回燕翼。往返無迹。依樣心頭占,闌珊情緒,似絮飄蕪國。蘭襟沁處餘香澤。繫馬金狨,停車綺陌。玲瓏更誰堪惜。但鵑啼意亂,方寸仍隔。閒庭人寂。接天芳草碧。燈火綢謬際,如瞬息。都門冷落詞客。漫芳菲獨賞,覓歡何極。思重整、霧巾烟幘。凝望裏、自製離愁宛轉,酒邊花側。琴心悄,賦與流汐。衹睡鄉兩地縣心遠,如何換得。

周邦彦以美人喻花,既惜花也惜人,包括惜自己。上片佈景,展現春歸花謝的景象;下片説情,刻畫人惜花、花戀人的情景。其用意,則集中體現在兩個居中拍(居中句)上。兩個居中拍(居中句)分别叙説兩件事:一説「釵鈿墜處遺香澤」,一個説「殘英小、强簪巾幘」(把殘留的小花插在頭巾上)。整首的題目叫《薔薇謝後作》,謂薔薇謝掉了以後寫的這一首,而主要就説這麽兩件事。周邦彦歌詠薔薇,是一首詠物詞,體現爲物形和物理,包括形體與精神。物形,指物的形態;物理,不是物理化學的物理,而是一種精神(神理)。説明,其中既有形體之下的描述,又有形體之上的體現。形上、形下是相對的。

饒宗頤的《六醜》，題目是「睡」。其中一段序文，引用一位哲學家的話。謂：「濟慈云：祛睡使其不來，思之又思之，以養我慧焰。（見 Sleep and Poetry）夫詩人瑋篇，每成與無眠之際，人類文明，消耗美睡者，殆居其半；而心心不易相印，亦因睡有以間隔之；惟詩人補其缺而通其意焉。」濟慈是英國十九世紀的哲學家。他反對睡，説睡不好。睡爲什麽不好呢？人類文明就因爲睡被消耗掉了。浪費時間，睡不好。睡占人生三分之一的時間，没空看書了嘛，人類文明創造就去掉了好多。這是一個。再一個，就是因爲睡，使得不能心心相印，阻隔了，同床異夢還是怎麽樣的。睡是不好的事情，那要怎麽辦呢？失眠。失眠比睡好。爲什麽呢？他説好多好的詩篇都是失眠的時候寫出來的。但是，失眠很痛苦哦，那要用什麽辦法來創造文明？饒宗頤想了一個辦法，就是做夢。做夢是不是經常有好夢呢？也不知道。所以這一首就講這麽一個事情。講這個事情呢，就是説把這個哲學思想用歌詞給表現出來。這麽一種製作，就叫形上詞。用這個方法，把他科學研究、學術研究的心得體會，這些思想，用歌詞表現出來，這樣的詞就叫形上詞。

饒宗頤的《六醜》（睡），是他和清真的得意之作。如用中國式的思維方式進行表述，他的這種形上詞，就類似於古時候的説理詩，或者玄言詩。古今相比，同樣是説理，但又有所不同。二者之間的分别，在於表現手法的不同以及因表現手法不同所出現的藝術形式的區别。

例如，陶淵明的《飲酒》(其五)：「結廬在人境，而無車馬喧。問君何能爾，心遠地自偏。採菊東籬下，悠然見南山。山氣日夕佳，飛鳥相與還。此中有真意，欲辨已忘言。」此中真意，就辨别不了。真意就是真意，歷來評論家誰也説不清楚。又如，謝靈運的《登池上樓》：「潛虯媚幽姿，飛鴻響遠音。薄霄愧雲浮，棲川怍淵沉。進德智所拙，退耕力不任。徇禄反窮海，卧痾對空林。衾枕昧節候，褰開暫窺臨。傾耳聆波瀾，舉目眺嶇嶔。初景革緒風，新陽改故陰。池塘生春草，園柳變鳴禽。祁祁傷豳歌，萋萋感楚吟。索居易永久，離群難處心。持操豈獨古，無悶徵在今。」謂能够持此操守者，不一定衹有古人，今人也做得到。於大篇幅的描述之後，突然發表議論。

陶淵明、謝靈運説理，都與作品所叙述的事件或者所佈置的物景，互相脱離。故此，陶、謝説理，尤其是謝，更被看作是一種玄學的尾巴。但是，饒宗頤不同，他説理，有自己的一種方法與途徑。有關種種，以下將逐一加以説明。

(2) 落想、設色與定型——形上詞的創作方法

饒宗頤以和周邦彦《六醜》《惠蘭芳引》《玉燭新》三章，歌詠睡、影、神，展示形上詞創作的方法與途徑，將落想、設色、定型與西方意識流技巧相聯繫，爲現代主義手法的中國化提供範例。

落想、設色、定型，這是饒宗頤形上詞創作的方法與途徑，也可稱作形上詞創作的三步

驟。落想問題，這是形上詞創作三個環節中，最重要的一個環節。落，降落；想，思索。落想，猶構想，或者構思。王夫之云：「五言絶句，以此爲落想時第一義。」（《薑齋詩話》卷二）第一義，指一勢字，即「咫尺有萬里之勢」的勢。饒宗頤所指亦同此意。説得明白一些，就是將平時思考所得，包括學術研究的成果，譜入詞章，以之作爲統帥全篇的中心思想。那麼，這一中心思想，是怎麼表現出來的呢？這就要設色。設色，原爲圖畫中的術語，表示敷彩、著色。如柳宗元所云：「設色初成象，卿雲示國都。」（《省試觀慶雲圖》）引申爲文學表現手法，比喻以詞藻文采加以渲染。如周中孚所云：「游山詩有時地之異宜，隨時隨地，設色佈景。」（《鄭堂札記》卷一）饒宗頤用比喻。如「夢留不住」，就這麼講，沒有顔色。謂夢留不住，就像燕子的翅膀一樣，飛得很快，用個比喻，就染上顔色了，也就上色了。有此比喻，整首詞的意思，也就容易掌握。簡單地説，就是這麼一個過程：歌詞的題目是睡，因睡而起，但目的並不在於睡。開篇後，即時轉入夢，這是歌詞的重心。謂夢留不住，所以追夢，夢追不到，就在那裏獨賞芳菲。自然而然，將思緒帶入自己的話語環境中來，也就是思索降落的地方。這是設色所産生的作用。接下來定型，主要是格式問題，除了一般規則，還得考慮和詞原作的特別創造。

（3）形上之思與形上之詞

形上之思，應當思考到哪個地方纔算形上呢？顧名思義，就是形之上。這是與形之下相對應的一個概念。就其終極意義上講，這就是道。是一種超乎形器之上、無聲無臭的理，亦即道也。而就具體的方法、途徑講，這是從多到一的歸納與綜合，是一種抽象。思考到形上，思考到道，一句話，就是思考到符號。思考到成爲一種符號，並不容易。現在講數位解碼，就憑藉著符號。

形上之思，形上層面的思考。其目標，用太史公的話講，就是「究天人之際，通古今之變，成一家之言」（《太史公自序》）；而用饒宗頤的話講，就是將天人界限和古今界限打通。以之爲指導，進行形上詞的創造，在創作上的意義，就是歌詞境界的提高。這是饒宗頤對於中國填詞所作的提供與增添。

這種提供與增添，主要讓中國填詞的作者和讀者知道，中國填詞，除了本色詞的創造，於似的方面用功夫，仍須於非似的方面，嘗試其對於内容的適應程度。這既是一種實踐活動，也是一種理論上的探討。但是，形上詞本身不必是一種理論。在其之上，加上個論，或者説，成爲形上詞論，或者形上詞説，試圖令其構成一種理論，構成一種可以和王國維境界説相提並論的理論，是否可行，仍須進一步加以探討。

王國維的境界，是一個容器，有一定的度量標準，其長、寬、高都測量得出來，加上個説，成爲一種理論——境界説，既有批評標準，又有批評的方法，用作文學批評模式，運用於各種文學活動，説明是可行的。饒宗頤的創作實踐，如何提升到理論層面，仍須進一步加以歸納與綜合，纔能實現從多到一的提升。這已牽涉另一話題，饒宗頤的形上學問題。這一問題，須要學界共同努力，方纔能夠達致。

（三）天人互惠與人間正道

天人互惠纔是人間正道。天人合一。這是饒宗頤的人生觀和世界觀。他研究人類精神史，研究天地四方之學，均立足於此。

有記者稱，饒宗頤整天在書齋做學問，像是不食人間烟火，其實不然，香港大學饒宗頤學術館前矗立四個大字——慈悲喜捨，其中就蘊含著他對人間的一片悲憫之心。慈悲喜捨，這是《阿含經》及大乘諸經中反復倡導的精神。

慈（梵 maiteya），音譯爲彌勒。慈由「友」〔mitra〕演變而來，表示以親切之友情待人，慈憫衆生。悲〔梵，巴厘 karuna〕，原意爲痛苦，引申爲體察他人的痛苦，爲同情、憐憫，願爲其拔除痛苦。喜〔梵 muditd〕或作隨喜，對於衆生所在善事隨喜功德以促成。捨〔梵 upekga，巴厘 upekkha〕，意爲捨棄、施捨，包括捨棄煩惱及過分的慈悲喜樂，保持平靜空寂的心境。慈、悲、喜、捨的無限擴大、無限深化，亦達致天人合一的重要途徑。

1. 天人合一與天人互惠

饒宗頤說：我對人類的未來是悲觀的。人的本性是惡，人類自己製造各種仇恨，製造恐怖，追求各種東西，變成物質的俘虜，掠奪地球資源不够，還要到火星去，最終是自己毁滅自己，人類可能要回到侏羅紀，回到恐龍時代。全球化同時意味能源消耗、環境惡化，大自然正在懲罰人類破壞所造成的惡果。季羨林倡導天人合一，我更進一步，提出一個新概念叫天人互益。一切的事業，要從益人而不是損人的原則出發和歸宿。

饒宗頤説：我提天人互益，是以《易經》益卦爲理論根據的。馬王堆《易》卦的排列，以益卦作爲最後一卦，結束全域。這與今本《周易》以既濟、未濟二卦作結不同，而異曲同工。《益卦》初九爻辭説：「利用爲大作，元吉，無咎。」上九的爻辭説：「立心勿恒，凶。」我們如果要大展鴻猷，不是光説説而已，而是要展開「大作爲」，或許可以達到像蘇軾所説的「天人争挽留」的境界（參見二〇〇九年十一月十九日廣州《南方日報》報導：《堅持每天打坐，九十二歲饒宗頤對人類的未來非常悲觀》）。

饒宗頤説天人合一與天人互惠，從精神境界和行動境界兩個層面加以闡發，這是建造中國新經學的理論基礎。饒宗頤説，現在人困於物欲，其實是自己造出來的。要向從古人文化裏學習智慧。不要「天人互害」，而要造成「天人互益」的環境，朝「天人互惠」方向努力纔是人間正道。這是就行動層面所提出的意見，由行動開始，纔能達致理想的目標。

2. 正以立身與奇以治學

饒宗頤説：別人説他是奇人，其實衹説對了一半。老子講「正以治國，奇以用兵」，他則是「正以立身，奇以治學」。立身做人要正，但做學問要出奇制勝，做別人没想過、没做過的。並説：學術研究，一定要做到「求是，求真，求正」。尤其是「正」，「正」就是要秉持正直、堅持正義，弘揚正氣。中國人自古就是最講正氣的，《易經》中是講求「正」的，佛家也講求「正」。衹有求「正」，纔能永遠立足於世。正與奇，相輔相成，變幻無窮，志學游藝，首先求正，這是饒宗頤的人生經驗，亦做人、做學問之本。如何達致一個正字？在饒宗頤看來，首先應當正心，處理好内與外的關係，心無掛礙，方纔能够達致。

甲午小寒前一日（二〇一五年一月五日）於濠上之赤豹書屋

第二節　饒宗頤形上詞的落想問題

我所編纂《文學與神明——饒宗頤訪談録》這本書，有關填詞的部分，須瞭解兩個問題：第一，什麽是饒宗頤的形上詞？第二，什麽是饒宗頤的形上學？關於形上詞問題，我寫了推介文章《落想、設色、定型——饒宗頤「形而上」詞法試解》，於香港《鏡報》一九九六年九月至十二月號及一九九七年一月至二月號連載。大陸一些學者知道了，相繼撰文研討。現在有關饒宗頤形上詞的文章已有十數篇，但關於形上學的文章則猶未也。二〇一一年四月，我到潮州參加韓山師範學院舉行饒宗頤研究所成立大會暨饒宗頤學術研討會，會上正講論形上詞問題。當時我想，還有形上學問題，看看什麽時候提出研討。二〇一四年十月，香港浸會大學饒宗頤國學院與孫少文伉儷人文中國研究所舉辦饒宗頤教授學術研究論壇。我在論壇發言，於探究形上詞的同時，提出形上學這一議題。我以爲：饒公之爲學，既於「多」的層面，無所不有，無所不能，令人應接不暇，又於「一」的層面，歸納、概括，抽象、提升，令得散錢歸索，一以貫之。這就是饒宗頤的形上學。由於相關文字稿尚未形成，現在還是再説一説形上詞問題。

形上詞之作爲倚聲填詞中的一個品種，究竟應當如何界定？從創作實踐及理論研究的角度看，又應當給予怎樣的評價？能不能依據創作文本，將問題説得更加具體一些，因而也更加明白一些呢？以下擬通過對於周邦彦、饒宗頤兩個填詞個案的解讀，説一説我的理解。

一　六醜：周邦彦歌詠薔薇的傾國魂與相思字

周邦彦、饒宗頤兩個填詞個案，兩首具代表性的歌詞，題目都是《六醜》。爲什麽叫六醜？六醜就是六美。美，故意用醜來表示。比如《採桑子》，原截取大曲《楊下採桑》一遍而成，南朝後主作詞，名《採桑子傳》，至宋初名《採桑子》，一名《羅敷豔歌》《羅敷媚》，又名《醜奴兒》。本來用以贊美秦羅敷的艷，贊美秦羅敷的媚，卻以奴兒的醜來表示。詞調中的《六醜》，周邦彥所自創，同樣也有以醜爲美的意思。據説當時，周邦彥曾有個解釋。曰：「此犯六調，皆聲之美者，然絶難歌。昔高陽氏有子六人，才而醜，故以比之。」（周密《浩然齋雅談》卷下）犯，即侵也（《説文》），表示轉調。謂這一詞調乃衝犯六個具聲調之美而又很難歌唱的曲調，並將六調最精彩的一段合成這一個曲調，所以叫六醜。記得當年，報考研究生的時候，我的老師夏承燾先生就出了個題目：六醜，讓做名詞解釋。我正好會背周邦彥的這首詞，没給難倒。還有一個題目：淮海，也是名詞解釋。這是秦觀的詞集名稱，也没給難倒。

《六醜》全篇一百四十字。上片八仄韻，下片九仄韻。一般皆採用入聲部韻字。有哪幾個入聲部韻字呢？用廣東話讀，很容易辨別得出。不會讀入聲字的話，將其變成短促的去聲就行了。先將韻腳找出來。押韻的地方就給打上個句號，再用個「△」符號，表示仄韻。比如，擲、翼、迹、國、澤、陌、惜、隔、寂、碧、息、客、極、幘、側、汐、得。此外，還有幾個關鍵部位，須加以留意，待下文細叙。

吴世昌先生説，讀詞讀原料書。指讀原始文本。我補充一句，讀詞讀形式。指從格式入門，探尋其内在意涵。請依下列格式，將周邦彦的《六醜》抄録下來。

六醜　周邦彦
薔薇花謝後作

上片：遺香澤

起拍
正單衣試酒，
悵客裏、光陰虚擲。△
願春暫留，
春歸如過翼。△
一去無跡。△
爲問花何在，
夜來風雨，
葬楚宫傾國。△

居中拍
釵鈿墮處遺香澤。△

亂點桃蹊，
輕翻柳陌。△
多情更誰追惜。△

結拍
但蜂媒蝶使，
時叩窗隔。△

下片：簪巾幘

換拍
東園岑寂。△
漸朦朧暗碧。△
静繞珍叢底，
成嘆息。△
長條故惹行客。△
似牽衣待話，
别情無極。△

居中拍
殘英小、强簪巾幘。△

終不似、一朵釵頭顫裊，
向人欹側。△
漂流處，莫趁潮汐。△

煞拍
恐斷紅、尚有相思字，
何由見得。△

依照右列圖表，先以一直綫將上下二片劃分開來。然後，標示節拍：起拍、結拍以及换拍和煞拍。起拍、煞拍，所謂起調畢曲，包括過片（過遍），這是詞調的幾個關鍵部位。此外，一般長調上下二片兩個居中拍，也是個關鍵部位。居中拍，也叫居中句。全篇的意思集中體現在這兩句上。也就是説，這首歌詞如果一時讀不太懂的話，讀這兩句就能懂。上片的居中拍（居中句）「釵鈿墮處遺香澤」，單句用韻，獨立成句。居於中間位置。以韻腳計，居中兩邊，一邊四個韻腳，一邊三個韻腳。兩邊韻腳數目，大致相當。下片的居中拍（居中句）「殘英小、强簪巾幘」，同樣單句用韻，獨立成句，但居中兩邊，一邊五個韻腳，一邊三個韻腳，數目不怎麽相當。因「東園岑寂」，亦單句用韻，獨立成句，令得其中一邊多出一個韻腳。照理説，一韻一拍，但長詞慢調，一拍往往不止一韻。這是格式問題，對其進行規範、定型，須細加體驗，不一定一次就能完成。例如《六醜》，除了以周邦彦所作爲樣板用作驗證，仍須參看其他人的作品，加以比勘校核。但龍榆生《唐宋詞格律》中的《六醜》，衹取周邦彦這首詞作爲例證，可見填製這一詞調的作者並不太多。

以上是讀形式，在格式上就詞調的幾個關鍵部位加以説明並將其外在形格以圖表方式加以呈現（如上圖）。以下是周邦彦的《六醜》（薔薇謝後作），試看其歌詞製作如何與詞調的節拍相應合。其曰：

正單衣試酒，悵客裏、光陰虚擲。願春暫留，春歸如過翼。一去無迹。爲問花何在，夜來風雨，葬楚宫傾國。釵鈿墮處遺香澤。亂點桃蹊，輕翻柳陌。多情爲誰追惜。但蜂媒蝶使，時叩窗槅。東園岑寂。漸蒙籠暗碧。静繞珍叢底，成嘆息。長條故惹行客。似牽衣待話，别情無極。殘英小、强簪巾幘。終不似、一朵釵頭顫裊，向人欹側。漂流處、莫趁潮汐。恐斷紅、尚有相思字，何由見得。

歌詞起拍以單衣試酒，點明節氣。單衣，相對於夾衣，指單層無裏子的衣服。謂季節變换，正是穿著單衣、品嘗新酒的時節，而此時卻作客在外，令光陰虚度。二句一韻，總叙羈旅情緒。接著是留春，希望將春天留住，春天卻像飛鳥一般匆匆歸去。春天歸去，不留蹤迹。三句二韻，承接起拍，説春留不住。那麽，春天裏的花而今又在何處？歌詞第四韻，一問一答，由留春而至於留花。但卻答非所問。不説昨晚的風雨埋葬了落花，而説風雨埋葬楚宫傾國。直至居中一句，纔將真相説明。居中一句，以釵鈿墜承接上文，説花已落，並以遺香澤開啓下文，説花落了，花香猶在。於是，接下三韻，便圍繞著花香展開聯想。先是亂點、輕翻，將眼前情狀呈現。但不知是落花隨著風雨亂點輕翻，還是蜂與蝶追逐花香亂點輕翻。而後，又是一個疑問：「多情更誰追惜？」也是單句用韻，獨立成句。乃提出問題，亦讓人警醒。至結拍，方纔説出答案。謂眼前情狀，祇有蜂與蝶纔懂得珍惜。這是上片。展現春歸花謝的景象，爲佈景。其中所羅列，包括落花以及蜂蝶。下片所歌詠還是落花，但蜂蝶退場，人物出現。換拍連用三韻進行這一腳色轉換。東園，承接上文。説明此刻，仍在原來的處所。朦朧暗碧，開啓下文。説明紅色的花没了，衹剩下緑色的葉。這是對於上片花落香在的總結，也是人物出現的背景。人物出現，既完成過渡，實現轉換，又另外發起新義。珍叢，即花叢。謂園子裏静悄悄，獨自在花叢裏走來走去，空自嘆息。這是換拍，由上片蜂與蝶的活動，轉换爲人物的活動。之後，是花與人的互動。歌詞用一個「惹」字將花（長條）與人（行客）聯繫在一起。此時，花與人究竟是誰「惹」了誰呢？是花。花（長條）將人（行客）的衣裳牽住。别離的話説個不停。三句二韻，緊接著换拍，説人物於珍叢底不捨離去。這是歌詞另起的新義。謂不僅僅蜂蝶珍惜落花，人物亦珍惜落花。於是，至居中一句，謂其摘取殘英，强簪巾幘，既承接上文，謂於珍叢底，遍尋不得，表示對於花的珍惜，亦開啓下文，引發人物一系列内在心理活動。這是因摘取殘英這一外部行爲所引發的内在心理活動。先是自我寬慰，就眼下的殘英，叙説觀感，謂其儘管不像還没凋謝時那種顫顫裊裊的樣子，但畢竟不曾枉費珍叢底的尋覓；再是表達意願，就水中的落英，叙説願望，希望不能讓其隨著潮汐，漂流而去。爲什麽呢？歌詞煞拍回答了這一問題。謂擔心有人在上面給留下「相思字」。這裏用了一典故。謂宫女將情詩題寫在紅葉上，順著護城河漂流出去。有位書生名盧渥，於長安應試，拾得題詩紅葉。書生後娶遣放宫女爲妻，此女恰好是題詩者（范攄《雲溪友議》）。這是歌詞的下片。

通過人物的活動，叙説心願。爲説情。

歌詞自起拍的總叙羈旅情緒開始，通過春天裏的花和花香等較具具象特徵的意象，對於羈旅情緒這一抽象意念加以描繪，構成一幅蜂蝶尋春圖。這是歌詞的上片。歌詞下片説情，還是原來的情緒，但這一情緒表現爲一種意願，並將蜂蝶轉换爲行客，令得這幅因意願而繪製的畫圖改變成爲一幅行客尋春圖。上片一幅尋春圖，由墮處香澤追逐傾國魂，下片一幅尋春圖，由强簪巾幘追逐相思字。簡單地講，一幅花與花香以及花香與蜂蝶；一幅長條與殘英以及斷紅與行客。兩幅畫圖，當中貫穿著情緒的起伏與變化。合而觀之，歌詞所歌詠應當是由此情緒所構成的夢。而夢者爲何，則應當就是千百年來讀此詞者的一種非非之想。

二　落想：饒宗頤歌詞製作的形上之思

饒宗頤和清真《六醜》《惠蘭芳引》《玉燭新》三章，歌詠睡、影、神，展示形上詞創作的方法與途徑。和詞將落想、設色、定型與西方意識流技巧相聯繫，爲現代主義手法的中國化進行一次有益的嘗試。其中《六醜》，是饒宗頤的得意之作。若問：饒宗頤填製這首歌詞，到底想做些什麽？這就是一種落想。以下先看題下的小序。其曰：

濟慈云：祛睡使其不來，思之又思之，以養我慧焰（見Sleep and Poetry）。夫詩人瑋篇，每成於無眠之際，人類文明，消耗美睡者，殆居其半，而心心不易相印，亦因睡有以間隔之；惟詩人補其缺而通其意焉。

這是十九世紀英國哲學家濟慈所說的一段話。濟慈祛睡，想祛除睡神，以爲睡眠太多並不好。爲什麽不好呢？因爲人類文明創造，大半消耗於美睡，而且因爲美睡，也使得人與人之間互相阻隔，不得心心相印。那麽美睡既不好，又當怎麽辦呢？失眠。失眠比美睡好。爲什麽呢？濟慈説，世界上好多美好的詩篇都是失眠的時候寫出來的。不過，失眠也很痛苦，那又有什麽辦法呢？饒宗頤想到了一個辦法，就是做夢。因夢而進行文明創造。因此，他的這一首歌詞，就想將濟慈所説以及自己對於濟慈所説的理解給表現出來。這就是饒宗頤製作形上詞的緣由。他稱這類歌詞爲形上詞。

以下是饒宗頤《六醜》（睡）的歌詞正文。其曰：

漸宵深夢穩，恨過隙、年光拋擲。夢難再留，春風回燕翼。往返無迹。依樣心頭占，闌珊情緒，似絮飄蕪國。蘭襟沁處餘香澤。繫馬金猧，停車綺陌。玲瓏更誰堪惜。但鵾啼意亂，方寸仍隔。　　閒庭人寂。接天芳草碧。燈火綢繆際，如瞬息。都門冷落詞客。漫芳菲獨賞，覓歡何極。思重整、霧巾烟幘。凝望裏、自製離愁宛轉，酒邊花側。琴心悄，賦與流汐。祇睡鄉兩地懸心遠，如何換得。

歌詞題爲「睡」，起拍即因睡而起，由睡而入夢。謂夜漸深了，夢也做得安穩。既爲進入夢境感到欣慰，又慨嘆光陰過隙，美睡浪費年光。一個「漸」字和一個「恨」字，表達了當時的心情。這是全篇的總叙。接著，展示夢境。謂春天裏的夢，猶如春風裏的燕子，留也留不住。燕子來來回回，没有留下蹤迹。而今，占據在心頭的，還是淩亂的情緒。這是歌詞二、三、四韻所表達意思。其間，夢看不見，情緒也看不見。歌詞用燕翼比夢，用飄絮比情緒，將夢與情緒的狀態給呈現出來。夢與情緒，一個跑得很快，一個將整個蕪園充滿。這是對於夢的描繪與追尋。居中一句，「蘭襟沁處餘香澤」。謂夢留不住，因夢而飄飛的情緒，依然留下香澤。既承接上文，説明香澤的來源；又以蘭襟爲香澤之所浸潤，開啓下文，繼續叙説對於夢的追尋。於是，繫馬與停車，即爲展現出一幅綺陌追夢圖。謂雕車正停靠在綺麗的陌頭，馬背上的鞍韉由狨皮製成，狨毛長而金黄。雕車、寶馬，加以芬芳的衣襟，可見追尋者的身份。但此時，遍地錦繡，滿目玲瓏，又有誰懂得珍惜呢。面對追夢者，提出疑問。而後，自問自答。謂綺陌追夢者，衹是趁趁熱鬧而已。眼下所見，衹有四處鶗啼，人與人之間仍然相互阻隔，個個心煩意亂。這是上片。說留夢與追夢。下片所說，仍爲追夢，並通過追夢以表達意願。但場境與人物已發生變化。這是因歌詞換拍所出現的變化。歌詞換拍，一說閒庭，二說芳草，三說燈火。謂此時，庭院寂静，曠野連天，燈火繁密，但都在瞬息之間。一、二承接上文，由綺陌轉换到庭院；三則開啓下文，由瞬息間的燈火，引申出燈下的詞客。其間，閒庭人物，爲泛指；都門詞客，乃專指。那麽，詞客出現，又將如何追夢呢？歌詞的第五韻，爲展現這麽一副畫圖：「漫芳菲獨賞，覓歡何極。」謂此時，都門詞客正獨自在芳菲叢中，尋覓歡樂。歌詞著一「漫」字，表示没有約束、不受限制。這一狀態，正體現詞客的個性特徵。乃其追夢時的一個特寫鏡頭。居中一句，「思重整、霧巾烟幘」。謂準備重新整理，既承接上文，指其所須重整者乃思緒，又開啓下文，指其所當重整者乃巾幘。思，想、考慮，引申爲準備。謂經過一番考慮思索，即將付諸行動。而後，就歌詞所展示，可知詞客的行動，包括於酒邊、芳側，自製離愁；亦包括將「相思字」寄托於琴心，令隨著流汐，漂浮而去。至煞拍，自留夢、追夢，又回到「睡」，回到序文所講的話題中來。問如何打破睡鄉的隔閡，免得在美睡中將文明消耗。這是下片。展現詞客追夢圖，並說追夢的願望。

綜上所述，周邦彦與饒宗頤，其所作《六醜》，一個歌詠謝後的薔薇，一個歌詠宵深的睡。

一個留春，一個留夢。春既留不住，夢也留不住。但是，周邦彦與饒宗頤卻仍然輾轉反側，寤寐求之。周邦彦與饒宗頤所執著的夢，究竟是個怎麼樣的夢呢？周邦彦云：「悵客裏、光陰虛擲」；饒宗頤曰：「恨過隙、年光抛擲」。悵和恨，是一種情緒，一種意念，也是二人所執著的夢。這一情緒、意念和夢，包括對於光陰飛逝的悵和恨，也包括對於相思離別的悵和恨。周邦彦將這一情緒、意念，通過花與花香以及長條與殘英等具體意象加以呈現，並從蜂蝶的追逐，到行客的追逐，以展示他所執著的夢，以及他的殷切期待。饒宗頤將這一情緒、意念，通過可以流動的意識，經由留夢、夢留不住，直到追夢以及於燈火綢繆際，獨賞芳菲，以表達意願。

周邦彦與饒宗頤歌詞中的行客與詞客，一樣在客中，一樣有個追尋的目標，但二人之所追尋，如從認識層面上看，仍然有形下與形上的區分。由於周邦彦的悵和恨，指光陰在客裏虛擲，而饒宗頤的悵和恨，除了客裏，還包括客外，他所説是人生的全部。在客裏，往往局限於一般的相思離别；客裏、客外，相思離別之外，還有文明創造。因此，周邦彦在歌詞中所體現留春、尋春以及對於傾國魂與相思字的追逐，儘管已達致如癡如醉的程度，但其所書寫仍停留在歌詞起調所叙説羈旅情緒的層面上；而饒宗頤則不一樣，他之和清真，所謂美睡消耗文明，祇有詩人纔能補其缺而通其意焉，其留夢與追夢，自始至終都保持著一種向上的思考，明顯已超出羈旅情緒的層面。這就是周邦彦與饒宗頤，二人在歌詞創造上，所出現的形下與形上的區分。

《周易》（繫辭上）有云：「形而上者謂之道，形而下者謂之器。」形上與形下，也就是形而上及形而下，在哲學意義上講，屬於兩個不同的層面。一個在形體之上，抽象而不可形，非具體之物，謂之道；一個在形體之下，有形迹可尋，爲具體之物，謂之器。饒宗頤探索人類精神史，所謂「原始要終，以爲質也」，對於事物發展的起源和結果，其形上與形下的體現，都有全面的把握。他的藝術創作，追求向上一路，亦頗注重由形下層面向形上層面的提升。太史公所云：「究天人之際，通古今之變，成一家之言。」（司馬遷《報任少卿書》）這是饒宗頤志學、游藝的目標。饒宗頤創造形上詞，將自己從事科學研究、學術研究的心得體會寫入詞中，關鍵在落想。落，降落；想，思索。王夫之云：「五言絶句，以此爲落想時第一義。」其所謂「此」者，乃「勢」也。謂須「咫尺有萬里之勢」（《薑齋詩話》卷二），方纔稱作落想之第一義。袁枚云：「其見愛甚篤，而落想尤奇。」其所説乃「奇」，如稱其爲「乾隆壬子第一歲老人」之謂也（《隨園詩話補遺》卷九）。説明詩界前輩已留意到落想的意義。饒宗頤的落想，於「勢」與「奇」之外，特别注重於「想」，注重於好的想法、好的主意的提供。好的想法，好的主意，也就是一個 idea（觀念）。文學創作中的一個重要因素。以爲思索降落的地方。這是形上詞創作的關鍵。如其和清真，既將西人哲思引入，又據自己的理解，利用歌詞將一個好主意帶入自己的話語環境中來，實現其因夢而進行文明創造的想法。這就是饒宗頤的有意創造。

三　定型：饒宗頤和清真的藝術規範

接下來説定型，和落想、設色一樣，這也是饒宗頤形上詞創造的一個專門用語。定型的型，是一種模子或者樣式。有如鑄造物件所用的模子或者劃分物件類别所用的樣式。這種模子或者樣式，其外部形態並不一定，往往隨著物件的變化而變化。而所謂定型，則是用一定的模子或者樣式，將一種物件的外部形態給固定下來。從不一定，到一定，令之成爲一種載體，以承載形上詞的落想。因此，這一載體，也就是形上詞的形式體現。這是一九七〇年秋至一九七一年春饒宗頤旅美期間之所製作。饒宗頤赴美講學，在耶魯大學研究院擔任客座教授。時年五十又四。自秋末徂春，寓耶大研究院古塔第十一層之上。獨居深念，倚聲寫懷，故有此形上之製。其曰：「詞之爲物，彷佛今之抽象畫。八音繁會，五色相宣。融情於景，而出於迷離惝怳，要以格律爲歸。」王國維説詞，將其當作衆多文體中的一體，謂「詞之爲體，要眇宜修」(《人間詞話》)；饒宗頤説形上詞，將其當作衆多物件中的一件，謂「詞之爲物，彷佛今之抽象畫」。饒宗頤所説，既是一種物件，雖抽象，亦具象。和繪畫一樣，都需要有一定的形式加以呈現。例如綫條、色彩以及聲音。但二者都必須以格律爲依歸。格律，指聲律。詞有聲，畫亦有聲。饒宗頤曾著文説有聲畫。而對於詞，則更將其當作法律看待。謂「捨聲律無以爲詞」。而且，饒宗頤還特别採取和韻方式以製作其形上詞。他明明知道，「宋人和韻，皆窘迫之極思」（王湘綺語），卻曰：「夫非窘迫之極，又安能致思之微，而盡辭之精也耶？」以爲：祇有縛之以律，纔能得到大解脱。以上所引饒宗頤語，均見《晞周集》卷上饒宗頤所作跋。這是饒宗頤對於形上詞以及形上詞製作所進行的形式規範。

以下看看饒宗頤的和韻，究竟如何依遵上述形式規範，借助周律以及由周律所構成清真詞的模子或者樣式，以承載形上詞的落想，製作形上詞。

大體上講，所謂和韻者，詩詞中通常所説，方式有三：依韻、次韻及用韻。依韻，指韻腳與原作所用韻在同一韻部而不必用其原字；次韻，或稱步韻，指韻腳用其原韻原字，並依循其先後次序；用韻，指韻腳用原韻的字而不必依照其先後次序。三種方式中，和清真者，大多採用第二種方式。饒宗頤亦然。這就是次韻。即依循每首詞的韻腳用其原字並依原來次序，逐一應和。饒宗頤和作，請看下列圖表。

六醜　睡　饒宗頤

上片：餘香澤

起拍

漸宵深夢穩，
恨過隙、年光拋擲。△
夢難再留，
春風迴燕翼。△
往返無蹟。△
依樣心頭佔，
闌珊情緒，
似絮飄蕪國。△

居中拍

蘭襟沁處餘香澤。△

繫馬金狨，
停車綺陌。△
玲瓏更誰堪惜。△

結拍

但鵑啼意亂，
方寸仍隔。△

下片：整巾幘

換拍

閒庭人寂。△
接天芳草碧。△
燈火綢繆際，
如瞬息。△
都門冷落詞客。△
漫芳菲獨賞，
覓歡何極。△

居中拍

思重整、霧巾煙幘。△

凝望裏、自製離愁宛轉，
酒邊花側。△
琴心悄，付與流汐。△
只睡鄉、兩地懸心遠，

煞拍

如何換得。△

饒宗頤之和清真，大致依循兩個方面的規則行事：一爲外在型格的佈置及其規範，屬於形式問題，包括歌詞的格式及其排列組合問題；一爲内在形體的結構及生成，屬於内容問題，包括氣脉的運行亦即饒宗頤所說以氣行之諸問題。兩個方面所說，乃和韻的規則，亦定型的方法及途徑。

（二）歌詞外在型格的佈置及其規範

歌詞外在型格，就是上文所說歌詞製作的模子或者樣式。落實到創作實踐，就是詞調的選擇及運用問題。其中，外在型格的佈置及其規範，包括字聲、韻叶的佈置及規範以及詞調幾個關節部位的應合問題。

1. 四聲與四聲詞

周邦彥清真詞之所以成爲典範，其於外在型格的佈置及規範，主要體現在聲音上。因此之故，周邦彥歷來被推尊爲知音作者。如曰：「凡作詞當以清真爲主，蓋清真最爲知音，且無一點市井氣，下字運意，皆有法度。」（沈義父《樂府指迷》）方千里、楊澤民、陳允平三家和清真，亦步亦趨，主要也在聲音上。周邦彥及其步趨者之所謂聲音，應包括音樂的五音及文字的四聲，但一般衹講文字的四聲。例如，紀昀《四庫全書總目提要·片玉詞提要》云：「方千里和詞，一一按譜填腔，不敢稍失尺寸。」又，《和清真詞》提要云：「邦彥妙解聲律，爲詞家之冠，所製諸調不獨音之平仄宜遵，即仄中上、去、入三音亦不容相混，所謂分刌節度，深契微芒，故千里和詞字字奉爲標準。」以爲方千里和詞，字字奉爲標準；不獨平仄宜遵，即仄中上、去、入三音亦不容相混。所指就是文字的四聲。近世說詞，或以爲南宋時「群視周詞四聲爲金科玉律」（蔡嵩雲《柯亭詞論》），或以爲「逭庚子後，始進而言清真，講四聲」（冒鶴亭《四聲鈎沉》)。説法不一様，衹是時代先後的區分，至於講究四聲，作四聲詞，則不同時代，均有同樣的追求。尤其是清代晚期，講究四聲，作四聲詞，更加形成風氣。對此，饒宗頤持較通達的觀點。既不主張不守，又不贊成死守。他説：「捨聲律無以爲詞，詞律莫細於清真。君特甲卷，依體步趨；方、楊、陳三家和韻，幾不紊其宮商。」(《晞周集》卷上跋)但他又説：「即清真自作，同調如《紅林檎近》二首，四聲亦復多歧，知清真但依平仄而已。」(《晞周集》後記)因此，他的做法是：不一定百分之一百依足周律行事。其謂：「故今但和韻，而聲則大體依平仄，非能盡守規範，但期不失其鏗鏘。」(《晞周集》卷上跋)

2. 和韻與自作

北宋詞壇二大家，柳永和蘇軾，對於歌詞創作，各有開創之功，亦各有不足之處。柳「變舊聲作新聲」、「大得聲稱於世」(李清照語)，其所用詞調多爲當時的流行曲調，有的爲其所自創，但因爲過於依賴聲口傳唱，有些詞調旋行旋亡，不見有後繼者；蘇則有點不經意，所用詞調除了《賀新涼》《念奴嬌》等爲北宋新見外，其餘多爲唐、五代以來的熟見調，不太留意音律上的問題，每招致譏諷。周邦彥集大成，對於歌詞創作在形式上進行規範，令其定型；他的歌詞遂「冠冕詞林」(劉肅《片玉集注》語)，成爲一代典範。在當世，「每製一曲，名流輒爲賡和」(沈雄《古今詞話》轉引《柳塘詞話》)。至後世，周邦彥的形式創造，被視爲周律，詞壇奉爲圭臬。不過，對於和韻，論者亦有保留意見。鄒祇謨《遠志齋詞衷》云：

張玉田謂詞不宜和韻，蓋詞語句參錯，復格以成韻，支分驅染，欲合得離。能如李長沙所謂善用韻者，雖和猶如自作，乃爲妙協。近則龔中丞綺讖諸集，半用宋韻。阮亭稱其與和杜諸作，同爲天才，不可學。其餘名手，多喜爲此，如和坡公楊花諸闋，各出新意，篇篇可誦。但不可如方千里之和片玉，張杞之和花間，首首强叶。縱極意求肖，能如新豐雞犬，盡得故乎處。

詩詞和韻，由來已久，並爲積累豐富經驗；而論者則謂不宜。究其原因，首先開列的是句式問題，以爲歌詞語句參錯，句式長短不齊，難以成韻；其次是勉强取叶、極意求肖問題，以爲祇是追求形貌上的相似，不一定能像新豐雞犬那般，放諸通途，各識其家，盡得故處（事見葛洪《西京雜記》卷二）。不過，亦有成功事證，如和坡公楊花諸闋，各出新意，篇篇可誦。說明善用韻者，仍然能出佳品。

饒宗頤年十二始學爲詩，聯句與和韻，素有心得。集中詩詞，多和韻之作，而且所和皆從難、從險，頗見功力。遠志齋所列二難，亦即所謂二不宜，均未將其難倒。饒宗頤記述其詩書生涯，曾謂：往歲庚子（一九六〇），寓長洲。案上有阮籍《詠懷詩》，計八十二首。乃依韻和之，五日而畢。並曾謂：「夫百年之念，萬里之思，豈數日間所能盡之耶？但以鳴我天籟而已。」（《長洲集》小引）明確表示自己的和韻，本非效阮公之體，作阮公之詩，而乃次其韻，寫我憂勞（同上）。故之，饒宗頤和阮公詩，「雖和猶如自作」。至於和清真，其於難處、險處，叶之以巧、以妙，亦渾然天成，筆筆皆自家所出。比如清真《六醜》，句子有長有短，韻位有疏有密。上下片十七個韻腳的安排，參差錯落，依次應和，並非易事。饒宗頤以抛擲應和虛擲、以燕翼應和過翼、以燕國應和傾國、以堪惜應和追惜、以人寂應和岑寂、以草碧應和暗碧、以瞬息應和嘆息、以詞客應和行客、以何極應和無極、以烟幘應和巾幘、以花側應和欹側、以流汐應和潮汐、以換得應和見得，計十三例，既和其韻，亦和其聲。於十七例中，占居百分之七十六。其餘四例，饒宗頤以無迹應和無迹、以香澤應和香澤、以綺陌應和柳陌、以仍隔應和窗隔，則稍有不合。這裏，我所説合與不合，指的是韻腳上面的一個字。一般講，所謂和韻就是和原作的韻，原作用什麼字當韻腳，就依次用其字當韻腳。至於韻腳上面的一個字，大多較爲講究。韻腳上的一個字，字聲既須與原作同，而字面卻不能同。這就是合。如上述十三例。而稍有不合者，指的是韻腳上的一個字，不能和原作一樣。饒宗頤四例，二例字面相同，二例字聲未協。所謂大醇而小疵，未可苛求。大體上看，饒宗頤的《六醜》，次韻、和聲，已極其遺詞用字之能事，允稱合作。

3. 關鍵部位，特殊句式

饒宗頤和清真，不贊同況（蕙風）、邵（瑞彭）之説，「必字字依其四聲」（《晞周集後記》），但在詞調的幾個關鍵部位，即音律吃緊之處，其所用句式及字聲，大都依遵周律。

周邦彦《六醜》，於詞調的幾個關鍵部位，一般均採用特殊式句。例如：「正、單衣試酒」、「但、蜂媒蝶使」以及「漸、朦朧暗碧」。這是上片的起、結及下片的過遍。三處皆五言一句，而與一般五言句的組合方式不同。一般五言句，通常以二二一或者二一二句式出現，此爲一四句式。一般五言句式，稱律式句，此爲非律式句。其中，「正」、「但」、「漸」，爲領格字。「正」提領起下面的兩個長短句，一爲四言句（「單衣試酒」），一爲七言句（「悵客裏、光陰虛擲」）；「但」提領起兩個四言句（「蜂媒蝶使，時扣窗隔」），「漸」提領起一個四言句（「朦朧暗碧」）。此等領格字，「正」、「但」、「漸」，並皆用去聲、虛字。這是周邦彦爲樹立的典範。

饒宗頤和作，於上片的起結，嚴格依遵周律。如「漸、宵深夢穩」及「但、鵑啼意亂」皆非律式句，其中，「漸」與「但」，並用去聲、虛字，皆周律所規範。但於下片過遍，饒宗頤將「漸、朦朧暗碧」（一四句式）改作一般律式句「接天、芳草、碧」（二二一句式）。這是較大的變動。就歌詞所説留夢與追夢的過程看，開篇由睡入夢，著一「漸」字，將思緒引入夢中，爲以下的留夢、追夢，確立基調；至上片的結句，説綺陌追夢，著一「但」字，以四處鵑啼，表示人與人之間的阻隔，爲下片説詞客追夢，作好準備。頭緒十分清晰。

至於占居中間位置的居中句，這也是詞調的一個關鍵部位。周邦彦《六醜》上片的居中句「釵鈿墜處遺香澤」，由花落説到花香，上下承接，十分嚴謹。饒宗頤以「蘭襟沁處餘香澤」相應和，儘管未能回避韻腳上面的三個相同字面（「處」、「遺」、「香」），其所謂蘭襟爲香澤所浸潤，卻同樣收到承上啓下的效用。再看下片，周邦彦的居中句「殘英小、强簪巾幘」，由尋覓不得到得，承轉有序。饒宗頤以「思重整、霧巾烟幘」應和，既重整思緒，亦重整巾幘，其意識流動，脉絡清晰。原唱與和韻，於居中位置，皆特别用功。

以上所展現是周邦彦、饒宗頤於詞調關鍵部位所採用的特殊句式。這一特殊句式計二種，一爲一四句式，另一爲三四句式。二者皆爲非律式句。前者從頭部砍斷，是一字頓；後者從中間砍斷，爲折腰句。周邦彦與饒宗頤，一古一今，一唱一和，頗能顯見其造句的本領。

此外，周邦彦《六醜》，另有幾個非律式句，如「葬、楚宫傾國」及「似、牽衣待話」，饒宗頤和作以「似、絮飄蕪國」及「漫、芳菲獨賞」相應和，亦甚合拍。

非律式句與律式句，一拗一順，乃相對而言，各有效用。一般講，非律式句，詞中專有，詩未能用。但詞中的非律式句，亦未能隨意改順。例如，「悵客裏、光陰虛擲」，如改爲四三句式，成爲「光陰虛擲、悵客裏」就反倒不順。饒宗頤和作亦然。如其「恨過隙、年光拋擲」，同樣不能改作「年光拋擲、恨過隙」，因乃恨拋擲，而非恨過隙也。

這是句式的運用。至於字聲，饒宗頤的意思是，不必字字依遵。但和作中相關特殊句式的領頭一字，如「漸」、「似」、「但」以及「漫」，均用去聲，則與周律相合。領格字以外，起拍的「宵深夢穩」（平平去上）及換拍的「閒庭人寂」（平平平入），四聲均與原作相合。這一切，既體現周律之細，亦可見饒宗頤體驗之深。

（二）騰挪流轉，宜以氣行

饒宗頤說：「和詞忌滯於詞句字面，宜以氣行，騰挪流轉，可望臻渾成之境。」（《晞周集後記》）滯於詞句字面，指格式上的應和；騰挪流轉，牽涉到行氣問題。就饒宗頤的《六醜》製作而言，格式上的應和，表現爲對於周律之守與不守；而行氣，則憑藉西方意識流技巧的運用。

周邦彥《六醜》歌詠落花，由一「悵」字起，贊嘆光陰於客裏虛擲。接著，由惜春到惜花，由落花到追尋花的香澤，並憑藉著香澤，於珍叢底尋覓，再由殘英到斷紅，一路追尋，到最後因「相思」二字，又回到開篇的悵惘當中來。其始與終，渾然一體。饒宗頤《六醜》詠睡，由一

「恨」字起，「恨過隙、年光抛擲」，如上文所述，其所恨乃抛擲，而非過隙。即謂：「人生天地之間，若白駒之過郤，忽然而已。」（《莊子·知北遊》）以爲，人生既已如此之短暫，即不應於美睡中將光陰抛擲。接著，因睡入夢，由留夢到追夢，思緒的流轉，雖亦跟隨著清真，由惜春到惜花，由落花到花香，一路追尋，卻並非步步緊跟，於追尋過程，其思緒的流轉，另有自己的一套規則。比如，由閒庭到綺陌，一方面説闌珊情緒，依樣心頭占，一方面説繫馬停車，方寸仍隔，兩個方面，都門追夢者與綺陌追夢者，飄然而來，忽然而去，有如行空天馬，難以捉摸其蹤迹，此則所謂騰挪者也。就表現手法看，這就是饒宗頤所説意識流技巧。因此，在追夢過程，既可以都門詞客的身份，獨賞芳菲，於夢中探測人類文明創造史，尋覓無限的歡欣，亦可於夢中將琴心悄悄賦予流汐，直到彼方，而不必爲著紅葉上的「相思字」，苦苦相候。最後，由於琴心的付與，歌詞由隔，換得到不隔，令得兩地相遠而不相隔。

大體上看，周邦彦歌詠謝後的薔薇，自客裏的相思離别起，到客裏的相思離别止。既有以始，亦有以終，最後到達渾化之境。饒宗頤歌詠深宵的睡，由睡入夢，因夢又返回於睡，其所謂以氣行者，就是一種意識流動，既依循規範，又無所規範。這是饒宗頤的特别創造。因此之故，饒宗頤和作的跟進，時間雖十分緊迫，「未遑細辨毫芒」（饒宗頤《晞周集後記》），卻仍然「字字幽窈，句句灑脱」（羅忼烈《晞周集》序），看不出受規範的痕迹。

四　小結：饒宗頤形上詞的評價問題

饒宗頤的《六醜》從周邦彦而來，是他和清真的得意之作。他的這首詞究竟和得怎麼樣？應當如何評價？二十世紀七十年代初，當時旅居美國的名媛張充和，曾將饒宗頤《晞周集》全帙以工楷謄寫一過，並特別爲《六醜》一詞譜曲。「以笛倚之，其聲諧美。」（羅忼烈《晞周集》序）饒宗頤賦《塞垣春》詞以紀之。調下有題曰：「觀充和離騷書卷，並謝其爲余手録和周詞。」九十年代中，香港回歸前後，有關饒宗頤形上詞的推介文章刊行，引發學界研討。進入二十一世紀，相關研討已漸展開。近日，見某學報載文，題稱：《饒宗頤「形上詞」論分析》。不僅説形上詞，而且説「形上詞」論（説）。以爲：「饒宗頤『形上詞』説，與王國維『境界』説分屬二十世紀中國詩學之一頭一尾，是繼『境界』説後的詩學理論新突破。」文章將論題由作品分析層面提升到理論研究層面，甚是值得注視。

本文説形上詞的落想問題，撰寫過程，通過比較、思考，牽涉到許多方面的問題，以下擬就其中三個與新説創立有關的議題與學界共研討。

（一）形上詞與形上詞説

形上詞，與其相對應的應當是形下詞，但詞界無此稱謂。單獨説形上詞，衹能將其當作詞中的一個品種看待。有如詠物詞、詠懷詞一般。而形上詞説，或者説形上詞，這是對於作品(形上詞)的説明。稱之爲形上詞賞析可矣。稱之爲論，或者説，亦即將其當一種理論，乃至學説看待，似亦未嘗不可，但需要經過一番精心的包裝和説明。至於何謂形上詞，拙撰《爲二十一世紀開拓新詞境，創造新詞體——饒宗頤形上詞訪談録》一文，饒宗頤已爲作出明確的界定。其曰：

西洋形上詩(Meta physical)，代表形而上。這是與形而下相對立的。Meta physical在上面，帶有物以上的意思。這是看不見的。對此，中國人謂之爲道，而形而下，則謂之爲器。我所作形上詞(Meta physical Tzu)，就是從這裏來的。重視道，重視講道理，這是形上詩的特徵，也是形上詞的特徵。如果爲形上詞立定義，是否可以説，所謂形上詞，就是用詞體原型以再現形而上旨意的新詞體。

這段話説明形上詞的來源，並從形而上與形而下的角度爲之確立定義。明確指出：形上詞是在形之上用以講道理的一種歌詞。重視道，重視講道理，這是形上詞的特徵。並且明確指出：形上詞是用詞體原型以再現形而上旨意的新詞體。據此，可以斷言：形上詞是詞中的一個品種，或者新詞體；形上詞自身並非理論，並非什麼學說。進行形上詞的研究，包括説形上詞以及形上詞説，屬於作品層面的分析與鑒賞；對於形上詞的創造，進行總結、歸納，進行由多到一的提升，屬於理論層面的批評及研究。而後，在這一基礎上創立新説，這仍然是一項艱巨的工作。

（二）境界與境界説

境界，就是疆界。《詩·大雅·江漢》有云：「於疆於理，至於南海。」鄭玄箋曰：「召公於有叛戾之國，則往正其境界，脩其分理。」説明是一個空間範圍，一種疆土的界限。引以説詩，或者説詞，加上一個「説」字，成爲境界説，對其義界，就有各種不同的説法。依我的理解，所謂境界説應當包括下列三層義界。第一，這是一個疆界，一個有長、寬、高，可以測量出來的疆界；第二，這是一個意境，既包括承載物「意」，又包括容納、承載「意」的載體「境」；第三，王國維説境界，不僅在境内，而且在境外，是一種境外之境。合而言之，王國維所説境界，是一個載體，一個承載「意」（從叔本華那裏借鑒而來的「意」），包括情和景的載體。承載物與載體，共同構成王國維的境界説。就百年詞學而言，王國維的這一創造就是現代詞學境界説。

饒宗頤和清真，創造形上詞，在意境創造的意義上講，其有關題材的增添以及疆界的拓展，乃於境界中承載物的增添；理論上的説明及包裝，並非重點。至於説形上詞，或者形上詞説，如上文所説，尚未到達理論創造的層面，如果一定要將其看作一種「理論」，這種「理論」也還是應當歸屬於王國維的境界説，似不必爲之另起爐灶，另立新説。

（三）學人與學人之詞

饒宗頤做學問，强調原始要終，他的形上詞創造，亦復如是。比如和清真之《六醜》《惠蘭芳引》《玉燭新》三章，歌詠睡、影、神，其立意及形式創造，既根源自周邦彦，又與陶潛密切相關。陶潛《形影神》三首，歌詠形、影、神，叙説人生的苦與樂。謂無論貴賤賢愚，都曾受到人生苦樂問題的困擾。「因極陳形影之苦，而言神辨自然以釋之。」（《形影神》三首序）最後得出結論：「縱浪大化中，不喜亦不懼。」饒宗頤歌詠睡、影、神，展示人類的精神活動。謂人類文明消耗美睡者殆居其半，祇有詩人能够補其缺而通其意。二者同樣是一種形而上的思考，一種對於人生以及對於人類生存的關懷。這是饒宗頤與古人的共通之處。但饒宗頤追尋本原，既注重以古人爲師，亦注重自我的創造。所謂「稍與陶公異趣者」（饒宗頤語），正體現這一創造精神。比如對於人生之苦的解脱之道，陶潛借助老莊，於大自然中求寄托；饒宗頤則借助西人哲思，將探究人類精神史的成果引入詞中，爲指示「向上一路」。這就是饒宗頤與古人的相異之處。而他的這一指向，就是吴宓所説：從詩歌到哲學的提升。

至於形式創造，也就是模子或者樣式的創造，饒宗頤對此也有自己的一種堅持和準則。

一般講，由於和韻，於字聲及韻部亦步亦趨，乃事屬必然，要不就不成其爲「和」了。相關作者之高明，或者不怎麽高明，就看種種規限，是否將其給束縛住了。而進一步講，和韻作者如想做到「雖和猶如自作」（上引鄒祇謨《遠志齋詞衷》語），做到不説和清真，誰也不知道這是和周之作（參見羅忼烈《晞周集》序），那就非大才情、大手筆如饒宗頤者不辦。所以，饒宗頤説：「唯縛之以律，庶得大解脱。」（《晞周集》卷上跋）應當是他的體會有得之言。這是一種無所不能，亦無一不精妙的大氣派，别人未能有，饒公獨能有。

那麽，饒宗頤的形上詞創作，究竟應當如何評價？比如，究竟本色或者非本色？本色或者非本色，也就是似與非似，這是一千年來傳統詞學本色論對於歌詞創作的一種批評標準。以本色或者非本色，也就是似與非似，作爲批評標準，認爲本色就本色，非則非也。在很大程度上，都得憑藉感悟，憑藉主觀的判斷，並不容易把握。一百年來，自王國維發表《人間詞話》，倡導境界説，有與無有，亦即有境界或者無境界，成爲另一批評標準，現代詞學境界説的批評標準。比起似與非似，其有與無有，有一定尺度可以測量，用作批評標準，容易掌握得多。二十世紀二十年代，胡適編纂《詞選》，將詞的歷史劃分爲三個大時期，並將第一個大時期（自晚唐到元初）的詞劃分爲三個階段：歌者的詞、詩人的詞、詞匠的詞。三個階段的劃分，也是三種類别的劃分。他的劃分的依據是，有無意境與情感，或者有無天才與情感（胡適

《詞選》序)。所用標準實際上就是王國維有境界或者無境界的標準。傳統詞學本色論、現代詞學境界說,兩種批評標準,兩大理論建樹,再加上吳世昌爲奠定基礎的新變詞學結構論,構成中國千年詞學史的三大理論建樹,三座里程標志。在這一大背景之下,權衡饒宗頤的形上詞創作,相信能够給予一個較爲恰切的評價。因爲饒宗頤自己認定他的前身是一名高僧——宋真定府十方洪濟禪院住持、傳法慈覺大師宗頤,如果時光倒流,返回一千年前的宋代,既能清楚地看到,被胡適劃分爲歌者的詞、詩人的詞、詞匠的詞的歌詞作者,他們的創作究竟本色或者非本色,當行或者不當行,則對於饒宗頤的形上詞創作,究竟應當作何評價,自然也不難把握。

以下,不妨憑藉自己的主觀認識,先爲歌者的詞和詩人的詞的兩名代表作者柳永和蘇軾試下一斷語,而後再看看,當年的這名高僧如果也填詞的話,究竟應當誰屬,如何加以評判。主觀的認識,看其似與非似。似,本色;非似,非本色。准此以判柳、蘇,一本色而當行,一非本色而當行。本色與當行,兩個不同的概念。柳永與蘇軾,其所作歌詞,有本色與非本色之分,並不妨礙其作爲一名當行作者。但同樣是本色詞人,卻有當行與不當行之别。比如李清照與周邦彦,李爲本色當行作者,周則未必,在某種意義上講,可能還是一名本色而不怎麼當行的作者。至於這名高僧,究竟誰屬,還得返回二十世紀,看看當下的饒宗頤,纔能爲作判斷。饒宗頤説：「詞異乎詩，非曲折無以致其幽，非高渾無以極其夐。」（《固庵詞》小引）表示對於深與高的追求。比之兩宋歌詞作者，當與蘇軾爲近。蘇軾以詩爲詞，在詞中造理；饒宗頤創造形上詞，從詩歌到哲學的提升。如爲下一斷語，應當説，饒宗頤的形上詞是詩人之詞當中的學人之詞。對於饒宗頤形上詞的評價，已不是本色或者非本色問題，而是高明或者不高明問題。

據黄嫻記録整理

甲午處暑前七日於濠上之赤豹書屋

附　編

方筆與圓筆

——劉永濟與中國當代詞學

二十世紀，中國詞學之由傳統向現代化推進，劉永濟是一位舉足輕重的人物。本文從史的角度，將劉永濟放在古今詞學發展變革的大背景下進行考察。以爲中國詞學，自王國維之後，經歷了開拓期、創造期、蜕變期三個歷史時期。劉永濟由創造期進入蜕變期，其詞、其學，乃本色論到境界説的過渡，亦況周頤到王國維的過渡。所論讀詞之法與填詞之法，學力、天分，圓筆、方筆，兩面俱到，對於新世紀的詞學開拓，具有重要參考價值。

二十世紀是著書立説的一個世紀。一百年來，社會科學之各門學科，包括孔門四科在内之所有傳統學科，皆得以長足發展。其間，詞學亦無例外。一批大師級人物，應運而生，與時俱進，爲中國詞學建造不朽功業。除夏承燾、唐圭璋、龍榆生、詹安泰以外，劉永濟也是一位值得稱述的人物。

新舊世紀之交，詞界舉辦一系列學術會議及紀念活動，回顧、總結老一輩學人所走的道路及其所做貢獻，皆取得良好成效。今次，武漢大學文學院舉辦劉永濟與詞學國際研討會，相信亦將引起注視。

劉永濟與詞學，題目很大，很有分量。對於研究對象而言，其詞、其學，當然承擔得起；而對於晚輩，則恐怕力有不逮。因撿取輕一點的試試，說三個問題，以與與會諸公共研討。

一　詞史、詞學史地位問題

一般以爲，蓋棺論定，替已故前輩確立個位置，並不太困難，而實際則未必。有時候，論定既不易，蓋棺或許也將遇到一些麻煩。例如陳獨秀，歷史上早有定論，而其墳墓，至今依然敞開。據說，家鄉人不願給加蓋。這是一種情況，論定而未蓋棺。另一情況，則蓋棺而未論定。最近幾年去世的若干詞家、詞論家，包括盛配、萬雲駿、黃墨谷諸輩，就是另一情況。毫無疑問，這對已故前輩不公平，對於詞界也是一種損失。今年一月，在暨南大學爲龍榆生百年誕辰所舉辦的座談會上，我曾提及這一問題。以爲：合適的定位，既有助於加深對個別歷史人物的認識，亦有助於對歷史的整體把握。因而，對於劉永濟，同樣亦當作如是觀。

爲研究對象進行歷史定位，説得具體一點，就是一種分期與分類。過去一段時間，在研習過程中，對此，我曾有過嘗試。

二十世紀八十年代中，編纂《當代詞綜》，叙述百年填詞史，將詞作家劃分爲三代：承前啓後之第一代，作爲中堅力量之第二代，後起之第三代（第四代附列於後）。並於第二代中，推舉徐行恭、陳聲聰、張伯駒、夏承燾、唐圭璋、龍榆生、丁寧、詹安泰、李祁、沈祖棻氏，爲當代十大詞人。劉永濟不在十大之列，但其作爲第一代詞作家，於《當代詞綜》仍然占居相當突出的地位。這是從詞的發展史角度所進行的考察。

九十年代，撰寫《今詞達變》，推舉王國維、胡適、夏承燾、繆鉞、吴世昌、沈祖棻、饒宗頤爲今詞七家，亦曾一一加以定位。謂：當代詞學之父王國維，詞壇解放派首領胡適，一代詞宗夏承燾，詞學宗匠繆鉞，詞體結構論奠基人吴世昌，本色詞傳人沈祖棻，今詞殿軍饒宗頤。其時，尚未論及劉永濟。這是從詞學發展史角度所進行的考察。

新世紀開始，撰寫《二十世紀詞學傳人》，將百年間所出現的詞家、詞論家劃分爲五代。第一代，朱（孝臧）、王（鵬運）、文（廷式）、鄭（文焯）、況（周頤），僅五人。正好一支籃球隊。朱爲隊長。第二代，從劉毓盤到蔡嵩雲，計十一人。一支足球隊。隊長王國維。第三代，從顧隨到饒宗頤，計二十二人。兩支足球隊，甲隊與乙隊。夏承燾爲甲隊隊長，施蟄存爲乙隊隊長。第四代，從劉逸生到謝桃坊，亦二十二人。兩支足球隊。甲隊隊長邱世友，乙隊隊長葉嘉瑩。第五代，爲眼下之一代，暫未加以編排。五代中，劉永濟居第二。詳見下圖。

二十世紀詞學傳人

第一代	朱孝臧	王鵬運、文廷式、鄭文焯、況周頤
第二代	王國維	劉毓盤、冒廣生、張爾田、夏敬觀、吴梅孫、葉恭綽、吴　梅、胡　適、劉永濟、蔡嵩雲
第三代	夏承燾	顧　隨、趙尊嶽、張伯駒、沈軼劉、馮沅君、唐圭璋、龍榆生、詹安泰、繆　鉞、宛敏灝
	施蟄存	胡雲翼、吴世昌、錢仲聯、神田喜一郎、沈祖棻、盛　配、萬雲駿、吴則虞、黄墨谷、饒宗頤
第四代	邱世友	劉逸生、羅忼烈、陳邦炎、霍松林、顧易生、馬興榮、劉若愚、徐培均、村上哲見、劉乃昌
	葉嘉瑩	陶爾夫、錢鴻瑛、黄拔荊、邱變友、王水照、嚴迪昌、高友工、吴熊和、（暫缺）、謝桃坊
第五代		

這是依時間推移所進行的考察。就劉永濟而言，對於其詞、其學之具體狀況，究竟應當如何定位？鑒於上述有關嘗試，我以爲，若將以時間推移所進行的考察，與詞史、詞學史的考

察聯繫在一起，進行綜合評估，劉永濟在當代詞史、當代詞學史上的地位，即可這麽斷定：乃舊詞學到新詞學或者古詞學到今詞學的過渡，亦即本色論到境界説的過渡。一句話，包括所有。

有關詞史、詞學史部分，種種依據，拙著《當代詞綜》及《今詞達變》已説明，此不贅。至劉永濟，其定位依據，下文將逐一加以列述；而所定位置之合適或者不合適，相信亦將隨之得以檢驗。

二　詞史、詞學史貢獻問題

總而言之，劉永濟在當代詞史、當代詞學史上的地位，其判斷依據，主要是詞學觀念以及治詞門徑兩個方面。

詞學觀念，乃對於詞的理解或認識。如以爲，詞究竟是個什麽玩意兒。就是一種觀念。這是一個古老的話題，也是一個任何人都無法回避的話題。但對於這一話題的表述，方式、方法，各不相同。而且，不一定用語言，也用符號。即使是語言，也並不那麽直截了當。往往點到即止，或者説到另外一個地方去，並非容易捉摸得到。

夏承燾説治學經歷，謂其所以喜歡填詞，就因國文老師張慕騫，爲其習作《如夢令》中的

「鸜鵒。鸜鵒。知否夢中言語」加上了三個圓圈。夏當時十四歲。

劉永濟也曾説過一段經歷。謂，壯歲遊滬濱，偶以所作《浣溪沙》（幾日東風上柳枝）請益蕙風。蕙風喜曰：「能道沉思一語，可以作詞矣。詞正當如此作也。」令其暗自高興。當時，劉填詞初入門（《誦帚盦詞集自序》）。

前者以符號，後者以話語。這是近代的事。如依此往上推移，很早以前，陳師道之論蘇軾詞，就是一個典型事例。陳撰《後山詩話》云：「退之以文爲詩，子瞻以詩爲詞，如教坊雷大使之舞，雖極天下之工，要非本色。今代詞人，惟秦七、黄九爾，唐諸人不迨也。」

不同表述，不同用意。究竟應如何理解？就當事人而言，照理説，比較清楚，但也不一定。比如夏承燾，密圈的事，不僅激發其填詞的興趣，而且令其銘記終生。知道這是一種頂級贊賞。一個圓圈，一個好。兩個圓圈，兩個好。三個圓圈，好上加好。劉永濟也一樣，「知此乃長者誘掖後生之雅意」。而蘇軾當時之如何解讀，則不可知。

合而觀之，應該説，有褒有貶。加密圈，認爲可以作詞，表示好，是一種褒；非本色，表示不好，是一種貶。褒與貶，皆體現對於詞的理解或認識，體現一種詞學觀念。至此，如進一步加以推斷，這種好與不好，應當還有各自不同的詮釋。比如，夏氏《如夢令》之好，可能是一種聯想。夢中言語與非夢中言語，由此及彼，因而，也就不同一般。而劉氏《浣溪沙》：

幾日東風上柳枝。冶遊日盡著春衣。鞭絲争指市橋西。寂寞樓臺人語外，闌珊燈火夜涼時。舞餘歌罷一沉思。

如將其與晏殊《浣溪沙》對讀，其奧妙之處，應可領悟得到。晏詞曰：

一曲新詞酒一杯。去年天氣舊亭臺。夕陽西下幾時回。無可奈何花落去，似曾相識燕歸來。小園香徑獨徘徊。

二詞都説沉思，一個於樓臺夜涼之時，一個在獨自徘徊當中。其沉思，依照況周頤（蕙風）的説法，應當是由詞内到詞外的一種聯想。晏詞之好與劉詞之好，就在於此。至蘇詞，其好與不好，則體現爲似與不似。似（如）雷大使，不好；不似（如）雷大使，好。如此而已。亦頗有意趣。

這是一種簡單的詮釋。如進一步再作推斷，好與不好以及似與不似，用以説詞就是本色與非本色問題。本色與非本色，這是一組相對等的概念。千年詞史、詞學史，既從專業（當行不當行）角度，將其當作評判好與不好的最高準則，又從方法論（悟與不悟）角度，將其當作祇可意會、不可言傳的一種批評模式。這就是本色論。

以本色論詞，斷定是否當行家語。講一點，不講一點。廣東話的意思是：「講啲唔講啲。」不一定都要落到實處。正如嚴羽所說「惟悟乃爲當行，乃爲本色」（《滄浪詩話・詩辨》），須於言語以外求之。這是由本色論自身之不確定性所決定的。所以，有關表述，祇要說到「上不似詩，下不類曲」（李漁《窺詞管見》），也就足够了。這是千年狀況。上述三例，都是這一範圍内的問題。

一九〇八年，王國維發表《人間詞話》，提出：「詞以境界爲最上。有境界則自成高格，自有名句。五代、北宋之詞所以獨絶者在此。」有境界，爲最上；無境界，爲最下。將詞史、詞學史，提高到立意與造境的層面進行考察。這就是境界說。

以境界說詞，這是近百年的事。其間，諸多困擾，諸多周折。諸多問題，有待重新檢討。亦即近百年間，境界說之被錯解，被誤導，被異化，於學界或直接或間接，曾有過負面影響。但是，境界說的出現，由似與不似到有與無有，標準變化，言傳方式變化以及隨之而來的觀念變化，亦曾爲中國詞史、詞學史，帶來新氣象。這是中國當代詞史、詞學史發生、發展的大背景。我所作分期與分類，即以此爲依據；劉永濟之作爲一位過渡性的歷史人物，其詞、其學，其有關發明創造，相信亦離不開這一背景。

劉永濟著《詞論》，於通論部分，首立名誼一節，爲詞正名。這是劉永濟詞學觀念的集中體現，亦其爲中國當代詞史、詞學史所作之一重要貢獻。

爲詞正名，看看詞這玩意兒究竟是個什麽物事。這是有較大難度的。昔賢於此，所述未詳。據舊聞，劉永濟將其概括爲二：「一者，樂家有聲有詞，古人緣詞製調，後人倚聲填詞，略聲舉詞，故曰詞也；二者，詞者音内而言外，音屬宫調，言指歌詞，宫調内而難知，歌詞外而易見，簡内稱也，故曰詞也。」兩種説法，一從聲與詞配搭之方法立論，另一從音與言感人之後先命題。包括體與用，大致將其當作歌詞的辭看待。劉熙載謂：「樂歌，古以詩，近代以詞。如《關雎》《鹿鳴》，皆聲出於言也。故詞，聲學也。」（《藝概・詞曲概》）亦此意。這是本色論者的一般見解，相當於今日之所謂音樂文學。劉永濟對此，無大異義，但以爲，「非始製之正名」。謂：「詞之爲體，廣包聲律曲調；而詞之立名，局指字句篇章。」意即，將詞當作歌詞的辭看待，乃一隅之見，非通達之論。因將視野打開，從歌詞發生、發展之各種渠道，包括入樂立名、可歌立名以及篇體立名等渠道，進行全面考察，從而，得出這麽一個結論：

夫論文學之始者，厥惟風謡。風謡之興，必資三者：一曰歌辭；二曰音樂；三曰舞蹈。歌辭以宣其情，音樂以象其聲，舞蹈以表其容，三者協和，而後文之爲藝也始精，其感人也始力。泛觀往古衆製，惟樂府爲能兼之。而詞者，樂府之正傳，有其長而通其變者也，故能發人情之秘奥、通樂理之精微、濟詩歌之絶運、開戲曲之先河，可謂兼包衆美者矣。

劉永濟以爲：詞者，樂府之正傳也。詞之爲體，非止歌詞之辭，非止歌詞一體所能概括。兼包衆美，乃其特徵之一。此外，劉氏並列舉三事，對其特徵，進一步加以揭示。曰：

詩自五言倡於漢代，七言成於魏世。一句之中雜有單偶之辭，氣脉疏蕩，已較四言平整者爲優，然而錯綜之妙，變而未極。填詞遠承樂府雜言之體，故能一調之中長短互節，數句之内奇偶相生，調各有宜，雜而能理，或整若雁陣，或變若游龍，或碎若明珠之走盤，或暢若流泉之赴谷，莫不因情以吐字、準氣以位辭，可謂極織綜之能事者矣。

又曰：

文學之美，有色有聲。聲成於平、上、去、入，而極於清濁、陰陽，沈休文所謂宫羽相變、低昂互節者，是也。詞家於此，尤爲擅場，既辨五聲，復嚴上、去。一聲或硋，則一句落腔；一句或乖，則全篇失調。研律之工，精入毫髮，而一準天籟，匪由力至，亦可謂得音理之微妙者矣。

又曰：

文家遣辭，雅言則違俗，俗言則傷雅。用之廊廟者，不諧於里巷；習於民衆者，不重於士夫。求其通上下之用、兼雅俗之宜，無施而不可者，厥惟填詞。故能高者比靈斯於風、雅，下者毗美於歌謡。經史之辭、民俗之諺、方里之音、古今之語，一入名手，俱皆妙諦。牢籠之廣、包舉之大，有文字以來殆無以比者焉。

凡此三事，全面把握。不僅看歌詞自身之一體，而且看與歌詞相關之衆多體制。既注重其極織綜之能事者，又注重其得音理之微妙者；既注重其高者，又注重其下者；既考察其近因，又追溯其遠源。天地四方，左右、前後、上下，牢籠、包舉，乃十分精闢之一探源之論。有此三事，詞之爲體，其於文壇所占地位，也就顯得十分崇高。因曰：「詞之本體已足度越往制。故雖分鑣詩賦而能奪幟文壇，雖晚出後代而能炳曜千古，非偶然也。」一句話：樂府正傳。劉永濟之所揭示，已經大大超越本色論。這種超越，既體現在觀念上，在某種情況下，有關批評方法及模式，或多或少，或自覺或不自覺，亦有所體現。好與不好，並非祇是依靠似與非似衡量，或者僅僅是一種感悟。其所運用概念，諸如内外、大小、深淺、厚薄等等，已涉及境界説範疇，大多可以落到實處，可以測量得到。

但是，這種超越之所達致程度，尚須從其他幾個方面，包括治詞門徑等方面，進一步加以追尋。掌握好這一程度，其對於中國當代詞學的貢獻，纔能有較爲真切的體認。

劉永濟字弘度，號誦帚，湖南新寧人。一八八七年（清光緒十三年）生，一九六六年卒，年七十九。自幼侍讀於父、祖几案，後隨其叔出外讀書。肄業於清華大學。壯歲遊滬濱，受詞法於朱祖謀（彊村）、況周頤（蕙風）二先生，由是以名其家。而涉詞以教於上庠者，垂三十年（席啓駉《誦帚盦詞集序》）。有《詞論》《微睇室説詞》《誦帚盦詞》（二卷）《唐五代兩宋詞簡釋》等多種著作行世。

劉永濟於詞，所見甚高遠，其實際行動，亦即説的和做的，究竟如何配合；其目標，如何達致。這就是門徑問題。這一問題，與正名一樣，也是難度較大的問題。

以下，試説兩個小問題，希望從中探知其消息。

第一，直接與間接問題。論讀詞之法，以前賢經驗爲標榜。

所謂前賢，主要是況周頤，劉永濟的入門導師。況擅長填詞，亦有理論。能做能說。與王（鵬運）、文（廷式）、鄭（文焯）合稱清季四大詞人（據龍榆生說）。詞界推尊廣大教主。以示門徑，頗便初學。劉永濟《詞論》稱引況有關讀詞之法語録多則，以爲「於此道之奥秘盡宣矣」。如云：

讀詞之法，取前人名句意境絶佳者，將此意境締構於吾想望中。然後澄思渺慮，以吾身入乎其中而涵泳玩索之。吾性靈與相浹而俱化，乃真實爲吾有而外物不能奪。三十年前，以此法爲日課，養成不入時之性情，不逴恤也。

謂意境絶佳者，可與性靈相浹而俱化。讀前人詞，關鍵在讀詞境，而非衹是名句而已。又此意境，雖在詞中，卻不限於詞。讀詞境，乃況氏獨家之秘。劉永濟稱，昔年旅滬，況已親授之。謂：「一日，君誦太白《惜餘春》《悲清秋》二賦，謂余曰：『此絶妙詞境也』。」於是，劉因此加以推演，謂：「一切文藝，其意境超妙者，皆當用以涵養吾之性情也。」並謂：詞以外，詩或者賦，都有詞境在。而且，不單文藝如此，舉凡天地之間，人情、物態，也都有詞境在。靈心慧眼之人，自能隨處得之（《詞論·取徑第二》）。既將詞與一切文藝相提並論，又因此而推廣至天地之間，説明應當取法自然。這是讀詞境之意。

但是，劉永濟又將話説回來，以爲取法自然，須借助讀詞，於詞中學得方法。故曰：

> 惟自然之中，妙文無限，妙法亦無限，故古今取用無盡。然初學操觚之士便欲直接取法自然，每苦不易，故必間接取法古人。即能取法自然，亦必借古以爲鑒。及其學古之功既深，然後即時即地皆能見自然之法則；能見自然之法則，然後能以自爲；能取以自爲，則吾之性情、襟抱、聰明、才力與夫人事、物象、境遇、時序，皆可發抒盡致，摹略逼真。學古之道，如斯而已。

説明「兩宋人詞宜多讀多看，潛心體會」，對於詞境、詞心，方纔得以真切把握（《蕙風詞話》卷一）。那麽，讀詞過程，又當留意些什麽呢？作爲過來人，劉永濟特列舉二事，以敬告來者。

其一，讀詞、學詞，求與古人合，須確保本真。不可先失己之真但求人之合。

合與不合，劉永濟引況周頤語作似與非似。謂「學詞不可先失己之真但求人之似」。爲著與本色論之言傳方式相區别，特改之爲「合」。姜夔説詩，謂：「作者求與古人合，不若求與古人異；求與古人異，不若不求與古人合而不能不合，不求與古人異而不能不異。」（《白石道人詩集自叙》）所説亦合與不合之意。劉氏説此，在於「破俗士輕學古與專摹擬之蔽」，即反對盲目步趨。

其二，讀詞、學詞，求與古人合，須知鑒別。未可將古人短處當長處學，亦未可於無短處處學得個短處來。

主要是分清精華與糟粕。謂古人之詞，自有疵纇。在古人瑜足掩瑕，不爲深病。初學不知，於此等處（疵纇處）求古人，則謬以千里矣。並謂，古人之詞本無短處，學者但得其似，而遺其真，則成疵病者。兩個方面，一説古人有短處，應如何如何，另一説古人無短處，應如何如何。皆提請留意，未可誤入歧途。

第二，方筆與圓筆問題。論填詞之法，以自身體驗爲標榜。劉永濟於填詞，頗得朱、況真傳。「學深而功至。」（席啓駉語）現身説法，堪稱楷模。一九四九年歲次己丑，劉永濟在詞集自序中説及：壯歲遊滬濱。時，彊村（朱祖謀）先生主海上漚社，社題有緑櫻花、紅杜鵑分詠。予非社中人，蕙風（況周頤）命試作。彊村見之，曰：此能用方筆者。予謹受命，然於此語不甚解也。

方筆，圓筆，相對而言。謂不甚解，不知何意。劉於社課所作，今不傳，當時所指，亦未能考。但依劉氏後來所論，能用方筆者，應是一種天分，以爲可作詞的天分。長者誘掖，用心良苦。

在《詞論》中，劉永濟曾引述況周頤説方筆與圓筆的一段話，以證實自己有關條貫與錯綜的見解。況曰：「詞不嫌方。能圓，見學力；能方，見天分。但須一落筆圓，通首皆圓；一落筆方，通首皆方。圓中不見方，易；方中不見圓，難。」方與圓，方筆與圓筆。以爲天分與學力的區别。可看作兩種不同的藝術追求，也可看作兩種不同的藝術效果。但二者又不能分。即方中有圓，圓中有方。以爲：「一落筆圓，通首皆圓；一落筆方，通首皆方。」並非能圓不能方，或者能方不能圓。衹不過有一定難與易之區别罷了。

劉永濟以爲：「條貫、錯綜，各有兩面：一主於情意，一主於筆姿，而筆姿又隨情意以設施者也。況君所謂『一落筆圓』則『通首皆圓』，『一落筆方』則『通首皆方』，條貫之以筆姿言者也，而情意在焉。」似偏重於理脉。而何謂方，何謂圓，尚未明確詮釋。相信並未局限於此。如參照劉之其他論述，則不難發現，所謂方與圓者，實際乃一組互相對等的概念。二者之間，相反相成，而非相互排斥。《詞論》謂之爲兩面俱到。比如介壽之詞，他人之身份與自己之抱負兩面俱到，即此意。至如詞外與詞内，短處與長處，以及自然與追琢，平易與渾成，乃至道著與不道著，亦當這般理解。尤其是自然與追琢，其相反相成關係，劉對之則更有透徹的理解。如曰：「自然之美，豈矢口所能道，要當有雕琢之功，而後可見也」；「自然之作，必從極不自然中層層修改而出」。等等。劉稱所撰《文學中相反相成之義》一文，論之甚詳，可查考。因此，況所説圓中不見方之何以易以及方中不見圓之何以難，也就不難理解。這是對於方與圓、方筆與圓筆的一種詮釋。劉所持論，皆立足於此。

以上所説讀詞之法與填詞之法，是方向，是目標，也是一個過程。況周頤稱：余癖詞垂五十年，唯校詞絶少。詞吾所好，多讀多作可耳（《蕙風詞話》卷一）。讀與作，或者説與做，都須兼顧。依據自身體驗，對此，劉永濟曾將其概括爲這麽一個過程：先泛覽以會其全，繼約取以致其功，再博收以廣其趣，終獨立以成其家。有志於此道者，不妨一試。

劉永濟精通文史，並懂得列寧、高爾基，如何達致目標，途徑多種，經驗亦非常豐富。其造詣，既專精又深厚，尤其是填詞。一般言語，頗難盡其萬一。但若以方與圓的角度進行觀照，必將有所獲。結果如何，待細察之。

依劉永濟説明，其《誦帚盦詞》三種二卷二百餘首，大致可劃分爲兩大類：一爲「爲時」、「爲事」之作；一爲表現個人哀樂之作。前者據白居易所説；後者即況周頤所謂「君子爲己之學也」。

兩類作品，或存或删，頗難定奪。對於前一類作品，劉永濟曾有這麽一段説明：「予曾於己丑年，都録辛未以後所爲詞。分爲三集，曰語寒，曰驚燕，曰知秋。共二百有餘闋。並爲自序一首，以述予作詞緣起。後更檢閲，覺其中譏諷時事，憂生閔（憫）亂之作，不出文人舊習。一憑主觀，所覺於卅年來客觀存在中，巨大歷史變革，絶無反映其發抒心情，流連光景之詞，亦不出布爾喬亞意識形態。殊無存稿之價值。偶讀高爾基回憶録，自稱曾思將其中從革命中估計知識分子作用之謬見删去，繼思留此以告世人有何不可，且舉列寧人當自錯誤中學習一語以自解，謂留之使世之以主觀論事者知其非。然則予亦可以高爾基此語自解，存之使世人知我之過。」（《録稿後記》）至於後一類，則以爲「雖一己通塞之言，遊目騁懷之作，未嘗不可以窺見其世之隆汙，是在讀者之善逆其志而已」（《誦帚盦詞集自序》）。

兩類作品，定奪既不易，欲於其間分出個高下來，就更加不容易。

先看《玉樓春》四首：

瑶臺昨夜傳銀電。芳事依稀知近遠。擘開紫菂苦深含，抽盡紅蕉心未展。　嬉春繡轂輕雷轉。盡載笙歌歸别院。餘音閒蝸落花風，迤逗新愁人不見。

銀屏一曲天涯似。誰遣青鸞通錦字。零紅斷粉總愁根，忍作東風行樂地。　十年冉冉無窮事。似影如塵渾不記。勸君一盞碧蒲萄，中有紅綃千點淚。

西園雨過風猶勁。細算無多春色剩。花心睡蝶漫魂酣，葉背流鶯休舌倿。雙情繾綣憑誰證。錦段貂褕珍重贈。須知鴛枕有滄桑，好夢濃時偏易醒。

青山缺處平蕪遠。不見江南芳草岸。待憑春水送歸舟，還恐歸期同電幻。愁情久似春雲亂。誰信言愁情已倦。風池水皺底干卿，枉費龍琶金鳳管。

再看《鵲踏枝》四首：

秋入滄江葭葦白。瑟瑟蕭蕭，做弄愁聲息。萬雪千霜須拌得。春光猶隔枝南北。欲喚清尊輸酒力。如此人間，何處尋芳迹。空外蟬箏弦漸急。無端勾引閒思憶。

四合文紗雲海隔。豔蠟鴛屏，回首成秋色。謾道人心非卷席。從來鳳紙輕蟬翼。思夢情懷顛倒極。何似從今，獨抱幽芳立。掃卻門前狂轍迹。由他鴛鳳誰雙隻。

早是驚心歡易失。叵奈春人，歌酒闌香密。不見嘶驄楊柳陌。陰陰換盡蟫蛾色。蕙想蘭懷私自惜。竚苦停辛，塵影難端的。盼斷番番花信息。可憐祇當閒風日。

過眼紛紛朱變碧。始信人生，不似琴弦直。費盡晶盤鮫淚滴。思量不及山頭石。錦瑟年華駒過隙。柱柱弦弦，猶自成追惜。渺渺觚棱星斗北。羅衣夜久支寒立。

前者與後者，在劉永濟兩類作品中，皆顯得相當出色，可代表其成就。前者題稱「新曆八月十日感事有作」，並注：「日本投降，戰事結束。」「爲時」、「爲事」而作，立意十分明確。後者序稱：「秋氣動物，予懷萬端，音赴情流。罔知所謂，雖然，枝鳥草蟲，何必有謂，亦自動其天耳。」爲何而作，不甚明了。有意、無意，截然不同，而其高與下，好與不好，仍然無法明顯區分。

究竟如何解決這一難題？我以爲，應當借助於眼光。上文所說以方與圓的角度進行觀照，就是這麼一種眼光。眼光不同，觀感不一樣，判斷也就不一樣。這種不同的眼光，王國維稱之爲政治家之眼與詩人之眼。曰：「政治家之眼，域於一人一事。詩人之眼，則通古今而觀之。」（《人間詞話删稿》）因此，如以此觀照劉永濟兩類作品，其立意造境，其用筆，其有謂與無謂，當中可能就存在著方、圓之分與難、易之别。這同時，也就是天分與學力的分别。這一點，劉永濟也許能自知，也許未能，尚不可知，而讀者之是否分辨得出，亦須看其眼光。這是後話。

三　詞史、詞學史影響問題

大致説來，王國維所開創的中國當代詞學，從一九〇八年到一九九五年，其發生、發展，經歷將近九十年。九十年間，依據詞學批評模式之運用及變換，可劃分爲三個時期：開拓期（一九〇八—一九一八）、創造期（一九一九—一九四九）以及蜕變期（一九五〇—一九九五）。

劉永濟的活動，主要在創造期。説其影響，應當著眼於此。這也就是劉之作爲過渡人物的背景。

在創造期，詞界之左、中、右三翼，各自有所建樹。這是中國當代詞學一個重要建設時期。這一時期的詞學建樹，包括兩個方面：其一，境界説的改造與充實；其二，本色論的充實與改造。這是我在《以批評模式看中國當代詞學——兼説史才三長中的「識」》（見《百年學科沉思録（二十世紀古典文學研究回顧與前瞻）》）一文所提出命題。前者代表人物，有劉永濟、喬曾劬、顧隨以及繆鉞諸輩，後者代表人物，有夏承燾、唐圭璋、龍榆生諸輩。這裏著重説前者。改造與充實，針對上文所説誤導與異化。這是境界説在創造期的兩種不同遭遇。誤導、異化，以爲衹是講究意，忽視境；講究感情，忽視聲律；講究内容，忽視形式。主要是胡適與胡雲翼。經過一系列推演，令境界説變成爲風格論。改造、充實，則對於境界内涵有所添加，並對其作爲批評模式的理論依據有所説明，令其逐步得以完善。有關人物中，繆鉞、顧隨，拙文已曾推介，以下説劉永濟。

作爲一位過渡性人物，劉永濟的添加及説明，頗注重於兩面俱到。諸如才與境、學養與學力以及言内與言外，等等，皆看得十分通透，説得十分精闢。以之釋境界，頗能見其心得。如曰：

又文藝之事，析之有三端焉：一者，人情；二者，物象；三者，文詞。文詞者，人情、物象所由以見之也；人情、物象者，文詞所依之以成者也。三者之相資，若形神焉，不可須臾離也。故偏舉之，則或稱意境，或稱詞境，統舉之，則渾曰境界而已。

由三端而二端，以表述意與言的關係。一端是人情、物象，即意；一端是文詞，即言。言者，意之所由以見之也；意者，言之所依之以成者也。並由之追尋至形與神。因而，其來源以及其創造法則，也就全部查清楚了。這是劉永濟對於境界説所做詮釋，包括添加及説明。

就一定意義上講，無論喬曾劬、顧隨以及繆鉞，或者胡適與胡雲翼，和劉永濟一樣，其對於境界説的改造、充實或者推演，都是一種添加及説明。而相比之下，劉永濟與有關諸氏，其所作所爲，畢竟未可等同視之。一方面，與喬曾劬諸氏相比，尤其是繆鉞，劉永濟與之雖有共通之處，即皆爲提高境界説地位，但去向卻不一樣，繆由西學到中學，劉則由傳統到現代；另一方面，與胡適、胡雲翼相比，劉永濟雖與之不同，二胡促使境界説異化，劉則發揚而光大之，但立論依據卻同一來源，即皆出之於物與我之間，或者形與神之間如何如何的一種世界觀。

因此，可以得出這麽一個結論：劉永濟的出現，乃本色論到境界説的過渡，亦况周頤到王國維的過渡。劉永濟乃一位未完成的境界説者。二十世紀，中國詞學之由傳統向現代化推進，劉乃一位舉足輕重人物。

這是創造期的事情。進入蜕變期，從一九五〇年到一九九五年，詞界又經歷三個階段：批判繼承階段（一九五〇—一九六五）、再評價階段（一九七六—一九八四）以及反思探索階段（一九八五—一九九五）。劉永濟的活動，至第一階段。

三個階段，人才輩出。創造期之左、中、右三翼，仍於其間一顯身手。隨著第三代，第四代、第五代，亦相繼出陣。三個階段的詞學研究，似可將其概括爲三個方面：其一，思想藝術的批判與繼承；其二，倚聲之學的考索與詮釋；其三，人文精神的思考與發掘。詞界各翼，對此三者，各有抉擇，並多進取。三個方面，是面的展開，也是點的移動。不同取向，決定於所持觀念及所運用批評模式。究竟都做了些什麽？以何種模式進行？或者方，或者圓？各自心中有數。當然，進取過程，還有個後先問題。例如，經過幾多變革，是否仍然沉醉於桃花源中，不知有漢，無論魏、晉。這可能也是個問題。至於一九九五年以後，乃新的開拓期，已是另一番氣象。劉永濟其詞、其學，對於當前及未來，相信可爲提供有益借鑒，願多加採擷。

二〇〇三年八月十五日於澳門大學

陸維釗及其莊徽室詩詞

陸維釗學藝兼修。詩、書、畫三絶以外，於填詞此道，亦甚當行。存詞一百二十八篇。善於融合新知，包括新題材、新詞語，以表達其新的體驗及觀感，並善於通過意象的捕捉及創造以立意，因令得彼身之所作，語之所言，心之所想，皆得以鮮明而生動的呈現。相思别離、亂離流亡以及歌詠題贈三個類别作品中，以相思别離最見人性本色。

陸維釗，字微昭，原名子平，晚署劭，浙江平湖人。一八九九年（清光緒二十五年）三月三日（夏曆正月二十二日）生於平湖新倉，一九八〇年一月三十日（己未年十二月十三日）病逝於浙江醫院。終年八十二。

先生志學、游藝，學藝兼修。詩、書、畫三絶以外，於填詞此道，亦甚當行。是一位學者型的書畫藝術家。二十世紀六十年代，業師夏承燾教授多曾推舉。八十年代，編纂《當代詞綜》，得承章祖安先生協助，曾將先生佳作，採輯入編。時隔三十餘年，正當先生一百一十周年誕辰，又承任道斌兄邀約，撰文紀念，至感榮幸。因據先生所傳詩詞作品，略叙觀感，以表達敬仰之情。

一

（一）家學與師承

陸維釗先生幼承家學，自小受到良好的教育。祖勳，字少雲。二十二歲應試入庠，後補爲廩貢生。執教私塾二十餘年。善詩、書、畫，亦曾懸壺濟世。父壬林，字承基。少讀書，爲邑庠生。一八九八年（清光緒二十四年）患傷寒病故，時年二十三。先生於父逝世四月後出生。一九〇六年（清光緒三十二年），八歲。入讀新倉蘆川小學。一九〇九年（清宣統元年），十一歲。初小肄業，轉入祖父執教私塾就讀。誦習四書、五經，培植國學根基。

1. 余年十五，始學爲詩

一九一四年，十六歲（實齡十五）。考入嘉興秀州書院（浙江省立第二中學前身）。其《寥廓》詩注曰：「余年十五，始學爲詩。蓋初入嘉二中時也。其後與徐聲越、胡宛春相倡和。乃請業於嘉善張天方、乍浦鍾子勳、江山劉子庚三先生。凡四年而分袂。」其時，陸維釗、胡士瑩、徐震堮，並稱「嘉興三才子」。

2. 請業吴門，潛心古典

一九二〇年，二十二歲。考入南京高等師範文史部，師從竺可楨攻讀氣象地理。一九二一年，二十三歲。受業於柳翼謀（詒徵）、吴瞿庵（梅）、王伯沆（瀣）門下。所作《柳色黄》（陪瞿庵師遊小倉山後又至掃葉樓循城北諸勝），記叙從遊情事。詞云：

野馬嘶寒，鴉陣乍翻，山意眉舉。登臨路入南朝，城郭人烟非故。樓臺草樹。曲徑驀轉蒼崖，夕陽紅上樵薪女。落葉碎秋魂，伴零笳斷戍。記取。十年茸帽，半壁江湖，畫中行旅。破寺紅門，淒絶舊題遊處。猿儔鶴侶。應是笑我多情，吟鞭還踏西風杵。殘笛亂雲平，正天低吴楚。

謂：樓臺草樹，曲徑驀轉；落葉秋魂，零笳斷戍。一路走來，衹覺「城郭人烟非故」。舊題遊處，破寺紅門。别是一番淒絶景象。

一九二五年，二十七歲。南京高等師範學校畢業。由吳梅推薦，赴北京清華大學國學研究院任王國維助教。

3. 祖父病重，辭職南歸

一九二六年，二十八歲。祖父病重，辭職南歸。任浙江省立杭州女子中學國文教員。一九二七年，二十九歲。任嘉興秀州中學（浙江省立第二中學之前身）、江蘇省立松江女子中學國文教員。

（二）家愁與國難

先生自清華南歸，當其步入中年，家愁、國難，爲造成極大困擾。正如《書感》一詩所云：「國難家愁迫一時，枉將孤憤托聲詩。哭秦知負包胥淚，報毅誰當田氏師。上國衣冠空自詡，書生匡濟復何辭。魯陽倘有揮戈日，衹席斯民應不遲。」又，《南歸途中呈陳巢南師》云：「亂餘笳鼓滿城頭，多少桅檣日夜浮。半壁山銜吳楚碧，一江風破水天秋。人間狐兔三營窟，門外風霜獨下樓。回首可憐征戰地，浮雲西北是神州。」謂：亂餘笳鼓，充滿城頭。多少桅檣，日夜沉浮。國難、家愁，一時間，堆積在一起。人間狐兔，三窟難營。幾時纔有個安身立命之處？

1. 一家流落，四十無名

由於早歲婚姻受挫，至而立之年，當立未立，家似無僧之廟，因有《鷓鴣天》一詞以紀之。

其序曰：「余而立之年，未能爲家，遑云救國。或有以近況見詢者，感於世事蜩螗，習於書生之憤懣。聊書一詞，以代小柬。」其詞云：

樓上紗留褪色痕。樓前風掃蝶餘魂。近來家似無僧廟，冷雨寒花獨閉門。無一語，對黄昏。半窗殘蠟舊温存。深宵起視人間世，依舊天低礙欠伸。

謂：家已不成個家，人世亦不成個人世。天地已變得十分低窄。雨冷花寒，半窗殘蠟，想訴説一下自己的心情，伸展一下自己的身體，都覺得艱難。

一九三三年，三十五歲。與松江李吉蓉結婚。一九三七年，三十九歲。春，妻吉蓉患病。七月七日，蘆溝橋事變。十一月五日，日寇金山衛登陸。先生携病妻及幼女，舉家逃亡。家藏珍貴字畫、善本書籍和碑帖，爲日寇所劫，喪失殆盡。

一九三八年，四十歲。一月（丁丑冬十二月），吉蓉病故。借貸入殮，葬於奉賢莊行。時，干戈滿地，旅櫬淒涼。先生賦七律三篇以哭之。曰：

天昏地變劇難量，歸骨何年更汝傷。合眼悲歡紛夢想，撫棺形影逼燈涼。遺言了了諸孤藐，後死茫茫去日長。欲寄悼亡泉路遠，一家流落況他鄉。悲懷嘆遣數嘆猜，欲擬微之事更哀。緣盡更無神可禱，情多甘爲眼長開。亂離骨肉倉黄散，貧賤棺衾貰貸來。遺影千呼呼不得，夕陽孤照泣蒿萊。冥擢燈焰淚滂沱，此日聊當地下過。萬劫總應情不壞，一生何料病來磨。米鹽鎮日才華盡，恩愛中年甘苦多。欲語酸辛無一可，忍開緘綫獨摩挲。

謂：天昏地變，歸骨何年。骨肉離散，棺衾貰貸。米鹽鎮日，才華銷盡。恩愛中年，欲語酸辛。

對先生而言，這是十分艱難的一段日子。神州陸沈，流離顛沛。所謂親恩惘惘，後計茫茫。家愁、國難，集於一身。生活似乎已失卻原來的情味。正如《除夕》詩所云：「年來生趣卧薪嘗，忍學鄰翁餞歲忙。四十無名真老大，一家爲客閲星霜。嬉春不再兒時味，剪燭難回去日長。聽罷鷄鳴聽爆竹，頭顱負卻總堪傷。」又，《有贈》詩云：「一字詩成百拜求，寫懷難得疊相酬。問天忍作顛狂語，墮地寧爲口腹謀。四十無聞真老大，一生厭酒欠風流。夜闌忽作憂時想，百輩承平笑沐猴。」謂：一家爲客，四十無名。一生厭酒，有欠風流。年來生趣，十分艱辛。既不忍問天作顛狂語，又不願爲著口腹之謀而生存。

2. 殘年烽火，灰燼東南

一九三二年，三十四歲。九一八事變後，國難當頭。先生有《一二八戰後聞東方圖書館被毀柬館中友人》詩，以記觀感。云：「殘年烽火鬱春申，灰燼東南劫可驚。九鑄鐵成爭誤國，多時書斷陡聞兵。難將文字回頹俗，起撫瘡痍愧我生。萬念中宵來舊夢，高高星月卧臺城。」謂：殘年烽火，灰燼東南。難將文字，挽回頹俗；起撫瘡痍，有愧我生。中宵萬念，衹見高卧臺城的星和月。

一九四一年，四十三歲。年底，太平洋戰爭爆發，日寇占領上海法租界，松江女中被迫停辦。一九四二年，四十四歲。任上海育英中學國文教員。八月，受聘於上海聖約翰大學，任中文系副教授。

期間，有《中秋》詩云：「中原淪陷島孤懸，誰影山河仍故圓。此夕春申江上望，幾人鄉邑未腥羶。」越明年，癸未，一九四三年，四十五歲。又有《癸未除夕》，云：「萬感中年事事傷，不徒今日費思量。即教苦酒能銷淚，行覺青春頻脱繮。種種前塵非我有，哀哀時命待身嘗。甲申明白從頭數，猶此山河弔國殤。」謂：中原淪陷，鄉邑腥羶。種種前塵，哀哀時命。甲申國變，已三百年，山河猶此，憑弔國殤。所有一切，難道又得重新來過？

3. 抗戰勝利，應聘浙大

一九四五年，四十七歲。八月，抗戰勝利。應浙江大學之聘，任文學院副教授，赴浙江大學龍泉分校報到。九月，浙大自遵義、浙大分校自龍泉，相繼遷回杭州。先生奉命協助接收羅苑分部。

勝利後的這段經歷，先生曾有詩章記之。謂與徐聲越、董聿茂、錢秀之第一批遷入羅苑。相與爲鄰，六年而散。

事過三十餘年，聲越以過羅苑西水閣舊居詩見示，與有同感，率賦五律六章爲答。曰：

白堤西去路，傍水昔曾居。身世中年後，乾坤劫火餘。病添新蹭蹬，老悔舊琴書。今日停驂處，空堂悟子虛。

長記湖樓曲，鄰檐十數家。晨炊香襲户，夜坐月移花。書卷通駃氣，林亭息衆嘩。我生何處著，隱几味南華。

六口欣同住，聞鷄便下牀。荷香溥露氣，初日蜕湖光。涉世癡聾久，謀生筆硯荒。甘將犬馬齒，付與米鹽忙。

人歸詩課後，客散渡喧時。暮靄迷孤望，禪機落鬢絲。步隨山上下，鴉噪樹椏枝。此境知誰會，秋深一蝶遲。

已知人世隔，難覓舊交論。風雨傷同濟，艱虞懶告存。旅淹親易斷，居賤室無温。難得橋邊市，花時伴一樽。

臺榭風流去，園蔬歲月多。小舟窗影曳，一霽柳香過。眠食洞天穩，茗燈静氣羅。低回千百事，水調數聲歌。

謂：白堤西去，傍水而居。湖樓曲折，鄰檐數家。記曾於花前月下，夜讀詩書，亦曾隨著山勢上下，從容漫步，亦曾爲著柴米油鹽，辛苦奔忙。這一切，都已經風流雲散。衹有一事，最堪記憶。那就是西泠之西及斷橋之東的小酒肆，敬五、聲越、秀之、心叔，往往飲之，先生不能飲，但喜爲伴以賞這一情景。羅苑六年，這應是先生一生中最感到快活的一段日子。

一九五〇年，五十二歲。奉調蘇州華東革命大學政治研究院學習，歷時半年。一九五二年，五十四歲。全國高等學校院系調整，浙大文學院、之江大學文理學院合併爲浙江師範學院。任浙江師範學院中文系副教授。

（三）現代螺扁，獨步書壇

1. 書法卓絶，馳名於世

正如其再傳弟子金琤所言，先生儘管「並非起步於藝術專業，而是作爲傳統文化人長期耕耘在國學、文學研究的第一綫」，但其一生，「是涵泳於中國傳統文化、藝術形式的一生」。因此，早在二十世紀的三十年代，於松江女中從事國文教學，業餘教授書法，就有《書法述要》講稿傳世。一九四八年，講稿題名《中國書法》，由華夏圖書公司出版。先生身後，浙江古籍出版社將其改回原名（《陸維釗書法藝術論》），兩次印行。

先生書法，真、草、隸、行，各體皆備。晚年獨創非篆非隸亦篆亦隸之新體——現代螺扁，人稱陸維釗體，尤爲書界所稱道。

一九五九年，六十一歲。浙江師範學院改名杭州大學，任杭大中文系副教授。撰構篆隸條幅：心畫。臨窗寫生，並繪設色山水《寶石山全景》。秋，應浙江美術學院、浙江中醫學院邀請，於兩校講授古典文學。一九六〇年，六十二歲。調浙江美術學院任中國畫系教授。

2. 籌組學科，開班授徒

一九六二年，六十四歲。浙江美術學院試辦書法篆刻專業，準備在中國畫系籌組書法篆刻學科。籌備組由潘天壽、吴茀之、諸樂三、陸維釗、劉江等組成，陸維釗負責具體籌備工作。一九六三年，六十五歲，主持創辦書法篆刻學科，任科主任。首期學生兩名：金鑒才、李文采。

一九七九年，八十一歲。招收全國第一批書法篆刻專業研究生：朱關田、王冬齡、邱振中、祝遂之、陳振濂。

一九八〇年，八十二歲。臨終前一周，堅持在病榻上給研究生講最後一課，並將研究生托付給沙孟海。

3. 自署手卷，作登山圖

一九七七年，七十九歲。自署篆隸手卷：臨黄大癡《富春山居圖》。四登玉皇山，作登山圖。沙孟海、王焕鑣題跋，諸樂三署簽，曰：登覽。

另有山水横幅，曰：霜紅簃填詞圖。又，竹石條幅，題：虚心是師。

陸維釗先生潛心中國文學研究及書法教育數十年，有《陸維釗書法選》《陸維釗書畫集》《陸維釗文詩雜集》《陸維釗詩詞選》及《莊徽室文集》等著作傳世。

二

《陸維釗詩詞選》七卷，西泠印社二〇〇五年六月杭州第一版。周退密序。卷一至卷四，莊徽室古今詩。古今各體皆備，存詩近三百篇。卷五，莊徽室詞髓。卷六，莊徽室詞賸。存詞一百二十八篇。卷七，莊徽室散曲。存曲十四篇。陸維釗先生人生三個階段，所傳詩詞，亦可劃分爲三種類别。以下試分别加以列述。

（一）相思别離之作

1. 我與表妹莊，攜手籬東角

一九一四年，十六歲。先生由長輩作主，具約定親。女方大四歲，年二十。其時，心中不願，不敢也不忍忤逆長輩之意。故採取種種方法，拖延婚期。至大學畢業，祖父與母親相繼病故，即央原媒解除婚約。

原來，先生與表妹莊禮徽，兩人之間，已有一段割不斷的情緣。由於定親之故，不能成爲眷屬，而莊則於解除婚約之前鬱鬱而亡。莊禮徽，乃其姨母之女。生三歲而姨母逝世。兩人相戀，莊年已十二。對於這段情緣，維釗曾有詩云：

> 寂寞田塍裏，初秧展新緑。兒童戲秧田，夕陽照赤膊。我與表妹莊，攜手籬東角。水牛對我號，母鷄向妹啄。妹戲謂母鷄，何不向兄啄。啄我兩足都削肌，啄兄身大有肥肉。我謂我妹休胡言，我肥爾瘦各天屬。爾不聞食肉者鄙難遠謀，此鷄毋乃羞食禄。

我肥爾瘦，各有天屬。水牛母雞，自有天性。而食肉食禄，卻帶出一番大道理。兩小無猜，盡情嬉戲，又那麽富有内涵。可見其投合程度。

2. 宵深一話，彈指滄桑

先生與表妹，情投意合。離別相思，難捨難分。期間，有詩多篇，記叙其相思情景。

如《寄禮徽》云：

孤生微意本枯桐，物類同傷履迹濃。病酒不知春自暮，開緘應記淚初封。夢來骨肉圍都滅，愁入江湖語更窮。爲省南中憂患重，憑將心力屬冥鴻。

又《再寄禮徽》云：

南北倉皇故帝京，三年重見意縱横。篋書已盡家殘破，稚氣全除汝長成。人世終難甘苦泯，問天況共蓼莪情。宵深一話忘長短，彈指滄桑又幾更。

又《寄禮徽》云：

人間何地著相思，夢裏容顔夢後詩。一半繁華花細細，幾宵風露月遲遲。難禁南國頻無訊，未卜他生可有知。儘是旁人工好事，莫因猜疑費矜持。

又《寄禮徽》云：

滿目滄桑事，因君發浩歌。家山天際渺，碪杵晚來多。白日堂堂去，詩心寸寸磨。遥知堂上念，兒況近如何。

謂：南北倉皇，三年重見。宵深一話，彈指滄桑。夢裏夢後，幾宵風露。既無法卜定他生，於此生此世，亦難以回味。

此外，並有歌詞多篇，抒發其心聲。如《臨江仙》（落花和禮徽）云：

歲歲懷人三月病，相憐誰更知心。貂裘换後客愁深。倚欄修麝夢，臨水弔寃禽。閲盡繁華嗟命薄，冰魂還耐人尋。雲階月地各商參。有情憑痛哭，無計慰浮沈。

又《金縷曲》（寄莊徽）云：

身世紅桑意。閉重門、哀弦訴盡，啼鵑喚起。落葉成灰灰成土，哀怨胸中遍砌。更慧業，曇花盡矣。弱水三千一瓢飲，儘海枯精衞沈冤裏。敍鈿夢，忍抛棄。秋荼自覺甘如薺。費商量、藕絲斬斷，蓮心分寄。長是情天天難曉，況又埋愁無地。祇薄命，古今一例。廿載劉盧分明在，算此生此世難回味。誰鑄錯，六州淚。

謂：歲歲懷人，相憐誰知。哀弦訴盡，啼鵑喚起。藕絲斬斷，蓮心分寄。雲階月地，商參分離。「有情」、「無計」，古來如此。傷心人，可奈何得了，這塵揚滄海，劫换紅桑？個人的情與愛，似乎已經與「六州淚」聯結在一起。

3. 沈絮沾泥悞，空奠百年心

表妹亡故，先生以「莊徽室」名書齋，以紀念其刻骨深情，並賦詩詞多首，以志哀思。其《禮徽還葬》云：「沈絮沾泥悞獨深，上墳空奠百年心。殉君滿帕無言淚，流水高山一碎琴。」又，《九日展莊徽遺函作》云：「長日遺書耐細看，登高誰念力爲殫。收身不分心先死，誓墓寧回骨已寒。同谷有歌存痛史，皋橋無命對盤餐。從知古井無波水，猶爲冤禽一起瀾。」謂：流水高山，一琴已碎。沈絮沾泥，上墳空奠。遺書耐看，心存痛史。即使已經是乾枯的古井，「收身不分心先死」，亦當爲著「冤禽」，一起波瀾。

此外，《浣溪沙》（懷莊徽）云：

憶語春痕舊有無。偶從呑吐記當初。卻緣心病轉模糊。　任上落紅流到海，未應明鏡看成蕪。盈盈從此淚能枯。

又，同調《浣溪沙》（夢莊徽）云：

萬感春紅赴鏡中。遣懷那避五更風。可堪香夢竟忽忽。　爲覺清歌人綽約，似隨水殿月朦朧。此生終分一相逢。

又，《減字木蘭花》（禮徽歿多年矣忽得一夢醒而成此）云：

瀟湘風雨。淒絶亂離生死語。一暝全休。那遣人間萬古愁。　餘生踽踽。夢斷孤衾無覓處。悟到空花。曾記當年痛毀家。

謂：瀟湘風雨，淒絶亂離。餘生踽踽，孤衾夢斷。記得當初，卻轉模糊。萬感春紅，香夢忽忽。伊人的綽約風姿，就像水殿中月影，祇是朦朧一片。

（二）亂離流亡之作

1. 老祖走相送，寡母倚門嘆

先生一出世，父親就已不在人間。墮地無爺，衹有老祖與寡母。其對於家山，有著深厚的感情。早歲《別家》詩云：「風蕭蕭，馬斑斑。離群鳥，聲苦哀。獨養子，出門難。老祖走相送，寡母倚門嘆。回頭一望一低首，村前村後皆青山。」又《鹽溪外家》云：「十年磨劍費追尋，一日鹽溪愴夕陰。碧草延人分野氣，晚風吹袂作秋心。身緣物累彌從俗，詩與憂來了不斟。結髮江湖曾不意，故山今已此蕭森。」又，《亂中返鄉》云：「殘山無盡水無涯，一路吞聲直到家。坐向碑陰無火覓，滿郊荒壘髑髏花。」又，《返家》云：「尚留微命返江鄉，處處陰燐蔓草長。幾見親朋完棟在，衹聞閭里寇風張。匡時自愧真才欠，滯雨翻增野味嘗。儘是黃梅天氣也，水田全未著新秧。」小時候，因爲是獨養子，出門難；長大後，由於匡時才欠，眼看著滿郊荒壘，亦十分令人氣餒。

2. 絲竹中年，誰是知音

一九二六年，先生二十八歲時，祖父病逝。一九二八年，先生三十歲，母親病逝。放聲拚一哭，即步入中年。所謂哀樂多端，先生既遭受承家、毀家的痛楚，又遇上「九一八」事變，即寫下大量詩詞作品，以抒懷抱。其《九月十八日消息傳來悲憤不已東大樗南通駕吾金陵》云：「中年哀樂已多端，忍把邊圖仔細看。屈膝詎能弭外禍，危言寧計觸災官。已憐國脉絲絲斷，未許浮生稍稍安。論戰論和紛一是，舊京烽火早彌漫。」又，《金縷曲》(九一八後覺明江清斐雲碧湘先後枉過松江寓廬別後成此分寄)云：

相見翻悲咤。閲風塵、尊前抵掌，中原如畫。棘地荆天歌不得，一慟平生稱快。賸斷續，斯文舊社。絲竹中年胸懷惡，枉高軒誰是知音者。更誰慰，漫長夜。　承平不美春遊冶。況無端、長城自壞，腥氛四野。家國妻孥知何了，歷歷深哀怕寫。換一局，一回非昨。似此蒼涼人間世，總後歡難繼今番也。看白日，江湖下。

謂：國脉一絲絲被斬斷，浮生不得稍安。長城自壞，腥氛四野。家國妻孥，不知道將如何安排？眼看這人間世，如此蒼涼，後歡難繼今番，就像是落日一般，於江湖直下。

3. 珍重少年游，萬里逞飛舟

先生而立之年，曾感嘆：未能爲家，遑云救國。但是，當其面對「論戰論和紛一是，舊京烽火早彌漫」的局勢，亦很想能够做出一番事業來。其《木蘭花慢》(客有自金陵來者述淪陷事甚詳憤賦〉有云：

指孝陵西望，渾不盡，陳雲遮。正大澤鴻哀，神州沈陸，殘堞飄笳。驚沙。夜明蜃腳，滿碉樓紅遍血叢花。是處荒烟廢竈，國殤野祭千家。交加。烽火如麻。遊擊戰，鼓頻撾，指馬旌旗，長星晝出，殺氣赬霞。休嗟。石頭城外，滿夷歌處敵兵艖。會看魯陽戈返，一輪朝霽京華。

又，《甘州》（丹徒客感）云：

浣征塵杯酒酹旻天，披襟四山秋。指當年鐵瓮，南徐故壘，北顧僧樓。都入金焦客話，劫火佛龕收。擊楫魚龍吼，手障東流。落盡蕭蕭木葉，賸烽烟半壁，誰挽神州。莫飄零自悮，珍重少年遊。看英雄，後推前浪，乘長風，萬里逞飛舟。從今後，要聞鷄舞，睥睨封侯。

謂：大澤鴻哀，神州沈陸。石頭城外，四面夷歌。書生無用，但也想聞鷄起舞，睥睨封侯。希望「乘長風，萬里逞飛舟」，以挽救神州的半壁山河。

(三) 歌詠題贈之作

1. 歌詠之作

一九四五年，四十七歲。抗戰勝利，舉國痛飲黃龍。而鄉間田翁，卻因此負上「勝利債」。路見不平，先生有《勝利行》一詩，予以揭露。曰：

> 老翁有田蝸累大，遠近供張翁處派。地偏鄉正亦如官，賦急存糧唯賤賣。何來虎士提翁去，罪狀通匪嚴用械。滿監新犯百餘人，俱似翁良憑佈擺。吁嗟老翁爾莫怪，是長是官原沆瀣。爾如吝爾賣穀金，將並爾居沒官廨。爾不見皇皇文告禁擾民，民已不勝勝利債。老望太平該餓死，何不央求錢説話。

謂：老翁有田，儘管衹蝸累般大，而各種各樣的供張，紛紛派到。鄉正不是官，卻很有官的模樣。供張派得急，衹好將存糧賤賣。兵士如虎似狼，提翁而去。罪狀通匪，嚴用刑械。滿監新犯，都像翁一樣，任憑佈擺。要知道，是長是官，原沆瀣一氣。皇皇文告，禁止擾民。而所謂「勝利債」，民已不勝其擾。

詩篇據實直書，無所隱飾，不同時代讀者誦之，猶如聞其聲，如見其人，如臨其境。論者以爲「可與少陵之三吏、三别諸作抗衡千古」（周退密語），洵非虚譽。

一九四九年，中華人民共和國成立。五十一歲。「萬里東風旭日紅，紅旗開處盡英雄。」祖國河山，焕然一新。四處呈現「鐵流旺，穀收豐」的歡欣景象（《鷓鴣天》詞意）。

一九五一年元旦，得見毛主席詞，有《沁園春》之作，以爲頌揚。云：

爆竹聲中，大地春回，乍舞玉龍。驀江山一霽，迎來朝日，旌旗開處，獵獵長風。禹迹重光，漢疆永固，内外方收一戰功。從今後，看青青年少，都是英雄。　關河千里冰封。正驕虜乘時疊舉烽。笑庸夫怯懦，甘爲牛後，奸徒作慝，匕見圖窮。一代元戎，高瞻遠矚，決策援朝鴨緑東。凱歌奏，遍五星耀處，萬古飄紅。

謂：爆竹聲中，大地春回。旌旗開處，獵獵長風。一代元戎，高瞻遠矚。青青年少，都是英雄。五星紅旗照耀之處，千秋萬代，永不變色。

一九六四年，六十六歲。先生有《滿江紅》四首，爲建國十五周年獻詞。詞云：

六億神州，喜年少，峥嶸頭角。任内外，百年魔怪，一齊鏟卻。爛漫江山成錦繡，風雷意氣搖河嶽。更反修、反帝佈鴻文，環球肅。　彼紙虎，須同戮。彼虎倀，須同捉。看亞非拉美，怒潮澎薄。國際同仇開史頁，接班大計籌全局。待凱歌、高會北京城，齊天樂。

無限青春，十五載，黨團煦育。遍大地，男英女傑，文韜武畧。遠客五洲參聖地，紅旗三面迎朝旭。伴争鳴、是處鬥争花，開成簇。　階級恨，淵和壑。新舊比，寒和燠。祇更生在我，先移習俗。父老慣將家史講，兒童早就民兵學。儘窺邊、鼠賊計多端，全傾覆。

默想當年，拋多少，頭顱血肉。方結束，獨夫專政，豪門威福。抗敵憤傳三字獄，揭竿且笑羣屍哭。小朝廷、私利百般争，層層剥。　新政策，籌之熟。太平世，今堪卜。要漫天風雨，乾坤翻覆。手截崑崙抽寶劍，贈他歐美成天國。好文章、還待衆英雄，同心作。

日月經天，真理豁，億人心目。滿珠玉，馬恩吐焰，列斯隨續。一傑湖湘天縱聖，名言宇宙懸洪鐸。起陸沈、萬古幾傳人，如斯卓。　兩條路，分清濁。五好手，遍南北。喜年年改造，宏規飛躍。自有長城心海起，會教毒蟒泥塗伏。定國强、人壽歲豐穰，馨香祝。

反修反帝，環球整肅；男英女傑，文韜武畧；漫天風雨，乾坤翻覆；年年改造，宏規飛躍。豪言壯語，既是那個時代的寫照，乃當時的風氣使然，亦出自内心的真實感受也。

2. 題贈之作

一九四二年，四十四歲。受聘於上海聖約翰大學，任中文系副教授。協助葉恭綽編纂《全清詞鈔》。有《金縷曲》，題葉恭綽（譽虎）遐庵夢憶圖以寄意。云：

夢境非耶是。不分明、花欄月砌，屏山簟水。都似當年相依處，胡竟凄涼如此。驀回首，卅年彈指。知懺情禪天未許，總卷葹萬劫心難死。忘不去，釵鈿誓。哀蟬落葉神傷矣。問人間、營齋營奠，都成何事。白髮詞人家國淚，祇酹紅顔知己。莫燭短，宵長影逝。後夢何期今何世，怕來生仍此孤單地。呻病榻，朦朧裏。

謂：花欄月砌，屏山簟水。都似當年，凄涼如此。白髮詞人，紅顔知己。哀蟬落葉，宵長影逝。既是圖畫中物景，亦心中物景。是耶？非耶？就像夢境一般。卅年彈指，知懺情禪。説的是夢憶圖主人，也是詩人自己。一樣的遭遇，一樣的夢想，一樣的深情厚誼。祇可惜，以後再做什麼夢，都夢不到今世，來生也没有福分再與有情人成雙成對。

一九七九年，八十一歲。有《金縷曲》，贈沙孟海包稚頤伉儷並壽孟海八十。云：

身世同漚寄。記頻年、殷勤磨練，沉灰不起。已分斯文長掃地，何事忽來春意。似石隙，蔦蘿新麗。海内通才麟鳳舉，算文章華國我猶未。書一紙，無他技。　而今重累君能倚。舞雩歸、笑談倉雅，看誰知己。白髮孟光同舉案，相和梁鴻五噫。共厮守，青燈書味。消受江山清晏福，定月圓花好春無比。西子畔，神仙侶。

謂：海内通才，文章華國，斯文長掃地。中國讀書人的共通命運。「書一紙，無他技」，説對方，亦説自己。而白髮孟光，相和梁鴻，則爲西子湖畔，這一雙神仙伴侶的生活寫照。

三

陸維釗先生三個類别的詩詞作品，相思别離之作、亂離流亡之作以及歌詠題贈之作，各自占有一定分量，各有特色。其中，相思别離，人性本色。乃詩人内心情感的的真實流露。尤其是莊徽室之一段情緣，表現於詩詞創作，更加可見其性情。這一類别的作品，著重在於言情，有的與時事相關，有的則未必。而亂離流亡及歌詠題贈一類作品，著重在於叙事、述志，則大多與時、與事有所牽連。三個類別的作品，爲己、爲人，仍有所區分。

第一類別的作品，相思別離之作，除上文所引《菩薩蠻》四首，亦爲言情之典型。詞曰：

半生心事餘多少。消魂除是鵑能道。金鴨冷春烟。好花和雨妍。　燕來風入定。妝薄香留影。遮莫倚秦箏。江南無此聲。

鸚哥不解離人遠。朝朝祇喚朱簾捲。舊夢畫樓西。餘情絡緯啼。　錦箋天際燕。玉暈愁深淺。蝴蝶撲青烟。重來誰汝憐。

緑陰檐壓銅丁瘦。紅薇悵度黃鶯逗。蟬鬢兩分心。倚門花是茵。　東風休更滿。別淚今方浣。冰兔不成彎。梅環山復山。

玉驄嘶轡當年迹。一雙人影分湖碧。細雨滿街泥。落花無是非。　畫樓臨曲岸。岸與心長短。轉展怕相逢。隨波四面風。

歌詞從「遮莫倚秦箏」説起，謂金鴨烟冷，好花鬭妍。燕來風定，妝薄影留。鸚哥不解，離人念遠。蝴蝶青烟，重來誰憐。表示没有人可以憐取得到。謂蟬鬢兩分，倚門花茵。東風休滿，別淚方浣。玉驄嘶轡，當年行迹。卻怕相逢，畫樓曲岸。説明即使尋找得到當年的蹤迹，還有相逢的機會，也不知已變成個什麼模樣。四詞構成聯章，合説一種狀態。與上文所引相比，這裏所言雖非專指，但亦並非泛寫，一雙人影，仍然分明可見。

第二類别的作品，亂離流亡之作，主要是爲時、爲事篇章。

周退密爲《陸維釗詩詞選》所作序稱：「文章合爲時而著，歌詩合爲事而作。白氏之言，素爲承學之士奉爲圭臬。」謂「唐代詩人輩出，佳作如林，惟杜子美、白樂天之作最富時代精神」。並謂，陸維釗先生「於白氏論詩之旨，愛之重之復身體而力行之，以爲世道人心勸也」。爲時、爲事，正是先生詩詞創作的一個重要特徵，亦先生詩詞爲世之所重的一個重要因素。莊徽室之大量篇章，屬於這一類别。

所謂文章乃「經國之大業，不朽之盛事」（曹丕《典論・論文》），先生這一類别的詩詞，就整體上看，大致承襲這一傳統。而在創作過程，先生善於融合新知，包括新題材、新詞語，以表達其新的體驗及觀感，並善於通過意象的捕捉及創造以立意，因令得彼身之所作，語之所言，心之所想，皆得以鮮明而生動的呈現。例如，放翁生日，與廖懺庵、吴眉孫二丈及胡宛春、吕貞白、鄭午昌、黄清士諸君同賦之《水龍吟》：

傷心南渡衣冠，千年重迸詞人淚。渭南悵望，山川戎馬，儒臣匡濟。蜀道聞鵑，雲門待捷，艱危一例。算迎神此日，破空靈雨，尚彷彿，平生意。猶是窺江胡騎。痛腥染鑒湖難洗。茫茫禹甸，大難來日，乾坤同閉。酹酒悲歌，沈園事往，春波橋廢。衹驛亭依舊，夕陽題壁，短英雄氣。

謂：放翁當日，與詞人今日，千百年已過，而艱危未過。説明同處於神州陸沉之境。但其所想、所言，並非出之以抽象的概念，而乃以山川戎馬、蜀道、雲門，以及窺江胡騎、腥染鑒湖等意象，所構成之意境，兩相比對，加以呈現。

又，和王起（季思）抗戰之《念奴嬌》：

晦盲天地，仗鏌鋣難盡，沐猴人物。骯髒山河誰住得，誰雪靖康半壁。白骨年年，蒼生處處，羽檄争飛雪。縱横遊擊，讓他草莽英傑。 應鑒臣虜朝廷，書生議論，邊患貽癰發。完卵覆巢寧有此，誓把匈奴殲滅。待搗黄龍，登民衽席，重整衝冠髮。瑟瑟湖上，與君同醉華月。

謂：待搗黄龍，重整冠髮，同醉華月。意願的表述，亦非直叙，同樣以靖康半壁、羽檄飛雪之歷史圖卷，加以映襯。

先生爲時、爲事之著與作，既善於體現一個新字，又並非概念堆砌，不同於世紀末所出現的標語詩和口號詩。其所作豪言壯語，亦出自內心，未可與「文化大革命」所出現「假、大、空」一般看待。

第三類別的作品，歌詠題贈之作，或與時事相關，或與身世相牽連，於應酬當中，照樣言情述志，非同於一般應酬之作。

大致而言，陸維釗先生的莊徽室詩詞，題材繁富，衆體皆備。我的這篇小文，儘管未能將其完全籠括其中，但三個類別的作品，無論是題材，或者體裁，都已十分完備，希望因此得窺全豹。不當之處，敬請方家指正。

戊子大雪前五日（二〇〇八年十二月二日）於濠上之赤豹書屋

二十世紀詞壇飛將黄墨谷

戊寅冬日，與諸生圍爐話詩。突然間獲知報上登載詞人黄墨谷逝世消息，頗爲震驚。這怎麽可能呢？許多影像即刻浮現腦際，驀然間一切都顯得非常沉重，頗有些不知所措。諸生當時亦受到感染。好在我想起墨谷詞人曾經説過這麽一句話——「人老了，就將死去；怎麽能叫人家不死呢？」各人情緒方纔稍爲平復下來。

黄墨谷，名潛，福建厦門人，長期寓居北京，乃詞壇一位老前輩。其學識、才華及造詣，尤其是勇往直前的求實精神，我曾多次與諸生説及，亦曾應允如有機會將紹介晉京拜晤請益，想不到竟離世而去。

在我治學道路上，除了業師黄壽祺、夏承燾、吴世昌三位教授外，墨谷詞人是對我幫助最大的前輩之一。尤其於詩詞創作，其循循善誘，則令我所獲教益更加無有窮盡。就學識、才華及造詣而論，黄墨谷乃二十世紀詞壇一位傑出人物。二十世紀最後二十年，因編纂《詞綜》，廣泛搜求，對海内外倚聲之家，多少有些瞭解。在《百年詞通論》（《當代詞綜》前言）中，我將有關人物劃歸三代。以爲：第一代主要貢獻在於承前啓後，第二代爲中堅力量，第三代乃後起之秀。並曾於第二代中推舉徐行恭、陳聲聰、張伯駒、夏承燾、唐圭璋、龍榆生、丁寧、詹安泰、李祁、沈祖棻爲十大詞人。黄墨谷屬第三代，非「十大」範圍之内，卻爲後起中之佼佼者。第一代、第二代人物，如章士釗、沈尹默、喬曾劬以及郭沫若、俞平伯、唐圭璋、繆鉞、常任俠、梁披雲、潘受諸輩，對其皆備極贊賞。拙著《今詞達變》推舉今詞七家——王國維、胡適、夏承燾、繆鉞、吴世昌、沈祖棻、饒宗頤，未能顧及黄氏，而在七家之外，黄氏建樹同樣值得注視。

無論論述、考訂，或者是倚聲填詞，黄墨谷皆甚當行出色。但是由於諸如學術環境以及出版條件等限制，其學識、才華遲遲未得充分展示，其造詣亦遲遲未得各方認知，學界至今似仍未見有關評介。一年來追思以往，深感責任重大。第一，準備認認真真填製一首慢詞，體現其教誨及成效，以告慰在天之靈；第二，準備紮紮實實撰寫一篇長文，推揚其精神及成就，令廣播於學界詞壇。

記得當初嘗試進行詞學研究，對於黄墨谷其人實在仍十分生疏，衹知她曾撰文與業師夏承燾教授商榷。業師夏承燾提出：「李清照的詩和詞基本上都該肯定，她論詞的理論卻大部分應當批判。」墨谷著文宣稱：「與夏先生的立論相反，清照的《詞論》是全面地反映了北宋時代慢詞發展的繁榮面貌。」並指出：「李清照的《詞論》論述了唐、五代、北宋詞的發展和創作經驗，提出『詞别是一家』的明論，提出詞應協律，詞應主情致，典重高雅，尚故實鋪叙渾成諸法度。她這種見解是有她自己創作實踐上的一定依據的。」業師認爲：「詞和詩原應該各有其不完全相同的性能和風格；但在李清照那個時代，詞的發展趨勢已進入和詩合流的階段，不合流將没有詞的出路；在民族矛盾大爆發的時候，詞要接受這個時代的要求，也必須蜕棄它數百年來『豔科』的舊面目，纔能分擔起當前的任務。」這一説法似有些偏頗，當與世風有關。我比較認同墨谷所持的觀點。撰寫《李清照〈詞論〉研究》，已傾向墨谷一方，而尚未知其究竟爲何許人也。此後拜訪常任俠，始獲知乃一位填詞能手。常氏稱：近代倚聲家中最佩服者二人。一爲沈祖棻，另一黄墨谷。並謂：曾見章士釗以墨谷詞所書條幅，建議前往求教。

於是我隨即修書一封，自報家門並致欽敬之意，徑寄銀閘胡同四十六號。墨谷詞人雖略有疑慮，但仍表示歡迎前往做客。

這是座獨立四合院，而與二進、三進之老式四合院略有不同。記得衹有北屋、南屋及西邊之廂房。天井十分寬闊，門鈴亦别致。有一根鐵綫伸出門外，可用手牽動。大廳門前種植花果，並有個葡萄架。初次見面並未説及易安，但以《重輯李清照集》見贈。

《重輯李清照集》由濟南齊魯書社於一九八一年十一月第一版第一次印刷。這是墨谷詞人之一部力作。封面題簽集郭沫若字而成，由王廷芳所提供。扉頁「漱玉詞」三字乃喬曾劬（大壯）於丙戌年（一九四六年）十二月所題贈。其時喬在南京（白下），墨谷在重慶（渝州）。均頗有些來歷。經多次交談，對於墨谷詞人之治學道路以及有關詞學之淵源、背景，逐漸有所把握。

那是一九八二年間事。詞界前輩多位仍健在，墨谷詞人剛至古稀之年，對於前景充滿信心，曾蒙鄭重告誡，應腳踏實地認真看書，又應有長遠目標。並告知要盡其餘力爲詞界做兩件實事：第一，重訂詞律，從倚聲角度爲初學者提供一部切實可行之填詞圖譜，以及一部便於辨識古代四聲，尤其是入聲與普通話聲調關係之新韻書；第二，現身説法，對唐宋詞代表作二百首進行作法講評，幫助讀者具體掌握格律、聲韻以及結構方法等知識，從而探求入門途徑。而其時墨谷詞人已退休，既無職無位，其在職在位時所受各種不公平待遇，亦未得到合理解釋或平反。憑藉個人力量，試圖做成此實事，十分艱難。但墨谷詞人始終以大壯先生於重慶臨別之時所贈對聯（詳下文）自勉並以勉人，堅定不移朝著既定目標前進。

黄墨谷於一九一三年五月十七日出生於厦門鼓浪嶼，祖父黄廷元爲淘化大同（淘大）老板。鼓浪嶼世家黄奕住之女黄萱，乃其閨中密友。黄萱曾任陳寅恪助手。小時候二人在家，有特聘教師專門爲其補習詩書及其他經典。這位教師於前清曾有科名。墨谷詞人説，其中文基礎，在家時已初步奠定。一九二二年，十歲，考入厦門女子師範學校。讀至初中三年級，因參與學生運動，被强令退學。一九二七年八月，轉讀集美女子師範學校。一九三一年七月，十九歲，於慈勤女高中畢業，考入厦門大學國文系。以詞受知於江山毛夷庚，並將詩詞作爲其終生事業。

江山毛夷庚於經精通《左傳》，於藝則擅長於詞章。講授詞選及習作，對墨谷頗賞識，曾以《彊邨叢書》六十六册見贈，命其編撰《唐宋詞選》以爲畢業論文。這是墨谷詞人治學生涯之第一階段。

「九一八」事變後，日寇侵占東三省。温嶺盛配主持厦門大學學生會，因北上請願受阻號召罷課。墨谷詞人即退學離校到泉州某中學任教。一九三四年，二十二歲。越洋遠赴馬來西亞，於檳城福建女子師範學校教授中文。一九三六年，二十四歲。返回祖國，希望繼續其治學生涯。但是，「七七」事變，厦門淪陷，不得不再次渡洋，赴新加坡任教。從一九三八年二十六歲，至一九四〇年二十八歲，兩年期間先後擔任振東學校教員以及建國幼稚園、建國小學校長，並曾參與南僑籌款賑災總會工作。一九四〇年與雕塑家曾竹韶相識並結爲夫婦。一九四一年二十九歲轉赴緬甸，任仰光福建女師校長。年底，太平洋戰爭爆發。一九四二年二月(壬午除夕)三十歲，由緬甸飛抵渝州(重慶)。

去國、歸國，風濤南北，荏苒十載。墨谷詞人曾賦《臨江仙》以寄慨：

大好山河餘半壁，誰云天網恢恢。征程萬里賦歸來。風雨如晦，黎民嘆劫灰。
殘燭半遮屏影静，十年前事堪哀。此生何計可安排。斷雲浮嶺外，流水繞城隈。

這是《谷音集》開卷之第一篇，詞人手書並曾校訂。上片結拍少一字，恐爲所疏忽。但是，有關山河與黎民，謂其「餘半壁」、「嘆劫灰」，卻道出歷史事實；而有關此生，以斷雲、流水加以描述，亦成爲自我寫照。詞章應作於初抵渝州之時。萬里歸來，不知如何安排。這是三十歲時情景。以爲十年前事，可堪悲哀。那麽歸來之後，還有五六個十年，又將如何？許多情景，當時恐怕估計不到。衹是其中這兩句話——「征程萬里賦歸來」、「此生何計可安計」，似乎概括其所有，包括其後幾十個春秋，不知是否一語成讖者也。

抵達渝州後曾竹韶於盤溪重慶藝專執教，即寓居沙坪壩，其間正好與華陽喬曾劬（大壯）比鄰而居。喬氏乃百年詞壇第一代作者中一位重要人物，汪東稱其爲「一代詞壇飛將」（據唐圭璋《回憶詞壇飛將喬大壯》）。他爲清季北京譯學館出身，精通法蘭西文並以詩詞、駢文、書法、篆刻名世。魯迅曾請其書聯，徐悲鴻曾請其教授篆刻。一九三五年，喬被延聘爲中央大學藝術系教授，並於中央大學及重慶女子師範學院教授詞學。重慶文藝才士一致推尊爲大師。經星洲詩人潘受之介，墨谷詞人前往拜謁，因成爲其詞弟子，這是一九四五年間事。

一九四五年，三十三歲。結識喬曾劬，並受聘於重慶淑德女中，歷任秘書、國文教員及教務主任等職。一九四六年三月，三十四歲。應重慶女子師範學院中文系之聘，任副教授，講授詞學。而此時喬氏則隨中央大學東下，返回南京。大約兩年時間，於喬氏門下問詞，受益匪淺。

據墨谷詞人回憶，其所學大致包括兩個方面：論詞與填詞。前者屬於理論，後者實踐。課讀期間，喬大壯專爲講授周邦彦詞，並以朱筆批於《彊村叢書》之《片玉集》爲指示門徑。一九四六年夏，喬氏啓程南下前，特遣使封書，並朱研及手臨虞世南《孔子廟堂碑》見惠，期許殷殷。書中開列論詞十講，題曰：言志、境界、比興、内轉、起結、過變、提筆、對仗、引古、割愛。墨谷詞人稱：「曾懇先生南下後作論詞書，承允諾。」應當早有規劃。祇可惜書未成而遽作古。但是，墨谷詞人以爲：「批語（指朱批《片玉集》——筆者）精闢警策，以創作方法爲主，片言居要。上述十講内容，大都涉及。」這是十分寶貴之一份遺産。四十年後，墨谷詞人將其推介於同好，並且附上一篇後記，列述學習心得，使得這份遺産顯得更加寶貴。這就是齊魯書社出版之《喬大壯手批周邦彦片玉集》。這是詞學理論。而其實踐除了寫以外，還有改。墨谷詞人稱：大壯曾告誡，「寫詞是一種功夫，改詞也是一種功夫」。其於寫與改，堪稱行家裏手。尤其是改，並曾留下這麽一樁公案：

據聞章行嚴（士釗）將詩詞稿本交喬大壯，請求斧正。一個願挨，一個願打，大壯果真動起干戈。某一日，沈秋明（尹默）到訪，偶然翻閲案頭稿本，見滿紙都是朱筆批點，大驚。知道乃大壯所爲，更覺得不得了。問：大壯，你瘋了嗎？行嚴比你大二十歲。經此一問，大壯方纔感到不安。未敢將稿本交還章氏。此後，也就不知其下落。因而，這也成爲了一樁無法了結之公案。不過，在寫與改之實踐過程中，墨谷詞人却學到了真本事。亦即由於喬氏以及有關前輩之言傳身教，令其詞境大進。在沙坪壩，其學識、才華，不僅獨得乃師激賞，一時名家亦另眼相看。這是其治學生涯之第二階段。

就理論與實踐看，墨谷詞人於第二階段似乎比較偏重於實踐，亦即紮紮實實地讀詞與填詞，所作保存於《谷音集》之第一、二兩卷，三十餘闋，皆極爲精粹。例如《解連環》和清真，乃師曾謂：「寓蕩氣回腸之力，入含商嚼徵之篇，非衰退之筆所可幾及，欽佩之至。」當頗獲其真傳。這是填詞所展示才華。至理論，乃第三階段之後，方纔著力建樹。

經過兩個階段的實習和累積，墨谷詞人於倚聲之道已有相當之造詣。一九四六年夏，乃師喬大壯隨中央大學東下南京，墨谷詞人獨自滯留山城。喬氏有書札見惠。除贊賞其和清真之《解連環》外，曾叮囑寫定《谷音詞》以快先睹。此書札今置諸《谷音集》之卷首。一九四七年暑假，喬氏與許壽裳渡海赴臺於臺灣大學中文系任教授。有書致墨谷叙説感受。墨谷以《蘇幕遮》詞奉答：

大江横，殘漏滴。一夜天涯，魂夢空尋覓。窗外霜寒風又急。寂寂書幃，寶鼎生烟碧。　歲將闌，家遠隔。身世蕭條，萬事難將息。强把斷腸題素帛。付與征鴻，聊作惺惺惜。

乃師見詞，即有和谷之《蘇幕遮》寄下：

暖風吹，寒風滴。白髮花前，前路從頭覓。昨夜銅龍鳴太急。窗外魚天，一派鯨濤碧。　酒鄰生，簾影隔。明日陰晴，未也尋消息。壁上四弦曾裂帛。撥到無聲，斷了何人惜。

原唱就乃師謂「此間言語不通，頗以爲苦，不如各自還鄉」之情緒，表示相惜之意。謂大江、殘漏，天涯阻隔，勉題素帛，付與征鴻，景與情均爲對方而設。和詞加以回應，謂窗外魚天，一派碧濤，壁上四弦，撥到無聲，景與情則更將其景況展現得尤爲不堪。原唱與和詞皆堪稱合作，非尋常所能比擬。因此，乃師生前對於《谷音詞》之如此推重，當可以理解。怪不得三十年後（乙卯年），大師兄蔣維崧以其所藏乃師書《谷音詞》横幅一幀見惠，其中有乃師點定數處，爲展示再三，不禁唏噓（黃墨谷《先師大壯先生遺事》）。

以上乃重慶時期情事，即治學生涯第二階段情事。

一九五〇年一月，三十八歲。隨竹韶離渝赴京。

一九五一年十月，三十九歲。受聘於中國科學院，擔任院長室秘書、辦公廳秘書處副處長，在郭沫若、李四光等科學家指導下工作，做學問之視野及領域多所開拓。尤其是郭沫苦，其學者風範、書生意氣，以及傳奇式經歷，則更將其帶到另一天地。大約七八年時間，直至一九五九年二月，其治學生涯進入一個新階段，即第三階段。

這一階段專注郭沫若研究，成《戎馬書生》一書。墨谷詞人稱：這是以四次投筆從戎爲主題，以詩歌創作與學術研究及愛國主義思想活動爲經緯之一部年譜著作。從一八九二年至一九四二年，即從郭氏出生至「七七」事變，後由日本回國，第四次投筆從戎及第二次國共合作，直到在天津舉行第一次文代會。並稱，這部年譜式而名爲《戎馬書生》之著作，較某大學撰寫之《郭沫若年譜》當更加接近真實。因郭氏青少年時代以及避難日本，都與古代文學、古代史之研究相關，在中國科學院，身兼院長、哲學社會科學部主任、歷史一所、二所所長以及歷史研究刊物主編幾個職位，亦與學術活動相關，而且自己又在其身旁工作多年，自然更加便於掌握事實。

一九九二年十一月，郭沫若誕辰一百周年。墨谷詞人有書云：從十一月一日起，《光明日報》天天有紀念文章，衹是《戎馬書生》竟無法出版。在此書札中墨谷詞人並云：郭老不單是一介書生，一生中有四次投筆從戎經歷。

這是墨谷詞人之一部力作，亦治學生涯第三階段之主要成績。所謂敬業樂業，在院長室工作期間表現甚爲出色。但是不知甚麼緣故，正當其準備發揮更大作用之時，亦即在其意氣風發、躊躇滿志之時，卻被調離崗位，而且一直遭受冷遇直到退休，仍未能得到公平對待。

一九五九年，四十七歲。二月間，由中國科學院院部調往哲學社會科學學部文學研究所資料室工作。從表面上看，像是順應個人請求，令其有機會「歸隊」，繼續從事文學研究工作，實際上乃「下放」。其中種種，墨谷詞人並不知情。直到一再被「下放」，方纔獲知有人將一份材料裝入其檔案。

但是，也正因爲不知情，墨谷詞人卻因此而步入治學生涯之第四階段——著力於李清照研討階段。就當時社會環境看，經過大躍進以及教育革命與教學改革，舞文弄墨者似乎多了起來。業師夏承燾教授所撰《評李清照的〈詞論〉——詞史札叢之一》一文於一九五九年五月二十四日北京《光明日報·文學遺産》副刊發表，此後李清照研究在學術界隨即興起第一個熱潮。對於這一動向，墨谷詞人十分關注。上文所説與業師夏承燾商榷文章，題爲《談「詞合流於詩」的問題》就在此時寫成，並於同年十月二十五日北京《光明日報·文學遺産》副刊發表。這是墨谷詞人公開發表之第一篇學術論文。這篇論文就詞界所争論問題——作爲「別是一家」之長短句歌詞，在李清照那個時代是否已進入與詩合流階段，果敢聲明己見，頗能體現其作爲詞壇飛將之膽略與識見。

這一篇學術論文發表，俞平伯、陳翔鶴諸前輩頗贊賞。墨谷詞人更堅定信心。圍繞著《詞論》評價問題，對於李清照生平事迹中一系列問題，如《金石録後序》作年以及李清照之是否改嫁等問題進行認真探研，並於一九六一年間，開始重輯李清照集，爲全面研究工作奠定堅實基礎。

比起第三階段，墨谷詞人於第四階段所從事研究工作似乎更加當行出色，所獲成果及時得到學界認同，因而亦更加意氣風發。可是正當其躊躇滿志之時，一個「外調」，卻將其逐出京門。

那是一九六二年十一月所發生的事情。一九六二年，詞人五十歲。這是三年困難時期之一重要年份。所謂調整、鞏固、充實、提高，國家機構因此進行精簡，各個單位都有一定的指標。但並非隨意裁減，主要看兩個方面表現：業務與政治。就業務上看，墨谷詞人調文學研究所工作纔半年多時間，即在全國性報刊發表學術論文，表現十分突出，似無有理由將其裁減，而政治表現卻說不清楚。據聞當時文學研究所黨委書記王平凡，主要從鍛煉角度加以立論，以爲這是改造思想好機會，並說下去一段時間，很快就能够調回來，讓其專門從事研究工作。誰知一去十二年，所有工作都受到耽誤。

十二年間，在河北師範學院任教，無正式職稱。原有副教授資格以及副處長身份，都得不到承認，衹是當一般教師看待。除了上課，大部分時間須接受各種各樣的勞動改造。「文化革命」中因活學活用及評紅運動，有機會借助毛澤東詩詞傳播古典知識，借助《紅樓夢》第一回至八十回韻語注釋進行説詩論詞，其盡心盡力亦獲得一定效果。如講解毛澤東詩詞，有學生提出：《滿江紅》不押韻，毛主席與郭沫若都不守格律。墨谷詞人知道是怎麽一回事，即就此加以引導：岳飛亦不守格律，因其《滿江紅》亦不押韻。學生覺得奇怪，希望獲知究竟。墨谷詞人即藉此機會，大講入聲字之運用變化。因爲是偉大統帥，「一句等於一萬句」，以之爲例説明道理，即更加富有説服力。不僅如此，學生並且十分喜歡墨谷詞人所寫繁體字，每節課板書，都不捨得擦掉。這是上課，應當説，仍可從中得到樂趣。在這方面即使辛苦亦無怨言。但勞動改造，情況就有些不用。例如：與其他老師「下放」農業生產隊。出工時一起下田勞動，收工時其他老師與生産隊幹部開會，墨谷詞人卻無權參與。究竟爲什麽？問其他老師，個個説不出道理。天天如此，墨谷詞人一再查問，最後領導成員中有一位好心人，終於將檔案秘密説出。而墨谷詞人即在此不知究竟的情況下，度過了十二年時間。

一九七四年，六十二歲。退休，返歸京師。

十二年過去，一無所有，第四階段之治學生涯被迫中斷。歸京後世事多變，亦無機會返回文學研究所，從事專門研究工作。

一九八〇年，六十六歲。三月，梁披雲晉京出席政協會議。以爲「闊別數十載，相見恍如隔世」，因有《念奴嬌》一詞爲贈：

卅載燕北，嘆淹滯、光陰畢竟虛擲。花謝花飛春已暮，依舊長安倦客。筆硯荒蕪，琴書塵垢，往事空追憶。故人相對，惆悵今夕何夕。又見魏晉風流，續傳書譜，鉛槧求翰墨。警蛇舞龍神韻好，如此雄少卓識。華夏奇文，瀛寰瓌寶，碧紗勞護惜。新詞題罷，知音自古難覓。

上片說自身情事。謂三十年生涯，光陰虛擲。花謝花飛，已是暮春時節。此時此刻，長安倦客。筆硯琴書，已拋置一旁；過去日子，永遠亦追不回來。下片說對方情事。謂魏晉風流，不減當年。《書譜》、翰墨，訪求推廣。龍蛇神韻，令人驚嘆。奇文瓌寶，碧紗護惜。雄少卓識，知音難覓。兩相對照，既是一種贊頌，又是一種鞭策。

自從一九三一年十九歲考入厦門大學國文系，至一九七四年六十二歲退休、返歸京師，四十年餘年歷盡滄桑，墨谷詞人時時刻刻牢記乃師教導：「澄之不清，攪之不濁；難者弗避，易者弗爲。」此爲乃師大壯先生重慶臨別之贈言。五十年後，一九九三年冬，墨谷詞人鄭重其事將其轉贈於晚輩。那時，晚輩方纔來到澳門大學任教職。墨谷詞人來書云：

我同意你的想法，先把書教好，然後考慮研究寫作。記得當年日本投降，中央大學東下，喬大壯先生介紹我到國立重慶女子師範學院中文系教授「詩詞選習作」及「周邦彥專家詞」，我表示最好單教「詩詞選習作」，不教專家詞。大壯先生遣人送石硯、宮朱並一聯（聯語略）。我明白老師之意。我在國内戰争期間四年，在女子師範磨練，得到很大好處。我將「對聯」寫給你讀，也希望你領略其中深意。

墨谷詞人對於傳統文化之推揚及振興極其關注，而且充滿信心。因此，退休、返歸京師，暫未找過文學研究所，而是趁著空閒，重理舊業，將被迫中斷之研究工作悄悄地繼續下去，從而，於七十年代後期步入治學生涯之第五階段。

一九八一年，六十九歲。所纂《重輯李清照集》由齊魯書社刊行。墨谷詞人於後記稱：

重輯開始於一九六一年，主要針對當時正在討論的問題，諸如李清照《詞論》的評價問題，《金石録後序》作年問題，以及李清照之是否改嫁等問題。力圖以李清照著述自身，爲提供可靠答案。重輯包括詞、詞論，詩、文，以及年譜三部分。自撰《李清照評論》，置於卷首，可當前言看待。三個部分，以漱玉詞三卷之真僞考核、作年斷定以及《金石録後序》之文本勘校、作年考索，用力最勤，最富參考價值。就李清照研究而言，這部著作，將精密考證與專家獨斷相結合，爲提供一個完善讀本，不愧易安功臣；而對於墨谷詞人來講，這部著作，積數十年心血，頗多創新之見，必定成爲一部傳世之作。

一九八三年，七十一歲。所輯《喬大壯手批周邦彦片玉集》由齊魯書社刊行，既發明師説，亦闡述其精闢見解。作爲詞壇飛將，地位已初步奠定。同年冬，赴上海參加華東師範大學召開之首次詞學討論會，會後於南京拜竭唐圭璋。北返京師，賦《臨江仙》作别：

四十駒光驚過隙，西窗剪燭何時。嘉陵波咽嶺雲低。憂時憂國淚，已濕舊征衣。

重到六朝形勝地，先生宏博雄奇。尋師問字我來遲。今朝酬夙願，後會有佳期。

憶昔撫今，雖驚嘆時光之流逝，對於後會却仍然充滿信心。

一九八四年，七十二歲。十一月，赴長沙參加中國韻文學會成立大會。這是一次全國規模之騷壇盛會，既藉此作楚南之遊，留下《浪淘沙》（弔帝子三閭大夫）及嶽麓山諸篇章，又結識許多朋友，對於第五階段之學術活動起了一定推進作用。

一九八六年，七十四歲。十二月，赴上海金山參加第二次詞學討論會，舊侶新知，對其詞學造詣已有進一步瞭解。於是前來問業者，京師一帶以及南北詞界，也就越來越多。

從六十二歲到七十四歲，這是退休、歸京師之第一個十二年。老柏枯柯，重現生命活力。「文革」結束後，曾希望將澄之不清、攪之不濁的問題澄清，如檔案中秘密問題，也希望官復原職——恢復其副處長、副教授之職級與職稱，並曾由虞愚引薦，找過文學研究所新任所長劉再復。

一九八七年，七十五歲。二月，被聘爲中央文史研究館館員，算是有了個安身立命處所。據我所知，這件事應與一九八四年長沙會議有關。當時，結識文化部官員王蓮芳。這是一位熱心人，在文化部擔任統戰部部長。王蓮芬與文化人頗有交情，並且能詩、能詞，擅長書法藝術。當其獲知墨谷詞人身世，即主動爲之舉薦。「館員」之稱，雖屬閒職，但就學術角度看，卻與教授相當。至於檔案中的秘密問題，既較難解決，有此頭銜，也就作罷，自己爲自己了斷。爲此，墨谷詞人曾作《有感二首》，記録其心迹：

衡門之下可棲遲，繞樹飛烏得一枝。自是中流沉滯久，落帆彼岸尚驚疑。

憶昔騷壇涉筆初，書生意氣志躊躇。香蘭自判前因誤，生不當門亦被鋤。

以爲一枝可棲，但對於長久沉滯中流，在漩渦中擔驚受怕，仍然心有餘悸。曾經躊躇滿志，卻因爲生不當門，終究被鏟鋤。「香蘭」二句出自龔自珍《己亥雜詩》，「被鋤」指一九六二年由文學研究所被裁減、外調事。所謂澄之不清、攪之不濁問題，至此似已得以澄清。

因此，從這時候開始，墨谷詞人又步入一個十二年，直至一九九八年十二月十八日爲止。這是退休、歸京師之第二個十二年。前一個十二年，以布衣身份置身詞林，取得豐碩成果；後一個十二年，以館員身份出入臺閣，又有許多收獲。後一個十二年，完成七十歲時所計劃的兩件實事——編撰繁簡楷書對照之《詞譜》、《詞韻》，以及出版《唐宋詞選析》。一九九三年冬，墨谷詞人惠書告我，還有四部書稿等待出版。一、《李清照研究》；二、《戎馬書生》；三、《谷音集》六卷；四、《紅樓夢》第一回至第八十回韻語注釋。

正如中央文史研究館在《黄墨谷先生生平》一文所介紹：墨谷詞人治學勤奮，博觀勤習，持之不懈，老而彌堅。一生專注於學問，淡泊明志，修身養性，操守清持，乃一位備受敬重之前輩學者。

己卯歲暮至庚辰夏初於濠上之赤豹書屋

附録：本書各章節原載報刊索引

緒論《百年詞通論》：原載《今詞達變》(《施議對詞學論集》第二卷)。澳門大學出版中心，一九九九年九月澳門第一版。

第一章第一節《王國維〈人間詞話〉三題》：原載《人間詞話譯注》(增訂本)。岳麓書社，二〇〇三年九月長沙第一版。又載廣州《學術研究》二〇〇四年第八期。又載《詞法解賞》(《施議對詞學論集》第三卷)。澳門大學出版中心，二〇〇六年九月澳門初版。

第一章第二節《論「意＋境＝意境」——王國維境界説正名》：原載一九九五年十一月十九日、十二月三日、十二月十七日、十二月三十一日以及一九九六年一月十四日、一月二十八日、二月十一日、二月二十五日、三月十日、三月二十四日、四月七日、四月二十一日澳門《澳門日報》語林副刊。又載北京《文學遺産》一九九七年第五期。又載《詞法解賞》(《施議對詞學論集》第三卷)。澳門大學出版中心，二〇〇六年九月澳門初版。

第一章第三節《二十世紀王國維境界説的異化與再造》：原載《新疆大學學報》二〇一八年第三期。

第一章第四節《疆界・意境・境外之境——王國維境界説訪談録》：原載廣州《學術研究》二〇一八年第八期。

第二章第一節《中國當代詞壇解放派首領胡適》：原載香港《鏡報》一九九五年六月號、七月號及八月號。又載廣州《當代詩詞》一九九五年二期。又載《今詞達變》（《施議對詞學論集》第二卷）。澳門大學出版中心，一九九九年九月澳門第一版。

第二章第二節《中國當代詞壇「胡適之體」正名》：原載香港《鏡報》一九九五年十一月號、十二月號及一九九六年一月號。又載臺北《國文天地》一九九七年五月號（第十二卷第十二期）。又載北京《胡適研究叢刊》第三輯（一九九八年八月）。又載《今詞達變》（施議對詞學論集第二卷）。澳門大學出版中心，一九九九年九月澳門第一版。

第二章第三節《中國當代詞壇「胡適之體」的修正與蜕變》：原載香港《鏡報》一九九六年二月號、三月號、四月號及五月號。又載《今詞達變》（施議對詞學論集第二卷）。澳門大學出版中心，一九九九年九月澳門第一版。

第二章第四節《二十世紀對於胡適之錯解及誤導——舊文學之不幸與新文學之可悲哀》：原載香港《鏡報》一九九九年五月號。

第二章第五節《一幟新張，收拾烟雲入錦囊——大陸詞壇幹部體舉例》：原載香港《鏡報》一九九五年五月號。

第三章第二節《夏承燾先生論詞的造句》：原載一九八六年十一月二十四日、十二月八日、十二月十五日及十二月二十二日香港《大公報》藝林副刊。又載《今詞達變》（《施議對詞學論集》第二卷）。澳門大學出版中心，一九九九年九月澳門第一版。

第三章第三節《夏承燾與中國當代詞學》：原載北京《文學遺産》一九九二年第四期。又載王瑶主編《中國文學研究現代化進程》。北京大學出版社，一九九六年十二月北京第一版。又載《今詞達變》（施議對詞學論集第二卷）。澳門大學出版中心，一九九九年九月澳門第一版。

第三章第四節《西谿課讀日札——答〈温州日報〉記者問》：原載温州二〇一〇年九月三十日《温州日報》（人文周刊版）。又載《詞學》第二十五輯。上海：華東師範大學出版社，二〇一一年六月。又載《民國四大詞人》。北京：中華書局，二〇一六年五月。

第四章《繆鉞——今代詞壇飛將》：原載成都《四川大學學報》一九八七年第二期。又載北京《中華詩詞年鉴》（一九八八年版）。又載《今詞達變》（《施議對詞學論集》第二卷）。澳門大學出版中心，一九九九年九月澳門第一版。

第四章附録二《繆鉞、葉嘉瑩合著〈靈谿詞説〉》：原載一九八三年十一月二十八日香港

《大公報》「讀者與出版」副刊。

第五章第一節《吴世昌傳略》：原載《中國當代社會科學家》第八輯。書目文獻出版社，一九八八年十一月北京第一版。

第五章第二節《平生未作干時計，後世誰能定我文——吴世昌先生治學之道及成就》：原載北京《文學遺產》一九八八年第二期。又載《今詞達變》(《施議對詞學論集》第二卷)。澳門大學出版中心，一九九九年九月澳門第一版。又載《學境——二十世紀學術大家名家研究》。中國社會科學院文學遺產編輯部編。上海古籍出版社，二〇〇六年十一月上海第一版。

第五章第三節《吴世昌先生論詞學研究》：原載福州《福建論壇》一九八五年第五期。又載《今詞達變》(《施議對詞學論集》第二卷)。澳門大學出版中心，一九九九年九月澳門第一版。

第五章第五節《走出誤區——吴世昌與詞體結構論》：紀念吴世昌先生誕辰九十周年暨學術思想研討會論文，一九九八年十一月，中國·海寧。原載一九九七年十二月二十八日，一九九八年一月十一日、二十五日，二月八日、二十二日，三月八日、二十二日，四月五日、十九日，五月三日、十七日、三十一日，六月十四日、二十八日，七月十二日、二十六日，八月九日、二十三日澳門《澳門日報》語林副刊。又載香港《鏡報》一九九八年六月號至一九九九年二月號。又載北京《文學遺産》二〇〇二年第一期。又載《今詞達變》(《施議對詞學論集》第二卷)。澳門大學出版中心，一九九九年九月澳門第一版。又載《學境——二十世紀學術大家名家研究》。中國社會科學院文學遺産編輯部編。上海古籍出版社，二〇〇六年十一月上海第一版。

第五章第六節《吴世昌的倚聲及倚聲之學》：原載上海《詞學》第四十輯。華東師範大學出版社，二〇一八年十二月。

第六章《沈祖棻——傳統本色詞傳人》：原載一九九六年五月五日、十九日、六月二日、十六日、三十日、七月十四日、二十六日、八月十一日、二十五日、九月八日、二十二日、十月六日、二十日、十一月三日、十七日澳門《澳門日報》語林副刊。又載南京《中國詩學》第五輯(一九九七年七月)。又載《程千帆沈祖棻學記》(一九九七年十月)。又載《今詞達變》(《施議對詞學論集》第二卷)。澳門大學出版中心，一九九九年九月澳門第一版。又載北京《中國詩歌研究》第四輯。中華書局，二〇〇七年七月北京第一版。

第七章第一節《饒宗頤一家之學與文史百科之學》：原載《饒宗頤，志學游藝人生》。澳門：澳門特別行政區政府文化局，二〇一五年。又載南昌《江西師範大學學報》二〇一九年第一期。

第七章第二節《饒宗頤形上詞的落想問題》：原載徐州《江蘇師大學報》二〇一五年第三期。

附編《方筆與圓筆——劉永濟與中國當代詞學》：劉永濟與詞學國際學術研討會論文(二〇〇三年八月十八日，中國·武漢)。原載湘潭《中國韻文學刊》二〇〇四年第一期。又載武漢《長江學術》第六輯。又載《詞法解賞》(《施議對詞學論集》第三卷)。澳門大學出版中心，二〇〇六年九月澳門第一版。

附編《陸維釗及其莊徽室詩詞》：原載《紀念陸維釗先生誕辰一百一十周年論文集》(中國美術學院書法系編)。西泠印社出版社，二〇〇九年四月杭州第一版。又載《詞學》第三十七輯。華東師範大學出版社，二〇一七年六月上海第一版。

附編《二十世紀詞壇飛將黄墨谷》：原載香港《鏡報》。又載《詞曲研究的新拓展》(周雲龍主編)。高等教育出版社，二〇〇三年一月北京第一版。又載上海《詞學》第十五輯。華東師範大學出版社，二〇〇四年十一月上海第一版。又載《重輯李清照集》(黄墨谷輯校)。中華書局，二〇〇九年八月北京第一版。